경희대 인문학연구원
고전명작 이본총서

춘향전 전집 17

김진영·김현주·차충환·김동건·김지영·김희찬 편저

도서출판 박이정

머리말

　　<춘향전전집> 권17과 <심청전전집> 권12를 끝으로 처음에 이본 전집을 구상하고 기획하고 실행에 옮긴 지 10여 년 만에 일단 판소리 5가에 대한 이본 정리 작업을 마치기로 한다. 세상사가 그렇듯이 처음에는 기세좋게 출발했지만 여러 가지 이유로 힘든 시기가 몇 차례 있었던 것으로 기억된다. 그럴 때마다 해이해진 마음을 다잡는 것이 쉽지만은 않았던 것 같다. 일을 파헤쳐만 놓고 마무리를 하지 못하지나 않을까 하는 걱정이 당시에는 상당한 압박감을 주고 사람을 피곤하게 만들었는데, 지나고 보니 그런 것이 이 작업을 마무리짓는 원동력이 되지 않았나 하는 생각이 든다. 그러나 무엇보다도 이 일을 이렇게 완결하게 된 것은 여기에 참여한 모든 사람들이 막힐 때 돌아갈 줄 알고, 힘들 때 쉬어갈 줄 알고, 막상 힘이 날 때는 물불을 가리지 않고 밀어붙일 줄도 아는 사람들이었기 때문이었다. 그런 사람들이 만나 서로를 위로하고 힘을 북돋워준 것이 이 작업의 최대 공신이라고 할 수 있다.

　　처음 계획보다는 다소 늦어졌지만 판소리 이본 전집이 완간됨으로써 판소리문학에 관한 한 전 이본 자료가 한 자리에 총집되었다는 데 우선 가장 큰 의미가 있다고 본다. 그러나 그것은 원론적이고 종합적인 의미에 불과하다. 더욱 중요한 의미는 앞으로 여러 방면의 연구의 심화와 확장에 기여할 수 있다는 데 있을 것이다. 이본들 간의 비교 분석을 통해 계통을 세우는 등 총체적인 지도를 그리는 것도 가능하고, 이본들 상호간의 교류적인 양상을 통해 판소리 사설의 전승에 얽혀 있는 내밀한 코드를 밝혀내는 것도 가능할 것이며, 언어학적인 어휘 분석을 통해 그것을 작자의 지향의식과 사회문화적 지향성 등으로 확장시키는 담론 분석

도 본격적으로 수행될 수 있을 것이다. 언어학적인 접근은 물론이고 음악학적 · 연극학적 · 사회학적 · 문화인류학적 · 문화론적인 시각에서 볼 때 이본 전집의 유용성은 제고될 여지가 많다고 할 수 있다. 그것은 없던 것을 있는 것으로 전환시키는 차원이 아니라, 흩어지고 정리되지 못해서 보이지 않던 것을 이제는 보이게 하는 시각 개방의 차원인 것이다. 달리 말하자면 최고급의 요리를 만들 재료는 다 갖춰진 셈인데, 그것을 어떻게 요리해내느냐 하는 일만 남았다고 할 수 있다.

이렇게 판소리 5가에 대한 것을 1차로 완결하지만 차후 새로운 이본들이 모아지면 각 작품에 대한 보유편이 속간될 것이다. 한문본 수종이 아직 전집에 수합되지 못하였고, 존재는 확인되었으나 소장자측의 사정에 의해 아직 공개할 수 없는 이본들도 있었다. 그런 것들이 정리가 되고 공개가 가능한 때가 되면 각 작품별로 모아서 출간할 예정이며, 판소리 5가 이외의 판소리 작품 이본들도 정리가 되는대로 출간할 예정이다. 이 이본 전집 작업이 1차로 완료됨에 따라 이와 관련하여 진행되고 있는 판소리 어휘 용례 사전도 속도가 빨라져 조만간에 출간할 수 있으리라 본다.

지금까지 판소리 이본 전집에 실린 이본들을 알기 쉽게 정리해보면 다음과 같다.

1) 춘향전전집 전 17권 : 창본 20종, 판각본 10종, 필사본 68종, 활자본 11종 : 총 109종
2) 심청전전집 전 12권 : 창본 14종, 판각본 6종, 필사본 105종, 활자본 6종 : 총 131종
3) 흥부전전집 전 3권 : 창본 11종, 판각본 2종, 필사본 13종, 활자본 3종 : 총 29종
4) 토끼전전집 전 6권 : 창본 12종, 판각본 2종, 필사본 50종, 활자본 3종 : 총 67종
5) 적벽가전집 전 7권 : 창본 12종, 판각본 3종, 필사본 35종, 활자본 4종 : 총 54종

이렇게 하여 책으로는 총 45권에, 이본수로는 총 390종이 수합되었다. 원래 생각과는 달리 심청전 이본이 의외로 많다는 것과 흥부전 이본

은 의외로 적다는 사실이 확인되었다. 이는 이본 수집력의 차이도 약간은 반영되었겠지만 전반적인 이본의 생산 양상을 보여주는 것이라고 보아도 무방할 것이다. 특히 심청전 필사본 이본이 많다는 것을 통해 필사 의식 속에 들어 앉아 있는 효의식을 엿볼 수 있어 흥미롭다.

판소리 이본 전집이 이로써 끝났다고 생각하니 다른 때 서문을 쓸 때하고는 감회가 다르게 느껴진다. 지금까지 온갖 어려움에도 불구하고 끈기와 인내로 참고 견디면서 이 작업에 참여한 구성원들과 상재의 기쁨을 먼저 나누고 싶다. 그리고 직접적으로 그리고 간접적으로 이 작업을 도와주고 격려해준 이본 소장자들을 비롯한 많은 분들께 감사드린다. 그리고 처음부터 이 작업에 호응하여 어려운 경제 사정에도 불구하고 출판을 맡아 끝까지 마무리해준 박이정의 박찬익 사장님을 비롯한 직원 여러분께도 진심에서 우러나오는 고마운 마음을 전한다.

2004년 봄날에

金鎭英 · 金賢柱

일 러 두 기

1) <춘향전전집> 17권에는 활자본 4종을 수록하였다.
2) 원문 상태 그대로 옮기되 띄어쓰기만 했다. 활자본에는 원래 띄어쓰기가 되어 있으나 현대 정서법상의 띄어쓰기로 다시 했으며, 줄바꾸기가 되어 있는 경우는 원문을 따라 그대로 했다. 페이지 개념을 적용하여 <23>, <24> 등과 같은 식으로 표기했다.
3) 원본이 오자나 탈자 상태일 경우라도 전혀 수정 가감하지 않고 그대로 놓아두어 이본 자료로서의 가치를 보존하고자 하였다. 그리고 판독이 불가능한 글자에 대해서는 □□□□□ 표시로 복자 처리를 하되, 자수를 맞추려고 하였다.
4) 각 이본의 명칭은 출판사명과 작품 표제명, 그리고 '활자본'임을 밝히고자 했다. 예를 들어 '회동서관본 활자본 <오작교>'와 같은 식이다.

차 례

신명서림본 활자본 〈우리들전〉

　　1924년 신명서림(新明書林)에서 발행된 활자본이다. 저작 겸 발행자는 심상태(沈相泰)로 되어 있다. 표지에는 '우리들전 一名 別春香傳'이라고 되어 있고, 1쪽에는 서문이 길게 붙어 있다. 하권도 있었는지 아니면 상권까지만 개작하고 중단했는지 알 수 없으나, 현재는 상권만 남아있다. 이 이본은 서문의 말미에 기록되어 있는 바, 哈哈과 昭昭라는 별호를 가진 부부가 서로 작품 내용을 평가해 가면서 구성한 독특한 이본이다. 내용을 보면, 본문의 중간중간에 두 줄로 된 작은 글자의 評씀 내용이 나란히 기술되어 있는데, 그 중에서 오른쪽 줄은 부인인 昭昭의 말이고 왼쪽 줄은 남편인 哈哈의 말이다. 이 부부의 評씀이 길게 이어지는 경우도 많이 보이는데, 그때에는 'ㅇ'와 같은 기호를 사용하여 구분하기도 하고, '【哈】, 【昭】'와 같은 표시로 구분하여 기술하고 있다. 현대식으로 활자화한 여기에서는 그 부부의 말을 '《 / 》'과 같은 기호를 사용하여 본문의 내용과 나란히 기술하였다. 또 부부의 말을 정확히 구분하여 기술하기 위해 '【哈】, 【昭】'와 같은 표시는 '哈:', '昭:'와 같은 표시로 바꾸어서 정리했다. 그 외 이 작품에 사용된 여러 기호들은 원래 그대로이다. 부부의 評씀 내용이 매우 재미있게 구성되어 있는데, 한 예를 들면 이도령이 춘향이와 헤어지면서 '조만간 돌아오겠다'는 말을 두고, '조만간'이 무슨 뜻인지, 언제인지, 또 서울까지 거리가 얼마인지 등에 대해서 한참 대화를 나눈 뒤에, 부인이 남편에게 남원에서 서울까지의 거리를 재야지 왜 충주에서 서울까지의 거리를 재느냐고 나무라니, 남편이 이 책은 '옛날 리도령전'이 아니고 '우리덜전'이니, 우리가 지금 사는 충주에서 서울까지의 거리를 재야 맞지 않느냐고 타박을 준다. 이에 부인은 '참 그렇지. 우리들전이지. 내가 잊었소 하하하'라고 한다. 이 외에도 부부가 서로 심한 언쟁을 하는 장면도 있다. 그리고 '우리덜전'과 '우리들전'이 혼용되고 있다. 현재 서울대학교 중앙도서관 일석문고(일석 813.6 Si41u)에 소장되어 있다.

신명서림본 활자본 〈우리들전〉

〈一〉

우리덜전 상
右序文廣告

是生의 所著 우리덜전은 亦是春香傳의 演義한 件이외다 然則春香傳은 近來諸氏가 互相替變ᄒ야 著出名類ㅣ 頗多發行이온데 此書가 本爲戲演場之領首故로 端士雅儒ㅣ 嫌其流昵ᄒ야 不肯深玩이온중 況此 우리덜전은 詼諧謔弄이 比他百倍오며 且以夫讀妻評ᄒ여 不見莊位羞接之禮ᄒ고 常多靐放嬉狎之態ᄒ니 彼端士雅儒ㅣ 豈容倩眒哉리오마는 古詩의 猶曰琴瑟友之鍾鼓樂之라 ᄒ니 大抵夫婦間重大事義가 和樂이 最貴라 本是春香傳主旨가 歡意相逢에 和樂津津ᄒ야 烈節을 固守ᄒ고 牢約을 相尋ᄒ야 榮寵无比의 共享平生ᄒ니 豈不美哉아 是生이 亦自夫妻逢配로 年過四十에 一无蹙額皺眉之事而琴瑟鍾鼓가 亦自以爲不下於古人也ㅣ라 第看隣里鄕黨의 勿論老少貴賤ᄒ고 夫與妻間의 空相不和ᄒ야 小爭을 大鬧ᄒ고 微怒의 激打ᄒ며 畢竟至於仇視敵對ᄒ고 破家移緣者ㅣ 比比有之하니 豈不痛歎哉아 以故로 是生이 記此 우리덜전 讀評事ᄒ

〈二〉

야 誇張於當世上不睦之夫妻ᄒ고 同情於平生間歡洽之家庭이온바 恐或痴男昵婦라는 譏評을 難免할넌지 未可知也ㅣ로더 假使小失於莊位羞接之

禮態라도 比之於仇視亂悖之例類ㅣ면 果何如哉아 且是書之大重要旨가
專在於春娘烈節也ㅣ라 樂而不流하고 蕩而不淫ᄒᆞ야 言言節節이 可作婦
人界模範場이오니 購覽諸彦은 須要히 此書를 西廂記나 長恨歌의 等類로
認做치 勿ᄒᆞ시고 烈女傳內則篇이나 關雎葛覃의 敎化로 參考ᄒᆞ시여 閨房
內閣의 一部式備置ᄒᆞ심이 幸甚幸甚이외다
 鄕人 沈相泰 別號 哈哈 著讀
 室人 鄭在慶 別號 昭昭 聽評
 右   哈哈 又答
看讀方法
大字로 抄寫한 獨欄은 每히 原文으로 看做事
小字로 抄寫한 雙欄은 右欄은 昭昭의 評으로/左欄은 哈哈의 答으로 看
做事

〈1〉

우리덜전 권상
당상당하 연설이올시다 잘 들어주시기 바랍니다《예 이 사람이 당상당하 대표
자로 유쾌히 듯겟습니다【昭昭의 評】/변변치 못한 말을 그처름 드러쥬신다니 고맙습니
다【哈哈의 答】》 下皆倣此
구한국시대올시다 숙종대왕 즉위초의 시화세풍하고 국퇴민안하야 조정
의 충신이오 여염의 렬녀로다 삼각산 제일봉의 봉황이 안저서 우름울고
한강슈 깁흔 물의 하도낙서 낫단말가《좃습니다/좃습닛가》 강구연월격양가
의 문동요도 하련이와 백공상화경상가를 오날이야 알리로다 사방이 풍
등하니 경운경성이 이러나고 혜풍화창 하온 날의 도처의 풍악이라《좃습
니다/좃습닛가》 장안호걸 벗님네야 놀고 놀고 놀아보세 이러탓이 조흔 째
의 아니노든 못하리라 극사인간 조문날의 소년힝락이 멧치런고《소년행락
만 하고 노인행락은 못할가오/왜 못하여 노소동락은 더 좃치오》이 째는 어는 째냐

째맛참 삼츈이라 초목군싱 금슈곤충이 개유이자락하야 락의상관금대화
오 향심불 단슈교화 《흥귤좃타/뜻을 아네》 너구리 늣손자 보고 둑겁이 슌산
하고 건는산의 아지랑이 씨고 잔듸밧혜 속닙

〈2〉

나고 흔누넉이 이는 물고 노고질이 쉰길 쓰고 참새 일닛코 산치자명의라
암송아지 매얌 돌고 슈송아지 쒸염 쒸고 늙은 과부 탄식하고 절문 과부
봇짐싸서 꼭꼭 동겨 맬 째엿다 《째가 참 조흔 째러구먼/흥 야단시러운 째지》 이
곳은 어느 곳이냐 남원읍내 광한루라 《광한루가 조타는데/어듸서 들엇서》 광한
루 마진편 양류심심 깁흔 곳의 여화여옥 일미인이 혹왕혹리하며 혹출혹
몰하여 들밉잔케 노니는데 《웬 미인인가/보면 알지》 의복단장 볼작시면 분홍
슉쥬 접적우리 광월사 견막이며 백방사쥬 고장바지 물명쥬 네폭속것 남
북황라 대사치마 잔산잡어 쓸처입고 《흥/흥》 전쥬나이 세목버선 외씨갓
치 지여신고 광양류날 고흔 초혜 날 출ㅅ자로 담속 신ㅅ고 금식요대 보
석반지 힛살빗처 반뜻반뜻 요만치 차렷는데 《쏙 빠졋네/믹긴하지》 애연츈의
못 니긔여 엔갓 작희 다할 적의 꼿가지도 작근 썩거 입의 담속 물어보고
버들닙도 쏘로록 훌터 청계슈 흐르는 물의 아조 펄펄 날려보고 백석탄
여을가의 됴악돌도 덤썩 쥐여 버들새이 꾀꼬리도 위여 웨여 아조 훨훨
날려보며 황금갑옷을 쓸처입고 세류영의 도라드니 금의공자 네 아니냐
황사란척간광성의 이쥬몽을 헤갈리니 네의 탓이 웨 아니리 타긔막교지
상제의

〈3〉

개알개알 우지마라 곡곡장류 내려가서 손도 씻고 발도 씻고 물도 물어
양치하고 요리조리 논일다가 추천이나 하랴 하고 장장채승 근엣줄을 슈

양상지 놉히 글고 섭적 올라 발구를 제 한번 굴너 두번 굴너 압히 점점 놉허가고 뒤가 점점 소사간다 《궁덩이를 휘휘 내둘느겟네 망측도 히라/압다 말도 상ㅅ시러워 뒤흐로 보니 그럿치 압으로 봐도》 ○ 《압흐로 보다 발길에 채면 눈 빠지게/ 단단할 돌안경을 씨고 보지》 중텬 썻는 양은 운하간의 소사잇서 《별 싸겟네/히 붓잡지》 삼월삼일 제비 쓰듯 구월구일 홍안 쓰듯 고목제비 나오리 쓰듯 서왕모 학을 타고 요지연의 나리는 듯 무산선녀 구름을 타고 양대상의 나리는 듯 단산봉황이 죽실을 물고 오동상의 넘노는 듯 《몸도 개볍다/날바 람잇지》 라군생풍화추추요 능말침공운표표라 앙간텬상불하의요 부신인간 환묘연을 하리립지중계의의 허리씌를 졸라매고 방인송상불촉귀라 제멋 대로 쒸여보자 족답평지간시슈의 아차아차 위퇴구나 홀언재전홀재후의 들며나며 노는구나 《놀기는 잘 노랏구먼 슷한 그짓말/왜서오 그짓말이라니》 ○ 《얌 잔한 츈향이가 근에를 쒸다니으/아마 참 그런 말은 더러 보탠게여》 차시 현재 남원부 사는 삼청동 리한림이라 민정을 렵탐하야 부역을 고로 하고 형벌을 용경 하야 덕화의 심을 써니 거리거리 목비 세워 만구함칭송덕이라 도임한 지 삼삼만

〈4〉

의 치성이 자자하다 《정치 잘힛군/무던하지》 사랑하신 도련님을 칙실에다 너 허 두고 글공부 심쓰더니 《다리고서 갓던게지/그리히야 가르치지》 도련님 쏘한 춘정이 호탕하야 일차소창ㅎ시랴고 방자 불너 뭇는 말이 네 골 경치 어 대 조뇨 《이애 이것 봐라/보긴 무어를 봐》 방자놈 이말 듯고 대경소괴하여 (공부하시는 도련님이 경처아러 부지럽소 그런 분부 마르시오) 《말이 올 치/올타마다》 (에라 이놈 네 모른다 자고이리 문장달사 우유장관득의처가 모도다 승지로다) 《고 싸위가 맹랑찬소/멋이 아조 다 드럿담》 악양누 놉흔 집의 두초당이 노다가고 채석강 명월홍은 리적선이 알련이와 등왕각 조흔 잔 치 왕발이 득격하고 임술칠월 적벽야의 소자첨이 노랏스니 나도 쏘한 률

긱이라 아니 노든 못하리라《참 몰낫지/그럼으릭》방자놈 이 말 듯고 어투 함부로 나오는데 억개춤을 츄어가며 역금 사실로 주어성겨 대답하되《게 가서 말이 삭만 쥬어 역거도 두어역금 더 역겟네/그 중의 멋 구비만 풀어 살여도 열댓사 리 잘 사릴걸》경처를 말삼하면 서울로 이를진대 칠장암 청년암과 목천암 세경정이 노람즉 하다하고《거긔는 참 절이라도 웃지 그리 번화한지/아 서울겻치 어든 안그려여》관동팔경을 말할진대 평희 월송정 울진 망양정 삼척 죽서 루 강능 경포대《우리 친정골일세/나의 처가곳이지》양양 낙산사 간성 청간정 고성 삼일포 통천 종석정이 모도다 조타하며

〈5〉

《줄느런이 동희 연변이런군/그러기에 일츌구경이 좃치》그 남은 승지강산은 평양 련광정 밀양 령남루 충주 탄금대 희주 부용당이 모도다 조타 하되《나도 그런데 구경이나 말장 당기며 힛스면/내 원 구경 만이 당겻다는 사람 고상 안한것 못밧 소》◎《구경도 고금이 달느지으/그는 그리 지금은 쏙 타고 당기닛가》전라도라 하는 곳은 산천이 야박하야 보잘 것이 읍사옵고 남원이라 하는 골은 황무폐성 고읍이라 더욱 불게 읍사오나 렴수문 밧 썩 내다러 공수문 마진편의 광 한루 잇사오니 그도 경처 되올는지《그 곳이 참 조흐뎬가/조면 여간 조아》도련 님 반겨 듯고 (그러하면 광한루 노름가자) 힝장을 차릴 적의 도력님 치 례 볼작시면《굿드른 무당이러군/문재승(聞齊僧)》삼ㅅ대갓치 채긴머리 화룡 소로 쏼쏼빗겨 전반갓치 넓게 짜서 궁초당긔 석웅황 물려 싯만 잡어 후 려매고《궁덩이의 치름치름 하겟네/짯키도 느실느실 잘 짜노앗지》생명쥬 겹저고리 곳차렵의 누비바지 한산세모시 소창옷세 은철병 대모장도 안옷고름 후 려차고 초록토슈 양색단임 삼승보선 통힝전의 황서피 도리당혜 날 줄자 로 담속 신ㅅ고《힝전이 참 무엇이라던가 어려서 들엇건만/듯기만 희보기도 힛슬걸 다리의 치는 갑반류-지》○《그럼 휘휘 갑겟네/아니 쑥 드리밀지》분합요대 고단쥼 치 버리매돕 뫼여차고 이만하고 안젓슬 제《쾌 음전하겟네/선동갓지 뭐》방자

놈 거동보소 서산나귀 모라내여 솔질 쌀쌀한 연후 은안슈곡 새안장의 은
립사 전후

〈6〉

거리 호피도듬 놉흔 대련 격을 맛처 언저노코 주먹갓흔 왕방울의 원앙굴
네 색사상모 구식으로 겻드럿다 《전차를 타고 가면 잠간 가지 나귀를 타고 언제
가노/인력거도 읍는데 전차가 잇서 답답한 말도 하지》 도련님 거동보소 나귀등의
섭적 올나 맵시잇게 뒤를 싸고 합죽홍선 넓게 펴서 일광을 차면하고 관
청식에게 분부하야 약주 한 병 가득 너서 토인 들려 뒤세우고 《애덜이 슐
도 먹나/말이 애지 그게 애여》 이 거리 저 거리 힝심일경 빗긴 길로 광한누를
차저가니 구름속의 소슨 층대 자각단루 분조료오 성하믹두방초식은 우
후경개 절승하다 《홍/홍》 장대세류천만사는 머리 빗는 미인체로 흐를흐
를 비겨잇고 옥동도화만수춘의 홍홍싁싁 쏫치 발거 가지가지 봄빗이라
《조타 어허/멋 덩거리여》 잉성은 료료하고 접무는 분분한데 좌우전후 고면
하며 사방산천 지점할 제 저 산 일홈 무엇냐냐 골용산이라 흐나이다 져
몰 일홈 무엇이냐 음양슈라 하나이다 저 다리 일홈 무엇냐 오작교라
하나이다 《다리가 신작로 다리보다 낫던가오/그째 교량이 모다 외나무 다리지 뭐》 허
어 경개 매우 조타 오작교 분명하니 견우 직녀 읍슬소냐 견우성은 내련
이와 직녀성은 누가 되리 《장사 나면 룡마 나지/성인 나면 긔린 나고》 광한루 제
일층대 올나가서 화전풍슉 버려노코 (방자야 술부어라 너도 먹고 나도

〈7〉

먹고 여이동소만고슈하자) 《격정이 태평이러군/한시대 잘덜 놀앗지》 슐 한잔 가
득 부어 인호상이자작이라 (아나 방자 너 먹어라 야작이 란무슌하니 슌
배읍시 먹어보자) 《고것 조쏘만게 술ㅅ고리ㄹ세/한 동의 들고는 못가도 먹고는 가

오》

【방】 황송하외다 《나 마는 늙은 것이 웨 황송이여/상하지분이 엄절하거든》

【도】 누렁송이 엇더하리 잔말말고 어서 바더라 파탈하고 노는 자리에
는 상하를 너머 차리면 구구녹녹하고 째가 무더 못 쓰느니라 《흥/흥》
술상을 물린 후의 호흥이 만발하야 시귀를 읍조리고 뒷짐 지고 비회할제
《쾌창하다/호방하지》한 편을 넛짓 바라보니 양류심심 깁흔 곳의 여하한
일미인이 여흥히 치장하고 여하히 츌몰왕래하며 우와 여히 논이는데 애
연춘의 못 이긔여 웬갓 작희 다 하다가 추천을 하을 적의 뒤에 찌른 금봉
차와 엽희 쏘진 은소잠이 반석상이 써러저서 잉덩그렁 철철 소래날 제
《올치 그게 저위 그게러구면/변비별인이지(便非別人)》○《그러나 엿주어 볼 말삼이 좀
잇서오/예 말삼하시오 무슨 질문할 닐인지오》○《머리 싸은 처자가 금봉차 은소잠은 비
품으로 쏫고 당기던가오 한가지나 쏫지 두가짓식이나/암 은힝소 예금처럼 미리 부처 두엇
던게지오 그짓말 한마듸 써노앗더니 금방 탄로가 나는구려》도련님이 두 눈 쏙바로
대고 반향이나 근너다 보다가 정신이 아조 읍고 윈

〈8〉

몸이 윗실하야 방자를 불너노코 벌벌 쓸며 뭇는 말이 (저 근너 슈양밋희
아른아른 뵈는 것이? 저것이? 무엇이냐?) 《이 흔드러 써논 것이 모다 쓰는 소
리오 그랴/그럿치 말 꽁댕이가 이 글자 꽁댕이처럼 흔들지오》매화월리에 두루미도
갓고 도다오는 반달도 갓고 썩은 남게 안즌 부흥이도 갓고 빨내줄의 안
친 초록제비도 갓고 의히방불하야 형용할 수 읍고 층냥할 수 업는 것이?
져것이 대체 무엇이야? 《쏘 흔드네/쓰너라고》○《아모턴지 얼뜬 자식 그러케도/
남의 집 총각다려 자식은 다 뭐여》그런데 리도령은 한 오푼증쯤 써럿는데 방
자놈은 십배나 더하야 닷돗중도 넘겨 떨며 《구리개 바닥인가 웬 저울풀이여/권
연후의 지경중이지(權然後)》○《그러면 길고 짜른 것은 대보아야 알겟네/마누라는 가위
문일지십이여》어듸 무엇이 잇슴니가 《주리째 마질 놈 저 쏠 좀 봐/녀편네가 욕은
왜》

【도】 압다 이놈아 나는 확실히 썰 필요가 잇서서 써럿거니와 너는 무슨 리유로 저럿케 씀직시리 쓰느냐 《그러매/그러매》

【방】 (예) 군자지덕은 풍야ㅣ라 소인은 도련님 쓰는 덕화로 자연히 써럿슴니다 《홍 그럿치 바람의 썰린 풀이 자얼이 다 눕겟지/홍 그 뿐인가 상유호자면 하필 유심언자여든》 그럿치만 소인은 산광의 지처서 흔들엇지 어듸 써럿슴닛가 《에 쥬리째 멜 놈/글새 욕은 왜》

〈9〉

【도】 압다 그놈 인저 신소리 시초 잡는데 저러케 신둥짓 것 보닛가 잇다가 혼나절쯤 되면 오륙월 초ㅅ병막애 되겟다 《초ㅅ병막애 둘 되겟네/여긔도 두엇되네》 ○《작구 느네/쏘 식기칠 걸》 이애 방자야 그것이 진정 무엇시냐 어서 좀 아르켜다고 《실업슨 아희/누구면 안그리》

【방】 아 어듸 무엇이여요 소인 눈에는 아모 것도 안 뵙니다 《욕도 말라시고 짓구년/진 연석도 상담이 여석》

【도】 압다 이놈아 눈도 반목상목이 다르단 말이냐 상놈의 눈은 냥반의 틔눈만도 못흔게여 《그것은 아니할 말/교사지연(驕使之然)》 네 눈에는 아니 뵈고 내 눈에만 뵈는 것이 내게 짜린 금 안이냐 불탐야식금은긔를 날로 두고 이름이다 《그것두 률이지요/한번 보면 잇들 안해》

【방】 여보시오 웬말이오 금의 거처를 드르시오 흔고조 성업할 제 황금 사만근 내여주고 불문출입 하엿스며 《봇장이 원리 커/그러게 천자를 햇지》 ○ 《천자 아니라 만자라도 하지/넉넉하지 무얼 못하여오》 진시황졔 위엄으로 텬하병긔 슈취하야 종거금인 밍근 후의 무쇠 쪼가리 흔아 안 남엇소 《그리도 긔 차물품은 맨 철물만 니용하데/긔선은 쏘 엇덧코 제철공장의 좀 가보라지》

〈10〉

【도】 그러하면 옥 아니냐 《요새 옥은 금보다 더 귀하데/옥도 츰 틔읍는 옥이 귀하지》

【방】 옥도 쏘훈 밍낭하오 곤산옥은 불에 타고 화씨옥은 국새 되고 범증옥결 깨여지고 옥산은 자도 비인퇴요 롱옥 송옥은 다 죽엇스니 새암궁긔 싸옥이밧긔 읍습니다 《막비군옥산누견인가/그 옥이 츰 쏘 남잇군》

【도】 그러하면 신선이냐 《츰 신선인가 보구먼/근리는 신선도 흔하여》

【방】 방장 봉래 아니어든 신선 오기 만무하오 《그리 신선이 츰 잇나/누가 보앗서야지》

【도】 그러호면 귀신이냐 《귀신이란 말도 어방하지/점점 허무한 소리만》

【방】 세우삼경이 아니어든 귀신이 어이 잇스릿가 《독갑이는 츰 잇다는데/그 싸위 소리 쏘하거든》

【도】 그러하면 무엇이냐 금도 옥도 아니 되고 신선 귀신 아닐진대 네 의부ㅅ 어미냐 내 작은집이냐 어서 좀 가르켜다고 《알고십허 질알낫다/그런 말투 천격시러》

방자놈 그제야 진정으로 엿자오대 《고만 어긔대나/그리 공순하게》

그 아희 근본을 알고저 할진대 이골 퇴기 월매쌀 츈향이라 인물이 일식이오 힝실이 절등하고 바누질 잘하고 화양잘 질호고 물네질 잘하고

〈11〉

둘네질 잘하고 싸홈질 분탕질 말질 욕질 모도다 잘하는데 기안입록 아니하고 여염의 드러안저 처ㅈ힝신 하나이다 《다 잘하네/그러기에》

도련님 반겨듯고 《그 잘난 것을 반겨해/못하는 거 읍스니 좀 잘낫서》

그러하면 가소롭다 제가 일정 창기녀ㅣ면 흔번 구경 못할소냐 당장 가서 불너오느라 《처자도 막 부르나/저 아범 밋고 그러지》

방장놈 펄적하야 《그런 심부림 츰 어렵지/안하고는 더 못박일테니 웃지해》

츈향어미 독흔 솜씨 누구를 난장 맛치랴고 그런 분부 마르시오 《츈향 어미가 독한게러군/독하면 무얼해 열가지 마음인데》

【도】 왜 츈향어미 손은 비상손이라더냐 사쏘자제 내라하면 업어다가 밧친단다 두말말고 근녀가 보아라 《세도 조타/누가 당해》

방자놈 할일읍서 츈향 부르러 건너갈 제 참나무 아래 잘러 집힝이 삼어 썩구로 집고 자믹방초 너른길로 홍청홍청 건너가서 츈향을 부를 적의 홍이 나게 부르겟다 (아나 이애 츈향아 츈향아)

<h2 style="text-align:center">〈12〉</h2>

춘향이 쌈작 놀나 근에ㅅ줄 쓸처노코 도라서며 하는 말이 《내가 다 쌈작/제주 삼신인가》 아 요 발길 어멈 자식 갓트니 무슨 소리를 그리 허들갑시럽게 질너서 하마터면 대감 낙상하실 ㅅ번 하엿지 《대감은 웬 대감인가/제 존대 제가 하지》

【방】 허 제미 내 병풍의 방귀그려 붓친 것도 보고 마당 터진데 솔뿌리로 쐬매는 것도 보앗다마는 세상도 엇지 되여 시집도 안간 게집애가 낙태란 말이 웬말이냐 너흔데 첨 듯는구나 《막 올가잡네 그랴/촌빅성 잡든 슈단》

【춘】 아 고 아희년석 생사람 만이 잡겟다 내가 낙생이랫지 은제 낙터라더냐 《그야 참 분명이 락상이라데 내 드리니/나는 드르니 락태라고 하데》 ○ 《영감이 어듸서 드르섯서오/마누라는 어되서 드럿소》 ○ 《나는 령감 칙 넑으시는데 들엇지오/나는 마누라 이야기 하는 데서 들엇소》 ○ 《이야기는 직금 한 것을이오/그럼 뭐 칙은 춘향이 째 보앗나》

【방】 압다 아모턴지 낙자는 들기는 꼭 들엇구나 《그래 낙짜 하나만 들면 낙탠ㄴ가/그러치 안그래 귀한 글에》 너는 웃잰 아희완더 근에를 쒸랴거든 너의 집 단장 안에서 은근히 될 것이지 광호루 마진 편 사통오달한 짝 바라진 곳에서 근에줄 축혀매고 아조 펄펄 쒸노라고 빅능보선 두 발길이 빅운간의 현쏫번쏫 금픠향낭 말

〈13〉

근 향긔 바람길의 촉비하니 도련님이 구경왓다 별안간에 두 눈 붓처 발동하야 어서 불너 오라하니 야야 밧비 근너가자 《그리 갓나/그리 쉽게》 ○ 《다시 안 불넛나/ 고 아희가 그리 부드럽게》

【춘】 압다 너는 수다도 하다 츈향인지 란향인지 기생인지 비상인지 종종이 새 얼박씨 싸듯 너다려 누가 죄다 싸 빗치라디냐 그럿치 아니히면 사쏘자제 도련님이 나를 언제 아시관대 불너오라 하신단 말이냐 《말이 어듸서 고러케 잘 나오노 고것 장릭 무엇 될ㅅ고/고까짓 걸 잇다가 좀 보아 올차고 안차고 도리방 도리방 하지》

【방】 압다 야야 웬 말이냐 도련님이 구경왓다 제멋대로 노라낫지 싸밧치기는 웃든 냥반님이 싸밧첫단 말이냐 《제 존대는/롱판이지》

그러나 너 내 말을 들어봐라 도련님도 미장가전이오 너도 쏘한 미가규녀라 이제 나와 근너가서 도련님께 잘만 뵈고 웃쌧던지 는실난실 오장을 근질너노면 관청 것이 다 네 것 되고 남원 것이 다다 네 것이라 《나 도령감을 좀 근질너붓가/내가 생전 간지럼을 타야지》 금실우지 질기다가 경성으로 갓치 가서 고딕광실 놉흔

〈14〉

집의 부귀영화로 지내면은 인간의 조흔 닐이 그밧긔 쏘 잇느냐 남편을 으들량이면 그러흔 서울남편을 웃지 시골 무지렁이를 엇는단 말이냐 《잘 쇠슌다/엇 구슈하지》 ○ 《그러나 무지렁이는 무엇인가/쏜새 읍고 뭉텅하단 말이지》

【춘】 이 자식 남편도 서울남편 시골남편을 달너야 《그리기에 저 되기에 달렷지 뭐/천만의 성질이 본릭 달너오》

【방】 다할 말이냐 인걸은 지령이라 산세로 두고 일은 대도 견라도는 산이 슌하매 사람이 모다 간교하고 경상도는 산이 쥰하매 사람이 모다 쑥쑥하고 츙청도는 산이 쵹하매 사람이 나면 재조잇고 경긔 한량으로 치다

러서 인왕산이 주봉이오 종남산이 안산이라 삼각산이 표묘하고 관악산이 률을 하며 사방산쳔이 모다 달려 읍하는 듯하고 청수가려하여 양명지긔가 들끌는고로 문장재사와 냥반갑족이 불가승슈라 성품으로 말하여도 선흔 자는 지선하고 악흔 자는 지악하야 모다 벼락 쌍방망이 갓치 하나도 허소치 안 하니라 체국은 작어도 담이 차고 상모는 졸해도 이목이 발거 뉘 아덜놈이 당해볼 수 잇더냐《그것 춤 벼락이러군／인벼락은 그것이지》

<h3 align="center">〈15〉</h3>

【춘】 오 네 말이 올타 여북해서 서울 싹정이오 경긔 싸토리ㄴ가 인정은 만어도 분의가 짜고 횟덥기ㄴ 해도 남을 막 발녀세워 급히 더웁는 방이 쉬 식나니 내가 아조 모로는 줄 알고 너 왜 이리 어벌정 하느냐《애고 고거 약기는 춤새 굴네 씨우겟네／약은 사람은 안 속나 속을 째는 더 잘 속는늠》
【방】 이애 그는 참 그럿타 하느니라만은 네가 아모래도 단지기일이오 미지기이로다 서울사람덜 넷날 습관 다 곳치고 친절함과 공근함이 틔업는 옥갓틀 분더러 냥반은 씨가 잇나니 도련님으로 일을진대 디벌은 연안이오 외가는 청송이라《그거 우리집 외손이오 그랴／암 그러기의 그리 잘 생겻지》 문장은 리빅이오 풍채는 두목지라 소진장의 구변이오 손문즈의 권변지슐 참 어긧둥하고 밍랑하니라 너 올테거든 오고 말테거든 말랴무나 나는 간다 가《잘 쇠슈는데 잘 쇠슈어／엇 구슈하게 삶어 넘기지》
츈향이 솔깃하야 방즈짜러 근녀갈 제《곳 짜러 서는군／줄밥의 매지 뭐》연보를 즈조 옴겨 아장아장 굿는 양은 대명전 대들보의 명막이 거름이오 양지짝 마당가의 씨암닭의 거름으로 앙금조춤 근녀가다가 도로 넌짓 생각하고 도라서며 하는 말이《키가 작달／암 그래야

〈16〉

만 하던게지 앙금조츰 할 절의는/지 녀펴네 키 큰 것 내 원 멋거리 적어》 ○ 《내 말이 춤 보기 실여 아리ㅅ 도리를 흔드적 흔드적하고 댕기는 거 원/키야 참 이녁보다 더 큰 이가 어듸 잇소 흔들기로 그러케 흔들라고》 ○ 《그럼 난장이를 다리고 살으시지/참 난장이라도 하나 더 으더야지 일시가 밧버》

이 아희야 들어봐라 청산의 범나뷔가 쏫을 보고 짜러가지 곳치 웃지 나뷔를 보고 짜러가며 강상의 쩨기럭이 물을 보고 짜러가지 물이 웃지 기럭이를 짜러가리 내 아모리 천창녀ㄴ들 녀즈의 몸이 되여 남즈 차저 단이기 례 아니라 못하겟다 《참 그럿치/그럴뜻 하지》 네 혼즈 근너가서 도련님쎄 엿즈오대 (안슈히 접슈화 해슈혈)이라 간절이 유의커든 (금야삼경의 친즈왕림) 하옵소서 엿주어 들리여라 《그것 다 무슨 문자ㄴ가/하도 만으니 나도 몰으지》

【방】 이애 냥반이 부르시는데 귀티여 아니가면 너의 모 중장 당쿄 너도 쏘훈 못 박일라 《싹 을느는군/을느면 되나》

【춘】 이 즈식 도련님만 냥반이오 나는 냥반 아니라더냐 《개시 냥반이러군/상놈은 읍는 세월인데》

【방】 너는 아모리 냥반이라도 절늠바리 냥반이라 그냥 번을 당할소냐 《왜 충다리던가 그러케 절게/제 아버니만 냥반이란 말이지》 아모튼지 근너가즈 《졸라서야 될 닐인가/공연이 헛입만 달구지》

〈17〉

【춘】 아모턴지 못 가겟다 《영 안된단 말이지/어듸 가고 안되여》

방즈놈 할닐읍서 저 혼즈 근너올 제 이째 리도령님은 방즈를 보내고서 두 다리를 잔쏙 틀고 서서 근너다 보다가 츈향이가 아니오고 유림 속으로 쑥 드러가니 민망훈 중 글 훈귀를 얼는 생각하얏겟다 (신선이 귀동쳔하니 지문유여향이라) 《말 되엿는걸/무등 용하지》 방즈놈 근너오니 (이놈아

내가 춘향 불너 오랫지 쫏고 오래더냐)《그러매/우슙군》

【방】 여보 엇지한지 소인은 욕만 잔쯕 먹고 왓소《욕도 참 뭉텅이 욕 먹엇지 조쪼만 계집애한테/방자놈 한가질세 누가 그리는데 그게 욕이라여 모도다 홀륭한 문자라늠》

【도】 이애 쌤을 마저도 은가락지 씬 손에 마지랫단다 그런 욕은 호사뭉텅이다 대관절 욕은 무엇이라고 하든고《호사가 무슨 호사여 그것 쏘 장리 큰 치골 되겟네/아 지금은 치골 아니고 리골인가 내력 치골인데》

【방】 안슈히 접슈화 희슈혈이라 금야삼경의 친즈왕림이라 하니 그런 대욕이 어대 잇소《저게 욕 아니고 무어여/올치 방장놈 말만 듯고》

도련님 잠간 색여보고 《나도 좀 식여보ㅅ가/그까지거 고대 알지 뭐》○《참 모를 것 읍군/나는 몰라도 부인은 아르실걸》

〈18〉

어허 그일 다 되엿다 안슈희라고 하는 것은 기력이 안ㅅ즈 짜를 슈ㅅ즈 바다 해즈로 일홈이오 접슈화라고 하는 것은 나뷔 접ㅅ즈 짜를 슈ㅅ즈 꼿 화ㅅ즈로 일홈이오 해슈혈이라 하는 것은 게 해ㅅ즈 짜를 슈ㅅ즈 구멍 혈ㅅ즈로 일옴이라 금야삼경의 친즈왕림은 나르다려 져를 짜러서 오라고 하는 말이로다 어허 그 일 다 되엿다 다시 홀 말 무엇 잇느냐《악가 그게 참 욕 아니러구먼/왜 욕이라더니 금방 아니리여》

【방】 여보 그러면 오날밤부터 동사로 회계합시다《쌔 우수에/잡놈이지》

【도】 에라 이놈 나하고 동사를 말고 동헌에 가 공사를 히라《그거 더 우수에/고건 연골 잡놈》곳 칙실노 도라와서 해지기를 기다릴 제 방즈야 해 웃지 되엿느냐《참/참》

【방】 인져 동산의 악휘 텟소《바로 식전이러군/해장도 안이 햇서》

【도】 에라 이놈 네가 동서를 분변 못하는구나 그것이 서산에 지는 히다 이 미련흔 놈아《그때 참 전역째 다 되엿슬걸/그러기의 산만 박구어 일넛지》

쏘 뭇되 해 웃지 되엿느냐《썬질 뭇는군/일각이 여삼츄지》

〈19〉

【방】 일도즁텬 하엿스되 오도가도 아니하오 《그놈 꼴/가관이지》
아이오 일모하니 석반을 파훈 후의 《발서 전역을 먹엇서/발서가 뭐여 남은 해가
길어 애를 씨는데》
【도】 서칙이나 드리여라 글이나 일너보즈 《일너 보는 게 무엇인가/령남 사토
리 말이지》 천즈를 드려라
방즈놈 천즈를 들고오며 져 몬져 훈바탕 이르는데 (처다보아라 하날 텬
《고개를 번적/갓치 쏙 번적》 나려다 보아라 따 지 《고개를 꿈벅/갓치 쏘 꿈벅》 휘
휘친친 감을 현 《팔쑥을 홰홰/갓치 쏙 홰홰》 지근지근 누루 황 《손바닥 직신직신
/갓치 쏘 직신직신》 방아집도 집 우 《다리로 직신/갓치 쏙 직신》 뒷간집도 집 주
《코살을 씽끗/갓치 쏘 씽끗》 입이 크다 넓을 홍 《입을 쌱 버려/갓치 쌱 버려》 싹근
머리 것칠 황 《실실 문지른다/갓치 문지른다》
도련님 대소하고 (에라 이놈 무식훈다 내 일그게 드러봐라) 《무슨 정신에/
글 될ㅅ가봐》
자시의 생텬호야 경청재상 무례호니 광대호탕 너를시고 유유피창 훈날
텬 《번쩍/번쩍》 축시에 디벽호야 즁탁응이재호호니 곤후재물 무량이라 만
물생장 짜 지 《쑵벅/쑵벅》 허령지리 난측호니 현현묘묘 가물 현 《난측이지/
난측이지》 금목수화토 오힝 즁의 토지정색 누루 황 《정토색/정토색》 금풍삽
이석긔호니 옥우쟁영 집 우 《추천정신/추텬정신》 제왕녁대 경질호니 왕우래
주 집 주 《만고천금/만고천금》 구년치수 다사리니

〈20〉

하우공덕 넓을 홍 《우덕 홍대/우덕 홍대》 세상만사 밋들마라 황당호다 거칠
황 《황당지심/황당지심》 소간부상삼백쳑의 번뜻 썻다 날 일 《부상츌일/부상츌
일》 일락홈지 황혼되니 월출동령 달 월 《동산명월/동산명월》 답진츈광 도라

오니 락화령의 찰 영《만슈화향/만슈화향》 전국시설분분ᄒ니 일즁불결 기울 책《유하불결/유하불결》하도작서 잠간 보니 일월성신 별 진《재턴성신/재턴성 신》광무중흥대장도의 이십팔슈 잘 슉《각슈기방/각슈지방》만권서책 드려 다가 여긔저긔 벌 렬《만상개렬/만상개렬》혼암시대 다 지나고 경장차국 베 풀 장《시대경장/시대경장》어허 그 날 참도 차다 소ᄒ 대ᄒ 찰 ᄒ《엄동설한/ 엄동설한》가는 세월 막을소냐 백발이 장차 올 리《빅슈장리/빅슈장래》여름 절이 갓차우니 남방화긔 더울 서《삼복대서/삼복대서》세월이 여시 무정ᄒ 야 문듯 간다 갈 왕《변자왕의/변자왕의》오동지방 밤비소리 염락금정 가을 추《일엽락츄/일엽락츄》신진사업 발전ᄒ야 무량공리 거둘 슈《대공장슈/대공 장슈》고인이용삼동족ᄒ니 공부시간 겨울 동《독서삼동/독서삼동》천백기능 다 잘 배워 흉장조화 감출 장《흉쟝만계/흉쟝만계》녁슈추연 절후맛처 삼년 일회 윤달 윤《윤여성세/윤여성세》금은옥빅 무진ᄒ니 먹고 입고 남을 여 《의식유여/의식유여》장부공업 유지자는 사필경성 일을 셩《하사불셩/하사불셩》

〈21〉

이내 길년 운슈보니 태세근년 햇 세《운재차세/운재차세》안해박대 못ᄒ나 니 대뎐통편 법측 률《박처재률/박처재률》춘아냥구 상대ᄒ니 법측 녀ᄉ자 비합이라《상구하구/상구하구》 ○《눈니 반목상목이 다르냐드니 글은 참 반문상문이 현슈하군 리도령이 방자보다 썩 잘 닑슴니다그랴/무엇은 아니난가 개명도 제발하라ㅣ면 아니하고 끠여덜 드러가니 그럿치 다갓치만 햇스면 훨석 낫지으》
동몽선습 드리여라 텬지지간 만물지즁의 춘향의 최귀ᄒ니 소귀호츌향자 는 이기유오륜애라
《본문에도 츈향인가/주지가 츈향인데》사략을 듸려라 태고라 텬황씨는 이쑥덕 으로 왕ᄒ야 형뎨 십이인이 각일 만팔쳔세ᄒ시다《쑥덕 자시고 오래도 살엇 네오/그러기의 그짓말이라고 시비중이지》
방자놈 듯다가 여보 도련님 글 잘못 읽소 텬황씨 이목덕으로 왕이지 쑥

덕으로 왕이 어대 잇소 《그러매 참 나도 목덕으로 읽웃는대/읽기는 은제 읽어 배노코 작난만 햇지》

【도】에라 이놈 네 모른다 텬황씨가 소시째는 목덕 아니라 쇠쩍 고드리쩍도 잘 자시더니 일만팔쳔세를 살고나니 락치가 다 되야서 물신물신혼 쑥쩍만 자시고 김치도 살문 김치만 찻는단다 《잘못 닑어노코는 생판 쑴며대는 슈작이지 뭐/그게 다 림시쳬변이지마는 아모턴지 리승하닛가》

<h2 style="text-align:center">〈22〉</h2>

통감을 시작ᄒ자 이십삼년이라 초명진대부 위사됴적 춘향ᄒ야 위제후ᄒ다 《거긔도 춘향인가/나도 모르지 그럿턴가》 소학을 비워보자 원형이정은 텬도지샹이오 인의례지는 인성지강이니라 츈향지약은 금야지봉이라 《츈향을 외지 소학을 외나/쇼학 씃자 하나ㅣ 나 알가봐》 맹자를 읽으리라 맹자ㅣ 견 량혜왕ᄒ신디 왕왈 쉬불원쳔리이리ᄒ시니 역장유이리오 춘향호잇가 《춘향이한테는 대체 지성이여/제 부모에게 그랫스면 효자라지》 논어를 복습ᄒ자 자ㅣ 왈 학이시습지면 불역열호아 유붕이 자원방리면 불역락호아 춘향이 자금일리면 불역대희호아 《픅도 깃부것네/불가형언이지》 중용을 관통ᄒ자 텬명지위셩이오 솔셩지위도오 슈도지위교니라 솔츈향이 슈사랑가지 위교니라 《노래도 교ㅣ라 할가/교과서의 창가 읍든가》 대학이 큰 글이로다 대학지도는 재명명덕ᄒ며 재신인ᄒ며 재지어 츈향가ㅣ니라 《츈향집의 가서 아조 살어야 하겟네/살고말고 안 쩌날걸 그라여》 시젼을 일거보자 관관저구 여자ᄒ지쥬로다 요요숙녀여 군자호구로다 흥야라 요됴숙녀는 춘향이요 군자호구는 내로구나 《내라니 당신말이요/어 그럿치 라오》 ○《라오가 뭐여오/전라도ㅅ말》 시젼은 뜻이 깁다 왈약계고제요혼대 왈 방훈이시니 흠명문사안안

〈23〉

이라 왈약계금 리도령혼디 왈 호이캬라시니 개명문사ㅣ안안이라 《아희들 노래에도 하이카라 서방님은 법빈상이 제격이라는데/아모려나 우리갓흔 중늙은이들은 그런거다 세월 쩟소》 쥬역을 슉독호자 건은 원코 형코 리코 졍코 춘향이코 리도령코 방자코 뭐시코 모다 흔데 합처댈코 업불사 색코가 부탁으로 《노름꾼덜 말 드리니 부탁을 잘하면 원살보다 돈을 더 싼다는데/녀편네가 모르는거 읍네 그런 소리 어듸서 들엇셔 나보다 잘》 그 코 그대로 읽다가는 큰 망발호겟다 텬자가 만자 되고 《그동안 글 퍽 느럿네/쏙 십배 느럿지 뭐》 동몽선습이 홍몽선습이 되고 《참 홍몽천지여/혼돈세계지》 통감이 쏙감 되고 소학이 대학 되고 《박귀 되여/흑슉학슉》 중용이 무용 되고 《폐지러군/쓸쎄읍지》 맹자가 탱자 되고 《귤이나 되지/먹기나 하게》 논어가 곤어 되고 《그러도 크군/원체 큰 도어든》 시젼이 서젼 되고 《서전은 시전 되고/의례 그럴테지》 쥬역이 구역 되고 《여북 실여서/왁직이를 히》 하날이 돈짝만 호고 《일전만 한가/고리전만 히》 디구가 팟닙만 호고 《콩닙만도 못히/콩닙 반만 하지》 인경이 매방울이요 《그것은 커 뵈네/오히려 큰 편이지》 남대문이 바눌궁기라 《실이나 쮈ㅅ가/얼는 못 쮜여》 니방 호방도 춘향이오 좌슈별감도 춘향이오 사령군로도 춘향이오 통인방자도 춘향이오 동헌에도 춘향이오 내아에도 춘향이라 《그러케라도 뵈이는 게 다힝이러군/그나마 올케 뵈나 모다 어렴풋하지》 에라 이 눈을 쓰고 잇다가는 큰 야단 나겟다

〈24〉

두 눈을 꽈 감ㅅ고 안젓스니 그저 열두 춘향이가 우물우물 왓다갓다 왓다갓다 보고십허 상셩지경이라 《열두 춘향이 승을 하면 일뷕마흔 춘향이 되겟네/그쯤 될 걸 아마 일일일 이이사 일뷕마흔이 꼭 맛소》 의희사슈가 환비슈오 방불문향이 불시향이로다 보고지고 보고지고 춘향 잠간 보고지고 《저거 참 상셩 힛군/본정신은 아니지 뭐》
소리 생긴대로 가짓것 질너노니 《아조 쌕 질넛눈/태소성대하지》 사쏘가 동헌

의서 첫잠이 막 들랴말랴 ᄒ다가 그 소리에 깜짝 놀나 토인을 급히 불너
서 《되게 놀낫겟네/언겁결의》

【사】 네 뉘집에 불낫나 나가보라 《급히 질느닛가/도적 아니면 불이지》 ○ 《불
보다 더 급한 것은 읍겟다/일평생 조심할 것이지》

토인이 쪼처나와 (쉬) ᄒ닛가 《쉬는 무어여/금지성(禁止)》

도련님 역증을 내며 《도리여 증을 내여/쏭 쮠 년이 셩낸다늠》

너의 놈들이 나을 보고 쉬쉬ᄒ니 내가 오륙월 돌담 우의 쌋치 독사란 말
이냐 저런 무엄ᄒ 놈은 사쏘깨 품ᄒ야 엄치를 ᄒ리로다 《매 맛겟네/도리여
맛기 쉽담》 ○ 《담은 무엔가오/그리도 그거 서울말》

【방】 여보 소인의 무엄ᄒ 것은 조족지혈이오 도련님은 무엄찬코 유엄
ᄒ야 무

〈25〉

슨 소리를 그리 야단시리 질너노아서 갓득이나 부실ᄒ신 사쏘가 막 취침
ᄒ섯다가 그 소리 깜짝 놀라 평상의 쑥 쩌러지서 서서 절작소지 씨겟는
데 《절각소지가 무엇인가/소다리 부러진 데 잡아먹는 청원서》 어듸서 살인 낫나 아
러오라 ᄒ시오 쌋댁ᄒ면 종아리 열두개는 버러노앗소 《혹 쩨랴다가 부치게
안됏나/저 아릐 리도령 말과 갓군》

도련님 혀를 쓸쓸 차며 《그 버릇은 한된 버릇/혀 차는 버릇이》 내 집 늙은이나
남에 집 늙은이나 밤잠이 넘어 읍스면 청승이 과ᄒ니라 백셩의 호원소리
는 물나들어도 그런 소리는 잘알어 드르신다더냐 《그것 다 무슨 말이여/놈이
참 버릇 쫴 읍지》

이것은 다 광대의 재담이라 례문가 자제로서 무슨 그럴 리가 잇나 《그럿
치 참 그럴 리가 잇나/아모렴 그러기의 희극이지》 나이 비록 어릴망정 의사가 남
과 달너 얼는 둘러디는 말이 《제짜짓게 갑작이 웃더케 둘너대여 나는 이째꺼지 그
릇을 깨고도 둘러대 보덜 못 햇스니/그러나마 봐요 그 아희 의견을 우리가 당할터여 고지
식하기야 부인갓ᄒ니가 어듸 잇서》

네 드러가 엿자오디 도련님이 글 읽다가 글구의 흐엿스되 북해의 대붕조
남텬을 향홀 적의 박부요이 직상구만리라 웃지타 그 짐생은 구만리

〈26〉

을 향흐는지 보고지고 흐엿다고 그리그리 엿자와라 《괴국이 큰 아희오/범위
가 적지 안치》

토인놈 드러가서 그 말삼 살외온대 《아버니 맘의 조아할 걸/그러기의 웃는 쑬 좀
보지》

사쏘 웃지 치골일는지 우슴을 참지 못흐고서 (희희희 그 자식 쫴 씨켓지
룡생룡 봉생봉이라 흐는 슈 읍는니라 《그거 참 치골의 우슴이러군 나도 좀 그러
케 우서볼가/어듸 한번 남의 승내 잘 내기도 썩 어렵다늠 그것도》 상방 대초 두 자루
내여쥬며 (엣다 이것 갓다가 도련님 드리고 오날 밤의 이 초 다 타도록
글 읽다가 주무시래라) 《오날 밤의는 뒷간의 갈 새이도 읍겟네/글을 안 닑을지언정
저 갈 데를 아니가고 박이나》

방자놈 류초를 갓다놋코 쏘 무슨 책 흐짐을 잔득 저다가 내려노며 《무겁
든가/쉬여 왓서》

엣소 이 책을 오날 밤 내로 다 읽으되 자자이 쥴쥴이 권권이 장장이 모조
리 슉독흐야 내일 아참 강을 흐되 만일 일ㅅ자라도 불통흐면 생주리째를
나린다고 흐십데다 《그것 말도 무직쑹하게 해 부치는 거/그 말도 쏘 그놈만치나 무직
쑹하예》

【도】 이애 그 책 모다 거긔 두어라 일후의 츈향 다려다가 살림 살면 뒷
간의 도벽이나 흐즈 그것 참 혹 쩨랴다가 혹 붓치게 되엿구나 《그 말이 찰
내 말과 갓군/둘에 말이 쏙 갓다닛가》 ○ 《어물전 망신은 모과가 식힌다더니 칙 망신은
리도령이 식혀/아 여슈교칙 가지고 방바닥 닥거바리는 사람도 잇는데 뭐》 방즈야 밤이
웃지 되

〈27〉

엿느냐 방즈야 방즈야 《이거 왜 방자 슝이 넘어가나/글새 참 그러케도 보채는 거》
　【방】 예 폐문섯헤 퇴령ᄒ고 상방의 불물이고 사쏘님 주무시오 《열시 가
량 넘엇슬걸 그럭저럭 좀 이식 햇다고/그째 웬 열시 아홉시를 알든가 이경 삼경 그랬지》
　【도】 아야 인제 새슈 낫다 츈향의 집 근너가즈 사부랑삽젹 문을 나서
감돌고 풀돌아 성을 찌고 훨신 도라 마음 심ㅅ즈 갈 지ㅅ즈로 이리지리
히서 얼마즘 가다가 《개미 체ㅅ박휘 돌듯햇군/쌤쌤 도라 픽 돌아 당겼지》
방즈놈 획 도라시며 《왜 두라서 가기가 실인가/실여 그래나 짠 맘이 잇서 그래지》
여보 도련님 《어둔 데 일치 마러야지 참/달 잇고 등 잇는데 왜 일어》
　【도】 왜야 《바로 게 잇구먼/그럼 뭐 일어바리고 찻는 줄 알어》
　【방】 오날 밤 사건은 리희간의 쏙 동사로 합시다 《오 그리서 불넛군/그럼 뭐》
　【도】 에라 이놈 나ᄒ고 동사를 말고 동헌에 가서 공사를 하란잇가 쏘
그리는구나 나 혼즈도 태반부족인데 《돈이 얼마나 되길내 동사를 해여 못할 것은
어우름장사/물건이 돈이지 생물인데 아조 좀 조흔 물건이라구》
방즈놈 불끈ᄒ며 《냥반 압희 불끈하야/그런 째는 할 만하거든》

〈28〉

여보 툭ᄒ면 이놈 저놈ᄒ고 방즈야 방즈야 ᄒ니 접시 바라진 것은 써도
아희 바라진 것은 못 쓴다오 내 나으로 히도 왕존장이 더 되겟소 도련님
혼즈 가오 나는 도제 아니쏘아 안 가겟소 《그런 째는 냥반도 참 쓸데읍군/치면
마젓지 별슈잇나 제짜짓게》
　【도】 아아 야야 내 잘못햇다 《그리도 속은 살어서/살면 얼마 살어》
　【방】 그래도 쏘 야야 《그예 해 내여/텬하 읍서도 안 바들걸》
　【도】 아니 그러면 즈네 즈호가 무엔가 《나 만은 거 자 부르는 게 조치 참/자는
무엇하는 게여 령감 이랫스면 슈슈하지》
　【방】 내 즈는 으르신네오 《방자 그거 꽤 엉큼한대/내라도 쩍자 좀 부터 보겟네》

【도】어 으르신네 어서 가세 《인저 수구러 저ㅅ군/아조 찍으러 젓지》

【방】다시는 안 그랠랴오 《싹정을 밧는군/단단이 바더야지》

【도】다시는 안 그램세 《아조 비는군/개개승복이여》

【방】다시 그리면 무엇이요 《밍셰까지 하라고/단단이 밧고 말걸》

【도】다시 그리면 동힝ᄒ는 놈이 다리가 부러지지 《그럼 방자다리 부러지란 말이러구먼/그 말이지 얼듯 드르면 속지 안하겟서》

〈29〉

방즈놈 홱 다라나서 셩밋헤 가 쏙 숨어 안젓스니 도련님 답답ᄒ야 대로변의 서서 어른신네 어르신네 ᄒ며 체면읍시 부르더러 《그것 참 큰 망신햇군 으르신네가 웃더케 되는겐지 모르던게지/남의 애를 숙믹으로 치네 그저 제 밋치 구리면 심을 못써》

츈향의 집 당도ᄒ야 주저방황ᄒ며 잠간 드러보니 《그래도 가기는 갓군/으르신네 방자 덕이지》

이째 츈향이는 만뢰구적ᄒᆫ데 부용당의 홀로 안저 칠월편 내여노코 즈랑즈랑 이르다가 《글새 이르는게 다 무어여오/아니 참 넓다가》 책장을 툭 덥처서 안상의 고이 노코 거문고 당겨내여 대인난 곡조를 반향이나 탄 연후의 속절읍시 절음ᄒ며 (아모라도 지음ᄒ야 이 노릭 대를 ᄒ면) 《저도 기다리든 판이러군/의려 올 줄 알엇겟지》

마참 리도령이 화원에 근일다가 시됴 혼 장을 나직이 부르는데 (사마상여도심금은 탁문군을 기다리고 소소구성슌금곡은 봉혜봉혜 ᄒ는구나 지음을 모로거든 내게 무러 알려무나) 《금밤 지엿나/글이 문장인데》 츈향이 깜짝 놀나 우당퉁탕 근녀가서 즈는 제 어멈 쌔운다 엄지장가락 심을 쥬어 지근지근 작신 누루면서 애고 어머니 이러나 애고 어머니 이러나 손님 왓소 이러나 《간드라지다/멋시럼지》

〈30〉

이쌔에 츈향모는 단잠이 깁히 들어 일몽을 엇덧스매 난데읍는 쳥룡이 후
원에서 오르거늘 츈향 불너 구경타가 룡의 허리 서로 안ㅅ고 이리 궁글
저리 궁글 궁글궁글 궁글다가 《꿈도 룡꿈이러군/정말 이상하지》 츈향이 쌔우
는 소리의 어허 벌덕 이러나서 아홈 기지개 부드득 켜고 (손님이라니 웬
손님 손님이라니 웬 손님 맹상군의 식객인가 공북해의 쥬객인가 조누난
익 상객인가 관상룡마 정객인가 손님이라니 웬 손님) 《참/참》 횟득횟득
차영머리 되는 뎌로 비트러 쏫고 문을 펄적 열고 나서 화계사면 연못가
의 기웃기웃 엿보면서 (거 뉘시오 거 뉘신가) 밧든 기침 칵칵ᄒ고 애힘
애힘 《그것도 멋스럽다/멋을 쏘 쌔 찻네》 도련님이 비회ᄒ며 글구ㅣ을 읍조리
니 대월서상ᄒ 영풍호반개라 불장화영동 의시옥인리라 《쉬지가 상당할가오
/글이 조닛가 썻지오》 방즈놈 썩 나서서 쉬 ᄒ니 《쉬는 투러군/하인딜 투지》
【모】 요놈 쉬라니 왕파리 쏭구녁이냐 《쉬는 춤 파리 밋궁게서 나오는 거 드러
운 짐생/그러기의 파리통을 치우지 말어 죄 잡히게》
도련님이 쏘 나서서 《밤중의 무슨 목적으로 왓다ㅣ나/목적이 무슨 목적 퓌 쥬어도
고만이지》
아니오 지나가는 사람으로 파파집의 미주영진ᄒ다기의 ᄒ 잔 먹즈고 들

〈31〉

어왓소 《어린 애가 슐 먹으러 왓대도 실례 아닌가/쪽박을 쓰고 벼락을 피하지》
츈향모 이 말 듯고 (낙양동촌 슐을 팔든 마고선녀 내 아닐세 슉낭즈가
예 읍스니 리적션이 어이 올가 요새 츈궁의 도적놈이 만타더니 네가 아
마 담구녁 쑤르러 딍기나 보다마는 담쏙 두 놈이면 겁 안난다) 《압다 고거
올차다/방정을 겸햇지》
도련님이 효상을 보매 얼춤얼춤 ᄒ다가는 큰 봉변 홀 지경이라 《그러매/아
모럼》

여보 내가 사쏘님 아덜로서 즈네 쌀 츈향이가 즈색이 잇다기의 흔번 구
경코저 달을 짜라 나왓스니 즈네 말로 달내여서 흔번 뷤이 웃더흐고 《발
서 그랠게지 그 욕을 먹고 잇서 슈통하게/응천의 아덜이지 사는 직인데(事直)》
츈향모 늙을망정 먹는데는 귀신이라 《웃대서 귀신인가/하는 양을 좀 보지》
흐흐흐 그럿습닛가 말을 너무 흠부로 흐야 대단이 죄송흐외다 그러나 늙
은이 망녕을 절무니 경녜로 아옵소서 《낭청시럽다/웃던 수단인가》
　【도】 아니 관게읍소 이런 째는 그런 개 더 즈미로세 《그것 치골일세/든지럭
시럽지》
　【모】 아이고 저러케 쉬 푸러지실 줄 아엇더면 욕을 좀 더홀 걸 《참 슈단
적인데/긔막히지 춤》

〈32〉

도련님을 인도흐여 부용별당 드러갈 제 방안치레 잠간 보니 제법일는 것
이엿다 (각장 장판 소라반즈 백능화지 도벽흐고 청능화지 쯔를 쓰여 황
당지 굽도리의 앗즈창문 제격이라) 《둔은 녯날 제도러군/아짜 창이 컴컴하지》
문방제구 잠간 보니 즈개흠농 반다지의 왜경대 각계슈리 비취책상 화류
문갑 백동장식 쥬식고리 왜흠당흠 삼층장의 현단니불 화단뇨을 보기조
케 축혀 싸쿄 풍침 퇴침 담배설합 놋촛대 광명드리 요강 타구 재쩌리를
여긔 저긔 버려노코 룡두머리 장목비와 봉황 그린 빗접고리 왼짝 벽에
거러노쿄 《하필 왼짝 벽이여 아모짝 벽이나 글면 글지/그 째는 우칙 통힁이닛가 오른짝
은 사람 맹기라고》 김희간죽 별간죽의 소상반죽 열두마듸 금사오죽 양칠간
죽 부산ㅅ대의 은동물림 노인죽의 소년죽을 길고 짤게 만이 맛처 쥬섬쥬
섬 세워노쿄 거문고 새줄 달어 웃방 구석 세워두고 산슈병 모란병의 인
물병이 더욱 조타 《세간도 불빈하군/기생집 다 그럿치》 부벽쥬련 붓처스되 글
구ㅣ 마다 지취잇다 대오인즈ㅣ 명월이오 입오실ㅅ즈ㅣ 청풍이라 《글도
존글이오/탈속하지(脫俗)》 사벽에 도화부처 고리명사 버럿스되 동벽을 바라

보니 진처사 도연명이 핑택령 마다ㅎ고 일엽편범 흘리저어 시상리 올나
갈 제 쥬요요이 경양

〈33〉

ㅎ고 풍표표이 취의로다 롱인고여 춘급ㅎ니 서쥬의 일이 잇서 갈건야북
으로 십가리 두리메고 밧미리 가는 양을 혼기로이 그려놋코 《베슬이 춈 조
흔 게 아니엿다 그게 좀 지취잇소/그럿타고 다 안하면 나라일은 누가 하고》 서벽을 바
라보니 주시상보 강태공이 젼팔십 궁곤ㅎ야 갈사립 숙여쓰고 위슈변 흘
로 안저 시졀을 낙구노라 쑤벅쑤벅 조는 양을 청승시리 그려노쿄《그가
궁팔십 달팔십 하던 이러군/그러치 왜 강틱공젼 보아지오》 남벽을 바라보니 상산사
호 녯 노인이 바독판을 압헤 노코 마조 안저 대국홀 제 혼 노인은 흑기
들고 혼 노인은 빅긔 들고 하슈를 할가말가 한 노인은 잠을 즈고 쏘 한
노인은 엽희 안져 훈슈를 하랴다가 무안을 과이 보고 백우선으로 차면하
고 멀식히 안진 양을 방불하게 그려노코《신선 늙으니도 염의를 모로든가 남의
판의 훈수는 왜/박혁 훈수는 제 돈 내고 한다닛가 그이도 제 돈을 냇든게지》 북벽을 바
라보니 한종실 류황슉이 억조창싱 건지랴고 제갈공명 보랴하야 남양초
당 차져갈 제 운장 장비 뒤세우고 말곱비 손의 잡고 풍설은 분분한데 긔
구석경 흠한길의 지셩으로 가는 양을 녁녁히 그렷더라《고기가 물을으 드러
가는군/삼국지 벗스니 다 알겟소그랴》 ○《서화가 다 보기 조쿤/일상 보아도 실치 안
희》 ○《그러나 한가지는 그짓말/쏘 무엇이 그짓말이여》 ○《춘향이 별당의 웬 담빗ㅅ대
가 그리 만어요/글새 참 웬 객죽이 그러케 만턴가 저의 일가덜이 오든게지 타성 남자야
올 리가 잇나》

〈34〉

도련님 거동보소 슈슈하게 실적 안져 츈향이를 바라보니 반미셩한 몸키
에다 아래위 호리호리 료료졍졍하고 처처빙빙하야 색태만 잇슬 쑨 아니

라 정직하고 강강하야 절힝이 매우 잇서 뵈이더라 《그거 참 올케 보앗군/지감
이 잇는 앤데》
츈향이 쏘한 져히 모 겻희 안져 추파를 암주하야 도련님 잠간 바라보니
얼골이 관옥이오 미우가 명랑하고 광대쎠 축쳐지고 안진 키 웃둑하며 긔
걸괴위하고 덕긔풍령하여 일세의 긔남즈ㅣ라 심독희 즈부하더라 《昭:그
것도 올케 보앗군 그저 남자긔상은 헌걸하고 웃틀뭇틀한 중의 덕 후희 뵈여야지 연미하고
희백하야 얄상시럽듸 얄상시러우면 못 쓰는게여 哈:이것 참 그런 줄 몰낫더니 마누라가
관상을 옛날 당거 보다 더 잘흐시는구려 그런데 나갓흔 인물은 아조 못쓸 상격으로만 인
정하는 게지 닉 소박을 꼭 맛겟군 昭;왜 엉감 얼골이 어듸 얄상시러운가요 귀ㅅ박휘가 성
시울 갓고 코가 후도쏠만치 커서 텬북이 철철 넘치고 인덕이 족족 하신잇가 못 사러도 만
석군이오 슈는 여천지무궁할 텐데요 哈;이것 쏘 성한 사람을 병신 안 밍그나 쳇박휘만한
귀도 읍는데 성시울만한 귀가 어듸 잇스며 차ㅅ종만한 코도 읍는데 후도쏠갓흔 코가 어듸
잇단 말이오》 ○ 《쌀쌀쌀/빙그레》 도련님이 본래 유둘유둘하고 언족번족하야
숙록피 가로왈즈의 긔벽이 웃지 조흔지 남의 집 안뒷간의 뒤보는 아해언
마는 《그 애가 참 그럴 걸/능준이 그럿치》 외입장에는 첫 파겹이라 공연이 가
심이 울넝울넝하고 얼골이 확근확근하여 두 무릅을 잔쓱 꿀고 벙

〈35〉

벙이 안젓거늘 《그거 웃재 그리 어려울가/평생 첫 파겸이라 그럿치》 ○ 《그러기의 매
사가 파겹과 단련이 잇셔야하여/암 제 집구석의서 도룽 독은 쓸데 읍서》 ○ 《참 그런게여
요 나도 쳠의 와서는 복그러워서 낫틀 대희 볼 슈가 읍더니 지금은 원/아 지금이야 치마
벗고 등잔 압희 서리도 설 걸 아마》 ○ 《예 여보시오 그러기로/뭘 그러기로》 ○ 《하하하
/빙그레》 ○ 《이것 츈향전 보다가 사람 아조 버리지 안하겟소/나는 츈향전 째문에 버리
고 마누라는 나 째문에 버렷지오》 ○ 《하하 인저 중늙은이 다 되여서 안 버리면 뭐를 희
요/참 그럿치 세월 썻소 이래다가 다 쏘부러지면 고만이지 원통한 일》 ○ 《쏘부라지기야
나이 인저 한 사십에 그러케 쏘부라질라고 으/무어여 그럼 차차 쏘부러지지 절머질가 륙
칠십이 잠간이오》 ○ 《그는 참 그럿치만 그럿타고 이담 걱정을 미리 할 썻이야 잇슴닛가/
걱정을 미리 하는 게 아니라 그동안 더러 놀기나 하고 닐 넘어 하지 말어요》 ○ 《닐 안하
고 놀기 더 심심한걸 웃재오/저것은 참 막지 못할 텬성이엿다》 ○ 《부지런키야 령감이 나

보다 더하시지 일상/사람마다 자긔 숭은 몰라 나는 놀아도 마누라는 안 놀데》 츈향어미
너울을 붓처서 《너울이 너울너울하나/말이 풍치잇지》
도련님 오날 내 집의 오시기 참 뜻박기올시다 《너울을 잘 붓첫군/슈슈하고 듯
기 조치》이 애가 아쥬 그 말 좃처 말문이 툭 터지는데 《무어라하나 보자/말도
쏘 남아잇기지》
【도】왜 즈네 집은 가시셩 싸노앗나 그러나 내 늙은이 슈작 짝 실여 《참
나마잇기 터군/놈 건방지지》
【모】하하하 늙으면 그져 븻갓흐로 가야지 츈향이 슈작도 실여오 《죽어
야/암만》
【도】어 내가 그 말 듯즈고 하는 말일세 《더 들을 것 무어 잇노/그게 다 부침
슈단이지》

<h2 style="text-align:center">〈36〉</h2>

【모】아가 츈향아 인사 엿주어라 사쏘 즈졔 도련님이시다 《몬저 알 걸 무
어/알어도 모른 체 하거든》
츈향이 손길을 착 느리고 고개를 소곳ㅎ며 《손길은 왜 착 느리노/그럼 홰홰 두
르라고 무어》도령님 안령ㅎ십시오 《공근하군/얌전하지》
【도】예 안령ㅎ시오 《ㅎ는디로/고디로》
【도】네 셩이 무엇이냐 《셩보타 뭇겟다/첫인사가 셩을 알어야지》
【춘】일을 셩ㅅ즈 셩가올시다 《셩가 셩이 조흔가요/셩가가 냥반인데》
【도】내 셩은 리가로다 리가 셩가 둘이 맛나스니 이셩지합이 분명ㅎ다
《확실하군/꼭 그럿치》
【도】네 일홈은 무엇이냐 《일홈을 알면서 왜/지로도 문힝(知路問行)》
【춘】츈향이라 ㅎ나이다 《무슨 츈ㅅ자 무슨 향ㅅ자ㄴ가/봄 츈ㅅ자 향긔 향ㅅ자
지》
【도】내 일홈은 몽룡써다 《애덜이 씨가 무어여/그러기의 쥬졔너멋지》
【도】네 나흔 멧 살이냐 《나이 참 멧 살인고/급하기도 보면 알 걸》

【춘】 열여섯살이올시다 《이송이러군 나도 그만 찌 한번 다시 되여 보앗스면/꼿흐로 일으면 봉우리 모양이지》

【도】 내 나흔 십륙이다 사사십륙 이팔십륙 정동갑이 더욱 조타 《연분은 참 연분이여/아 텬정비필이지 무어》

〈37〉

【도】 생일을 무슨 날이냐 《생일은 가을이 조치/잇는 사람은 붐이 조타늠》

【춘】 사월 초팔일이올시다 《날도 존날일세/째는 웃든 째고》

【도】 나는 관등흐는 날이다 《구정 조켓네/밤이 낫 갓지》

【도】 시는 무슨 시냐 《자상이도 뭇는다/년월일시 사쥬어든》

【춘】 축시올시다 《첫 닭 울 째려군/계명 축시》

【도】 나는 즈시말이다 《잣칫 틀럿군/쏙갓기가 쉬운가》 혼 시만 닥엇더면 동시 될 걸 너이 어마니 조곰 게으르고 우리 어마니 넘어 부지런흐신 탓이로구나 《하하/허허》 츈향모 대소흐다 《그게야 참 우리 어마니도 웃겟네/우리 장모는 무에 더 점잔으신가》 ○ 《그럼 점잔치 안점잔으셔요/그러신데 쌀림은 왜 저 모양이여》 여보 내가 지금 이러케 나오기는 져 흐나 보랴 함일너니 와서 본즉 과연 절승흐야 보던 바 처음이라 장안만호 너른 곳의 청누미식이 만컷마는 사람보는 눈이 달너 그러흔지 모도다 즈미웁더니 《어린애가 눈이 쏘 밍낭이 놉흔데 하/눈이 놉하 그런가 올은 사람이 귀야》 제가 잘나 그러흔지 연분 되랴 그러흔지 경향지심 간졀흐야 노코 갈 쯧 참 읍스니 깁히 사량흐야 허혼함이 웃더흐고 《중이 제 머리 싹나 자중매를 웃/그러게 심이 좀 드럿지만 되기는

〈38〉

지하여/됏는 걸》

츈향모가 그 말 싯헤 기드라케 느러놋는데 《고 마누라가 잔소리를 쓰집어내면 왜 지리할 걸 아마도/리몽룡이 궁둥이의 못이 박히지 늙으니의 잔소리는 나도 대긔넛가》

애고 도련님 참 그러ᄒ서니 말이지 십칠년 전의 《무슨 햇가 그 회가/긔묘년이지 긔묘년》 안동 박골 셩참판이 이골 보외로 나려오서 허다기생 다 바리고 솔개를 매로 보앗던지 늙은 나를 슈청 드려 《참 솔개를 매로 보앗지 무엇의 혹희서 사내들 눈은 참 틱눈만도 못한게여/롱락슈단의 쩌러젓지 그러케 헛도이 싱것길리 일즉이 신단지를 힛지오》 삼사삭 지내다가 그 령감 도로 쳬귀ᄒ시매 압남산이 차차 불너 져것 밴 줄 짐작ᄒ고 몸조심을 극히 ᄒ야 석불정불좌ᄒ고 할불정불식ᄒ고 이불청음셩ᄒ고 목불시악식ᄒ고 《미상불 틱교부터 잇서야히 (胎敎)/그러기의 모육이 첫재여(母育)》 당삭의 해복ᄒ니 져거를 나아노매 아덜 못된 게 섭섭ᄒ나 만득으로 초생이라 아덜 겸 딸 겸 마지막겸 첨겸 삼이 귀ᄒ 마음 기지읍서 극진 정셩 길너가며 그 연유로 셩참판끠 고목ᄒ 대 《밤낫 안ㅅ고만 잇섯겟지/손씆흐로만 쩌돌앗지》 세 살만 되거덜낭 다려간다 ᄒ시더니 우리 모녀 박복ᄒ여 그 령감 상사나매 올너 보낼

〈39〉

쯧이 읍서 《셩참판이 살엇으면 큰 슈 날걸 분하지 안한가/그 따위가 살엇스면 어사 사위를 보앗슬는지 뉘 알어》 집에 두고 딸일망정 아덜 주고 박굴손가 사세에 입학 식여 오세에 소학 넑고 륙칠세 불과ᄒ야 사서삼경 돌너내고 렬녀젼 효경젼과 곡녜소의 내칙편을 모됴리 연숑ᄒ고 《가르치기도 독실이 가르쳣군/그저 안 가르치면 안이 되여》 쎡다귀가 잇서 그러ᄒ훈지 범어사의 매혹지 아니ᄒ고 절ᄒᆡᆼ이 매우 긔특ᄒ여 린리가 칭송ᄒ며 침션방젹 음식등절 언어슈작 ᄒᆡᆼ동거지 누가 월매딸이라 ᄒ올잇가 《이고 긔특도 희라 입으로 딸고 십허/지금 잇스면 내라도 쌜것네 누가 안 귀히》 제 나이 십륙이라 키꼴도 슉셩ᄒ여 당혼감이 되엿스나 내가 쳔코 형세읍서 재상가는 당치 안코 상쳔배는 허다ᄒ나 내 마음이 불만ᄒ야 상하사 불급으로 일년이ㅅ해 지내가니 실노 걱정이 적잔으나 속담의 진눈 가지고 파리 못 사괴랴고 제만 즈격으로 어듸 비필 읍스릿가 《왜 읍서/쌔엿지》 도련님도 긋지 못ᄒ 어린

마음 말삼은 그리 쉽게 ᄒ시나 시ᄒ인사 웃덜는지도 모로고 잠시 작난
노시다가 홀지에 쩌나 올라가실 ᄯ는 헌신 짝 바리듯ᄒ고 가시면 그 신
세를 웃지ᄒ게 나 서울냥반덜 짝 귀찬어 마음에

<h2 align="center">〈40〉</h2>

아조 읍사오니 그대로 안져 담배나 만이 ᄌ시고 정대이 놀다 가시요《그
말이 다 올에/되ㄴ 가심이어든》
리도령이 낙심ᄒ여 목이 콱 쉬며《쉰 목이 다시 터지ㅅ가/병이 아니닛가 터지겟
지만 본리 쩍쩍한잇가》
 아 이 늙은이가 누구를 애ㅅ병 낼야 이리ᄒ나 그런 냥반이 그럿치 서울
냥반이라고 다 그럴가 내 버리지 안키로 심밍계약 ᄒ여쥼새《사주가 계약
이지/말이 계약이지 뭐》
춘향모 몽사를 생각ᄒ니 도련님 일홈이 꿈 몽ㅅᄌ 룡 룡ㅅᄌ라 과이 조
룡 아니ᄒ고 인즉허혼ᄒ대《웃지 그리 대번되노 혼인은 쉽게 돼야 길러 조흔 게야/
아 무슨 닐이던지 될야면 대번 되지 안 될야면 만날 쑬어도 안 되여》
도련님 희불ᄌ승ᄒ야 분벽사창 당고비의 이절주지 쌔여들고 신구문 석
거씨되《그거 반개명문이러군/소위 얼개명문이지》
일을, 호북명사
혼남 리몽룡야라《명사절색은 제 손으로 쓰며/쥬제늠ㅅ게 왜 썻노》
일은, 호람절식
혼녀 성춘향야라《그러기의 남아 잇기라지/건방저서 그럿찬어》

<h2 align="center">〈41〉</h2>

 우낭인이 각생텬애ᄒ야 상봉월ᄒᄒ니 실시텬연이라 긔왈 우리오 몽차
성낙의 감불종유아 성친작비ᄒ야 영결밍호ᄒ니 약텨산지 불로ᄒ고 혼장
강지 무궁이라 협출향이 오유ᄒ고 포츈향이 장종이라 일후ᄌ손 족속지

즁 여유시비 쟁탈지단이어든 이차문긔로 고관변정사ㅣ라 증인의 상단이
라 《토지문권인가 쌧기는 누가 쌔서/든든이 하는 일이지만 망발은 좀 되지》
이것은 다 희극의 잡담이라 정말 계약은 정중흐고 간단흐겟다 《계약이 두
별일세/중대사건이닛가》
 텬장지구의 해고석란이라 상제일월이 공증차밍이라 흐엿더라 즈 이것
가젓다가 휴이저단 잇거들낭 고등재판이라도 흐여보소 《그 째도 재판소가
다 잇든가/나무 재쩌리라도 잇섯겟지》 ○《나무 지쩌리도 소송판결하나/못할지언정 불
공평한 처리는 안한다늠 본 승질이 목강하닛가》
춘향모 계약바더 허리츔의 단단이 느코 뒤밋처 다담상이 드러오는데 잠
시간 작만히도 제법 잘 차렷더라 《시골 음식이 안목이 잇슬라구오/그런 것덜은
서울보다 못지 안히오》
 싹기 조흔 밀양생률 먹기 조흔 당대초며 청실리 황실리에 접어노은 대
쥰시오 빗 조흔 현풍석류 내음 조흔 제쥬귤을 석가산 텸이처름 덩그르케

〈42〉

고여노코 둥굴둥굴 왜수박의 광쥬잔골 먹참의며 감즈 유즈 능금 복송아
시금털털 개살구를 잡맛으로 겻드리고 룡안여지 슈선과는 조선읍는 별
품이라 《사시물품이 죄다 잇군 읍는 것은 도제 읍지 아마/아 그 집에 무에 읍서 겨울에
도 외를 먹고 여름에도 어름을 먹는데》 호도 백즈 녹식은힝 석즈세치 괴여노코
멀구 다래 어름이며 편간사당 오화당을 오롱조롱 괴여노코 증계약과 연
약밥의 슈유정과 연근정과 물식드려 조작흐고 먹기우슨 빈사과 속심읍
는 쌔강정의 송화다식 흑임다를 쌍희ㅅ즈로 박여노코 《조과는 다 집에서 밍
그런나/돈 드려 사온 것은 하나도 업서》 긔명음식 볼작서면 통영칠반 라쥬반의
팔모접이 칙상다리 유리잔의 호박접시 놋쟁반의 은수져를 호조서리 슈
ㅅ법인 듯 주섬주섬 올여노코 《슈법이면 천힝백립으로 노아야지/매양 고무래정ㅅ
자로만 노면 되지》 동내쥬발 실굽다리 정미옥식 담어노코 안성유긔 연엽탕

긔 육탕슈를 쓰려노코 민어좌반 굴비 조긔 명난젓의 초를 치고 칠첩반상
삼종즈의 간장 초장 유장이며 씸비나물 돗김치의 새 입맛이 절로 난다
《씸비 나물은 외가 만나 저도 못 먹는다는듸/그러기에 냥반은 립도 그러케 독하단 말이
여》소양푼의 제육찜대 양푼의 가리찜과 염통산적 양복

〈43〉

긔의 두르치기 신선로며 문어오림 대젼복의 힉삼쌈이 더욱 조타 청농화
로 백철남비 섭산적의 만두젼골 예서도 피피 제서도 쇄쇄 부글부글 지져
노코 화접시의 편슈육을 밍상군의 눈섭처름 어식비식 물녀노코 《밍상군의
눈섭을 누가 보앗나/전희오는 말도 읍서 녜젼부터》꼼작꼼작 새우젓의 썰썰푸드
득 생치다리 읍는 것 쎄고는 다 해노코 《에 그 만은 음식 슌덕이네 갓흔 것들
실컷 좀 먹엿스면 안 좃컷나/가만 잇소 내 생일날은 한번 잘 차려서 굼는 사람덜 좀 먹여
야지》쩍치례를 볼작시면 부즈되여 느루편 마듸마듸 절편이라 싯고 오니
길마편이오 지고 오니 진편이라 화원노름 꼿편이오 밤의 보니 달편의라
히고 힐사 빅편이오 고량진미 찰편이라 도련님젼 남편이오 츈향 압희 녀
편이라 《쩍도 니의 쩍이 각별하구면/이 세월의 니외는 무슨 니외》슐병 치례 볼작
시면 그도 쏘흔 긔이ㅎ다 텬은병 빅옥병 마뢰병 파리병 목 길다 황새병
목 짜르다 즈라병 둥굴둥굴 슈박병 쑹쑹ㅎ다 호박병 ㅎ도낙서 거북병 선
인동즈 호로병을 이러탓이 드려노코 《그게 다 슐병인가 가지각색일세/그럼 심심
한 물병갓다 노앗슬라고》슐 닐홈도 갓갓지라 맛맛으로 잡슈시오 산림처사
송엽쥬 소소슬슬 죽슌쥬며 도연명의 국화쥬 약방문

〈44〉

의 오선주오 불로장생 환소쥬 마하지의 텬일쥬 후직의 오곡쥬 쥬공의 백
례쥬 소쥬 약쥬 청쥬 탁쥬 모쥬지겜이 썩누룩 뭉텡이 모도 갓초 드려노

코 무진무진 권ㅎ거늘 《주집어서 웃지 먹노/주집어 그 애가 주집어》

도련님 잔 바드며 (치쥬를 안족사리오 부어라 먹즈)ㅎ야 일비 이비 삼사

오비 합환쥬로 연음ㅎ니 평생승사가 막락차석이라 질겁기 혼 업거늘 《슐

덜을 그러케 먹고 정신이 잇나/그래도 잔치집은 슐이 만어야지》 ○ 《밤ㅅ잔치의 손님이

잇서야지오/츈향모 혼자 먹어도 낫부다늬》

츈향모 홀연이 잔 잡고 목이 메여 ㅎ는 말이 《왜 그리노 감구지회러군/본리 울

기를 질기니 그럿치》

 조흔 닐노 이를진대 이런 경사 쏘 업것만 져것을 길너내여 부친업시 혼

가ㅎ니 비회ㅈ신ㅎ여 령감생각이 간절ㅎ오 《참 그럴테지 안그럴 슈가 잇나

……………………………/그럿킨 무에 그래 늙은이가 칙살맛게 영감 웁스면 못 살

나구》 ○ 《그런 말삼 마르서오 늙을소록 외짝몸이 더 궁하대오/그는 참 그럴 걸 벗이 웁

서 마누라는 아뭇조록 먼저 죽지 말어오》

춘향이 쏘혼 허희체읍혼대 《고것 철이 다 낫군/소견이 웃덧타구》

도련님은 열통적긔 ㅎ는 말이 《그거 왜 그리 열통적어/그 애가 각금 통새적지》

여보 져는 죽은 부친이나 모로고 잇소마는 나는 산 부친이 눈이 퉁방울

〈45〉

갓해 가지시고도 울타리 밋헤서 곳 모로고 계시니 그 일은 엇더타 ㅎ겟

소 《말도 무지해라/올키는 올치》

츈향모 울다말고 웃더니라 《그것 참 쐐 우슬걸/그러기로 금방 울다가 금방 우슬

나고》

도련님이 츌츌혼 판의 그 만은 음식을 물도 안 마시고 진 것 마른 것 고

린 것 비린 것 모다 혼데 들부벼서 볼 쎠가 어긔여 지도록 잔쏙 처먹어

놋트니 《과식할라고/챵증나지》 위로는 숨이 갓버써 헐쓰럭 헐쓰럭ㅎ고 아래

로는 곱창이 무직ㅎ야 금방 무에 나올 것 갓ㅎ닛가 《무에 그러케 금방 나오나

/쏭 나오지 애 나올나구》

 방쟈야 《참 방자도 안갓지/가기는 은제 가》 ○ 《인저 음식을 좀 나려쥴랴고 그래는군

/다 먹고 무에 잇서야지 방자를 음식으로 마저 집어 생킨다늠》

【방】 예 《저것 보아 음식 먹으라는 줄 알고/그 놈 헛다리 집헛지》

【도】 너 내 대신 가서 쏭 좀 누고 뒤간 청결이나 잘 해노코 오느라 공연이 먹고 안져 논단 말이냐 《그거 참 악가 쏭이 나올랴고 한단 말이러군/글새 그럼 애 나온다는 줄 알엇서 소견도 제》 ○《그래 세상의 쏭도 대신 누는 슈가 잇나/글새 그럴 슈도 혹 잇슬가 마누라》 ○《한 슈 잇소/무슨 수오》 ○《먹을 째 당초의 방자가 먹엇스면 되지오/그럼 대신 먹는 게지 어되 대신 누는 게오》

방즈놈은 툇마루 쯧헤 안져서 그 추은 밤의 밤중이 지나도록 벌벌 쓸며 안져서

<h3 align="center">〈46〉</h3>

먹다 남은 음식이나 좀 내려쥴가 바랏더니 《내 말이 그 말 안이여/의례 한반 더 러줄게지》 먹을 째는 긔척업다가 쏭눌 째는 차지닛가 오죽이나 골이 나나 《그것 참 쫴 미울 걸/렁남 말로 숨 차지》

여보 먹을 째의 내 생각을 그러케 흐여스면 효즈 되겟소 《내라도 그 소리 하겟네 그런 욕이 잇나/그 소리만 하고 말어 별 큰 닐 나지 참》 그러케 이러나기 어렵거든 게 안져 싸오그랴 먹고 싸고 먹고 싸고 이 좁은 방의다가 흔 슈빅 텀이 싸 노으면 춘향이 너도 입으로 코으로 젼쏭 구린내가 좀 날라 보아라 《그것 남편을 웃지 안어 쏭ㅅ단지를 웃엇나베/그이도 우슨 소리 쫴 잘하네 녀편네 버럿군》

츈향어미 니러서서 인물병풍 고이 펴서 바람길을 막어노코 화로불도 단속ㅎ고 (도련님 곤흐실 걸) 부즈ㅅ집 업나가듯 실밋시 나가노니 《그것덜 시원하겟네/그러케도 급히서》

도련님 거동보소 춘향을 마져보고 심중의 어르는 양은 만첩청산 늙은 범이 살진 암ㅅ개를 무러다노코 이는 쌔져서 먹지는 못ㅎ고 으르렁 으르렁 어르는 듯 북해의 늙은 롱이 여의주를 입의 물고 반공중에 넘노는 듯 단산봉황이 죽실을 물고 오동상의 넘노는 듯 《고것덜이/가관이지》 도포 버서

씌 그르고 춘향의 약훈 허리 다담속

〈47〉

안어다노코 옷벗기를 다토는데 《벗잔으면 못자나/무슨 재미로》

춘향아 옷버서라 《남의 색시를 막 버시라여/제 색시지 남의 색시 ᄂ가》

【춘】 아이고 북그러워 못 벗겟소 노련님 번져 버스시오 《노련님 버신 건
안 북그런가/북그러면 멧칠 북그릴라구》

【도】 북그럽기는 네가 무엇이 북그럽단 말이냐 어서 닝큼 버서라 《졸나
대네/등ᄉ살군인데》

【춘】 그래도 북그러워 못 벗겟소 어서 먼져 버시시오 《부댁긴다/당히내
나》

【도】 매사는 간쥬인이라 네가 몬져 버서라 《권리속이러군/뉘 권리는 그만 못
한가》

【춘】 매사는 간쥬인이라니 쥬인 식히는대로 ᄒ시오 《용하게 둘너대네/무슨
슈작이라도 그럿치》

【도】 네가 몬져 버서라 도련님 몬져 버시시오 버시시오 《그 경위 누가 몬
져 버서야 올은가/둘이 한묵 버서바리지》

둘이 서로 붓들고서 흑숙학숙 ᄒ다가 장중이 고요ᄒ니 락재기즁ᄒ리로
다 원앙이 록수의 놀고나니 환텬희지 질겁도다 교즈가 불관풍화우ᄒ니
분부동군호호지라 《아이고 고것덜 새댁네가 압뒤ᄉ문에 부터서서 엿덜을 쫴 보앗스
렷다/틈으로 보나 열고 보나 그러케 볼 터이면드러가 보지 그게 다 안된 풍속》

도련님이 그날부터 츈향이 집을 드나드는데 직녀긔상의 북 나들듯 쩐질
낫케 드나들며 슈삼일을 겨우 지니더니 요것들이 인정이 들기 시작을 ᄒ
더니만 염

〈48〉

치을 바이 모로던 것이엇다 《시속이 웃지 약은지 북구러운 게 다 무엇이여/우리덜 째는 옛 적이여 우리는 신랑이 쌔엿더니》 리도령이 츈향이 속것 밋혜 가 쏙 빠져 서 목만 내노코 흐닥흐닥 흐며 혜여날 줄을 모로고서 밤낫 긔롱지거리로 지내는데 《그러기로 그러케 몹시 빠저/빠지면 쏙 빠지지 건저 볼 슈 잇나》 웃방 구석 바라보고서 거믄고 가르치며 저것이 무엇이냐 《몰라 뭇나/왜 몰라》

【츈】 그게 거믄고ㅣ오 《거믄괴엿다/그럿치 거믄고ㅣ여》

【도】 거믄괴면 털이 웃지 안 낫느냐 《글새 참/털이 왜 나》

【츈】 애고 우수어라 그것이 타는 거믄고ㅣ오 《괴 하고는 큰 괴러군/다 맛창 가지지 웨 더 커》

【도】 타고 달리면 흐로 멧리나 가는냐 《노새만치 갈ㅅ가/버새만치는 안 가고》

【츈】 애고 미련흔 게 냥반이여 눈섭 쌔면 쏭 나오겟네 둥덩둥덩 탄단 말이오 《나도 참 첨에는 쌈한 고양이라는 줄 알엇네/그이도 쏘 눈십 쌔면 쏭ㅅ박아지나 나오겟네》

【도】 여보아라 둥덩둥덩이라 흐니 둥덩 근본을 네 아는냐 (대현온 롱 롱흐여 봉황의 우름이오 소현은 령령흐야 백학의 우름이라 황셩의 허조 벽산월이오 고목의 지유창오운이라 흐든 백락텬으로 흔 짝흐고 삼산반 락

〈49〉

청텬외오 이슈중분백로쥬라 흐든 리적선으로 짝을 지여 등동고이 서소 흐고 림청류이 부시흐든 도연명으로 웃짐치고 협비선이 오유흐고 포명 월이 장종흐든 소동파로 말 몰려라 둥덩둥덩 《그거 문장바리러군/한 바리 잔 쏙 되지》 월서시로 흔짝 흐고 우미인으로 짝을 지여 초선으로 웃짐치고 양태진으로 말 몰려라 둥덩둥덩 《그것은 미인ㅅ바리/쏘 한 바리 잔쏙》 록파의

부용갓고 동정의 추월갓흔 셩츈향으로 혼짝 흐고 사안의 풍류갓고 두목
지 표치갓흔 리도령으로 짝을 지여 거문고 웃짐언ㅅ고 상단으로 말 몰려
라 둥덩둥덩《그 바리가 제일 조쿤/재자가인 풍류바리》옥누사창 화류중의 백마
금편 소년덜아 평생문견 칠현금을 알고 저리 질기느냐 모로고 저리 질기
느냐 지음을 모로거든 고저청탁을 내게 와서 뭇게더면 궁텬지리을 대강
닐으리라) 대저 둥덩 근본이 이러흐니라 네가 대강 드러 볼랴는냐《그것
참 률객이러군/궁텬지리를 다 아는데》
【츈】애고 도련님 참 맹랑흐시오《고런 말 싸위 참 맹낭희/그이 말도 쏘 밍낭하군》
【도】네가 나을 봉사의 쥬먼니로 알엇더냐《산통 그릇이라고 그리지/아조 흔
드는 그릇이래지》

〈50〉

【도】우리 슈슈졉거 좀 흐여보즈 너 오른편 궁덩이짝 갓튼 것이 무엇이
냐《그게 무언가/누가 알어》
【츈】왼 편 궁덩이짝을 내 몰라오《그런데 웬 궁덩이 이야기여/그째 즉경이이니
그럿치 무어》
【도】어 용타《용하기는 참 용한 걸/용치 무어라도 알어내닛가》
【츈】도련님은 봉을 타시오《고것은 더 용희/안 용한 거 잇나》
【도】너 재담 잘흐는구나《참 잘도 하지/잘도 참 하지》
【츈】뒷간 담이 재담이지오《참 재담이러군/참 뒷간담이러군》
【도】너 즈가 옷 되는 콩이 무슨 콩이냐《아이 두루막이 길 되겟네/넉넉하지
무는 엽흐로 쩨고》
【츈】콩즈반이지오《자가 옷이닛가 자반이엿다/그럿치 서울 얼닷새나 시골 보름이
나 쏙갓지 안하여》
【도】알어 옛다 너 쏭은 쏭이라도 채 쏭ㅅ갑의 못 가는 쏭이 무슨 쏭이
냐《쏭감보다 더 쳔한 물건도 잇나/그러매 무슨 물건이 그럴쌔 잇다고》
【츈】게우 쏭이지오(鵞糞)《간심을 씨고 누겟네/쏭가 하고 누지 그랴》

【도】 너 모르는 것 쎄고는 다 아는구나 《아는 것 쎄고는 다 모로겟지/아는 것은 알고 모로는 것은 모르지》

〈51〉

【츈】 도련님 그짓말 쎄고는 다 참말이오 《참말 쎄고 다 그짓말이지/참말은 참말이오 그짓말은 그짓말》

【도】 너 돌담 문어지는 즈가 무슨 즈냐 《그 자는 옥편 운고에도 읍데/잘못 보니 읍지 왜 읍서》

【츈】 돌담이 문어지면 올루루 홀 터이니 올을 우ㅅ즈가 확적ㅎ오 《참 그 자 잇지/왜 읍다더니》

【도】 너 쏘 썩에 고물 읍는 즈가 무슨 즈냐 《그 자는 참 읍데/쏘 읍다지 보도 안코》

【츈】 썩에 고물이 읍시면 흰물이니 흰 백 밋혜 물ㅅ슈ㅎ면 새암 천ㅅ즈 그 아니오 《그럼 아조 백설기 천ㅅ자라고 그래지/이것 신옥편 되겟네 아모랴도》

【츈】 인제 도련님 혼즈 아르시오 《도련님이야 더 쉬 알겟지 무어/알긴 뭘 말어 이녁한테도 도련님인가》

【도】 그리ㅎ라 《모르면 저리오/그럼무 미리 모른다고 잘겁을 할라고》

【츈】 저一어一 《나온다/나온다》

【도】 그리 《아러닌다/아러닌다》

【츈】 저一저一 《나온다/나온다》

【도】 그리 《아러닌다/아러닌다》

【츈】 져一어一 《이것 저의 도련님을 놀리지 안하나/그게 모다 재릉 쓰느라고 그래지》

〈52〉

【도】 그리 말을 평생 ㅎ야지 원 《내가 다 갑갑하예/급하기는 제 갈보리는 갈어 못 먹겟네》

【춘】 우장 닙고 색갓 쓰고 종가리 집고 담비ㅅ대 물고 두 다리 것고 논둑에 선즈가 무슨 즈오 《글ㅅ자만 자ᄂᆞ가 무슨 자라도 자ㅅ자 든 것은 다 불너보지/그러기의 미련이지 고것 미련할 째는 전미련인데 아조》

도력님 생각다 못흐야 《왜 도련님은 령감한테 도련님인가 나다려 악가 무어라 하셧소/이거 아조 오곰을 박소그랴 그럼 칙을 안보면 고만이지(툭)》 ○《하하 다시 안 그랫게 어서 보서오/이왕 그랜 것은 웃지 하고오》 ○《그것은 벌금 내지오/돈 낸다니 그럼 쏘 보ㅅ가》 ○《령감 돈맛은/쏘 아니 볼나》 ○《논 여긔 잇서오/그럼 쏘 보지》

나는 그 즈 모로겟다 《나는 발서 알엇지/알면 무슨 자오》 ○《(귀에 대고)논님자/(쓰덱쓰덱)그럿치》

【춘】 논님즈도 몰라오 《거 보아오/용하으》

도련님 대소흐고 쏘 다시 희라 《윳진 아비 달려들 듯 하네/아모라도 지고 보면 다 분하지》

【춘】 짜맛코 알록알록흔 즈가 무슨 즈오 《흑임자가 웃덜ㅅ고/그것은 검ㅅ기만 하지 어듸 알록알록한가》 ○《이런제 거긔 백임자가 더러 안셕겻슬라고요/짠원 그래여 그것도 쏘 맛첫다고 할 만하오》

도련님 쏘 못 아러내니 《저런 그걸 몰라 글새 나다려 알리면 단박 알겟네/그러기의 전미련이여 여북히서 눈섭의 쏭이 들엇나》

【춘】 피마즈도 몰나오 《내가 피마자라고 할냐닛가/그럼 진작 그러지 인저서》

도련님 어이읍서 《입을 짝 버리겟네/황소 웃듯하지》

〈53〉

오냐 내가 젓다 《만날 지겟네/일평생 지지》 여아즈는 가위 목불식정이오 청불지람이라 낫 노코 기역즈을 모를 것이니 흐족도재리오 절절이 탄복터라 《우리 영감은 아마 그런 것도 것침읍시 다 아러 닉실 걸/저의들 말 맛다나 모르는 것 쎄고는 다 알어니지 무어》

이익 춘향아 나 조곰 업어다고 《못할 말 읍네/별 짓을 다하지》

【춘】 내사 실소 도련님이 나를 좀 업어쥬시오 《글새 갓난 앤가 업기는 왜/그

것도 애덜은 애덜이지》

【도】 그리히라 《고소원이러군/불감청이언정》

두리쳐 등에 업고 ㅈ랑ㅈ랑 노는 양은 대명전 대들보의 집비둘기 형상으로 엔갓 사랑 첩첩ㅎ야 만고사랑 되엿더라 《서로 업다가 말겟네 망측도 히라 나종의는 참 못할 짓이 읍서/그리도 뒤로 업는게 압흐로 쌘이 보는 이보다는 들 챵피하겟지》 어허둥둥 내사랑 사랑 사랑 내사랑 내사랑 내사랑이지 내간간이지 너의 어마니 너을 나서 나를 주랴고 나엇던가 우리 어마니 나를 나서 너를 주랴고 나엇든가 《별소리/그러미》 안ㅅ거라 보자 안진 태도을 보ㅈ 서거라 보ㅈ 섯는 태도를 보ㅈ 우슴을 우서라 치식을 보ㅈ 저만큼 가거라 뒷맵시 보ㅈ 이만큼 오느라 압모양 보ㅈ 버선을 버서라 발맵시 보ㅈ 손바닥 버려라 ㅈ궁을 보ㅈ 《상도 쏘 잘 보/보기는 나도

〈54〉

는 겔셰 대체 모르는 거 읍서/본다늠 맛치들 못히 그럿치》 아모리 보아도 네가 정녕 내사랑이다 둥긔둥긔 두둥긔 섬마섬마 서섬마 간지간지 별간지 춘향간지 별간지라 《간지란 짐생은 웃더케 생겻노 간지/나도 모로지만 아 그러기의 벌래》 이와갓치 우리 둘이 천만년을 누리다가 아차 흔번 죽거들낭 후생긔약을 ㅎ여보ㅈ 《세세생생 할 작정이러군/여텬지 무궁이지 그랴》 너는 죽어 쏫이 되되 두견 목단 영산홍 리화 도화를 다 바리고 명사십리 경 조흔데 히당화라는 쏫치 되고 《히당화가 그리 조느가/선명하고 향긔가 좃치》 나는 죽어 나븨 되되 홍접 백접 범나븨며 황아흑접 다 바리고 밋칠 광ㅅㅈ 나븨 접ㅈ 광접이란 나븨가 되여 동풍삼월 호시절의 네 쏫을 내가 물고 이리저리 넘노라보ㅈ 《쏫과 나븨는 비합이여/그러기의 탐화광접이지》 너는 죽어 무엇 되리 너는 죽어 물이 되되 음양슈ㅣ란 물이 되고 나는 죽어 무엇되리 나는 죽어 룡이 되여 강산이 막막ㅎ고 만텬풍우 모라갈 제 우뢰 번개 텬동ㅎ며 벽히상의 쒸노라보ㅈ 《룡이 여의주를 으드면 조화를 부린다지/그러기의 풍우를 일우지

만 나 원 모를 말이여》 너는 죽어 회양 김성 들어가서 칙백 쓸쥭 나무 되고 나는 죽어 오륙월 츩넌출 되여 이 들 근너 저 들 근너 밋헤서 슷쩌지 슷헤서 밋쩌지 엉크러지고 벙크러저서 휘휘친친 감격보즈 《그러케 휘감겨노면 풀어낼 수 읍겟네/그것은 왜 풀어 더 감어놋코 못을 박지》 너는 죽어 방아확이 되고 나는

<h1 style="text-align:center">〈55〉</h1>

죽어 방아ㅅ공이 되여 경신년 경신월 경신일 경신시의 강태공 흐마처의 썰쩌덩 쿵 썰쩌덩 쿵 찌여보즈 《방아사쥬를 다 누가 내노앗네/그것도 닐읍는 사람의 짓이지》

내사 실소 웃쟨 년의 팔즈로서 죽어서도 쏘 밋짝만 되라흐오 《그 말이 격담이오 참 녀자된 게 포원이지 죽어서 쏘 되다니/누가 되라는 걸 되엿나 뉘게 대고 포학이여 우수어 못 보겟네》 ○ 《저런 말삼도 다 강제엿다/강제 좀 하면 웃재 누구를》

그러흐면 너 죽어 될 거 잇다 너는 죽어 맷돌 웃짝이 되고 나는 죽어 맷돌 밋짝이 되여 냥복상합흐여 동서남북을 빙빙 돌아 철환텬흐를 갓치흐여 보즈 《그것은 위ㅅ짝이 암놈/그럼 천생 팔자러구먼》

내사 그것도 실ㅅ소 웃쟨 년의 팔즈로 밤낮 일혈이 더 잇스리오 《아조 포원이여/다할 말이오》 ○ 《녀자갓치 만만한게 세상의 읍지 춤/동양 녀자들 참으로 가긍하지오》 ○ 《이 발근 세월에도 웃지하야서 그리덜 한단 말이여오/나도 모르지오 소위 개명 횟다는 집덜도 쏘 그 턱인 걸》

네 무엇을 먹으랴느냐 둥글둥글 왜슈박 윗쪽지 쩨쓰리고 강능백청 쏘로록 부어 탁즈 우의 언젓다 붉은 점 흔 점을 먹으랴느냐 《슈박을 질기시는군/질기면 마댓서》

【춘】 아니 그것도 내사 실소 《입이 쏘 되시구면/입이 되여 그런가 먹은 뜻이 잇서 그럿치》

【도】 그러흐면 네 무엇을 먹으랴느냐 시금털털 개살구 입맛 읍는데 먹으랴느

⟨56⟩

냐 《그까짓 것은 왜 먹으라여 익도 안한 걸/입의 춤이 절로 괴네 눈이 쏘 감겨 에》 능금을 쥬랴 호도를 주랴 편강을 쥬랴 사탕을 쥬랴 《그것 모도 군음식 아닌가 입의 사치 넘어할 거 아니어든/그 애가 그런 걸 아조 그리 막 먹을가보아 사탕 질기는 우리집의 한 분》
네 무엇을 쓰랴느냐 은젼을 쥬랴 금젼을 쥬랴 십원권 백원권의 지화포대를 그대로 쥬랴 구녁 뚤린 상평통보을 쥬머니 슷헤다 채워쥬랴 《빅원권 지폐는 쉬워도 구녁 뚤린 상평통보는 지금 읏기 어려울 걸/참 그것은 쉽지 못하지 호조 서리 지낸 집에나 가면 혹 잇슬가》 ○ 《읏잿든 청구딕로는 다 쥬겟군/그러기의 판이 나도 몰으지》

【춘】 아니 그것도 내사 실소 소녀의 평싱 소망은 도련님 신정만 변치 안키를 원ᄒ나이다 《평생 쥬지가 절대적 그 쑨이지/우리 마누라 마음과 쪽갓지》 사랑겨워 흥이 되고 흥이 겨워 노러되고 노리 겨워 락이 되고 락이 겨워 잠이 되니 도련님 여광여취ᄒ야 책실은 객실을 삼ᄉ고 춘향집을 제 집 삼어 춘죵춘유야젼야로 밤낮을 모로고 쏙 부터 안젓다가 잇다금 쩌러지랴면 짝 소리가 나더니라 (짝) 이게 그 쩌러지는 소리여 《작짝이 부러지는 소리가 나겟네/고까짓 걸 벼락치는 소리갓시 무어》 이 째 남원부사 선치ᄒ 셩적으로 내직의 승천ᄒ야 길을 바로 쩌나실 새 도련님 불너드려 《왜 불너드려/물을 게 잇소 보는 걸 듯지》 ○ 《좀 일너주고 보시면 읏대오/일너주고 보아주고 밤낫 그 시힝만 하겟네》

⟨57⟩

【사】 이제 내가 동부승지 은명을 입어서 경성으로 올나갈 터이니 네 어마니 뫼시고 너 몬져 올라가면 나는 문부졍리 다ᄒ고 곳 올라가마 내일 새벽의 쩌나거라 《저것 춘향이 웃지하나 다리고 갓스면 좃치마는/글세 큰 문제지 서울 사람이 시곰녀편네 다려다가 뭘 하게》

도련님이 별안간의 두 눈이 캄캄 정신이 아득ᄒ야 주덩이를 장기 ᄯᅳᆺ만치
내밀 안젓다가 《昭:장기가 무어여 밧가는 연장긔 말이지 그것 참 쑥 내민 나무째기 한
발도 넘을 걸 에 숫한 그짓말 사람의 입이 암만 길기로 그만큼이야 너밀라고 呤:흥 문전
이 고투하면 아모리 총혜자라도 오희가 읍슬 슈 읍서 속으로 탄식하며 (마누라도 듯고 보
는 닐은 무에라도 남보다 몬저 째닷것마는 듯도 보도 못한 데 대하야서는 할 슈 읍구나)
여보 그게 밧 가는 장기가 아니라오 경상북도 장기군이 잇는데 그 위치가 동희 연변의 잇
서서 바다 편으로 디단 팔십리를 쑥 내밀여 잇스미 그럼으로 그 동희의 긔선덜이 힝할 째
의 장기ᄯᅳᆺ을 지나랴면 비가 바다 중류로 드러가니 깁기가 한량읍고 풍세호활하며 파도 흉
용한고로 선인들과 승객 등이 모다 장기ᄯᅳᆺ 장기ᄯᅳᆺ하고 타항보다 심히 계우하는 곳이라오
이게 그 장기ᄯᅳᆺ이지 어듸듸하고 밧치나 논이나 가는 나무짝이 장기가 아니람네오 그러면
리도령 입이 팔십리으그랴 그 ᄲᅮᆫ이라고 눈이 쏘 여산 칠십리는 드러갓는데 그러면 안ㅅ밧
일빅오십리으그랴 呤:그 ᄲᅮᆫ이라고 중간의 쏘 벌코가 잇서서 소사ㅣ벌만치 넓은 데 잔뜩
륙십리가 더 되잇가 대랴 이빅리 이상 되지오 조선 리ㅅ수가 아니라 너지 리ㅅ수로 그럿
소 그러면 리도령은 면부일폭만 가저도 그곳 소산물로도 생전 먹을 것은 걱정 읍겟소그랴
呤:그게야 걱졍 읍지그랴 면부가 그만치 광활하면 저 먹을 것만 생길라고 곳곳마다 공익
상의 긔부도 참 만이 하지오》

〈58〉

발버잡는 목소리로 (저는 죽어도 못가겟습니다) 닙속말로 (내힝은 당신
훈테 더 갓갑지 내훈테 필요홀 거 무에 잇노) 《그런들 그러케야 할 말인가/그
러기의 후레아들이라고 힝는 걸》
【사】 웃지ᄒ야 죽어도 못간단 말이여 세상의 죽는 것보다 더훈 일이 잇
다 말이냐 《참 죽는 게 나을 듯 십흘 걸 창자가 무여저서 웃지 살어/그럼 내가 내일 서
울 갈 터이니 마누라 좀 죽어 보지》 ○ 《나는 죽는다면 꼭 죽지마는 령감 서울 가신다는
말심이 헷말심이닛가 실힝이 안 되겟소/핑게는 나 원 죽는다고 벼르는 사람 주는 것 못
보앗소 정말 죽는 사람은 사색도 읍시 잇다 죽어요》
그러커든 말만ᄒ면 너 올나간 뒤의 니방의게 분부ᄒ야 소포로 붓처주마
《그런 것도 참 소포로 붓칠가/체부 존 일만 하지 무어》 ○ 《그러면 낙사 아니 하나/낙사
말고 박사를 한대 보아》

【도】 소포는 커냥 대ᄒ물 운송부로도 부치든 못ᄒ리오 그러케 쉽게 가저
갈 터이면 내 쪽귀 속의 느코 가지 걱정이 무엇이여오 《웃재서 부친 압헤 말
이 그리 불순ᄒ/그 자식 환장속인데 어룬 애들 아나》
【사】 그것이 무엇이란 말이여 매우 무거운 게냐 《왜 쏙 무거운 론난이여/소
견이 쌍파기지 눈치 말치도 모르고》
【도】 무겁고 말고요 안진방이 저울에 달면 삼백근 이상 되지오 《아이그
나/어여차》
【사】 아 그것이 대체 무엇이여 장군석이냐 지대식이냐 말을 좀 시원이
ᄒ랴

<h2 style="text-align:center">〈59〉</h2>

무나 소리를 닙다 질너노니 《昭;내 역시 참 으른이나 이나 무슨 말 물으면 디답 안
코 꽉 물고서 지루통하고 잇는 것 속 나은는대로 하면 곳 쥐여박고 십지마는 그러면 내가
경슬한 편이라 그럴 수는 읍고 미상불 답답은 하여 啥;암 다할 말이오 째린다고 어듸 제
텬승 곳치나 이 자식은 그럿치도 안코 으른 애 간의 무슨 말하면 열째갓치 대답을 잘하더
니 웃재 별안간 그 모양이오그랴 아모턴지 어린것덤이 외입의 반하면 사람은 바리는게
여》
도련님도 악이 나서 속으로 (압다 남원세도 멧칠 안 남엇구면 야단시럽
게도 구신다) 《그것 참 후레아들이오 그랴/아 상성지경이라니 그래여》
【도】 그런게 아니오라 소즈도 나이 장근 이십이라 아바님은 장가드려
줄 싱각도 안ᄒ시고 폐륜ᄒ일 지경이기로 대슌의 본을 바더 불고이취ᄒ엿
사오니 아바님 통촉ᄒ옵소서 《그이는 무슨 생각만 하고 잇든가/동현방에서 밤낫
골픠만 하고 잇섯지》 ○ 《관장이 노름을 하면 빅성을 웃지 금하나/한편으로는 금하는 데
하고 한편으로는 갓치 횟지》 내 내즈 되는 사람은 상쳔녀도 아니오라 《제 아버
니 압해 내자가 다 무어여 건방지게/그 자식 참 계집 존대 쫴 하지 자랑하며》 안동밧골
셩참판의 쌀이온데 인물이 일색이오 ᄒ실이 절등ᄒ고 재조가 초월ᄒ야
범백이 구비ᄒ매 버림 것은 쏭밧긔 업슴니다 《거름하지 왜 버려/그 집이 웬 농

사 짓나》 아바님 수고 들고 요새 전황의 돈 안들고 제즈루곰배로 아조 썩
잘 되엿사오니 아바님 처분이 엇더ㅎ실는지오

〈60〉

《참 제자루곰비러군 저 아바니도 속으로 우섯스렷다/나 갓흐면 참을 수 잇나 그대로 고
만 왈칵 우서바렷지 무어》
사쏘 대로ㅎ야 (무엇이 엇지히 집안이 망홀랴닛가 즈식이 불초ㅎ구나)
부채ㅅ즈로 썩꾸로 잡고 사정업시 메여치니 《으른 된 자ㅣ 다 그럴엿다/고놈
매 좀 되게 마저야지》
요 인가 마지 못ㅎ야 겨우 이러서서 홀씻홀씻 ㅎ고 내아로 드러가며 열
두 마듸를 썩거 우니 《조것 보아 사람될가/안차기가 웃덧타고》
대부인이 깜짝 놀라 보선발로 쫏처나와서 (너 왜 우느냐 이거 웬 닐이냐
창즈가 녹는 듯ㅎ게 구니 《자식 귀히하기는 그저 안ㅅ부모엿다/안ㅅ부모래면 말이
되오 뭇은 부ㅅ자길리》
【도】 아바지가 (홍홍) 무단이 사람을 치신다오 《무단이엿다/썬썬한 늠이
지》 ○ 《무에 조아 홍홍하나/늣기는 게지 조아 그러나》
【대】 애고 괴상히라 즈식 ㅎ나 잇는 것을 웃더케 못 가르처서 막우 친
단 말이여 ㅎ마 망녕 피우는 것 보닛가 명년의는 방의 안저 쏭 싸 뭉개겟
다 우지마라 우지마라 가엽서라 우지마라 《하마가 무슨 말인구/발서란 말인데
령남 방언》 ○ 《그러나 넘어 역성을 하면 응석이 느러 못쓰는 걸 꾸지질 쌔는 한목 꾸지
저야지/애덜을 그리 바러지 달리 바리나 그것은 부인이 꼭 아르시는 말슴이외다》

〈61〉

도련님 조아라고 춘향 말삼을 쏘 고흔대 《그럿치 그저 응석이 점점 늘지/어듸
가고 안느러 애는 바럿지 무어》
대부인이 비ㅅ즈루를 둘러잡고 (요놈 네 무엇시여 잡갑시러운 놈) 하고

홈부로 째려쥬니 《그것은 잘햇군 쫴 짜려쥬지/그째 옹구락지게 마젓는 걸》
이놈이 쏘 쪽겨나가면서 (부완모은이라더니 웃지 그리 갓흐신고) 《그거 아조 바린 아들이오그랴/개자식이지 개자식이여》
이것은 다 광대의 재담이라 효셩잇는 도련님이 무슨 그럴 리가 잇나 《오 참 그럿치 그 아덜이 무슨 그럴 리가 잇나 이째까지 꼭 속앗네 그려케도 음젼한 애를/나도 마누라한테 홀려서 욕을 괜이 넘어 힛네 그저 녀편네말을 잘 들으면 낭픠여 낭픠》 사또 분부 듯고 텬은이 감축흐야 희색으로 대답흐고 나왓스나 춘향이 두고 갈 닐을 싱각흐니 《그거 참 웃지하노 긔막히지/무에 웃지하여 세상의 계집이 동낫나》 ○ 《계집이면 다 그럴ㅅ가오/무에 그러여 텬하둑물》 텬디가 캄캄흐야 비 만진 용대긔격으로 후쥴군흐고 춘향집을 근너가는데 《그 중에도 쏘 차저가/정 부칠 곳이 게밧긔 잇나》
우름이 북밧처서 속이 두부장 씰틋 벅실벅실흐다가 대문압헤 이르러서 잔쪽 참엇든 우름고가 장마의 봇살 터지듯 보ㅅ재로 툭 터저 《전답덜 안 상햇나/수픠덜 만이 보앗지》
그 즈리 털석 쥬저안저 두 다리 펏드리고 곡지통을 내여노니 그 우름소리 극히

〈62〉

웅장흐야 호위룡셩이오 산명곡응이라 《응 사내셩음은 웅장해야지/그것도 참 아는 말삼이오》
이째 춘향이는 부용당의 홀로 안저 침션의 골몰타가 우름소리 깜짝 놀라 가마니 드러보니 도련님 음셩이라 보션발로 쏘처나와 도련님 트러안ㅅ고 《홍/홍》
 애고 이게 웬 닐이오 웃지흐여 우르시오 《갓치 울지 왜/그럼 안울까보아》 남원이라 흐는 데는 작란군이 만은데라 환환무부 활량덜이 셕양산로 취흔 걸음 미동으로 짐작흐고 엇득씻득 문셩명의 언답지간 슈가 빠저 싸귀당상 당흐엿소 《무슨 소리여/넷날 습관》

【도】 엇던 놈이 내 싸귀을 처야 《다할 말이여/뉘 아들이라고》

【춘】 그도 참 그럴텐데 아마 도련님 내 집의 단이는 줄 알으시고 큰 걱정이 나리섯소 《흥 아직 멋 모르는 소리러군/알 수가 잇나 뜻밧기ㄴ데 참》

【도】 이익 사쏘 걱정은 백만날 듯더라도 꿀로 알겟다 《걱정을 꿀로 안다니 사람 꼭 되겟소/웃잿던지 리부사가 아들은 잘 뒷스니》

【춘】 그러ᄒ면 웬 닐이오 장부일곡 셩동텬지ᄒ나니 웃지 무단이 우루시오 《사/녀

〈63〉

내가 참 울다니 괜이/편네는 울면 조흔가》 우지 말고 말을 해오 남새시려 드러가세 지셩으로 만류ᄒ여 제 방으로 드러가서 눈물도 닥거주고 담배 붓처 드리면서 (웃지ᄒ여 우루시오 답답ᄒ오 말을 ᄒ오 속이 타서 나즛겟네) 이러타시 인셩ᄒ니 《참 애성이다/참 지셩이지》

도련님 울다말고 춘향의 ᄒ는 거동 물쓰럼이 처다보니 어린 아희 미셩ᄒ야 참된 흔적 아리아리 연지볼이 볼고소롬 파리똥이 솜솜ᄒ고 머리털이 훗트러저 가닥가닥 귀를 덥허 젼일 보든 ᄌ태미용 오날 보니 절승ᄒ여 홀 일 업는 일색이라 두고갈 일 싱각ᄒ니 죽을 박긔 슈가 업서 (간다 간다 나는 간다 너 웃지 살랴느냐) 《그거 참 사나희 간장이라도 죽을 것 갓흔게지/죽든 안해도 혼이 도망을 갈 지경이여》

춘향 이 말 듯고 가다니 어대로 가 녹슈청산 명승지지 구경 조아서 가랴ᄒ오

신풍미주 두십천의 슐 사러 가시랴오 《흥/흥》 동헌으로 가시랴오 칙방으로 가시랴오 《아직도 니용 모르는군/애가 텬진이라 쇠가 읍서》

【도】 동현책방 다 바리고 경셩으로 올라간다 《인저 알엇군/그리도 모르지》

〈64〉

【춘】 반가온 말이로세 나도 가지 걱정 잇나 도련님이 가랴ᄒ면 가대젼
장 살림사리 되는대로 방매ᄒ야 늙은 어미 보교 타고 상단이 말 태워서
ᄯᅡ러가지 걱정 잇나 《인저 우귀터구면/안ㅅ길이 그리 쉽게》 내가 아나 갈가봐
서 못미더워 우시나보마는 그럴 리가 잇스릿가 운종룡 풍종호로 룡 가는
데 구름 가고 범 가는데 바람 가지 바눌 간데 실이 가니 님 가는데 나도
가지 넘어 조아 아니 갈ㅅ가 어서 어서 갓치 가세 《서울 구경만 간대도 조흘
텐데 아조 가면 좀 조아/둘이 가아 조치 홀자 간대도 그러케 조흘ㅅ가》
도련님 이 말 듯고 흉복이 답답 어언이 벙벙ᄒ야 왼손으로 턱을 괴고 먼
산만 바라보고 맥맥히 안젓다가 《애덜이 턱은 왜 괴이고 잇서/그러기의 청승시럽
지》
 이익 네 말도 을타마는 내 말을 좀 드러봐라 너을 다려 갈 형편이 되면
그리ᄒ겟는냐 못다려갈 리유가 잇서 그럿치 《그러기로 혼자 갈라고/그러케만
밋고 잇서》
 【춘】 못 다려갈 리유가 무엇인가 《말은 그리도 설마 다리고 갈 줄만 알것지/암
밋기를 태산갓치 밋으닛가 일상 제 맘만 역이지》
 【도】 흥 사쏘가 동부승지를 히서 금방 올나 가신단다 《왜 그러케 금방 가노
/급하기는 봄불이지》 ○《압다 이왕 갈 길이면 진작 ᄯᅥ나야지 잇스면 참 무얼 하나/이도
령 듯는데 좀 그래보지 욕이나 잔뜩 먹을라구》

〈65〉

 그런데 동부승지라는지 통부승지라는지 ᄌᆞ세 알 슈나 잇더냐 내 어림
컨대 아마 이웃집 김승지가 도라가섯다고 퉁부가 왓나보다 그 령감 나이
가 참 퍽도 만치 《내 어림의는 다 아니오 쏭보 문제가 낫나보군/글새 참 그번 도목의
아마 락폄을 해서》
 그런데 네 말이 모다 올치 안흔 것은 아니로대 냥반의 ᄌᆞ식으로 미장가

전 작첩ᄒ면 조정의 대론이 잇서서 청환을 아니 줄 거시오 조상 제사의
참예를 못ᄒ고 종보에도 ᄲᅦᆯ 거시니 글로ᄒ여 못 다려가겟다 홀 슈 업다
홀 슈 업셔 《이거 웬 소리여 아조 참 리별인가/아 저분네도 이제껏 몰랏던가》 ○《츈
향리별 말은 드럿지만 바로 예서부터 리별인 쥴은 물낫디오 졸디의/그럼 무어 서울까지
갓치 가서 한동안 살다가 리별인 쥴 알엇든가 전 슉믹》
춘향이 이 말 듯고 안색이 졸연 변ᄒ야 희동청 보라매갓치 새초롬이 안
젓디기 이미ㅅ살이 강강ᄒ고 눈섭이 ᄶᅵᆺᄶᅵᆺᄒ며 눈동ᄌ가 파로소롬 기지
개 보도독 써고 살몃이 이러셔는데 치마ᄌ락이 발의 밟혀서 대번의 쫙
찌여지고 《독이 나니 고것도 어지간한데 바루/그애가 은제는 아조 허풍산이 갓든가》
 애고 이거 웬 말인가 그 말 ᄯᅡ위 쏘 ᄒ시오 내가 몬져 사ᄌ든가 도련님
이 ᄌ

<h3 style="text-align:center">〈66〉</h3>

청ᄒ야 내 집꺼지 차져와서 우리 모친 옷을 잡고 엿조르듯 조르면셔 계
약증서 ᄒ옵더니 말너의 슈 틀니면 요리ᄌ고 그리 햇나 《참 계약서가 잇는
데 무슨 걱정/계약도 권리자한테는 다 쓸쩨 읍서요》
계약셔 내여노코 《아모턴지 내노코 한번 단단이 짜져야 볼게지 그랴/글세 얼마나 잘
짜지나 봅시다 다 쓸데 읍다닛가》
 이 글이 뉘 글이며 이 글시가 뉘 글시오 도련님은 져거 안ㅅ고 춘향 나
는 여긔 안ㅅ고 어마니는 저저만큼 솟발갓치 세히 안져 정정계약을 아니
햇소 좌우 증참은 상단이오 방은 바오 이방이지 상제 일월이 소소ᄒ니
두렵지도 안ᄒ시오 《바로 듸리대는군/올차지 그랴》 나를 급히 죽이랴거든 그
런 말삼 쏘 ᄒ시오 셔방업시 지낼 년이 세간ᄒ여 무엇ᄒ리 밀패 실패 연
지 분통 인도 가새 바누질 그릇 면경 톄경 양치대여 전반 쟁반 함박 쪽박
홍독개 셔답돌 얼게미 다리미 낫ᄌ루 칼ᄌ루 놋초ㅅ대 광명드리 요강 타
구 재써리를 홈부로 탕탕 깨여치며 와직근 쑥짝 후당탕 퉁탕 《이것 그 악가

운 세간 하나도 안 남기는군/진개 그 지경 될진대는 세간은 해서 참 뭘 하나》 가심을 콩콩 치궁글 내리궁글 휘유 답답 니 죽겟다 여

〈67〉

보 도려님 나를 좀 노으시오 겨만큼 안지시오 글세 좀 노으시오 갑갑ᄒ오 내 죽겟소 승단아 찬물 좀 가져오느라 《휘유 내가 다 갑갑하야 못 살겟소………/이것 츈향전 보다가 알쓸한 마누라 안 죽나》 청룡도 드는 칼로 내 목 쌩강 버이고 가옵던지 홍노의 모진 불로 살너 죽이고 가옵든지 냥단간의 ᄒ옵소셔 나 두고는 못 가시리 ᄒ참 이리 야단ᄒ 제 《사생결단 할 닐이지/죽으면 겁을 내나》

 팔즈 조흔 춘향모는 절ㅅ고양이 모양으로 짯짯ᄒ 아리ㅅ목의 착 접치고 누엇다가 쏭구리고 들어보니 부용당 져 안마루의셔 풍파가 이러난다 《인저 참 야단난다 그 마누라가 근너오면/암만해야 쓸데 읍서오 세력불동인데 무어》

 아마도 요것덜이 쏘 사랑싸홈 ᄒ나보다 《쏘라니 그전에도 더러 싸왓든가/날마다 틱적틱적 하고 지냇지》 지금 시속 어린인덜 열대여섯 살 된 것들이 남새시려온 줄 바이 몰나 괴변일다 《괴변이지 괴변이여/무에 괴변이여 무에 남새시려》 치마 벗고 단속것 벗고 속속것만 입은 채로 힝쏭힝쏭 근너가셔 《흡사하군/선형용이지》 영창문 열쓰리고 와락 쮜여 달려드러 《날내기는/잡이ㅅ손 싸지》

〈68〉

 너 이거 웬 닐이냐 글세 웬 닐이여 인져 졋줄 쩌러질만 ᄒ 것들이 셔방인지 남방인지 계집인지 칼잡인지 겨우 엉겨 붓터만노면 쩌러질 줄 바이 몰나 조심셩이 아조 업고 남 다 즈는 이 밤ㅅ중의 익고지고 대고 우니 삼사세로 이째까지 고셔 셩훈 배운 것이 네 힝실이 그 쑨이냐 고리삭고 망측시러 눈이 시여 못보겟다 내가 잠을 못잘진대 동내 사람 잠 즈겟느

냐 《참 쐐 방정시럽군 듯든 말과 방불한데/도삽시럽기는 쏘 웃덧코 잇다 한참 쓸 째 좀 보아》

춘향이 목이 메여 (도련님이 가신대오) 《내가 다 목이 머이네/나도 메오 나도 메여》

【모】 가신대여 밤이 거진 다 샛스니 책방으로 안 가시고 웃지는냐 내일 밤은 쏘 업는냐 에 칙살마진 년 《아마 참 칙방으로 간다는 줄 알기 쉽지/근경을 보면 몰라 얼ㅅ진 하면 알어채는데》

【춘】 책방으로 가신다면 이랠라고요 사쏘께셔 동부승지 승천ㅎ셔 경성으로 가신대오 《의례 쏘 다리고 갈가 바라겟지/이왕의 푹 지내본 장단이데 뭘 바라 갓치 가자도 곳이 안드러오》

춘향어미 희소ㅎ며 《다리고 갈 줄만 알고 조아서 웃는 게지/그런 것도 아니지 우시며 넘븨는 놈 참 무섭거든》

이익 그러면 댁의 큰 경사 낫구나 댁의 경사시면 네게는 경사 아니냐 나

〈69〉

는 이제 못 갈망정 너는 고대 치힝ㅎ야 도련님 뒤에 셔셔 멀지막이 짜름짜름 말이 업나 하인이 업나 가다 쉬고 가다 쉬고 낫이면은 각기 가되 밤이면은 혼데 들어 여젼이 잠잘텐데 욕심 만은 도적년이 낫에도 혼테 들어 못가는게 원통ㅎ야 그러케 발광치니 도련님을 쓴 다러셔 네 옷고롬의 쏙 채쥬라 《두고 간단 말 못하게 려긔질늠이엿다/암 언로를 가루막는 슈작이지(言路)》

【춘】 갓치 간다면 그랠라고요 쳔첩이라고 못다려간대오 《그것은 쐐 아니 쏘을 걸/갓둑속산 늙으니가》

【모】 이애 그 말갓지 안흔 소리 ㅎ지도 마라 쓸는 국의 멋 모로고 공연이 참 《어듸 보자/보지 참》

도련님 압희 밧삭 닥어 안져셔 《담대하군/다 긔차지》

여보 도련님 참 못다려간덧소 《혼구녁 날 걸/한참 부닥기지》

【도】 그럿타오 《소리가 웃재 심이 읍시 나오노/그 중에도 안저 존대가 쌱듯하며》
춘향모 달려드러 도련님 멱살을 두눈이 쥐눈갓치 톡 비여지도록 밧작 축
혀쥐고 《슙을 쉬여야 살지 그래 다 곳 죽으면 웃지 하나/그놈이 승승하기가 밋궁그로
슙쉬는 놈인데 무어》

〈70〉

요년셕 너와 나와 ㅎ여보ㅈ 내가 근력은 업다마는 너 ㅎ나야 못당홀가
삼디가 대드러도 왼주먹으로 째려넌다 《긔운도 ㅼ오 쌕셴데/팟 설흔 말 든다늠》
무엇이 웃지ㅎ여 춘향만 다려가게 쳔쳡쳔쳡 이짜위 슈작이 다 무엇이냐
《노하기는 제일 쳡이라는데 더 노하엿겟다/암 쩌적을 쩌적이라면 조흔가 공석이라야 조
치》
【도】 아 그럿터라도 쳡을 쳡이라지 업이랠가 내 원 장모 못된 것은 쳡장
모여 내 십젼 흔푼 웃돈 언져 줄 것이니 져 늙은이 누가 안다려가나 《번죽
은 그 아희도 쫴 조아 아조 익살ㅅ구럭이여/아 녹피의 가로 왈ㅅ자란 밧긔 웃재여》
【모】 웃재 쳡이냐 첫 장가 첫 시집이 웃재 쳡이냐 《대톄가 그럿치/할
말한 말이지》 내 쌀 츈향 왜 바릴래 인물이 못낫더냐 힝실이 글느더냐
연어가 불슌터냐 잡시럽고 누ㅎ더냐 침선방적 음식등절 어느 무엇이 그
르더냐 그애보다 나은 사람 네 눈깔로 보앗느냐 보앗거든 보앗다면 내
흔가을 안ㅎ리라 《나도 참 못밧는 걸/장가야 참 잘 들엇지》 조강지처
바리는 법 대젼통편 률 잇나니 칠거지악 업셧거든 잔인박힝이 왠 닐이냐
네가 세가 압만 조면 내 손치의 백일소냐 못ㅎ나니 못ㅎ

〈71〉

 나니 그런 처사 못ㅎ나니 가망업고 무가내라 되ㅈ늘 말 ㅎ지마라 《행위
는 참 낫부지 그랴/행위는 참 복힝위지》 여보소 동내사람 내 말이 그른가요 냥
반은 법이 업나 그르거든 글타ㅎ오 《글타할 사람 하나 읍겟네/다 올타지 누가 글

타하여》

호흡천촉 여가업시 몸부림이 가관이라 쩟다 공중 쩌러져셔 목접이질 절컥절컥 기동 모의 이마 밧고 섬돌 아래 근두박질 《늙은이 쥭지 안나/늙어도 싸홈엔 날지》

천ᄒᆞ잡년 드러운 잡년 긔구ᄒᆞᆫ 잡년 싱사리별 멧천번의 죽지 안코 사러잇셔 사위조처 싱리별ᄒᆞ니 요런 모양 쏘 잇는가 드런 년의 팔ᄌᆞ로다 아이 아이 《지긔 리별 만이 한 이악이는 왜 하여 그게 부슨 화직으로 아는 게지/자소시로 그게 아조 힝세ㅅ보인데 어듸 가도 자랑삼어 하는 걸》 춘향아 너 쥭어라 이팔청춘 절문년이 팔ᄌᆞ업는 싱과부 되여 셔방업시 지낼진디 사러잇셔 무엇ᄒᆞ리고 싱말고 밧비 쥭지 일일십이시 쌔쌔마다 두고두고 시름지어 썩고 남은 내 간장을 얼마나 쏘 태우게 《그 말도 할 쯧하지 참/여북해서 죽으려나》 너도 죽고 나도 죽고 상단이 마져 죽으면 내 집이 세 초상난다 어느 놈이 살인을 만나나 보ᄌᆞ 《그것 참 죄다 죽으면 탈 거리 아닌가오/밥을 죽여 죽음이 뉘 집 애 일홈인가》

<h2 style="text-align:center">〈72〉</h2>

도런님 넙적다리을 흠부로 싹싹 무러쎄는데 만일 절문 놈의게 그쯤 물럿스면 리도령 일신이 살낫츤 다 쓱기고 쎠도령이 되엿슬 터인데 《골가는 잇지만 쎠가도 잇나/붓처 읽으나 식여 읽으나》 불힝 중 다힝으로 춘향어미 소시의 사람을 만이 물어 박질너서 아래 웃니가 다 쌔져 다라나고 살목탁이 되여노니 아모리 무러쎄도 압푸기는 고사ᄒᆞ고 바지 안의 촌충이 든 것처름 간지러워 죽을 지경이라 《그러기로 늙으니 허바닥을 촌충이 갓다고 하여/여북 근지러워 그러나 고 늙으니 욕을 욕으로 아나》 ○ 《아모턴지 여간 솜씨 아닐세/이것 참 령감하고 아조 벗 할랴나》 ○ 《왜서요 녀편네가 벗을 누구하고 힉요 녀편네 끼리도 위디를 하는데오/일세 절세 그럴세 아닐세 그 싸위로 말을 하니 그 이 버릇 쫴 읍고 참말》 ○ 《예 잘못햇습니다 그러나 령감은 점잔은 귀분인 다려 이러치 저러치 올치 말치 하신잇가 이 사람도 글세 절세 그럴세 아닐세 좀 하엿지오》

이거 아조 꼼작 못ᄒ겟소 그랴 되로 주고 말로 밧는 걸 ○ 《쌀싹도 못하시지오/허허허》 ○ 《하하하/고만 우서》

【도】 (하하하 희희희 호호호 아아아) 아이고 간지러워 죽겟다 다시는 안 그렘세 《하희호아가 무어여/웃는 소리》

【모】 (앙 꽉) 쏘다시 그런 소리 할 터이나 (음 꽉) 《앙 꽉 응 꽉은 쌈이는 소리지/암만》

〈73〉

【도】 아하하 희호호 내 다시 안 그래오리다 안그래 안그래 안그래 안그래 《줄항복 하는군/안하고 빅이나》

춘향이 달려드러 《쏘 마저 달려들면 편싸홈 안되겟나 외로운 사람 살 슈 잇서/뉘편을 들는지 아도 못하고 서방의 편들지 어미편 들ㅅ가봐》

어마니 이리나오 내몸 일신 생지사지는 도련님쎄 달럿스니 어마니의 걱정인가 《참 그럿치 그 손의 달럿지 죽고 살기는 십왕젼의 매엿다고/그거 봐 글새 뉘편을 드나 출가외인이여 어미도 씰데습서》

춘향 어미 이 말 듯고 두 주먹을 불근 쥐여 춘향의 쌤을 치며 《그게 무슨 죄가 잇나/로갑이을이지》

요년 요년 발길년아 냥반 서방 하엿다고 틱산갓치 밋더니만 잘 되엿다 잘 되엿다 보기 실타 너 가거라 나는 실타 안 가겟다 어허 시장스러워라 《시쟝시런 것은 무어여/배ㅅ속의 안친단 말이지》 예사 첫사랑 첫 리별 슬푸다고 하것마는 노류장화 네 몸 되여 불시예사 이 쑨이라 《그런 것들은 배ㅅ장이 모다 그런 게여 참/아 그것은 창기녀의 일반 성질인데 무어》 쟝랑쳐 리랑부는 청누가인 목적이오 신인영이 구인망은 허다송별심상사ㅣ라 걸사호남 대불공의 문장명필 쏘 잇나나 쥬인 쟝읍ㅈ 나그내 국실차 구구사정 할 일 업다 역마도 갈어타면 낫느니라 《웃재서 사람은 다 갓흔데 그런 것들 심장은 그러/아 그게 어듸 제 본성인가 위선 이 칙에도 보아

〈74〉

케 잔인하고 무도할가오/오 제 어미가 그러케 가르치지》 ○《그것은 왜 그러케 가르치나 울며 불며 리별 자조 하는게 그러케도 보기 조아서오/속담에도 기생이 부자 자식 식갓을 만이 못 쓰우면 품수의 처쥬지 안는다는 그런 말도 잇소》 ○《비가 오든가 식갓은 왜 씨워 기생의 집의 우산도 한아 읍서서오/허 돈 대쥬다가 집꺼지 팔어먹고 드러안질데가 읍서서 식갓속의 들어안저오》 ○《하 그것 참 긔막힘 말이러군/그리 남을 호려쎠서 먹을 때는 구미호갓치 호려쎗고 재물이 픱진하면 당장 그날 아침에 박차 버려야지 만일 정근이라든지 렴의라든지를 생각하야 조곰이라도 주저애련하면 어미와 형제가 모다 욱쌔기고 동류덜이 조룡하야 슈단이 읍느니 어리석으니 논박을 하며 당일의 곳 송구영신을 히서 쏘다른 사람 호려가지고 돈 쎠서 드리는 걸로 목적을 삼으니 그게 본리 제 텬성이 글는게 아니라 가르처서 억지로 그러케 맨드는 것이윈다 원인을 말하자면 창녀가 글는 게 아니라 창기의 어미가 글는 것이요》《昭;그러면 원인을 쏘 말하자면 창기 어미도 글는 줄 모르는 게 아니라 돈이 일대관 사람을 잡소그랴 그런잇가 츈향이도 창기 노릇만 하엇던들 쏘한 그류가 안 되엿겟소 哈;아니 그는 도저히 안그러여 돈이라는 것은 치치하우의 못난 사람덜이 남녀간의 망녕되이 벌너드러서 의리를 일는게지 올은 사람은 돈을 버러도 공평하고 정대한 것을 직혀서 호리라도 남을 소기지 안키 째문에 돈을 잘 벌고 신분과 명예 날로 놉하가는 것이오 창기 중에도 녈절이 잇서서 그런 녀자는 금퓌옥빅을 초개갓치 역이고 만남자를 슈작히도 허신하는 곳은 한 곳뿐이오 두 남자도 읍스닛가 그게 가위 렬절이윈다》
춘향이 거동보소 우는 어미 위로하야 안ㅅ방으로 뫼신 후의《다 무러뎃나/보면 쏘 물지》
 여보 도련님 내 말 다시 들어보오 거긔 안저 말합시다《참 공연이 쩌들기만 할게 아니여/암 차곡차곡 싸지고 쏘 싸질게지》
【도】 가만이 잇거라 뒤 좀 보고 오마《그거 아마 꾀쏭 아닐가/무어 뒷간의 가 생젼 안저 잇나 의심은 젠장》

〈75〉

허리씌를 감어쥐고 대롱대롱 매달이며《아조 갈가봐서 저러지/나 갓흐면 발ㅅ길로 툭 차 바리겟네》

뒤간길도 갓치 가세 못 미더워 못 노켓소 《노코 보면 안되지 그랴/그예 한번 거더차는게여》

【도】 허허 야야 이것 봐라 내 신용이 이러케도 불신용이 되엿나 《배약을 하니 그렷치/제 실이면 말지 무어》 너한테 돈 좀 쑤어가지고 모시나 좀 사서 호람선 차의 싯고 올나가서 장사나 한 힝보 해 볼냇더니 잘 안될 모양이러구나 《돈 신용과 그 신용이 달느지그랴 웃재ㄴ 말이여/달느기는 무어이 달너 몸덩이 ㅅ재 달어나면 돈은 갓다 갑나》

【춘】 돈은 주지 돈은 주어 내 세간을 모다 팔고 논문서 집문서 죄다 직금 맛트시오 《녀가가 참 젼곡 사축히서 무엇하게/아모럼 네 세간이 내 세간이지》 ○ 《왜서 그래오 내디 녀자들은 돈만 잘 벌데/내디 녀자의 학식이 잇나 정도가 멀엇서》

【도】 올치 팔어노코는 핑계김의 갓치 가즈고 쩨 좀 더 써 볼라고 이애 그 순전한 쇠의다가 물탄 쇠 쓰지마라 《쇠는 그게 물탄 쇠르세 안 다려갈야고/둘에 쇠가 쏙갓히 그것도 연분》

【춘】 도련님은 귀공즈ㅣ라 한양 서울 올라가면 사면매파 넓이 노아 명문거족 취실할 제 긔구광치 조흘시고 안부등롱 압세우고 열두 하님 느리셔셔 납치전안 교배셕의 사모품대 류테갓처 셔동부셔 창홀하고 청사 홍사 마

〈76〉

조 느려 합환주를 마신 후의 동방화촉 시야반의 원앙녹수 만나 놀 제 한향쳔리 잇는 날를 쑴속에나 상각할가 《생각이 다 무에여 가는 날로 이저 바릴걸/밤낫 계집만 생각하고 다른 닐은 말라고》 이내 팔즈 긔박하야 쳔창가 녀식되여 남과 갓치 못해 보고 남의 집 하님처럼 류례불힝 머리언져 그럭져럭 지내다가 일년이 치 못가고 깁흔 잠이 알랴 말랴 장부일편 바리다시 이러케 쉽게 바리고 가시니 《참/참》 긔박한 춘향이 생과부되여 무인공방 적막중의 오날부터 혼즈 누어 뉘게 향해 정담하며 눈물겨워 어이 살스고

《참/참》 춘풍도리화개야와 추우오동엽낙시의 절후마다 감몰지정 사르나니 내 창즈ㅣ라 아모커나 갓치 가세 생사간의 갓치 가세 《그저 죽을동 살동 붓들고 놋치지를 말어/아모랴면 무얼 하야 만만한게 너자인데》
아모리 그리하나 세불득이 무가내라 《지겹게도 안 다려가러 드는군/속 모르는 사람덜은 모다 저러겟다》
【도】 이애 네 말도 올타마는 내 말을 좀 들어봐라 다시 《가면 고만이지 무어무어 다시 웃재/다시 온단 말이지 왜 무어무어》
 나는 이제 올나가면 산정사랑 적료한데 지지빅일 혼즈 누어 네 생각이 간절하야 문을 녈고 드러오는 듯 담비 부처 드리는 듯 정담을 알외는 듯 엽

〈77〉

희 곳 누엇는 듯 여광여취 못 견듸면 죽장망혜 단표즈로 불원철리 나려와서 고대 맛나 보련마는 《말로만 아조/말도 말라고》 ○ 《와서 와서 등신이가 와서/압다 올찬 사람 쏘 한아 잇네》 너는 이제 리별하면 아녀즈의 얏튼 생각 하로일시 뿐이로다 한달 지나 두달 지나 아조 훨신 지난 후의 교방청 입번하야 밤낫업시 슈청할 제 동헌 책방 책방마다 나드는게 호걸이오 춘풍도리 거리마다 넘느는게 활량이라 《꼭 한 녀자는 생전 가도 안 그리오/새촘덕이 골로 빠진다늠 말 말어》 노류장화 져 봄빗의 정한 님즈 짜로 업고 소상동정 넓은 물의 쩨기럭이 못 쏫거든 춘정이 호탕하야 장진주로 논일 적의 한양 셔울 잇는 나를 손톱만치 싱각할가 《밤낫 생각이지 죽어도 생각/이 이가 참 춘향이 후신이러군》 이런 일을 논지하면 가는 내가 더욱 슯다 수이 오마 우지마라 오날 가면 내일 오마 청텬의 명월갓치 삼오야의 도라오마 명년춘의 도라오마 아모턴지 도라오마 우지마라 우지 될라 《가지 말게 가지 되리/그것도 쌕대 십상 조쿤》
이리하여도 아니 듯고 져리 하여도 아니 듯고 모도다 헷말이오 아모조록

다려가오 《그저 악가 감어쥔 허리씌 끈만 노치지 말고 질질 쓸려서라도 어듸까지던지 갓치만 댕겨라 댕겨/칼로 썩 끈어 바리면 뚝 써러질 걸 제 뒤통수나 압흐지 무어 나는 인저 허리씌 안매고 단추만 달고

〈78〉

라/댕길터여》 ○ 《그럼 그 단추를 내 단추 구녁의다 꼭 끼고 당기지/그럼 라사단추를 희서 빙글 돌려 끼우지오》

【도】 허 그것 참 위졀이다 그져 내 마음대로 할 것 갓흐면 동부승지니 셔부승지니 다 치우고 이 골 권농으로나 한평싱 계셧스면 쏙 조켓다만은 《누가 말인가/제 아버니지 누가여》 즉격도 별슈 업스시니라 국어라고 하시는 깃이 누가 선물 가져오면 겨우 아리가도 아리가도 그 말 두어마듸 하시고 산슐은 일에 일을 가하시랴면 즈리ㅅ슈만 한오백즈리 잡어노코 《칠판이 기틈하고 커야 다 씨겟네/산술은 가로씨닛가 넓기만 하면 되지》 일ㅅ즈가 제일 씨기는 쉬우니까 무작정 써 노코 종일 일일일일 하다가 고만 두시는 것 너도 왜 보앗지야 《이애가 쏘 밋첫군 제 아버니 권통하면 저는 면주인밧긔 더하먹 제 아버니 숭을 보면 그 숭이 뉘한테로 도라가노/알 슈 잇나 개천에 룡 난다고 권롱의 자식이라도 무엇슬 못할ㅅ가마는 그저 응석동이가 되여서 버르장이가 읍서 걱정이지》

【춘】 애고 이게 무슨 말삼이오 벼살이 차차 놉하가시니 그런 경사 쏘 업는데 그게 무슨 망담이오 《그게 참 사람이러군 그래서 츈향이를 일컷는게지/아모렴 시시로 군자의 과실을 기워가닛가》

【도】 이애 그러면 너도 나 올나갈수록 조아하면셔 울기는 건숭으로 우는구나 인져 네 속 다 알엇다 《조것 보아 소견이 조짜위란 말이지/고것 참 남의 애 터치기 조흘 만하지》 그러나 한 수 잇다 《고소/수가

〈79〉

견의/무어여》

【춘】 무슨 수오 《글새 쏘 제 망신 제 하는 수 아닌가 원/제 망신만 하면 조케 조상망신까지 하지그랴》

【도】 힝차길 쩌날 쌔의 신주 령여가 올나갈 터이니 네가 실ㅅ적궁 드러 안져서 신주는 네 치마속의 느코간면 아모라도 신주 든 줄 알지 넨 줄 알겟느냐 그 수가 꼭 되엿다 묘지묘지라 가위 냥전지술이 아니냐 《나종원 별소리 다 듯겟군/참 별 잡놈을 다 보앗지》

【춘】 애고 망발 작작 하시오 도련님도 샹셩이오 오작하여 져래실가 《저 것 본리 혼인을 속아 지닌게지 그 애가 정녕 배안의서부터 밋친 애오/아니 내려와 잇슬 째도 팬찬엇스닛가 아모라도 중간의 밋친 애여》

두 눈이 마조 붓고 두 창자가 셔로 녹아 손길을 마조 잡고 보고 울며 울고 볼 제 함누안간함누안이오 단장인송단장인이라 《누가 뉜지 모로겟네/그것 도 그것 갓지》 류막의 연룡하니 리한을 먹음은 듯 죽창의 우쇄하니 별누를 쑤리는 듯 삼월정당 삼십일의 전송츈을 앳겻드니 이팔랑별이팔랑의 님 이 님을 리별하네 《님으로써 님을 그리겟군/이님 회님 하리로다》 이 우름 씃치 업셔 누첨구곡황하일이오 한압삼봉화악져라 양류지지천만사로 미계랑 군 철쳑신을 《올은 무엇인가오/귀글 읽는 토ㅣ지》 이러타시 늣겨가며 무진무진 늙어울 제 《그 우름덜을 누/말리면 더 운다

〈80〉

가 말려 볼 슈 잇겟나/늠 막 욱다겨야 들 하지》
이째 방자 급히 나와 도련님을 재촉하되 《쏘 어지간이 휘모라칠 걸/담비 한 대 붓칠 새 읍지》

 여보 도련님 리별이라 하는 것이 여보 도련님 평안이 가시오 오냐 츈향 잘 잇거라 은근한 숨은 회포 한두마디 할 것이지 어어한 리별이완대 삼 사월 긴긴 해의 져무도록 장황하오 《그리도 할 말은 못다햇슬 것이니/그 잔사설 을 다하고 은제 쩌나보게》 참새 회룡하듯 대체 천 번인지 만 번인지 붓텃다 쩌러젓다 쩌러젓다 되둘너 붓텃다 리별노 아조 영업을 삼어 째를 에울랴

오 사쏘께서 불너쌋소 어서 닝큼 드러갑시다 《방자 그것 일상 봐도 왜 그리 멋
거리 읍서/본리 쏘 견험이 크게 잇거든 내용 다 몰으지》
도련님 긔가 막혀 《제발 용서 좀 히 주지/길은 언제 써나고》
 압다 그 놈 짜리는 셔방보다 말리는 싀어미가 더 밉다더니 너는 한층
더 불량하구나 《누구보다 더 볼량히/그것은 알어 무엇하여》
내아로 드러가셔 내힝차 치발하고 염수문 밧 썩 내다러 나귀 등에 오른
후에 육방관속 하인덜이 차례로 하직한다 《모도다 섭섭하겟다/인심을 픽 으덧
스닛가》 (니방 호방 하직이오 힝수

〈81〉

병방 하직이오 좌슈 별감 하직이오 장교 색니 하직이오 집사 촌관 하직
이오 사령 군로 하직이오 기싱 관비 하직이오 토인 급창 하직이오) 《하직
만 히도 한동안 되네………/그리도 뒤의서는 불너보도 못히》
【도】 오냐 너의덜 다 잘 잇거라 나도 장래 팔자조아 부모 안지셧든 골
의 다시 오면 보자 하고 《그런 말은 싹둑겁군/웃던 말은 잘못하나》 워렁져렁 위
렁져렁 써나갈 제 《그것은 말방울 소리지오 아조 흡사하군/말방울 나귀방울 왕방울
쥴방울 다 잇지》 ○ 《그러나 령감 좀 욕시럽지 안하서오/무어ㅣ 욕시러원오》 ○ 《나귀방
울 말방울이 령감의 입방울이 되엿어니 아마 좀 창피치 아니히오/하 그 마누라 실멋이 남
을 쐐 골리네 그럼 이녁흔 들엇스니 귀ㅅ방울 되지오》
이째의 춘향이는 도련님 망종리별 말머리의 하자 하고 풋고초 져린김치
문어전복 겻드리고 환소주 화청하야 샹단이 들려 압세우고 세대식갓 숙
여쓰고 《식갓은 왜 쓰노/남도기생 풍속》 오리졍의 몬져 나와 만수비발 훗튼
머리 뒤로 집어 낭자하고 한 손으로 이마 집고 쏘 한 손으로 남글 잡고
애통지셩 우름 울 제 (금지옥엽 도련님이 어대로만 가시는고 빅초호졍
왕소군 홍불누 쑤든 꿈이 나의 스름 일반이라 나르만 부대 다려가게)
《홍 구슯흐다 정작 리별이 쏘 남엇소그랴/인저 시작인데 하다 쉬고 하다 쉬고 은제 다
할지 아러》 이러타시 우름

〈82〉

울 제 스러워하는 소래 바람결의 놉히 쩌서 도련님 몬져 듯고 방자야 아
러오라 그 우름 이샹하다 《가는 자의 마음이 슈란하겟다/들성히서 정신이 읍슬테
지》
방자놈 거동보소 송림 속의 드러가셔 잠간 단여 나오더니 《허풍 쏘 쌔 쓸
걸/본리 허풍산인데》
 여보 도련님 웃더한 아녀자가 쾬실이 우는데 뭐라고 하는고하니 도련
님이라든가 데려온 놈이라던가 그러케 작고 부르면셔 드립다 닙다 압다
우는데 《문법도 별격이지 드립다 냅다 압다 엿다/그것은 우별견이여 엿다란 다ㅅ자가
쏘 들엇스니》 두 손으로 잔디 쎄리를 아드등 아드등 주어쓰더셔 큰 산의
토피를 말장 베겨노코 《장마지면 사틔 안 나리나/리년 봄의 식목해야지》 쌍바닥을
얼마만치 파노앗는데 공동산의 영장구덩이 갓습데다 《맨손으로 웃지/손톱이 길어서》
 【도】 그게 누구란 말이냐 춘향이 아닐는가 《형형식식이 춘향이러군/오나 가
나 참 춘향이엿다》
 안이면 뒤집어 입지오 《말끗마다/번번이지》 ○ 《그런 패ㅅ심 한 것 버르장이 넘어
읍군/선실 기도를 하면 큰소리를 못하여》
도련님 거동보소 말게 선쯧 나려셔셔 송림 속으로 드러가며 《지체가 쏘 되
는군/자고 갈지 뉘 알어》
 춘향아 우지마라 나 예 온다 우지마라 《오면 뭘해 고대 갈 걸/고대 가면 쏘 안
오나》 봄사람이 넘어 울면

〈83〉

눈도 붓고 목도 쉬고 골머리 탱탱 압흐니라 《흥/흥》
춘향이 거동보소 라삼을 부여잡고 《참 저워서 감어쥔 허리쯰끈을 노앗든가/은제
노아 안 노앗스니 예까지 쏠려 나왓지그랴》
 아니 가고 왜 계시오 보기 실ㅅ소 어서 가오 당초의 둘이 만나 리별마

즈 백년긔약 계약증셔 깁흔 맹세 모도 다 헛말이오《계약이 왜 헛말이여 나 갓트면 어듸까지라도 해 보겟네 웃잰 말인지 모르겟소/그 애는 이녁만치 못 올찬줄 알어오 그때와 지금이 세월이 달는 걸 웃재여》리별리별 리별이야 기별 리ㅅ즈 내논 사람 날과 백년 원수로다《참/참》위셩에 봉우리별 역로의 형제리별 북희의 모즈리별 호지의 군신리별 리별마다 슯것마는 님리별과 갓흘손가《흥/흥》죽어서 영리별은 남대덜도 흐렷마는 사러 싱젼 싱리별은 싱초목의 불이 붓네《흥/흥》애고 답답 스른지고 백년희로 밋엇더니 일년이 채 못 되여 내버리고 가신 후의 허구장천 긴 세월의 눈물겨워 어이 살쏘《흥/흥》송군금조 일거ᄒᆞ니 보낼 송ㅅ즈 뜻이 업고 경성철리 먼먼 길의 미들 신ㅅ즈 적적ᄒᆞ고 일파라삼문후긔ᄒᆞ니 긔약 긔ㅅ즈 은제 될ㅅ고 맥맥무언 답답ᄒᆞ니 말심 언ㅅ즈 드러보세 욕망난망 쥬야간의 싱각 사ㅅ즈 간절ᄒᆞ고 월명사창 적

<h3 align="center">〈84〉</h3>

료ᄒᆞᆫ데 근심 수ㅅ즈 지리ᄒᆞ다 냉실ᄒᆞᆫ점 새우등의 잠잘 면ㅅ자 과연 실코 젼젼반측 잠 못 닐원 꿈 몽ㅅ즈도 허사로다 일싱불득 항소년의 늙을 로ㅅ즈 듯업구나 고침단금와불긔의 병들 병ㅅ즈 넘녀로다 애오싱지슈유혜여 죽을 사ㅅ즈 면홀ㅅ소냐 녹수청산 구진비의 귀신 귀ㅅ즈 가련쿠나 인저 가면 언제 올ㅅ가 올 날이나 일러쥬게 이 목숨 죽기 전의 부대 ᄒᆞᆫ번 차지소서《흥 한번 찻기도 밋을 수 잇나/저이 누구한테 더러 속아 보앗나》상단아 술 부어라 도련님 망종 리별ᄒᆞ즈《그 술 웃지 권하며 웃지 밧노/권역난슈역난이지》술부어 손의 들고 가는 목 기우려셔 눈물 석거 권쥬ᄒᆞ되《권주가 좀 드러봇가/리별권주가 처량하지》

 자부시오 자부시오 이 술 망종 잡으시오 권군깅진일배쥬ᄒᆞ니 서출양관 무고인을《흥 참 리별쥬러군/눈물이 잔의 찻지》소녀의 천금언약 부대 잇지 마옵소셔《안 닛기는 뭘 안 닛저/나는 참 쏙 안 닛겟네》○《그런 쏙도 볼 쏙이 될는지 뉘

알어오/불 쏙이면 빨간 쏙 되것네 쓰겁든 안한가》 ○《겻말은 날보다 잘 씨시지/요새 냥
반 관도 못 쓰고 웃재나》
도련님 낙누ᄒ고《참 눈물나지/사내 자식이 울고 잇서》
 츈향아 우지마라 내가 가면 아조 가며 영이 간들 이질내냐《말은 조쿠먼은
/림시호설(臨時好說)》

〈85〉

도리줌치 쓸너노코 면경 내여 일은 말이《신물이러군/작어도 중하지》
 내 형용 말근 정신 면경빗과 갓흐리라 아나 엣다 가젓다가 날 본다시
기다려라《벽상의 거러노코 시시로 빗처보면 진면목을 대한듯이 뵈이렷다……………
………………/뭘 주머니거울 밤싹정이만 한 것 글기는 엇다가 걸어 수은 다 벳겨저서
뵈이기나 하든가》
츈향이 울며 면경 바다 품에 너코 제 쏘흔 신물 줄 제 보라대단 속적우리
제색고롬 어루만저 옥지환 쓸너노코 지성으로 엿즈오대《익기잔코 내여주
지/쏘 픽 앗가운 게러군》
녀자의 일심힝실 옥지환과 갓흐리다 진이중의 싸저잇셔 천만년을 지내
여든 변홀 째 잇스릿가《옥의 참 틔가 읍지/그러기의 보비라지》차환일매는 유
시소롱이라 긔충군즈 하톄지패ᄒ오니 옥취기견결불유ᄒ고 환취기종시
불절이라 원군즈는 이츠위신ᄒ야 여옥지정ᄒ고 여환불희ᄒ옵소서《물건
도 중하고 말도 쏘 중하군/물시위중이언역지중이여(物是爲重而言亦至重)》
피츠 셔로 신을 주고 셔로 울기만 하더니라《흥/흥》정삼을 고만보대완이
오 옥환을 상투라수권이라 제제곡곡불인샤ᄒ야 방초청사의 동젼젼이라
《저것 봐 막 둥구는/그리도 시원치 못

〈86〉

군/하지》이째 젼모 ᄒ님 쩌나온다 (앵무갓흔 고은ᄒ님 청상 쓰고 홍상

쓰고 것는 말 부담 우의 덩그럿케 놉히 타고 군로 혼 쌍 사령 혼 쌍 쌍지
어 나오면셔 게 안ㅅ거라 치웟셔라 그 뒤를 도라보니 구름간흔 별련쌍교
좌우청장 줄 괴우고 벽제 소래 창창흐며 이러타시 쩌나오니 《인저는 죄 쩌
나는군/각향막음 다 햇는데》 도련님 홀 닐 업셔 나귀 등에 다시 올라 《인저는
참 하직이다/훗날 쏘 안 오나 말을 그러케 말어오》
여보 장모 잘 게시오 《장모도 나왓든 겔세/그럼 나오기야 안 나와》 ○《나와서 왜
이째쩌지 긔척이 읍서/아 절문 것들 셰도의 밀려 웃더케》
　【모】 잘 잇거나 못 잇거나 가는 니나 잘 가시오 싱견 내 첨이지 이런
닐이 어듸 잇담 《사위조처 생리별이러군 참/남의 말을 왜 뇔ㅅ거 무어 잇서》
　【도】 이애 춘향아 잘 잇거라 《참 잘 잇거나 못 잇거나/허 그것 참 쏘 뇌네》
　【춘】 여보 도련님 평안이 가시오 《그것은 참 지성이지/무어 지성 편이 가나 못
가나》 ○《령감은 왜 쏘 뇌서오 참/이녁이 노니 나도 뇌지》
　【도】 오냐 춘향 잘 잇거라 《암만하니 잘 잇슬 수가 잇나/왜 누가 째리나 못 잇슬
것은 무어여》
　【춘】 부대 도련님 평안이 가시오 《그저 지성이다/이편이 참 지성이여 춘향이 역
성 드는데는》
　【도】 오냐 오냐 잘 잇거라 《암만 암만희도/웃재 웃재서오》

〈87〉

　【춘】 부대 부대 평안이 가시오 《지성 지성 참 지성이지/녁성 녁성 그런 녁성》
　【도】 잘 잇거라 《쏘 잘 잇서/작구 잘 잇서야지》
　【춘】 평안이 가시오 《그저 지성이여/그놈의 녁성 참》
　【도】 잘 잇거라 《아이 쏘 잘 잇스라고/암만 작구 잘 잇서야지》
　【춘】 평안이 가시오 《그저 그저 지성이엿다/압다 압다 그놈의 녁성도 참》
　【도】 숭단이도 잘 잇거라 《고것도 참 귀해햇지/인정 만은 리도령인데 여간 귀희
햇서》
　【상】 예 도련님 안녕힝츠 흐십셔오 《애고 고거 인사도 쏙쏙이 하지/고것도 장

리 소명한 아희 될 거》

【도】 장모 부디 잘 계시오 《거듭 인사러군/재삼고별(再三告別)》

【모】 사위 부디 잘 가시오 저를 힝여 이지리다 《다시 한번 롱 치는군/능소능대 하지그랴》

【도】 될 말이오 안 그럿치 《종리 말은 지절한 것 갓구먼(至切)/그이도 인저 좀 롱 치는군 참》

【도】 숭단이 부대 질 잇기라 섭섭ㅎ기 짝이 업다 《참 자샹하고 인자하군/그런 아희 다시 읍시》

【상】 도련님 부대 안녕힝츠 어느 째쯤 오실야오 《흥/흥》

【도】 봐야 알지 알 수 잇느냐 《그럴 게여 그럴 게여/참 그럿치 참 그럿치》

〈88〉

【상】 아씨 부디 쉬 가시도록 ㅎ셔오 《애고 고게야 긔특도 희라/종년 되기 참 앗갓지》

【도】 츈향아 잘 잇거라 《아 이것 쏘 남엇나/인저 한 반이나 힛슬가》

【츈】 도련님 평안이 가시오 《그 지성이 참 반도 못다 힛지/나는 보니 두 지성이 쏙 갓트예》

【도】 잘 잇거라 《쏘 잘 잇서/작구 잘 잇서》

【츈】 평안이 가시오 《쏘 평안이/작구 평안이》

【도】 잘 잇거라 《쏘/작구》

【됴】 평안이 가시오 《쏘/작구》 아츠 이젓소 다시 훈 말 드르시오 《정작 할 말은 하나도 못힛군………/은제 하여 간 뒤의 보면 전판이지》

【츈】 (아아) 리별 리ㅅ즈 잇슬진대 맛날 봉ㅅ즈 업슬릿가 《춤/춤》 방년 립양은 시아녀지 소망이니 잠시 리별은 긔장부지 유샹이랴 옥소녀의 미진 정은 냥세인년 되여 잇고 락창공주 분경의도 부합홀 날 잇삽나니 일시 리별로 마음 과이 샹치 말고 금년송힝의는 종미수어젼로ㅎ나 타일봉영의 절원재어 후거ㅎ소 천금귀톄 보즁ㅎ야 황촌우로의 면의조ㅎ고 야

점풍상의

〈89〉

긔요지 흐소셔《흥 저게 지성 아니고 무엇인가/일즉 잠자고 늣게 일라는 게 지성이여》

【도】 오냐 걱정 부대 말고 조만간의 잘 잇거라《아모랴도 가면 오기가 쉬운가 고만이지/십에 구一지 춤 좀 멀어야지 온다게(什之九)》 ○《그 말하는 것 보아서는 아조 이질 사람 갓지 안ㅅ소만는/웃재서오 말하는 것을 보고 이 담 닐을 웃지 그리 알어》 ○《쉬 온다든지 꼭 온다는 것은 이 압닐을 예량치 안코 당장의 아못더케나 나오는대로 왈칵 히바리는 말이오/그러치 춤 이 담의 행할 생각은 조곰도 안히보고 위선 대히서 횐소리 쎄느라고 어둔 방의 홍둑개 내밀듯》 ○《조만간이라는 것은 일으나 느지나 지속의 시긔를 정치 못하고/그럿치 춤 그리 아모 째라도 긔회 잇는대로 틈을 타서 온단 말이여》 ○《암 그 말이 올치 멀고 먼 길이오/춤 멀기는 무척 멀겟다 가만 잇자 멧닌가 처보면 알지 예서 조치원 일빅 구십리 조치원서 틔전이 구십리》 ○《왜 예서 칠 것이야 잇나오 서울서 이야기지 글새 리도령이 왜 충주 살엇서오/아 그럼 그러케 처가지고 쏘 예서 서울 리ㅅ수만 더 집어느면 안 되여 미련도 하오 춤》 ○《이런 제 짝도 하시지 남원서 서울를 왜 글새 충주로 해 가오 게서 직졉 가지오/참 그런가 아니 리도령은 서울서 가야 직졉 되지마는 나는 예서 가야 직졉 아니여 공연이 도라오》 ○《글새 지금 리도령 길 싸저 보앗저 령감의 길을 싸젓서오 영감이 무얼 하러 가서오 이 장마의/이런 원 이 책이 지금 우리덜젼이지 옛날 리도령젼으로만 알엇소 됩다 나다려 짝하다구》 ○《참 그럿소이다 우리덜젼을 이젓소구려(하하하)/그 정신이 그리 되겟소 하든 이야기 쏘 이지리다 마저 하시오(허허허)》 ○《그리고 쏘 시하 사람이 웃지 미리 긔필은 한단 말이오/참 그러럿다 나섯다가도 걱정이 나면 오는 수 웁슬테니》 ○《그러기의 조만간 온단 말이 매우 신실한 말로 인정합니다/참 무던하시오 조만이자로 해석하시는 게 총달한 말삼이오》 ○《그처럼 과장하실게야 잇슴닛가마는 이 사람의 의견은 그럴 듯하야 말이올시다/암 옛글에도 명시자는 긔라고 햇슴닌다 영졀시럽게 말해 뵈는 것은 속이는 게여》 ○《그럿치오 그짓말 잘하는 사람은 보아도 분명이 보고 들어도 꼭 들엇다지 무얼 해도/참 조만이자로 그 아희 진실 무위함을 쏙 알쎄여 일후의 심된 일은 부인끠 쏙 뭇겟소

〈90〉

쏙 한다지/이다》

말은 가ᄌᆞ 굽을 치고 님은 잡고 낙누ᄒᆞ고 해는 장찻 셔산이오 길은 머러셔 천리로다 광풍의 놀낸 봉접 우지지고 떠나는 듯 《그 리별 참 지리하다 긔막히겟군/여부 잇나 굉장하지 굉장하여》

방ᄌᆞ놈 거동보소 산호편 채질ᄒᆞ여 가는 나귀 재속ᄒᆞᆫ다 이러 툭 ᄎᆞ 주마가편 방진ᄂᆡ 얼는 근너 박셕틔 넘어가니 아조 간 곳 젼혀 업다 《에그 그것 일상 미워 방자놈/놈이 참 왜 짓궂지》

【츈】 상단아 도련님 어대만큼 가섯나 보아라 《좀 찬찬이 나갈게지/방자놈이 막 모는 걸 웃재여》

【상】 일편잔조리오 사위사색중이올시다 《소비비도 저러하니/나도 그러케 못짓겟소》 △ 《전나도는 야지라면서 산은 왜 그리 만어/쏙 고 근방만 그럿처 쎙쎙 도라가며》

츈향이 울며 놉흔 산의 다시 올라 가는 양을 바라보니 건뜻건뜻 뵈이다가 아물아물 적어저셔 솔개만치 보이다가 제비만치 뵈이다가 씽씽씽 도라가며 ᄒᆞᆫ 산모롱이 씩 지나가니 아조 간 곳 전혀 업다 《인저는 고만이러구나/한동안은 왜 그리지》 가는 랑군 홀닐 업셔 통곡ᄒᆞ고 도라오니 츈산의 우는 새는 날과 갓치 불여귀라 일락셔산 ᄒᆡ가 지면 도련님이 오시련만 인저는 무가내라 《흥/흥》 음용이 적막ᄒᆞ니 상사일단 수심으로 이

〈91〉

려타시 지낼 적의 웃지 아니 가련ᄒᆞ리 《흥 가련토다 가련토다 저것 죽지 웃지 사노/흥 죽기는 공연이 죽어 사내 또 읍나》 ○ 《롱담이라도 욕시러워 그리 말삼 마르서오/심심하니 그렷지요(안색이 소변)》

화셜 구관은 올나가고 신관은 나려와셔 구약속을 일츈ᄒᆞ야 변경법정 아니ᄒᆞ니 재기청정의 민이영일이라 남원일읍이 안안ᄒᆞ야 이삼년을 명치터니 과만 ᄎᆞ셔 올나가고 《그나마 갈리지 말지/익희를 할 수 잇나》 새 신관이 또

낫스되 ᄌᄒᆼᆺ골 막바지 변학도ㅣ라 《성이 왜 그래/일홈은 존가》 세대로 골
타가 뜻밧긔 남원부사 제수ᄒᆼ이시니 이 냥반 힝실봐라 술 먹으면 쏭 잘
싸고 계집 보면 회를 먹고 시정의 억매홍성 동내의 토색질과 그른 말을
올타ᄒᆼ고 안된 짓 만이 ᄒᆼ니 《참 안된 짓이러군/힝위마다 그럿치》 별호를 쏠짜
라 ᄒᆼ겟다 아희도 쏠짜 어른도 쏠짜 쏠짜 쏠짜ᄒᆼ는 사림이라 《그것 별호가
쏠짜오 본명이 학도니 남원은 결단이오 춘향은 죽는 게지 더 말할 거 무어 잇소/홍 어차
이자의 위인을 가지지 누구든지 별호 듯고 그 사람 보면 별반 틀릴 것 읍습닌다 참》 그
중의 이목은 넓어서 남원골 춘향이 졀색이란 말을 듯고 일구월심의 원ᄒᆼ
기를 (웃지ᄒᆼ면 월매씨댁의 가셔 중놈이ᄂ 사러볼ᄉ고) ᄒᆼ든 중이엇다
《상사병이 들렷구먼/자유시로 들럿는데》 그런데 이 냥반의 나히 여든 아홉살이
라 《그러케 작으마치/아흔도 못 되는 걸》 ○ 《그리도 냥반이리나오/나ᄉ덕으로 그리 주
지》 졍신이 혼망ᄒᆼ여 춤 뱃고 밋씨실

〈92〉

지경이라 《게다가 쏘 망녕을 겸해/우황 년고한 자세도 잇지》 츈향을 이질ᄶᅡ봐서
기름먹은 부치에다가 봄 춘ᄉᄌ 향긔 향ᄉᄌ를 졍ᄌ로 쏙 박어 써가지고
단이는데 《글 비운 선비의 용심지도가 그래서 되나 단정치 못하게/아 그 전 선빅덜 공
자의 화상 홈처 팔어먹은 놈도 쌔엇는데》 일일은 그 부치를 가지고 안악에를 드
러갓더니 그 부인 강씨는 령감과 동갑인데 《여든 아홉살/한 살 업는 구십》 세
살쩍부터 강짜가 웃지 만은지 《강짜가 무엇인가/투기가 강짜라늠》 ○ 《예 여보시
오 말을 바로 안 가르쳐 주시고 상ᄉ소리만/(빙그레)두엇다 알지》 령감이 만일 이웃
집 암ᄉ개ᄒᆼ고만 마조 섯셔도 가심을 콩콩 두다리며 머리 싸고 드러누어
멧칠ᄶᅡ지라도 밥을 안 먹다가 《내바려 두고보지/글새 은제까지 안 먹나》 령감의
손이 발이 되도록 빌어야 이러나는 셩질이라 《못난 늙은이 그리기로 그러케 쥐
켯서 원/늙은이가 못나 그런가 파파가 잘나 그럿치》 그럼으로 본성은 양씨ㄴ데 동
내 사람덜이 별호를 강씨라 ᄒᆼ니 강짜 만타고 강씨여 《안밧 별호가 상당하군

/백호는 다 잘 으덧는 걸》그 부치의 씬 것을 보고 (여보 거긔 쓴 것이 무엇이오) 흐닛가 《언뜻 봐도 눈은 발게 쏘/여북해 눈치빠른 강씨여》 령감이 아조 절여셔 얼는 대답을 못흐고 넉장 쎱은 놈 모양으로 어름어름흐니 《녁장이 무엇 녁장인가/투전꾼의 문자지》 눈치빠른 강씨가 발셔 아러채고 얼골이 새파리지며 (올치웃든 계집의 일홈이로구면) 흐고 대드러셔 쑥 찌저 바리는데 《령감한테 그거 변고오그랴/그러기의 쪽겨갓더라늠》

<h3 align="center">〈93〉</h3>

봄 츈ㅅ즈흐고 향긔 향ㅅ즈 조선문의 점 찍고 근너근 획쩌지 쩌러저노니 아야흐는 야ㅅ즈의 횡만 남어 잇는지라 《고자마저 쩌러젓스면 웃쌜번 햇노/강씨 마누라 주리째 마젓지 무어》○《그러케 쥐켜가지고 무얼/그래도 쑐쏭이만나보아》 그래셔 이 령감이 밤낫 드나들며 속알는 고양이 모양으로 양양흐고 잇더니라 《군소리 되겟네 아주/자다가도 그리는데 무어》 신현하인 현신흔다 (시연니방 현신이오 신연호방 현신이오) 《큰 수 낫군/대득이지》

【사】 오 너의들 무사이 올라왓느냐 《이덜 썻군/발병이 다 낫지》

【하인】 예 《예는 대답소리지오/암만 그러치오》○《왜 그리 길게 쎄노/그째 냥반들 호강바람》○《그럼 싀아바님도 호강 만이 하섯것네/아바님은 그런 것 일상 금지하시데》

사쏘 위선 급히셔 니방 불너 뭇는 말이 《도임하기가 급해서/춘향 보기가 급해서》

너의 골에 무슨 양이가 잇지야 《무슨 양인가/내가 알어》

【방】 예 양은 업사와도 염소는 흔 수십마리 잇나이다 《그럼 염소가 양이지 무어/점찍고 근너근 양이라늠》

【사】 아니다 그거 엉뚱흔 소리를 흐는구나 《염소가 엉뚱하면 무엇인가/아 점찍고 근너근 양이라닛가》○《그럼 향이지 양인가/그러기의 다 모르지》

【니】 예 그러오면 엔갓 양을 다 알외리다 《무슨 양이 그러케 만이 인나/암만 만으면 쓸데 잇서야지》 쥐 잘 잡는 고

〈94〉

양이오 활량친구 화양이오 설한풍의 휘양이오 류월영턴 츠양이오 히 다
저 셕양이오 제주 양태 통양이오 개가죽 잘양이오 《아이 슛해라/아직도 원》
부처님젼 공양이오 슝 잘 보는 비양이오 의긔ᄌ득 양양이오 도선무용 송
양이오 심술퍅이 불양이요 햇대방의 천양이오 각지불수 사양이오 국재
범포 만양이오 외면치레 모약이오 안과태평 무양이오 마구별명 외양이
오 허다훈 양이 쏘 잇나이다 《에 슛해라/쏘 잇대여》

【사】 업다 그리방 어긋나기는 되야지 발톱이러구 기싱의 양이 업단 말
이냐 《그 기생은 외자 일홈인가/그이도 쏘 되야지 발톱인가》 (호방이 긔수채고)

【호】 예 양이가 아니오라 봄 츈ㅅㄱ 향긔 향ㅅㄱ 츈향이가 잇나이다
《인저 조켓군/애도 씨더니》

【사】 올타 올타 올타 내 이젓다 그리 참 그럿치 그럿치 《방정은 제 올타 올
타 그럿치 그럿치가 무어여/그리도 혼자 점잔타고 거드림한다늠》 종방대 심실ᄒ니
니불당약시야아 《허 게다가 문자 씨네/문자는 본리 잘 씨지》
이것은 엇줍지 안케 통감권이나 닑엇다가 문ᄌ을 훈번 제법 씨는 것이엿
다 《문자 팔자도 꽤 험하다 저런 이가 다 씨는 것을 못 씨는 사람 쌔엿스니/그 문자 아조
버럿지 무어 한문 문자 지금 씨면 쏘 무얼 하나 소용읍지》 ○ 《그리도 알면 낫겟지오/무
에 나 아조 읍새야지》

〈95〉

그리 츈향긔후 일향만안ᄒ옵시냐 《존대는 되요 햇네/볼 적마다 절 하는데》
【호】 알찬으면 잘 잇겟지오 《신사 쏘 압희 대답 쏘라지도/그리도 밋처서 탓치도
안하여》 ○ 《얼마 지나면 그 만치도 안하지/그만이 무어여 네나 드리지》 신연ᄒ인 드
러와서 힝츠제구 차릴 적의 이러타훈 장보교를 우단으로 위어리고 류리
창경 쩍 붓처셔 들창지 문 괴여 노코 훈 발 넘은 홍둑개를 가로 질너 근
너노코 변학도 부익ᄒ야 고이 뫼셔 안친 후에 저 교군놈 그동봐라 《부익

이 무엇인가/겨드랑을 쎠밧드러》○《오 나이 하도 만으닛가 그런게 정사는 웃지 하나/
나 만타고 그리면 예사지 절문 놈도 그래더라늠》쇠털벙치 졋게 쓰고 흑의즈락 졋
쳐 매고 일시의 달려드러 덩그러케 드러메고 시졍 잠간 도라드러 길를
바로 잡어날 제 일산구죵 압세우고 사령군로 버러셔셔 쉬— 물넛거라 에
라 에라《저만 가고 남을 댕기지 말란 말인가 왜 물넛스라여/누가 알어 툭하면 붓잡어
서 말쏭뮤이 달고가든 안하고》승례문 밧 썩 내다러 칠파쳥파 배다리목 아야
고개 넘엇구나 화란츈성 만화방창 버들닙 푸릇푸릇 백사동작 얼는 근너
남태령을 넘어간다《발서 삼십리 왓군/거긔 리ㅅ수 환하구려》마부야 네 말 조
타 말고 너 갈 데 보지 말고 말 갈 데 잘 보아라 교군아 졍신차려라 뒤ㅅ
채잡이 심을 쓰고 압채잡이 길 잡어라 억개심 단단이 올려 고로저어라
냥녑 기울지 안케 썩 고느워라 지방이야 구

〈96〉

은 돌이야 주먹갓치 내민 돌 셔실 퍼럿쿠나 쉬 슐령슈 에라 이놈 나지
마라 거긔 비켜셔라 안져라 서라 썩 물넛거라《압다 그것 독세상이러군/수령
ㅅ개나 하면 가관이지》과천읍내 즁화ㅎ고 림덕원 갈미 지나 벌사그늬 골사
그늬 지지대의 ᄒ마ᄒ고 교우졍을 늣게 지나 수원들어 숙소ᄒ고《수원이
조튼데오/반 서울인데 무어》상류쳔 ᄒ류쳔의 대황교를 얼는 지나 쩍젼거리
바로 나셔 오뫼장터 조반 먹고 진위읍내 소골지나 칠원주막 즁화ᄒ고
《픽도 밧부지 아침도 안 먹고 점심으로 째워/밧부고 말고 단참의 칠십리 아니 왓서》평
원광야 소새벌을 순식간의 지낫구나 성환들어 숙소ᄒ다가 불흔당 흠박
맞고《하날이 참 미워하실테지/텬필염지의 위악강재어든》통곡ᄒ고 내달어셔 텬
안읍내 비러먹고 소졍리 졍거ᄒ고 화란광졍 덕평원터 금강의 비 근느다
풍파의 복선ᄒ고《무슨 재를 안 당하여/화불단횡이지 그랴》공주감영 드러가셔
공술 한잔 으더먹고 삼리긴등 얼는 지나 비트리 숙소ᄒ고 픗개장터 얼는
지나 노고바위 도라가셔 오수 와셔 오라지고《배가 곱흐닛가 도적질 햇든게지/

암 죄웁는 놈 포박할가 팬이》 늘틔경턴 노성읍니 놀미강경 지낫구나 《남원을 왜 그리 가나 어듸라고/그이는 지도를 보고 환하눈》 미실로이 위이ᄒ야 갈팡질팡 지동지셔 안개산골 이실밧희 아릿도리 휘질느고 십젼구도 칠령팔락 독힝 천리 내려가셔 《그 꼴아지 조켓네/쥬줄망냥이지(畫

<h3 style="text-align:center">〈97〉</h3>

…………/出魎魎)》 녀산읍니 중화ᄒ고 오리졍의 당도ᄒ니 륙방관속 쩨를 지여 멀리 나와 등대ᄒ다 《그것을 다려다가 무어를 할랴고/참 큰 원수더벅이 다려가지》 변학도를 옹위ᄒ야 남원성중 드러갈 제 위의가 엄슉ᄒ고 긔구가 찬란ᄒ다 쳥도 혼 쌍 홍문 혼 쌍 주장 곤장 각 혼 쌍 호총 혼 쌍 금고 혼 쌍 져 혼 쌍 라 혼 쌍 호젹 두 쌍 나팔 두 쌍 령긔 열 쌍 《모도 쌍쌍일세/죄다 쌍쌍이지》 좌관이 우영젼 압세우고 난호별대 졔집사 장교 별장 좌우의 버럿는데 아희기싱 녹의홍상 졈문기싱 착젼립의 늙은 기싱이 령솔ᄒ야 느나느 쑤째 ᄒ고 닐닐이 쿵덕쿵외 가진 풍악 버러셧다 《그래도 호강이러군/그게 잠시 횡복이지》

사쏘가 《인저 제법 사쏘 밧치는데 벼살이 조흔게여/사쏘나 학쏘나 쏘ㅅ자가 일상 안되엿서》 남여의 올라안져셔 고개를 웃지 내둘넛든지 차면ᄒ 부치살의 코가 다 갈려셔 매부리코가 아 죄고만 빈대코가 되여 가지고 《그럼 얼골에 노린 내 나겟네/손가락의 피는 안 무치고》

 네 져긔 구경ᄒ시는 아주먼네가 모도 다 기싱이냐 《그 눈의는 기생만 뵈이나베/밋친 긔 눈의는 쏭만 뵈여》

니방이 어이업셔 《참 어이웁지/원수 사쏘 만낫지》

 예 그런가뵈다 《하도 갓잔으닛가/그러케 대답할ㅅ밧긔》

〈98〉

【사】 압다 인졔 내가 기성벼락 만낫구나 《그거 악힝위가 참벼락 맛겟네/비만
오면 마질걸 가물어서 괜찬엇지》
위선 삼졍은 뭇지 안코 츈향 보기 시급ᄒ야 (다른 졈고 졔례ᄒ고 기성졈
고 먼져 ᄒ라) 《삼졍은 다 폐지되고 기생단의 독졍권이 되엿군/변학도 자유졍》
힝슈기싱 기동뢰리 지유사 셕ᄌ수건 세루허리 잘너매고 압도 보고 뒤두
보고 태도 찌고 드러와셔 기성안책 손에 들고 츠례츠례 호명홀 졔 《그것
문부가 잇군/암 교방청의 다 밋지》
춘성무처불비화ᄒ니 한식동풍어류사라 류록이가 게 왓느냐 《기생덜은 얼
골은 되나 안되나 일홈은 다 조아/일홈하고 분 바른 것만 보면 모도다 일색이지》
예 여긔 등대ᄒ엿소 (오) 《오는 무엔가/대답소리》
아미산월반륜추 영입평강강수류라 추월이가 왓느냐 《어듸보자/어듸보자》
예 여긔 등대ᄒ엿소 (오) 《나도 오/나도 오》
객리문아홍망사 소지노와월일선 월선이가 왓느냐 《쏘 보자/쏘 보자》
예 여긔 등대ᄒ엿소 (오) 《나도 오/나도 오》
채약운심불지처의 혼가홀사 산중거사 운심이가 왓느냐 《쏘 보작/쏘 보자》

〈99〉

예 여긔 등대ᄒ엿소 (오) 《쏘 오/쏘 오》
탄금독좌유황리의 결개 잇는 록죽이가 왓느냐 《쏘 보작/쏘 보자》
예 여긔 등대ᄒ엿소 (오) 《쏘 오/쏘 오》
연화부연엽ᄒ니 추풍강상 채련이가 왓느냐 《보자/보자》
예 여긔 등대ᄒ엿소 (오) 《오/오》
유란이 싱곡중ᄒ니 군ᄌ패지 란향이라 왓느냐 《보자/보자》
예 여긔 등대ᄒ엿소 (오) 《오/오》 ○ 《숫한 오/숫한 오》 ○ 《하하하/허허허》
이익 기성졈고 그러케 느러지게 ᄒ다가는 셩급훈 냥반 건상사병 나 죽겟

다 좀 ㅈ조 ㅈ조 불러라 《성 마른 짐성이 제 독의 마르는 걸/마르기만하여 쮜다 죽는 게 만치》
 예 려산동남오로봉의 쳥천삭출 금부용이 (오) 《오/오》
 동풍삼월상ㅎ턴의 힐지항지 비연이 (오) 《오/오》
 흑운만턴턴불견의 설만장안 학졍홍이 (오) 《오/오》
 화소홈젼셩미쳥 반가올사 호접이 (오) 《오/오》

<h3 align="center">〈100〉</h3>

 주홍당사 벌민돕 츠고나니 금낭이 (오) 《오/오》
그리도 느러진다 훨썩 더 ㅈ조 불너라 《경 넓듯 하라고/푸닥구리 하듯》
 예 양춘삼월 목단화
 명사십리 히당화
 셔졍 강상월
 동각 설중매
 춤 잘추는 무선이
 양금일수 탄옥이
 월향이 옥향이 계향이 란향이 모도 등대ㅎ엿소 (오) 《한목의 오/합쳐서 오》
사쏘가 향짜만 드르면 억개을 읏슥읏슥 ㅎ며 (조타조타) 《깃 동졍 다 쩌러지겟네/그러기의 고무로 붓쳣다늠》
기싱졈고 다 ㅎ여도 춘향이가 업서노니 《그것 섭섭하겟네/소망이 졀의지( )》 낙심쳔만ㅎ여 《하제/하제》
 다른 항은 다 잇셔도 웃지ㅎ야 츈향이만 영 업느냐 《이째까지 억개춤은 헛춤 추엇/헛춤이나마나 구경 잘햇스

〈101〉

군 낭패여/면 고만이지 이녁한테 낭패될 것 무어 잇소》 ○《예서 추엇나오 구경을 하게/
그럼 예서 내 한번 추자(약간 엣실)》 ○ (하하/썰썰)《좀 더 추시면/더는 못 추어》
니방이 알외되《당초의 참 니방한테 뭇지/좀해서 남의게 뭇는 성질이 아니여》 △《그
것도 못 쓸 성질/불치하문인데》
 츈향은 기싱명목도 아니 올 쑨더러 구관자제 리도령이 작비ᄒ야 수졀
ᄒ고 잇나이다《화증날 걸/얼을 벌컥 내지》
 【사】 그것이 윈소리니 그래 대가리에셔 물도 안 마른 리몽룡은 마음디
로 디리고 놀고 일읍 관장 나는 좀 못와 본다더냐《관장이 자세러군/쩍의 웃
기 삼어》위선 너의덜부터 나를 발삿회 씬 씨만치도 안 녁이니 오곰을 씬
어 놀 놈들 갓ᄒ니 어셔 밧비 츈향 불너오느라《애민한 소리들 쫴 듯는다 심썻
거힝하며/그러기의 군하상리하고 고립어상이지(羣下相離/孤立於上)》
니방이 쳥령ᄒ고 게셔 업처 부를게로디 체면을 싱각ᄒ고 제 집의 도라가
셔 힝슈기싱을 보니여 젼츠로 분부ᄒᆫ디《니방은 졈잔어/톄면도 매우 잇지》힝
슈기싱이 근너가셔 방문안의 드러셔며 비우셔 ᄒ는 말이《비우실 거 무어
잇노/안이 된 년이지 그랴》
여보소 셔울아씨 셔울부인 셔울만님 지조도 디단ᄒ네 날갓흔게야 사람
으로

〈102〉

치나《저것은 자격지심/암 누가 무어라 하나》 사쏘쎠셔 기안일졀로 부르시니 어
셔 밧비 드러가세《마음의 퍽 징그러워하는 모양이지/그러기의 말이지 빈졍빈졍하지
안어》
츈향이 쏠 보고 옹용이 ᄒ는 말이《그 까짓 거 말이 아니거든 타널 게 잇나/제 말
맛다나 사람으로 안 치거든》
 관장은 위민지부모시라 부르시면 가지마는 내 어디 기싱인가 기싱이

아닌 바의 기안으로 부르시면 그야 결코 갈 수 잇나 미안ㅎ나마 힝수형
이 드러가서 (츈향이 병든 지 오라여 긔동키 어렵다고) 근념ㅎ야 말을
좀 ㅎ야주소 《참 기안의 불려갈 리가 잇나/경위읍시 어림이 잇나 당초의》
【힝】 아 사쏘 셩졍이 디단이 엄준ㅎ사 말ㅎ기 어렵지만 자네일이야 극
녁 모피 안ㅎ여 주겟나 《말은 조쿤 앙가방갸 하게/속 다르고 것 다른 년》
이리ㅎ고 도라와서 니방의게 대ㅎ야는 까닥압시 먹어대는데 디톱 이상
이엿다 《괜이 왜 먹어대여 무슨 심쳥으로/터문이 읍시 물어 박지르지》
【힝】 춘향이ᄒᆞ테 근너가서 나리 말삼 젼갈ᄒᆞᆫ 디 (니를 옥 물며 《조것 보
아 니를 은제 옥물어/생사람 만이 잡지 큰 일낼 년》 너는 평싱 니방밧긔 모르느냐
이방놈이 제 와서 부른디도 안 가겟

<h3 style="text-align:center">〈103〉</h3>

다고 합데다) 《안시벽 치고 밧벽 치는 것/텬히 못된 년 억하심장인지》
니방이 본릭 춘향의 범절을 아는지라 (얌잔ᄒᆞᆫ 그 아희가 무슨 그럴 리가
잇나 지금 시속 안된 것들 개심이 모다 리히업시 져럿켓다) 속으로 짐작
ᄒᆞ고 《제 속만 남 뵈엿군/남잡이 나 잡이지》 관가의 드러가서 춘향이 병중ᄒᆞ야
긔동ᄒᆞ기 어려올 뿐더러 귀타여 부르는 것이 톄면의 손상될 줄로 풍간ᄒᆞᆫ
디 《참 점자는 아젼이여/니방은 득인햇지》
사쏘 디로ᄒᆞ여 《낫분 늙은이/똥을 쌀 놈이지》
 인져 보니 고양이 다려 반찬단지를 직히라 ᄒᆞᆫ 모양이로다 네가 아마 춘
향이와 속니 잇슨지 오리구나 《아니 의심할 것을 의심하지/시긔가 그러하니 그 엽
희 누가 잇서》
당장의 니방을 태거ᄒᆞ고 엄졀이 분부ᄒᆞ야 춘향 밧비 잡어오라 《점점 더하
는 걸/심이 일졀이지》 방울이 덜넝 《엣기나/엣기나》
사령이 예— 《엣기나/엣기나》
군로 사령이 나온다 사령 군로가 나온다 《엣기나 엣기나/엣기나 엣기나》

불근 상모 전병거지 날널 융ㅅㅈ 썩 붓치고 검실검실 군복ㅈ락 바람을 조차 펼

〈104〉

렁펄렁 륙날메투리 곱창바지 석ㅈ무명 감발ㅎ고 송정을 직끈 썩거 주장 삼이 둘리메고 팔짓ㅎ고 근너가며 《야딘이다/야딘이지》 야야야야 김번수 왜야 왜야 리번수 걸리엿다 걸리여 《흥/흥》
【놈】 거 누구가 걸럿나 《참/참》
【놈】 신관사쏘 도임 초의 성춘향이가 걸럿다 《야단낫다/야단낫지》
【져】 어허 그 일 잘 되엿다 잘 걸럿다 그물이 삼쳔코면 걸릴 날이 잇느니라 제라는 정절이 왜 잇스며 제라는 수절이 왜 잇스리 《왜덜 그러나/왜덜 그리는지》 그 난장 맛고 주리썬 마질 놈 냥반셔방 ㅎ엿다고 《년이지 왜 놈인가/년이지만 휘해서》 얄망굿고 쌀쌀ㅎ고 태ㅅ가락이 넘어 만코 교만이 아주 과터니라 우리네 군복자락 치마쏘리 시척ㅎ면 대여의 물 쩌다 노코서 씻는다더나 《째문은 참 그 째문이러군/째문이 꼭 그 째문이지》 어허 그 일 잘 되엿다 이번 형장의는 사정 두어 치는 놈은 제 어미을 제가 팔어 먹을 놈이니라 의긔양양 근너가서 벽녁갓치 소리 질너 압다 춘향 나오느라 춘향 나오느라 《저것 보아 청절을 직히랴면 쏘 저러하니 밍낭치 안한가오/그러기의 처세냥난이지 그럿터라도 제 지조를 내릴 수는 읍서》

〈105〉

이째의 춘향이는 일조낭군 송별후의 수심수심 병이 되여 의복당장 전폐ㅎ고 손님접견 사절ㅎ고 문을 닷고 길이 누어 《병 안날 수 읍지 웃지 사노/목숨 붓터 잇는게 눌납지》 전전히의 도련님께서 온 편지를 니여 노코 노코 다시 노코 울고 울고 보고 울 졔 《그저 죽잔으니 사러가는 게여/그애가 못 죽어 안

죽는게 아니엿다》

【사연】 모친 시후 네 신상이 별러무양 잘 잇느냐 졀후빈이물식신의 화엽조조모모심은 장진단이누욕고의 이질 날이 웨 잇으리 《홍/홍》 우수를 소여수오 상사를 지즈ㅣ지라 네 마음 니가 알고 니 마음 네가 아니 부디 상사 과이 말고 안심후여 잘 잇거라 《홍/홍》 만만설화는 셔불진언이라 림져츙창 오읍후니 대강대강 그리노라 《홍/홍》 (그 끗희) 상단이도 잘 잇느냐 《글이 간략해도 순실하군/아조 노성인의 문톄갓지》

노코 노코 다시 노코 보고 보고 울고 울 제 이쩌 힝수기싱이 단여가즈 조곰 잇다가 사령덜 부르는 소리 긔수치고 니달러셔 《무슨 닐인가/만만소치지》 김번수네 오라버니 리번수네 오라버니 《그 전에도 오라버니라 햇슬가/맛치 참 모르지 고된 것이》 그 지간의 평안훈가 만난 지도 오라로셰 팔도동관은 유약형제라 훈 문빤의 구실후

〈106〉

며 무슨 험의 잇슬손가 손목 잡고 드러가셔 즈리 펴고 영졉할 제 《성인도 권도를 씬다닛가/출어불득이 한 사셰이지》

져의 모가 쏘 근너오며 《이 마누라 참 오래간만의 보겟군/아 늙은이 보고 졀도 안하오》 ○ 《어듸 여거 잇서오/그럼 월 본댓소》

이 즈식덜 오늘 니 집의 오기 발병이나 안 낫느냐 늙은 어미를 훈 번도 안와보아 《그거 바로 막 이 자식이라여/어듸로 봐도 저의 반대는 못하지》 상단아 안주는 업다마는 슐이나 훈 잔 쑥쑥 굴너 가져오느라 《에그 고거 하는 양/간활슈단이지》

맛조흔 슐 니여노코 무진무진 권빅후니 《슐만 만이 먹여노면 변통이 나지/아모럼 비주불셩이어든》

이놈덜이 평싱 처음으로 춘향이훈테 슐ㅅ잔을 바더보미 왼몸의 두드럭이가 일어 못견딜 지경이라 《콩멍석이 되엿겟네/조밥 익여 붓친 듯하지》 올 쩌의는 그러케 벼르고 오든 놈덜이 그지간의 만심이 다 풀려셔 《비거셕양풍의

다 날러갓군/문자는 나 모른 문자를 더 잘 씨오그랴》

　그러나 너 져 지경의 촉풍ᄒ고 갈 수 잇나《제 입으로 가지말라네/하도 고마
워서》

　(쏘 흔놈) 가다니 될 말인가《그것도 쏘/그놈은 도척인가》

　【춘】 익고 그런들 관령을 어길 수가 잇소《참 빅성 돼서 될 말인가/암 하여턴
지 가봐야지》

〈107〉

　【사】 격졍 말게 이 골 인민의 환롱수단은 모다 우리덜 혀씃헤 달렷나니
제 아모리 명관이기로 웃덕케 흔들 못 소겨 넘길가《관장을 소기다나/반은
소기지 반은 소겨》

　(쏘 흔놈) 격졍마라 넘녀마라 셜마 곤장의 디갈 박어 치며 태장의 바늘
박어 치랴드냐 마져도 우리가 맛고 죽어도 우리가 죽지《그것들 참 흉악하
군 그러닛가 못보는 닐은 각금 소기는 게지/아 그러기의 아전의 흉교의 안 속는 관장이
어듸 잇든가 내라도 속을걸》

　【춘】 익고 이러처럼 싱각ᄒ시니 옵바 두 분 은혜를 무얼로 갑나《옵바가
다 무어여 오바라고 그리지/오바는 쏘 무어여 옵바만도 못희》○《그런데 웃더케 되는 옵
바ㄴ가/뉘아지 툭하면 통칭 옵바라 뉘라 하닛가》
돈 닷냥 니여노코《돈이 쏘 나온다/그저 돈이 제갈량이지》○《그런 줄 알면서 령감
은 왜 돈을 그리 막 씨서오/이런제 그러기의 씨는데 조화가 생겨오》

　이것이 약소ᄒ나 신발차나 보태시오 넘어 작어 미안흔걸《참 닷냥이면 오
십전 고거 얼마되여 메토리 한켜리 갑이나 될가 한아밧긔 못 신겟네/전라도 푸리는 엽전
푸리닛가 닷냥이 일환이여 그째 일환이면 소를 한 바리 큰 걸 사오》○《돈푸리도 왜 일
졍치 못하고 곳곳이 다 달너오/이전 닐이 말장 그럿치 경긔도 푸리는 쉬흔 냥이라오》○
《그리 지금 서울서도 냥푸리 하는 사람이 더러 잇는가오…………/서울도 그제 쌔ㅅ지오
그러기 습관이라는 것이 곳치기가 어려워》

　【사】 원 쳔만의 말이다 쇠가 쇠를 먹고 살이 살을 먹지 너흔테 이것 비
더갈

〈108〉

수 잇나 《그래 안 바덧군/잘도 안이 버더》 그래면셔도 돈 바더 쏑문이의 둘너
츠고 (입수나 다 올으냐 요새 돈이 축이 만니 나더라 축전은 단단이 무
러야혼다 변은 칠푼 변만 치고) 《그것 참 리면 불한당이오그랴 말만 번드를 하고
실속은 죄다 차려/아 돈 날 자리면 제 사돈이라도 주리를 틀고 밥을 내는데 무어 그애를
아조》 자 우리 드러가네 《번죽 존 놈덜/번죽 좃치 참》
이리ᄒ고 나올 적의 《그것 큰 버리러군 큰 소 한 바리갑이 금방 생겻지/그까짓걸 촌
의 나가면 쟝차 니레차니 하고 살림 죄 쎄서 가지》
지촉사령이 쏘처나와셔 《그동안을 못 춤어서/춤기도 금쩍이 죽엇구먼》
【재】 오느냐 오느냐 《다 틀럿군 츈향닐이/혓돈 썻지 소용잇나》
【먼저사령】 이놈아 가만이 잇거라 우리가 다 아는 장단인데 무어 이리
와셔 슐이나 갓치 먹즈 《오 슐 잇는 긔수를 보앗스닛가 단지를 가시여내야 가겟군/
그놈덜 세 놈이 다 슐이 고리갓튼데 한 동의 들고는 못 가도 먹고는 가오》
세 놈이되 드러안져셔 슐 잇는디로 홈쎅 쩌러먹고 《한강수라도 마르겟네/대
동강이 자저질걸》
【혼놈】 이익 슐이 낫버 죽겟다 《낫부고 말고 고까짓거/술 한독이 얼마 되여》
 (쏘 혼놈) 죽으면 못 살지 안느냐 《죽는다는 게 못 산다느니보다 더 춤혹하지오
/암 에힉 다르고 애힉 다르닛가 사불박졀이어든》
 (쏘 혼놈) 그럿치 죽오나 못사나 신단지는 일반이다 어― 닉 아들놈 소

〈109〉

명혼다 《하하/허허》
【혼놈】 어 닉 아들 너는 더구나 소명혼다 (등어리 툭툭) 《하하/허허》
 (쏘 혼놈) 너는 닉 아들이지 고놈도 쏙쏙혼다 (등어리 툭툭) 《하하/허허》
 (쏘 혼놈) 너의 말장 닉 아들이지 고놈들 신통혼다 (이놈 툭 겨놈 툭)
《하하/허허》

이놈덜이 술이라면 사지를 못 쓰고 정신을 못 츠리는 놈덜이라 슐ㅅ단지 흐나식 모다 그더로 뒤집어씨고 안저셔 할터먹다가 《무겁도 안턴가/술ㅅ심이지》 슐김의 인희 그냥덜 이러셔셔 둥굴둥굴 근너가는데 《그냥이라니 단지를 씨고서 말이오/이이가 듯나 먹나 씬 뒤의 은제 버섯소》 남덜이 보고 부즈집 이사ㅅ짐이라 디독이 세히라고 흐더니라 《에 슛한 그짓말⋯⋯⋯⋯⋯⋯⋯⋯/어아야 이녁이 실업스며 남더러 그짓말이리》

【흔놈】 이이널아 우리 흥나는 김의 빅구타령 흐나 흐즈 《어듸 솜 드러보자/곡됴를 알든가오》

(쏘 흔놈) 그것 조타 《둘이 다 하지/셋이 다 한다늠》

(쏘 흔놈) 너 흐면 나도 흔다 《춤 셋이 하겟네/힉도 다 잘하지》

【흔놈】 빅구야 셩쳥 날지마라 너 잡을 늬 아니라 셩상이 바리시기 너을 조츠

<h3 align="center">〈110〉</h3>

예 왓노라 《조타 그럿치만 펼적 난대야지 셩쳥 난대면 말이 되나/춤 만이 드러보앗소 그랴 셩쳥이 펼적보다 질늠이 낫지》
쏘 흔놈은 녕변가를 부르는데 《뎡변가가 춤 좃치/노릭는 쏘 쇄 질기네》 약산의 동대야 네 부듸 평안이 에이에이 네 잘 잇거라 나도 명년 춘삼월 졀도화 피거든 에이에이 쏘다시 만나보리라 《무에래노 하나도 모르겟네/노래 질긴댓더니 아조 금방 몰라》
쏘 흔놈은 밍꽁이타령을 흐는데 《제 소리대로 하지/그래잔어 그럿타오》 아릿녁 밍꽁이 다섯 마리 윗녁 밍꽁이 다섯 마리 시골 밍꽁이 다섯 마리 셔울 밍꽁이 다섯 마리 문안 밍꽁이 열두 마리 문밧 밍꽁이 열두 마리 《점점 느네/모른다더니》 밍꽁밍꽁 홀 격마다 슐독이 울려셔 응왕응왕 흐닛가 《코먹은 밍꽁이러군/올치 음셩이 변힛다구》 ○ 《아 술독을 그저 씨고잇나/글새 은제 버실 새 잇서》
이놈덜이 우슴을 웃는데 흔놈은 웃지 잘 웃는지 《암만 잘 우스면 헤벌이 어맘

치럼 잘 우슬라고 저긔서 오면 발서 웃는 소리부터 들니닛가/아덜이 헤벌이니 어미야 말할 게 잇나 그 입은 남의 입 열 비는 헤버러젓스닛가》

【혼놈】 허허허 하하 흐흐 호호 짝다그르르 이고 배 쌔져 죽겟다 《내가 다 창자가 꼿꼿히/밥은 직 내리겟군》

<h3 style="text-align:center">〈111〉</h3>

쏘 혼놈은 우름을 우는데 청승시럽게 울겟다 《철겨운 우름은 왜 쩌이쩌이 울어/그놈은 술말 먹으면 우는 거》

 웃든 사람은 팔즈가 조아서 고딕광실 놉히 안져 힝호시령의 종포즈즈 흐고 이놈 팔즈 어이흐야 럴녀 춘향 잡으러 단이는고 참아 못홀 닐이로다 (으으) 《취중의도 량심이다/보통 인정 다 그럿치》

쏘 혼놈은 장단을 치는데 웃는 장단 우는 장단을 한테 어울너서 왼손으로 치며 (허허) 《그것은 웃는 소리/어 그럿치》 오른손으로 치며 (응응) 《그것은 우는 소리/어 그럿치》

둥덩둥덩 허허 응응응응응응 《웃고 울고 웃고 울고/울고 웃고 울고 웃고》 ○《령감 장단도 쐐 잘 치는데그랴/뉘구 장단은 누구 장단만 못희서오》 ○《아모턴지 멋장이덜 이러군 예나 게나/멋이 아조 세독하고 여긔도 그만한데》 ○《예는 두 도이지 어듸 셋 독이여오/허 요새ㅅ 독은 그째 독보다 속이 넓어서 덩지는 갓희도 들기는 만이 들거든》 ○《그는 춤 그러여 옛날 긔명은 공연이 원료만 만이 드려가지고 제조하는 자력만 더하고 실상 용무는 적어요/여부가 잇소 위선 한가지로 옛 슈쌀 젓쌀을 봐요 지금것 한단 물품을 한개에 다 드려 길고 굵기만 하겟다》 ○《그래도 정작 수쌀 바닥은 좁아서 김치국물도 쩌늘 수 읍지오/그러기의 한 가지를 밀어 백가지를 알쎄 아닌가오 적은 닐로 큰 것을 비유하고》 ○《흥 녯날 장량이가 저짜락을 비러서 텬하일을 수 노앗다더니 령감이 수쌀 닐로 만사를 비유하야 아조 달통하섯소이다 그랴/나도 청차전저를 그짓말로 알엇더니 다 한리치여 모를 거 읍신넌다 그리고 쏘 사람도 지금 사람덜이 작더라도 지혜가 만습넌다 이십된 작ㅣ 넷날 사십된 자보다 낫지오》 ○《그런데 우리가 심심희서 춘향전의 희극을/글새 그래다가 나 무어 아는 것처름 부지럽시

〈112〉

소견저으로 볼 쑨인데오/고금간의 인사물정을 가저 말을 한 비 되엿소그랴》 ○《자 고만
두시고 자미잇는 장단이나 들어보옵시다/그리합시다 녯날 독과 갓치 것만 쑹쑹한 사람이
속의 무에 잇겟소 놀고나 지니지》

그래 그러케 《쏘 그러서오/작구 그러케》

　왼손으로 치며 허허 《웃는 소리/그러여》

　오른손으로 치며 응응 《우는 소리/그러여》

　둥덩둥덩 허허응응허허응응 《웃고 울고 웃고 울고/울고 웃고 울고 웃고》

이러케 어울너서 츠소츠곡의 동성숭응으로 혼바탕 느러지게 썩 잘 치든
것이엿다 《에 잘 치는군 고만치나/두엇다 치지 작구 치라고》 삼문압헤 이르러셔
는 뒤로 무르쳥ᄒ며 《빔이 잇니 왜 그라여/변시사갈이지(便是蛇蝎)》

【훈놈】 이이 너 먼저 드러가거라 《올치 사쏘가 무서워서/변학도지 사쏘는 무슨
사쏘》

【쏘훈】 실업의 아덜놈 너 먼져 드러가려무나 《저도 실탄 말이여/그럼 누가
졸라고》

【쏘훈】 아모나 먼져 드러가지 왜 이리 너 미룩 니 미룩ᄒ느냐 《저는 왜
못 드러가노/그것은 어벌ㅅ정군》 ○《그러니 그거 닐 되겟나 어듸/몬저 드러갈 놈은 읍
슬게니》

〈113〉

【훈놈】 자 우리 이리지 말고 년치로 싸러셔 나 만은 사람이 몬져 들어
가즈 《의사 잇군/말이 됏지》

　(쏘 훈놈) 그 말이 경위잇다 《반듯하지/쏙 바르지》

　(쏘 훈놈) 오른 말이다 《나 만은 것 큰 혼난다/누가 만은 테를 희야지》

　네 나이 몟 살이냐 《누가 만은가 보자/죄다 어린에지》

　(쏘 훈놈) 내 나은 인저 다섯살이다 《젓 먹것네/먹고 말고》

네 나은 멧 살이냐 《그게 좀 더한가/더 못하다늠》

(쏘 흔놈) 나는 어젹긔 한돌 지낫다 《자옥이나 쎄나/겨우 짜로 서지》

네 나은 멧 살이냐 《고것도 고등대 되겟지/어듸라고 그등대여》

(쏘 흔놈) 나는 인져 명년 섯달이 첫 돌이다 《터문이도 읍네 그것은/무형적이지 아직 봐서는(無形跡)》

【흔놈】 그러면 네 아비도 누가 될찌 니가 될ㅅ지 져 이가 될ㅅ지 모르는 중이러구나 《별소리 다 듯겟군/그런 얘기 별로 읍지》 ○《몬저 난 것이 찍살이러군/나종 난 놈이 퇴판이지》

【쏘흔】 자 우리 이래지 말고 네 상투 닉 잡고 닉 상투 네 잡고 셋이 나라니셔

〈114〉

셔 드러가즈 《춤 그래야지 그러케 서로 미루기만 하다가는 생전 안 될 걸/진작 좀 그러케 가르처주지 왜 쩐이 보고만 안젓섯소》 ○《보기는 무어를 봐요/그럼 뭘 그래야 한댓소》

(쏘 흔놈) 참 그럴 수밧긔 업지 이것 꼭 눈쓰고 졀명인데 웃던 놈이 독히 당ㅎ겟느냐 《설마 죽으까봐 겁도 나나베/설마가 무어여 죽이지 안 죽여요》 ○《그러기로 사람을 막 죽일라고오/조곰 잇다봐 얼마나 막 죽엿나》

(쏘 흔놈) 그러기의 니 발서부터 안 그래더냐 《그리기는 무어를 그리 말 한마듸 햇나/닐을 꿈여노면 뒤엔 놈이 요공하지(要功)》

세 놈이 셔로셔로 서로 손바닥의 춤뱃터셔 단단이 덜감어쥐고 느런이셔 드러가셔 《그리도 뒤의ㅅ 사람은 맨 나종 드러가지 안나/왜 압뒤로 서나 가로 서지 야위기가 웃든 놈덜이라고》 ○《그럼 들어가 말을 누가 몬저 내나/그러기에 한 목 쩌드려 아러듯기가 어렵지》

춘향단지 잡어드렷소 《그리도 단지 생각이 나든가 그 술김에도/술 주정ㅅ군덜 번이 알며 괜이 그래는 거》 ○《그 단지는 대명의 드러왓군/그 단지도 팔자가 긔험해서》

이쩌 사쏘는 류리창문의다가 두 눈을 꼭 뎌고 안저 닉다보느라고 두 눈

섭이 류리조각의 시쳐셔 다 달어짜지고 그 명춘의 움눈섭이 나오는데 다 복솔밧이 되엿더라 《그러면 학도일면은 식림지 되엿겟네요(植林地)/그러나 돈에 쌔 여서 쏘 치벌히 먹엇다늠(採伐)》

〈115〉

【사】 이놈아 닉가 춘향이 잡어오랫지 춘향집의 집힝해 우라더야 《춤 집 힝한 턱이지/경매물 될 것이여》
훈 놈이 알외는데 혀가 곳아셔 말씃을 되치지 못흐고 그 중의 전라도 말 로 《혀가 왜 곳아 날이 미우 춥든게러군/붐날이 춥긴 왜 술이 취히서 그리오》 ○ 《그런 데 전라도 말은 이런개오 저런개오 그럿지 오닛가 저럿지 오닛가 그래던데오/일상 간사시 럽지 그러나 경긔도 말도 내 원 쏙 오른지 몰나 제 곳 말이 낫가 조타지》 ○ 《왜 서오 말 이 춤 듯기 조치오 여긔 충주말도 괜찬어 경긔도 말과 쏙갓흔거/이랜담 저랜담 그러워요 아니워요 하니 담은 무어며 위는 무어여 나도 경긔도 사람이나》 ○ 《춤 그리 담은 넘어 방정시럽고 위는 과공인 듯 하외다/그러기의 과불급이 개불중이여 옥식다 과하면 병이 돼 오》 ○ 《비지장도 작게 먹으며 낫부지오/다할 말이으 매사가 알마저야지》
【놈】 오인이 춘향집의 근너가닛가오 《오인이 무어여 그게 전라도 말인가 춤/아 니여 그거 다 둘너대는 수가 잇지》
【사】 이놈 오인이라니 너의 삼인 밧긔 더 되느야 《그러기 말이여 암만 처 봐 도 셋일제/나도 멧 번을 처 봐도 셋입데다》
그런데 이놈 소인 소리가 항상 혀가 곳아셔 오인이라 흐는게여 《그것 춤 그러켓군………/오가 소보다 낫지 그랴》
그래 노코는 둘너디는 속이 조턴게엿다 《뭘 둘너대나/들어보지》
 압다 우리 세분흐고 춘향모녀흐고 오인이 쏙쏙 맛지 안습닛가 《수는 맛 는군/오인이 올치》 ○ 《슐김의도 말수단 쐐 잇는데/그러니 관장딜 좀 잘 소기겟서》 더 관절 춘향이 발셔 죽어 어젹긔 죽어 그

〈116〉

격긔 장사 지냇습네다 《그거 말장 취담이러군/선후가 윈통 도착이지》 사쏘 졍 보고 십거든 공동모지로 가보시지라오 《그것 춤 전라도말/지라 오가 그럿치》 ○ 《그러나 변부사 머리 풀겟네/머리를 풀거나 시묘를 살거나 제 졍셩이지》

【쏘 흔놈】 썩 드러시며 《그것은 술이 들 취햇나/그러케 먹고 웃재 들 취히》

의고 누룩머리야 《술머리란 말이엿다/그게 변씨는 소리지》 하날이 돈쫙만흐고 디구가 팟닙만흐고 세상이 노라케 되엿구나 웃잿던지 춘향집의 근너가닛가오 인심도 썩 좃습데다 맛조흔 술 닉여노코설랑 웃잿던지 무진무진 권흐면설랑 웃잿던지 《그거 웃잿던지설랑 소리 쎄면 말하겟나 맨 그 소리쓴이지/건방진 놈덜 말투 죄 그러처 무어냐 함지경이면 그래가며》 돈 셕냥 주옵기의 웃잿던지 《쏘 그틱네/투라닛가》

돈이 닷냥인데 이놈이 의몽흐야 두냥은 은닉흐고 셕냥이라 흐는게여 《남의 돈을 은닉하여/큰 닐 나지 큰 닐 나》 ○ 《그거 춤 눈감으면 코 벼 가겟네/그거 춤 모로 서면 귀 쎄 가지무어》

삼칠이 이십일 두 냥 흔 돈은 우리 셋 동무 논아가지고 《얼마 남엇나/그것도 몰나》 여재젼이 아홉 돈이오니 사쏘 이것만 가지시면 죡흐 평싱 흐오리다 《고거를 가지고 웃더케/적수긔 가도 이는데 무어》 소인의 쳥으로 그만져만 두시고 춘향이 송덕비나 흐나 세워쥬시지

〈117〉

라오 《부화가 부풀겟네/일산만 하여젓지》 ○ 《그러나 그것은 되리여 춘향의게 방히엿다/아모럼 자는 범의 코를 찔러》

【쏘 흔놈】 왜틀비틀흐며 《몰 주정ㅅ군 이러군/그 술을 세 놈이 다 먹엇이니》

그 놈 말이 무소올시다 소인이 쪽바로 알외리다 《그것도 오인이라지 왜 소인이리여/내 말이니 소인이지 그 놈이야 오인이랫지 그랴》 춘향집의 근너가닛개오 《그것도 게ㅅ말/개오가 춤》 고거 리도령 세만 밋고 《말도 야젓잔어라 고게 무어여 그게ㅣ라면 좀 조아/춤 남을 그러케 얏잡어 말할 거 텬생 아니지오》 사쏘다려 욕만

작구 ᄒ며 머리털도 쌌댁 안코 안졋습데다 《저워 힝수기생처름 괜이 먹어대네/
그것 모다 그년의 씨가리 아닌지 뉘 알어》 사쏘 인져 다시 분부ᄒ시맨 《맨도 쏘/그
곳 말》 이번에는 춘향을 못 잡어오면 져 동관 어미라도 잡어 디령ᄒ오리
다 《꿩 대신 닭으로/엥간이 늙엇서야지》 사쏘 몰라 그럿치 그놈 어미가 참 일식
이지라오 《그놈은 웃잿던지 매 안 맛고 상 타겟군/상도 춤 탈 걸 소호자로 유지닛가(所
好者誘之)》

사쏘가 일식이란 말을 듯더니 쏘 억기을 읫식ᄒ며 《고무동정이 다 쩌러지겟
네/옷이 한 벌 쑨인가 멧 벌이라구》

 져 놈 어미가 일식이면 올의 멧 살인니 《나은 무얼하랴 물어/절멋스면 쎄서가
지》

 예 여든 아홉 살이올시다 《그이 나와 글 맛구면/글 맛기야 맛치 맛지》

 밋친 놈 니몰아라 《동갑인데 뫼 만타고/그것도 춤 불경위지》 다른 사령 급히
가서 춘향 밧비 잡어오

〈118〉

라 《저런/저런》

성화갓치 지촉ᄒ니 져 사령덜 거동봐라 《아모랴도 탈이러군/홍 통탄한 닐이
지》

범강장달이 갓흔 놈덜 뒤쑥지는 세 뼘 가웃 《아이/아이》 벌쩨가치 근너가
셔 디문을 발로 츠며 밍호갓치 쮜노라 벽녁갓치 소리질너 《저런 야단이라니
/저런 야단이라니》

 압짜 춘향 나오느라 네 사졍 ᄒ나 보다가는 우리 동관 다 죽겟다 일신
천금 신외무물이라 네 사졍 하나 보다가는 우리 동관 다 죽겟다 너 죽는
걸 니 알소야 호 놈은 덜미치고 쏘 호 놈은 팔을 쓰니 《애고 저거 웃쌜게나/
허 제 하는 수 잇나》

춘향이 할 닐 업셔 수졀ᄒ든 그 태도로 힝조치마 둘너입고 비마진 저비
처럼 호졸곤ᄒ고 근너갈 제 머리 흐터 만발이오 허리는 쌉쳐 호 줌이라

《본리 뭘 먹엇서야지/노박 굴머 잇섯지 무어》이리 빗틀 져리 비틀 삼문싼의 이
르러서 즈탄가로 ᄒ는 말이 (이젼 도련님 계실 ᄯᅢ는 이 문싼이 보이기를
홍화문갓치 보이더니 오눌날 더히보니 졍이도 보기 실타) 《무슨 경황이 잇
나/만목소연이지(滿目蕭然)》동현 아리 단장밋희 양류쳥쳥 그늘 속의 늬 마
신 도독괴처럼 웃독히니 안졋스니 《춤 춤혹하다/아 발서부터 그리오》

〈119〉

사쏘 ᄶᅵᆼ청 ᄶᅱ여나려 가는데 동현마루 륙간디쳥을 ᄒᆞᆫ거름의 획근 지나 삼
문 밧긔 마른 ᄯᅡᆼ의 가셔 모들ᄶᅳ기로 ᄶᅥ러져셔 냥편 고드리ᄶᅧ가 식혼ᄒᆞ든
것이엿다 《우슨 늙은이 큰 돌밍이나 잇더면 크게 닷칠 번 햇지/허파ㅅ줄 ᄯᅳᆫ어진 년석이
지 돌 모소리나 춤 부듸젓더면》○《년석 소리 말라더니 령감은 왜 ᄒᆞ서오⋯⋯⋯⋯
⋯⋯⋯⋯/녀편네와 사내가 갓흔가 사내말은 넘어 고아도 졸히서 못쓴다늠》○《그저 만
만한게 녀편네여/내 춤 모다 녀편네처름 만만하면 겁날 거 읍서》춘향을 붓안ㅅ고
올나와셔 아리목 쳣즈리의 안쳐노코 《등헌ㅅ방이 신부방 안 되겟다/밤낫 슈쳥방
이지 다른 공사야 ᄒᆡ나 웬》자긔는 웃목에 가 잔쑥 ᄭᅮ러안져 《톄통부터 일엇군/
대실톄면이지 그랴》

 어 엄젼ᄒᆞ다 어 어엿부다 어 잘싱겻다 침어낙안지상이오 폐월슈화지태
러구나 《종일 추네/밤낫 추지》너의 성화 일직 듯고 ᄒᆞᆫ번 보기 위쥬ᄒᆞ야 ᄒᆡ
쥬 평양 마다ᄒᆞ고 간신이 셔들어셔 남원부사 ᄒᆡ 왓더니 《념불에는 맘이 읍
고 재ㅅ밥에만 맘이 잇군/지불재군민이재호춘향이라(志不在郡民而)》오히려 늣덤벙
여 션착편이 되엿스나 록엽셩음즈만지가 아직 아니 되엿스니 불힝 즁 다
힝이다 《평양 히쥬로 안 가고 남원으로 온 것이 춘향의게는 대불힝이 아닌가/유힝 유불
힝이지 그러면 평양 히쥬는 ᄯᅩ 무슨 죄ㄴ가(有幸有不幸)》구관즈식 리몽룡이 네 머리를
언첫다니 《자식은 제 자식인가/그게 위선 말 ᄶᅡ위여》제가 올라 간 연후의 눈일화
풍담탕춘의 ᄭᅩᆺ갓치 졀문 몸이 오리 수졀 ᄒᆞᆯ

〈120〉

수 잇나 응당 이부 잇슬테니 관속이야 건달이야 어려 말고 말ᄒ여라《되지 못하게 말은 쏘 좀 쩌버리는군/그 말도 못하면 벙어리라구 할 말을 히야지 그런 말이 어듸 잇서》

춘향이 정식 디왈《한번 정식의 쩌버리든 말이 쑥 드러갓슬 걸/놈이 무안한 줄도 몰나 그저 욕심쑨이지》

사쏘 분부는 그러시나 소녀 맘과 다르외다 소녀모는 노기오나 소녀는 기성명목도 아니올분더러《춤 손바닥 다르고 손등 다르지/아모럼 쳔인지자 귀인이 쌔엿지 그랴》구관ᄌ제 리도령이 간졀이 통혼ᄒ디 로모가 허락ᄒ야 빅년가약 정혼 후의 남아 사업이 쩌가 잇셔 경성의 공부ᄒ시미 아직 싸러가지 못ᄒ엿사오나《쌔 놋치면 못하지/시불재러어든》현인슉녀 본을 바더 훗긔약만 기다리니 관속 건달 이부 말삼 소녀게는 당치안ㅅ소《말도 영그져라 웃지나 아니 쏩을ㅅ고/녹숙한 말이야 웃지 다하야》

사쏘 이 말 듯고 ᄒ층 더 추겟다《야단을 안치고/먹은 나이 잇서서》

　옥안종고다신루는 구양수의 글짝이라 져러ᄒ 미식덜이 졀힝이 업것마는 이제 너는 얼골 보고 말 드르니 안밧그로 일식이다《도리여 작구 추단 말이여/추는 바람의 쏠리기 쉽지》

〈121〉

목낭청 불너노코《목낭청이 누군가/목낭청이 목낭이지 누구여》○《아니 웃잰 무□ 하는 사람이냔 말이여오/그럼 진작 그러케 뭇지 칙방손이여》

　이 아희 얌젼ᄒ지《혼자 못 추어 둘이 출라고/그러치 쩟코 싸부르고 하지마는》

【목】예 얌젼ᄒ외다《그것은 덥허노코 그 말 쌀어서만 하는 거 아닌가/암 무턱대고 남의 입만 조쳐서 그리지》

목낭쳥 성질은 본릭 사면춘풍 두루거리라 이현령 비현령 남의 눈치만 보아가며 이러도 비싯하고 져러도 비싯ᄒ게 모가 안나고 둥굴둥굴 ᄒ도록 시식을 잘 맛치는 사람인데 《그것 쏘 수작 못할 사람이러군 번번이 골리지/아니 그 사람은 그리도 본의가 충직한 사람이여》 그리 이 아희 얌잔ᄒ지 ᄒ닛가 (예 얌잔ᄒ외다) ᄒᄋ엿겟다 《이현령 비현령이러군/서로 비싯비싯하지》

쏘 이 아희 긔특ᄒ지 ᄒ닛가 (예 졀묘ᄒ외다) ᄒᄋ엿것다 《그것도 그릿큰/그것도 그릿치》

쏘 이 아희 썩 잘낫지 ᄒ닛가 (예 도져ᄒ외다) ᄒᄋ엿것다 《그것도 그릿코/그것도 그릿소》 ○ 《그것 춤 모 안나고 둥굴둥굴게 남의 비위는 썩 잘 맛치겟는데/그저 시식 잘 맛추고 보비위갈하기는 아조 제일이라닛가》

【사】 그 사람은 나 ᄒ는 디로만 ᄒ네 그랠테거든 니 골의 잇지 말고 올라가소 《그리지 말고 바른말을 해봐 쏘 조타나/그리지 안어 바른말 하다가 죽엇는데》

【목】 올라가라면 가져오마는 가지 말라면 안 가도 무방ᄒ지오 《쇄 느물느물한데/쏘 피근피근 하기는》

<h3 align="center">〈122〉</h3>

【사】 아 여보게 우리 평양감사 갓슬 쎄의 평양기싱 월선이 다리고 놀면셔 혼 손의 지화 만원식 뭉텅뭉텅 집어주엇지 《그따위가 힝여나 반원을 주엇슬걸/아 이이도 웃지 아조 불신용일세》

【목】 이이 춘향아 너 사쏘 말심 곳듯지 마라 잘못ᄒ다가는 유두지 쓰고 나안질나 그 말이 본러 사고일싱이 안되느니라 《안진 자리 타박을 넘어 주는구면/그리치 하여턴지 대면논박 안할게여》

그 쎄 평양감영 갓슬 제의 감사가 다 무엇 말너 죽은게야 《그말이 올치 감사가 웬 감사/아 남원이 초직이여 세대로 골타가》 ○ 《춤 저 위 그 말 잇더군/징신이 그리 무얼하오》 밤 사러갓더란다 황토마루 엽당이에셔 군밤장사 ᄒ느라고 《밤은 왜 평양꺼지 사러가 동곰 밧긔만 나가면 양근지평이 맨 밤곳인데오/잇기야 어듸 읍서 그리치만 평양률은 톨이 굵고 벌게가 안 먹어 조아오》 그런데 월선네 졍지ㅅ종 펄선이 다리고 밤낫 놀다가 올나올 쎄의는 쇠쳔 혼푼 주엇던거 장ㅅ변 쳐셔 밧고 《그 세간이 그리 모은 게러구면/모은 것은 무어 잇서 논 닷마지기》 입은 의

복쩌지 말장 벳겨 가지고 왓느니라 《올치 그이 마누라 요새 입고 댕기는 주황라
치마가 그게러구면/그 마누라 강씨를 요새 어듸서 보앗소 키가 얼만합던잇가》 너 고얀
이 졍신차려라 참 지독흐지 《그놈의 령감이 춤 그랫슬 걸 무어/그래고 말고 남덜이
다 그리든데》
사쏘 디로흐야 (이놈 니여 목 베이라) 덩그러케 베여달고 《저런저런 남살인
명을 아모리 관장이기로 국가의 법젼이 읍슬가요/그런 줄 알면 당초의 쓸리도 읍지마는
폐총이 되여 위의서 웃지 알어》

<h3 style="text-align:center">〈123〉</h3>

【사】 춘향아 네 다시 드러보아라 리몽룡 어린 즈식 《쏘 자식이라지 춤 못되
엿엿네 인저 보니/남을 홀대만 하면 제가 잘난 줄 알지》 탐화봉졉 잠시 작란 꿈ㅅ
결갓치 지닌 후의 번화경성 올라가셔 디가문의 장가들어 유즈싱녀 지닐
진디 하향쳔리 네 싱각을 두 번이나 홀 리 잇나 《힝위는 무거히도 말은 다 유
리하군/속흔 시ㄱ컴애도 것흔 매우 흰 것 갓지》 씰데업는 헷 졍셩의 외짝사랑 흐
지 말고 옛날의 예양이는 지초부의 수졀이라 너도 쏘흔 나를 위히 수졀
흐면 그와 갓치 칠 것이니 웃지 아니 장흘소냐 《저런 실례의 말이 잇서/그러기
의 변학도라지》
춘향이 변색 대왈 《변색만흐여 질색을 흐지/질색만 흐여 팔색을 흐지》
 사쏘 분부 그럴진대 만일의 세운이 불힝흐야 국가의 유변이면 사쏘님
은 무릅을 두 번 쑬어 적뉴를 섬기릿가 《입이 광주리면 뭐라고 하여/이런제 위
력다짐도 못흐여》
변가가 이 말을 듯더니 《인저 변가러군 변서방도 못되고/그까짓걸 누가 변서방이라
여》 별안간의 망근편자가 툭 쓴어지고 상투 웃고비가 불끈 넘고 대번의
수통갓흔 목이 꽉 잘리고 주걱턱을 덜덜 쓸며 《밥풀 다 써러지겟네/죽도 안붓
튼 상이라늠》 불 부튼 강변의 된소납 쒸듯 흐면서 《좀 보앗더면/요절흐지》
 인현 인현 네 인현 잡어 결박흐라 《그거 참 위력다짐이러군/누가 아니리 무법텬
지 ㄴ데》 ○ 《그중의 인현은 무어/하괄게 붓치닛가

〈124〉

여 인현 인현ᄒᆞ니/이년이 인현이 되지》 수절 수절 네가 일절 수절ᄒᆞ면 우리 마누라는 싹 긔절ᄒᆞ겟다 《그 마누라는 본래 긔절 잘 하는거/암ᄉ개를 봐야지 공연이 ᄒᆞ여》 시절이 웃지 되여 창기년이 수절ᄒᆞ노 네 말 일절 들어보니 절절가통 괘ᄉ심토다 절어ᄒᆞᆫ 년 용서할가 절이 잡어 업지르라 형장 아라 긔절ᄒᆞ면 네 절힝이 요절 되고 절구통의 주뢰 틀면 네 다리가 절각 될라 절명일을 모르느냐 속절읍시 네 죽을 걸 《죽기는 무슨 죄로 죽어/막 죽이면 죽는게지 뭐》

춘향이 쌧쌧이 서서 절ㅅ자로 대를 ᄒᆞ야 돌돌이 대답는데 《앤갓 절ㅅ자 다 부르고 쏘 잇겟나/그리도 봐 더 존 절자 줄로 나올테니》 절월 가진 부사사쏘 절차도리 왜 몰나오 절의 염치 읍섯스니 절용애민 ᄒᆞᆯ 수 잇나 절힝 읍는 불정남자 절치부심 ᄒᆞ옵니다 《참/참》 절계음식 신색욕은 양생수신 지절인데 팔십넘은 노인범절 소아절만 못ᄒᆞ시요 《참/참》 일절 심어 일절ᄒᆞ야 안절부절 못ᄒᆞ년양 무서워서 회절ᄒᆞᆯ가 가소로워 요절이요 《잘도 듸리댓다 절도 모다 그 윗설 보다 절대적 절창이오 절도ᄒᆞ고 귀절마다 절당ᄒᆞ고 절절이 다 올구면/아 말이 못자라나 글이 못자라나 긔한이 못자라나 각항범절의 담언 ᄒᆞᆫ 절이라도 곡절읍시 쌔질가》 사쏘 펄펄 쮜며 《쮜지 말고 날지/길반식 쮜니 나는 푹이지》 ○《당신도 말솜씨는 춘항이만 못지 안ᄒᆞ서요/춘향보다는 낫고 마누라만은 좀 못ᄒᆞ고 그쯤 되지오》

〈125〉

네 그년을 두 말 말고 결박ᄒᆞ야 주덩이부터 홀터 노아라 《제 주덩이부터 몬저 홀터 노앗스면/이녁 주덩님은 더 싸니 웃젤가오》 ○《저 냥반 압헤서는 쌩긋을 못ᄒᆞ여/이쌔까지 ᄒᆞ게 모다 겨우 쌩긋이엇다》 ○《령감 보고는 쌩긋도 안힛서오 변부사 보고 그랫지/올치 남은 보면 싱긋쌩긋ᄒᆞ고 나는 보면 골내고 잘ᄒᆞ는 닐인데》

저 사령덜 거동봐라 우루루 달려들어 춘향의 머리치를 별안간의 잡어낙귀 시정송방 비단 감듯 비ㅅ사공의 닷줄 감듯 휘휘친친 감어쥐고 동당이

처 나리치니 가련홀사 약혼 춘향이 반싱반사 되엿구나 《이고 가련히라 세상의 저런 닐이 잇나/경성드뭇ᄒ지 긔막힐 닐이엿다》 ○《그 악가운 머리 다 쌔지고/수령을 난보홀 지경인데》 ○《그리도 나는 머리 쌔지는 게 제일 악가워오 칭하나 읍시 그리 길고 좃턴 것을 참/악가울 것도 만치 내 맘의는 녀자 머리도 죄 싹것스면 매우 좃켓습데다 암만 히도》 ○《에그 망측시러워라 녀편네가 머리를 싹그면 쏙 밋친년갓치 그걸 읏더케 봐으 단번의 보기 실일걸………/다 싹고보면 오히려 낫다오 남녀간의 신명 위ᄒ기는 맛창가진데 왜 남자는 위싱ᄒ고 녀자는 위싱 못ᄒ여》 ○《그리도 동서양을 다 봐도 녀자 머리 싹은데는 읍다네오 령감만치 그네덜이 몰라 그럴라고오 사내덜과 달너 보기 실이니 그럿치/아니여 보기 실타고 안싹는 것슨 결코 아니오 참 나만치 몰라 그럴 리도 읍는데 웬 닐인지 아모랴도 아혹ᄒ니 명고혼 박사혼테 혼번 질문을 ᄒ고 십소》 ○《그래도 남덜은 암만 다 싹거도 나는 죽인대도 안 싹글테닛가/남의 집의나 내 집나나 성질덜 참 이상ᄒ더고 조흔 말은 그예 안듯지》 ○《조키는 뭐 조아 녀편네 머리싹는 게 조아오/언ᄉ자늘 것은 뭐여 좀 편리ᄒ여 싹고만 보면》 ○《남의 집 녀편네 누가 싹것습가닛 누가 싹거오 남 안ᄒ는 닐을 왜 히오 세상만고의 첨 듯겟네/남덜은 몰으니 그럿치 알면서도 안ᄒ여 우리가 몬저 힝해야 남의 모범을 삼지 운단아 가새 가저오느라》 ○《이□ 갓다 듸리지 마라 정이 싹그시면 나는 죽을테여/허허 그□□□□□□□□□□ 얼마나 존가》 ○《글새 남을 지레 죽이지 말고 칙이나 보서오/소견 넓으라고 소설 보는겐데 장그턱이니 보

〈126〉

어서/면 뭘히》 ○《암만히도 그것은 못히오 어서 보서오/에 참 지겹게도 안 듯는군 그럼 닐일 싹지》 ○《(가심이 두군두군/속으로 빙그레)》 ○동틀에다 올려매고 (형니 불너 다짐쓰라) 《다짐이 무엇인가/죽어도 한읍다는 증서》형니 ᄒ나 들어올 제 저 형니 거동봐라 귀먹어 말 못듯네 오륙월 턴동ᄒ면 콩 복는다 만을 ᄒ고 당나귀 우름 울면 ᄒ품혼다 ᄒ나니라 《그것 참 우리 곳의 절벽이 아범만이나 ᄒ구면/절벽이 아범이면 큰 절벽이닛가 어지간홀 걸》 썰썰 긔여 드러와서 영창압희 쑤러업처 분부바더 나일적의 저 사쏘 엄령분부ᄒ되 《웃재라고 엄령이여 ᄒ나라도 그른 말이 잇서야지/트집을 홀랴면 쌔엿지 무얼 못 잡어내여》

춘향아 네 듯거라 네 몸이 기싱으로 불지법령ᄒ고 발악관정ᄒ니 그 죄 죽여 맛당ᄒ지 《자긔 죄는 웃지ᄒ면 적당홀고/제 죄는 륙시히도 죄가 남지》

저 형니 사쏘 말은 젼혀 몰나듯고 제 짐작 분부ᄒ되《절벽이가 더구나 경위를 아나/귀 쓰니 보다 더 잘 안나늠》

춘향아 네 듯거라 네 몸이 쳔챵녀로 수졀불변혼다 ᄒ니 대단이 긔투ᄒ다《긔특ᄒ고 말고 참 긔특ᄒ지/나는 제일 그 귀먹젹어리가 더 긔특희》○《그러매오 귀나 밝거 남과 갓치 리면을 아는 사람이면 례사지/그러도 어렵지 그 엄령 밋희 아첨 안ᄒ리가 누가 잇서》금은채단 중상ᄒ야 특위방송ᄒ나니 빙설갓흔 네 마음을 부대 변치 말ㅅ지어다《참 긔특ᄒ고 반갑군/고마운 닐이지 그랴》

〈127〉

저 사쏘 질색하야 (이놈 내여 목 버이라)《저런저런 사람을 막 죽이다니 글새/흥 참 약이초관이지(若刈艸菅)》

쏘 마저 베여달고 다른 형니 드르올 제 저 형니 거동봐라《그 형니도 그럴ㅅ가/그런 사람이 쏘 웃지 잇서》

무손 들러 합장ᄒ고 ᄒ나님께 축수ᄒ되《올치 춘향이 상치나 말라고 암축이러군/그러만 희도 밉잔치만 그 놈도 간녕비여》

사쏘님은 건이 되고 춘향이는 곤이 되여 곤건이 불로월장재의 만수무강ᄒ옵소서《남 죽는 걸 보고 무서워서/전철이 가외닛가 그럿치만(前轍)》

변첨지가 조아라고 숙가락집이 쩍 버러지며《숙까락집이 믄이 쩌러젓나 왜 버러저/ᄒ도 조아서 아갈이가 쩍 버러진단 말이여》

어 그 형니 심셩 조코 부처님 가온대 토막이러구나 제 주먼이 돈 잇거든 내 말ᄒ고 술 혼잔 먹으래라《돈은 제 돈 쓰고 생색은 내 생색 내잔 말이지/그것 참 매우 어수룩ᄒ지 평싱 농사가 그게닛가》

춘향을 주장질러 다짐씨라 재촉ᄒ니《정말 아조 죽일랴는 게지 다짐꺼지 꼭 바더노코/결심코 작정인데 살녀내볼 사람 잇나》

춘향이 거동보소 호발을 불동ᄒ고 안색이 씩씩ᄒ야 붓대를 바더들고 철장갓치 드르륵 긋고 셕점 찍어 내던지니 혼 일ㅅ자 맘 심ㅅ자ㅣ라《그러치 일심이여/긔맥힌 일심이지》

소녀의 먹은 뜻은 죽어도 일심 살어도 일심이올시다 《싱전사후 일심이지/마누라도 꼭 그럴가》 ○ 《당히봐야 알지요/그게 능히 홀 말이러군》 ○ 《할는지 못홀는지 웃지 알아 능히 혼다 ㅎ서오/아니오 못홀 사람이 일상 말부터 압세워오》

〈128〉

다짐바더 올년 후의 형초제구 차릴 적의 두리장 태장 란장 능장 곤장 주장 삼모형장 혼아람 덤ㅅ벅 안아다가 동헌아리 너른 마당 와르륵 졀컥 쏘다노코 《에그 시금칙 시러워라/그것만 봐도 위틈ㅎ지》 집장사령 거동봐라 혀를 차고 도라서서 천륙서민 후려다가 눈물을 닥그면서(집장사령 ㅎ는 팔자 사람은 못홀 닐이로다) 《참 싱업도 안된 생업이러군 사람 치는 생업/그런고로 술불가불신이지(術不可不愼)》 이리ㅎ고 도라서서 형장을 고를 적의 이놈 잡고 능청능청 저놈 잡고 느긋느긋 밋밋ㅎ고 너른 형장 그 중의 골나잡고 이 다리 틀어라 저 다리 드러라 꼼짝을 말로 업쎗거라 발목 갓추어 잡어매고 《애고 세상의/세상 만고의》 십리만치 물너섯다 오리만치 드러서서 청령소래 길게 나며 (예이 매우 치랍신다) 벽녁갓치 소래 질너 번개갓치 후려치니 박낭사중 쇠방마치 버금수레 싸리는 듯 부러진 형장가지 푸루룩 써나가면 춘향의 약훈 다리 쇄골ㅎ여 바서진다 《이고 가련히라 이고 웃젤게나 저것 죽지 살 수 잇나/그래도 안 죽어 이 넘어 쓰지 말어오 그래다가 병 나겟네》 설색갓흔 두다리의 흐르나니 유혈이오 빅옥갓흔 두 귀밋혜 듯나니 눈물이라 (바로 알외라 바로 알외라) 《죄웁서도 자지라지겟네/여간 놈 정신 쏙 빠지지》 춘향이 거동보소 그중의도 정신차려 치는 대로 일이 삼사 오륙 칠팔 구 여십을

〈129〉

운을 다러 노래ㅎ니 그 노래가 십장가ㅣ라 후세유명 견ㅎ니라 《정말 독ㅎ군/모지락지지》

혼 개를 넙다 치니 《이그머니 웃절게나/에 그 꼴 참 못보겠소》

【춘】 일편단심 춘향이가 일부종사ᄒ랴 ᄒ고 일조낭군 송별후의 일각삼추 기다리니 《그럿치/아모렴》 일락중어천금이라 일구이언 ᄒ오릿가 일사ᄒ면 도무사라 일호라도 두렵잔소 《맨 글일세/문쟝인데》

【사쏘】 그년 요악ᄒ 년이로다 따려라 《자긔는 무슨 악인가/극악 대악이지》 두 개를 딱 부치니 《이그머니 웃절게나/허 그거 번번이 놀나겟네》

 이부불경ᄒ잔 마음 이군불사 다르릿가 이세멸망 학정이오 이텬명촉ᄒ옵소 이부지즈 내 아니니 이의 이심을 두올잇가 《참/참》 이천셕지 장니로서 이기법정 왜 ᄒ시오 이성지합 이도련님이 삼년을 안오시네 《어듸서 그러케 나오노/나도 모르지 참》 그년 지독ᄒ 년이러구나 따려라 《쏘 따리면 참 죽으라고/안 따려도 죽어가겟네》 세 개를 딱 부치니 《이그머니 쏘 웃재나/쏘 놀냇지 허 그거》

삼생가약 우리 랑군 삼시출망 기다리니 삼수갑산을 갈지라도 삼종지례

〈130〉

 모로릿가 《참/참》 삼사셰로 비운 것이 삼강대의 웃듬이라 삼혼칠백이 훗터저도 삼개형장 두렵잔ㅅ소 《눈이나 깜짝/코이나 씽긋》

 그저 작구 따려라 매 우의 장사 읍느니라 《웬 말일꼬 의리 우의 장사읍지/아모렴 안 굽히는 놈 읍지 그랴》 네 개를 딱 부치니 《이그머니 그예 죽는군/안 죽기는 텬명이지》

 사셰삼공법문ᄒ의 사대오상 왜 몰라오 사유사단을 잡엇스니 사흉치죄할 닐 읍소 《흥/흥》 사지를 찌저내여 사거리의 돌린대도 사시불개 송죽지절 사희팔방 빗나리다 《죽어도 영광이지/산 것보다 낫지》

 이익 고년이 왜 빡센 톄를 ᄒ나보다마는 제가 지나 내가 지나 하여보즈 혼 정강이 부러지거든 한 장강이를 마저 바수어 노아라 죽어도 일이 업다 그저 따려라 따려 《륙시를 홀 놈 주리를 틀 놈 저를 누가 그리보지/아무칰 분훈

게리군 마누라 욕설ᄒᆞ는거 쳠 듯는 걸》
다섯 맛고 우름 울되 오힝으로 생긴 몸이 오륜힝실 모로릿가 오형지죄
읍엇스니 오백티장 넘어 과히 《참/참》 오장륙부 소신 눈물 오월비상 ᄒᆞ오
리다 오일경됴 사쏘님은 오른 공사를 ᄒᆞ옵소서 《참 오일경됴ㅣ지 그러ᄒᆞ고 멧
칠 견될고/기능구호아 잘히야 닷새 가고 말지》

<h3 style="text-align:center">〈131〉</h3>

여섯 맛고 우는 말이 《인저는 말도 안코 치는군/그 자식 본리 골이 졍 나면 어듸 말
ᄒᆞ나 씩씩ᄒᆞ기만 ᄒᆞ지》
 륙국 달낸 소진이며 륙출긔계 진평이도 륙지갓치 구든 마음 륙리쳥산
헷말 될 걸 륙시쳐참 ᄒᆞ신대도 륙됴여몽 꿈속갓소 륙방관속 다 보는데
륙모방치로 쳐 죽이오 《참 륙디갓군/튼튼ᄒᆞ지 그랴》
일곱 맛고 우는 말이 《그래 저러케 치는 매가 잇서/뉘게던지 매 만들면 그럿치》
 칠거지악 아니어든 칠개형장 이 웬 닐이오 칠반쳔인 내 아니니 칠보단
장 귀치안ㅅ소 《흥/흥》 칠쳑장검 죽즈한들 칠십로모 불상ᄒᆞ다 칠규를 갈
너니여 칠월류화 불을 노오 《홍노의 들어도 변색읍지/뼈가 재 된대도 고냥 잇지》
여달 맛고 발악ᄒᆞ되 《내라도 발악ᄒᆞ겟네/홀 줄을 알어야 ᄒᆞ지》
 팔자 비록 긔박ᄒᆞᆫ들 팔십로인 섬기릿가 팔팔결이 틀럿스니 팔팔 쒸여
쓸데읍소 《참/참》 팔공산의 초목갓치 팔중귀혼 되리로다 팔도방백 수령
중의 팔불출은 남원부사 《에 쟁그러워 잘 치댄다/내 맘이 다 쟁그러워》
네 그년이 법률을 도제 모르는구나 대젼통편 내여노코 법률을 읽혜 들리

<h3 style="text-align:center">〈132〉</h3>

여라 《법률은 고금텬디의 별다른 법률이 잇슬라고/텬디지상경이오 고금지통의가 다를
게 잇나》
춘향이 ᄒᆞ는 말이 (법률이 무엇인데 즈셰이 알어지다) 《내가 좀 물어볼랏더

니 좀 단단이 알으켜 달라지/조목조목 드리 캐면 그 무식흔 놈 쌈 싸지겟네》형니가 대
전통편 내여노코 《그것 잘 내노앗군 모조리 싸저보지/모조리 싸질 것은 뭐 잇서 대강
령이지》

 춘향아 네 단단이 드러라 모반대역ᄒ는 죄는 능지처참이오 《쪼/쪼》 관정
발악ᄒ는 죄는 엄치정비 의당이니 너 죽더라도 슮어마라 《오른 말이 발악인
가/듯기 실이니 발악이지》○《그는 그럿타 ᄒ고 쪼 그 아래ㅅ 조목은 쪼/아 이 분네가
내흔테 와서 왜 이리 서도러》○《한집안의서 오고 갈 게 무어잇서오 모를 말은 알자고
좀 뭇는게지/한집안의서 글새 왜 싸우러 대들어 열을 벌컥벌컥 내며》○《그래 그런 닐의
열이 안나요 오장이 생긴 사람이면/내가 무슨 닐을 잘못 힛다고 그런 닐 저런 닐 히오》
○《내가 변학도 보고 그랫지 령감보고 은제 그랫서오/변학도 여긔 어듸잇소 찍어대도 등
이 닷게 찍어대야지》○《째릴태면 째려보시오 목침은 왜 들먹들먹 ᄒ세오 누가 아조 겁
을 낼가봐 춘향이 쪽 밧게 더 될라구/그것 참 무엇흔 놈 갓트면 한번 홈처 치겟네 내가
은제라 마누라를 칩던잇가 냥반이 누가 안희를 처》○《저 근너 화닥짝이 김서방ᄒ고 왈
칵이 최서방ᄒ며 도리째 박싱원은 수염이 허여케 셋서도 안희만 잘 친다데 그네도 다 냥
반이라오/그리 나를 그런 것들 흔테다 찍어대요 그것덜은 툭ᄒ면 안희만 치나 형수나 계
수다려 욕ᄒ기가 힝셋보ㄴ데 아조》○《에 욕덜도 참 무섭게덜 ᄒ지 그리면서도 춘구석
의 도라당기며 냥반자랑은 독ᄒ게덜 흔다는데/아 힝세를 잘히야 냥반이지 냥반이 어듸 잇
서 이 세월의 마누라도 남 대히서 냥반 소리 ᄒ지마오》○《그것덜 령감 압헤서도 냥반자
랑 ᄒ나 모도 반말히 주시지 아모리 이 세월이라도 위대는 넘어 과치 안히오/아 박도릿개
는 나이 월등 만으닛가 첫인사는 위대히 주지마는 김화닥짝이 최왈칵이는 반말도 ᄒ고 하
게도 ᄒ지오》○《아모턴지 령감은 넘어 고아 걱정이시지 나는 고사ᄒ고 자/아 세상 귀이
ᄒ고 보호흘 게 처자인데 그게 무슨 말이오

<h3 style="text-align:center">〈133〉</h3>

식이나 족하라도 흔번 손지검ᄒ고 상시럽게 꾸중ᄒ시는 걸 못 보앗시니/처자를 싸리면 남
은 막 칠게오 처자를 욕흔 즉 남은 악담흘 재 아니여》○《그런데 이번에는 왜 목침을 들
고 나를 막 치랴고 드세오/하도 열을 벌컥벌컥 내고 대드니 그럼 웃덕ᄒ여 내 혼낫네》○
《하하하 변학도 닐에 령감이 큰 혼 나섯군 그러기의 누가 그런 사람 닐을 참견ᄒ시래오/
허허 참 그 자식은 닐 보는 사람꺼지 봉변이여 그저 악당은 간예를 안흘 게엇다(惡黨干
與)》○《그러나 마저 보서오/그래도 쪼 보라고》

춘향이 흐는 말이 (대젼통편의 법이 그럴진대 유부녀 강간흐는 죄는 웃
지흐라 힛나오《에 그 소리 싸다 에 싸다 에 싸/싸고말고 미련흔 놈이지》
변가가 이 말을 듯더니 호박풍잠으로 반즈를 흔 셰네번 치밧치며《풍잠이
밧치면 상투는 아조 망겨젓겟네/망게지고 말고 아조 소ㅣ 두엄 주저리 되엿지》
 네 그년을 웃쟨던지《저 위 사령덜 말투를 배웟구면 그동안의/조흔 것 비우기는 어
려워도 안된 것은 고대 비우지》대번의 압정깅이를 쏙 분질너 노아라 뒤ㄹ랑
은 내 당흐마 그저 싸려라 싸려《뒤ㅅ심이 은제까시 그리 조ㄴ가/오일 경조여 딋
새 간다닛가》
예이 매우 치랍신다 아홉 개를 쌱 부치니《익그머니 저걸 쏘 처/글새 흔번 들면
안 노아오》
 구족지친 불목인가 구개 형장 혹독흐다 구곡간장 소신 눈물 구주구퇵

〈134〉

 이 넘치리라《홍/홍》구천지흐 도라가도 구구사정 홀 곳 읍네 구년홍수
힛발 본 듯 구관즈제 보고지고《구관자제가 와야 구제홀 능녁이 잇지/그 부인도
운자를 곳잘 다네》○《거긔도 다른 구ㅅ자를 달엇네/글새 그러기에 더 용찬소》
열ㅅ개를 쌱 (열이오)《에 인저 시원흐겟다 미도 먼저 마진 놈이 조타닛가/어어 저
이 어림읍는 슈작 보아 아조 다 친줄 아남》○《그럼 설마 쏘 칠라고………/그러케 일곱
미 쏘 남엇서》
 십셩구사 할지라도 십지불동 흐오리다 십왕전의 매인 목숨 십개 맞고
죽으릿가《설마/설마》십상팔구 틀렷스니 십분짐작 희보시오 십년 내지
이십년의 십계불셩 흐오리다《남의게 죄악을 그러케 하고 잘 될 수가 잇나/잇스나
읍스나 그것은 쏘 악담 아닌가오》
열ㅅ개 치고 고만 칠ㅅ가 시물 치고 짐작할가 기두르고 바랏더니 일분사
정 바이 읍고 팔십도 중장흐니 정신이 아조 읍고 말을 다시 못흐더라
《【쓸쓸】 저거 아조 영 죽엇구나 웃지흐나 웃지흐여 나도 죽지 못살겟네/압다 나는 제일
마누라가 쌱히서 고만 보아야지 울기는 왜 그리 울어》집장사령도 맥이 읍서 손에

매를 시르르 노코 사쏘도 흥이 읍서 《그까짓게 사쏘는 무슨 사쏘/살ㅅ도래ㅅ지
은제 사쏘랫서》
 고런 쌕쌕흔 넌 첨 보앗다 멀리 쓸어내라 《고런 쌕쌕흔 늙은이 참 첨 보앗네/
고런 애 넘오 씨는 사람 이녁 갓트니 첨 봐》

〈135〉

거적즈리 두루루 말어 질질 쓸어 내여치니 《집의 갓다 뉘고 소합원이나 흔개
가러늣타면 아조 죽으면 웃재나/약국장이 마누라 ㅣ 라 참 달느시군 그런데는 구급환이 더
죳타늠》이때 남원읍닌 노소남녀가 이 거동을 와서 보고 눈물 쑤려 비가
되고 사면팔방의 손가락질이 비비흔다 (독흔더라 독흔더라 사쏘님 형장
이 독흔더라 모지도다 모지도다 춘향의 정절이 모지도다) 《흥/흥》 웃던
춘향전 보면 이때의 남원읍닌 외입장이덜이 퍽 만이 뫼엿는데 녀숙이 내
숙이 국평이 군평이 공빈이 사빈이 어중이 쩌중이 춘풍이 사풍이 월자풍
이 어형초 제장삼 리사됴 지오지 풍현 약정 집사 초관 이러흔 날탕픽가
수수천명 모여와서 혹 청심환도 갈어느코 혹 동변도 바더먹이고 혹 단지
도 흐고 혹 머리도 풀엇다 흐지마는 그럴 리 만무흐고 《참 만무흐지 빙옥갓
흔 춘향이가 규중 평소의 그런 잡류를 교제흘 리가 잇나⋯⋯⋯⋯⋯⋯⋯⋯⋯⋯/다흘 말인
가 그런 말은 옛날 광대덜이 무식흐게 희해흔 말이오 나는 가면 쏙 드러오리서 갓치 농담
도 흐고 소견 잘힛는 걸》담은 효부럴녀와 수절과수가 수수천명 모여들어 혹
인통도 흐고 혹 긔절도 흐니 텬디가 참담흐고 일월이 무광흐더라 《휘유텬
지 일월인들 웃지 질겨 흐실가/광경이 참 비참흐야 강산초목이 다 슬어흐지》
이때 춘향모는 그 쏠 보고 즈지라서 삼문 쌍쌍 두라리며 《자지라지고 말고
여부 잇서/어미되여서 긔막히지》

〈136〉

 사쏘는 첫공사의 오른 공사 아니흐고 이 거조가 웬 짓이오 내 쌀 춘향

무슨 죄로 대번 싸려 죽여놧소 내 짤 저리 ᄒ다가는 사쏘 역시 벼락텬벌
마지리라《암만 치댄들 홀 말이 잇나/그러기의 잠잠코 안젓지》

그 만은 여러 부인 츈향을 얼쑹거려 옥문압희 다다르미 큰 칼 쓰여 인봉
ᄒ고 수족의도 고랑 채워 잡어느코 문 채우니 쎼우름이 이러는다 수절
정절 절대가인 참혹히도 되엿구나《참도 참도 참혹ᄒ다/긔지읍시 참혹ᄒ지》옥
방 형상 볼작시면 사벽은 외만 남ㅅ고 창문은 살만 남ㅅ고 동지섯달 셜
ᄒ풍은 살 쏘듯이 드리 분다 삽장공이방중ᄒ니 텬장의 별이 듯네《그럼
성옥이라 간판이나 ᄒ나 부치지【星屋】/성옥이라지 말고 숙옥이라지 존 영업인데【宿
屋】》오류월 장마 속의 토굴안의 물이 나고 벽싱초목산천긔오 옥누궁상
각치음을《옥집이 그리 허소ᄒ든가오 비가 막 새게 되엿스면 죄인덜이 흘고 다 다러나
게 무어/글새 참 비가 새면 사람도 새게 그런잇가 그것은 글이 조아서 그짓말을 그더로
좀 써는 게지》

거적즈리 벼록 빈대 등의 피를 쌀어먹고 살뱀갓흔 쎼모긔는 배ㅅ가죽을
침질ᄒ다 코뿌리를 진에 물고 귀쓰람이 살점 쯧네《그런데 금방 등지섯달 경
을 씨고 쏘 금방 오류월 경을 썻스니 그거 무슨 글톄가 그런가오/아 춘향이가 옥중고초
삼사년의 겨울 여름을 멧번식 지냇겟소 지낸 경을 왜 다 못써오 》○《아 그리도 갓칠 쎄
경을 여름이나 하나이겟지 여름되/아 춘향이가 직금 금방 갓처 ᄒ로밤도 안지낫소 다

〈137〉

고 겨울되고 두 절이 ᄒ목 되엿슬가오/지낸 닐인데 저이는 의복을 ᄒ여보앗지》○《누가
의복이야기 ᄒ엿서오 은제 춘향이 옥의 갓처 처량이 지닛다는 그 시경 이야기 ᄒ얏지오
문동답사기를 왜 ᄒ서오/저이는 쪽 외목질ㅅ군이엇다 인유취비ᄒ여 쌔다를 류가 만어오
의복도 갈 겨울 의복을 봄의 ᄒ목 히노면 좀 한갓진가오》○《그럿치 참 그리노코 갈에
가서는 김장도 ᄒ고 근친도 가고 쏘 홀 닐이 만으닛가/발서 아러드럿소 그런잇가 문법도
아래말을 위의다가 ᄒ목ᄒ고 다른말을 쯔히 나가지오》

(내 죄가 무슨 죄로 이 지경을 시기다니 국곡투식ᄒ엿는가 밍장 형벌 웬
닐이며 살인도모ᄒ엿는가 항쇄 족쇄 어인 닐고《참 억울ᄒ다/원굴막심》

황차 변학도는 츈향을 이러틋 가두어노코 밤잠을 못 닐으며 웃지ᄒ면 저

를 달래여 내 물건을 삼어 볼ㅅ고 빅방으로 생각다가 《저런 저런/그놈 그 놈》 그 잇튼날 새벽의 박과수 홀미 불너 돈 삼천냥 선급ᄒᆞ고 《올치 고 돈이 다 읍서지고 고성을 좀 만이 히보아야 량심이 나지/말을 그러케ᄒᆞ면 남 듯기의 안되엿서 어 그이 돈 잘 씨는군 그리지》 즈네 말로 달내여서 혼인만 되게ᄒᆞ면 만금상을 쏘 줄ㅅ거시니 아못조록 심써 보개 《어 그이 참 돈 잘 씨는군/어 그이 참 말 잘 듯는군》

박과수 응락ᄒᆞ고 옥으로 드러가서 츈향보고 인사ᄒᆞ되 《팔자읍는 옥구경이러군/제 아조 쌀싹 가두엇더면》

 밤ㅅ새 고성이 웃더ᄒᆞᆫ가 연ᄒᆞ고 약ᄒᆞᆫ 몸의 저 지경을 당ᄒᆞ다니 《눈으로는 못 볼 걸/부어터진 인정이 잇서 그러나》

<h3 style="text-align:center">〈138〉</h3>

츈향이 회샤ᄒᆞ되 《이왕부터 무어 그리 알쓸이 친밀홀게야 읍겟지/일상 오는게 귀찬치만 대인지도가 물논 인사는 반갑게 밧는게지》

 내 모양 이리됨은 도시 다 내 즈취니 걱정홀 거 잇나잇가 《안연ᄒᆞ군/자약ᄒᆞ지》

【박】 여보소 드러보소 세상사를 싱각ᄒᆞ니 초로인생 가이 읍데 어제 전역 피든 꼿이 오날 아참 낙화 되고 흑운갓치 검든 머리 어내듯 백발되니 청츈 소년 비우스며 오든 벗님 아니 오네 《흥/흥》 진시황 흔무제도 생젼의 영웅이오 제갈무후 장비방도 죽어지니 령흠읍네 호지의 왕소군도 청총고묘 되여 잇고 당명황의 양귀비도 마외역의 틔끌 되니 인성이 일장춘몽이라 아니 놀고 무엇ᄒᆞ리 《그럴수록 놀단 말이 말이 되나/아모렴은 금갓흔 시간인데》 나도 일즉 혼즈 되여 수절ᄒᆞᆫ다 고집터니 늙어지니 후회로대 밋칠 곳이 다시 읍네 《수절이 후회라니 될 말인가/수절도 올은 수절이 짜로 잇지》 즈네갓치 고흔 얼골 사쏘젼이 총힝ᄒᆞ면 그 무엇을 그릴손가 《에 낫분 늙은이/텬하 못 되엿지》 서울냥반 그짓게라 벼살길 쩌러지면 책녁 보아 밥 먹는데 즈신지칙 어렵거든 즈네 생각 홀가보냐 바로 일즉 싱각ᄒᆞ야 어리석음 되지

말게 《글새 그게 말이여 머리가 허옃케 센 것이 손녀갓흔 애를 대ᄒ야/그러기의 그걸 누가 대접을 히주나 그럿치만 안ᄒ면 말은 쫴 하는 말이지》

〈139〉

춘향이 발연변색ᄒ고 춤 빗트며 쏘는 말이 《춤을 얼골의다 막 비터 바리지/그럼 바로 대고 빗지부어 톄면 가러 비럿실가》
 내 마음 내 가지지 늙은이에 걱정인가 부긔의 탐나거든 늙은이가 수청 들어 호강으로 지내시오 나은 멧살 안되여스나 드런 쏠을 다 보겟군 《에 늙은 녀편네 낫짝 조켓다 무안을 당히야지/그것도 오히려 들 보앗지 좀 되게 봐야 그런 힝위를 쏘 안ᄒ지》
박과수 무식ᄒ야 (아일세 그럿탄 말이지 누가 뭐라 힛나) ᄒ고 코 싸쥐고 도라와서 안될 줄로 말을 ᄒ니 《아모말도 안힛다네 에 싼싼ᄒ 거/고런 것들 다 그러케 싼지가 읍지》
변학도는 점점 분울ᄒ고 익익조포ᄒ야 째읍시 잡어올려 위력만 압세우고 형벌이 주장이라 형벌싯헤 주장 질너 큰칼 씨워 여젼이 가둬두니 할 닐읍시 죽겟구나 《참도 가련ᄒ다 면ᄒᆯ 날이 언제 될ㅅ고/일시 닥친 운수닛가 ᄒ동안 고상이지》 이 안되고 못난 로물이 춘향의게 못다한 화풀이를 ᄒᆯ 데가 읍스닛가 만만ᄒ 즈긔 마누라 구십로파와 환갑 지난 맛아들 쏘학이를 날마다 쑤들겨주고 욕ᄒ기로 정사 삼어 ᄒ는데 《쏘학이닛가 쏘 배우겟군/씨동망은 못ᄒ는게여》 쏘학이 모즈가 눈압희 얼씬 거리들 못ᄒ고 부억 궁덩이 가서 흔디ㅅ잠을 즈더니라 《다갓치 백수풍진의 치는 게 다 무어여/처도 잇다금이나 처야 골병이 안들지》

〈140〉

춘향모가 쏘 나와서 애셩지여 이른 말이 《어미야 올케 이르겟지/고것은 박과슈보다 더 안된 거》

너도 인저 마음 돌려 넘어 고집ㅎ지마라 네가 일정 저리ㅎ면 렬녀문의 오를소냐 《허 지각읍는 마누라 그럴 도리가 잇나 녀식이 설혹 딴말을 빗치더라도 꾸지저 무질늘겐데 넘어 얏터 못쓰겟군/얏고 말고 소견머리가 반당이 소견만이나훈가 그러기의 후세 조평을 듯지 게다가 까불지나 말면 술은 되오 먹고》 리도령은 그짓게라 기다려도 씰ㅅ데 읍지 조곰치라도 제가 본리 생각ㅎ면 이제꺼지 내바려둬 내가 너를 늦게 나서 이만치나 길너날 제 무남독녀 세상귀물 불면 날가 쥐면 꺼질가 진자리는 내가 눕고 마른 자리 너를 눕혀 《자식이 익물이엇다/익물이야 큰 익물이지》 이만치나 킈운 후의 자식 겸 사위 으더 늣자미를 보랏더니 방정만진 리도령놈 내가 저를 청ㅎ든가 제가 와서 졸내내여 불과 얼마 못 지내고 이 지경을 식여노니 내 눈 쎼고 혀를 쓴어 개를 주어 앗 갑잔치 《졸느기는 참 신랑이 몬저 졸랏겟다/암만 졸라도 성락 안힛스면 고만이지》 내 인저 서울 리가라면 골치가 딱 압허 그놈 인저는 온대도 아주 헛닐이니 두말말고 오날부터 몸단장 졍이 ㅎ고 사쏘 수청 거힝ㅎ야 어미 귀홉 뵈이거라 《의리를 바리고 귀흔 게 뭐여/의 아니면 천하라도 안이 밧지》 네가 내 말 안드르면 네 목전의 칼을 물고 업흐러저 내

<h2 style="text-align:center">〈141〉</h2>

가 죽어 그꼴 저꼴 안보겟다 《참 잘못이러군 망녕으로 돌려보니지/잘못 여부가 잇서 망령은 고런 맹령이 어듸 잇서》

춘향이 호읍ㅎ며 《원망이 읍고 호읍이간 홀 쑨이엿다 【號泣而諫】 /부모 말심의 원망이 될 말인가》

어마니 그게 웬 말삼이오 시절이 그룻된들 인심조처 변ㅎ릿가 《흥 그 일을 말인가/란리가 나도 본심을 가저야지》

자고성인 군자덜도 횡리지익 다 잇나니 문왕갓흔 대성인도 유리옥의 갓첫다가 도로 노여 왕ㅎ시고 공자가튼 지성인도 진채지익 계섯나니 하물며 소녀가튼 적은 몸이 불시에사 아니릿가 《흥/흥》 어느 하날의 눈이

올ㅅ지 비가 올ㅅ지 그를 웃지 아올잇가 죽기로 먹은 마음 죽는다고 웃
지ᄒ리오 《죽더라도 그 쑨이지/유사이이【有死而己】》
상단이도 엽혜 서서 이이통곡 슯히 우니 《고것이 ᄯㅗ 긔특히/소주인 달머서》
　상단아 (예) 《대답도 웃지 그리 쌜리 ᄒ노 일상 열ㅅ대갓치 그이가 쏙 우리 운단이
갓히/천번을 부로나 만번을 부르나 밤중의 서답을 치래도 지체ᄒ는 닐이 웁스닛가》
【춘】 너 왜 내 간장 녹이느냐 그 소리 진정 듯기슬타 마님 뫼시고 도라
가서 미음원미 자조 쑤어 잡숫도록 히드리고 비취칙상 문갑 우의 인삼
열근 드

〈142〉

　럿스니 그걸 내여 진케 다려 보원ᄒ시게 히드리고 《홍 효녀로다/ᄯㅗ 참 지효
ㅣ지》 동내부인 간청ᄒ야 아뭇조록 자조 와서 말벗이나 ᄒ여가며 위로 좀
히드리면 죽지 안코 사러나서 그 은공을 갑ᄒ리다 ᄒ여라 《참 참 지효로다/
정말 대효ㅣ여》 살님사리 어천만사 어마니가 저 근력의 무슨 경황 계시겟
늬 네가 모다 보살펴서 조석진지 음식등졀 네 다 알지 (응) 《자상ᄒ고 효녀
로다/효ᄒ 중의 자상ᄒ지》 네 마음 내가 알고 내 마음 네가 아니 별당부 잇겟
느냐 《말쓷이 서로 갓군/가위 지긔상합이지》 어마니 어서 상단이 다리고 드러
가서오 애가 타서 죽겟니다 어마니가 저리시면 내 성정을 알거니와 불효
의 말삼으로 정말 아조 넌짓 죽어 세상사를 모를테니 어서어서 드러가서
오 《서로 죽는다는군 그래도 정말 죽기로 ᄒ면 춘향이가 몬저 죽을 걸/암 그애는 어럽지
안케 죽지마는 ᄶㅏ불이는 생전 못죽고 ᄶㅏ불기만 홀 걸》
춘향모 어이웁서 말 못ᄒ고 도라서며 (아이 아이) 《초상난 것 갓겟네/자겨워
못듯겟지》
상단이도 (아이 아이) 《귀가 절여 못 듯겟네/이가 시여 못 보겟네》
차호라 춘행이는 저의 모친을 이러탓 뫼서보내고 큰나큰 옥방안의 칼을
베고 혼자 누어 이를 웃지 ᄒ잔말가 도련님만 싱각ᄒ야 어마님을 불고ᄒ

면 이는 불

〈143〉

효가 막심이오 《효심이다 효심이여/효재 효재라》 어마니 명령을 봉승ᄒᆞ야 도련님을 저바리면 이는 대의를 일는게라 《렬절이다 렬절이여/렬재 렬재라》 자고로 츙효냥젼이 어렵다 ᄒᆞ지마는 유독히 나갓흔 정경 쏘 어대잇스리오 아모커나 사러가며 후ᄉᆞᆺ흘 바라리라 《아모렴 죽지만 말고 살어야지/그러타고 죽으면 오히지 【誤解】》 도련님도 야속ᄒᆞ지 ᄒᆞᆫ벌 올나가신후로 그대지도 적막ᄒᆞ니 내가 님을 그릇 본가 그럴 리가 읍것만 알수읍는 닐이로다 《그것도 참 괴상ᄒᆞ지 법빅이 그럿치 안홀텐데/아모런지 괫심ᄒᆞᆫ 놈 그럿차킨 무에 안그라여》 로류장화 꺽거쥐고 봄빗흐로 단이시나 산계야목 길을 드려 락이망반ᄒᆞ시는가 장안대로 청누상의 어대 어대 단이신노 유정ᄒᆞ여 싱각는가 무정ᄒᆞ여 이지섯나 《단이면 안올 리가 잇나 병이 들어 누엇는지 뉘 알어 나는 그저 쏙 그게 넘녀오/절문 놈이 여러 ᄒᆡ를 그러케 알엇스면 발서 죽엇게 뭐 핑계는 인저 알엇대지 참》 달아 달아 밝은 달아 님에 동창 빗친 달아 두리 도련님이 누엇더냐 안젓더냐 너 본대로 일너다고 너는 어이 놉히 잇서 윈턴하를 보깃마는 나는 어이 깁히 잇서 지척불변 누엇느냐 《흥/흥》 팔익이 읍섯서니 나러가서 볼ㅅ 수 잇나 족쇠를 걸엇스니 거러가서 볼 슈 잇나 한양서울 어대매기 그대지도 멀다드냐 산은 멧 산을 넘어가고 물은 멧 물을 근너가노 안젓스니 님이 오나 누엇스니 잠이 오나 나오나

〈144〉

니 ᄒᆞᆫ숨이오 흐르나니 눈물이라 《자 두엇다 봅시다 담비 ᄒᆞᆫ대 붓치시지 운단아 수건 이리 가저온/에 고만 보아야지 웃자고 보는게지 울자고 보는게ᄂ가 【응】》
세월은 여류ᄒᆞ야 일이삼년 지나가니 《그런 세월은 가는게 조치 그 옥속이 지리ᄒᆞᆫ 고상을 웃지 웃지 ᄒᆞ고 잇서/저 ᄒᆞ나 위ᄒᆞ야서 다른 사람 다 늙고 세상의 늙는 것 박긔

원통흔 거슨 사람마다 읍다ᄒ데》
정월이라 상원일은 망월ᄒ는 가절이라 장안호걸 소년덜은 삼삼오오 짝을 지여 광츙교 큰다리의 달마중을 가잣서라 소언동출상영배ᄒ니 만복금광이 사희풍이라 청소가절 오날밤의 흥을 겨워 노니는데 우리님은 어대 가서 답교ᄒ고 안오시나 《정월 닉니 바랏슬톄지/금음날쩌지 꼭 바랏지》
그달 금음 다간 후의 이월이라 한식일 중춘일지 청명이라 불탄 풀의 움이 나니 개자추의 넉이로다 년년춘우깅싱록ᄒ니 하사왕손귀불귀오 집집마다 금화ᄒ야 할고사군표충ᄒ니 츙렬지심 일반이라 나닌들 어이 못홀소냐 《흥/흥》 우리님은 어디 가서 찬버리밥 자시는고 《그달의도 쏘 안 왓지/오긴 목쏙갑이가 와》
그달 금음 다간 후의 삼월이라 상사일은 모춘지 승절이라 상북의 쩨기럭이 가

〈145〉

노라고 하직ᄒ고 감남의 새 제비는 왓노라고 현신ᄒ다 《흥/흥》 왕희지난 정연의 소장이 함집이오 즘점의 영이귀는 풍호문우욕호긔라 《흥/흥》 우리님은 어대 가서 풍월흥의 겨우셧노 《삼춘이 다진토록 아니온담/몟 삼춘이 지나도 아니왓다늠》
그달 금음 다간 후의 사월이라 초팔일 관등일지호야로다 석가여리 탄싱ᄒ니 삼쳔세계 발거온다 《흥/흥》 억만장안 등을 달어 조료성광 ᄒ올시고 둥굴둥굴 수박 등과 굼실굼실 닝어등은 무단이 곳을 일코 저 등대의 달 넛느냐 《흥/흥》 우리님은 어대 가서 밤구경을 단이셔노 《그째는 쏘 록음이 정조흔데 구경도 안댕기여/구경이 다 무어여 제 집의 드러안저 집석이 삼더라네》 그달 금음 다간 후의 오월이라 단오일은 톈중가절 이 아니냐 녀랑추천작반ᄒ야 양류간의 노라난다 《흥/흥》 나도 추천 아닐는들 우리님을 몰랏슬 걸 차라리 멱나수의 몸을 잠겨 삼녀대부 좃치리라 《흥/흥》 우리님은 어대 가서

장어 어복 모르시노 《정도희도 못 왓든가/월천군도 못 보앗다늬》 그달 금음 다간
후의 륙월이라 류두날은 류금삭석 증렴이라 중서중갈 병이 되니 백저삼
의 쌈 비겟다 《흥/흥》 핑양포고 취케 먹고 청량산 마신 후의 탈건석벽 거
러노코 노정송풍 쐬여보자 《흥/흥》 우리 님은 어대 가서 피서후의 오시랴
나 《폭양이 쏘이거/양산 말고 음산

〈146〉

든 양산 밧고 나려오지 얼마나 더워서 못 와/을 밧더라도 송정밋헤서 낫잠 자느니만 흔
가》
그달 금음 다간 후의 칠월이라 칠석일은 견우직녀 만나리라 오작교로 연
분니여 일년일도 맛나보니 반갑긴들 오작홀가 휘루거작인간우라 막언텬
상희상견ᄒ라 유승인간거불회를 《흥/흥》 우리님은 어대 가서 걸교문을
짓고 잇나 《침공은 사내가 비워 무엇 홀랴고 걸교문을 짓고 잇서/재봉소 영업도 못ᄒ
여 재조 비워 못씨는 게 잇슬라고》
그달 금음 다간 후의 팔월이라 추석일은 제일 조흔 명절이라 일년명월
금소다의 달빗도 새로워라 《흥/흥》 백로횡강 겸가창창 추수이인 생각이
라 은하영자 분명ᄒ니 명하편을 닑어보자 《흥/흥》 우리님은 어대 가서 추
텬명월을 모로시노 《밤글 닑느라고 못 오는게지 글방에 잇서서/그 자식 칙만 펴노면
조으노라고 읽기는 뭘 읽어》
그달 금음 다간 후의 구월이라 구일 날은 중양지 만절이라 도연명의 황
국화는 느진 절개 더욱 조타 골골마다 단풍드니 상엽이홍어이월화라 《흥
/흥》 수미앙지 긴긴 밤의 도의성이 낭자ᄒ니 서풍취첩첩우부의 한도 군
변의 도무라 《흥/흥》 우리님은

〈147〉

어대 가서 구월수의 안 찾는고 《그째는 수확히 드리느라고 밧버서 못 오는게지 흔

갈이라/시골 녀편네는 일상 고루훈 소리만 ᄒ겟다 서울도 농사 짓나》○《타작도 보러 안 당겨오/궁훈 친구 보니지 제가 당겨》 그달 금음 다간 후의 십월이라 무오일은 향속위지 상달이라 집집마다 최병ᄒ니 가튁안령도축이라 《홍/홍》 소즈첨 의 재유적벽 옛강산이 아니로다 송강 노어 회를 치고 이뀍으로 논일 적 의 《홍/홍》 우니님은 어대 가서 모저부를 안 ᄒ시노《술을 못 먹든게지 술 담 비 못 먹는 사람은 남의 사정은 참 모른대여/못 먹으면 제 첫 혼인날 동의술을 먹엇서 번 이 보다가도 일상 짠소리는》 그달 금음 다간 후의 십일월이 ᄌᆼ동이라 남지일 영 극단ᄒ니 ᄒᆡ도 짤너 덧읍구나 일ᄒᆡᆼ 븤리 할 수 잇나 《홍/홍》 륙화분분 락디ᄒ고 대강지상 합빙이라 밍호연의 저는 나귀 피릉교를 차저가고 산 음설야 왕즈유는 대안도를 차저갈 제 《홍/홍》 우리님은 오다가서 홍진불 리 아니신가 《그 적설에야 발목이 ᄲᅡ저 올 수가 잇나/말 타고 오면 말발이 ᄲᅡ지지 제 발이 ᄲᅡ질라고》

그달 금음 다간 후의 십이월이 종년이라 한매화 다 피겟다 월븤 설븤 텬 디븤 ᄒ데 산심야심긱수심이라 《홍/홍》 가련금야사천리ᄒ니 상빈명조우 일년을 세싁이 장모ᄒ니 서간이나 ᄒ여보ᄌ 동필을 가개ᄒ니 붓이 어러 못 씨겟네 《홍/홍》 우리님은 어대 가서 세시째도 안 오시노《열두 달을 허송 ᄒᆡᆺ군/그 이듬ᄒᆡ ᄯᅩ 그럿치》○《그리기로 세 쇠고 정초의야 장모훈/올치 내가 장모훈테 세비를 훈 삼년

<h2 style="text-align:center">〈148〉</h2>

테 세비도 안 올라고 그런 사위가 어듸 잇서/안 ᄒᆡᆺ더니 건는산 ᄭᅮ짓기러구먼》○《그것은 무어 잘ᄒ엿나/잘 ᄒᆡᆺ지 못 ᄒᆞ라고》

한달은 설흔 날 일년은 열두 달 과년은 열석달 삼븤륙십일 다 보내고 장 우단탄 지닐적의 웃지 아니 가련ᄒ리 죽어볼ㅅ가 살어볼ㅅ가 가심 답답 못 견딀네 《내 가슴이 답답/그러케 꼭 삼년이여》

일신이 뢰곤ᄒ여 칼을 베고 누엇더니 장주가 호접되고 호접이 장주되여 만리소상강을 편시의 근넛더라 《날너간들 만리를 웃지 편시에 가/그러기의 황홀

난측ᄒ지 그랴》
졍시 단심이 셔작 욱즁귀터니 렬의승봉 묘상신이라 필경 그 꿈이 무슨
꿈인고 희한 이상혼 닐이로다 하편을 보아갈소록 주미 잇고 상쾌ᄒ리로
다 《아아 수고 만이 ᄒ섯쇠다/어어 천만의 수고될 거 잇소》 ○《게는 왜 갓노 어서 하필
보서야지오/좀 쉬도 말라고 참 희한ᄒ지오 그랴》

우리덜젼상 終

회동서관본 활자본 〈오작교〉

　　표지에 '奇緣小說 烏鵲橋'라고 되어 있는 국문 활자본이다. 1927년 滙東書館에서 발행되었으며, 발행인은 高裕相이다. 2쪽 서두를 보면, 개작자의 개작 취지가 나와 있는데, 이를 보면 이 이본의 기본 성격을 알 수 있다. 개작자는 '이몽룡과 성춘향의 사적이 사람의 성정을 족히 감발한 만한데, 요즘은 용속하고 비리한 희극과 언사로 꾸며 광대타령이나 기생들의 노래에 얹어 활용하고 있으니 온당한 일이 아니다. 따라서 이몽룡과 성춘향의 사적을 가인재자의 이야기, 열녀명사의 이야기로 되돌리겠다'고 한다. 이러한 의도 때문인지 이 이본은 개작의 폭이 심하다. 인물들간의 재담은 거의 없고, 사설도 모두 점잖게 바뀌었다. 또 이몽룡과 성춘향의 첫날밤 사랑 대목도 없으며, 기생점고 대목도 없다. 이 외에도 내용이 변개되었거나 빠진 부분이 허다하다. 이 이본은 현재 서울대 중앙도서관 고문헌 자료실(청구기호 3350-35)에 소장되어 있다.

회동서관본 활자본 〈오작교〉

〈1〉

오작교(烏鵲橋)

옥황상제 계신 곳에 광한루가 잇고 광한루 엽헤 오작교가 잇스니 해마다 칠월 칠석이면 견우성과 직녀성이 서로 맛날 적에 오작교를 건너간다는 말을 긔록한 글이 만허서 세상 사람들이 다 아는 바이니 오작교는 실로 천상 신션의 긔이한 인연을 일우어 주는 길이라 조선 전라도 남원군에도 광한루가 잇고 광한루 엽헤 오작교가 잇는대 삼월 삼일에 신션갓흔 남녀가 오작교 가에서 맛나서 긔이한 인연을 일우은 일이 잇스니 웃 지경과 알에 지경이 서로 응하는 긔슈가 잇슴인가 웃 지경 인연은 본 사람이 업스되 알에 이믜 긔록한 글이 만흔대 알에 지경 인연은 본 사람이 잇스니 엇지 긔록하는 글이 업스리오 소이로 그 사실을 편즙하여 일홈을 오작교라 하엿스니 이는 천상 인간이 서로 응하는 쯧을 보임이니라

조선은 동해 긔슥에 잇는 반도국이라 아침에 션명한 태양 긔운을 먼저 밧는다 하여 아침 조(朝) 고을 션(鮮) 두 자로 조선이라 하엿스니 태양 긔운을 먼저 밧는고로 인종들의 얼골이 션명하고 쏘는 산쳔이 수려하여 풍긔가 화평함으로 그 긔운을 타고나는 사람의 마음이 화평하고 쏘는 예로부터 례의를 숭상하여 인재를 배양하엿는고로 남자에는 도덕군자며 녀자에는 정렬부인이 종종 츌생하여 사긔에 나타난 사람도 만커니와 민간에 류젼하는 이약이도 젹지 아니

〈2〉

한 바 그 중에 리몽룡과 성춘향의 사적은 쪼한 조션에 긔이한 사적이라
족히 사람의 성정을 감발할만한 사적이어늘 용속하 회해와 비리한 언사
로 광대타령과 기생노래에 붓치여 풍류장 가온대에 일종 희극을 만들쑌
이엿스니 이는 가인재자로만 대우함에도 소홀한 말이어니와 렬녀명사를
대우하는 바에 엇지 온당한 말이리오 소이로 저자는 당돌함을 무릅쓰고
그 진적한 뜻을 편찬하여 여러분의 비평하심을 바란다
조선 숙종대왕 시절에 성참판수신(成參判守臣)은, 문장덕업이 일세에
혁혁한 재상으로 편당싸홈에 싀긔함을 맛나 남원부사로 보외(補外)가
되엿스니, 보외라 함은 버슬을 감등하여 귀향 보내는 일체로 외방에 원
으로 내여 보내는 것이다 성참판은 인군의 명령을 억의우지 못하여 남원
에 도임한 후 청백함으로 정사를 베풀고 인자함으로 백성을 사랑하여 수
년 거관하는 동안에 칭송이 자자함은 사실이어니와 보외는 귀향과 갓홈
으로 내행이 가지 안이하야 의복 음식에 불편함이 만흔지라 생각다 못하
여 본읍 퇴기 월매를 불너 수청을 들엿스니 그 째에 월매의 나히 삼십여
세라 젊은 기생이 업슴은 아니로되 구타여 나히 만흔 월매를 갓가이함은
의식공과 등졀을 부탁코져 함이오 색을 탐함이 안인 마음이라 시국에 형
세가 다시 변하여 성참판이 남원부사 해임되어 조정으로 들어가는 째에
월매는 눈물을 가리우고 성참판을 향하여 복중에 잉태가 잇슴을 고하엿
슴애 성참판도 짐작이 잇는 일이라 남녀간에 무엇을 나튼 지 젓 쩨이기
젼에는 어미

〈3〉

되는 사람이 잘 보호하여 길느면 사오 세 후에 다려가겟노라 부탁하고
작별한 지 삼삭 지난 후에 월매는 순산하고보니 남자가 아니오 녀자이라

아들이나 쌀이나 자식은 일반이오 쏘는 잉태할 째에 쏫이 피고 달이 둥근 꿈이 잇셧슴으로 귀하게 되겟는 사람인 줄을 스사로 밋는 마음이 잇서서 아들 나음보다도 오히려 깃거 녁엿다 수삭 지난 후에 월매는 쌀 나은 연유로 셩참판께 보고하엿는대 셩참판은 빈한함으로 양육비도 보조하지 못하엿스나 월매는 통달한 계집이라 조곰도 섭섭히 녁이는 생각이 업시 진심갈력하여 쌀을 길느며 다려갈 째만 기다렷는 바 삼사 년 후에 셩참판은 우연 득병하여 작고하고 혼솔이 낙향하여 간구히 지내는 형편이다 남원기생에게 나어 두엇는 아해를 찻겟다는 집안 공론도 업셧고 인하여 소식이 끈쳣다 월매는 남의 젼하는 말로 셩참판의 부음은 드럿스나 집안이 엇의 가서 사는 지 아지 못하고 아해만 길느는대 아해는 어려서부터 용모의 긔이함은 비유컨대 말할 줄 아는 쏫히라 쏫흔 봄에 향긔가 나는 물건이라 하여 아해의 일홈을 춘향이라 지엇다 춘향은 점점 자라갈사록 아람답고 고흔 용색과 놉고 맑은 지조가 진줏 대마다 나지 안는 절색숙녀라 녀자가 장성하면 츌가하는 것은 쩟쩟한 법이지만은 춘향갓치 아람다은 여자를 범상한 남자에게 맛기기도 앗갑고 쏘는 기생의 쌀일망정 근본이 잇는 처지로서 상쳔비에게 출가하기도 난즁하여 부요한 가문에서, 호화한 자제들이 그 일색임을 알고 즁매를 늘어노와 구혼하는 이가 만헛스나 못아 허락지 아니하고 저

〈4〉

와 갓흔 배필을 구하지만은 하방인물에 그와 갓흔 자격이 쉽지 못함으로 필경은 여의치 못하여 년긔가 십칠 세 되도록 혼인을 정한 곳이 업고 모녀가 셔로 의지하여 고적한 세월을 임염히 보낸다
서울 삼청동 리승지 긔연(李承旨基然)은 연안 리씨 귀족이라 벼슬길에 현달하여 안으로 션혜랑청과 밧그로 라쥬목사를 지내고 다시 남원부사로 나려갈 적에 사당를 뫼섯스니 내행이 내려가고 내행이 내려가니 아들

도 싸러갓다 아들의 아명은 몽룡(夢龍)이니 룡을 꿈꾸고 나엇다 하여 지
은 일홈인데 장가든 후에는 관명을 종운(鍾雲)이라 지웃고 몽룡은 자로
시행이라 몽룡은 룡몽을 응하여 생긴 아해라 위인이 범상하지 아니하여
옥갓흔 풍채와 비단갓흔 재조가 보는 사람의 마음과 눈을 놀내고도 깃부
게 한다 나히 십여 세 적에 론어를 읽다가 어진 사람 어질게 녁이기를
색을 조와하는 마음과 박구라는 말에 이르러 션생 압헤서 편론하기를
　사람이 학문을 힘써서 도덕으로 주장하고 례법으로 방한하면 설마 어
진 사람을 색만 못하게 아오릿가 나는 그럿치 안켓소이다
하엿슴애 션생은 우스며
　음식과 남녀는 사람마다 조와하는 것이 쳔성인데 네가 엇지 질정하여
말하느냐 네가 아즉 정구녕이 열리지 아니하엿고 쏘는 일등미색을 보지
못하엿슴으로 말이 그러하다만은 색계상에는 영웅과 렬사가 업느니라

<h3 style="text-align:center">〈5〉</h3>

하는 대답에 대하여 몽룡은 종시 불복하는 말로 항변하엿스니 그 지조가
놉흠은 이 말로도 가히 알 만하다 몽룡은 그 부모를 뫼시고 남원읍에 내
려갈 째에 나히 십칠 세라 홍판서 개언(洪判書凱彦)의 짤과 정혼한 지가
오래지만은 아즉 성례는 지내지 안엿스니 그때에는 조혼하는 폐단을 금
지하는 장정이 잇는 까닥이라 남원에는 옛날 임진년 병란에 홍도(紅桃)
라는 민간녀자가 군중에 들어와 군사의 의복 음식을 지공한 일이 잇는고
로 그 후붓허는 불우지시에 군중에 쓰기 위하여 기생을 만히 쏩아 안책
에 실어 두엇스니 풀은 눈섭과 흰 니가 항렬을 일우어 사람의 마음과 눈
을 현란케 하지만은 몽룡은 한번 것읍쩌 보는 일이 업고 부모께 정성한
여가에는 자기 처소에 고요이 안저서 글만 읽는다 기생들은 그갓히 잘난
사람을 처음 볼 쑌 안이라 그 년긔가 장성하여 남녀의 정을 알겟슴을 보
고 더욱 사모하여 거문고 탈 적에 점수를 불어 쎄여 그의 한번 돌어보기

를 요구하엿지만은 맛침내 소원을 일우지 못한다

풍화일란한 춘삼월 초삼일이라 꼿산과 버들시내에 경치를 구경할 만하다 남원부사의 아들 리도령(道令)은 부친고을에 내려간 지가 일년이 지나도록 삼문밧게를 나아간 일이 업섯더니 봄을 당하여 홍이 나든지 나귀 타고 방자(房子) 식여 경마 들럿스며 시축 가지고 책방(冊房)과 한가지 놀이차로 나아간다 도령은 무엇이냐 하면 장가들지 안인 귀한 집 아해를 도령이라 하는 것이오 방자는 무엇이냐 하면 관가에서 쓸알에 심부름하는 하인을 방자라 하는 것이오 책

〈6〉

방은 무엇이냐 하면 원님이 뒤보아 달라 하여 다리고 간 사람을 챙방이라 하는 것이다 리도령은 산천이 요조하고 화류가 선연한 곳에 이르러는 탓든 나귀에 내려 다시 홍치를 못 이기여 이리저리 단이면서 운담풍경근오천에 방화수류과전천이란 글귀를 읖흐며 돌어가기를 이저버렷는대 조화가 만흐신 한울은 사람의 즐거워함을 앗기시지 안는지 갑의 여운 바람이 점점 세우치고 얇든 구름이 차차 엉긔면서 비가 내리기 시작을 한다 리도령의 일행은 비에 쫏기어 홍치를 일어버리고 성중을 향하여 들어오다가 비가 되우 내리는 지경에는 의복과 행장을 적시지 말려는 의사로 광한루 동편이오 오작교 서편인데 대숩풀 기슥에 잇는 칠팔간 초개집 첨하 밋혜 잠ㅅ간 멈우러 비를 피하더니 리도령은 조흔 운수가 터젓는지 못된 액회를 맛낫는지 천상신선도 갓고 인간업원도 갓흔 이상스러은 사람 한아를 언뜻 보앗다

리도령이 비를 피하는 집은 누구의 집이냐 하면 퇴기 월매의 집이오 리도령이 언뜻 보앗다는 이상스러은 사람은 누구냐 하면 월매의 딸 성춘향이다 이째에 춘향은 경대 알에서 단장을 맛히고 영창 밋헤서 반울질하다가 별안간 비가 오는 소리를 듯고 급히 일어나 치마를 돗우 것고 우물에

가서 방구리로 물을 기르며 마당에 나아와 갈키로 나무를 것우는대 그윽
한 곳에 찾는 손님이 업슴을 항상 밋엇더니 감안한 쌍에 엿보는 사람이
잇슴을 비로소 깨다럿다 붓그러움을 먹음고 머리를 숙엿스나 급히 피함
은 속된 거동이라 완완이 거러서 안으

〈7〉

로 들어가는대 그 형용을 말하자면 잠ㅅ간 구을리는 안채는 새벽별이 분
명하고 나직이 숙인 눈섭은 초생달이 선연하며 옥으로 만든 듯한 귀 밑
과 주사로 찍은 듯한 입살이며 배꼿갓흔 얼골에 버들갓흔 허리가 갓가지
로 절등 긔이하여 료라한 태도와 작약한 모양은 양귀비를 대한 듯 조비
연을 맛난 듯 보는 사람으로 하여곰 놀나은 마음과 사랑하는 마음이 아
울너 나게 한다 리도령은 비록 경화대처에서 자라나서 듯고 보기를 넓이
하엿스나 이갓흔 처향국색은 보기는 새뢰 듯지 못하든 배라 처향국색을
처음으로 본 리도령은 정신이 미란하고 의사가 망연하여 말이 업시 우두
머니 섯는대 책방과 방자는 리도령의 긔색을 보고 쏘한 말이 업시 우두
머니 섯다 신선이 나아와 놀다가 동천(洞天)으로 돌어간 후에는 버들에
잠긴 연긔와 우는 새의 소리 뿐이라 그 사람은 지척에 잇지만은 지경은
멀기가 천리갓허서 면목을 보기는 고사하고 소식도 드를 수가 업다 비가
개이고 날이 저무럿는대 손님만 맛겨두고 주인의 영접이 업스니 남의 집
문밧게서 공연이 지정거리는 안목에 거리씨는 행동이라 마지 못하여 아
중으로 돌어오는 리도령은 마음이 몸을 직히지 안이하고 앗가 보든 그
사람 잇는 곳으로만 향하여 간다 마음 일어버린 몸을 거름에만 맛기어
간신이 처소에 돌어왓스나 밥을 먹어도 맛이 업고 잠을 불너도 오지 안
는다 번민한 마음을 진정치 못하여 일어서서 건일다가 자긔의 행동을 자
긔도 몰으게 언의결에 안저서 손으로 쌤을 괴이고 눈은 감고 고개은 외
우 쏘고 그 사람의 모양을 감안감안이 생각하

〈8〉

지만은 잠ㅅ간 보앗는지라 참모양을 다 알 수가 업슴애 한번 다시 자세
이 보기가 소원이지만은 보는 수가 업스니 엇지하면 다시 볼꼬 암만 생
각하여도 조흔 계책이 업구나 마음과 입으로 스사로 책망도 하여 보고
스사로 대답도 하여 본다 몽룡아 너는 평일에 색에는 고혹하지 안켓노라
징딈을 쓰더니 오늘닐은 엇지하여 이내도록 비란하냐 글세 날이다 전일
에 어엿분 녀자를 만히 보앗스되 마음이 흔들리지 안키로 세상 녀자의
모양은 대동소이한 줄로 알엇더니 오날이야 사람 중에는 성인이고 물중
에는 바다가 잇슴을 알엇슴애 정의 구녕이 열리지 안엿고 일등미색을 보
지 못하엿슴으로 장담을 쓴다 평론하시든 선생님 말슴을 이제야 복종하
겟다 그런데 나도 저를 보고 눈이 팔렷거니와 저도 나를 보고 머리를 숙
으렷스니 정이 업스면 그러할 리가 업슨즉 엇지하면 저를 한번 다시 맛
나 보고 나의 정도 말하고 저의 정도 드러볼꼬
신이 업는 사람 갓다 전일에 갓치 나아가 놀든 책방은 그의 행지와 그의
긔색을 감안이 삷혀보고 삼분이나 의심하다가 칠분이나 짐작하고 서슴
을 것 업시 발우 무러본다
 이애 몽룡아 내가 너의 행지와 긔색을 보건대 마음 속에 무슨 근심이
잇는 듯하니 너갓치 조흔 처지요 아즉 편발의 사람으로 무슨 근심이 잇
겟느냐 암아 향일에 오작교 엽헤서 보든 사람 까닥인 듯하다 은위치 말
고 실정을 말하면 내가

〈9〉

힘이 밋히는대로는 방편토록 주선하여 보겟다
하고 몽룡을 눈 주어 웃는다 책방은 원래 몽룡에게 족형 되는 사람인데
일홈은 종세(鍾世)라 년긔도 젊은 터이오 위인이 재치 잇고 인정 잇서

무슨 일이든지 주선할 만하다 속을 다 알고 문는 바에 은정할 것 인는가
하여 회포를 대강 설파하는 몽룡은 그의 힘을 빌어서 자긔의 일을 일울
까 바라는 뜻이다 책방은 잠ㅅ간 생각하더니

 이 애아 그 일이 과히 어렵지 안인 일이다 그 녀자가 누구인 줄은 몰으
겟스나 읍중에서 살 적에는 필연 사족이 안이요 려념 녀자라 너갓히 조
흔 풍채로 이 고을아ㅅ 자제의 지위를 겸하엿스니 려념간 여자 한아 불
너오기가 무엇이 어렵겟느냐 그러하나 나중에는 이목이 번다하여 왕래
가 비편하고 쏘는 내가 요구하는 일이라 언연이 안저서 세력만 쓰기가
불가하니 래일쯤 우리 둘이 다시 그 집에 가서 그 녀자의 부모형제간에
누구든지 대하여 보고 사정을 말하면 제가 안이 듯든 못할 터이니 인연
을 일울 터이지아

인하여 그째에 갓치 갓든 방자를 불너 비를 피하든 집은 누구의 집이냐
무러서 퇴기 월매의 집인 줄도 알엇고 그 녀자는 누구냐 무러서 월매의
쌀인데 기생은 안이오 려념가 생장인 줄도 알엇다 책방은 마음에 십분
다행이 넉여 그 잇튼날에 쏘 화류구경을 빙자하고 공연한 시축과 필묵을
방자 식여 들리고 세 사람이 보행으로 다시 월매의 집을 심방하여 한간
객실 마루에 올너안저서 주인을 청하엿슴

〈10〉

애 주인이 나아오는대 년긔가 오십 쯤 되여 조촐이 늙은 녀인이 초초한
의상에 서서한 행보로 붓그러움도 업고 번거로움도 업시 손님을 맛이니
이는 무를 것 업시 춘향모라 춘향모는 손님을 객실에 들여 안치며 물색
을 삷혀보니 두 사람의 언어와 행동이 경화인물이오 본읍 방자가 뫼섯슴
을 보건대 아중에서 나아온 손님이 분명하고 리도령의 풍채 골격은 미무
쇄락하여 마음과 눈이 자연이 깃거웁다 산전수전을 다 격고 물쎄 셜쎄를
다 아는 춘향모는 발서 형편을 알어채이고 웃는 낫흐로 손님을 대하여

두 분께서는 엇진 연고로 루지에 왕림하섯슴닛가

무럿는대 리도령은 례법 중에서 자란 범절일 뿐 안여 종시 편발 아해의
마음이라 자긔의 요구하는 일에 대하여 붓그러운 생각이 자연이 생겨서
아모 말이 업시 책방의 소개하기만 기다린다 책방은 자긔가 담당한 일이
라 압장을 서는 수 밧게 업슴애 손을 드러 몽룡을 가르치며

 저 도령은 지금 이 고을에 좌정하신 원님의 아들 되시는 도령이오 나는
원님 뫼시고 온 책방인데 수인 마누라를 찾기는 다른 일이 안이라 일전
에 저 도령이 우연이 이 곳을 지나다가 비를 맛나 주인의 집 첨하 압헤
들어섯더니 의외에 신선갓흔 랑자 한아를 보앗는대 저 도령은 그 랑자의
색태와 숙덕을 사모하여 한번 서로 알기를 원하는 바 드른즉 그 랑자는
주인 마누라의 딸이라 하기로 조흔 일을 상의하고저 우리 둘이 나아온
것이니 주인 마누라는 의향이 엇

〈11〉

더할는지

하엿스니 할는지라는 말 씃흔 밧말이라 조선말에는 하오로 존경하는 말
과 하소로 평등한 말과 해라로 하대하는 말의 등분이 잇스니 기생은 천
한 사람이라 하여 양반들이 해라 하든 법인데 책방이 월매다려 반말하는
것은 오히려 가의하는 말이다 춘향모의 생각에는 저 분이 반말을 쓰거나
윈말을 쓰거나 풍속대로 하는 것이오 처지대로 가는 것이니 교계할 것이
업거니와 청구하는 일에 대하여는 배각하기도 어렵고 응락하기도 어렵
다 엇지 하엿스면 조흘는지 마련하노라니 대답이 자연 더듸엿슴애 책방
의 생각에는 주인의 허락은 업스나 배각은 안이니 뜻이 아조 업는 것은
안이라 하여 웃는 낫흐로 다시 권고한다

 보아하니 주인 마누라는 체면 알고 의사도 넓은 사람인데 근지할 것이
업는 일에 무엇을 그닷이 근지하는가 저 도령갓흔 자격이면 주인의 딸에

게도 낫분 남편이 안이니 오래 생각할 것 업시 한 마듸 말로 결단하소 하여 강제 비슥히 재촉을 한다 춘향모는 그제야 길게 한번 탄식하더니 대답이 쏘한 탄식과 갓치 길다

 변변치 못한 자식을 인연하오서 저처럼 귀중하신 도령님께서 이곳까지 행차하시고 서방님께서 그처럼 분부하시는 바에 미천한 사람이 엇지 감히 거역하오릿가만은 이 사람은 기생이로되 그 아해는 기생이 안이외다 성참판 아모의 끼치신 골육으로 사긔가 공칙하여 제 집을 찻지 못하엿스나 본

<h3 style="text-align:center">〈12〉</h3>

근이 잇는 바에 로류장화의 일시 희롱적 대우는 밧을 길이 업소이다 그러하오나 하방천기의 몸에 태여나서 저런 도령님의 안해 되기야 엇지 감히 바라오릿가 첩이라도 감심할 터이지오만은 저 도령님께서는 재상댁 호화자제로서 일시 정욕에 쓸리여 상관하엿다가 한번 서로 난윈 후에 헌신짝 버리듯 하는 지경이면 다시 호소할 곳이 엇의오닛가 쏘는 도령님께서 언약을 직히여 다려가려 하신대도 우의로 부모님께서 계신 바에는 후일 조처가 임의릅지 못함을 예산하겟는 일이오니 암만 생각하여도 말슴대로 봉행치 못하겟소이다

하여 환영하는 뜻은 적고 거절하는 말이 만타 책방은 다시 간청할 말을 생각하는 제음인데 리도령은 일이 일우지 못할 쯧한 어운을 듯더니 속이 답답하여 붓스러움을 무릅쓰고 직접으로 대여든다

 여보 내가 나히 비록 적으나 한 마듸 언약을 결정하면 천금갓히 묵어울 것이오 우리 부친께서는 적이 엄준하시나 우리 모친께서는 극히 자애하시니 만일에 내가 언약을 직히지 못하여 신명에 관계가 되는 지경이면 모친께서 힘을 다하여 부친의 마음을 돌리시게 할 터이오 부친께서도 활협이 업지 안인 성질이시니 그런 넘려는 할 배 안이구요 내가 언약을 저

버리지 안키로 귀신과 한울을 향하여 질정하고 산과 바다를 두고 맹서할
터이니…………
하고는 무안에 취하여 얼골이 붉어지며 말 긋흘 맛히지 못하는 모양을
엇지 보면 숫적은 듯도 하고 엇지 보면 철업는 듯도 하여 귀여워 뵈일지
언정 뮙게 뵈이

〈13〉

든 안는다 춘향모는 관가 밋헤서 자라고 늙엇스며 남의 출물에 입고 먹
은 터이라 세력변과 리익점을 매우 조와하는 성질인 바 리도령갓치 조흔
사위를 마다함은 안이지만은 혹시 헛다리를 집흘까 넘려하여 매우 조심
을 하여 본 것인데 리도령의 원정이 간절하고 맹서가 분명한 바에는 다
시 사양할 까닥이 업다 흔연한 빗흘 씌이고 리도령을 보고
 도령님 말슴이 그러하시니 내가 참아 배각할 길이 업소만은 그 아해의
성정이 화평하고도 준절하여 례법 안인 말과 경게 업는 일로 인도하기는
어려움애 종용이 개유하여 보아서 가부간 알으시게 할 터이니 오날은 들
어가섯다가 수일 후에 도령님은 오시지 말고 서방님만 잠人간 쏘 오시지오
하는 눅은 청으로 남의 급한 정지를 생각하여 주지 안는다 그러하나 강
한 손님이 약한 주인을 눌느지 못한다는 엿말이 잇슴애 리도령과 책방은
엇지할 수 업시 주인을 작별하면서 일이 되도록 주선하여 보라는 부탁이
은근하엿고 화류 구경한 양으로 글 지어 시축에 써서 동헌에 들여 감하
시게 하엿다
춘향모는 두 사람과 약조하여 보낸 후에 쌀을 효유하여 볼 터인데 옛말
에 아들을 알기는 바비갓흔 이가 업다 하엿스니 쌀을 알기는 어미갓흔
이가 업슬 것이다 춘향모는 그 쌀의 놉흔 자격과 맑은 지조를 다 아는
바에 서투른 말로 시작을 하다가는 일이 되지 안켓슴애 시침을 쎄며 지
긔를 쓴다

 이애 아가야 내가 너 한아를 나어 길너서 저만치나 장성하엿스니 조흔
사위

〈14〉

를 엇어서 자미로은 거동을 보아야 죽는 날에 눈을 감을 터인데 조흔 혼
처도 별로이 업거니와 서령 조흔 혼처가 잇다 한대도 너의 성정이 넘우
매물하여 나의 뜻을 밧지 안이하니 나는 밤낫으로 이 일을 근심하여 병
을 일울 지경이라……
하여 말 끗도 채우지 안코 공연한 짤은 탄식과 위연한 긴 한숨이라 어미
가 쌀의 마음을 아는 바에 쌀인들 어미의 마음을 몰으겟는가 춘향은 발
서 어젯게 왓든 손님의 빌미인 줄을 알면서도 천연스러온 대답으로
 어머니께서 자식에게 부당한 훈계를 하실 리가 업슬 터이오니 무슨 훈
계를 하시든지 엇지 거역하겟슴닛가 어머니께서는 훈계하여 주신 일도
업시 거역하려니 짐작하시고 이처럼 걱정하시오니 자식된 마음에 넘우
황송합니다
춘향모는 얼럿다가 눅인다
 그러면 네가 내 말을 드를 마음이로구나 드를 터이면 말을 하련다 향래
비오든 날에 우리집 밧 것방 첨하 밋헤 들어서서 비를 피하든 사람을 네
가 보앗지아 그 두 사람 중에 갓 쓴 사람은 이 고을 책방이오 복건 쓴
도령은 이 고을 원님의 아들인데 그 도령이 너를 보고 애지중지에 전지
도지하여 한번 다시 보고저 하는 생각으로 어젯게 책방과 한가지 나아와
서 소원을 말하며 인연을 맷인 후에는 언약을 저버리지 안켓노라 하기에
내가 너의 뜻을 몰나서 임의로 허락은 못하엿다만은 감안이 료량컨대는
그의 청을 듯지 안엇다가는 우리는 천한 처지오 그는 존귀한 사람이라
만일에 세력을 써서 압제를 주는 지

〈15〉

경이면 우리가 저당할 수도 업고 사위로 말하면 그와 갓흔 자격은 다시
엇기 어려온 인물이라 그 소청을 시행하엿스면 우리 모녀는 평생을 호광
으로 지낼 터이니 허락을 안코 곤난을 당하는 것보다 허락을 하고 영광
을 보는 것이 낫지 안이하냐 안해와 첩의 등분이 달느지만은 범상한 사
람의 안해 노릇을 할 터이면 찰아리 그런 귀인의 첩 노릇을 할 것이다
네 생각은 엇더하냐
듯기를 다한 춘향은 눈섭을 낫추고 대답한다
어머니 말슴이 괴이치 안이함니다만은 개중에 그럿치 안인 경위가 잇슴
니다 그는 사부가 자제로서 장가도 들기 전인데 지날 결에 뵈이는 녀색
을 탐내여 그러한 행동이 잇스니 이는 례법을 몰으는 사람이온즉 사람이
례법을 몰으고야 잘 낫다 할 것이 무엇이오며 자긔의 욕심 채우지 못함을
분하게 녁여 세력으로 남을 압제할 양이면 이는 교만한 사람이온즉 사람
이 교만하고야 잘 낫다 할 것이 무엇이오릿가 세력에 눌리고 부귀를 탐
하여 몸을 허하기는 나의 소원이 안이오니 그런 말슴은 다시 말으십시오
하여 어운이 락락하고 긔색이 숙숙하다 쌀을 달내든 어미는 돌의여 그
쌀에게 간함을 당하고 무연이 안젓다가 한참만에 다시 그 쌀을 눈주어
보며
이애야 너는 세상 사람의 말을 안이하고 천상 신선의 말을 하는구나 내
가 무식하다만은 누구에게 드른즉 옛 성인의 말슴에 색을 조와함은 사람
마다 잇는 욕심이라 하섯고 쏘 음식과 녀색은 사람의 생품이라 하섯다
하니 리도령도 이

〈16〉

세상 사람인데 색을 보고 조와함이 무슨 큰 험물이며 성품은 천진이오

례법은 의식인데 의식이 업시 천진대로 가는 것을 험물한단 말이냐 세력을 쓸까 무섭다는 말은 내가 짐작으로 한 말이오 그가 쏙 그리 하리라는 말이 안인데 교만하니 방자하니 공연이 시비할 것이 무엇이냐 네 마음에 슬흐면 그만이지만은 내 생각에는 조선 팔도를 다 돌어단이며 너에게 상당한 남편 감음을 구한대도 그에서 나은 삼람은 업슬 뜻하고 쏘는 그가 자청하는 자리에 욕심이 업지 못하여 너에게 상의함일너니 너는 어미의 말을 가소롭게 녁이고 듯지 안키로만 작정을 하느냐

말을 긋치고 성을 내엿다 춘향은 개결하고도 순직한 마음으로 그 모친의 번접스럽고 구차스러움을 매우 온당치 못하게 녁엿지만은 원간 효성이 지극한 녀자라 화열한 긔색을 지으며 온순한 언사를 풀친다

　어머니 말슴을 엇지 듯지 안이하오릿가만은 평생 신세가 관계되는 일을 심신치 안코 데면데면이 할 수도 업구요 쏘는 남의 첩 노릇하기를 감지덕지하여 첫 마듸에 허락하면 본래 미천한 신세가 더욱 미천하여지옵니다 급할 것이 업스니 보아가며 조처하시지오

하여 아조 거절은 안이하나 종시 허락은 업섯다

리도령은 사람 생각하는 마음이 오장륙부에 가득하여 두어 날을 두어 해갓치 지리하게 보내면서 책방다려 나아가보라 째 업시 졸은다 책방은 졸리지 안터래

〈17〉

도 마지 못할 사세라 방자를 압세우고 쏘 춘향모의 집을 심방하여 주인을 청하엿는대 주인은 별로이 반겨하는 긔색이 업시

　쏘 오섯슴닛가

뭇는다 쏘 올 줄은 번연이 알면서도 몰으는 일갓치 뭇는 말을 의심내는 책방은 어리석지 안치만은 어리석은 사람처럼 공연이 우스면서

　조흔 말을 드를 터이닛가 쏘 올 수밧게 잇나 마누라의 수단으로 일이

필연 폐엿슬 터이지

하여 넘겨 집는다 춘향모는 눈을 잠간 감쬬 손을 연방 저으며

 나는 일이 되도록 말을 하여 보앗지만은 그것이 듯지 안는데 엇지 함닛가 인하여 춘향의 하든 말을 대강 전하는대 법법을 몰은다 교만을 부린다 하든 말은 다 쌔고 급할 것이 업스니 아즉 보아가며 하라든 말만 설파하고 그 쌀의 성품이 이상하여 좀체 말은 듯지 안이하니 어미라도 엇지 할 수 업다는 쯧을 다시 변명한다 팔구분이나 밋엇든 일이 틀렷슴을 듯는 책방은 망단하여 입맛만 다시다가 한참만에 자긔가 혼자 하는 말인지 누구다려 드러하구 하는 말인지

 보아가며 한다 하니 여망은 잇는 듯하나 바라고 잇는 사람의 마음은 답답지 안이한가

하며 괴탄이 무수하다 춘향모도 역시 민망히 녁여 아즉 위로쬬로 하는 말이엿다

 두고두고 달내여보면 필경 회심하는 쌔가 잇겟지오 마음을 눅이고 언마쯤

〈18〉

만 더 기다려보라 하십시오

책방은 할 일 업시 돌어오며 생각하기를 일이 되지 아니함을 몽룡이가 알고 보면 필연 근심에 싸여서 병을 엇을 모양이니 아즉은 못 되엿스나 차차 되리라는 둔사를 쑴여 대일 수 밧게 업다 하고 회보하기를

그 녀자가 쾌히 허락은 업섯스나 아조 거절은 안니하고 그의 모가 중간에 들어서 백방으로 주선하는 바에 필경은 되지 안일 리가 업스니 얼마쯤만 더 기다려보자 그럿케 아람다운 녀자로서 우리 청구하는 말에 대하야 첫 마듸에 허락이 되여서야 돌의여 무미한 일 안이냐 운치 속으로 알고 잇거라

몽룡은 급한 마음이 불붓듯 하지만은 암만 생각을 하여도 다른 계책이
업슴애 암암한 심장과 민민한 회포를 하루 열두 시에 분배하여 붓치여
두고 날마다 책방다려 나아가보라 부탁이라

대저 이 일에 소개자의 마음과 정성이야 도저하지만은 당자의 허락을 밧
지 못한 바에 아람다운 인연을 일울 수가 잇는가 차일피일 밀우고 차탈
피탈로 속여서 쏘 일삭을 지내엿슴애 몽룡의 그윽한 회포와 감안한 생각
은 날을 짜라 깁허제서 정신골자가 못아 춘향 랑자에게 들어가 잇다 째
엿슬 적 생각은 잠들어서 꿈이라 꿈이면 춘향을 맛나 반기는고로 꿈쑤기
를 위하여 밤낫 업시 잠 맛흔 귀신과 교섭한다 잠 맛흔 귀신을 자조 교섭
하면 병 맛흔 귀신이 쏘한 침범하는고로 얼골빗치 눌으러 병색이 현연하
고 허리통이 감하여 병체가 완연하다 부모는 자식의

〈19〉

병을 근심하는 법이라 몽룡의 부모도 그 아들의 병을 근심하여 병든 원
인을 알어 약을 시힘코저 당자다려 압흔 곳을 무럿스나 원인은 상사오
압흔 곳은 마음이라 발우 말할 길 업슴애

 아모 데도 압흔 곳이 업슴니다

대답하엿스니 압흔 곳 업는 병이 더욱 어려운 병이라 병이 점점 칭중하
여 회도 식일 방법이 업다 이 병에 원인을 아는 사람은 책방이라 번연이
조흔 약이 잇지만은 엇어쓰는 수 업고 병만 날로 깁허 간다

책방은 몽룡의 병을 크게 념려하여 주사야탁하다가 조흔 방문 하나를 생
각하엿스니 무엇이냐 하면 어엿분 기생 한아를 머리 짜어 아해 맵시를
만드러 춘향이라 속여세 몽룡의 방에 들여보내기로 은밀이 주선하여놋
코 춘향의 집에 가서 허락을 밧어 온 양으로 몽룡다려

 춘향의 모가 너의 병 드럿슴을 알고 대단 념려하여 그 쌀을 백단개유하
여 간신이 허락을 밧어 오날밤에 다리고 들어오기로 언약하엿는대 처녀

의 신분이라 남의 눈에 들킬까 붓그려하여 밤ㅅ중에나 들어올 터이니 너
는 방안에 감안이 안저셔 불도 켜지 말고 기다려라 만일에 불빗히 휘황
하고 다른 이목이 잇스면 들어오다가도 돌우 나아갈 터이니 조심하여라
몽룡은 그 사람의 들어온다는 말만 드러도 병이 칠분이나 나은 듯하여
한울과 쌍을 향하여 무수히 사례하고 저녁밥을 전일보다 가의하여 먹고
자긔 처소에

〈20〉

혼자 안저셔 기다린다 달이 컴컴하고 향이 살아지고 사람의 소리가 업는
곳에서 춘향을 기다리는 몽룡은 생각이 여러가지다 온다 하니 참말인가
제가 참으로 오게 되면 밝은 달이 구름 밧게 뷔여진 것 갓고 조흔 꼿치
란간 안에 들어온 것 갓겟다만은 마지 못하여 온다 하고셔 다시 붓그러
은 생각이 나셔 중지하게 되면 돌이 큰 바다에 잠긴 것 갓고 옥이 깁흔
진흙에 뭇친 것 갓겟구나 제가 만일 오게 되면 나는 저의 옥갓흔 손을
덤석 잡고 사람을 이처럼 속이느냐 말한 후에 얼골을 다시 좀 보겟다 하
고 불을 켜려 할 제 제가 만일 손을 쌔치며 대답이 업스면 이는 불 켜기
를 허락지 안이함이니 다시 본대도 그 사람이라 구타여 그 뜻을 거스를
것이 업고 제가 만일에 손을 쌔치지 안코 드를 만하면 이는 불을 켜도
무방하다는 뜻이니 그제는 내가 불을 켜고 그 밉살스러운 모양을 다시
한번 흠쌕 보리라 제가 참으로 오게 되면 나의 병든 몸으로 저의 어엿분
모양을 엇지 담당하잔 말이냐 밤이 이믜 삼경이라 엇지하여 소식이 업는
가 하며 안저셔 기다리다가 못하여 일어셔셔 기다린다 상방에셔 촉불을
물리고 류방에셔 잠에 나아간 오경 쌔 쯤 되엿는대 밧게셔
 몽룡아
불느는 사람은 책방이라 몽룡은 그 불느는 소리를 듯고 가슴이 두근거렷
스니

무엇이 무서워서 그러함이 안이라 춘향을 맛나 소원을 일우겟다는 일이
마음에 가득히 깃버서 요동이 된 것이라 잠ㅅ간 대답하고 넌짓한 소리로

〈21〉

　왓나요
무럿슴애 책방은 쪼한 낫직한 소리로
　이 사람아 요란이 굴지 말어라
하고 가춘향을 방안으로 들여보낸다 몽룡은 엇의만큼 조와서 문 압헤로
나아와 그의 손을 잡으며
　신선과 인간은 등분이 잇지만은 연분이 잇스면 맛나는 것이여 나의 병
을 곳혀주러 왓스니 감격하여 은혜 갑흘 쌍을 아지 못하거니와 나의 병
에 상당한 약은 그대의 얼골이니 불을 밝히고 다시 한번 보왓스면 나의
병이 아조 나을 터이라 그대 의향이 엇너한고
하고 불을 켜려한다 가춘향은 얼골을 뵈이지 말라는 부탁을 책방에게 드
른고로 몽룡에게 대답이 업시 손을 쌔치며 돌어안는다 몽룡은 그의 붓그
러워함을 더욱 어엿뷔 넉여 불을 켜지 안코 옥수를 다시 이쓰러 금침에
나아갓다 셰네 시간 지난 후에 가춘향은 모친이 기다림을 핑계하고 몸을
일의혀 나아가려 한다 그를 오래 만류하지 못할 줄을 아는 몽룡은 래일
밤에 다시 오라 당부하고 방문 밧게 나아와 손을 난우는대 마루 엽헤 늙
은 한멈 한아이가 잇다가 가춘향을 다리고 간다 몽룡은 밝은 눈이라 어
두은 밤이지만은 감안이 살혀보니 그 늙은이는 춘향모가 안이오 다른 사
람이라 그제야 의심내여 가춘향을 다시 붓잡고 자셰이 들여다보니 진품
이 안이요 가자로구나 몽룡은 크게 노하여 앗가는 조와서 쒸놀든

〈22〉

가슴이 지금은 분하여 다시 쮜논다
 너는 엇더한 요괴로은 계집년이기에 감히 나를 욕 뵈이느냐 내가 이 분 풀이는 하고야 말리라
하고 자긔의 방에로 들어간다 가춘향은 겁이 나셔 한다름에 저의 집에로 들어가 무슨 탈이나 업슬짜 하여 손톱녀묾을 썰며 일이 업게 하여 달리 책방에게 간청이 여러번이엿다
그 후로붓허는 몽룡의 병이 복발되여 진정이 점점 위중하여 오한발열 슷헤 정신이 혼혼하고 허한셤어 중에 긔색이 엄엄하다 아들의 병이 그러하니 자연 수란하여 그 부친은 공사를 폐하엿고 그 모친은 긔도를 일삼으나 분요할 쑨이라 무슨 효험이 잇겟는가 책방은 그 병을 곳혀주려 하다가 돌의여 덧혀노왓슴애 겁이 펄적 나셔 틈틈이 들어가 보다가 사람 업는 째를 타셔 종용한 말로
 이애 몽룡아 정신을 차려셔 나의 말을 좀 드러라 내가 너를 속이려 함이 안이라 너를 위하여 준다는 일이 그씀 되엿다 나를 원망하지 말어라 놉흔 산을 올나가자 하면 얏흔 산붓터 밟고 큰 길을 나아가자 하면 젹은 길붓터 지나고 깃분 일이 잇스려면 놀나운 일을 먼저 당하는 법이라 장차 춘향 랑자를 보겟슴으로 그 녀자부터 갓가이 한 것이니 그역 속담에 일는 바 예방이라 너는 원통이 알지 말고 마음을 넉으럽게 하여 조흔 째를 기다려라 네가 나를 미거한 위인으로 알고 그 이후에 다시 졉어도 안이하더라만은 이목이 번다함으로 나는 오날이야 그

〈23〉

럿히 안인 리유를 셜파한다 내가 무슨 수단을 부리든지 진품 춘향을 보게 하여주마

하여 비진히 달내엿스나 몽룡은 한번 속어 보앗는지라 그 말을 참말로 알어 밋을 리가 잇겟는가 대답이 업시 눈을 흘여 쩌보다가 다시 감쪼 신음하는 소리 뿐이라 책방을 다시 무슨 말을 내이려 하다가 사람들이 들어와 약을 권하는고로 중지하엿다

풀은 근을이 쌍에 가득하고 쏫다은 풀이 한울에 연하엿는대 해는 한량이 업시 길고 길엇스니 째는 졍히 하사월 망간이라 리몽룡은 춘향을 사모하여 병이 들어 누어셔 쌀은 해라도 보내기가 약약하겟는대 긴 해를 보내자 하니 일각이 삼추갓다 의원들은 병에 상당하다는 약방문을 내여 시험하지만은 못아 증졍을 알지 못하고 내이는 방문이라 쓸 데 잇는가 이 병에 증졍을 아는 의원은 칙방이오 이 병에 상당한 약방문은 춘향이라 칙방은 급한 마음으로 헛방문을 쓰다가 병을 덧처 놋코 할 일 업시 참방문을 엇으려 쏘 나아간다 답답한 마음이라 록음방초를 구경할 결을도 업시 총거한 거름으로 춘향모의 집에 당도하여 주인을 불너내여 안부를 무른 후에 눈섭을 찡기며

 여봅소 옛말에 내 자식을 사랑하는 마음으로 남의 자식을 사랑하라 하엿는대 내 자식으로 인연하여 남의 자식이 불행할 지경이면 힘것 구제하여 주어야 사랑하는 마음을 가진 사람이라 할 터이오 남의 일을 나의 알 배 안이라 하여 본 체만

〈24〉

체 할 양이면 인정이 업는 사람이라 하여도 과한 말이 안이라 원님덕 도령은 주인 마누라의 쌀로 인연하여 병이 골수에 들어 신션의 금단약을 먹인대도 회도 식일 도리가 업스니 청년 비명이 엇지 가련치 안이하며 남의 집 귀동자를 죽인 사람인들 무슨 면목이 쩟쩟하겟는가 마누라는 깁히 료량하여 후회가 업도록 하소

춘향모는 리도령의 병이 깁흔 줄은 알엇스나 병이 중한 줄은 몰낫다가

칙방의 말을 듯고는 크게 민망히 녁여 감안이 생각기를 금옥갓흔 자격이
라 만일에 불행하면 앗갑기도 하려니와 원혼이 허여지지 안이하여 내 쌀
의 잇는 곳을 써나지 안이하면 평생 마장이 될 터이오 쏘는 그런 곡절을
원님이 알으시면 분한 마음으로 보복을 하려 할 터이니 우리의 잔미함으
로 그의 세력을 엇지 저당하리오 이리하나 저리하나 그를 살려놋코 볼
수 밧게 업다 하고 칙방을 향하여 탄식이 반이오 걱정이 반으로 언마쯤
수작하더기
 여긔 안저 잠ㅅ간 기대리십시오
하더니 안에로 들어가 그 쌀을 불너 압헤 안치고 머리를 쓰다듬으며
 이애 아가야 칙방께서 지금 나아와 말슴하는데 도령님은 병이 들어 말
이 못되는 모양이란다 인연이 다엇기에 그와 네가 셔로 맛난 것이니 그
는 너의 남편이라 남편의 생명이 위태함을 돌어보지 안는 의리가 엇의
잇느냐 너는 다시 생각하여 보아라

〈25〉

대톄는 긔운이 갓흐면 셔로 화하고 소리가 갓흐면 셔로 응하는 법이라
춘향은 일대의 절색으로 쯧밧게 자긔와 갓흔 남자를 보앗스니 말은 비륵
업섯스나 정이 엇지 쯔을리지 안엿스리오 리도령을 처음 볼 젹에 예상
사람 보듯 하엿슬 양이면 긔색이 쳔연하엿슬 터인데 붓그러은 빗히 생겨
셔 머리를 숙엿다 하니 정은 발셔 잇섯는 것이 분명하다 그 모친의 말을
비록 반대하엿스나 속으로는 익기 먹은 고기갓치 삼키지도 못하고 토하
지도 못하는 응어리 한아이 걸리어 풀리지 안이하더니 지금 리도령의 병
이 위중하다는 말을 듯고는 마음이 쳑연 감동하여 스사로 생각하기를 옛
말에 선배는 몸을 알어주는 사람을 위하여 목숨을 앗기지 안이하고 계집
은 몸을 깃거하는 사람을 위하여 얼골을 다스린다 하엿스니 저 사람은
나를 알어주는대 나는 저 사람을 알어주지 안이하면 정과 의에 틀리는

일이라 졍이 업셔도 사람이 안이오 의가 업셔도 사람이 안이니 내가 엇
지 사람인편으로 가며 져 사람이 만일에 나를 인연하여 불행하면 나는
남에게 적악하려 생긴 요물쯤 되겟스니 그 신분을 무엇에 쓰며 쏘한 그
사람은 선풍도골이오 문장명사라 내가 남편을 좃고져 하면 그 사람보다
나은 사람은 업슬 터이니 내가 쾌쾌이 쩨일 일도 안이오 범범이 녁일 일
도 안이라 하믈며 나의 사사통간이 안이오 모친의 명령이니 순종하는 것
이 올켓다 하여 말은 업스나 빗치 변한다 춘향모는 남의 긔색만 보고도
마음을 아는 사람인데 하믈며 그 쌀의 긔식을 보고 엇지 그 마음을 몰으
겟는가 그 마음이 차차 돌어셔는 듯함을 십분 다행이 녁여 쏘 해유한다

〈26〉

 이애 아가야 우리갓히 고혈한 처지로셔 남에게 적선은 못할망정 남에
게 격악을 하여셔야 무슨 뒤끗치 잇겟느냐 져 사람은 너를 인연하여 죽
는 지경에 이르럿는대 너는 그 사람을 거절하여 본 체도 안이하면 온당
한 일이라 할 수 잇느냐 이애 아가야 어미의 말을 허소이 듯지 말고 져
사람을 살려놋코 보자
그 어미의 이갓흔 말은 못아 그 쌀의 마음에도 잇는 말이라 그 쌀은 그
어미의 말을 드를수록 마음이 요동하여 얼골을 숙이고 아모 말이 업다
그 어미는 쏘
 이애 아가야 칙방 양반이 밧게 계시니 내가 나아가 보고 오날 져녁에
도령님을 다리고 이리고 오시라 하겟다
춘향은 그 모친의 독촉을 견듸지 못하여 말을 낸다
 남자는 녀자를 취하기로만 언약하고 녀자는 남자를 좃기로만 허락하면
셔로 대하기는 조만이 업는 일이오니 허락부터 하여 그 마음을 갈어안처
주고 차차로 보아가며 시행하지오 급작이 불너오면 남의 청문에도 괴이
하고 나의 행동에도 난중하니 그처럼 구차로이 할 일은 안이올시다

하고 밀 막엇스니 그 어미는 그 딸의 마음을 달냇슬지언정 그 딸의 말을
거스르든 못한다 긔약은 비록 더듸나마 허락이 되엿슴만 다행이 녁여 다
시 졸으지 못하고 곳 밧게로 나아와 칙방다려 그 딸의 허락이 낫슴을 말
하고 리도령의 병이 나웃거든 셔로 맛나게 하겟노라 한다 칙방은 일변
다행이 녁이면셔도 일변 비유적으로 재촉한다

〈27〉

 병이 중하면 약을 곳 써야만 효험을 엇는 법인데 약방문을 엇어가지고
도 급히 써 보지 안코 두엇다가 이 다음에 쓰겟다 할 양이면 약을 먹지
안코 병이 나을 리가 잇는가 긔왕 약을써 주기로 허락하엿스면 지속간에
필경 그 사람이 먹을 약이니 급히 한 졉을 써서 대셰부터 돌려놋코 보는
것이 올켓는대 병이 낫거든 셔로 맛나게 한다는 말이 무슨 말인가 시속
말에 성복 후 약방문이란 말과 갓흔 말이로군 시각이 위급하니 다시 생
각하여보소
춘향모도 그런 사셰를 몰으는 것은 안이지만은 한편에서는 늇은 쳥이오
한편에서는 급한 말이라 좌우간에 조처하기가 어려우나 병 가진 사람에
게는 연긔할 수가 업슴애 약 가진 사람에게 다시 간청을 할 수 밧게 잇는
가 인하여 칙방다려 그냥 안졋스라 하고 돌우 안으로 들어가 딸을 대하여
 이애 아가야 칙방 양반의 말을 드른즉 도령님의 병이 위중하단다 너를
보지 못하여 생겨난 병이 너를 보기 전에 나을 수가 잇느냐 네가 그 도령
님에게 몸을 맛길 작졍이면 그 도령님은 너의 남편이라 남편의 병이 위
태한 바에 살려낼 방침이 잇고도 쓰지 안는단 말이냐 이애 아가야 다시
생각하여 보아라
춘향도 그 말 듯기 젼부터 그러한 경우를 알지만은 체모가 잇는 바에 마
지 못하여 밀우어 두엇더니 양편 중매군들이 재촉할 뿐 외에 쏘 그럿치
안인 리유가 잇스니 리도령이 말일에 불행하고 보면 내가 죽인 것은 안

이나 나를 인연하야 죽엇스니 내가 죽인 일체라 사람을 죽이고 혼자 사는 것은 의리가 업는 일이니 엇

⟨28⟩

지 적은 졀개를 위하야 큰 낭패를 당하리오 찰하리 권도를 행할 수 밧게 업다는 생각으로 버들 눈섭을 낫추고 앵도 입살을 봉하엿스니 그 모친의 말을 승락하는 뜻이라 그 뜻을 알어듯는 춘향모는 무슨 경사나 난 듯이 무슨 보물이나 엇은 듯이 크게 깃거하여 춘향의 등을 쑥쑥 쑤드리며
 우리 아가가 그러하겟지
곳 밧게로 나아가 책방에게 일이 폐엿슴을 말하엿다 책방은 수삭 경영하든 일을 이제야 성공이라 엇의만큼 다행이 녁여 무수히 치사하고 오날 저녁에 다리고 나아오겟노라 언약한 후 급히 아중으로 돌어올 젹에 거름이 제졀로 걸려셔 지체가 조곰도 업셧다 곳 몽룡의 처소에 들어가 숩혀 보니 집안 사람들이 둘너안저 약그릇을 들고 권하다 책방은 속마음에 혼자말로 그 약은 다 헛약이요 내가 써 줄 약이 참약이다 하며 사람 쎄기를 기다려 몽룡의 엽헤 갓가이 안져셔
 이애야 정신을 수습하여 일어나거라 오날 져녁에는 참으로 조흔 일이 한울로 좃허 내려오느니라
몽룡은 속은 일이 잇슴애 밋지 안는 생각으로 옥면을 찡기며
 형님은 나를 잘 속이시니 내가 그 말슴을 곳이 듯지 안치오 내가 일시 정욕을 억제하지 못하여 병이 골수에 들엇스니 불민부상함을 스사로 책망하면셔도 쏘한 사사망념을 쓴어버리지 못하니 이는 젼생의 업원이라 엇지할 수 잇슴닛가
말을 맛치고 길게 한숨 쉰다 책방은 몽룡의 형용이 소삭하고 언사가 처창함을

〈29〉

가련히 녁여 다시 위로한다

 색계에는 영웅렬사가 업다 하엿스니 불민무상하다 할 것도 안이오 인연을 일우고 보면 업원이라 할 바도 안이다 내가 너의 마음을 위로코저 하여 너를 한번 속인 일이 잇섯다만은 오날은 춘향모를 보고 너의 병이 침중함을 말하엿슴애 춘향모도 역시 민망이 녁어 그 딸에게 백단개유하여 당자의 허락이 낫스니 너는 마음을 펴고 긔운을 가다듬어 밥을 가의하여 먹고 세수를 정히 하고 잇다가 상방에셔 취침하신 후에 나를 짜러 그 사람을 보려가자 쳔태산 신선이 류랑의 다시 오기를 기다린다

몽룡은 반씀 의심이오 반씀 밋는 말로

 형님 말슴이 참 말슴이면 오날은 내가 살려나는 날이지오만은 만일에 또 다른 사람이면 나는 분통이 터져셔 아조 세상을 하직하는 사람이지오

책방은 미미히 우스며

 이 사람아 한번은 속엿셔도 다시는 속이지 못할 줄을 몰으는 내란 말이냐 넘려말고 가셔 보렴무나

그제야 그 말을 밋는 몽룡은 깃분 마음으로 좃차 긔운이 발생하여 세수 다시 하고 옷 가러입고 비자 불너 밥을 가져오라 하엿슴애 그 모친은 그 아들의 뜻밧게 행동을 이상히 녁이면셔도 마음을 거스르지 안코져하여 하자는대로 시행이라 몽룡은 맛침 찰히고 안져셔 나아가려는 시간을 기대린다

〈30〉

바람 긔운은 미미하고 달빗은 영영한 삼경밤에 리몽룡은 책방과 작반하여 방자를 뒤셰우고 춘향모의 집을 다시 차저간다 춘향모는 리도령이 나아올 줄 아는고로 건넌방에 점화하고 딸의 금침 옴겨다 놋코 박산화로에

차를 다리며 국수상 찰혀 밤참 준비하며 기대리더니 사람의 발자최를 삽쌀개가 먼져 듯고 컹컹 짓는다 춘향모는 웃는 낫흐로 대사립짝문 밧게 나아와 반겨 마지며

 도령님께셔는 불평하신 중에 엇덕헤 행차하신가요 책방 셔방님도 한 집안 지친이니 관계업소이다 져리 들어가십시다

하고 압흘 인도한다 매사는 간주인이란 말대로 책방과 몽룡은 방자다려 밧게셔 기대리라 하고 주인을 짜라 안으로 들러가니 들여안치는 곳은 건넌방인데 문방제구가 간단정결하여 사람의 정신을 깨우처 주는 듯하다 주인은 빙그례 웃고 몽룡을 보며

 여보 도령님 나히 아즉도 어린 편으로 가는 양반이 변변치 안인 계집아해 한아를 보고 그닷이 고혹하여 병이 되는 지경이란 말이요 나는 도령님을 우스면셔도 괄시치 못하여 그애 년을 달내고 꾀여셔 간신이 허락은 밧엇스나 져를 만일 복로에 안져셔 우슴 팔어먹는 인물로 대우하여셔는 일이 다시 억으러질 터이니 도령님은 별로이 주의하여 필경에는 다려가기로 계약셔를 쓰고 책방 셔방님께셔 증인이 되여 착함하여 주신 후라야 그 아해를 엇어보실 터이오 그럿치 안여셔는 되지 못하겟소이다

〈31〉

하며 시침을 쩨고 안져셔 남의 조급한 마음을 근지른다 몽룡은 그 동안 경력에 대강 파겁이 되엿슬 쑨 안이라 당장 정세가 매우 급하게 되엿스니 무슨 조격과 렴치를 다시 찰히겟는가 셔슴지 안코 대답을 한다

 나는 밋친 사람과 일반이오만은 용셔변으로 사랑하여주오 청구하는 문적은 써주기가 어렵지 안이하나 말 한 마듸 언약이면 쳔지신명이 다 드르셧스니 문적보다 나웃지오

하는 말긋흘 책방이 이웃는다

 암만 그러할지라도 주인이 청구하는 터이니 혼셔지겸하여 써놋는 것도

무방하지

하더니 벼루를 열어놋코 장지간지 한 장에 쓰기를

 경성 삼청동 거하는 리몽룡은 남원부중에 거하는 녀자 성춘향과 아람

다은 인연을 맷인 후에 만일 언약을 져버려 가솔로 다려가지 안이하면

쳔지신명쎄 벌역을 당하여지이다

년월일 밋헤 리몽룡편 증인은 리종셰요 성춘향편 증인은 춘향모오 월매

라 쓰고 가기 수결을 그려노으니 춘향모는 문적 집어 간수하고 문을 필

적 열더니 안ㅅ방을 향하여

 이애 아가야

불넛다 이쌔에 춘향은 양편 중매의 권고쑨 안이라 자긔의 생각에도 납백

할 수

〈32〉

업는 경우를 당하엿슴애 미지 못하여 모친의 하는대로 맛겨두엇는대 주

인이 맛고 손님이 들어와 수작이 란만하더니 자긔를 불느는 모친의 소리

가 들린다 손님 잇는 좌석에 나아가기는 붓그럽지만은 모친의 명령을 억

의기가 어려워서 앵도입살을 열어 대답하고 런쏫거름을 옴겨 건너온다

화월갓흔 용모는 볼수록 긔이하고 금옥갓흔 자격은 듯든 바에 지나간다

붓그러 하면서도 반겨하는 듯 화평한 모양은 자태가 비상하고 밧부지도

안이하며 게으름도 업는 안상한 거동은 덕긔가 현져하다 자리에 들어와

모친의 겻헤 안저서 아미를 숙이고 말이 업스니 비유하자면 한 폭 산그

림이라 책방은 눈을 내리쌀고 것읍써 보지 안이하니 이는 혐의로옴을 피

함이오 몽룡은 동자를 구을리지 안코 건너다 보니 발서 불평한 병이 나

은 듯하다 조곰 엇다가 더부살이 녀인이 밤참 상을 진배한다 몽룡과 책

방은 사양하다가 마지 못하여 잠ㅅ간 하처한 후에 책방은 몸을 일의혀며

몽룡다려

잘 자고 일즉이 들어오너라
당부하고 방자를 다리고 들어올 적에 방자에게
이런 소문을 내이지 말럿다
좀안이 조속하엿다 책방이 들어간 후에 춘향모는 손을 드러 춘향을 가르
치며 몽룡다려
저것이 키는 엄부렁하나 어린 아해와 한가지니 미거한 일이 엇더래도 용

〈33〉

서하여 주시요
하는 말은 실상 겸사하는 말이라 춘향이가 미거한 일이 잇슬 리도 업고
설령 미거한 일이 잇다 한대도 몽룡은 아리쌉게 보아줄 터인데 용서라는
말이 무슨 말이야 춘향모는 쏘 춘행을 보며
도령님께서 너를 사랑하여 오날날 이 자리를 베풀엇스니 이 자리는 너
의 몸을 부탁하는 큰일을 판단하는 자리다 도령님은 한 집안 사람이니
넘우 붓그러하지 말고 정답도록 잘 뫼서라 내가 오날붓터는 마음을 놋코
지내겟다
하엿스니 그 말치는 춘향을 효유할 쑨 안이라 도령님이란 사람에게 댐이
를 쓰우는 뜻이엿다 춘향은 잠잠하여 대답이 업는대 몽룡은 춘향모를 어
서 보내려는 생각으로
아모 걱정마오 말이 넘어 만흐면 듯는 사람의 지번한 생각이 나는 법이
윈다 우리 둘이는 마음을 서로 아는 터이닛가 별로이 틀리는 일이 업지오
인하여 기지개도 켜고 합흠도 하는 것은 어서 잠ㅅ자리를 보자는 뜻이엿
다 그리 안이하여도 형편을 다 아는 춘향모는 몸을 일의혀 안ㅅ방으로
건너간다 세상 사람이 보통으로 네 가지 깃분 일이 잇스니 제일 깃분 일
은 달업는 골방에 쏫촉불 켜고 신부를 대한 것이오 둘재 깃분 일은 소년
에 등과하여 방목에 일홈 쓰는 것이오 셋재 깃분 일은 천리타향에서 고

향친구를 맛난 것이오 넷재 깃분 일은 칠년대한에 비를 엇은 것이라 예
상한 부부라도 맛나는 첫날 밤이면 인

〈34〉

생의 제일 깃분일이라 하엿는대 긔이한 인연으로 일색가인을 처음 맛난
밤이야 더구나 일늘 말인가 축불 압에서 춘향을 홀로 대한 리몽룡은 깃
분 긔운이 발굼치에서붓허 시작하여 정수기까지 올너오더니 그 긔운이
왼몸에 퍼저서 사지가 뒤틀려 꼼작을 할 수가 업고 입이 벌어저서 말을
어우르지 못하는 지경이라 언마만에 정신을 수습하여 수작을 시작한다
　우리는 경향에 난위여 생장하여 서로 알지 못하엿지만은 한울이 정하
여 노으신 인연이라 의외에 서로 맛나 애련하는 마음이 제절로 생겨서
례법을 돌어보지 안이하고 지원을 하소연하엿더니 그대가 잠ㅅ간 거절
하엿슴으로 나는 정지가 급박하여 거의 스사로 지탱치 못할너니 그대의
어짐으로 나를 가련히 녁여 이 자리에 서로 대함을 허락하니 나는 봉래
산에나 요지연에 가서 신선낭자를 맛나는 듯 이생의 다행함은 이밧게 업
는 줄로 스사로 알거니와 그대의 뜻도 필연 그러할 터이지
하며 눈 주어 대답 잇기를 기대럿스나 춘향은 초연이 안저서 말이 업스
니 말 잇는 것보다도 운치가 나웃다 몽룡은 갓가이 닥어안저 춘향의 간
은 허리를 안으며 향긔로운 쌤을 대인다 꼿썰기를 헷치고 안진 나뷔가
향긔를 감안~이 노략질한다 반쯤 맛겨두는 듯 반쯤 밀막어보는 듯 아긔
자긔한 모양은 보기에 놀납고도 사랑홉다 밤이 깁흔 후에 춘향은 비로소
말을 낸다
　녀자의 몸은 한번 허락할 쑨이오 장부의 말은 다시 변개치 못함인 줄을
알으실

〈35〉

터이지오………

몽룡은 흠뻑 조흔 김에 다시 맹서한다

한울이 우에 계시고 귀신이 엽헤 잇서서 나의 말을 드럿스니 다시 무슨 변개가 잇겟는가 삼생인연이 지중하니 백년해로를 긔약하세

이렁성저렁성 은근한 수작과 견권한 은정으로 밤이 밝는 줄을 이저버렷다 춘향모는 일즉이 일어나 두 사람의 긔침하기를 기대렷스나 종시 긔척이 업슴애 세수물을 써 가지고 신방문 밧게 가서 혼동을 한다

해가 놉도록 들어가지 안이시니 사ㅅ도님께서 알으시면 큰 야단이 날 터인데 이것이 왼 일이요 길게 마련한 인연을 쌜게 만들려는 작정인가요 쌀아 너도 지각이 잇겟는대 엇지하여 이째것 누어서 도령님이 들어가시지 못하게 하느냐

이 책망 듯는 두 사람은 할 말이 업든지 불낫케 일어나 세수하는 동안에 책방의 분부 드른 방자는 발서 문 밧게 대령하여 어서 들어가시자는 재촉이라 몽룡은 춘향다려 저녁에 쏘 오겟노라 긔약하고 아중으로 돌어와 자리 펴고 누어서 알는 모양을 지엇스니 어제 알튼 병이 오날 나웃기도 쉬운 일어언만은 자긔가 저즈른 일이 잇슴으로 마음에 스사로 붓그러워서 아즉 좀 더 알는 체하는 것이오 쏘는 병이 업스면 글을 읽을 터이라 책상에게 몸이 매이면 춘향에게를 마음대로 가지 못할까 념려하여 양병을 겸한 것이엿다 그러하나 몃칠 지난 후에 생각하여 본즉 자긔가 참병으로 부모의 걱정 식인 것도 미안한 일인데 쏘 거짓

〈36〉

병으로 일향부모를 속이기는 자식된 마음에 대단 불민하고 쏘는 공연한 약 먹기도 슬혀서 음식과 동작을 여상히 하엿슴애 부모는 만분 다행이

녁여서 한동안 조섭하도록 글 읽으라는 명령도 업섯다 그 후로붓허 몽룡
은 다시 책방의 힘을 벌 것도 업시 방자 한아만 압세우고 저녁이면 숨어
나아가고 아침이면 숨어 들어오기를 일삭이 지나도록 하루도 빠지지 안
이하엿다 춘향모와 책방은 솔발이 날까 념려하여 날마다 출입함이 불가
하다 권고하엿스나 정으로 생긴 일이라 정을 쩨칠 수가 잇는가 중매군들
의 말이 올흔 말인 줄 알면서도 듯지 안코 낫이면 자긔 처소에서 해를
간신이 보내고 밤이면 춘향의 방에서 닭의 소리를 뮈워한다 시곡말에 곱
비가 길면 듸된다 하엿슴애 몽룡의 부진은 그 아들에게 대하여 여러가지
의심이 생겻다 그 아들은 본래 게으르지 안인데 비록 수삭 신병이 잇섯
스나 거의 다 나은 바에 초저녁붓허 잠잔다 하고 문을 닷어걸며 그 잇튼
날 늦인 후에야 일어나 문을 열어놋는 것도 의심이오 조석문안할 째에
발굼치를 놉히 들고 밥먹을 째에 수까락을 멈추는 것도 의심이오 쏘는
얼골이 햇슥하여 병이 그저 노히지 안이한 듯한데 동작이 여상함도 의심
이라 여러 가지 의심을 해결코저 하여 하루 저녁에는 그 아들이 문안하
고 자긔 처소에 내려간 후에 두어 시간 쯤 지정여 통인 식여 초롱불 켜
들리고 아들의 처소에 이르러 문을 열라 하엿는대 아들은 방자 다리고
춘향의 방에 갓다 통인 혼자 방을 직히다가 불우지변을 당하엿스니 모피
할 곳도 업고 거역할 길도 업다 문을 열고 쓸알에 내려서

〈37〉

서 쑵역어리는대 원님은 그 아들이 업슴을 보고
 도령님은 엇의 갓느냐
무럿스니 통인은 엇지할 줄을 몰나 급한 방책으로
 암아 책방 서방님께 가섯는가 보이다
하엿슴애 원님은 그 말을 참말로 알엇는지
 그러면 책방에 가서 불너오너라

하시는 분부를 뫼인 통인은 도령님이 책방에 업는 줄을 알면서도 공연이 갓다 와서
 거긔 업습듸다
엿주엇다 원님은 방자놈의 간 곳을 무럿슴애 통인은 할 일 업시
 도령님께서 다리고 엇의로 나아가섯습니다
알왼다 원님은 상방통인 식여 그 통인을 압령하여 엇의를 가든지 도령님과 방자놈을 잡어 대령하라 분부하고 동헌으로 올너가 기대리니 일은 크게 벌어젓다 관속들은 본래 눈치가 빨은고로 도령님의 단이는 일을 몰으는 사람이 업섯스나 감히 루설치 못하엿더니 원님이 몸소 적간하시는 바에 다시 방차하는 수가 잇는가 두 통인은 한다름에 춘향모의 집에 나아가 도령님을 보고 밋처 곡절을 말하기 전에 도령님도 매우 놀내엿고 춘향모녀도 대단 겁이 낫다 통인은 도령님다려

<h2 style="text-align:center">〈38〉</h2>

삿도께서 도령님 처소에 행차하옵서 도령님께서 계시지 안이심을 보시고 소인 등에게 분부하옵서 불너오라 하시고 방자까지 잡어오라 하옵시기로 급히 왓습니다 어서 들어가십시다
재촉이 성화갓다 엽허서 듯는 춘향모는 눈이 둥그레지며 말을 일우지 못하는대 몽룡은 부천의 명령이오 자긔의 죄 안이니 황공무지하지만은 원간 담이 큰 사람이라 얼골빗치 변함업시 잡혀들어 가는대 방자는 갓히 잡혀가며 생각기를
나는 가라면 가고 오라면 올 뿐이엿고 아모 죄가 업는대 나까지 잡어오라 하시니 양반의 죄를 하인이 대신 당하는 법인가 애매한 둑겁이가 돌에 치인다는 격이로구나 내가 도령님을 위하여 헛말을 쮬여대다가는 연한 불기짝에 태장이 횡행할 터이라 이 일에 조방군이는 책방양반이니 나는 발은 고장이로 초사하여 죄지은 사람들끼리 벌을 당하게 할 것이라

주의를 잡어 도령님보다도 겁이 더 업시 들어간다
두 통인은 상방에 올너가 알외기를
 도령님도 불너왓삽고 방자놈도 잡어대령하엿슴니다
할 적에 책방도 발서 쌩이 난 줄을 알고 동헌에 올너와 몽룡과 한가지
마루구석에 빗켜 섯다 원님은 방자놈을 잡어들이라 하엿슴애 급창과 군
노는 서리갓치 호령하며 바람갓치 거행하여 방자놈을 잡어들여 마당에
업허노왓나 원님은 분부하되

〈39〉

 이놈 너는 도령님 압헤 잇서서 심부림이나 할 뿐인데 도령님을 쐬수어
다리고 잡된 곳에로 돌어단이는 일은 무슨 일인고 내가 다 알고 문는 것
이니 발은대로 알외면 적이 용서하려니와 듄사로 쐼이다가는 네 부모게
타고 난 혈육지신에 사오나운 매가 내려갈 터이니 알어하랏다
하여 넘겨집고 을너댄다 방자는 발서 예산을 정하고 잇는 바에 짠소리
하여 매 맛일 짜닥이 잇겟는가
 예 소인이 자세이 알외오리다 지나간 삼월분에 도령님께서와 책방 서
방님께서 화류구경을 가섯다가 비를 맛나 광한루 동편이오 오작교 서편
이온 숩풀 속에 잇는 퇴기 월매의 집 첨하 기슥에서 비를 피하섯슴니다
그때에 맛침 월매의 쌀 춘향이가 문ㅅ간에 나와 비설거지를 하옵는대 도
령님께서 춘향의 어엿붐을 보시고 정신이 미혹하시와 다시 한번 보고저
하여 병환이 나실 지경이엿슴니다 책방 서방님께 통정을 하섯든지 책방
서방님께서 소인을 불너 무러보시와 춘향은 퇴기의 쌀임을 알으시고 사
부댁 처녀가 안이니 관계가 업다 하여 도령님과 한가지 월매의 집에 나
아가오서 첩으로 완정하겟노라 다짐두시고 서로 보기를 간정하엿슴니다
월매는 세력에 눌럿삽든지 부귀를 탐하엿삽든지 도령님 소청대로 시행
코저 하여 그 쌀 춘향을 효유하엿사오나 춘향의 말이 비례라 하고 듯지

안이하와 일이 틀어지옴애 도령님쎄서는 상랑병환이 나오서 달포 미류
하시든 일은 사ㅅ도쎄서도 통촉하옵시

〈40〉

거니와 병환이 침중한 지경에는 책방 서방님쎄서 대단 민망히 녁이오서
다시 월매를 보시고 엇덕헤 졸나대시고 엇덕헤 을너대섯든지 월매의 주
선으로 인연하와 춘향의 허락이 낫슴니다 허락 나든 날 저녁붓허 도령님
병환이 제절로 감세가 잇사와 춘향의 방에 가서 주무신 지가 지금까지
한 달 소수가 되엿슴는대 오날날 삿도님 명찰지하에 들켯슴니다 소인은
서방님쎄서와 도령님쎄서 가라면 가고 오라면 와서 하라는 대로만 하엿
사오니 하인이 되와 양반의 분부를 거행밧게 업는 연고올시다 책방 서방
님쎄서와 도령님쎄서 소인다려 그런 말을 내이지 말라 하섯사오나 지금
사ㅅ도님 엄문지하에 일호라도 긔망할 길이 업사와 발우 알외옵니다
말을 맛치고 마루 구석에 섯는 책방 서방님과 도령님을 처다보앗다 원님
은 방자의 초사를 듯더니 어이가 업서 말을 못하고 안젓다가 흔참만에
방자는 쓰러내치라 하고 책방을 불너 방자의 초사에 대하여 조조이 힐문
하엿스니 여지업시 탄로된 바에 무슨 발명을 하겟는가 아모 말도 못하고
고개를 숙인다 원님은 관속을 다 물리치고 동헌문 닷어걸고 조고마한 전
반 한아 엇어놋코 책방 식여 몽룡을 잡어오라 하여 업허놋코 수죄한다
　우리집은 조상적붓허 례절로 몸을 닥고 법도로 집을 다스려 기생첩을
두신 일이 업섯고 혹시 량가 녀자를 첩으로 두신대도 과거하여 벼슬길에
올으신 후에 두섯슴은 너도 그러 알 터이라 너는 장가도 들지 안이한 아
해놈으로서

〈41〉

아비의 고을에 와서 기생의 딸과 잠통하여 부모를 속이고 가문을 욕되게 하엿스니 너갓흔 자식은 살려두어 쓸 데 업는 자식이라 오날 아조 죽여 업새고 말리라

하고 전반으로 수십도를 볼기 처 피가 흘으고 긔가 진하엿스되 종시 매를 놋치 안이한다 좌우에서 엿듯든 관속들은 감히 구원하여 볼 수도 업거니와 내아에서 사환하는 비자들이 동헌 밧게 와서 도령님의 중장 당함을 알고 황황망조하여 내에 들어가 마님끠 고급하엿슴애 몽룡의 자당 김씨부인은 쏘한 법도가 잇는 부인이라 그 아들의 소행을 듯고 괫심스러은 생각으로 매맛는 것을 애석히 넉이지 안타가 죽을 지경에 이르럿다는 말을 듯고는 종시 자모의 연약한 심장이라 비자를 압세우고 동헌 뒤문 밧게 나아가 서서 남편에게 전갈하기를

 험울은 중하나 곳칠 쌍을 남겨 주시는 것이 조흘 쯧 하여이다 내가 자식 잘못 나은 죄를 당코저 감히 청함나이다

하며 문 밧게 안저 대죄하듯 한다 원님은 본래 그 부인을 공경하는 터이오 쏘는 자식을 아조 죽이는 형벌이 업슴애 노긔를 낫추어 매질을 긋치고 부인다려 들어가시라 하고 책방을 꾸짓는다

 너를 다리고 오기는 나의 보총이나 하여주기를 위함이러니 보총은 고사하고 어린 아오를 꾀여 부랑패려한 일로 인도한단 말이냐 내가 교훈을 잘못하여 너의들 갓흔 무상한 자질배를 두고 무슨 렴치로 백성을 림하여 정사를 베풀겟

〈42〉

느냐 장차 감영에 사장하고 올너갈 터이니 너의들은 사우와 내행을 뫼시고 먼저 올너가거라

인하여 리방을 불너 서울 올너가는 치행을 사흘 안에 하여노으라 분부하
엿스니 원님은 성정이 엄준하고 위령이 맹렬하야 감히 범할 수 업는 양
반이라

그 분부를 뉘가 능히 거역하겟는가 상하내외가 꼼쎡도 못하고 하라는 대
로만 거행이라

이째에 춘향모녀는 리도령이 잡혀들어가는 양을 보고 겁이 나서 엇지할
줄을 몰으다가 춘향모는 하회를 알려하여 감안이 아중에 들어가 밧그로
소문을 탐지하니 도령님은 죽도록 매 맛고 사당과 내행을 뫼시고 사흘
후에 서울로 올너가게 되엿다 입맛이 쓰고 눈물이 나지만은 엇의가서 호
소할 곳이 잇는가 허둥지둥 집으로 돌어와 그 사실을 쌀에게 말하며 슯
허 울기를 마지 안이한다 춘향은 원간 효성이 잇는 녀자라 자긔의 전정
이 엇지 될지 몰으는 일은 둘째로 처두고 그 모친의 애절하는 마음붓터
위로한다

 도령님이 엄책을 당하심은 가이 업슨 일이오나 언의 째든지 도령님을
리별하기는 정하여 노은 일이오니 새로이 슯허할 배 안이옴니다 도령님
은 나히 비록 적으나 신의가 분명한 남자오니 언약을 저버릴 리가 업슬
터이오 남의 공론을 듯건대 도령님의 아버님쯰서는 성품이 비록 엄정하
시나 활협이 만흐시다 하고 도령님의 어머님쯰서는 비록 법도를 직히시
나 자애가 지극하시

〈43〉

다 하니 도령님이 장가 들고 과거한 후에 부모님쯰 지성으로 엿주오면
필연 용서하실 터이지오 혹시 그럿치 못하게 된대도 역시 나의 팔자 소
관이오니 엇지 할 수 잇슴닛가 타고난 운명대로 순하게 밧을 밧게 업는
일이오니 어머니쯰서는 넘우 심려하지 말으시고 조흔 운수 돌어오기만
기다리십시오

말을 맛치고 긔색이 천연하다 춘향모는 그 짤의 화평한 말을 듯더니 억
울한 심장이 조곰 풀려서 눈물을 것우고 도령님 작별할 일을 계산한다
리몽룡은 그 부친끠 중상을 당하고 들어누어 생각하여보니 서울로 가는
수밧게 업는대 춘향을 리별할 일이 답답이라 서로 면당하여 회포나 말하
고 십흐나 장처가 상하여 운동이 어려울 뿐 안이라 부친끠 엄책을 밧고
쏘 그곳에 가기는 도리에도 틀리고 마음에도 황송하여 감히 나가지 못하
고 편지를 써서 종용이 통인 식여 춘향에게 붓첫니 편시 사연에는
 나의 행위가 불민함으로 부친끠 중장을 당하고 서울로 올나가게 되엿
스니 황송무지한 중에 우리의 상종이 이로좃처 멀어지겟도다 이 다음에
비록 못위는 날이 잇다 한대도 당장에 당한 경우는 엇지 억색지 안이한
가 몸소 나아가 회포를 토파하련만은 엄책을 당한 끗헤 즉시 쏘 그대를
찻기는 나의 행동도 미거하거니와 남의 청문이 괴이하겟슴으로 쓷과 갓
지 못하고 두어 자 글로 얼마동안 리별을 고하노니 바라건대 그대는 몸
을 애호하여 째를 기대릴지어다 써날 째가 만코 합할 째가 적은 것은 천
고인생의 탄식하는 배라 쏘한

<h2 style="text-align:center">〈44〉</h2>

엇지하리오
하엿더라 춘향은 쳔지를 바너보고 탄식끗헤 눈물이라 눈물을 범우러 답
장을 쓴다
 도령님끠서 죄를 당하심은 실로 이 사람의 죄올시다 황공하온 하정을
엇지 다 말슴하오릿가 그러하오나 이 사람은 몸을 도령님끠 맛겻사오니
조만은 불계어니와 차지시는 째를 기대리겟소이다 만일에 구차로이 몸
을 밧친 천한 첩이라 하여 다시 돌어보지 안이시면 문을 바라보는 과부
로 몸을 맛칠 터이옵고 대장부의 맹언이 중함을 생각하오서 아조 버리지
안이시면 남어지 은덕을 몸으로써 갑겟소이다 한번 다시 뵈옵고 작별하

기 위하여 올너가시는 길겻헤 등대하오리니 행장을 잠ㅅ간 멈우루오서
한 마듸 말삼으로 이 사람의 한량업시 슯흔 회포를 위로하여 주옵소서
쓰기를 다하여 통인 회편에 붓첫다 몽룡은 그 답장을 밧어보고 뜻을 다
알엇지만은 참아 놋치 못하여 세네 번을 보다가 서대에 감추고 몸을 조
리한 지 삼사 일에 서울 가는 치행이 다 되여 길을 쩌난다
골골마다 신구관이 교대하여 보내고 맛는 곳은 오리정이라 이날에 춘향
모녀는 리도령이 길 쩌나는 소식을 듯고 주안 한 상을 찰혀가지고 오리
정에 나아가 으슥한 숩풀 속에 들어안저 기대리는대 리도령은 춘향 작별
하기 위하여 요예와 쌍가마보다 먼저 나아온다 춘향은 리도령의 오는 양
을 보고 숩풀 밧게 나

〈45〉

아가 마지려하나 눈물이 먼저 압흘 가리워 나아가지 못하고 주저안저 슯
히 운다 리도령은 오리정 근처에 이르러 이리저리 샬혀 보다가 숩풀 속
에 인끠가 잇슴을 알고 발우 들어가 나귀에 내려서며 잠ㅅ간 보니 춘향
은 깁수건으로 얼골을 가리우고 울고 춘향모는 엽헤 안져서 울지 마라
달낸다 리도령은 급히 나아가 춘향의 옥수를 잡으며
 백년긔약을 셔로 밋는 바에 일시 리별을 엇지 슯허하는가 울음을 긋치
고 우슴을 내여서 가는 사람의 마음을 편하게 하렴으나
춘향은 눈물을 감ㅅ간 것우고 리도령의 옷자락을 잡으며 이 다음에 즐겁
게 못위움이 잇슬지라도 오날을 당하여 엇지 울지 아니하오릿가 울음이
소용업는 줄도 알지오만은 졔절로 나아오는 눈물을 아녀자의 약한 심장
이라 금졔하지 못함이지오 도령님 여보시오 인졍은 보는대로 옴기는 것
이니 도령님게서 서울을 가신 후에 명문대가에 요조숙녀를 마지서셔 우
슴을 찍고 셔로 대하실 적에 오날날 나의 울든 모양을 생각하실는지오
바라는 바는 도령님게서 정실을 마지신 후에 공부를 힘써 하오셔 금방

장원에 옥당학사로 명망이 현혁하시는 날에 나의 울든 모양을 이져버리
지 말으실싸 함이지오
이 말 듯는 리도령도 슯흔 마음이 사랑하는 마음으로 좃처 나아오것만은
억지로 참고 위로하는 말로
 언약을 져버리지 안는다는 말은 두고두고 하든 말이니 다시 개론할 배
안이어니

〈46〉

 내가 새 사람을 조와하여 옛 사람을 이져버릴 성 십흔가 그대는 아모
념려말고 마음을 편안이 하여 몸을 보중할 지어다
춘향은 말을 잠ㅅ간 멈추엇는대 춘향모도 작별을 한다
 도령님게셔 조흔 일로 가신대도 우리 모녀의 마음은 슯흘 터이온대 도
령님게셔 우리 모녀의 싸닭으로 죄를 당하시고 가시오니 우리 모녀의 마
음이 더구나 엇덧하오릿가 도령님은 신의가 분명하신 대장부시니 언약
을 직히실 터이라 도령님게셔 벼슬에 올으시는 날은 우리 모녀가 세상을
보는 날이외다 도령님게셔는 부대 소년공명에 무량복록을 누리십시오
하여 작별하는 말에 축원하는 말이 채를 잡는다 셰 사람이 나무 근을 속
에서 잔듸풀을 쌀고 솟발갓치 안져서 슯허하거니 위로하거니 밧고 차기
로 말씃흘 셔로 이어서 작별하기를 이져버럿는대 발셔 내행가마가 오리
정에 도달하엿고 책방이 말타고 뒤를 싸룬다 더운 째라 가마 발을 것엇
슴애 몽룡의 모친은 아들이 타고가든 나귀가 숩풀 밋헤서 풀 쯧어먹이는
양을 보고 그 아들이 춘향과 작별차로 모혀 안졋는 줄 알엇다 춘향이가
엇더하기에 몽룡을 큰말하든 자인데 그다지 미혹하엿는고 내가 좀 보리
라 하고 비라를 명하여 춘향을 불넛다 부인의 불으시는 명령을 밧은 춘
향은 죄를 밧든지 상을 타든지 현신을 하는 수 업게 업슴애 외씨갓흔 발
로 련꼿갓흔 거름을 옴겨 부인의 가마 압헤 이르러 잠ㅅ간 졀하고 빗겨

섯는대 씻지 안인 단장에 씨다 남은 눈물 흔적이 얼울져서

〈47〉

밝은 달에 간은 구름이 멈우는 듯 조흔 꼿히 적은 이슬을 먹음은 듯 어엿
분 모양이 근심하는 중에 더욱 나타난다 부인은 사랑하는 마음에 놀나운
마음이 겸처서 생각기를 일색이 엇더한 것인지 몰낫더니 져런 사람이 일
색이로구나 몽룡이가 미혹하기도 괴이치 안이하다 인하여 가마 압헤 안
치고 머리를 쓰다듬으며
 이애야 네가 내 아들과 언약이 잇다 하니 네 마음만 변치 안커든 얼마
든지 기대려 보아라 도령님이 필경은 너를 찾는 날이 잇스리라
하고 리방에게 넌짓이 분부하여 의차와 식료를 우수히 마련하여 주라 하
엿슴애 그 처분을 드른 춘향은 당장에 따라가는 것이나 진 배 업시 감격
하여 다시 일어나 졀하고
 안녕히 행차합시오
엿줍고 물너가셔 다시 도령님과 작별한다 작별 작별하더니 이졔는 참으
로 작별이라 춘향은 슐 한 잔을 가득 따라 리도령에게 올리며
 도령님게셔 슐은 잡수시지 못하시지만은 이 슐을 졍으로 올리는 슐이
오니…………
하면셔 눈물이 핑그를 돌어 것잡을 새 업시 슐ㅅ잔 가온대에 쑥쑥 써러
진다 리도령은 슐ㅅ잔을 얼는 밧으며
 슐보다 눈물이 더욱 졍다우니 내가 그대의 졍을 속에다가 밧어두지 안일

〈48〉

길이 잇는가
하고 한목음에 들이킨다 춘향은 쏘 옥지환 한 짝을 리도령에게 맛기며

 이것이 비록 적은 물건이나 군자의 덕은 이 옥과 갓히 결백하여 흔루가 업스시고 군자의 신은 이 지환과 갓치 순환하여 끈치지 말으시라는 뜻을 표함이니 군자는 나를 보는 듯이 몸에 진이시오

리도령은 지환을 밧어 줌어니에 늣코

 나는 간다 잘 잇거라

하며 나귀에 올나 책죽을 더하여 다시 뒤를 돌어보지 안이하니 장부의 긔안이 아녀의 정에 끄을리지 안는 듯도 하지만은 실상은 솟처나아오는 눈물을 정든 사람으로 하여곰 보지 안토록 함이다 나귀 굽소리가 점점 멀어지며 산모릉이를 지나며 다시 뵈이지 안이한다 춘향은 할 일 업시 눈물로 압흘 가리우고 모친을 짜라 거름만 밋고 집에 돌어가셔 문을 닷고 누엇스니 잠을 청함이 안이라 사람을 생각함이다

리몽룡은 춘향을 리별하고 셔울로 올너갈 적에 몸은 나귀 등에 실려잇스나 마음은 춘향에게 가셔 잇다 암연한 생각과 처연한 탄식으로 력력산쳔을 마음 업시 지나셔 참참주막에 하처 잡고 자는대 낫에 생각은 밤에 꿈이라 꿈속에 춘향을 맛나 정곡을 펴다가 먼 마을에 닭의 소리가 사람의 뜻을 알지 못하여 꿈을 깨트린다 벼개를 얼우만져 초창함을 마지 아니하며 다시 꿈을 일우지 못하기

〈49〉

를 몃 번이엿는지 자나 깨나 춘향의 생각이라 그러하나 정은 정이오 일은 일이니 대장부의 일을 아녀자의 정으로 해하는 것은 올치 아니하매 셔울집에 도달한 후로는 마음을 수습하여 공부를 힘쓴다

몽룡의 부친은 남원부사를 사장하고 올나간다 하더니 사장하기 전에 승지로 내이가 되여 셔울로 올너와 아들의 혼인을 홍판셔의 짤과 지내엿스니 숙녀는 정정하고 군자는 숙숙하여 화락하게 지낼 젹에 몽룡은 오날날 즐거음으로 옛날 정을 이져버리지 못하여 달밝은 밤과 꼿피은 아침에 사

람 생각하는 회포가 미우에 은은하다 그 모친은 그 마음을 짐작하고 종용한 틈을 타셔 그 남편에게

 남원에셔 올너올 째에 로차에서 춘향을 잠人간 본즉 진즛 세상에 듬은 자격이오 겸하여 덕셩이 잇는 아해옵듸다 몽룡이가 버리지 안키로 언약이 잇섯다 하니 산애자식이 되여셔 아녀자에게 신을 직히지 못하고야 엇지 세상에 셔오릿가 다려오기를 허락이여 주시지오
리승지는 믁연이 듯다가 얼마만에 대답이라

 그 아해들끼리 언약인지 무엇인지 하엿다는 말은 나도 드럿지오만은 아비가 되여 자식의 비례행사를 일우어 주는 것은 도리가 안이니 허락할 길이 업거니와 그 계집아해가 만일에 신을 직히여 다른 사람을 좃지 안이할 양이면 본쳬 안키도 쏘한 난쳐하니 몽룡이가 과거하여 벼슬에 올으거든 그째에 다려오게 하지오

〈50〉

하엿스니 리승지는 성품이 엄경하여 한번 말하면 다시 요개가 업는고로 부인은 감히 다시 욱이지 못하고 다만 그 아들다려 일느기를

 학업을 힘써 공명을 하면 그 아해를 다려오게 될 터이니 부질업는 생각 말고 공부를 잘하여라
몽룡은 마음을 고요이 갈어안처서 글을 부즈런히 읽으니 이는 몸을 세우고 일흠을 드날려 부모를 나타나게 하려는 쯧이라 할지언정 생각하는 사람 맛나기를 위하는 쯧 뿐이라 할 수는 업다 수년 공부가 일향독실하여 글은 몽장이라 할 만하고 글시는 명필이라 할 만아혀 사람마다 칭찬한다
춘향은 정든 사람을 한번 보낸 후에 산쳔이 묘막하고 셔신이 희활하매 지지한 겨울밤과 장장한 녀름날을 그윽한 꿈과 꼿다운 근심으로 간신이 보내면서 읍하인 왕래편에 부치는 편지는 자자획획이 마음을 그려보내여 회답을 보지만은 셔불여면이라 편지가 얼골만 갓지 못하다 하엿스니

답장을 보는 때에 마음만 상할 뿐이라 얼골을 보지 못하니 쓸 데 잇는가 뒤것헤 조고마한 단을 모으고 밤마다 단에 올나 향을 피우고 축원하기를 랑군이 일즉이 환로에 현달하여 셔로 맛나게 하여주소셔 하지만은 한울이 사람의 소원을 좃치실넌지

이러구러 삼사 년 동안에 가계가 점점 령락하여 의식 비용을 웃기가 어렵다 춘향모는 신의를 몰으는 것도 안이지만은 당장 생활이 곤난하고 쏘는 리도령의

<h2 style="text-align:center">〈51〉</h2>

찻기를 기다리자 하니 긔한이 업는 일이라 춘향을 다른 곳에 혼인하여 뇌덕을 보려하는 마음이 차차 발생하여 딸을 효유하여 보고져 하는 째가 만헛지만은 딸의 성질이 개결강경함을 긔탄하여 말을 내이지 못한다 본읍 외촌에 사는 리대용(李大用)은 큰 부자의 아들로셔 소년예긔요 준일풍채라 춘향의 색태가 절등함을 듯고 십분이나 흠모하여 한번 보기를 원하엿스나 리도령과 결련하여 주인이 잇다함으로 할 수 업시 중지하엿다가 리도령과 난운 후에 춘향이가 수절한다는 말을 듯고 쏘한 엇지 할 수 업시 마음만 간절ㅎ더니 리도령이 여러 해재 찻지 안이하는 바 춘향모녀는 생활이 궁곤함을 당하엿슴애 조흔 긔회라 하여 춘향모를 종용이 쳥좌하여 륭슝이 대접하고 돈과 비단을 만히 쥬며 사위 되기를 요구한다 춘향모는 사위도 엇고 재물도 엇으면 좃켓는 생각이지만은 딸의 마음을 풀어내는 수가 업슴애 허락하지 못한다는 뜻으로 회답하니 대용은 자긔의 욕심으로만

 당신게셔 허락하실 뜻이 잇스면 짜님은 짜러갈 터이지오 이 돈과 비단을 가저다가 음식과 의복을 화려히 하여쥬며 사셰와 형편을 비진히 일느시면 모친의 말슴을 안이 드를 리도 업고 재물을 조와하지 안는 사람도 업스니 혹시 마음을 돌릴 뜻도 함니다 잘 주션하여 보십시오

하며 은근한 정성을 뵈인다 춘향모는 그 딸의 뜻을 돌리기가 어려온 줄
알면셔도 당장 사세가 급하엿슴애 압헤 노힌 재물을 돌우 내여놋키는 앗
가은 허욕이 동하여

〈52〉

대용의 말대로 시험하엿슴애 춘향은 그 모친의 재물 쓰는 양을 보고 의
혹하여 재물의 소종래를 무럿다 춘향모는 좀체로 하여셔는 되지 안일 줄
을 아는고로 단단이 벼른다 쳐연락루하며
 이애야 내가 너 한아를 길너셔 몸를 의지코저 하는 바 서울 리도령이
공연이 너를 요인하여 몸을 허락하여놋코 한번 간 지가 사년이 되도록
다시 차질 생각이 업스니 이는 아조 져버리는 것이라 서울 소년 자졔의
행위가 본래 그러한 것이니 그를 엇지 밋겟느냐 찰하리 진작 알어 찰히
는 것이 올켓기로 조흔 곳을 엇어 결혼하기로 허락하고 돈과 필육을 례
단으로 밧어온 것이니 너는 어미의 정경을 생각하여 마음을 돌려라 자식
이 되여 어미가 긔한을 면코져 하는 바에 다른 의론을 내여셔야 정의와
도리에 젹당하다 할 수도 업고 쏘는 너의 몸에 평생 관계가 되는 큰 일이
니 깁히 생각하여 어미의 말대로 하자
그 말을 듯는 춘향은 크게 놀내여 슯히 울며
 어머니게셔는 참아 엇지 그런 생각을 내이시고 이런 말슴을 하심닛가
자녀의 도리는 한번 몸을 허락하면 다시 곳치지 못함으로 남편이 죽어도
곳쳐 싀집가지 안는 법이온대 남편이 버리지 아니하고 언약이 셔로 굿은
바에 무단이 다른 싱각을 두어셔야 사람의 도리라 할 수 잇슴닛가 내가
년소하고 몰각하여 혹시 짠 마음을 둔대도 어머니게셔는 거리책지 하심
이 올켓삽는대 자식에게 엇지 참아 그런 부당한 말슴을 하심닛가 의식의
구간함은 격은 일이오 절행의

〈53〉

실수는 큰일이오니 나는 찰하리 죽을지언정 그런 행실은 가지지 못하겟소이다 어머니게셔 남의 재물을 가져오신 것을 지금내로 돌우 보내시고 그 사람을 거절하시오면 내가 목숨을 보존하여 살 터이오 긔어히 나를 압졔하오셔 마음을 쎄앗고져 하시오면 내가 어머니 압히라 자결은 못한대도 애결통박한 마음으로 멋칠을 살지 못하고 어머니 압흘 쩌날 터이오니 나갓치 불민한 자식이나마 앗기시는 마음이 계시거든 그 말슴은 다시 말으십시오

한다 춘향모는 그 쌀의 성미를 알면셔도 혹시 돌려볼까 하여 이런 거조가 잇셧는대 지금 그 쌀의 말을 듯건대 재물로 쬐일 수도 업고 구변으로 달낼 수도 업셔 공연이 먼 산만 보고 안져셔 말이 업다가 한참만에

이애야 그러면 너를 꿈에도 생각지 안는 리도령만 허영청에 걸듯이 기리고 잇다가 청춘박명으로 망문과부 되기는 고사하고 당장에 굴어죽는 화액을 면할 길이 업스니 그 역 답답한 일이 아니냐 너는 암만 양반의 혈속이라도 불행이 나에게 태여나셔 미천한 처지를 당하엿스니 일부종사로 졀개만 직히면 부슨 큰 명예가 잇슬 줄로 아느냐 아히쎳의 마음으로 졍슛틀 베여 치지 못하여 그리하다가 래종에 쌔닷고 곳치는 날이면 돌의여 남의 우음을 밧을 것 아니냐

춘향은 다시 추연 탄식하며

어머니 말슴은 알어듯지 못할 말슴이외다 졀행이야 귀천이 엇의 잇슴닛가

〈54〉

직히는 사람에게만 잇슬 쑨이온즉 나갓치 미천한 위인이기로 졀행좃차 직히지 못할 싸닭이 무엇이오닛가 리셔방님이 만일에 언약을 져버리면

그른 일이 져 사람에게 잇는 것이니 나에게는 관게가 업는 일이요 져 사람이 신을 직히지 안으려니 짐작하고 내가 먼져 신을 일어버리오면 그른 일이 나게만 잇슴니다 옷밥이 구간하여 걱정이 되실 양이면 내가 비록 잔약하오나 발을 벗고 품이라도 팔어셔 어머니를 봉양하올 터이니 어머니는 나를 용서하여 주십시오

하고 다시 눈물을 내리운다 춘향모는 이째 경우가 어좌어우에 난처하게 되엿스나 밧은 재물을 퇴할지언정 딸의 마음이야 변통할 수 잇는가 금전과 필육을 돌우 퇴하고 할 수 업는 형편을 셜명하엿슴애 리대용은 소원을 일우지 못하고도 금백은 그냥 쓰라 하여 여망이 잇고져 하엿지만은 춘향이가 그런 비리의 재물을 밧어 쓰게 할 리가 잇겟는가 일호도 범하지 안코 돌우 보내엿다 이런 까닭으로 춘향의 수절한다는 소문이 원근에 퍼져셔 소매 평생에 몰으는 사람들도 일부러 차저와셔 칭찬이 무수하다 그러하나 소년남자들은 춘향의 수절함을 더욱 흠모하여 사람을 노와 혼인을 구하니 춘향모는 감히 허락은 못하면셔도 항상 욕심이 동하여 여러 가지로 달내여 보앗지만은 만필 소가 쓰을지 못할 마음을 가진 춘향이라 조곰이나 요동할 수가 잇겟는가 그러하나 춘향은 그 모친의 꾀임을 방차하기도 어렵고 자긔의 몸을 주처할 수도 업슴애 감안이 계획을 생각하여

〈55〉

집창을 깁히 닷고 들어누어 경대를 엿보지 아니하고 병든 사람 모양으로 자처하니 그 모친은 능청스로운 마음이라 그 딸의 병이 실병 안임을 알고 깁히 넘녀치 아니하며 다른 사위 엇을 경영은 아조 업새고 리셔방만 기대린다

리몽룡의 부친이 남원부사 갈려간 후 사년 동안에 누구누구 두어 등래가 갈려가고 세 등래째는 서울 교동 사는 최종정(崔鍾楨)이란 양반이 남원부사로 내려갓는대 최씨는 나히 아즉 졂으며 얼골이 쏘한 준수하여 소년

명사로 자쳐하는 바 그는 세 가지 조와하는 물건이 잇스나 제일 조와하
는 것은 어엿분 게집이오 둘재 조와하는 것은 게집의 중매되는 술이오
셋재 조와하는 것은 게집과 술의 중매되는 돈이라 남원에 도임한 후에
퇴기 월매의 쌀 춘향이가 일식이란 말을 듯고 마음에 흠모하여 긔어히
수청 거행을 식이려 심졍하고 내려간 지 일삭쯤 지난 후에 사람을 노와
춘향모를 불너들여 우수히 상급을 만히 주며
 춘향을 잘 인도하여 들여보내면 평생을 호광으로 지내려니와 만일에
거역하면 형벌을 면치 못하리니 두 가지 중에 엇던 것이 나을는지 생각
대로 하랏다
쇠이고 을은다 춘향모는 원님의 수청을 욕심이 업는 것은 안이지만은 그
쌀의 마음을 돌릴 수가 업슴애 발은대로 말한다
 사ㅅ도 분부를 엇지 감히 거역하오릿가만은 삼청동 리등래째에 그 아
드님과 관게가 잇사와 언약을 두엇슴으로 쌀자식이 저사위한하옵고 다
른 뜻을 두지 안이하오니 어미가 되와 쌀년의 수절하는 것을 말라 할 길
은 업사온즉 분부

〈56〉

거행을 할 수 업슴니다
그 말 듯는 원님은 크게 웃고 하는 말이
 콩 심은 데 콩이 나고 팟 심은 데 팟이 난다 하엿스니 기생의 쌀이 쏘한
기생이라 기생이 무슨 수절 여부가 잇슷구 곳 돌여보내여 죄를 면하랏다
춘향모는 위연태식하며
 그 년이 어미는 비록 기생이오나 아비는 성참판 령감 아모올시다 여염
생장으로 기생에 박힌 일이 업소이다
원님은 쏘 우스며
 기생의 쌀인 바에 누구의 자식인지 엇지 알꼬 성참판의 혈육이면 이째

것 그 집에셔 다려가지 안는단 말가 그런 셔투른 말을 엇의다 대고 하노
하더니 곳 리방과 수로 불너 월매 딸 춘향을 기안에 박어 안책에 올리라
하고 춘향모다려 속히 대령 식이라 하엿스나 이는 압졔력을 쓰는 억지공
사라 춘향모는 원님의 위력에 눌려셔
 되나 안 되나 달내여 보오리다
대답하고 곳 나아와 사세가 난쳐한 소이연을 딸다려 말하엿지만은 춘향
은 부귀도 탐내지 안코 셰력도 두려워하지 안는 사람이라 냉소하며 조곰
도 동념이 업다 춘향모는 쏘한 엇지 할 수 업는 경우라 아중에 들어가
딸의 듯지 아니함을 고하엿스매 원님은 욕심을 채우고져 하는 바에 셰력
밧게 쓸 것이 잇는가 발연 변

〈57〉

색하며
 네가 관가 밋혜셔 늙는 바에 관가 위엄이 무셔운 줄을 몰으니 참 어리
셕은 사람일다 좀 견듸여 보아라
하더니 수로에게 분부하여 춘향모를 잡아가두고 춘향을 대령식이기 전
에는 놋치 말라 하엿스니 경게란 것도 셰력을 쏫쳐다니는 물건이라 원님
의 지위로 안져셔 알에 사람을 셰력으로 압제하는 바에 경게를 싸질 수
가 잇는가 쏨짝 못하고 잡혀 가친 춘향모는 다시 호소할 곳도 업다 춘향
은 모친이 자긔의 까닭으로 수금되엿슴을 분하게 녁이지만은 엇지하는
게책이 업슴애 원님이 마음 돌리기만 바란다 자긔는 마음을 돌리지 안이
하면셔 남다러만 마음을 돌리라하니 누구의 고집은 누구의 고집만 못하
든가 일삭이 지나도록 노와주지 안키는 고사하고 종시 거역하면 형문 쳐
셔 월삼도로 정배 보낸다 을너댄다 관속들은 츈향다려 말하기를 몸소 들
러가 호소하기 전에는 노혀 나아올 수가 업다함으로 츈향은 모친을 위하
는 마음이라 할 일 업시 소지를 써 올렷는대 소지 대개에는

부내 거하는 성춘향 백활이온대 의녀의 죄로 인연하와 의모를 수금하시옴은 백성에게 효도를 권면하시는 바에 과중하신 처분이 안이시오닛가 의녀의 죄는 의녀가 자당할 터이오니 의모를 곳 방송하오심을 쳔만 바라옵니다

하엿다 원님은 춘향의 소지 배알을 듯더니 가인의 정찰이나 본 듯이 빙그레 웃다가 제사하기를

〈58〉

네가 대령하면 너의 모든 방송하리라

하엿다 춘향은 그 제사를 보고 할 일 업시 관정에 들어가서 동헌 마당에 쏙그리고 안저 백활하려는 쌔라 형리는 원님 안젓는 방문 밧게 업듸엿고 급창은 뜰 우에 대하여 서고 사령은 마당에 늘어서서

알외여라

소리가 진동한다 춘향은

어미의 몸을 대신하여 죄를 당할 차로 대령하엿습니다

고하는 소리는 금을 던지는 듯 옥을 부수는 듯 듯는 사람의 마음이 쌔일 쯧하다 원님은 춘향이가 대령하엿슴을 드름애 괘ㅅ심하든 생각이 감사하는 마음에게 밀리여 엇의로 가버리고 어서 보고십흔 쯧이 급하여 자긔 손으로 영창을 드르륵 열고 기웃이 내여다 보며

대령하엿스면 그만이라 죄라 할 것이 업스니 이리로 올너오너라

한다 춘향은 올너가려는 생각이 업시 의젓이 안저서

어미를 대신 가치우게 하온 죄인의 몸으로 언의 존전이라 감히 올너가오릿가

방색한다 원님은 조급증이 생겨서 을느는 말로 달낸다

네가 올너오면 너의 모를 노와줄 터이오 네가 올너오지 안이하면 너의 모를 노와주지 안이하리라

〈59〉

춘향은 그 마음이 음흉한 줄을 알지만은 모친붓허 노히게 하고 되여가는
대로 차차 조처할 양으로 동헌으로 올너가는대 얼골에는 단장을 일우지
안엿고 몸에는 의상이 맨두리가 업서서 아람다움을 드러내지 안코저 하
엿시만은 천향국색의 자연한 태도야 가리울 수가 잇는가 빙정한 모양과
작약한 거름은 항상 보든 사람도 새로이 사랑하겟는대 처음 보는 사람이
야 사랑할 뿐외라 놀낼만도 하다 그 거동을 보는 원님은 사랑에 겨워서
놀내엿든지 경기하는 사람처럼 눈자위를 구을리지 안코 물쓰름이 건너
다보다가 놀낸 긔운이 차차 진정되며 깃분 긔운이 점점 발생하여 깃분
김에 급한 소리로
 여봐라 형리 거긔 잇느냐 지금내로 춘행의 모를 노와주고 알위어라
형리는 거행한 후에 무슨 분부가 쏘 잇슬까하여 문압혜 그냥 업듸엿다
춘향과 수작하려는 원님은 형리를 쓸 데 업다 생각하고 곳 물리친 후 춘
향을 향하여 우스며
 우리가 처음 맛낫스나 쏘한 전생연분이라 오날붓터 나의 겻헤 잇서서
조흔 인연을 맷게 하여라
하여 자긔의 차지된 물건 씀으로 알고 말하듯 한다 춘향은 수연한 긔색
에 종용한 언사로
 이 말슴이 붓그럽소이다만은 평생 신세에 관게되는 일이오니 적목을
엇지 돌어보오잇가 사년 전 삼청동 리등래 적에 그 아드님 리도령과 관
게가 잇

〈60〉

사와 백년언약을 매젓사오니 이 몸은 주인이 잇는 몸이옴애 분부대로 시
행치 못하겟슴니다

원님은 쪽쪽한 사람이지만은 어리석은 듯이 쏘 우스며

 서울 소년 자제의 일시 희롱적갓치 언약한 말을 엇지 밋겟느냐 사년이 지나도록 찻지 안이함을 본대도 가히 알 만한 일이라 쓸 데 업는 희망으로 청춘을 허송할 양이면 엇지 앗갑지 안이하냐 여러 말 할 것 업시 나의 소청을 드러라 드르면 조흔 일이 만코 듯지 안이하면 좃치 못한 일이 잇스리라

춘향은 다시 정색하며

 언약을 직히여 보다가 뜻과 갓지 못할 양이면 그는 운명소관이어니와 계집이 되여 몸을 두곤대로 허락하오면 이는 금수의 행실이외다 관장은 부모라는 말이 잇삽는대 부모가 되오서 자녀의 정절을 권면하실지언정 금수의 행실을 본 밧으라 명령하심은 실로 이 고을 백성들의 바라는 배 안이오니 그런 분부는 다시 맙시오

원님은 부모란 말에 긔운이 질리든지 눈을 곳추 쓰며

 이애야 몸을 나은 사람이라야 부모이지 관장된 사람이 무슨 부모란 말이냐 관장을 부모라 할 양이면 관장된 사람은 수청 기생 두는 일이 업겟구나 그는 당치 안인 말이오 정절로 말하면 직힐만한 처지라야 직히는 것이라 네가 기생의 쌀로서 정절을 직힌다는 말이 되는 말이며 쏘는 호화자제의 례투로 하는

〈61〉

말을 밋고 정절을 직힌다는 말이 되는 말이냐

춘향은 조곰도 변개함이 업시 연하여 변명한다

 충신은 두 인군을 섬기지 안이하고 렬녀는 두 지아비를 곳치지 안이함은 천고 이래로 밧구지 못하는 법이온데 충신렬녀는 본래 귀천이 업는 것이오 충렬을 행하는 사람에게만 잇는 것이올시다 원님 말슴을 듯삽건대 원님끠서는 몸을 나라에 허하섯다가 리익을 탐하든지 위력에 누리든

지 당하는대로 두 인군이라도 섬기실 마음을 품으신 듯 하오이다
하는 말을 듯는 원님은 경위가 모호한 양반일는지 남다려는 두 지아비를
섬겨도 관게가 업는 양으로 말하면서 자긔는 두 인군 섬기라는 말에 분
을 대단이 내여 눈섭을 거슬으며
 이년 네가 저런 무엄스러은 말을 함부루 하고 능히 무사할까 관장을 욕
한 죄에는 형문 맛고 귀향 가는 법이니라
만단애걸하여도 버서나지 못할 줄 아는 춘향은 일호반점도 겁이 업시 항
변이 더욱 강경하다
 군사를 거느린 대장은 가히 쌔아서도 한낫 게집의 뜻은 쌔앗지 못하오
리라 형문은 말고 형체를 난우든지 정배는 말고 정형을 당한대도 부당한
말슴은 봉행할 리가 만무하오니 처분대로 하시지오
더욱 분노하는 원님은 급한 호통으로

〈62〉

 저 년 잡어내려라
하는 소리가 쑥 쩌러지자 통인들이 달려들어 춘향의 머리채를 휘여잡어
내쓰리며 급창을 불느고 급창은 사령을 불는다 시랑갓흔 사령들은 긴 대
답하고 들어와서 춘향을 잡어내여 쓸압헤 꿀려놋코 형리가 대령하엿다
원님은 분부하되
 형틀을 들여 저년을 올려매고 형장을 골나잡어 개개고찰로 짜리되 분
부대로 봉행하겟다는 말이 나아오도록만 짜려라
하엿지만은 춘향이가 찰하리 죽을지언정 그 항복을 할 리가 잇겟는가 고
개를 빙빙 돌리며 이를 밧삭 악물고 바람갓치 들어와서 번개갓치 짜리는
형장을 나려오는대로 밧어서 장ㅅ수가 삼십도에 이르럿스니 형문은 삼
십도 외에 더 짜리지 못하는 법이라 항복은 밧지 못하엿스나 형문은 정
지할 밧게 업슴으로

그만 내리라
하엿는대 츈향은 옥갓흔 정갱이에 붉은 피가 흘으고 쏫갓흔 얼골에 풀은
긔운이 돌어서 아조 긔색이 되엿다 말리는 사람이 업슴애 원님은 혼자
긔세를 부린다
 그년을 큰갈 쓰워 옥에 내려 가두어라
하엿슴애 관속들은 분부대로 거행이라 칼 쓰우고 인봉하여 여러이 쩌메
여 삼문밧게로 내첫스니 죄는 잇고 업고간에 녀자에게 이갓흔 형벌은 법
밧게 형

<h2 style="text-align:center">〈63〉</h2>

벌이라 보는 사람들이 뉘가 불울히 넉이지 안엇스리오 이째 츈향모는 의
외에 노혀 나아오며 소문을 드르니 츈향이가 소지를 정하고 관정에 들어
가 백활한 까닥으로 자긔가 노혓다 한다 자긔의 생각에도 자긔의 딸이
수청을 들 리는 업슨즉 일이 엇지 될넌고 념려하여 집에로 나아가지 안
코 삼문 밧게 서서 삼문 안 소식을 기대리는대 얼마 안저 드르니 형구를
찰히고 형문을 거행한다 츈향모는 그 딸의 매맛는 소리를 듯고 자긔의
살과 쎠가 상하는 듯 애석한 마음이 가슴에 가득하여 안접을 못하엿지만
은 호소할 곳이 잇는가 발악할 길이 잇는가 할 일 업시 매를 긋치기만
기대리더니 얼마만에 츈향을 쩌메여 내여오는 바 긔절이 되엿슴을 보고
한울을 부우지저 통곡함을 마지 안이한다 이갓흔 소동에 읍중 남녀로소
가 구름갓치 모혀 숨풀갓치 모혀 서서 불상하다 참혹하다 무슨 죄로 이
지경을 당하나 하는 공론이 분운하고 관속들도 둘너서서 차탄이 무수하
다 동변에 청심환을 갈어 먹여 얼마만에 정신이 조곰 돌엇스나 잔약한
몸에 중장을 맞고 큰 칼을 썻스니 운동이 극난하다 조선법에는 원님이
무슨 령갑이든지 한 번만 내리면 알에 사람이 감히 거역지 못하는고로
옥사장이는 츈향의 정신 찰혓슴을 보고 여러 사령을 재촉하여 쏘 쩌메여

옥에 내려 가두엇스니 그 처량액색함은 사람으로 하여곰 락루할 만하다
춘향모는 퇴기라 관속들과 한통이오 또는 춘향이가 무죄이 액경에 들엇
슴을 저마다 분울히 녁이는고로 옥에 들어 안진 후에 인봉을 곱게 쎄이
고 칼은 벗겻스나 출옥까지 식이는

〈64〉

권력은 업슴애 봄이라도 소실하고 여름이라도 음냉한 옥간 속에 혼자 들
어 안젓는 춘향은 모친이 간신이 주변하여 가저다 주는 죽식간 조석공과
를 밧어 먹으며 일각이 삼추갓흔 세월을 보내자 하니 심정이 처창하여
형용이 소삭한다 원님이 분정지두라 그런 과중한 거조가 잇섯슬지언정
석이삭이면 분간하여 내여노으려나 녁엿더니 그 원님은 잡자로 종사하
는 양반이라 부리는 것은 트집이오 조와하는 것은 계집이오 세우는 것은
고집이라 춘향을 형문 싸려 가두어놋코 올느기를 제가 자복하기 전에는
옥구녕에서 썩여버리겟다 하고 내여놋치 안이한다 춘향모는 원님에게
긴하다는 길을 엇어 좌청우촉하여 보앗지만은 무가내하요 점을 처 보아
노힐 쯧하다는 일ㅅ자도 헛되이 넘어가고 꿈을 쑤어 조흘 쯧한 해몽도
쓸 데 업서 천방백계가 못아 효험이 업슴애 그 쌀이 집에 잇슬 째에 밤마
다 나아가 향 피우고 축원하든 뒤겻 단에 정화수를 쩌다가 놋코 축원하
기를
 서울 삼청동 리몽룡으로 전라감사나 전라어사나 되게 점지하여 주옵소서
하고 정성을 들이지만은 창창하신 한울은 듯지 못하섯는지 도모지 응락
이 업스시다
그럭저럭 수삭이 지낫다 하루는 춘향이 그 모친을 향하여 슯히 울며
 나는 살어나아갈 긔망이 업스니 이처럼 곤액 중에 잇는 줄이나 리서방
님끠 긔별하여 볼 밧게 수가 업소이다 나의 화장품 남어지를 마저 팔어
삭군 한아 엇

〈65〉

어 전인보행을 보내게 주선하십시오

춘향모는 그 말대로 삭전을 변통하여 주고 부내에서 지자군 노릇하는 총각 한아를 다려왔다 춘향은 쏘 그 모친에게 지필목을 엇어달라 하여 자자획획이 한숨 한 마듸식과 눈물 한 줄기식을 석거 편지를 쓰는대 편지 사연에는

 서신이나마 조격한 지가 오래오니 아득한 회포를 비할 곳이 업소이다 일긔가 차차 더워가는 이째에 시봉긔후 안강하옵시고 대소제절이 태평하옵신지 원외에 사모하옴는 회포 간절하오이다 이 사람은 실마리갓흔 목숨이오나 서방님을 위하여 근근부지 하옵더니 신관원님 도 임초에 이 사람의 뜻을 강탈코저하여 이 사람의 자모를 수금하엿사옴애 이 사람이 자모의 몸을 대신하여 죄를 당해지라 자현하엿더니 자모는 노혓스나 이 사람의 몸을 밧치라 하여 쇠이다가 듯지 안이함애 을느고 을느다가 듯지 안이함애 관전발악이라 하여 독한 형장으로 거의 죽게 짜려서 전목칼 쓰워 옥중에 가두운 지가 수삭이 지낫스나 일향분간이 업는 바 전하는 말을 드른즉 분부대로 시행치 안이하면 옥중에서 자진케 한다 하니 이 사람은 이 문밧글 죽어 나아갈 쑨이오 살여 나아가든 못할 경우올시다 생각다 못하여 전인보급하오니 루셜 중 인생의 엄엄한 목숨을 불상히 녁이시와 구제하시겟는 방책이 잇사오면 이 사람이 세상을 다 보는 날이옵고 그럿치 못하오면 옥중 원귀가 될 쑨이오니 유유한 외로은 혼을 멀리 불느오서 한 장 제문으로 위로하여 주시기나 바라옵니다 말이 첩첩

〈66〉

하오나 마음이 망망하여 이만 긋치오니 넓으신 도량으로 이 사람의 뜻을 감안이 력량하여 보시옵소서

년월일 밋헤 후ㅅ자를 길게 쓰고 일홈은 업서도 누구인 줄 알으시오리다
쓰기를 다하여 단단이 봉하고 것봉에 경성 삼청동 리승지댁 소사랑 아명
으로 몽룡친람이라 쓰고 알에에는 남원부 옥중 성츈향 상서라 써서 전인
가는 총각을 대하여 로정긔를 자세이 적여주며 급급히 올너가 편지를 들
이고 답장을 밧허오면 쏘 후하게 상급하겟노라 하엿습애 그 총각도 츈향
의 정경을 듯고 불상히 녁이든 차이라 그저라도 심부림을 하여 주려는
마음인데 삭 밧고 가는 바에 엇지 한 시간인들 듯틔겟는가
 넘려 말으시오 나는 가오
하고 편지를 줌여니에 넛코 단장막대 한아 집고 길을 써나 올너간다
이째에는 나라에 큰 경사가 잇서서 팔도 선배를 모와들여 과거를 뵈이는
대 리종운은 부친의 명령을 듸듸여 과거를 볼 차로 장중에 들어가니 츈
당대 놉흔 곳에 우의서 백관을 거느리고 전좌하시고 시관 식여 글제를
내여 현제판에 걸엇다 만장중이 재조를 비교할 적에 리종운은 글을 짓고
써서 밧첫더니 석양째에 방이 나서 정원서리가 성명을 호창하는데 장원
급제에 전참판 리긔연의 아들 종운이라 당장 어전에서 불릴 적에 만인총
중에서 쒸여나 룡문에 올나가는 리종운은 풀은 도포에 검은 유건으로 탑
전에 불려 들어간다 그 옥갓흔 풍채와

〈67〉

비단갓흔 재조를 사람마다 칭찬하며 시위제신들이 못아 나라에서 사람
엇으섯슴을 치하하니 우에서 깃거하오서 리긔연을 불으사 아들 잘 두엇
슴을 치사하시고 신은으로 교리를 제수하시고 어악을 사송하시니 리교
리는 청개 홍개와 백패 홍패를 늘어 세우고 란삼 입고 사화 꼿고 삼일유
가한 후 선산에 내려가 소분할 제 깃분 긔운과 영화로은 빗치 왼집안에
가득하다
이째에는 전라도내에 흉년이 들어서 민정이 오오한 바 탐하는 관원과 간

사한 아전의 횡행하는 페단이 쏘한 만흠으로 우에서 근심하오서 안렴어
사를 내려보내고저 하실새 정부대신에게 가합한 사람을 무르섯슴애 정
부대신은 알외오되

 벼슬 단인지 오랜 사람을 보내오면 렬읍 수령들과 면분이 잇사와 사정
이 만흘 터이올시다 나히 젊은 사람을 보내야 일하는데 바람이 나서 결
단이 신속할 터이옴애 요전 신방 장원 리종운은 문학 재능이 출중하오니
어사를 선택하시려 하오면 그 밧게 나아갈 사람은 업슬 뜻 하오이다
우에서도 의향이 그러하시든 차에 대신의 말을 드르시고 곳 리종운을 패
초하오서 백성의 곤난함과 관리의 탐오하는 페단 업시할 방책을 무르시
니 종운은 아는 것이 업슴으로 사례하다가 래종에는 대답이 흘으는 듯
사리가 분명하게 알외엿슴애 우에서는 천안을 동하오서 그 지식이 통투
함을 일커르시고 곳 수의어사를 식이오서 마패를 주섯스니 엇지하여 수
의어사냐 하면 어사로 나아가는 사

〈68〉

람에게는 수노은 옷을 주는 고로 수의어사라 하니 귀한 사람의 복색을
표함이요 마패는 무엇이냐 하면 동그란 쇠패에 말을 그려 부어낸 것이니
그 전에는 각읍 연로에 참참히 역촌이 잇서서 역인들이 나라말을 가지고
래왕하는 행차에 거행하는 법인데 어사가 가면 역인과 역마를 못아 어사
가 거느리는 권리를 가젓슴으로 말 그린 패를 맞허 공문 거래에 마패를
찍는 법이라 리어사는 왕명을 밧자온 후 궐하에 하직하고 곳 남문밧으로
나아가 안저서 수삼일 치행하며 남중으로 내려간다 참참이 역마를 갈어
타고 내려가며 종인과 중방을 조속하여 전라도 각읍에 관정 득실과 민페
유무를 렵문하며 효자렬녀와 간향활리를 채담하여 나의 잇는 곳을 싸러
보고하라 하고 어사는 전라도 쌍에 들어서서 암행하는 행장을 찰힌다 해
여진 창옷 입고 부서진 갓 쓰고 집신 들메고 집행이 끄으러 걸객의 모양

비슷하게 ᄒ엿스니 이는 자긔의 종적을 감추고 비밀히 단이며 렴탐하자
는 쯧이라 소이로 암행어사라 한다 리어사는 과객갓치 엇어먹고 복노방
이라든지 촌집 사랑이라는지 닥치는대로 들어가 누어 자고 압흘 향하며
입과 마음이 서로 말하기를 우리 츈향이가 잘 잇는가 내가 이번에 다행
이 이곳에 내려오니 우리 츈향 보기를 위하여 남원읍에 붓허 감안이 들
어가리라 그러하나 우리 츈향이가 나의 이 모양을 보면 속은 몰으고 긔
가 막히랏다 이처럼 생각하니 발맘발맘 나아가 전주 삼려역에 이르럿는
대 압흐로서 엇더한 총각 한 아이 마주 오며 노래를 불는다

〈69〉

 엇지 가리 엇지 가리 한양 성중 엇지 가리 만고렬녀 츈향이는 옥중 귀
신 되겟는대 박정랑군 리도령은 꿈을 쑤고 잇나보다
어사는 그 노래를 듯고 의심이 생겨서 거름을 멈추고
 이애야
한 마듸 불넛다 그 총각은 어사의 모양이 걸객갓흠을 보고 업수이 넉이
는 마음으로
 여보 내가 머리 쏭지는 잇소마은 나희는 적지 안이한데 보아하니 당신
이 새팔앗케 젊은 처지로서 덥허놋코 이애야 불는단 말이오 행위를 그럿
케 하다가는 간 곳마다 봉패를 하오리다
어사는 세상을 뒤집는 세력을 가젓지만은 당장에는 쓸 데 업다 선우슴
치며
 이 사람아 그러면 관계 잇는가 용서하소 그런데 앗가 노래하는 소리를
듯건대 츈향이가 죽느니 리도령이 박정이니 하니 그는 무슨 말인지 좀
자세이 일너주면 엇더하겟는가
총각은 썰썰 우스며
 저 모양에 엇의 가서 밥 엇어 먹을 경영이나 할 것이지 관계업는 남의

일을 알어 무엇하려 하오
말을 긋히고 곳 지나가려 한다 어사는 그 곡절을 좀 알고야 말려하는대
총각을 놋칠 모양이라 마음이 급하여 불계곡직하고 달려들어 총각의 적
우리 솜애를

〈70〉

붓잡으며
 이 사람아 그 말 좀 일너주기가 무엇이 그리 어려워서 이처럼 괄세한단
말인가
하고 잔쓱 붓움켜 잡어 놋치 안이한다 총각은 까닥업시 붓들려 쌔처가는
수가 업슴애 화를 불끈 내여
 노와요 우애 이리 하오
하고 쑤루첫지만은 어사는 드른 체도 안코 츈향의 일만 말하여 달라 졸
은다 총각은 츈향의 급한 편지를 맛허가지고 길을 조여 가려 하는대 무
단히 이 지경을 당하여 시간을 얼마쯤 허비하고도 쌔처가는 수가 업다
찰하리 이약이를 좀 하여주고 쌔처가는게 올켓다 생각하고
 그 당신 참 지번지번하군 이약이를 할 터이니 드러보시오 나는 남원부
중에 잇는 지자군인데요 남원 렬녀 춘향이가 서울 삼청동 리도령과 결련
한 이후로 사년 쌔 수절하고 잇셧는대 지금 원님이 춘향의 어엿붐을 알
고 춘향모를 불너 들여 돈을 만히 주며 춘향으로 수청 거행을 식이라 분
부하여 춘향모가 듯지 안이하닛가 춘향모를 잡어 가두고 조련질이 무수
함애 춘향은 마지 못하여 자긔의 몸으로 그 모친의 죄를 대신 밧겟노라
자현하엿더니 원님이 춘향을 보고 건성 반하여 춘향모는 곳 노와주고 춘
향다려 수청을 들라 하니 렬녀 춘향이가 그 말을 드를 리가 잇나요 리도
령과 백년언약을 맷인 일이 잇다 하고 듯지 안이하닛가 원님은 백방으로
쬐이다가 춘향의 항거함이 강경한 지경에

〈71〉

는 원이 분노하여 당장에 잡어내려 형문한치 되우 처서 거의 죽게 된 것을 큰 칼 쓰워 옥중에 가두은 지가 우금 두 달이 지나도록 내여놋치 안이하기는 고사하고 분부대로 시행치 안이하면 정배를 보낸다느니 물고를 내인다느니 하여 을너대이니 수절하는 남의 계집을 쌔앗으려는 원님도 쏭항아리어니와 맹셔를 주홍덩이갓히 두고 한번 가서 다시 돌어다 보지 안는 리도령인지 망도감인지 그런 실업슨 자제가 잇겟소………
어사는 그 말이 듯기가 슬치만은 무엇이라 대꾀할 수 업슴애 다만 고개를 쯔덕이며
 그려셔 엇지 되엿누
총각은 말씃 흘이어 딘다
 사긔가 그쯤 되엿스니 춘향이가 살어나올 긔망이 업슴으로 삼청동 리도령에게 구원하여 달라는 편지를 써셔 전인 보행 가는 사람이 이 사람이외다 당신은 우애 밧분 사람을 가루막어 가지 못하게 하시나요 어셔 노으시오
어사는 그 일장셜화를 드름애 분명한 사실이라 놀납고 분하고 아처롭고 넘려되는 마음이 일시에 병발하여 아모말이 업시 우두먼이 셔셔 총각의 옷자락은 여전히 놋치 안타가 한참만에 마음을 진정하여
 여보소 이 사람 춘향의 편지를 내가 잠ㅅ간 보고 상고할 일이 잇스니 편지가 엇의 잇는가 이리 내소
총각은 어이가 업셔셔 헛우음으로 웃다가

〈72〉

여보 남의 내외지간에 가는 편지를 당신의 무슨 싸닥으로 보려 하시오 당신은 암아 밋친 양반갓흐니 침이나 한 대 맞어 보시려오

어사는 대답할 말이 궁하엿지만은 억지에 공사로 들여대인다
 볼 만한 까닥이 잇기에 보자 하는 것인데 방색할 것은 무엇인가 편지를
뵈이지 안이하면 내가 죽을 힘을 다하여셔라도 그대를 붓들고 놋치 안할
터이니 엇의 누구의 일이 낭패가 되나 좀 보겟다
하고 생쎄를 쓰며 총각의 허리째를 잔쓱 붓움키여 잡고 매달린다 총각은
그 분을 달내자 하나 듯지 안일 모양이오 쑤루치자 하나 효상이 좃치 못
할 지경이라 이약이로 발셔 일너주엇스니 편지 속에도 필연 그 말일 터
인즉 좀 뵈여든 관계잇스랴 생각하고 줌어니를 풀더니 편지를 내여주며
 여보 이 렴치 업는 양반 곱게나 보고 내시오 그런 렴치로 밥을 엇어 먹
으러 단일 적에는 슛으로 담어노은 남의 료식을 그냥 쎄앗어 먹을 만하군
어사는 편지 주는 것만 다행이 넉여 다른 말은 드른 동 만 동 하고 편지
를 얼는 밧어 들고 것봉을 보니 춘향의 필적이 분명하다 급하 쎄여 한번
내리보고 얼골빗히 변하더니 두번 내리보고 눈물 줄기가 솟난다 총각은
그 모양을 보고 이상히 넉여
 여보시오 당신이 그 편지를 보고 무슨 연고로 울으시오 춘향과 족친이
나 척속간이나 되시는가요

〈73〉

어사는 발우 말할 수가 업스닛가 의사를 내여 핑계를 뒨다
 내가 리도령이란 양반 리셔방의 편지를 맛허가지고 춘향에게 전하려
가는 터인데 춘향이가 죄업시 큰 액중에 잇슴을 드르니 인정이 잇는 바
내 마음에도 액색하여 자연이 비창한 빗치 잇셧거니와 춘향의 편지는 긔
왕 내가 보앗스니 그대는 멀리 갈 것 업시 여긔서 돌우 회환하소 전인
삭은 밧은대로 그저 먹고 길 가는 수고가 업셧스면 좃치 안이한가
총각은 그의 행동과 언사를 이상히 넉여 물꼬름 보며
 당신말대로 하엿스면 내게는 해롭지 안켓소만은 편지 주인의 책망은

당신이 막어주실 터인가요

그군이 숙으러짐을 다행이 녁이는 어사는 막어 줄 터이니 아모 념려말라 션션이 대답하고 모래 저녁째 쯤 내가 춘향의 집으로 갈 터이니 그대도 그리로 와셔 맛나게 하라 약조를 한다 총각은 비록 심부림꾼 노릇은 하나 지각이 업지 안인 사람이라 그가 편지를 보고 슯허하는 모양으로 보든지 의복은 비록 람루하나 골격은 맑고 째여나 진줏 천션갓흔 자격이라 것잇말 할 사람은 안인 줄을 짐작하고 못 익의는 체로

 그러면 모래 뵈옵겟습니다

존대를 쩨여 올리며 하직하고 물너갓스니 조선 양반은 거지라도 세력이 이러하다 총각은 돌우 가셔 츈향모를 보고 중간에서 리도령댁 편지 가지고 오는 사람

〈74〉

을 맛나 수작하다가 그 사람이 편지를 달라하기에 주고 왓는대 그 사람이 래일쯤은 이리로 오리라는 어리석은 소리를 한다 춘향모는 죳치 안인 긔색으로

 그것이 다 무슨 말이라구 하나 남의 내외간 편지를 맛허가지고 전위하여 가다가 팔면부지에 사람을 맛나 내여주고 왓다는 말이 무슨 말이며 자네가 맛허 가진 편지를 주엇슬 양이면 그 사람이 맛허가졋다는 편지를 대신 달라 하여 가지고 오지도 못하든가 그런 모호한 일은 남다려 말하지 못할 일일세

그 책망을 듯는 총각은 다시 생각하여 보니 자긔가 잘못한 일이라 강잉한 대답으로

 그 양반이 의복은 추려하나 것잇말 할 사람은 안이옵듸다 그 양반의 말이 삭젼은 그냥 먹으라 하옵듸다만은 내가 잘못한 일이니 삭젼은 돌우 들여노으리다

그 총각의 진실함을 아는 춘향모는 눈을 끔억끔억 하면셔
 그러면 래일 기대려 보아셔 그 분이 오거든 무러보아 조처할 터이니 래
일 다시 오게 그려
어사는 총각을 보낸 후에 분한 마음이 골돌하여 생각기를 백성을 다스리
는 관원이 되여 충효를 표양하며 렬절을 권장함이 당연한 일이겟는대
렬녀의 뜻을 쌔앗스려 하니 이는 포학한 관원이요 재물과 술과 색은 관
원이 의례이 삼가는 일인데 색을 이처럼 조와할 적에는 재물과 술에도
범연치 안이할 터이니 이는 탐학하는 관원이라 포학무도한 관원을 엇지
용셔하리오 내가 사혐에 관계

〈75〉

함이 안이라 공사를 발우 할 밧게 업스니 남원부에 출도하여 포학무도한
관원을 먼저 파출하리라 주의를 정하고 압흘 향하여 행하며 굿치며 삼례
오수 두 역마을에 역졸을 단속하여 급히 아침에 남원읍중으로 대령하라
하고 또 하루밤 지난 후에 남원쌍에 들어셔니 째는 맛침 사월 념간이라
농군들이 쎄를 지어 논에셔 모를 내이는데 탁백이 취한 김에 증 쨍괄이
두듸리며 흥치잇게 농부가를 하다가 논가으로 몰려나아와 겻느리를 먹
을차로 둘네둘네 안졋더니 어사의 지나는 형상을 보고 걸객인가 짐작하여
 밥 좀 자시고 가오
하고 그 중에 누구 한 아이 자청하엿다 어사는 아침밥을 사먹어서 시장
하든 안치만은 백성들의 입에는 공평한 말이 잇슬 뜻함으로 본관원의 정
치가 엇더한가 알러 하여
 곰압소이다
대답하고 농군 틈에 들어 안저 사발의 밥과 박아지의 국을 사양치 안코
수짜락으로 먹는 체 하다가 실업시 농부다려 뭇는다
드르니 이 고을 원님이 명관이라지요

농부 중에 젊은 군 한 아이 어사를 건너다 보며
 명관이구 탐관이구 댁에셔 알어 무엇하려 하오 요사이 소문에 어사가
낫다하닛가 저런 군들이 가장 어사인 체 하고 무슨 말을 쑤셕어려 무러
셔 남이

〈76〉

의심시럽도록 하여 밥이나 잘 엇어 먹으려는 경영이얏다 그리 명관이면
엇지 할 터이오 돈 조와하고 술 조와하고 계집까지 조와하는 오입장이
명관이지오
어사는 무연고이 핀잔을 당하고도 쏘 반쥭 좃케 둘너붓는다
 여보 어사만 무슨 말을 무러보고 이런 지나가는 사람은 무슨 말을 좀
무러보지 못하나요 그런데 이 고을에 춘향이란 계집이 일색 계집으로셔
셔울 삼청동 리도령이란 아해와 결련이 되여 셔로 져버리지 안키로 언약
을 맺고 수절하는 체 하다가 지금 와셔는 본관의 한 마듸 호령에 허겁을
내여 수청을 들어 행락을 한다지오
농군은 그 말을 듯더니 눈을 부릅쓰고 팔쑥을 쏍내며
 이 년셕아 네가 윈 년셕이기에 렬녀 춘향에게 그런 욕스러은 소리를 하
느냐 리도령의 신을 직히여 사년 간 일심으로 수절하는대 본관의 압졔를
맛나 항거하다가 중한 형문 맛고 옥에 가치워 옥의 죽게 되엿셔도 마음
을 변하지 안는 춘향에게 향하여 그런 더러운 소리를 한단 말이냐 네가
그런 소리를 엇의셔 드럿느냐 그 소리 한 놈의 아가리를 가루 째여놋코
그 소리 드른 놈의 귀구녕에 말쑥을 박어노으련다
하고 달려드는대 여러 농군들이 일제히 부동하여 일어셔며
 그 따위는 버릇을 가룻처야 되겟다
하고 당장에 사다듬이를 하려 한다 어사는 남의 지긔 쩌 보느라구 섯부
른 말

〈77〉

한 마듸 내엿다가 봉욕을 할 지경이라 법은 멀고 줌억은 갓가우니 하는 수 잇는가 겁결에

　내가 실수 햇소 용서하시오

빌다십히 하는 제음에 늙은 농군 한 아이 그만 두라 말리고 어서 가라 쏫는다 어사는 오히려 다행이 녁여 거름을 재촉하여 도망하엿스니 시속 말에 귀하고도 쳔한 것은 암행어사 출도전이라 하는 말이 헛말이 안이다 어사는 쏘 하루밤을 려객집에서 자고 그 잇흔날은 남원읍 중에 다다르니 광한루와 오작교는 예견 보든 모양이 의구하나 옥갓흔 사람은 뵈이지 안이한다 그동안 세월이 얼마되지 안컷만은 예를 감동하는 회포가 업지 못하여 초창한 마음으로 우두머니 섯다가 춘향이 집에 업는 줄 알지만은 춘향모나 차저보고 자세한 수말을 드를 양으로 두 손은 뒤짐 지고 두 발을 압장 세워 춘향의 집을 차저가니 집웅과 담은 수보하지 안여 허소한 곳이 만코 대숩풀과 쏫동산이 못아 황무하여 보기에 처창하다 일전에 편지 가지고 가든 총각이 맛침 와서 기대리다가

　당신 오심닛가 나는 편지 잘못 젼한 까닥으로 책망을 듯고 오날 당신이 오신다

하기에 발명할 양으로 와서 기대림니다

어사는 그의 신실함을 무던이 녁여

　변명하여 줄 터이니 념려하지 말소

대답하고 집주인을 치지니 이째에 출향모는 맛침 춘향의 먹을 져녁밥을 가져

〈78〉

다 주고 와서 탄식하며 누엇다가 불느는 소리를 듯고 나아와 보니 폐포

파립한 걸객 한아와 편지 잘못 전한 총각이 왓다 총각은 알겟거니와 걸객은 알 수가 업슴이 눈을 찡그려 쓰고 고개를 기우려대고 기웃시 드려다 보니 평발젹 얼골 모습이 완연하여 무를 것 업시 성관한 리도령이라 밤낫 고대하든 리셔방이 왓스니 엇의만콤 죳켓는가

 아이구 이게 누구여 셔방님이 오섯습더닛가 이제는 내 쌀이 살엇구려 어셔 들어가십시다

어사는 총각을 가릇치며

 져 사람이 가지고 가든 편지는 내가 밧어 보앗스니 져 사람은 책망할 것 업시 보내고 들어가세

인하여 총각다려 가라 하니 츈향모도 그 말을 싸라 총각다려 가라 한다

총각은 자긔의 발명은 다 되엿지만은 그가 누구인지 알려 하여

 당신이 대체 누구시오닛가

무럿슴애 어사는 리도령댁 편지 가지고 온 사람이로라 핑계 대고 어셔 가라 재촉하엿스니 자긔의 신분이 탄로될짜 넘려함인데 춘향모도 속이 깁흔 사람이라 발각하는 말이 업스니 총각은 그러한 줄만 알고 갓다

춘향모는 어사를 인도하여 자긔의 방으로 들어가 불을 켜고 자세이 보니 얼골은 풍만하고 쇄락하여 그전보다도 나웃다 하겟스나 옷과 신과 갓과 씌가

〈79〉

마련업시 람루하여 거지 중에는 상거지 모양인데 앗가는 컴컴한 중에셔 분명히 알지 못하엿더니 밝은 곳에셔 알에 우의를 훌터 보건대 이 모양이 무슨 모양이냐 긔가 막혀 말이 업시 안젓다가 한참만에

 여보 당신이 엇지하여 져 모양이 되엿소 보는 사람의 마음이 이처럼 민망할 적에야 당하신 당신 신세가 오작 괴롭겟소 대체 저 모양된 싸닥이나 좀 드러봅시다

종적을 숨기려는 어사는 부러 시침이를 쎄고 짠전을 던다
  나의 모양은 남이 붓그럽기컨양은 내가 붓그러워 그 짜닥을 다 말하자
하면 밤을 새워도 시간이 못 자랄 터이니 대강이나 말함세 우리 부친께
셔 이 고을 갈려 가신 후에 승지를 단이시다가 다른 벼슬을 못 하시고
가셰가 점점 패하여 남의 집에 가 학구질로 지내시고 나는 외가와 처가
로 돌어단이다가 그대의 쌀을 보고 십흔 생각이 나셔 전전걸식하며 여긔
까지 왓디니 그대의 쌀이 횡액에 걸리어 쥭게 뇌엿다 하니 듯기에 대단
가이 업네 그런데 내가 매우 시장하니 밥이나 좀 지어주면 먹은 후에 그
대의 쌀을 보려 갈 터일세
그의 구구스럽고 츕츕스러운 말을 듯는 춘향모는 마음이 더욱 상하여 한
숨을 길게 쉬며
  애고 한우님 맙시사 이제는 내 쌀이 쥭엇스니 죄업는 사람을 쥭으라 하
심잇가 맙시사 맙시사

〈80〉

하다가 그리도 엇지 생각하고 일어나셔 나아가 부엌에셔 밥을 짓는 모양
갓더니 밥을 들여기오 전에 뒤겻헤셔 그릇 부수는 소리가 와직근와직근
난다 한참만에 밥상을 들여다 놋는 바 밥은 사발 우에 올너가게 만히 담
엇스니 주린 창자를 채우라는 쯧이라 어사는 그 쯧을 알면셔도 사색업시
달게 먹어 남기지 안이하고 부러 하는 말이
  오날이야 참 한번 배 불느게 먹엇군 그런데 앗가 뒤겻헤셔 무엇을 그리
야단시레 부슈엇는가
춘향모는 말할 적마다 한숨 한 마듸식 쉬며
  우리 쌀은 당신과 관계된 후에 만금부자와 일대가랑을 모다 사양하고
당신만 바라고 잇셔셔 집 뒤에 단을 모으고 당신을 귀하게 되도록 졈지
하여 주소셔 한우님께 빌다가 져 지경이 되여 가친 후에는 내가 대신 빌

기를 리몽룡으로 전라감사나 전라어사나 되도록 점지하여 내 딸을 살려
주소서 하여 하루도 폐한 날이 업시 정성을 들엿더니 오날날 당신 모양
을 보건대 감사 어사는 고사하고 긔사 아사를 면하지 못하게 되엿스니
한우님도 무심하시고 비는 것도 쓸 데 업는 일이기에 긔도하든 졔구를
둣아 부슈어 버렷지오 우리 딸이 옥에 갓치워 죽게 되엿는대 래일 원님
생신 끗헤는 잡어들여 물고를 낸다 하니 당신이 내 딸을 살려 내일 능력
이 잇겟소 당신 모양을 보니 남을 살려내기컨녕은 당신이 남다려 살려달
라겟쯤 되엿스니 이 일을 엇지하

<h2 style="text-align:center">〈81〉</h2>

면 조흐릿가
하며 눈물이 쏫어진다 어사는 그 말을 드르며 감안이 생각하기를 내가
조상의 음덕으로 과거와 벼슬을 일즉이 하엿거니 녁엿더니 지금 당하여
보잇가 츈향모녀의 정성스러은 축원으로 된 것이로구나 하면서도 치사
할 슈는 업스잇가 아모 말도 안이 하고 츈향모의 입만 쳐다보다가 그 말
이 끗친 후에는 멋업는 말로
　사람마다 비는 대로 될 것 갓흐면 슈응하시는 한우님께서 분주하여 견
듸시겟는가 원님이 츈향을 죽이려면 언의 날에 못하여셔 자긔의 생일에
사위스럽게 사람을 죽일 리가 잇나 그는 당치 못한 헛소문일세 내가 져
를 살려내는 능력은 업지만은 얼골이나 한번 다시 보겟스니 나를 옥문
압헤까지 인도하여 주겟는가
츈향모는 그 모양을 볼수록 가소롭고 그 언사를 드를수록 가징하여 비틍
그러진 대답으로
　살려내지 못할 터이면 보아 쓸 데 잇나요 보는 자리에 마음만 더 상할
터이니 보지 안는 것이 좃치오 지자군의 차져가든 편지를 중로에셔 리셔
방님댁 사람에게 전하엿다는 말을 내가 발셔 내 딸에게 말하여 오날쯤

그 사람이 올 줄로 져도 바라고 잇지만은 참 다른 사람이면 몰으되 당신
이 져 모양으로 가셔 보면 거의 죽게 된 내 똘이 아조 긔가 질일 터이니
한 시간이라도 더 살썻을 지레 죽이자 할 것이 무엇이오 그만 두지오

〈82〉

하고 인두할 뜻이 업다 어사는 속으로 간안이 생각하기를 츈항이기 집에
잇더래도 나의 이 모양을 보면 근심을 익의지 못하겟는대 하물며 옥중에
들어안져 생사가 관두한 즁에 나의 이 모양을 보면 져를 구제하지 못할
쥴로 알고 긔가 막혀 죽으려 할 터이니 찰하리 보지 안이하여 밤을 무사
히 지내게 함이 올켓고 쏘는 옥문 근처에 죄인 직히는 관속의 이목이 번
다하여 나의 얼골을 들키기가 쉬우니 가기가 난처하다 래일이면 결말이
날 터이니 그만 두고 가리라 주의를 잡고 믁믁히 안젓다가 별안간 일어
셔며 트집긔 잇게
 부귀한 즁에셔는 사람의 것 인졍을 몰으겟고 궁곤한 즁에셔는 사람의
참된 뜻을 알겟구나 내가 그대 똘을 보나 안이 보나 별 수는 업스니 그냥
가겟네만은 그냥 간 쥴을 그대의 똘이 알면 보나 안이 보나 별 수는 업스
니 그냥 가겟네만은 그냥 간 줄을 그대의 똘이 알면 매우 야속히 알 뜻
하니 래일은 알리드래도 오날은 알리지 말게 내가 일간 쏘 찻일 터일세
츈향모는 생각에 져 분이 져 모양에도 긔운이 죽지 안코 말이 쎗쎗하니
양반이라 맹랑하구나 그러하나 져 분 까닥으로 나의 쳔금갓흔 똘이 죽게
되엿스니 져 분은 나의 원수라 원수를 다리고 가셔 똘을 더욱 속히 죽게
할 묘리가 무엇이리오 하고 션우음치며
 져럿케 궁곤하면셔도 셰상 렴량을 몰으고 단이셧소 당신이 져 모양으
로 오셧더란 말을 우리 똘이 드르면 애졀통곡할 터이니 래일도 말하기가
실흔데 오날밤에 무엇하려 가셔 일느겟소 그런 걱정은 말으시오

〈83〉

하고 농을 열더니 졍히 지은 옷 한 벌을 내여주며

 이 옷은 우리 딸이 당신께 들일 양으로 지어둔 것이기 들이는 것이니
헌털뱅이는 벗고 박구어 입으시오

어사는 옷을 감안이 눈 녁여 보니 주단 붓치오 침션이 능난하다 춘향의
졍을 감동하면셔도

 새옷을 입으면 밥 엇어먹기에 방해가 되겟스니 그만 두게

하고 셔셔이 나아가는대 뒤짐은 여젼히지고 큰 긔침을 공연이 하며 문밧
게 나셔더니 간 곳이 업다

더운 바람이 솔솔 불더니 구진 비가 슬슬 내리는대 귀곡셩이 추추한 옥
중에 쳔가지 근심과 만가지 한탄으로 혼자 안젓는 춘향은 피곤함을 익이
지 못하여 잠ㅅ간 잠이 들엇더니 꿈에 풀은 룡이 구름을 타고 자긔의 압
헤셔 논일며 여의주를 희롱한다 두려움 업시 룡을 칩더 타고 반공중으로
단이다가 홀연이 깨다르니 여젼히 칼머리 배이고 옥중에 누엇는 죄수의
몸이라 새로이 비통졀박한 중에 꿈지경을 생각하며 스사로 풀어본다 룡
은 리어(鯉魚)요 리어는 글을 젼하는 물건이라 어저께 삭군이 돌우 와서
서울 편지를 가지고 오는 사람이 잇더라 하엿스니 그 사람이 와서 편지
를 젼하려는가 랑군의 일홈이 몽룡이라 룡을 꿈꾸엇스니 랑군이 혹시 오
려는가 룡은 과거하고 벼슬하는 징험이라 랑군이 혹시 과거를 하여 벼슬
에 올낫는가 이리 생각도 하고 저리 생각도 하는 중에

〈84〉

잠을 다시 일우지 못하고 밤을 밝혓다 밝은 후에 옥문 밧게서

 이애야 잠 깨엿느냐

하는 소리는 그 모친이 미음 다려 가지고 와서 문는 소리라 춘향은 심계

가 더욱 요란한 세음이라 무단이 깜짝 놀내여

 어머니 엇지 이리 일즉 오섯서요 서울서 무슨 긔별이 잇슴닛가

춘향모는 그 말 대답이 업시 창틈으로 미음 그릇을 들여보내여 마시게

한 연후 별안간 생청을 쩬다

 요년아 밤낫 서울 리서방 서울 리서방 하더니 잘 되엿더라 어제 저녁에

서울 리서방이란 것이 왓는대 장가는 들엇는지 과거도 못한 모양이오 가

세가 탕패하여 의식이 구간함이 거지 중에는 상거지 모양으로 밥 엇어먹

으려 우리집을 찻저왓노라 하며 그 중에도 계집생각은 나는지 너를 보려

온다 하기에 내가 그 꼴을 보기가 슬혀서 그냥 싸돌려 세웟다 인제는 네

가 꼭 죽은 목숨이니 그까즛 것을 위하야 헛죽엄 되는 것이 엇지 원통하

지 안이하냐 이제라도 원님의 청을 드럿스면 목숨만 살 뿐이냐 이 고을

관황이 못아 우를 물건이니 너는 마음을 돌려라 네가 마음을 돌리지 안

이하면 죽을 뿐이니 그 꼴을 엇지 본단 말이냐 내가 먼저 죽으려 한다

몰낫더니 네 편지를 그가 중로에서 밧어보고 리서방이로라 하기가 남붓

그러우닛가 편지 가지고 오는 사람이로라 쩌대엿더구나

<h3 style="text-align:center">〈85〉</h3>

춘향은 원간 심지가 영리하고도 진중한 사람이라 그 모친의 말이 씃나기

를 기다려 마음이 억색하여 처연락루하며

 어머니 그게 무슨 말슴이오닛가 빈부귀천으로만 쫏처 몸을 허할 양이

면 사람의 도라 할 수 잇슴닛가 리서방님이 먼 길에 전위하여 찻이심은

정을 이저버리지 안이하고 신을 직히고저 함이온대 어머니는 그처럼 소

대하여 보내섯스니 우리만 정도 업고 신도 업는 사람이 되엿소이다 내가

이째것 수절한다는 보람이 무엇이오닛가 나는 찰하리 죽을지언정 무정

무신한 사람은 되지 안켓슴니다 어머니께서는 자식의 마음을 몰으시고

그런 부당한 말슴을 하서요 리서방님은 통달진중하여 귀격을 가진 사람

이오니 그럭케 궁곤할 리가 업고 쏘는 암만 궁곤하기로서니 거지몰골이
야 하고 단일 리 잇소릿가 드른즉 암행어사가 그런 복색을 하고 단인다
하옵듸다 리셔방님이 암행어사가 안인 지 엇지 아오릿가 만은 그는 희망
ㅅ점이라 하구요 참으로 궁곤하여 그 지경이 되엿슬지라도 나의 분의에
는 살고 죽기를 갓치 할 뿐이지요 달면 삼키고 쓰면 배앗는 행위를 가질
것이 잇소닛가 그러하오나 리서방님과 나는 정으로 사귀고 신으로 직히
는 사이오니 여긔까지 와셔 나를 보지 안코 그저 가실 리가 만무하외다
오날이라도 다시 오시거든 어머니께서 푸대접하엿슴을 사과하시고 내가
리서방님을 한번 다시 뵈옵는 날에 듸릴 양으로 옷 한 벌 지어 둔 것 내
여들여 입으시게 하고 곳 갓치 오십시오 내가 리서방님을 뵈옵기만 하

〈86〉

여도 깁흔 근심과 긴 한이 언마쯤 업셔질 슈가 잇소이다
말을 긋히기 젼에 셜은 생각이 뭉텅이가 져셔 목구녕으로 넘어오려 함애
오오열열하여 다시 말을 일우지 못한다 춘향모는 그 쌸이 리셔방에게만
일심정력을 두는 것이 댁연하지 안치만은 말인즉 다 올흘 말이라 책을
잡을 수도 업고
그처럼 셜어하는 중에 마음 거슬리는 말을 쏘 하다가는 당장에 긔색이
될 쯧함애 아모 대답도 안코 속으로만 너는 참 리셔방의게 밋친 년이로
구나 어사란 무엇이냐 거사도 못 되겟더라 너도 바라기는 되우 바란다만
은 아모 것도 안이더라 하면셔 것말로는 위로쏘로
 아가야 내가 잘못 말하엿다 리셔방이 오거든 다리고 오겟다만은 그가
그 중에도 풀풀한 긔색이 잇셔셔 내 말을 잘 듯지 안이할 모양일너라 옷
은 어제쎄 내여주닛가 밥 엇어먹으러 단이는데 방해가 된다 하고 입지
안이하더라 평생 빌어먹을 작정인지
춘향은 일향 목메인 소리로

주인이 곰압게 하면 손님이 뒤ㅅ쓸 리가 업지오 다시 오시거든 정답게 인사하시고 들어가시자 하여 밥지어 듸리시고 나를 보려 갓치 가자 하시면 듯소리다 오날은 관원님 생신 잔치 씃헤 나를 잡어들여 쏘 형문 싸려 정배 보낸다 하니 거의 죽게 된 잔약한 몸에 그 매를 쏘 맛고야 살 수가 잇소닛가 정배 가기 전에 죽는 목숨이니 셔방님다려 당신 손으로 나의 신체를 단단이 묵거 향향

〈87〉

지디에 뭇은 후에 한 잔 술과 두어 줄 제문으로 슯흔 혼을 위로하여 달라 하시오

말을 맛치고 늣겨 울기를 마지 안이하니 그 말을 듯고 그 모양을 보면 아모라도 불상이 녁이는 마음이 생기겟는대 모녀의 애정을 겸한 처지에야 더구나 엇더하겟는가 그 모친은 그 쌀을 싸러 갓치 울며

아가야 울지 말어라 내가 리서방다려 원님 생신 씃헤 너를 잡어들여 쏘 형문 처서 정배 보낸다더란 말을 하닛가 리셔방의 말이 허다한 날에 엇지 생일을 지정하여 사람을 죽일 리가 잇겟느냐 하며 그런 넘려는 말라 하기에 나도 그러이 녁여 마음이 적이 노헛스니 너도 걱정 말어라

춘향은 잠잠코 잇다가

어머니는 어셔 집으로 가셔셔 기대려 보셔요 나는 여긔셔 어머니 오시기만 기대리오리다

춘향모는 인하여 집으로 돌어와 쏠의 아침밥 찰혀 먹인 후에 곳 다시 들어가 리셔방을 기대린다

어사는 어제 져녁에 춘향모를 작별하고 나셔는 결로 객사 모통이 언의 려관에서 자면셔 마음을 운전하여 싱각한다 내가 춘향을 보지 안코 돌어셧스니 춘향모가 래일 식젼에는 필연 그 쏠에게 나의 왓슴을 말할 터이라 춘향이가 나의 여긔 왓슴을 드르면 일별 놀나고 일별 깃거하다가 나

의 찻지엇 안슴을 이상히 녁이

⟨88⟩

고 야속히 녁이랏다 내가 엇지 졍이 업스리오만은 낫치 익은 관속에게
들킬가 넘녀하여 은밀히 단이는 고로 번접스럽게 나아가지 못함이로다
래일 낫씀은 네가 옥을 버서 날 터이니 한나절만 더 참어라 네가 이런
액경에 들엇기로 내가 먼져 여긔를 왓스니 너의 졍절을 한울이 감동하오
셔 나를 먼져 여긔로 보내신 것이다 너의 모친이 나의 궁곤한 듯한 모양
을 보고 외대하더라만은 부녀의 소견이 혹시 그러할 쯧도 함애 그는 내
가 험울하지 안이한다 내가 래일에 츌도하면 관속들이라도 너를 위한 일
이라고 공론이 잇겟지만은 효도와 렬절을 장려하는 것도 나의 소관이오
무죄한 사람의 액경을 구제하는 것도 나의 소관이니 아모 혐의로을 것이
업다 드르니 이 고을 원이 래일 생일 잔치를 굉장이 한다 하더라만은 견
듸여 보아라 잔치는 장도 감판이 되고야 말리라 이처럼 생각하는 즁에
잠을 온젼이 일우지 못하여 츈향과 갓치 밤을 색우다십히 지내엿스니 이
는 인졍에 그러할 쯧한 일이라 리어사를 대장부의 긔상이 적은 양으로
알 배 안이라

잇튼날 새벽에 일어나 여젼히 걸객의 모양을 차리고 려객집에 들어가 밥
한 상 사먹고 언의 모퉁이에 숨어 안져서 근경을 삷혀보니 그날은 과연
본관의 생일이라 잔치를 배설하고 빈객을 쳥좌하여 근읍 수령이 모혀든
다 방울 찬 사령과 라발부는 고인이 압뒤로 옹위하엿고 벽제하고 긴 대
답하는 소리가 사면에 진동하여 위의가 굉장하다 동헌 마당에 차일을 놉
히 치고 동헌 마루에 포진이 졍졔한데 풍악이 요량하고 배반이 랑자하여
한참 즐겁게 노는 제음이라

〈89〉

이째에 어사는 눈을 씀적하여 역졸을 단속하야 은밀히 매복 식여두고 잔치음식을 엇어 먹으려 들어간다 점잔은 체하면 뉘가 무셔워할 줄로 알엇든지 집신 신은 발을 쑤벅쑤벅 옴겨 노와 삼문간에 다다러는 불계곡직하고 들어가려 하니 문직힌 사령들이 눈을 부릅쓰고

 엇의를 들어가려 함나

호통이 대단하니 법은 멀고 쥼억은 갓갑다는 상말과 갓치 그놈들과 맛셔보려 하여셔는 창피한 지경만 점점 더 당할 모양이라 할일업시 물너셔셔 어졍어졍 건일면서 기웃기웃 여웃 본다 안에셔 사령아 사령아 불느더니 거의 다 심부름으로 나아가고 한두 놈만 남엇는대 그놈들도 발셔 슉슈간 심부름 갓다가 술잔이나 엇어먹고 더운 해 긔운에 술긔운이 츙돌되여 두 긔운 틈에 씨운 사령놈만 곤핍하다 고개를 가슴에 틀어박고 쌉억쌉억 조으는 틈을 본 어사는 쏜살갓치 협문으로 들어가셔 바람갓치 동헌마루에 올너셧다 언뜻 삷혀보니 은구영자 총탕건에 남창의 입고 도홍씌 씌고 주벽하여 안진 사람은 필연 본관이오 혹은 협수도 입고 혹은 쾌자도 입고 좌우에 늘어안진 네다셧 관원은 무를 것 업시 각읍 수령이오 풀은 눈섭과 흰 이가 아리짜운 퇴도를 자랑하는 사람들은 일등기생이오 산진해착과 어두육미가 교자상에 가득함은 잔치 음식이라 본관은 걸객이 투입하엿슴을 보더니 화를 벌억 내여

 문ㅅ간 사령놈들을 무엇을 하기에 잡인 금난을 못하누 썩 물려내지 못하느냐

〈90〉

호령이 셔리갓다 좌우에 셧는 통인들이 와르를 달녀들이 어사를 쓰러내려 하니 참 일은바 독불장군이라 사람이 급한 일을 당하면 지혜가 생긴

다 어사는 동헌 마루 기동을 잔쓱 얼써 안쯔 셔셔 통인놈들을 호령한다
 이놈들 내가 비록 걸객이나 양반이어든 너의놈들이 언감생심코 손찌검
을 하려 하누 죽을 줄을 몰으고
하며 기동과 한데 배합이 되엿스니 억지로 쩨여내는 수도 업고 쏘는 그
분이 모양은 걸객이나 행동은 양반이라 나종 일이 엇지 될넌지 몰나 감
히 범하지 못한다
이째에 좌석에 안젓든 운봉영장 려지명(呂志明)은 눈치가 빨는 사람이
라 어사를 보건대 의복은 람루하나 골격은 청수하고 소년풍채가 은은하
여 걸인긔상이 안이오 쏘는 경화어음이라 마음에 이상이 넉여 본관다려
 오날은 본관장 생신이니 즐거움만 취함이 좃치요 구타여 효상이 아람
답지 못한 거조를 할 묘리가 잇나요 보아하니 져 분도 말하는 소리가 경
화 사람이오 행동거지가 상쳔은 안이니 한 좌석에 갓치 안져 여중동락하
옵시다
본관은 눈살을 찡기며
 별 일을 다 보겟군 당장에 내여쫏칠 일이지만은 운봉령감 말슴이 그러
하시니 그만 내버려 두어라
하는 말은 운봉의 청을 듯는 양으로 통인에게 하는 말이엿다 어사는 그
제야 기동을 놋코 운봉의 겻해 나아가 안지며 속으로 혼자 하는 말이 내
가 내려오면서 렴

〈91〉

문하여 본즉 운봉이 원 노릇을 강명하게 한다 하더니 헛말이 안이로구
본관은 별별 일을 다 보겟다 하고 눈살을 찡긴다만은 조곰 잇다가 참 별
별 일을 볼 터이오 눈살도 좀 더 찡그리리라 하는 말은 소리업는 말이어
니와 쏘 소리잇는 말로 좌중을 향하여
 나는 본래 셔울 사람으로 형세가 간구하여 동셔남북으로 돌아단이며

먹는 신세러니 오날 여긔를 지나다가 드른즉 본관장 생신에 잔치가 장하
다 하기에 한번 배 불느게 먹을 양으로 들어온 터인대 본관장이 용셔하
시니 감사하외다 먹을 것이나 만히 주시오
본관은 오입속에 능난하다는 사람으로 그다지 소견이 협착하든지 여젼
히 성낸 얼골로 불쾌스럽게 대답이라
 엇어먹을 터이면 밧게 잇셔서 하인들다려 청구하여도 되겟는대 점자는
사람들 보힌 좌셕에들 부란이 들어와 요란을 씬단 말가 렴치가 업는 사
람이지 하고 핀잔을 준다 어사도 역시 정색하며
 본관장이 나를 어린 아해로 알으셧는가요 본관장만 점자는 사람이예요
사람 대졉을 그처럼 거만스럽게 못함넨다 나다려 렴치가 업는 사람이라
하니 남의 재물 쌔앗어 먹는 사람도 혹시 잇고 남의 계집을 쌔앗서 다리
고 살려하는 사람도 혹시 잇는대 익은 음식 좀 엇어먹으려 하는 내가 홀
로 렴치업는 사람이란 말이요 주객지세가 잇는 바에 말이 넘우 당돌하오
만은 본관장 말슴도 암아 실

〈92〉

수신 듯 하오 그러나 본관장 덕에 배나 한번 불여 보겟스니 먹을 것이나
한 상 잘 찰혀 주시오
하며 밋는 구셕이 잇스닛가 그레는지 소년 예긔가 잇셔서 그레는지 언론
이 쾌쾌하여 방약무인이라 본관은 조좌중에셔 걸객에게 책망 드름을 더
욱 분하게 넉여 소리를 놉혀 쑤즛는다
 엇어먹는 손이 공순하고나 볼썻인대 져렷케 쎗쎗한 위인은 처음 보겟
구 여러 손님의 좌셕이 안이면 곳 잡어내려 태장 맛슬 좀 뵈이겟구면 억
지로 참으려 하니 비위를 졍할 수가 업군
어사는 어리셕은 쳬로 우스면셔
 태장이란 것은 무슨 장인지 암아 콩장인가 보군 그것이나마 배곱흔 판

에 먹겟스니 맛만 뵈일 것이 안이라 만히 가져오라 하시오

이처럼 양방에셔 말닷틈이 분분한데 운봉이 다시 화의를 부친다

 문전 나그내를 흔연 대접이란 속담도 잇고 강한 손님이라도 주인을 눌느지 못한다는 말도 잇스니 두 분이 이처럼 닷투실 배 안이외다 오날 좌셕은 조흔 좌셕이니 좃토록 지내옵시다

하고 인하여 통인에게 분부하여 져 손님 잡수실 상을 찰혀오라 하엿는대 본관의 분부가 안이닛가 그러한지 말셩이 되도록 하노라구 먹든 찍걱이를 주어모아 찰혓다 전유화 두어 쪽과 건시 대초 두어 개식과 국물만 남은 국수 반그릇을 가

〈93〉

져다 놋는다 어사는 음식상을 보더니 본관을 향하여 쏘 트집한다

 여보시오 본관장은 팔자가 조와셔 일읍 작재로 안겨 무상시에라도 조흔 음식을 만히 자시거니와 나는 이런 잔치를 처음 맛나셔 한 번이나마 잘 엇어먹어야 되겟는대 나의 압헤 노힌 상이 본관장 압헤 노힌 상보다 매우 등분이 잇스니 본관장의 상과 나의 상을 박구어 먹읍시다

하고 통인다려 상을 박구어 오라 하엿지만은 통인이 그 말을 준행할 리가 잇는가 드른 체도 안이하는데 본관은 결을 내여 혼자 하는 말처럼

 오날은 내가 무단이 곤경을 당하는 날이로구

하며 눈을 흙여 어사를 본다 어사는 속으로 우스며 쏘 소리업는 말로 오날 곤경 당한다는 말은 올흔 말이다 곤경만 당할 뿐이냐 혼이 쩌나가리라 하면서 시침이 쎄고 연하여 상을 박구어 노으라 재촉한다 운봉은 시비를 말리고져 하여 어사의 상을 물려 치우라 하고 자긔의 상을 옴겨노으라 하여 갓치 먹자 하니 본관은 그제야 마지 못하여 숙수간에 분부하여 다른 상과 갓치 한 상을 찬혀다가 어사의 압헤 놋는다 어사는 말 타닛가 경마 들리고 십흔 생각으로 본관의 엽헤 잇는 본관의 수청기생을 보며

 져 기생은 내 압헤 와셔 권주가 한 마듸 하여라
기생은 우습게 녁여 돌어셔며
 에그 망측한지구 지난 밤 씀에 족박을 쓰고 벼락을 맞어 보앗더니 별
쏠을 다 보겟네

〈94〉

하고 오지 안이한다 어사는 감안이 우스며 쏘 소리업는 말로 씀은 쏙발
우 쑤엇다 조곰 잇다가 가 보아라 날벼락을 맞이리라 하면셔 노여함도
업시 권주가 듯기를 재촉한다 이날 잔치 좌셕에 시비를 중재하기는 운봉
이 맛헛는지 쏘 기생을 불너 한마듸 하라 분부하니 기생은 마지 못하여
어사의 압헤 나아가 권주가 한 곡조를 불넛스니 이날 본관 생일에 즐거
은 좌셕이 결객 한아로 인연하여 매우 분요한 모양이다 어사는 쏘 본관
을 향하여
 내가 셔울셔붓허 드른즉 이 고을에 츈향이란 기생이 잇는대 매우 어엿
붐으로 본관이 수쳥거행을 식이신다 하니 엇더케 어엿부기에 소문이 그
럭헤 뎗피 낫는지 쏫치나 달이나 구경하는 일쳬로 그 기생 좀 봅시다
본관은 눈을 노려 쓰며
 그 분이 안이 나는 생각이 업고 못하는 말이 업네 츈향이를 보아셔 어
엿부면 무엇할 터이여 참 웃다가 죽을 일도 만쑨 어사는 여전히 우스며
울다가 죽는 사람도 업는대 웃다가 죽는단 말이요 츈향이가 하도 어엿부
다 하기에 구경이나 좀 하자는 것이요 짠 생각이 잇는 내가 안인데 본관
장은 새암이 넘우 만흐신데요
본관은 츈향의 일에 대하여 자긔의 거조가 과격하엿슴애 밧게셔 공론이
잇슬까 념려하는 중이라 말이 시작된 김에 발명겸 설파한다
 말이 낫스니 말이지 츈향은 기생이 안이지만은 기생의 쌀이라 기생이
나 진배

〈95〉

업기에 내가 수청을 들이려 한즉 져의 말이 리도령과 결련이 잇셔 수절한다 하며 관령거역은 고사하고 관정발악까자 하기에 내가 괘ㅅ심히 녁여 형문 처 옥에 가두운 지가 수삭이 되엿스되 일향항거하기로 정배를 보내려 하는대 남들은 내가 과도히 하는 모양으로 시비나 업는지 져 분은 엇의셔 헛소문을 듯고 그런 어리셕은 소리를 하누
하면셔 가장 잘한 체 한다 좌즁 여러 사람은 발은 말로 대답하자 하니 본관이 듯기 슬혀 할 쯧함애 믁믁히 말이 업고 어사는 이연이 우스며
드르니 본관장이 오입속에는 엄지발이라 할 뿐 외에 져러하신 풍채와 그만하신 세력을 가지고 그까즛 계집아해 한아를 항복 밧지 못하셧단 말이오 남들에게 변변치 못하다는 공론을 드를 만하오
하는 말로 빈정거린다 본관은 그 말을 듯더니 무안한 마음에 대답할 말이 업슬 뿐 외에 수작을 더한대도 그의 언사와 긔안을 당할 수가 업다 괴로은 생각이 졈졈 더 나셔 순리로 짜돌려 세울 양으로 좌즁을 향하여
우리가 오날 즐겁게 노는 바에 긔록이 업슬 길 업스니 글 한 슈식 지읍시다
하고 운짜를 내여 놋는다 좌즁이 사양치 못하여 글을 지으려 생각하는데 어사는 운짜를 보더니 별로이 생각도 안이하고 지필을 쳥하여 글 한 슈를 써셔 운봉 안진 방셕 밋헤 슬금이 넛코 일어셔며
이 사람은 오날 셩대하신 잔치에 우연이 참셕하여 잘먹고 가니 여러분은

〈96〉

이 다음에 쏘 뵈옵시다
하고 나아간다 본관은 그의 가는 것을 보고 알튼 이가 쌧인 듯이 시원하여 다시 한바탕 즐겁게 놀려하는대 운봉은 어사의 행동을 수상히 녁이든

마음이라 자리 밋헤 무엇을 써셔 너웃는 것을 보고 잇다가 그가 나아간
후에 감안이 쓰내여 보니 글 한 슈 지은 것인대 금준미주는 천인혈이오
옥반가효는 만성고라 촉루락시에 민루락이오 가성고처에 원성고라 하엿
스니 그 글 뜻을 풀어보면 금잔에 술은 쳔사람의 피요 옥소반에 안주는
만백셩의 기름이라 촉불 눈물 쩌러지는 째에 백셩의 눈물이 쩌러지고 노
래소리 놉흔 곳에 원망하는 소리가 놉헛다는 뜻이라 운봉은 글을 보는
눈이 빌안산 둥그레지고 글을 쥐은 손이 홀연이 썰려지며 본관다려
 나는 고을에 급한 일이 잇셔 좌셕이 맛치기 젼에 돌어갈 밧게 업소
하고 하인 불너 알어찰히라 하여 황황급급히 나아가니 본관과 좌객들은
엇진 짜닥을 몰으고 엄벙덤벙하는 세음이라 이째에 아즁에 뫼셧든 관속
들 즁에 어사의 부친 등래 젹 거행하든 사람도 더러 잇셧슴애 어사의 형
용과 셩음이 리도령과 비슷함을 엇지 몰낫스리오 만단의심스럽지만은
감히 말하지 못하고 이 구셕 져 구셕에셔 숙은숙은 하는대 밧게셔는 난
데업는 역졸들이 듬셩듬셩 단인다 관속들은 겁이 나셔 어리둥졀 하는 판
이라
어사는 삼문 밧게 나며 눈 한번 씀격이니 별안간 엇의셔 벌쩨갓흔 역졸
들이 와

〈97〉

르를 쏘아져 나아오며 달갓흔 마패를 번개갓히 둘너 삼문을 벽력갓히 두
드리며
 암행어사 츌도요
소리가 진동하며 여긔셔 와직근 져긔셔 우닥짝 애고 죽겟소 애고 살러주오
비는 소리가 사면에셔 나고 왼부즁이 물쓸틋 개가 감히 짓지 못하고 아
해가 감히 울지 못하여 관부와 여염이 못아 숙연하고 산쳔과 초목이 못
아 변싴이라 동헌에서 잔치하든 자리는 풍비박산이 되여 각읍 수령은 보

행으로 도망하여 본읍으로 돌어가고 본관은 혼이 공중에로 날녀가고 등신만 뒤굴너셔 내아에 들어가 숨엇다 어사는 걸객의 모양대로 람여를 놉히 타고 정문으로 들어와 동헌에 좌긔한 후 역속에게 분부하되

 관속들은 죄가 업고 쏘는 큰사랑 령감쎄서 부리시든 하인이라 내가 이 자리에 안저서 엄중한 위력을 쓰는 것은 도리가 안이니 못아 침책 말고 유모 죄간에 결쳐를 기대려라

 하엿스니 그제야 관속들이 어사ㅅ도는 리등래쎄 도령님인 줄을 확실이 알고 마음에 적이 다행이 넉엿다 어사는 항장 리교를 모아놋코 각 고를 봉쇄한 후 문부를 정리하며 옥수를 결쳐하는대 사리가 득당하여 백성들이 못아 엄동을 면하고 양츈을 맛난 듯하다 수도 안에 츈향의 일홈을 먼저 보앗지만은 최후에야 츈향을 칼 벗겨 올리라 분부가 난다 각 관속들은 숨을 크게 쉬지 못하는 쌔라 어사도가 리도령이시라는 소식을 밋처 츈향에게 통하지 못하엿다 이

<h3 align="center">〈98〉</h3>

쌔에 춘향은 옥중에 안져셔 리서방님이 혹시 쏘 올넌가 바라더니 홀연이 안팍히 뒤집히며 어사ㅅ도가 출도하신다 한다 츈향은 불행 중 다행으로 생각하기를 이제는 죄수를 어사ㅅ도가 결쳐하실 터이니 나도 죽든지 살든지 이 구석을 면하겟구나 하고 기대리는대 옥사쟁이가 황황이 들이달어 어사ㅅ도쎄서 올리라신다 하며 칼을 벗긴다 칼은 흔히 벗겨 두엇다더니 엇지하여 쏘 쓰윗더냐 하면 원님 생신 싯헤 잡어들린다 하는 말이 잇슴으로 옥사장이가 예비로 다시 쓰운 것이다 칼은 버섯스나 여러 달 옥중에서 긔운이 탈진하여 동작을 할 수 업다

이쌔에 츈향모는 집에서 리셔방을 기대리다가 별안간 읍중에서 야단이 일어남을 듯고 쌈짝 놀내여 급히 옥문 밧게 가셔 엇지된 사실을 수소문하려 하더니 어사ㅅ도 분부로 쌀을 잡어들어가려한다 미음 그릇을 드러

멧 먹음 마시게 한 후 붓드러 일으켜 자긔가 업고 삼문 밧게 이르러 내려 노으며

 이제는 살든지 죽든지 결말이 나는 날이니 정신 찰혀 말대답을 잘하여라
츈향은 모친다려 사면으로 리셔방님을 좀 찻어보아 다려오라 하엿스나 리셔방님이란 사람은 형영이 업다 츈향은 눈물을 쑤리며

 야속한지구 박정한지구 나의 죽고 살기가 판단되는 날인데 긔왕 여긔까지 와셔 본 체도 안코 엇의로 갓난 말가

〈99〉

하면셔 지졍거린다 옥사장이는 어서 들어가자 재촉하여 쩌들어다가 마당에 업처놋코

 죄인 츈향을 올렷소
알외엿다 어사는 잠ㅅ간 눈을 드러 삷혀보니 람루한 의상과 초최한 형용이 가긍 가련하다 시침코

 너는 쳔한 기생으로서 수절한다 자칭하고 관장의 분부를 거역하엿스니 죄가 적지 안타만은 특별이 용서할 터이니 원님의 수청은 안이 들엇더래도 어사 수청이나 들면 엇더하겟느냐

형리가 분부를 밧어내리고 사령들이 알외여라 호통한다 츈향은 두려워 함도 업고 밧버함도 업시 항변하다

 졀행은 귀쳔이 업습는대 소녀는 기생도 안이어니와 셜령 기생이기로 졀행이야 직히지 못하오릿가 본관 원님의 실덕하심은 고사하옵고 어사 ㅅ도께서는 왕명을 밧드시와 백셩의 츙효절의를 표창하시고 완악음란을 증려하시는 바에 잔약한 녀자라 업수이 녁이시고 쯧을 쌔앗고저 하시오니 체면에 억의우는 일이 안이라 할 길 잇습닛가 사ㅅ도께서는 암만 위력이 엄중하시오나 소녀는 죽기로 위경하옵고 분부를 봉행치 안는 바에 엇지 하시오릿가 목숨으로 밧치오니 쳐분대로 하십시오

말을 긋치고 돌연히 안져서 쳐결을 기대린다 이째에 좌우 전후에 가득
들어섯는

〈100〉

관속들이 못아 어사ㅅ도는 리도령이신 줄 알지만은 감히 말을 못함애 츈
향만 어사가 누구인 줄을 몰은다 츈향의 말을 듯는 어사는 속으로 매우
갸륵히 녁이면서도 것흐로 잠ㅅ간 우스며
 네가 암만 시악을 한대도 나는 긔어히 너로 수청을 들이고야 말 터이니
잔말말고 이 물건을 신물로 밧허 가지고 잇다가 내가 찻기를 기대려라
하더니 줌이니 속에셔 옥지환 짝을 내여 행수기생 식혀 츈향에게 맛기라
하엿슴애 츈향은 것읍써 보지도 안코
 죽이시려거든 죽이실 뿐이지오 조롱하실 배 안이지오
하며 긔색이 숙연하다 행수기행은 짜닥을 아는고로 지환을 츈향의 손가
락에 끼워주며 나즉한 말로
 이 사람아 자셰이 보게 크게 조흔 일이 생겻네
하는 소리를 듯는 츈향은 의아하여 손가락을 감안이 디려다 보니 그 옥
지환은 자긔가 리도령에게 신표로 주엇는 옥지환 한 짝이라 엇의만큼 좃
켓는가 꿈인 듯 취한 듯 정신이 돌의여 미란하여 한참을 말이 업섯다 사
람마다 조흔 마음이 극진하면 감동이 먼져 생기는고로 츈향은 슯히 울며
 야속합니다 야속하여요 어졔께 오셔셔 찻지 안이심을 오날 아침에야
듯고 다시 찻이실까 눈이 쌔지게 기대리다가 지금 잡허 들어올 째까지
맛나 뵈옵지 못하여 급한 마음에 자진할 번 하엿슴니다 우리 어머니에게
한 마듸 말슴만

〈101〉

비밀히 통하여 주섯스면 어제 져녁붓터 오날 이째까지 조흔 마음이 오
장륙부에 충만하여 병든 몸이 거의 소복되엿슬 터이온대 오신 빗만 뵈이
시고 시침을 쩨이시와 거의 죽게 된 사람이 더욱 감수가 되게 하셧스니
참 안속함니다 나는 오날날까지 진정을 쓰옵는대 당신쎄서는 지금까지
롱판으로 가시오니 쏘한 야속함니다
말을 맛치고 일어서려다가 긔력이 시진하여 돌우 쥬져안는다 어사는 마
음이 감동하여 얼골을 곳히며
 내가 실수로다
하고 여러 기생을 식여 츈향을 인도하여 져의 집으로 내여 보내여 조리
식이라 하엿슴애 여러 기생들은 비자가 상전 호위하듯이 츈향의 겻도 부
촉하고 츈향의 압도 인도하여 삼문 밧게로 뫼셔 내여온다
이째에 츈향모는 삼문 밧게 셔셔 삼문 안 형편을 솖혀본즉 어사ㅅ도가
츈향을 수쳥 들이려 분부하는 바 츈향은 분부를 거역한다 쏘 형문을 밋
든지 가치 우든지 할짜 마음이 조마조마 하는대 늙은 아전 한아이 츈향
모를 향하여 어사ㅅ도는 리등사ㅅ도댁 도령님이시라 일너주며 치하한다
츈향모는 오히려 밋지 안엿더니 옥지환을 밧어가진 츈향이가 여러 기생
에게 붓잡혀 나아옴을 보고 깃붐이 극하여 슯흠이 되엿다 쌀의 손을 잡
고 락루하여
 너의 절행이 안이면 엇지 오날이 잇겟느냐 내가 어사ㅅ도를 푸대졉하
엿슴은

〈102〉

녀편네으 좁은 소견 뿐 안이라 렴량세태가 혹시 그러하거니와 어미가 되
여 자식의 마음을 몰으고 절개를 곳치도록 권한 것이 붓그러은 일이다

나는 잇다라도 어사ㅅ도를 뵈올 째에 딸도 몰나보앗스니 사위를 알어볼
수가 잇소닛가 사죄하러 한다
이째에 부즁 남녀로소가 못아 삼문 밧게 모혀들어 치하하는 소리가 우뢰
갓더니 언의 결에 채색가마를 대령하여 춘향을 태워가고 돈과 쌀과 허다
한 물품이 사면에셔 들어오는 것은 춘향의 절개를 장하게 넉임이라 하여
도 말이 되지만은 실상은은 춘향의 세력을 좃는 것이다 어사는 남원읍
공사를 수일동안 결처하고 다른 고을로 옴겨가려 할 째에 잠ㅅ간 춘향을
차저보고
　몸을 조리하여 병이 나읏거든 여긔 잇는 가사즙물을 수습하여 가지고
모녀가 함끠 셔울로 올너가면 부모께셔 허락하신 일이니 배포를 잘하여
주실 터이다 넘려말고 곳 올너가셔 기대리면 나는 공사를 맛치고 몃 달
후에 복명하겟다
하고 치행전을 변통하여 주엇는대 당초에 리도령과 춘향의 즁매 들다가
쫏겨 올나가든 책방 리종세가 어사의 종인으로 싸러갓다가 맛침 남원부
에 도달하엿슴으로 어사는 춘향모녀를 다리고 먼져 셔울로 올너가라 위
탁하고 발은대로 고자질하여 자긔가 볼기 맛고 쫏겨가게 하든 방자에게
조곰도 혐의를 두지 안코 돌의여 상급을 후히 하엿스며 다만 본관은 백
셩에게 학정이 만헛슴으로 인하여 파직식엿다 어사는 다른 고을로 옴겨
간지 몃칠 안에 춘향은 병도 쾌하엿고 치행

〈103〉

도 다 되여 모녀가 쏫가마 타고 배행 늘어셰우고 영화로이 셔울로 올너
왓다
리참판 내외는 그 아들 어사의 셔신을 보앗는지라 춘향을 불너들여 며누
리의 체려로 현알을 밧고 그 절행을 긔특이 넉여 사랑이 지극하며 어사
의 부인도 춘향을 싁긔업시 무애하엿스니 대가부녀의 어진 덕을 알 만하

다 몃 달 후에 어사가 복명하니 우에셔 인쓰려 보시고 백성의 형편과 어
사의 행적을 하순하셧슴애 리종운은 츈향의 사실까지 감히 은휘치 못하
여 자초지종을 세세히 알외이니 우에셔 크게 칭찬하오셔 츈향에게 특별
히 경렬부인 직첩을 주라 하시고 례단을 만히 사송하셧스니 영광이 일세
에 현혁하다 리종운은 어사 노릇 잘한 공로로 승지당상하여 래종에 고관
대작을 만히 하엿고 츈향은 아람다운 자녀도 만히 두엇고 일생을 부귀
중에셔 보내엿스니 이는 절행이 특이한 보응이어니와 리종운과 셩츈향
의 긔이한 인연은 오작교가 인도하여 견우직녀의 인연과 갓흠으로 이 소
셜 일홈을 오작교라 함이라 원 셰상 부녀들이여

대성서림본 활자본 〈언문 춘향전〉

　　1928년 대성서림에서 발행된 것이다. 동형동판으로 1922년에 발행된 것도 있으나, 원본 상태가 좋지 않이 여기서는 본 1928년 발행본을 자료로 심있다. 이 활자본은 보급서관(1912)에서 발행한 〈옥중화〉와 내용이 동일하다. 다만 이 이본은 순국문으로 되어 있고, 행갈이도 하지 않았다. 1918년에 발행된 박문서관본과 1925년에 발행된 회동서관본도 '·' 등의 모음 표기나 각 페이지당 분량만 다를 뿐 내용은 이와 동일하다. 그 외 1934년에 발행된 화광서림본도 내용은 같다. 여기서는 대성서림본(1928)만을 정리했다. 현재 국립중앙도서관에 소장되어 있다.

대성서림본 활자본 〈언문 춘향전〉

〈1〉

고디소셜 언문 춘향전

절디가인 삼겨날졔 강산졍긔 타셔난다 져라산하약야계에 셔시가 죵츌ᄒ고 군산만학부형문에 왕소군이 싱쟝ᄒ고 쌍각산이 슈려ᄒ야 록주가 싱겻스며 검강활이아미슈에 셜도문군 환츌이라, 호남좌도 남원부는 동으로 지리산 셔으로 적셩강 산슈 졍신 어리여셔 츈향이가 숨겨잇다 츈향모 퇴기로셔 숨십이 넘은 후에 츈향을 쳐음 뱰졔 꿈가운디 엇던 션녀 리화 도화 두 가지를 량손에 갈나쥐고 하날노 ᄂ려와셔 도화를 니여주며, 이 꼿을 잘 각구어 리화접을 붓쳣스면 오는 힝락 죠흐리라, 리화 갓다 젼ᄒᆯ 곳이 시각이 급ᄒ기로 총총히 쩌ᄂ노라 꿈씬 후에 잉태ᄒ야 십삭만에 쏠ᄒ아를 ᄂ앗스니 도화는 봄향긔라 일홈을 춘향이라 ᄒ엿더라 기싱에 ᄌ식이ᄂ 근본이 잇ᄂ고로 칠셰붓터 글가르쳐 일취월쟝ᄒ는 지죠 칙량ᄒᆯ 슈 업고 녀공에 침션이며 심지어 풍류속을 모를것이 업스니 외인상통 아니ᄒ고 금옥갓치 자라날졔 이쩌 셔울 숨쳔동 리한림이 계시되 명문거족이오 누디 츙효디가로, 샹이 락졈ᄒ샤 남원부ᄉ 제수ᄒ시니 도임ᄒ지 일삭만에 빅셩에게 선치ᄒ니 거리거리 선졍비라, 이째 ᄉ쏘 ᄌ졔 도령님이 계시되 일홈은 몽룡이오 년광은 십륙셰라 풍치는 두목지오 얼골은 관옥이라 위인이 죠달ᄒ야 시률풍류와 익주탐화ᄒ야 밤이면 동령명월을 완상ᄒ고 낫이면 화류풍국에 놀기를 죠화ᄒ니 가위 호협ᄒ 긔남

〈2〉

즈라, 일일은 도령님이 춘흥을 못익이여 방즈 불너 무르시되, 너의 고을 됴흔 승디강산이 어디가 데일이냐, 방즈 엿즈오되, 공부ᄒ시논 도령님이 승디 차져 무엇ᄒ시랴오, 도령님 ᄒ시는 말슴, 텬하데일 명승디 도쳐마다 글귀로다 너 이를게 드러보아라 긔산영슈별건곤에 소부 허유 노라잇고 젹벽강츄야월 소즈쳠이 노라잇고 황학루 고소디 등왕각 봉황디에 문쟝명필 즈최로다 너 쏘흔 호협스라 동원도리편시춘을 너 어이 허송ᄒ랴 잔말말고 알외여라, 방즈 다시 엿즈오되 소인의 고을에 별반 승디 업스오ᄂ 낫낫치 알외리다 북문 밧 ᄂ가오면 죠죵산성 소스잇고 셔문 밧 ᄂ가오면 관왕묘도 경치 죠코 남문 밧 ᄂ가면 광한루 죳스온디 오작교 영주각은 숨남 데일 승디로소이다, 그러면 광한루 구경갈 터이니 ᄂ귀 안쟝지어라 방즈 분부듯고, 예-ᄒ고 ᄂ오더니 셔산ᄂ귀 솔질ᄒ야 가진 안장을 짓는다, 홍영즈공 산호편 옥안금쳔 황금륵 쳥홍사 고흔 굴네 상모 물녀 덤벅 다라 압뒤 걸쳐 잡아믜고 층층다리 은엽등즈 호피도듬 밉시 논다 이라 툭 쳐 나귀 디령ᄒ엿소, 도령님 거동보소 수슈ᄒ게 잘츠리고 ᄂ귀 등에 올나안져 거드러거려 ᄂ갈 젹에 긔봉하에 ᄂ는 쯰쓸 광풍을 좃츠 펄펄, 도화 졈졈 불근꼿 보보향풍 쩌러져셔 즈최마다 싱향이라 셔부렁셥젹 광한루 당도ᄒ야 도령님 말씌 ᄂ려 광한루 올ᄂ가 이리져리 바라보며 남텬을 살펴보니 젹성에 아츰날은 ᄂ진 안기 씌여잇고 록슈에 졈은 봄은 화류동풍 둘넛ᄂ디 요헌긔구하최외는 림고디 일넛도다 광한루 경치 죳커니와 오작교 분명ᄒ다 오작교 분명ᄒ면 견우직녀 업슬소냐, 견우셩은 너려

〈3〉

너와 직녀셩은 뉘라 될고 오날 이곳 화림즁에 숨싱연분 만낫스면 방즈야

슐올녀라 이 좌중에 늬이 누가 만으냐, 방자 엿즈오디, 후비사령이 키는
죠고마ᄒ고 얼골은 노리도 나이 사십여셰로소이다 (도령) 애 존장이 바
로 훨셕 넘고나 후비사령 상좌로 안치고 방자 너도 올너오너라 (방자)
황송ᄒ오이다 (도령) 누른송이 엇더ᄒ냐 어서 올나안져라 슐샹을 드려
놋코 사령이 슈비ᄒ고 방자도 먹고 도령님도 잡슌 후에 도령님이 방즈
불너 (도령) 이이 파탈ᄒ고 놀디는 샹하를 너모 추리면 졍도 업고 록록
ᄒ고 쎄가 뭇어 못쓰ᄂ니라 향당은 막여치로 년치추려 술을 먹엇스니 담
비들 먹어라 도령님이 취흥을 못익이여 안졋다 이러ᄂ셔 두루두루 근일
며 남방을 바라보니 쥬렴취각은 벽공에 얼이여 슈호문창 덩실 소사 압ᄒ
로 영쥬 뒤ᄒ로 무릉도원 흰 빅자 불글 홍자 송이송이 곳치 피고 불글
단 푸를 쳥 고물고물 단청이라 류막에 잉계셩은 나의 취흥 도도는 듯 화
지백졉 쌍쌍비 향긔찻는 거동이라 빅빅홍홍 란만중에 션녀 미식이 노는
구나 츈향의 거동보아라 츄쳔을 ᄒ랴ᄒ고 쟝쟝치승 그네쥴을 두손에 갈
너쥐고 션뜻 올ᄂ 구르더니 한번 굴너 뒤가 솟고 두 번 굴너 압히 놉하
연비여텬 솔긔쓰듯 란만도화 놉흔 가지 소쇼럿쳐 툭툭 츠니 송이송이 밋
친 쏫 휘느러져 쩌러져셔 풍무셩이 락화로다 오락가락 논일 젹에 리도령
이 졍신업시 훈춤 셔셔 망견터니 뜻밧게 몸이 오슬오슬 소름이 쏙 끼치
니 졍신 암암 일신을 벌벌 떨며, 이이 방자야야아아, 부르니 방자놈은
십비 쩌러, 예예예예 (도령) 져건너 오략가락 언뜻번뜻ᄒ는 져게 무엇이
냐, 방자 엿즈오되 (방) 쇼인 눈에는 아모 것도 아니

〈4〉

뵈여요 (도) 내 붓치 바로 보아라 (방) 부치 말고 미록님 바로 보아도
아니 보여요 (도) 이놈아 눈도 상목반목 달으단 말이냐 상한의 눈은 량
반의 틔눈만도 못ᄒ고ᄂ 너가 탐심이 업슴으로 금이 화ᄒ야 뵈나이다,
방자 엿즈오디 (방) 금의 리력을 알외리다 금은 녯날 쵸한시에 륙츌긔계

진평이가 범아부를 잡으랴고 황금 사만량을 쵸군 중에 홋헛스니 금이 엇지 여기 와요 (도) 그러면 옥이로다 (방) 옥의 리력을 드르시오 옥은 홍문연 잔치시에 범증의 찌친 옥이 빅셜이 된 연후 화념곤강에 옥셕구분이라 옥과 돌이 다 탓스니 옥이 엇지 예 오릿가 (도) 그러면 귀신일다 (방) 빅쥬청명 발근 날에 귀신이 엇지 잇스릿가 (도) 그러면 금도 옥도 아닐진디 무엇이란 말이냐 갑갑ᄒ다 일너다고, 방자놈이 그제야, 오- 져것이오 나는 무엇이라구 이졔 자셰 보니 본읍기싱 월민ᄯᅩᆯ 츈향이로소이다, 도령님이 춘향이란 말을 듯고 우슴을 권마셩 우슴을 웃더니, 이애 졍녕 춘향이야 전불자지를 견요만쳔이로디 눈에 슈은을 닌듯시 뵈는구나 잔말말고 어셔 오란다고 즉시 불너오너, 라 방자 엿즈오디, 춘향의 셜부화용 남방에 유명ᄒ야 감사 병사 목사 부사 군슈 현감 관장들이 무슈히 보랴ᄒ되 록쥬에 식과 셜도의 문쟝과 목란의 례졀을 흉중에 품엇스니 만고녀중 군즈옵고 어미는 기싱이나 근본이 잇는고로 임의로 홀디치 못ᄒᄂ이다, 도령님 허허웃고, 네 말이 무식ᄒ다 형산빅옥과 려슈황금이 물각유쥬라 임자가 각각 잇ᄂ니라 잔말말고 불너오너라, 방자 홀일업셔 춘향 부르러 건너간다 광풍에 나비 날 듯 충충거러 건너가며 언덕아리 슈풀 사이로 보이지 안케 감

〈5〉

안감안 웃둑 썩 드러셔 소리를 크게 질너, 춘향아, 부르니 춘향이 쌈짝 놀나 그네 아러 니려셔며, 이고 져 녀셕 조곰 ᄒ드면 락상홀번 ᄒ얏지, 방자 썰썰 우스며 (방) 세상이 엇지되야 열디여섯살 먹은 계집아희가 락터란 말이 웬말이냐 (츈) 밋친 녀셕이로구나 니가 언졔 락터라 ᄒ드냐 락상홀번 ᄒ얏다 ᄒ얏지 (방) 그는 우슴의 말이로되 슈신ᄒᄂ 계집아희가 슘남디로변에 츄쳔이 당ᄒ며 오는 사람 가는 사름 너만 보고 정신업시 가지안코 안져보니 네 힝실이 온젼ᄒ냐 사도 자뎨 도령님이 광한루

구경왓다 너를 부르라니 이슴츠 엿주어도 종시 듯지 아니ᄒ고 불너오라
ᄒ기로 홀슈업셔 건너왓스니 어셔 밧비 갓치 가즈 (춘) 못가겟다 (방)
엇지ᄒ야 못가겟는냐 량반이 부르시는디 텬연히 못간다 ᄒ여 (춘) 이 녀
셕 도령님만 량반이오 나는 량반 아니냐 (방) 너도 량반이로디 너는 졀
눔방이 량반이라 쓸디업는 말이니 어셔 밧비 건너가즈 (춘) 못가겟다
(방) 못굴 니력을 말ᄒ여라 (츈) 못굴 리력을 드러보아라 량반딕 도령님
이 글공부 아니ᄒ고 유산ᄒ기 긴치 안코 유산을 홀지라도 남의 녀즈 보
고 젼갈ᄒ기 당치 안코 젼굴은 홀지라도 녀즈의 도리로 남즈의 젼굴듯고
따라가기 괴이ᄒ다, 희당화 그늘속으로 본체 안코 도라셔니 방즈 허허웃
고 (방) 스쏘즈뎨 도령님은 얼골이 일싴이오 풍채는 두목지오 문쟝은 리
태빅 필법은 왕희지라 세디츙효 디가로 가셰가 장안갑부 디벌은 연안이
오 외가는 쳥풍이라 남편을 엇으량이면 이런 남편을 엇지 싀골 무지렁이
를 엇는단 말이냐 (춘) 이 즈싴 남편도 셔울 남편 싀골 남편이 달으냐
(방) 그러치야 산셰로 두고 이를

〈6〉

진디 셔울산셰 달으고 싀골산셰 달으니 늬 이를게 드러보라 경샹도는 산
이 쥰ᄒ미 사롬이 나면 쑥쑥ᄒ고 젼라도는 산이 슌홈익 사롬이 나면 간
ᄒ고 츙쳥도는 산이 촉ᄒ니 사롬이 나면 지조잇고 경긔도로 치다라 슈락
산 써러져 도봉이 숨겨잇고 도봉이 써러져 죵남산 숨겨잇고 왕십리 쳥룡
이오 만리지 빅호라 한강이 죠슈되고 동작이 슈구막어 텬부금탕 되엿스
니 만호 장안이라 사롬이 나면 션혼 즈는 션ᄒ고 악혼 즈면 무셔워라 부
원군이 외슘촌이오 리죠판셔 동셩죠부요 남원부스 당신 어루신네니 만
일 아니 가면 리일 아참 조사 후에 너의 모친 잡아다가 칙방 단장안에
마주거리ᄒ게 되면 넌들 마음 엇더ᄒ며 난들 마음 조흘쇼냐 가랴거든 가
고 말냐거든 말녀무나 ᄂ는 간다 춘향 잠간 어리셕어 방즈 얼넝얼넝ᄒ는

말에 속는 듯시 ᄒᆞ는 말이, 글세 방ᄌᆞ야 들어보아라 곳곳마다 안져노는 나비를 곳치 어이 ᄯᆞ라가리 존중ᄒᆞ신 도령님이 비루ᄒᆞᆫ 샹한 몸을 오라시니 감격ᄒᆞᄂᆞ 녀ᄌᆞ 염치 못가겟다 도령님 전에 안슈히 접수화 희수혈이라 엿쥬어라, 방ᄌᆞ 홀일업셔 건너가고 춘향은 집으로 도라가는지라 도령님이 뒤짐 짊어지고 두로 건일며 춘향 오는 것을 살피더니 춘향은 도라가고 방ᄌᆞ 혼ᄌᆞ 건너올세 도령님이 춘향보며 글 ᄒᆞᆫ귀를 읍ᄂᆞᆫ디 신선이 귀동텬ᄒᆞ니 공여양류연이오 지문조작헌이로다, 방ᄌᆞ 당도커눌 도령님이 화를 니여 이놈아 춘향 불너오라 ᄒᆞ얏지 춘향 쫏고오라드냐, 방ᄌᆞ 엿자오디 (방) 쇼인은 욕을 잔쑥 엇어먹고 왓슴니다 (도) 욕은 무엇이라 ᄒᆞ던냐 (방) 안수히 접수화 희수혈이라 ᄒᆞ엿스니 그런 욕이 잇쇼릿가, 도령님 그말듯고 잠잠ᄒᆞ고 안졋더니, 올타올타 네 몰

⟨7⟩

낫다 니 이를게 드러보아라 안수히라 ᄒᆞᄂᆞᆫ 것은 기러기 안ᄌᆞ ᄯᆞ를 수ᄌᆞ 바다 희ᄌᆞ 분명ᄒᆞ고 접수화라 ᄒᆞᄂᆞᆫ 것은 ᄂᆞ뷔 접ᄌᆞ ᄯᆞ를 수ᄌᆞ 곳 화ᄌᆞ 분명ᄒᆞ고 해슈혈이라 ᄒᆞᄂᆞᆫ 것은 게-해ᄌᆞ ᄯᆞ를 슈자 구멍 혈자 분명ᄒᆞ니 오늘밤 슘경시에 ᄂᆞ로 ᄒᆞ야금 제 집으로 오라 ᄒᆞ엿스니 걱정이 무엇이냐 허락이 정녕ᄒᆞ다 ᄂᆞ귀를 지촉ᄒᆞ야 칙방으로 도라오니 만ᄉᆞ의 ᄯᅳᆺ이 업고 눈압혜 뵈는게 전혀 다 춘향이오 동헌 률범도 모다 춘향ᄀᆞᆺ고 니아로 드러오니 뵈이는게 모다 춘향이라 이런 환장ᄒᆞᆫ 눈이 잇ᄂᆞ냐 춘향을 보고십허 보고지고를 찾ᄂᆞᆫ디, 보고지고 보고지고 보고지고 보고지고 츈향이 집을 가고지고 가고지고 가고지고 츈향 얼골 보고지고 쇼리를 크게 질넛더니 ᄉᆞ쏘는 공ᄉᆞ에 뇌곤ᄒᆞ야 샹방에 취침타가 이 쇼리에 깜짝 놀나 (ᄉᆞ) 이리오너라 (통) 예-의 (ᄉᆞ) 칙방에 언의놈이 싱침을 맛나냐 외마듸쇼리가 원일이냐 ᄉᆞ실ᄒᆞ야 드리라 ᄒᆞ니 통인이 급히 칙방에 나와 쉬- 도령님은 무슴 쇼리를 질너게신지 ᄉᆞ쏘끠옵셔 놀나시고 ᄉᆞ실ᄒᆞ야 드리라오

도령님 허허 웃고, 놀나시면 니탓이냐 빅셩에 호원쇼리는 몰나도 그런
쇼리는 일수 드르신다던냐 이는 다 광더의 망발이라 그럴 리가 잇느냐,
아버지가 놀나셧다 ᄒ니 하졍에 황숑코나 도령님이 글을 익다 글ᄌ를 잇
고 싱각ᄒ노라 그리ᄒ얏다 엿쥬어라, 통인이 도라와 ᄉᄯ 젼에 거리ᄒ니
ᄉᄯ 드르시고 디소ᄒ시며, 룡싱룡 봉싱봉이라 ᄒ는 슈 업느니라, ᄒᄒ
ᄒᄒ 우스시며 통인 불너 상방촉 두 ᄌ루 니여, 도령님ᄭ 올니고 오날밤
이 초 달토록 목셔셩이 동헌ᄉ지 늘니게 일고 자라, 해라 통인이 쵸 갓
다가 올니며 그디로 알외니 도령님이 밧아 니던지

〈8〉

며 심슐을 니다가 다시 싱각ᄒ고, 방자야 온갓 칙을 다 드려라, ᄉ셔슘
경 니여놋코 쇼리민 크게 니여 노루 글노 함부루 쮜여가며 익는다, 밍지
견량혜왕ᄒ신디 왕왈쉬불원쳔리이리ᄒ시니 대학지도는 지명명덕ᄒ며
지신민ᄒ며 지지션이니라, 관관져구-지하지주로다 요됴숙녀 군자호구로
다, 남창은 고군이오 홍도신부로다 셩분익진ᄒ고 디졉형녀로다 아셔라
이 글 다 ᄌ미업라 쥬역을 들여라 쥬역을 드려놋코 코를 부르는디 난대
업논 코가 다 나오것다, 건은 원코 형은 리코 졍코 츈향코 한디 디고 그
리고 져리고 ᄒ면 시코 나면 죠코 조코 어불ᄉ 긱코가 드러왓코, 방자
겻혜 셧다 (방) 도령님 엇진 코가 그리 만소 내 코 좀 너으시오 (도) 이
놈 네 코논 상한의 코라 못넛켓다, 쳔자를 들여노코 하늘 텬 ᄯ 디 (방)
여보 도령님 셰살 자신듯시 쳔ᄌ 익고 안져게시오 (도) 이놈 네가 쳔자
속을 삿삭치 삭여 일그면 쏭을 졀노 쌀이라 (방) 그러면 쳔자풀리 말이
오 (도) 쳔자푸리를 네가 엇지 아느냐 (방) 소인이 홀게 드르시오 옥황
님ᄭ셔 하늘 쳔 인간 츠지 ᄯ 디 휘휘친친 감을 현 쑥 눌넛다 늑루 황
초가슘간 집 우 (도) 이놈아 그럿케 일거 못쓴다 니 일글게 드러보라 자
시에 싱텬불언힝ᄉ시 유유피챵 하늘 텬 축시에 싱디ᄒ야 오싱을 맛탓시

니 양싱만물 짜 디 유현미묘흑젹식 북방현무 감을 현 궁상각치우 동셔남
북 중앙톄식 누루 황 텬디스방 멋만리냐 하루 광활 집 우 년디국조 흥망
셩쇠 왕고리금 집 주 우치홍슈 긔자-추연 홍범구주 넓을 홍 졔졔군싱수
역중에 화급팔황 것칠 황 요순셩덕 쟝홀시고 취지여일 눌 일 억조창싱격
양가 강구년월 달 월 오거시셔빅가어 젹안령상 찰

〈9〉

령 방자야 해 엇지 되엿ᄂ냐 일중즉칙 기울 칙 이십팔수 하도락셔 중셩
공지 별 진 가련금야숙창가 원앙금침 잘 슉 졀디가인 조흔 풍류 만반진
수 벌 열 ᄉ창월식슴경야 경경졍회 베풀 쟝 부귀공명 쑴밧기라 포의한ᄉ
찰 한 인싱이 류수 ᄀ흐야 셰월이 쟝ᄎ 올 리 남방쳔리 불모지 츈거흐리
더울 셔 공부자의 착흔 도덕 수쳔말년 갈 왕 금풍이 소슬흐니 락엽오동
가을 츄 빅발이 쟝ᄎ 오게 되면 소년풍도 거들 수 락목흔쳔 찬바람이 빅
셜강산 겨울 동 오미불망 우리 ᄉ랑 규중심쳐 감츌 쟝 부용작약셰우중
허졍셕기 부를 윤 이러흔 텬하미식 일싱 보아 남을 여 이몸이 훨훨 날아
가고 쳔ᄉ만ᄉ 이울 셩 이리져리 논일다가 부지셰월 횟 셰 안해박디 못
흐ᄂ니라 디젼통편 법중 률 츈향입 니입 흔데 셔로 디니 법중 려자 이
아니냐, 방자야 동헌에 가보아라 (방) 아즉 퇴등 멀엇소 (도) 쏘 보아라
(방) 아즉 멀엇소 (도) 고만두어라 니 집 늘근니나 남에 집 늘근이나 눈
에 흰자위가 만으면 심술이 좃치 못흐겟다, 퇴령소리 길게 ᄂ니 도령님
조하라고, 방자야 불발켜라, 쳥ᄉ쵸롱 불발켜 방자 들녀 압셰우고 춘향
의 집 차져간다 공슉문 니다라 종로를 지나 남문 밧 썩 나셔니 월출경산
조시명츈간 져 소리ᄂ 나의 흥을 도도ᄂ 듯 협로진간 가ᄂ 구름 운간월
식 희롱흐고 화간에 푸른 버들 멋번이나 꺽거쓰며 대도상 발자최ᄂ 멋번
이나 침음흐냐 투계소년 아희들은 야입쳥루흐엿스니 지톄를 어이흐리,
춘향집 당도흐니 월식은 방농흐고 송죽은 은은흔데 취병튼 란간하에 빅

두루미 당거위오 거울깃흔 연못속에 디졉깃흔 금부어와 들축빅 잣나무
요 포도 다래 어름 덩굴 휘휘친친 얼크러져 쳥풍이 불 쩌마

〈10〉

다 흔들흔들 춤을 츈다 화계상 올나보니 동백 츈빅 영산홍 목단 작약 월
계화 란초 파초 치자 동민 홍국 유자 감자 능금 복송아 스과 횡실리 쳥실
리 잉도 온갖 화초 가진 과목 층층이 심엇는디 셕탑에 잠든 기는 사람
자최 놀느 찌여 컹컹 짓고 니닷는디 리도령 흥이 겨워 방자 불너 흐는
말이 (도) 이애 방자야 (방) 예-의 (도) 이를 엇지흐여야 올으냐 (방)
엇지흘 것 무엇 잇소 도령님이 와락 쒸여드러가 츈향을 쏙 붓잡고 실컷
마음디로 지조디로 해보시구려 (도) 아모리 상한인들 말좃차 무지흐냐
지녀는 막녀모라니 츈향모를 보아야 흥셩이 될쯧흐다, 언필에 츈향모가
나오는디 부산빅동디에 셔초를 피여물고 스창을 드르륵 여니 빈마루에
달쑨이로다, 뎌 기야 짓지마라 공산에 잠긴 달 네가 보고 왜 짓느냐 속
담에 이르기를 달보고 짓는 기라더니 너를 두고 흔 말이다, 아쟝아쟝 나
오며 후원초당 드러가니 이쩌에 츈향이는 글을 익고 안졋거늘 츈향모 흐
는 말이, 밤이 미우 깁헛는디 지금것 아니자고 글만 익고 안졋느냐, 츈
향이 급히 나와 모친을 마즈니 츈향모 한숨쉬며 (모) 허허 꿈도 이상흐
다 (츈) 무슴 꿈을 쑤신닛가 (모) 촉불이 명낭흐야 발기 낫갓기로 안셕
에 의지흐야 셔상긔를 보다가 홀연히 잠이 드니 비몽스몽간에 너 자는
침상에셔 치운이 니러느며 쳥룡이 너를 물고 하날노 오르기로 룡의 허리
를 안고 이리 궁굴 이리 궁굴다가 소쇼렷쳐 잠을 찌니 흔츌쳠비흐고 가
슴이 두군두군 마음이 경산흐야 잠못자고 누엇더니 글소리 들니기로 너
를 보랴왓스니 경스 잇슬 디몽이냐 네가 아달이 되엿스면 뎡영 대과흘
꿈이로다, 모녀간 슈작흘졔 화계상에셔 두런두

〈11〉

런 츈향모 놀나셔 감안이 살펴보니 엇더흔 총각 은근히 안졋거날 츈향모
흐는 말이 션동이냐 인동이냐 봉릭쳔태채약동가 엇더흔 아해가 안인 밤
중에 남의 집을 드러와 은근히 안졋느냐 필연 도적놈이로구나, 방자 민
망흐야 화게에 내려셔, 쉬- 스또자데 도령님이오, 츈향모 놀나는 쳬흐
며, 이자식 너 방자 아니냐 그러면 진작 말을 흐야지 디단 죄송흐고나
츈향모 화계에 올나가 도령님 손을 잡고 (모) 도령님 이 늙은 것이 눈이
어두어 자세 보지 못흐고 홈부루 말흔 바를 로혀 마옵소셔 (도) 이런 쩌
는 그런 말이 더 조흐니 넘여마소 (모) 아이고 져리 쉬 푸러질 줄 알앗드
면 욕을 조곰 만히 홀걸, 도령 허허 우스니 츈향모 흐는 말이 (향) 도령
님 내집에 오시기 쳔만 의외로소이다 내방에 드러가셔 노시다 가옵소셔
(도) 아니 날갓흔 주인이나 잇스면 놀다갈까 노혀홀 터이나 늙은이 참
실여, 츈향모 우스며 (모) 늙으면 죽어야지 츈향도 실여요 (도) 허허 내
가 그말 듯잔말일세, 츈향모 압흘 셔셔 도령님을 인도흘제 왼손으로 느
짓 들어 스창을 반만 열어, 아가 츈향아 스또자데 도령님이 너의 문장
말을 듯고 너 보랴고 와계시니 문 밧게 나오나라, 츈향이 문에 나셔 유
연흔 고흔 틱도 조양쯜 해당화요 이슬밧은 부용이라 도령님을 영졉흐야
계 방안에 좌뎡 후에 츈향모 흐는 말이, 아가 츈향아 도령님이 오시기는
너 보랴고 오셧스니 인스를 엿쥬어라, 츈향이 져의 모친 말 드듸여 (츈)
도령님 안영흐시오 (도) 예- 안영흐시오, 츈향모 담빅붓쳐 도령님끽 올
니니 도령님 입에 물고 방안을 잠간 보니 별노 스치 업슬망졍 명화 두어
쟝 붓쳣는디 이상흐던가보더라, 탕

〈12〉

임군 희싱되여 젼발조단 신영빅모 륙스로 비를 빌어 디우방수 쳔리에 곤

룡포를 격세 입고 연궁으로 가는 경을 력력히 그려잇고, 남벽을 살펴보
니, 상산스호 네 늙은이 바독판을 압헤 노코 일졈 이졈 쌍쌍 둘제 엇던
로인 학창의에 류건 쓰고 빅긔를 손에 쥐고 요만ᄒ고 안져잇고 엇던 로
인은 갈건도복 썰쳐입고 흑긔를 손에 쥐고 하도락셔 법을 차져 이만ᄒ고
안져잇고 엇던 로인은 청려쟝 반만잡고 바독 훈슈ᄒ노라고 억기넘어 보
고 이만ᄒ고 안진 경을 력력히 그러잇고 엇던 로인은 건을 버셔 송지에
걸고 쥭관을 세쳐쓰고 오현금 거문고를 슬상에 올여놋코 세무지음의 곡
을 시르렁 타고놀제 백학이 춤을 츈다, 북벽을 바라보니, 쳔년반도 요지
봄 셔왕모의 청조로다 그림 하에 안진 츈향이 달도 갓고 꼿도 갓고 월셔
시 티도갓고 슉랑자의 톄격이라 방안세간 살펴보니 문채 됴흔 디모칙상
화류문갑 비취연상 산호필통 만호련젹 룡시연 봉황필 시셔를 싸앗ᄂ디
도령님이 호걸 긔남자로디 이런 일은 쳐음 당ᄒ는 일이라 가슴이 두군두
군 말못ᄒ고 안졋더니 츈향모 ᄒ는 말이, 도령님이 닌집에 오실 비 업거
날 이쳐름 루디에 왕림ᄒ시니 대단 불안ᄒ오이다, 도령님이 츈향모 말한
마듸에 말구멍이 열엿것다 무슴 그럴이가 잇나 금야에 나온 뜻은 월식도
조커니와 자네 쏠 춘향을 보러왓는디 늘근이의게 홀 말이 잇스나 드를는
지, 자네 쏠과 나와 빅년긔약홈이 엇더ᄒ가, 춘향모 그말듯고 안식을 불
변ᄒ고 텬연히 ᄒ는 말이, 나의 쏠 츈향이가 샹스람이 아니라 회동 셩참
판 령감이 보의로 남원에 좌뎡ᄒ야 일식명기 다바리고 늘근 나를 슈청케
ᄒ시니 뫼신지 수삭만에 리죠판셔 승츄

〈13〉

ᄒ야 내직으로 드러갈졔 나를 가자 ᄒ옵시나 노부가 계신고로 싸다가지
못ᄒ옵고 리별훈 그달붓터 뎌것 빈줄 짐작ᄒ고 련유로 고목ᄒ니 졋줄 셀
만 ᄒ게되면 다려간다 ᄒ시더니 그딕 운슈 불길ᄒ야 령감이 별세ᄒ니 춘
향을 못보내고 져만치 길너낼졔 칠세 소학 일켜 수신졔가화순심을 낫낫

치 가라치니 근본이 잇는고로 만스가 달통이라 슴강힝실 인의례지 누가
나의 쏠이라 ㅎ오릿가 내 디벌 부족ㅎ니 지상가 부당ㅎ고 샹쳔비는 부족
ㅎ야 샹하불급 혼인 느져 쥬야로 걱정이나 도령님은 량반으로 츈졀나븨
쏫보듯시 아즉 스랑 취커니와 리죵에 바리시면 독슉공방 쇼년정졀 속졀
업시 늙을진디 져인들 아니 불상ㅎ오 젼후스를 싱각ㅎ니 안키만 못ㅎ오
니 그런 말슴 마르시고 놀으시다 도라가오, 도령님 ㅎ는 말이, 츈향도
미혼젼이오 나도 미장가젼이라 밋친 듯 경심되여 자네집을 나왓는디 진
퇴유곡이라 쟝황이 조롱말고 한말을 결단ㅎ면 륙례는 못이루나 량반에
자식으로 일구이언 엇지ㅎ며 량반의 평싱스를 밍셔 아니홀수 잇느 불효
불츙ㅎ기 젼에 져를 엇지 이즈리오 내 이즈면 쇠아둘이지 허락ㅎ야 쥬시
오, 츈향모 몽스를 싱각ㅎ니 도령님 일홈이 꿈 몽즈 룡 룡즈라 마음에
가득ㅎ야 과히 죠롱 아니ㅎ고 희식으로 허락ㅎ며 (모) 륙례는 못이루나
혼셔례장 스쥬단즈 겸ㅎ야 증셔 한 쟝 ㅎ야주오 (도) 그것 그리ㅎ소, 연
상을 닥아놋코 만호연적 물을 짜라 수양미월 진케 가라 쳥황모 무심필
반쥼동 흠셕 푸러 빅릉운화간지샹에 두어쥴 써 츈향모를 주니 기셔에 ㅎ
얏스되 텬장디구에 희고셕란이라 텬디신명이 공증츠밍이라 ㅎ엿거눌 고
이 졉어 간수ㅎ고 시

⟨14⟩

톄 슈단으로 슐상을 츠렷는디 라쥬칠반에 침치 호보 약포육 뎜복쌈 호졉
시 실과 겻드려 노앗것다 츈향모 ㅎ는 말이 (모) 도령님 안주가 업스나
이는 장모의 허물이라 용서ㅎ시고 술이나 만히 잡슈시오, 아가 츈향아
붓그러히 아지 말고 슐부어라 츈향이 잔들어 슐부어 도령님끠 들이니 도
령님 잔 밧으며 츈향보고 ㅎ는 말이 의, 회스슈가 환비슈요 방불문향이
불시향이로구나 여보 장모 늬가 디과 급졔를 호들 질겁기 오늘 갓흘가,
이 술이 원술이냐 먹기 덕이로다 첫지 잔은 아버지덕 둘지 잔은 어머니

덕 두 덕을 합ㅎ야 덕ㅈ로 운을 달ㅈ 텬황씨 목덕 디황씨 화덕 하우씨
슈덕 쥬문왕에 순덕 우리 량인 셔로 맛나 빅년을 긔약ㅎ니 장모의 은덕
이라 니덕 네덕 합ㅎ야 장모 전에 권ㅎ여라, 츈향이 슐을 부어 져의 모
친끠 올니니 츈향모 슐밧으며 한슘쉬고 눈물지며 목이 메여 ㅎ는 말이,
즐겁고 죠흔날이 오날 우에 더 업스나 아비업시 너를 길너 하ᄂ님이 감
동ㅎᄉ 명문대가 도령님과 빅년을 긔약ㅎ니 측양업는 경ᄉ로다 령감 싱
각이 간절ㅎ야 텬디 아득ㅎ샤이다, 츈향도 슈식 씌여 두눈에 눈물이 어
리니 목단화 아춤이슬 먹음은 듯ㅎ더라 도령님이 츈향모를 위로ㅎ되, 오
날눌 조흔 날에 왕ᄉ는 물론ㅎ고 슐이나 잡슈시오, 일이슘비 오륙비가
되니 담소 랑랑홀제 슐상 물녀 방ㅈ 주니 방ㅈ 잔득 먹고 (방) 도령님
대ᄉ나 평안이 지니시요 (도) 오-너는 안목이나 단단히 살펴보아라,방
ㅈ 간 연후에 (도) 고만 자야홀 터인디, 츈향모ᄂ 슐잔이나 취ᄒ 중에
도령님과 츈향을 ᄉ랑ㅎ야 건너가지 아니ㅎ고 쓸디업ᄂ 잔소리로 날을
시기로드니 도령이님 민망ㅎ야 쐬비도 알코 헛쥬졍

〈15〉

도 훈다 ㅎ되 알심잇는 츈향모가 그럴이가 잇ᄂ 방자 간 연후에 츈향모
이러나 금침 나려 ᄭ라쥬고 밤이 미우 깁헛스니 일즉 줌으시오, 하직ㅎ
고 건너갓것다 츈향과 도령과 단둘이 안졋스니 그 엇지 될 것이냐, 도령
님 씌그르니 츈향이 이러나 도포 밧아 의장에 걸졔 벽상에 걸인 거문고
도포ㅈ락에 싯치며 스르릉ㅎ는 쇼리 도령님 조화라고 (도) 됴타 됴타 황
학루취젹셩이 이에서 더 됴으며 한산ᄉ야반죵셩이 이에서 더홀소냐 네
가 먼져 버서라 (츈) 도령님 먼져 버스시오 (도) 네가 먼져 버서라 (츈)
도령님 먼져 버스시오 (도) 미ᄉ는 관주인이라니 네가 먼져 버서라 (츈)
미ᄉ는 관주인이라니 주인 식이는 디로 ㅎ시오 (도) 네가 먼져 버셔라
(츈) 도령님 먼져 버스시오, 도령님 달려들어 츈향에 가는 허리를 후리

쳐 잘쓴 안고 옷슬 츳츳 고히 벗겨 금침속에 집어넛코 도령님도 활활 벗고 화월슴경 깁흔 밤에 즈미잇게 잘 놀앗더라, 하로 잇틀 슈일되여 십여 일이 지나가니 익졍도 가득ᄒ고 붓그럼도 업서지니 그 가운데 스랑흠을 엇지 다 말흘쇼냐 일일은 도령님이 츈향과 희롱ᄒ는디 이것이 스랑가가 되엿것다. 만쳡쳥산 늘근 범이 살진 암캐 무러다 놋코 이는 빠져 먹지 못ᄒ고 으르렁 으르렁 논이는 듯 북히흑룡이 여의주 물고 치운간에 넘노는 듯 단산봉황이 죽실을 물고 오동 우에 넘노는 듯 춘풍황잉이 벗슬 부르며 셰류중에 넘노눈듯, 리도령이 흥을 겨워라고, 노자 노자 영쳑은 소를 타고 밍호연은 나귀 타고 리티빅은 고리 타고 젹송즈는 학을 타고 일디장강 어부 조고마흔 일엽션을 타고 찌걱찌걱 져어갈졔 리도령은 탈것 업서 둥둥 닉스랑 어허 둥둥아 너 죽어도 나 못살고 나

〈16〉

죽어도 너 못스ᄂ느니라, 어허 둥둥 닉스랑아 우리 둘이 스랑타가 아츠 죽게 되면 후싱긔약 서로 ᄒ즈 너는 죽어 무엇 되며 나는 죽어 무엇 되리, 너는 죽어 물이 되되 텬샹에 은하슈 디샹에 장강대히 다 바리고 칠년대흔 마르지 안는 음양슈라 ᄒ는 물이 되고 나는 죽어 식가 되여 쳥죠 황죠 잉무 공작 다 바리고 원앙죠라는 식가 되되 연파록수간에 빅로횡강격으로 주야 스랑 놀게 되면 나인줄 네가 알아라 둥둥 닉스랑아 너는 죽어 곳치 되되 어쥬츅수이산츈 량안도화복숭아 위성조우읍경진 긱스쳥쳥버들곳 연화즈약영산홍 황국 빅국 다 바리고 목단화가 되고 나는 죽어 나뷔 되여 슴월츈풍시에 네 곳송이 너가 안저 바람부러 곳송이 노는디로 나리를 쎡쎡 버리고 너울너울 놀게 되면 나인줄 알념으나 어허 둥둥 닉스랑이지, 근리 스랑가에 졍즈노리 풍즈노리가 잇스되 넘오 란ᄒ야 풍속에 관계가 되고 츈향렬젼에 욕이 되겟스나 넘오 무미ᄒ니 디강디강 ᄒ든 것이엿다, 둥둥 닉스랑 이리보아도 닉스랑 뎌리보아도 닉스랑 장리부인

을 디훈 듯 졍졀부인을 디훈 듯 월셔시를 디훈 듯 양틱진을 디훈 듯 슉랑
즈를 디훈 듯 둥둥 늬스랑 어허 둥둥 늬스랑 네 무엇슬 먹으려느냐 네
무엇슬 먹으려느냐 네 무엇을 쓰려느냐 쓰기 조흔 샹평통보 네가 만히
쓰려느냐 (츈) 안이 그것 내가 실소 (도) 그러면 네 무엇을 먹으랴느냐
둥굴둥굴 수박 웃쏙지 쎄스버리고 강릉빅쳥 쥬루루 부어 은스시로 쑥쑥
찍어 씰낭은 바리고 붉은 뎜 훈 뎜을 먹으려느냐 (츈) 아니 그것도 내가
실쑈 (도) 그러면 네 무엇 벅으려느냐 시금금 기살구 아기 서는디 먹으
려느냐 금젼을 쥬랴 은젼을 주랴 둥둥 늬스랑, 도령님 츈향

<h2 style="text-align:center">〈17〉</h2>

다려 스랑가를 호라 보치니 츈향이 마지못호야 스랑가를 호는디, 둥둥
늬스랑 이리보아도 늬스랑 뎌리보아도 늬스랑 쟝늬 진스를 모신 듯 장리
급졔를 모신 듯 교리수찬을 모신 듯 참의참판을 모신 듯 륙조판셔를 뫼
신 듯 슘졍승을 뫼신 듯 기스당샹을 뫼신듯, 둥둥 늬스랑 동졍추월 달발
근디 무산갓치 놉흔 사랑 목락무변슈여턴에 창힉갓치 깁흔 스랑 슘오신
경 묽은 밤에 무산쳔봉 완월스랑 증졍학무호올 젹에 차문취소호든 스랑
주루락일권렴간에 도화리기 오든 스랑, 둥둥 늬스랑이지 늬스랑, 훈춤
이리 논일젹에 일일은 창밧게 황계 숫둙 두나리를 툭툭 치며, 꼭기요,
우는 소리에 도령님 거둥보아라 부모 명을 싱각호야 관가로 드러골졔 츈
향이 호는 말이 미불유초나 션극유송이라 우리 둘이 빅년가약 즁도기로
마읍소서, 도령님 그 말 듯고 들며나며 사랑호며 리별마즈 밍셰터니 하
로는 남원포졔가 왓는디 샹등므져 사쏘 승츠호야 동부승지 당샹호야 늬
직으로 들어골졔 올나가실 치힝을 호시는디 므두병방 불너 말 돈속호고
공고자 불너 쌍가마 쑴여 도사령 불너 장을 졍호고 륙방두목 불너 공유
를 졍호고 리방 불너 문셔하긔를 닥근 후에 통인 불너 도령님 엿주어라
이쩌 도령님이 드러오시니 사쏘 보시고 (사) 이자식 너 엇의 갓드냐

(도) 광한루 갓다왓셔요 (사) 광한루에는 왜 갓든고 (도) 용호 문필이
붓혓다기에 구경ㅎ엿셔요 (사) 니 드르니 밧게 괴악호 말이 간간 잇스니
량반에 집 주식이 나히 이십이 불원ㅎ엿는디 집안에 경사 잇스디 그모양
으로 단인단 말이냐 (도) 경사는 무슴 경사야요 (사) 오- 나는 동부승지
ㅎ야 니직으로 드러간다 나는 즁긔 닥고 올나

〈18〉

갈 터이니 너는 너의 어머니 비힝ㅎ야 명일 일즉 써나게 ㅎ여라, 도령님
그말듯고 명신이 아득ㅎ고 두눈에 눈물이 어려셔 눈만 쌈싹ㅎ면 눈물이
비오듯 ㅎ겟스니 눈을 먼동 튼듯시 쓰고, 아바지 먼저 힝츠ㅎ시면 쇼즈
가 즁긔 닥고 가오리다 (사) 무엇이 엇더히 썩 느가거라, 도령님이 도라
셔며, 잇다금 더러케 망령이로군 도령님 홀일업시 비마진 용디기격으로
후쥬군ㅎ게 느오면셔 춘향에 집 향홀 덕에 텬디는 명랑한디 안광은 불명
ㅎ야 싱각사록 모칙 업셔 탄식ㅎ며 느굴 젹에, 두구갈가 디려갈가 디려
가도 못할 터이오 두고가도 못할 너이니 가슴 답답 이가 타 우셔볼가 우
러볼가 져를 디려가즈 ㅎ니 부명이 엄슉ㅎ니 디려갈수 가망업고 져를 두
고가즈 ㅎ니 그 마음 그 힝실에 응당 자결할 터이니 이 사셰을 엇지ㅎ나,
가만가만 완보ㅎ야 춘향집 당도ㅎ니 이쎄에 춘향이는 도령님 들이랴고
금낭에 술을 놋타가 도령님이 드러오니 방긋 웃고 이러셔며 (춘) 오날은
왜 느졋소 오날이 몃칠인가 하로 보름 안이온디 사쏘끼셔 긱스힝차 왜
ㅎ셧소 칙방에 손님왓소 미간에 수식이오 면상에 눈물 흔젹 몸이 압하
이리시요 쑤즁을 드르셧소 말슴ㅎ오 웬일이오 도령님이 니 집에 단이신
다고 사쏘끼 야단을 드르셧소 (도) 쑤즁 말고 곤장을 마졋기로 이더지
셔러우랴 (춘) 셔룬 일이 웬일이요 본딕에셔 셔간이 왓다더니 언의 일가
량반이 도라갓다고 부고가 왓소 (도) 그까진 일가 량반 만명 죽어도 니
눈이느 쌈작이랴 (춘) 그러면 웬일이오 갑갑ㅎ오 말슴ㅎ시오 (도) 사쏘

가 잡바지셧단다, 츈향이 깜작 놀나 (츈) 사쏘끠셔 상방에 건일다가 락
상ᄒ셧소 (도) 이이 남의 말은 일

〈19〉

상 뒤집어 듯더라 ᄎ라리 넘어져셔 어듸를 즁상ᄒ셧스면 약을 쓰면 고만
이지만은 동부승지 당상ᄒ야 ᄂ[직으로 드러가신다다 엇지ᄒ단 말이냐
명일 올나간다, 츈향이 말듯고, ᄂ| 평싱 원일너니 이졔 한양가겟고나 츰
말이오 진졍이오 나를 속이지 안이하지 졍말이요, 도령님 긔가 막혀 듯
기 실타 나죽겟다, 츈향이 다시 놀나, 웬일이오 말슴ᄒ시오 사쏘끠셔 승
츄ᄒ시니 경사되야 넘어 죠하 우ᄂ잇가 도령님 올나가면 나 안이갈가 이
리ᄒ오 예필죵부라니 쳔리라도 ᄯ라갈 터인듸 우시는 속 모르겟소 도령
님 ᄒ는 말이 츈향아 드러보아라 너를 듸려갈 터이면 나도 조코 너 조코
량인이 조흐련만은, 사쏘 분부ᄂ| 량반의 ᄌ식이 미쟝가 젼에 쳔쳡ᄒ엿
단 말이 ᄂ면 족보에 ᄲ[고 사당에 졔츰례를 못ᄒ다 ᄒ니 그안이 난쳐ᄒ
냐, 츈향이가 그말 듯고 어엽분 얼골이 붉으락 푸르락ᄒ고 눈셥이 꼿꼿
ᄒ더니 안졋다가 이러서ᄂ듸 발길에 발핀 초마자락 ᄶ[져지며 면경 쳬경
둘너치며 문방사우를 와즉끈 와르렁 탕탕 ᄭ|트리며, 셔방 업슬 츈향이가
세간 무엇ᄒ며 단장ᄒ야 쓸ᄯ|잇ᄂ, 도령님 압헤 밧삭 안지며, 무엇이 엇
지ᄒ여요 무엇이릿소 말좀ᄒ오 엇지ᄒ야 쳔쳡 무엇이 쳔쳡 이ᄶ위 말이
몃가지ᄂ 되시오 도령님은 여긔 안고 츈향은 져긔 안져 나다려 ᄒ신 말
슴 무엇이라 ᄒ시엿소 벽희가 상젼되고 상젼이 벽희되여도 리별 말ᄌ ᄒ
신 말슴 밍셔 안이ᄒ신잇가 도령님은 올ᄂ가면 귀가문에 장가들어 꼿갓
흔 안희 엇어 초당에 공부ᄒ야 듸소과ᄒ신 후에 명긔명창 풍류속에 주야
랑류 노실젹에 나갓흔 사람이야 꿈에 싱각ᄒ시릿가 죽어도 갓치 죽고 살
아도 갓치 살세 가망업고 무가ᄂ지 나

〈20〉

를 안이다려가고 도령임이 가실진디 오날밤 오경시를 살아잇지 안일테
니 죽일테면 죽여주고 살닐테면 디려가오 나도 가세 나도 가세 도령님과
나도 가세, 도령님 긔가 막혀, 울지마라 울지마라 니가 가면 아주 가며
아주 간들 이즐소냐 쇠돗갓치 모진 마음 홍로라도 록지 말고 다시 보기
기다려라, 이쎄에 츈향모는 졀고양이 모양으로 뜻뜻흔 아리목에 착졉치
고 누엇다가 건너방에셔 무엇이 화당탕 와르륵흐며 울음소리가 은은이
들니거늘 춘향모 이러나셔 우스며 흐는 말이, 뎌것들 사랑싸홈흐는구나,
엿들여 나오느디 옷을 모다 버셧것다 초마도 벗고 고쟝이도 벗고 속속곳
만 입엇는디 영창을 가마니 열고 도독귀 거름것듯 가만가만 나오더니 츈
향방 챵밧게 귀를 기우리고 은근이 드러보니 이별이 분명흐다 츈향모 쌈
쌱 놀나, 이것들이 리별흐는구느, 도로 방으로 드러와 버슨 옷을 다시
입고 영창을 후다닥 열며, 기침을 크게 흐고 허허 이게 웬 우름이냐 니
가 잠을 못잘진디 동리 사룸 잠자겟느냐 왜 우느냐 이밤중에 지금 시속
게집으히 열쎠살 먹으며는 셔방인지 남방인지 이고지고, 사랑싸홈 눈이
시여 볼수업다 부모가 잠을 자면 죠심셩이 바이 업고 남 다 자는 깁흔
밤에, 요망흐게 디고우니 밋첫나냐 사를 들엿느냐 아비는 업거니와 어미
흐나 잇는 것을 어셔 어셔 죽어지라 이게 웬 방졍이냐 스오셰로 비운 것
이 스셔습경 셩훈이라 이게 무슴 힝실이며 우는 일이 웬일이냐 말흐여라
갑갑흐다, 츈향이 말못흐며 초마즛만 물어쓰드며 눈물이 비오듯흐야 옷
깃을 젹시니 (모) 말흐여라 웬일이냐 (츈) 도령님이 가신다오 (모) 도령
님이 어디로 가셔야 (츈) 사쏘씌셔 동부

〈21〉

승지 당상흐야 닉직으로 드러가신다오, 춘향모 디소흐며, 이익 덕에 경

스낫고나 도령님이 경스시면 니집도 영화여든 우는 일이 웬일이냐 도령
님 속히 가면 나는 곳치 못갈망졍 너는 곳치 치힝ᄒᆞ야 도령님과 갓치 가
되 힝차 압헤 가지말고 오리만콤 싸름싸름 밤되거든 맛ᄂᆞ보고 낫이면 그
럿다 밤이면은 다시 만ᄂᆞ볼 터인디 욕심만흔 도젹년이 낫에 못보는 이가
타셔 남 다 자는 이밤즁에 이고지고 우니 도령님을 꼭 매여셔 네 고름에
치셔주랴 나는 흔참 소년시에 하로밤 셔방이별 쉰도 ᄒᆞ고 빅도 ᄒᆞ되 능
간능수 잇ᄂᆞ고로 기기이 나 빗쳐셔 본을 수다가 건달되면 신주까지 갓다
주니 각집 신주 모하노흔게 아마 열셤 턱은 되지, 그리져리 지넜스되 울
기는 웨 우ᄂᆞ냐 나는 세간 방미ᄒᆞ고 쳔쳔히 굴 터이니 너는 갓치 치힝ᄒᆞ
야 도령님을 싸라가지 (춘) 도령님이 못디려간다오 (모) 웨 못다려가
도령님 졍녕 그리 힛소 (도) 그럿타네 (모) 도령님 그게 웬소리오 못다
려간다니 (도) 글셰 장모 듯소 양반의 ᄌᆞ식이 편발 아히로 외방 작첩이
쳥문에 괴악ᄒᆞ고 스당졔 참례를 안이식인다니 아즉은 섭섭ᄒᆞᄂᆞ 후긔약
을 명할밧게 업네 춘향모 그말 듯고 검은 얼골 붉으락 푸르락ᄒᆞ며 두 주
먹을 불근 쥐고 벌벌 썰고 춘향보고 ᄒᆞ는 말이 이년 죽어라, 어느놈이
살인ᄒᆞᆯ 터이니 썩 죽어라 도령님 올ᄂᆞ가면 뉘 간장을 녹이려ᄂᆞ냐 요년
썩 죽어라, 도령님 압헤 밧삭 안지며, 네 요년에 ᄌᆞ식 나ᄒᆞ고 말좀ᄒᆞ자
니ᄯᆞᆯ 춘향이가 힝실이 그르드냐 인물이 밉더냐 언어가 불순터냐 잡스럽
고 루ᄒᆞ드냐 어느 무엇이 그르더냐 군ᄌᆞ숙녀 바리는 법 칠거지악 업스면
은 바리는 법 업는 쥴 너는 엇지 모로ᄂᆞ냐 니ᄯᆞᆯ 츈향

〈22〉

사랑ᄒᆞ야 쎔도리로 차져와셔 춘죵춘류 야젼야쥬 야야유 노닐다가 말경
갈 ᄯᆡ에는 쑥 쩨여발이라니 양류쳔만스 가는 춘풍 잡아미며 화락엽 되면
어늬 나뷔 도라오리 니ᄯᆞᆯ의 고은 화용 일싱 부득 장춘졀로 늙어 홍안빅
수 되면 시호시호부ᄌᆞ니라 다시 졈지 못ᄒᆞ는 쥴 너는 엇지 모르ᄂᆞ냐 와

락 쒸여드러 도령님 넙젹다리를 함부루 무러뜻는디 춘향모가 소년 낙치를 ㅎ야 암니가 쌰졋스니 아무리 무러쎄드리도 간즈럽기만 ㅎ고 압푸지는 아니ㅎ다 도령님 혼이 나셔, 여보 쟝모 두말 마소 다려감세 조흔 수가 잇네 내힝 합헤 신쥬 여가 올나굴 터이니 신쥬는 모셔너여 너 소미 속에 넛코 춘향은 여 쇽에 안쳐가면 남들이 보기에 신쥬 든쥴 알지 춘향 든쥴 알슈잇ᄂ 그밧게 도리가 업네, 춘향이가 그말 듯고, 어머니 건너가오 량반에 체면되야 오작 답답ㅎ고 오작 민망ㅎ야 져런 말숨ㅎ시겟소 건너가오 건너가오, 져의 모친 보낸 후에 길이 탄식 우는 말이, 쳔리원졍 임바리고 가는 싱각 그 간장이 엇더ㅎ며 셰우분분화락시에 마상에 피곤ㅎ야 병이 날가 염여오니 나의 싱각 ㅎ지말고 안영이 가셔요 도령님은 올나가면 행화춘풍 집집마다 졀더가인 조흔 풍유 락이망반ㅎ실 젹에 나 갓흔 츈향이야 싱각 엇지 잇스리가 이도 쏘흔 너 팔즈니 죽어볼가 엇지ㅎ리 너 신셰를 엇지ㅎ리, 이럿케 안져 슬피 우니 도령님이 기가 막혀, 우지마라 우지마라 니가 간들 아조 가며 아조 간들 이즐소냐 녯일을 모르ᄂ냐 부슈소관쳡지오라 소관에 슈긱들과 오나라 졍부라도 각분동셔 임그리워 규즁심쳐 늙어잇고 졍긱관살로긔즁에 관산졍긱이 여록슈부용 치련니 츄월강산 젹막ㅎ디 련을 캐며 상사ㅎ니 나 올나간

〈23〉

후라도 벽사창외 월명홀졔 쳔리상사 부디 마라 타향쳔리 먼먼 길에 임을 두고 니 간 후 한양 셩즁 너른 곳에 옥녀가인 만컨마는 너 ㅎ나를 일케 되면 일일평균십이시에 니가 엇지 편홀소냐 우지마라 우지마라 치힝독촉 즈심ㅎ니 안에 잠간 단여오마, 도령님 관가로 드러가 사쏘를 뵈온 후에 니아 얼풋 단여 칙방으로 나와 방즈 식여 ᄂ귀 안쟝 지여타고 오리덩에 ᄂ와 류방하인 하즉밧고 ᄂ귀를 치쳐 모라 츈향집 당도하야 안으로 드러가 우러 츈향 바라보니 쥬누아는 스로젹화초ㅎ고 곡셩아는 사잉젼

교림이라 도령님 달녀드러 츈향 허리 씨안고, 우지마라 우지마라 니사랑
아 우지마라, 츈향이 피셕ᄒ며, ᄂ를 노으시고 져만큼 안지시오 갑갑ᄒ
오 노으시오 도령님 홀일업셔 츈향 허리를 슬며시 놋코 츈향은 여기 안
고 도령님은 져만치 안져 보고 울며 울고 보며 리별을 ᄒᄂ구나, 함누안
간함누안이오 단장인송단장인을 무졔픠상쳔사류로 미계랑군칠쳑신을
슴월뎡당슴십일ᄒ니 광풍이 나를 리별터니 임도 나를 리별ᄒ네 리별이
야 리별이야 젼숑춘에 남화 리별 강슈원함뎡ᄒ니 만리에 츠군 리별 련화
슴월하향쥬ᄒ니 황학누샹 고인 리별 초가스면만영월에 초픠왕의 미인
리별 우우풍풍마외역에 당명왕의 귀비 리별 읍누스단봉 왕소군의 한궁
리별 한사단쟝디귀긱 치문회에 고국 리별 일장풍운 헛허지니 남북에 군
신 리별 슴츈안북비ᄒ니 역노에 형졔 리별 모도다 셜다 ᄒ되 임리별이
더욱 셜다 죽ᄌᄒ니 쳥츈이오 살ᄌᄒ니 임그리여 엇지ᄒ나 니 신셰를 엇
지ᄒ리 (도) 우지마라 우지마라 니가 지금 올나가면 금방에 급졔ᄒ고 너
를 다려갈 터이니 셜어말고 잘잇거라, 금랑

〈24〉

을 어루만져 거울 내여 츈향 쥬며 쟝, 부에 맑은 마음 거울빗과 ᄀᆺ흘진
디 쳔만년이 지나간들 변홀이가 잇겟ᄂ냐, 츈향이 거울 밧고 지환 버셔
쥬며 ᄒᄂ 말이, 옥환 일미ᄂ 유시에 소릉이라 기츙군ᄌ 하톄지패ᄒ오니
옥취기견결불유ᄒ고 환취기죵시불졀이라 원군ᄌᄂ 여옥지뎡ᄒ고 여환
불히ᄒ소셔 (도) 오냐 오냐 셜워말고 병나지 안케 안보ᄒ면 몃년 봄에
단여감아 이ᄶ에 츈향모는 리별홀 일 싱각ᄒ니 텬지가 아득ᄒ야 식음을
젼폐ᄒ고 슐만 먹고 두러누어 우황든 암소 알틋 ᄒ다가 아모리 싱각ᄒ되
리별이 꼭 되엿고ᄂ 츈향모 홀일업셔 츈향방으로 건너와셔 조흔 말노 ᄒ
ᄂ 말이, 여보시오 도령님 니 나히 오십이라 늙게에 져것을 ᄂ아 금옥갓
치 길너낼졔 하ᄂ님끠 츅슈ᄒ기 칠셩님게 긔도ᄒ고 라흔불공 심신불공

미륵불공 룡왕졔 산신졔 오늘ᄭᅥ지 셩심훈은 인물도 져와 갓고 문벌도 져
와 갓고 봉황에 짝을 엇어 금슬우지 노는 것을 니눈 압혜 보랏더니 쭘밧
게 도령님이 니집을 차져와셔 셔샹가약 간쳥ᄒ니 마음이 환쟝되고 두눈
이 뒤집혀 션션이 허락ᄒ야 금옥갓튼 니ᄌ식을 이런 변을 당케 ᄒ니 눈
을 쎄고 혀를 쎄여 기를 주어 합당ᄒ지 업지러진 물이 되고 쏘아노은 살
이 되니 통분훈들 쓸디업고 한탄훈들 별일 잇ᄂ 텬하잡년 디하잡년 더럽
게 늙은 잡년 싱리별 멧쳔번에 안이죽고 살아나셔 ᄉ회좃차 리별ᄒ니 드
런년의 팔ᄌ로다 디하장강 흐르는 몰을 뉘라셔 막어니며 우산에 지은 히
를 뉘라셔 금홀손가 두고 가는 그 간쟝과 감을 보는 그 마음이 쌍젼키
어려울걸 훈양쳔리 먼먼길에 병이 날가 염녀오니 우리 모녀 싱각말고 안
녕이 올ᄂ가오 그러나 도령님ᄭᅴ 당부할 말 잇나이다

〈25〉

니 나히 반빅이라 오날이나 명일이나 다 썩고 남은 간쟝 ᄉ싱을 미판이
니 츈향 잇지말고 빅년긔약 싱각ᄒ면 죽어 황텬에 도라가셔 결초보은ᄒ
리이다, 퍼버리고 슬피 우니 도령님 츈향모를 위로홀졔 술상을 드려노코
슐을 먹지 아니ᄒ고 츈향모은 디범훈 거동을 뵈이노라 억제로 우름을 춤
는디 셩닌 둑겁이 숨쉬듯 비만 불눅불눅ᄒ고 도령님은 당나귀 우름 울
듯 우름보가 터지는디 열두마디를 쑥 썩거 울고 츈향은 모친이 안졋스니
우름을 크게 울지 못ᄒ고 눈물만 비오듯ᄒ야 옷깃을 젹시며 향단이는 도
라셔셔 초마ᄌ락으로 얼골을 가리고 통곡ᄒ야 울 젹에 방ᄌ 숨이 헐덕헐
덕 여보시오 도령님 야단낫소 야단ᄂ오 무슴 리별 이리 ᄯᅳᆫ질게 ᄒ시오
잘가거라 잘잇거라 부지일소 홀 일이지 무슴 리별이 ᄲᅧ가 녹도록 훈단
말이오 디부인 힝ᄎ 벌서 오슈역 ᄂ가 셧소, 도령님이 쌈작 놀ᄂ 춘향모
붓쳐잡고, 여보 쟝모 나는 가니 셜워말고 잘지니오 춘,향아 너는 울지말
고 잘잇거라 향단이도 잘잇거라, 도령님 홀일업셔 마상에 올나안지며,

춘향아 잘잇거라, 춘향이 한손으로 중문을 부여잡고 한손으로 도령님 손을 잡으며 (춘) 도령님 황촌우로에 면의조ㅎ고 야점풍상에 긔요지ㅎ소셔 (도) 오냐 오냐 잘잇거라, 방ㅈ 밧짝 달녀드러 말을 가자 치질ㅎ니 비호갓치 가는 말이 청산록슈 얼는얼는 한모릉이 두모릉이 감돌고 풀도라 아득히 머러지니 청강에 노든 원앙 짝을 이른 거동이오 우후청강 저 빅구 연파외에 쩌나가듯 산아릭 빗긴 길에 활긔 한번 툭 치는딕 문득 간딕업셔지니 춘향에 거동보아라 리도령 가는 곳을 ㅈ셰히 삷혀보니 인홀불견 속졀업다 (츈) 향단아 (향) 예-

<h2 style="text-align:center">〈26〉</h2>

(춘) 도령님 엇의만콤 가셧ㄴ 보아라 향단이 엿ㅈ오디, 일편잔조라 오슈위산식즁이로소이다, 츈향 정신업시 그 ㅈ리에 쥬져안저, 인제는 홀일업시 영리별ㅎ단 말가 나와 둘이 울던 임 엇의가고 안보이니 잘잇거라 ㅎ는 소리 귀에 징징 안이들니네 이팔시졀 졀문 년이 랑군 그려 엇지ㅎ나, 춘향모 긔가 막혀 궁글며 셜이 우니 춘향은 효녀라 슈색을 감추오고 텬연이 위로ㅎ니 춘향모가 졔 쌀에 거동을 보고 우름을 진졍ㅎ고 딕범ㅎ조흔 말노 쌀을 도로 위로ㅎ니 이러홈으로 남원 월미라 ㅎ던 것이엿다 이찍 도령님은 오슈역에 슉소홀졔 사쳐금침 펴고 더진 듯이 홀노 누어 춘향 싱각 셜게 울졔 안져 싱각 누어 싱각 안져 싱각 누어 싱각 홀슈록 보고 십허 발광ㄴ니, 이럿케 보고 십허 닉 엇지 살겟ㄴ냐 초픠왕의 옥장비가와 당명황에 만리힝촉을 글노 보앗더니 닉게 와 당홀 줄 엇지 뜻ㅎ얏스리오, 길이 탄식 익가 탈졔 아이고 날이 시니 조반을 잡슌 후에 경셩으로 가시니라, 그후 ᄉ쏘끠셔 부인과 슈작ㅎ시고 츈향 불너보시랴다 다시 싱각ㅎ니 도령님의 쟝습도 될 터이요 하인 소시에 안이 되여 은근히 방ㅈ 불너 돈 숨쳔냥 닉여쥬며, 이것 갓다 츈향모 쥬고 이것이 약소ㅎ나 가용에 보틱여쓰고 도령님이 급졔ㅎ면 쟝츠 다려갈 터이니 모녀간

셜워말고 부디 잘잇거라 희라, 방즈가, 예-이, 디부인이 리방 불너 빅미 빅셕의 츠 언저 슌금 슘작 너어쥬며 이것 갓다 츈향 쥬고 나 찻던 노리기니 나 본듯시 져 가지고 슈히 달여갈 터이니 셜워말고 안보흐리라, 리방이 령을 듯고 방즈 식여 즉시 전곡 필목과 피물을 갓다쥬며 스쏘 말슘 디부인 말슘을 젼흐니 츈향모 스례흐며 추례로 밧아노으니 도령님 싱각 더욱

〈27〉

간졀다흐, 셰월이 여류흐야 구관은 올나가고 신관이 도임흐야 삭슈을 지낼 적에 이쩌에 츈향이는 실혼슈심 병이 나셔 문을 닷고 홀노 누어 상사곡 단쟝셩 님을 그려 울더니라, 옥갓흔 님의 얼골 달ㅈ튼 님의 티도 지리 상스 보고지고 동풍이 온화흐니 님의 회포 불어온가 반가올사 츈풍이여 츈풍에 피는 쏫은 웃는 듯 님의 얼골 져 쏫ㅈ치 보고지고 우슈를 슈여 소흘고 상스를 지자지라 노텬이 불관인초취흐니 루텬구곡황하일이오 한 압슘봉화악져로다 부모ㅈ치 즁흔 몸이 텬디간 업건마는 랑군 그려 사는 몸은 츰아 잇지 못흘너라 오미즁 두 눈물이 밤낫업시 흐르는디 일촌간쟝 조분 곳에 만곡슈를 너어두고 우리 님을 다시 보면 이 스름이 기련마는 어느쩌 다시 맛나 악슈론졍흘가보냐 그리워 못보는 님 업셔 무방흐건마는 졍이 병이 되여 사로느니 챵ㅈ로다 아모쏘록 죽지 말고 명디로 보존타가 언의 년 언의 시 랑군을 맛나거든 셰셰원졍흐오리라, 추시에 신관이 도님흐야 일년을 지니더니 나쥬목스 리비흐고 다시 신관이 낫스되 자하골 막바지 사는 변학도라는 량반이 낫스되 얼골이 잘나고 남녀 챵우 계면을 것침업시 잘부르며 풍류속이 달통흐야 돈잘쓰고 슐잘먹고 일디 호걸이로디 한가지 허물이 잇든가보더라 고집잇고 미련흐야 조흔 말을 글니 알고 그른 말을 올케 알고 쥬식이라 흐면 화약을 짊어지고 불조심 안이흐니 이러흠으로 곤닭이 알 골듯흐고 지내다가 조상이 밧드러 남원

부스를 졔슈ㅎ시니 이쩌 남원 시연이 올느와 츠례로 현신ㅎ는디, 신연 리방 현신이오, 신연 통인 현신이오, 신연 슈로 현신이오, 신연 급장 도 사령 도군로 도방즈 현신이오, 스쏘 분부ㅎ되

〈28〉

(스) 오- 너의 무스히 올느오며 녜 고을에 무슴 일이느 업느냐 (리) 예- 이 (사)『내 드르니 너의 고을이 식향란이 말이 올흐냐 (리) 예-이 일식 기싱이 만쓰옵니다 (스) 너의 고을의 일식 츈향이가 잇다지 (리) 예-이 만고일식이로소이다, 사쏘가 일식이란 말을 듯더니 두 억기가 한번 웃숙 ㅎ야지며 (사) 츈향이 평안이 계시냐 (리) 예-이 안녕이 계심니다 (사) 남원이 여기셔 몃리나 되느냐 (리) 예-이 륙빅삼십리로소이다 (사) 조 흔 말 탓스면 한느졀에 갈쏘 (리) 예-이 오륙일을 느려가 도임ㅎ시고라 도 하로라 ㅎ시면 하로옵고 열을 만에 나려가 도임ㅎ시고도 하로라 ㅎ시 면 ㅎ로로소이다 (사) 리방에 말을 드르니 속이 시원ㅎ고나 쟝리 리방 노릇 잘ㅎ여 먹겟다, 이튼날 평명후 신관스쏘 발힝홀시 사은슉비ㅎ신 후 장안 셔경 잠간 돌고 스당 춤비ㅎ고 젼라도로 나려간다 구름갓흔 쌍교별 연 목단식임 완즈창 네 활기 쩍 버리고 일등마부 유량 달아 덩덩그러케 실어놋코 키큰 사령 청장옷 뒤치 잡아 힘을 쓰며 별련 뒤짜라랏는디 남 디문을 쩍 내다라 화란츈셩 만화방창 버들입 푸릇푸릇 빅사동작 얼는 건 너 남티령을 넘엇고느 수비 한쌍 통인 한쌍 리방 형리 공방이며 지쟝식 취고수 슐령수 도방즈 급쟝이 좌우로 옹위ㅎ야 권마상이 진동혼다, 좌우 로 메신 나졸 일산구종 젼후 비각 츠비 말을 타고 십리에 련ㅎ엿더라, 마부야 네 말 좃타말고 일시 마음 놋치말고 두 팔에 힘을 올녀 양엽 기울 지 안케 마상을 우러러 고로 저어라, 굵은 돌이야, 지방이야, 흐늘거려 느려갈제 신년 리방 치례보아라 고양나이 져고리바지 반쥬동옷 모시직 령 죠츌ㅎ게 잘

〈29〉

츠리고 가진 부담 올나안져 별비 뒤쓰라잇고 신년 통인 치레보아라 남방 슈쥬 누비바지 슘팔동옷 갑스 쾌즈 발향한츙 학슬안경 알쓷 모를 듯 넌짓 츠고 가진 부담 착젼립 마상틱 밉시 잇다, 신연 급장 치레보아라 키 크고 길 잘것고 어엽부고 말잘ᄒ고 령리ᄒᆫ 져 급장이 외올망건 디모관즈 진사당줄 다라쓰고 은월상투 산호동곳 호박풍잠 광치난다 이빅줄 평포립을 한일지게 반 듯 쓰고 빅슈주 누비바지 한산모시 방픠 쳘직 즈락을 각기 졉어 흑져사 슈건을 뒤로 졋쳐 잡아미고 슉슈 반비즈 은장도를 비슷츠고 쳥쳥모초 허리씌를 좌젼ᄀᆞᆺ치 넓게 졉어 무릅아리 쩌러쓰리고 도류불슈 금랑에다 디구팔사 ᄭᅮ여 츠고 협낭 쌈지 슐쌍ᄭᅳᆫ 오식으로 얼는얼는 사날집신 총압 짜셔 락고지로 들메신고 결빅ᄒᆫ 쟝유지로 쵸록단임 잡아미고 쳥장쥴 겸쳐 미고 활기 활활 치며, 디마구종아 너 ᄭᅩᆯ디 보지 말고 말 갈디 보아라 주먹갓튼 내민 들이 셔실 퍼럿고 나팔디 힘을여 고로 거러라, 예-이 숨을 돌이야, 신연 굴로 치레보아라 산슈털 벙거지 남일광단 안을 밧쳐 눌넬 룡즈 딱 붓치고 궁쵸군복 홍광디비 즈토슈 은쟝도 오식슈건 남견디 금낭을 여럿 다라 뒤로 둘너미고 불양ᄒᆫ 눈방울을 이리 져리 궁굴이며, 예라 느지 마라, 신년 사령 치레보아라 통령 갓큰 깃 꼿고 픠영한슘 달앗는디 완즈 너레ᄀᆞᆺ치 창옷류 목큰 곤쟝 방울 다라 일산 압헤 ᄭᅩᆯ느셔셔 예라 이놈 느지 마라, 뎐주 부즁으로 드리다라 슌상씌 연명ᄒ고 로고바위 임실 지느 오슈역에 슉소ᄒ고 박셕틱 넘어드니 륙방느 졸 다 느왓다 인물츠지 호방이며 물품츠지 공방이며 좌슈별감 통인들이 기럭기 쌍쌍으로 좌우로 느러셧다 행슈집사 치례보라 통

〈30〉

사립 금픠갓ᄭᅳᆫ 보기 조흔 쳥쳘익 마상에 올느안져 등치를 너직 집고 쌍

쌍이 젼비ᄒ고 즁군쳔총 파총군관 슌금갑옷 쳔리마에 두렷이 안진 모양
진슘국지 밍장인듯 집사지위ᄉ안련사교련관 착젼립 금안쥰마 션젼관의
틔도로다, 긔픠관이 호령ᄒ야 쳥도로 드러굴시 이십팔문 각식긔치 항오
차려 셰호미 금고 ᄒ쌍 호총 한쌍 라젹나팔 ᄒ쌍 바라 ᄒ쌍 셰악 두쌍
고 두쌍 슌시 ᄒ쌍 영긔 두쌍 션녀갓튼 기싱들은 착젼립 안장마로 좌우
에 굴ᄂ셧다 쨍통 쳐르르, 라팔은, 쏘-, 고등은, 쑤-, 가진 취타 행락셩
은 년풍을 ᄌ랑ᄒ고 권마셩 션도홀졔 불식과 위엄이 일읍에 가득ᄒ니 상
하 남녀로소 인민이 좌우 구경홀졔 이쩌 ᄉ쏘는 람여 우에 올ᄂ안져 고
기를 엇지 내여둘넛던지 차면ᄒ 부치살에 코가 다 갈이여 피가 ᄂ도 모
르고 (사) 슈로 부르라 (슈) 예-이 (사) 져긔 구경ᄒ는 것 모도 기싱이
냐, 슈로 긔가 막혀, 예-이 모도 기싱이로소이다, ᄉ쏘 디희ᄒ여, 인졔야
내가 기싱벼락 맛는고ᄂ 긱ᄉ에 하례ᄒ고 동현에 좌뎡ᄒ야 초담상 잡슈
시고 당장 졔 슴일 졈고를 홀 터이나 톄면을 싱각ᄒ고 이를 갈고 견디는
데 엇지 이를 갈고 참앗든지 압이는 다 ᄱ질 지경이엇다 뎨 슴일이 당ᄒ
야 류방하인 졈고를 잠간 ᄒ고 호방 독촉ᄒ야, 기싱졈고 어셔 ᄒ여라,
호방이 영을 듯고 기성졈고ᄒ더니라 안칙을 드려놋코 초례로 호명ᄒ는
디, 남포월 깁흔 밤에 돗디치는 져 사공아 뭇노라 너 탄 비 계도금범 란
쥬-, 행슈기싱이 드러오는디 라상을 거듬거듬 ᄒ편으로 것어안고 요만
ᄒ고 안는 거동 추텬명월 분명ᄒ다, 나오-, 일디 문장 소리 소동파 젹벽
강에 비를 씌고 거쥬쇽긱ᄒ올 젹에 소언동산

〈31〉

월츌이-, 월츌이가 드러오는디 홍상을 것어안고 함교함틱ᄒ는 거름 쳔
반이ᄂ 요라ᄒ고 만반이ᄂ 기이ᄒ야 사슈류지만풍젼이로다, 나오-, 사
쏘 분부ᄒ되, 기싱졈고를 그러케 느리게 ᄒ면 몃날 갈줄 모르겟구나 갑
갑ᄒ야 듯겟ᄂ냐 밧비밧비 불너라, 호방이 쳥영ᄒ고 넉ᄌ 화두로 부르것

다, 위셩조우읍경진 긱사쳥쳥 류식이, 예 등디ᄒ엿소, 사창에 빗치엿다 섬섬영ᄌ 쵸월이, 예 등디ᄒ엿소, 남남지상 봄바람 힐지항지 비연이 예 등디ᄒ엿소, 쳔리강능 느져간다 조사백뎨 치운이, 예 등디ᄒ엿소, 티화 봉두옥년화 화즁군ᄌ 옥련이, 예 등디ᄒ엿소, 월명임하미연리 은근ᄒ다 미션이 왓ᄂ냐, 예 등디ᄒ엿소, 차문쥬가하쳐지 목동요지 향화가 왓ᄂ 냐, 예 등디ᄒ엿소, 옥로금풍만산홍 일엽광풍 옥엽이 왓ᄂ냐, 예 등디ᄒ 엿소, 쥬홍당사 벌미듭 차고나니 금랑이 왓나냐, 예 등디ᄒ엿소, 광훈루 상명월야 군션이여 옥션이 왓ᄂ냐, 예 등디ᄒ엿소 쥬셩오동 그늘속에 쌍 거쌍리 비봉이 왓ᄂ냐, 예 등디ᄒ엿소, 월즁쳔향단계ᄌ 향문십리 계화 왓ᄂ냐, 예 등디ᄒ엿소, 사군불견 반월이, 독좌유향 금션이, 여쥬축슈 홍도 소지노화 월션이, 즁양추식 국화, 사시장쳥 죽엽이, 취향이 금향이 난향이 월향이 ᄉ쏘가 향ᄌ만 들으면 궁등이가 쌍에 못붓게 들먹디며 (ᄉ) 호장 듯ᄂ냐 (호) 예-이 (사) 너의 고을에 츈향이 잇다더니 졈고시 에 업스니 윈일이냐, 호쟝이 엿ᄌ오디 (호) 츈향은 기셩이 안이오라 퇴 기 월미 쏠이온디 기안착명ᄒ 일 업고 여염싱장ᄒ옵더니 구관칙방 도령 님이 머리 언첫ᄂ이다 (ᄉ) 구관칙방 도령님이 머리 언쳣스면 츈향을

〈32〉

다려 간ᄂ냐 (호) 디려가지는 안이ᄒ고 졔 집에 잇ᄂ이다 (사)내 드르니 츈향은 원기의 ᄌ식이오 쏘ᄒ 인물이 일식이라 ᄒ니 기안에 착명ᄒ고 밧 비 현신식여라, 호쟝이 령을 듯고 게셔 업쳐 쳥령ᄒ야 츈향을 불을 일이 로디 체면을 싱각ᄒ고 밧게 ᄂ와 힝슈기셩을 불너, 사쏘 분부 여차키로 츈향을 기안에 착명ᄒ엿스니 네가 츈향집에 가 츈향모끠 말ᄒ고 지금 와 현신ᄒ라, ᄒ여라 행슈기셩 령을 듯고 츈향을 부르러간다 광훈루를 지ᄂ 오작교를 건너 츈향집을 드러가 비우셔 ᄒ는 말이, 여보소 츈향아씨 여 보시오 셔울아씨 셔울마님 셔울부인 사쏘끠셔 부르시니 밧비 드러가세,

츈향이 변색 디왈, 사쏘끠셔 부르시니 위민지부모시라 부르시면 갈 터이
나 내가 기성인가 기성이 안인 바에 부른다고 갈슈잇ᄂ 병 란지 슈삭이
라 츌입홀슈 업스니 행슈형이 드러가셔 츈향은 병이 드러 거의 죽게 되
엿다고 근로ᄒ야 말을 ᄒ오, 힝슈기성 그말 듯고, 신관ᄉ쏘 셩경이 무셥
고 엄슉ᄒ야 쐬를 쓸슈 바이 업스니 아모조록 잘 고ᄒ야 부르지 안케 ᄒ
여줌세, 츈향과 말을 ᄒ고 관가로 드러가 호장을 디ᄒ니 츈향과 혼 말은
간곳업고 츈향을 믹어잿치ᄂ디 대톱 이샹이엿다 (힝) 츈향이 죽어도 못
오겟다 ᄒ옵듸다 (호) 엇지ᄒ야 그리ᄒ드냐 (힝) ᄉ쏘끠셔 부르시면 네
가 엇지 왓ᄂ냐 ᄒ기에 호장님 전차 분부 불너오라 ᄒ시드라 ᄒ니 너는
평싱 호장밧게 모르나냐 호장놈이 와셔 부른디도 나는 못가겟다 ᄒ옵듸
다, 호쟝이 츈향 범절을 아ᄂ고로, 그 계집아희가 그럴 리가 잇ᄂ, 속으
로 짐작ᄒ야 관가에 드러가 품ᄒ되, 소인이 밧그로 츈향을 불너더니 졔
랑군을 싱각ᄒ야 병

〈33〉

드러 잇다 ᄒ고 오지를 안이ᄒ니 ᄉ쏘 쳐분이 엇더ᄒ실ᄂ지오, ᄉ쏘 드
르시고, 내가 져를 부르ᄂ디 슈졀 물결이 엇더ᄒ니 제가 슈졀ᄒ단 말을
니아에셔 드르시면 디부인은 쏙 긔졀ᄒ겟고나 지금 밧비 츈향이를 불너
현신식키라, 방울이, 덜넝, ᄉ령이, 예-의, 츈향 밧비 디령ᄒ라, 예-의,
군로ᄉ령이 나간다 ᄉ령군로가 ᄂ간다, 김번슈야, 웨야, 박번슈야, 웨
부르ᄂ냐, 걸니엿다 걸니엿다, 게 누구가 걸엿소, 셩츈향이가 걸니엿다,
올타 그런 란장맛고 담양갈 연 량반 셔방을 ᄒ엿다고 교만이 너모 만코
티가락이 만트니라 그물코 ᄉ쳔이면, 걸닐 눌이 잇ᄂ니라, 츈향의게 사
졍 두는 놈 너도 긔아들이오 나도 긔아들이니라 그 안이쏩고 쥬져넘은
년 잘되엿다 잘되엿다 산슈털 벙거지 람일광단 안을 밧쳐 날닐 용자 쏙
붓치고 궁초군복 홍광디 거름을 좃차 펄렁펄렁 광풍에 나뷔 날 듯 슈림

간 밍호쳐럼 츙츙거러 드러가며, 츈향아, 부를 젹에 이쩌 츈향이가 쳔리 상사 임그려 도령님끠 온 편지를 츠례로 니여놋코 보고 울고 울고 볼졔 쳔리상별 쥬야상사 로친시하 잘잇느냐 이몸은 무스 득달ᄒ여 당상문안 안령 하졍에 깃부도다 니 마음 네가 알고 네 마음 내가 아니 별말이 웨 잇스리 팔익이 업스니 날아가지 못ᄒ고 일각이 란감ᄒᄂ 사세를 엇지ᄒ 리 내 마음에 가진 것은 졍녀의 미울 열즈 우리 둘이 깁흔 언약 직힐 슈 즈 뿐이로다 엇지ᄒ야 텬힝으로 맛날 날이 잇슬 쯧 안심ᄒ야 긔디려라 만만셜화를 서즁에 못다 ᄒ고 눈압헤 보이는 듯 답답ᄒ야 디강 그리노 라, 연월일 씃헤 향단이도 잘잇느냐, 편지는 오것마는 임은 어이 안이오 고 나는 어이 못가는고, 시문

〈34〉

에 문견폐 긔가 컹컹 짓는 소리 문을 열고 내다보니 스령군로가 느러셧 다 츈향이 문을 열고 아장아장 ᄂ오면셔, 김번슈 오셧ᄂ 박번슈 왓는가 금번에 상경ᄒ야 로독이나 안니난ᄂ 내 집을 차자오기 쑴밧게 일이로세, 손을 잡고 잇글면셔, 어서 오소 어셔 오소, 뎌 스령들이 싱젼 츈향의게 그런 디졉 못밧아 오다가 손을 잡고 말을 ᄒ니 몸에 두드럭이가 이러날 지경이로구나, 여보소 동싱 웨 나왓ᄂ 병즁에 촉상ᄒ리 어서 드러가세 방으로 드러안지니 스령들이 가슴이 두근두근 담박에 낫눈이 어둡고ᄂ 츈향모 건너오며, 이즈식들 오늘 니 집에 오기 발병이ᄂ 안이낫느냐 늙 은 어미를 흔번도 와서 안이보아 향단아 안쥬는 업다마는 술이나 만이 가져오느라, 술상을 들여놋코 술을 권ᄒ니 스령들이 슐을 보더니 (사령) 말이야 바로 ᄒ지 사쏘가 자네를 수쳥거힝 식이지 안이ᄒ다고 지쵹이 디 단ᄒ나 우리드리 드러스면 즈네 흔아 쌔여내지 못홀 리가 잇ᄂ (츈) 글 세 쳘즁에도 징징이라고 사롬이 만으디 옵바 두분을 밋으오 (사령) 그말 이야 두 번 이를 말인가, 지쵹사령이, 오느냐, 가만이 잇거라, 오느냐,

이놈아 요란ᄒ다 우리가 아는 장단일다 이리 와 술이ᄂ 먹ᄌ, 셰놈이 들
어안져 술을 엇지 먹엇든지 하늘이 돈짝만 ᄒ야지고 셰상이 노랏케 되엿
고ᄂ 츈향이가 돈 셕양을 내여노으며 (츈) 이것이 약소ᄒ나마 드러가시
다가 약쥬나 ᄒ잔 먹고가오 (사령) 이게 될 말인가 쇠가 쇠를 먹고 살이
살을 먹는다고 자내가 이것 밧아갈 슈 잇나 그리ᄒ면셔도 돈을 꽁문이에
차며 입슈나 다들을 흔가 몰나 자- 우리 드러가셰, 츈향을 작별ᄒ고 셔
문 밧게 나오드니 셰

〈35〉

놈이 손길을 마조 잡고, ᄌ- 우리 노러 ᄒ아 ᄒ여보세, 그말이 썩 좃코
ᄂ, 빅구야 겅쳥 날지마라 너 잡으러 내 안이간다 셩상이 바리시니 너를
좃ᄎ 녀기왓다 옥루사창 화류즁에 빅마금편 쇼년들아 벽오동 칠현금을
알고 져리 즐기ᄂ냐 모르고 져리 즐기ᄂ냐 지음을 몰을진디 음률을 어이
알니 궁상각치우 오음육률을 나다려 뭇게 되면 궁텬디리를 디강만 이르
리라, 너 먼져 드러가ᄌ, 너 먼져 드러가잣고ᄂ, 이애 우리 그리지 말고
셰시 셔로 잡고 거드러거려 드러가보ᄌ, 그것 참 썩 조흔 말이다, 셰놈
이 샹토를 잡고 셜넝셜넝 드러가며, 츈향 사령 잡아드엿소, 사쏘가 어이
업셔, 이놈 츈향은 엇지ᄒ고 츈향 사령 잡아드럿다 ᄒ니 져런 죽일놈 잇
ᄂ, 흔놈 알외는디, 츈향이가 병드러 돈 셕양 쥬기로 셰놈이 ᄒ량식 난
호앗는디 인졍간에 못잡아 왓사오나 다시 분부ᄒ옵시면 인제는 츈향을
못잡아오면 소인의 엄이라도 디령ᄒ오리다 몰나 그럿치 소인 어미가 츈
향보다 일색이지오, 사쏘가 일색이란 말을 듯더니 (사) 네에 엄이가 일
색이면 나히가 몃살이냐 (사령) 예- 올에 아흔아홉이로소이다 (사) 밋
친놈이로구 이길노 급히 가셔 츈향을 불너오되 더듸 거힝ᄒ다가는 물고
를 낼 터이니 지금 속히 불너오ᄂ라, 뎌 사령들 령을 듯고, 쳔금일신 신
외무물이라 ᄒ엿스니 츈향의 사졍 보다 장하지혼이 될 것이니 밧비 불너

오자, 춘향의 집을 급히 느가 문전에 드러셔며, 여보소 셔울딕 홀일업네 드러가셰 거힝 잘못혼다고 힝슈집사 엄곤 치고 도사령 도군로는 결박흐

〈36〉

야 달앗스니 사셰 엇지 홀슈잇느 드러가셰, 츈향이 홀일업셔 관가에 드러갈제 헛트러진 머리는 귀밋헤 느러지고 썰리는 쵸마폭은 거듬거듬 거더안고 비마진 제비쳐럼 아장아장 것는 태도 왕소군 밉시로다, 관가에 드러가사 계화쵸 놉흔 담안 양류청청 그늘속에 감안이 청령 급쟝이 느셔며, 츈향이 현신이오, 사쏘 보시고, 참 만고일색이로구나 어셔 오르러라, 츈향이 사양타 못흐여 상방에 올느가 고양이 내 마신 듯이 웃둑이 안져 발발 쓰니 사쏘 보시고 연희 츄겻다, 어-어엽부다 어엽부다, 침어낙안이란 말을 과히 존가 흐엿더니 폐월슈화흐는 티도 보든 중에 쳐음이오 쌱이 업는 일색일다 설도문군 보랴흐고 익쥬즈사 즈원흐야 슴도몽을 쑨다더니 소문이 흐 장흐야 경향에 유명키로 밀양셔홍 마다 흐고 간신히 셔드러셔 남원부사 흐엿드니 오히려 눗덤벙여션착편이 되엿스나 록엽셩음자만지가 아즉 안이되엿스니 불힝중 다힝일다 구관책방 도령님이 네 머리를 언쳣다 흐니 도령님 가신 후에 독슈공방 홀슈잇느 응당 이부 잇슬 터이니 관속이냐 건달이냐 어려이 알지 말고 바른 디로 말흐여라, 츈향이 엿즈오디, 창녀에 즈식이나 기안에 착명치 안코 여염 싱쟝흐옵더니 구관딕 도령님이 년소혼 풍졍으로 쇼녀집을 츠져와셔 셔상가약 간청흐니 로모 허락흐고 리씨딕에 허신흐야 빅년긔약 밧들기로 단단 밍셰흐엿드니 호사가 다마흐야 도령님을 리별흐고 독슉공방 주야 샹사 츠질 날만 기딕리니 관쇽건달 이부 말슴 소녀게는 당치안소, 사쏘가 그말듯고 크게 웃고 칭찬흐디 얼골보고 말드르니 안팟흐로 일색일다 옥안종고다신루가 구양공의 글짝이라 인물 죠

〈37〉

흔 녀인들이 절힝이 업건마는 얼골이 옥갓흔 그 마음이 어엽부고 아름답
다 네 마음은 그러ᄒ나 리도령 어린 ᄋ희 장가들고 급졔ᄒ면 쳔리타향
잠시 작란 네 싱각 홀수잇ᄂ 가련흔 네 신셰가 꼿가지에 셔리오 약흔 풀
에 씌슬이라 황혼약 간디업고 빅두음을 읇ᄒ면은 그 안이 불샹ᄒ냐, 네
가 유식ᄒ다 ᄒ니 사긔로 이르리라 녯눌 예양이는 지쵸부의 수졀이라 네
가 나를 위히 수졀ᄒ면 예양과 일반이라 의복단장 곱게 ᄒ고 오날붓터
수쳥ᄒ라 츈향이 엿즈오디, 츈향의 먹은 마음 사쏘님과 달으외다 올나가
신 도령님이 무신ᄒ야 안츠즈면 반쳡여의 본을 밧아 옥챵형영 직히다가
이몸이 죽사오면 황능묘를 츠져가서 이비 혼령 뫼시옵고 반쥭지 졈은 비
에 놀아볼가 ᄒ옵는디 지쵸 수졀ᄒ란 말슘 소녀씌는 당치안소, 사쏘가
도님쵸에 츈향힝실 모르고셔 경형히 불너셔 ᄒᄂ 말이 이러ᄒ니 긔특타
칭사ᄒ고 고만 내여보닛스면 관촌무사 조흘 것을 싱긴 것이 ᄒ 묘ᄒ니
욕심 잔득 나셔 불너보면 될쥴 알고 졀즈를 가지고셔 한번 잔쏙 으르것
다, 허허 이런 시졀 보소 기싱 수졀흔단 말을 뉘가 안이 요졀홀가 분부
거졀키는 간부사졍 간졀ᄒ야 별층졀을 다 말ᄒ니 네 죄가 졀졀가통 형장
아리 긔졀ᄒ면 네 쳥츈 속졀업다, 츈향이 결을 내여 불분사싱 엿즈오되,
사쏘는 량반이라 례졀을 아시려든 수졀 부녀 억탈ᄒ면 위민부모 도리 졀
차 졀당ᄒ다 ᄒ오릿가 훼졀ᄒ는 부졍남즈 졀치부심ᄒ오이다, 사쏘가 그
말 듯고 두눈이 캄캄 코궁기 쎅쎅 목이 콱 쉬며 망근 편즈가 툭 끈어지며
상토 웃고가 발근 넘고 턱을 덜덜 쓸드니 (사) 이리오너라 (통) 예-의
(사) 이년 잡아내여라 (통) 예

〈38〉

-의 급쟝 (급) 예-의 (통) 츈향 잡아내라 (사) 예-의, 뎌 사령 거동보아

라 우루루 달녀드러 츈향의 머리치를 휘휘친친 검쳐 쥐고 동당이쳐 잡아
드렷소, 큰아큰 형틀에다 덩그럿케 올녀미고 (사) 형리 거기 잇느냐
(형) 예-의 형리 디령흐엿소 (사) 뎌년을 쩌려죽일 터이니 다짐쓰라
(형) 예-의, 형리 다짐써셔 분부흐되, 여의신이 챵가소부로 부종관장지
엄령흐고 발악거역흐니 신위쳔기로 자칭 정졀이 죄당만사라 즉위 타살
흐야 이일중빅흐리니 죽기를 셜워마라, 형리 다짐장을 들고 나려가 츈향
다려 다짐두라 흐니 츈향이 다짐흐되 조금도 굴치 안코 쳘장굿치 다짐둔
다 한 일ᄌ 드르르 그은 후에 마음 심자 그 아러 쓰고 붓더를 내던지고
요만흐고 안졋고나, 집장사령 거동보라 팔쳑쟝신 키큰 사령 전통갓흔 큰
팔 쎼여 윈억기에 둘녀메고 형장 담박 안아다가 츈향 압헤 졀컥 노니 쳘
셕간장 다 쩌러진다 형쟝다발 좌르르 펼쳐노코 이놈도 골나 능청능청 뎌
놈도 골나 능청능청 그중에 졸먹고 등심업는 놈 골나니고 이만흐고 셔잇
스니, 사쏘 분부흐되, 네 이년을 쳣미에 두 다리가 툭 부러지게 치되 만
일 헐장흐면 집장사령놈 죽으리라, 집장사령이 업디면셔, 뎌만흔 년을
일호사정 두오릿가 부러지게 치오리다, 미오 치라 소리에 발갓쵸아 물너
셧다 달녀드러 한 기를 딱 붓치니 부러진 형장가자 공중에 푸르르 쩌나
가고 오류월 급흔 비에 벼락치는 소리로다 고쵸갓치 독흔 츈향 사지륙쳬
를 바르르 쩔며 장중에 글짓듯흐야 차례로 알외는더 일ᄌ로 알외리다 일
편셔거 우리 랑군 일각삼추 보고지고 일부종사 구든 마음 일시 형

〈39〉

익 가소롭다 일만번 죽사온들 일호 변깅흐오릿가, 이ᄌ 낫을 딱 붓치니,
이ᄌ로 알외리다 이군불사 충신이요 이부불경 열녀로다 이월요도 매진
가약 이셩지합 분명흐니 이쳔리 류찬흔들 이심을 두오릿가 이팔청춘 춘
향정곡 이텬명촉흐옵소셔, 삼ᄌ 낫을 딱 붓치니, 숨ᄌ로 알외리다 삼싱
구사흐드리도 숨강을 이즐잇가 삼광갓치 빗는 마음 삼종지의 품엇스니

슴싱가약 즁흔 몸을 슴월화류아지오마, 사즈 낫을 짝 붓치니, 사즈로 알외리다 사오셰로 익힌 것이 사셔삼경 셩훈이라 사유사단 어진 졍사 사경 안도 바랏더니 사시장쳥 곳은 졀힝 사흉 치죄 윈일이요, 오즈 낫을 짝 붓치니, 오즈로 알외리다 오마로 오신 사쏘 오륜을 밝히시오 오품불슌 흐는 관장 오형 엇지 모르릿가 오십삼쥬 우리 도니 오교불힝 뎨일이오 (사) 네 그년 디젼통평 모르는고나, 츈향이 엿즈오되 (츈) 디젼통편이 무엇인디 자셰히 알어지다, 사쏘 형리 불너, 디젼통편 니여놋코 츈향의게 졔 죄상을 일너라, 형리 다시 업쳐, 츈향아 드르라 디젼통편에 흐엿스되 모반디역흐는 죄는 릉지쳐참흐라 흐고 거녁관장흐는 죄는 엄치졍비 의당흐니 너 죽는다고 셜워마라, 츈향이 엿즈오되, 디젼통편에 법이 그러흘진디 유부녀 강간흐는 죄는 엇지흐라 흐엿나요, 사쏘가 한번을 쮜더니, 이놈 져런 요망흔 년을 어셔 쩌려라, 륙즈 낫을 짝 붓치니, 륙즈로 알외리다 륙국유셰 쇼진이 륙왕을 달니것만 륙월비상 츈향원졍 륙부오장 가득흐니 륙방관속 다 보는디 륙신을 쩌져주오, 칠즈 낫 짝 붓치니, 칠즈로 알외리다 칠셕은하 견우직녀 년년상봉이건마

〈40〉

는 칠빅리 가신 가장 어이 이리 못보느냐 칠년 사라 무엇흐리 칠쳑도부 슈 겹 안느오 칠보홍장 속졀업시 칠분귀 되엿셰라, 팔즈 낫을 짝 붓치니, 팔즈로 알외리다 팔십셔리 티공 만나 팔빅졔후 귀순흔들 팔즈쌍미 츈향졍곡 팔분이나 굽히릿가 팔불츌 사도뎡 톄즁에 졔일이오 (사) 압다 그년 쩌져죽일년 어셔 쩌려라, 구즈 낫을 짝 붓치니, 구즈로 알외리다 구고에 학이 되여 구만장공 놉히 나라 구곡간쟝 밋친 한을 구즁심쳐 알외고져 구월상풍 요락흔들 구월황화 이울닛가, 열기를 짝, 열이오−, 십즈로 알외리다 십싱구사 이니 마음 십이시로 한심인디 십기 친다 훼졀흐리 십칠셰 츈향 졍셔 십오야 밝은 달이 구름속에 드럿도다, 열다섯을 넘

겨 치니, 이십으로 알외리다 이십문장 조장곳치 도령님 남유ㅎ야 이십오
현 황영고조 춘향원 푸러주오, 숨십도를 밍쟝ㅎ니 빅셜갓흔 두다리에 술
혼점이 업셔지고 부러진 쪠쑨이라, 사쏘 탄왈, 예- 그년 모질기로 이를
진디 독스 이상이오 독ㅎ기로 이르면 고쵸 이상이로군 어린년이 쟝리 크
게 일 져즈르겟다고 그년 큰칼 씨워 황쇄 족쇄로 하옥ㅎ여라, 사령이,
예-의, ㅎ더니 츈향을 글너 형틀 아러 나려노으니 호흡을 불통ㅎ야 거진
죽는고나 사령이 울며 큰칼을 씨우며 스쏘를 욕ㅎ고 혹쉬ㅎ기도 ㅎ며 눈
을 홀기고 탄식도 ㅎ며 칼머리 인봉ㅎ고 얼둥거려 고히 드러 슴문밧 니
치니 이쎄에 츈향모가 우르르 달녀드러 츈향을 훌쳐 안고 익고 니쏠 죽
엇고나, 목을 안고 둥글둥글, 명찰ㅎ신 하나님 니쏠 츈향이 죽엇슴니다
살녀주오 살년주오 익고 정령 죽겟고나 낸들 스라 무엇ㅎ랴, 쎠다 공즁
쎠러져 목덥이

⟨41⟩

질 덜컥덜컥 려산폭포 물쓸틋 디굴디굴 굴면셔 여보 사쏘 니쏠 엇지 쳐
죽엿소 렬녀 춘향 몰나보고 위력겁탈ㅎ랴 흔들 언으 발겨 쎠질 년이 이
미 무섭다 굴복ㅎ며 죽기 셜워 훼졀홀가 하나님도 무심ㅎ고 부쳐 미륵
령험업네 향단아 관약방 급히 가서 쳥심환을 스오너라 동변을 밧어라 동
변을못밧으면 니가 누마 크단 함지를 디고 와르르 오줌 누어 그 오줌에
약을 기여 츈향입에 드러부니 츈향이 잠시간에 찌여나는지라 춘향모 통
곡ㅎ고 향단이도 통곡ㅎ고 아젼 통인 관로스령 남원부즁 노소남녀 소문
듯고 드러와 보고 혀를 쓸쓸 발구르며 울며 ㅎ는 거동 누가 보고 아니
울냐 이쎄에 츈향이가 기성 갓고 보게 되면 오입장이 기성들이 와서 인
스를 ㅎ련마는 기성이 안인고로 그런 일이 업더니라, 춘향 셜이 울며 칼
머리 들고 향단이는 춘향 업고 나온는디 남원부즁 로인 과부 울며 달여
드러, 음젼ㅎ다 긔특ㅎ다, 칭찬ㅎ며 눈물 흘녀 혀도 차며 춘향을 밧드러

셔 옥으로 니려갈졔 옥ᄉ졍이 압흘 셔고 감옥형리 뒤를 ᄯ라 옥문젼 당도ᄒ니 장셩ᄀᆺ치 잠긴 문을 와당퉁탕 덜컥 열고 츈향 넛코 문 치우니 츈향모 긔졀ᄒ고 향단이는 ᄯᅡᆼ을 치며, 이고 앗씨 엇지ᄒ리 이고 앗씨 엇지ᄒ리 뒤에 ᄯ라오든 부인 ᄶᅦ우름이 이러ᄂ니 옥ᄉ졍이 감옥형리 발구르고 도라셔며, 앗가워라 불상ᄒ다 ᄎ고찬 져 옥즁에 져것 죽지 살슈 잇나, 탄식ᄒ고 드러가니 츈향이 졍신ᄎ려, 어머니 셜워 말고 긔쳬 안보ᄒ옵시면 쇠업는 츈향봄이 셜마 한들 죽소릿가 슈화검창즁이라도 안이죽고 살 터이니 걱졍마르시고 집으로 가옵소셔 만일에 안가시고 져리 울고 계시오면 불효ᄒᆫ 말슴이나 지금으로 죽을 테이니 가소셔 가

<h2 align="center">〈42〉</h2>

쇼셔 울음쇼리 긔가 막혀 경각에 죽겟도다 츈향모 홀일업셔 ᄯᆯ을 옥즁에 두고 텬지가 아득ᄒ야 업더지며 잡바질졔 그ᄶᅦ 왓든 여러 부인 츈향모를 잇ᄯ러셔 집으로 나간 후에 츈향이 셜이 울며, 불상ᄒ신 우리 모친 아버지 업시 나를 길너 공도 들고 힘도 드러 고이고이 길너니여 조흔 일은 못보시고 눈압헤 모진 일만 졀졀이 당ᄒ시니 불효막디 이년 몸이 죽ᄌ희도 안이되고 사ᄌᄒ니 부모 근심 죽도 ᄉ도 못ᄒ겟네 더런 년의 팔ᄌ로다, 향단이 게 잇ᄂ냐 (향) 예-, 니 걱졍은 아여 말고 집으로 건너가셔 이웃집 부인네ᄭᅵ 신신이 간쳥ᄒ야 어머니 우시거든 위로ᄒ야달나 ᄒ고 미음원미 ᄌ로 쑤어 시시로 권케 ᄒ고 비취칙상 문갑 안에 인슘 열근 드럿스니 조셕으로 진케 다려 어머니ᄭᅵ 드리고 나업다 셜워말고 어머니ᄭᅵ 간권ᄒ면 안이죽고 ᄉ라나셔 네 은혜를 갑흐리라 네 마음을 니가 아니 별당부 잇겟ᄂ냐 듯기 시른 우름소리 니 간장 다 녹으니 울지말고 나가거라, 향단이 도라보니고 츈향이 홀노 안져 옥즁형용 살펴보니 압문에 살이 업고 뒤벽에 외만 남아 동지셧달 찬바롬은 살쓰듯이 드리불고 헌ᄌ리에 흙먼지는 발길이 ᄲᅡ지도다, 내 죄가 무슴 죄냐 국곡투식ᄒ얏는가

살인범죄ᄒᆞ얏는가 엄형중치 항쇄 족쇄 옥중엄슈 웬일이냐 어화 셰상 가
소롭다 이 지경 되엿스니 한탄ᄒᆞ면 무엇ᄒᆞ며 이통ᄒᆞᆫ들 무엇ᄒᆞ리, 욕ᄉᆞ욕
ᄉᆞ 분ᄒᆞᆫ 마음 머리를 부듸치며 복침통곡 슬피 운다 비몽ᄉᆞ몽간에 장쥬가
호졉되고 호졉이 장주되여 실갓치 남은 혼빅 바롬인지 구름인지 한 곳을
당도ᄒᆞ니 텬공디활ᄒᆞ고 산명슈려ᄒᆞᄃᆡ 은은ᄒᆞᆫ 죽림쇽에 일층화각이 밤비
에 잠겻더라, 딕뎌 귀신 단이는 법이 비풍

<h2 style="text-align:center">〈43〉</h2>

어긔ᄒᆞ고 승텬입지ᄒᆞᄂᆞ니 츈향의 꿈혼빅이 침상편시에 만리소상강을 갓
든 것이엿다 츈향이 아모란 줄 모르고 사면으로 방황홀졔 안으로 단졍이
소복ᄒᆞᆫ 차환이 츈향 압흘 당도ᄒᆞ야 공손이 읍ᄒᆞ야 왈 우리 랑랑끠셔 랑
ᄌᆞ를 쳥ᄒᆞ시니 이리로 오옵소셔 쌍등 도도 드러 압길을 인도커늘 츈향이
뒤를 ᄯᆞ라 중계애 다다르니 검은 현판에 황금 디자로 삭엿스ᄃᆡ 만고뎡렬
황능묘라 두렷이 붓쳣거늘 심신이 산난ᄒᆞ야 두로두로 살펴보니 당장에
빅의 입은 두 부인이 옥픠를 느짓 드러 좌석을 쳥ᄒᆞ거늘 츈향이 무식지
안이ᄒᆞ야 례졀을 아는 스람이라 스양ᄒᆞ야 엿즈오ᄃᆡ, 몸이 진셰 쳔인으로
존엄 좌석에를 엇지 감혀 올으릿가 부인이 그말 듯고, 긔특ᄒᆞ고 엄졘ᄒᆞ
다 조션이 ᄌᆞ고로 례의방이라 긔ᄌᆞ유풍이 잇셔 쳥루 츌신 소셩으로 뎌런
졀힝 싱겻도다 니가 일젼 조희차로 옥경에 올나갓더니 너의 칭찬이 자자
키로 네 얼골 보고 십흔 마음 춤을 길 바이 업셔 너를 만리소상으로 쳥ᄒᆞ
야 왓스나 착ᄒᆞ고 어진 스룸으로 슈고를 식엿스니 심히 불안ᄒᆞ도다 ᄌᆞ고
로 영웅달사 고초를 격근 후에 영화가 싱기나니 남녀는 다를 망졍 소우
는 갓흐니라, 츈향이 계ᄒᆞ에 국궁지비ᄒᆞ고 엿자오ᄃᆡ, 쳡이 비록 무식ᄒᆞ
오나 일즉 고셔를 보오니 부인에 놉흔 사젹 오미불망 소원되야 엇지ᄒᆞ면
속히 죽어 부인에 존안을 앙디홀고 주야 츅원 바랏드니 오날날 황능묘에
부인을 디ᄒᆞ오니 졔가 이졔 죽사온들 무슴 한이 잇소릿가, 부인이 그말

드르시고 네가 우리를 안다 ᄒ니 이리로 올나오라, 시녀로 인도ᄒ야 한
편에 안친 후에 부인이 글ᄋ사ᄃ, 네가 나를 안다 ᄒ니 나의 말을 드러
보라 우리 셩군 디슌씨 남슌슈ᄒ시다가 창

<h3 style="text-align:center">〈44〉</h3>

오산에 붕ᄒ시니 쇽졀업는 이 두 몸이 수샹강 디슈풀에 피눈물 ᄲ려ᄂ니
가지마다 아롱아롱 입입히 원혼이라 챵오산봉샹슈졀이라야 죽샹지루니
가멸이라, 쳔츄에 깁흔 한을 호소홀 곳 업셧더니 너를 보고 말이로다,
말이 맛지 못ᄒ야 부인이 방셩디곡ᄒ니 좌우 안진 부인 일시에 긔동ᄒ더
라 부인이 울음 긋치고 손을 드러 갈르쳐 왈, 츈향아 네가 여러 부인을
다 모르리라 이는 틴임이요 이는 틴ᄉ오 이는 틴강이오 이는 밍강이로다
이 말을 맛지 못ᄒ야 남벽에셔 엇던 부인 츄츄이 울고 나와 츈향 등을
어로만지며, 네가 츈향이라 ᄒ나냐 갸륵ᄒ고 긔특ᄒ다 네가 나를 모르리
라 나는 누구인고 허니 진루명월옥소셩의 화션ᄒ든 롱옥이라 소사에 안
히로셔 주화산 리별 후에 승룡비겨 한이 되여 옥소로 원을 풀미 곡즁비
거부지쳐에 산하벽도츈ᄉ기라, 말이 맛지 못ᄒ야 동평에 엇던 부인 단졍
이 드러오며 츈향에 손을 잡고, 여보게 츈향이 ᄌ네 나를 엇지알니 나는
누구인고 ᄒ니 십셕명주로 샤던 나슌의 소이 록주로다 불측ᄒ 조와륜셕
나와 무슴 원슈런가 루젼각ᄉ분운셜ᄒ니 졍시화비옥쇄시라 락화유샤타
루인은 나의 원혼 그 안인가, 말을 치 긋치랴 말랴 음풍이 일어나고 찬
긔운 소삽ᄒ며 음운이 자옥ᄒ고 촉불이 벌넝벌넝 휘휘쳐 툭 ᄶ지며 무엇
이 ᄶ그르르 압헤 와 덜커덩ᄒ는디 이것은 ᄉ롬도 아니오 귀신도 안이오
의희 운운ᄒ 가온디 귀곡셩이 랑자ᄒ며, 여보아라 츈향아 네가 나를 모
르리라 나는 한고조 안히 쳑부인이로다 우리 황뎨 룡비 후에 여후에 독
ᄒ 솜씨 조왕여의룡짐살ᄒ고 나의 수족 끄는 후에 두 눈 ᄲ고 암약 먹여
인쳬라 일흠 지여 칙간쇽에 잡아너으니

<45>

쳔츄에 깁흔 한을 호소할 곳 업셧더니 너보고 이 말이라, 그 말이 맛지 못ᄒ야 문득 상군부인이 츈향을 불너 왈, 이곳이라 ᄒ는 디가 유명이 로 주ᄒ고 원회가 ᄌ별ᄒ니 오리 유치 못할지라 녀동 불너 하직식여 급히 가라 지촉ᄒ니 츈향이 하직ᄒ고 일보이보 나올 젹에 동방의 실솔셩이 스르르 이러나며 일쌍호졉이 펄펄 쌈작 놀ᄂ 씨다르니 원촌에 닭이 울고 주각에 파루는, 뎅뎅-, 유한이 쳠비ᄒ며 졍신이 쇄락커늘 문을 열고 니다라보니 이ᄯ는 오경 텬긔라 일편셔경월이오 슈행남비안이로다 쳥쳔에 ᄯᆫ 기력이 옹옹흔 긴소리로 쌱을 불너 울고 가니, 오ᄂ냐 기력이야 소즁랑 희상에 편지 젼흔 기력이냐 수벽사 명양안티 쳥원을 못익이여 울고 가는 기력이냐 니 한 말 드러다가 우리님ᄭᅵ 젼ᄒ여라 말을 맛고 바라보니 기력이 간디업고 창망흔 구름속에 별과 달이 발앗스니 무료ᄒ기 그지 업셔 소리를 나직ᄒ야 통곡ᄒ야 셜이 울졔 그렁져렁 날이 시니 달은 지고 히ᄶᅥ온다 문간ᄉ령 츙츙 나와 (사령) 사졍이 (사졍) 웨야 (사령) 니일 아츰 조ᄉ 후에 츈향 올녀 죽이랴고 형장 만이 ᄶᅡ가 올니라 ᄒ옵시니 악갑고 불상ᄒ다 츈향이는 죽ᄂ니 여보소 츈향 보소 셔울 편지ᄂ ᄒ라 ᄒ쇼, 사령은 드러가고 사졍이 츈향 보고, (사졍) 여보 셔울딕 편지 흔 장 ᄒ시오 셔울셔 알고보면 그져 잇슬 이가 잇쇼 (츈) 그도 당연ᄒ오 사름 ᄒ아 엇어쥬쇼 도령님 모시고 거ᄒ리ᇰᄒ든 방ᄌ 불짝쇠 불너오니, 츈향 반겨ᄒ는 말이, 돈 열량 지금 쥴 것이니 셔울 가 단여오면 동의 흔벌 ᄒ여쥼세 (방) 두말 말고 편지 쓰쇼 쥬야비도 단여옴세, 츈향이 편지 쓰는 디 쳔연흔 눈물 옷깃을 젹시며 조희 져져 글ᄌ가 슈목진다 편

<46>

지 속니 식일진디 쳘셕각장 다녹는다 그즁에 무명지 손가락 아드득 씨무

러 혈셔를 쑥쑥쑥 찍어 봉ᄒ고 ᄯᅩ 봉ᄒ여 쥬며, 빅번 부탁ᄒ난 말이, 밧부고 ᄯᅩ 밧버도 도령님 답장 쓸ᄶᅥ 지쵹을 부디 말고 슈히 밧비 단여오쇼, 편지 써셔 보닌 후 장탄식 우는 말이, 편지는 간다마는 나는 엇지 못가ᄂᆞ냐 셔울이 얼마 멀며 산은 몃산 넘어가며 물은 몃물 건너가나 ᄂᆞ리 도친 학이 되여 ᄶᅥ수루르 날아가셔 님의 얼골 반겨 보고 셰셰원졍ᄒ여 볼가 그리도 못ᄒᆞᆯ진디 이몸이 죽어져셔 공산에 두견되야 리화월빅 젹막ᄒᆫ디 귀쵹조 슯히 울어 님의 귀에 들엿스면 나인쥴 알으실가, 길이 탄식 셜니 울졔 이ᄯᅥ 도령님은 경셩에 올나가 놀지 안코 공부ᄒᆞ야 과거를 고디터니 알셩과를 보이거늘 리도령의 거동보쇼 장중에 드러간다 동인 사쵸 강목 옥편 장막 표장 등ᄯᅥ 우산 표젼말 장목 갓초 묵거 구죵 지여 압셰우고 장중에 드러가 현뎨판하 등ᄯᅥ 꼿고 장젼을 바라보니 빅셜갓튼 빅목치일 보계 우에 놉히 치고 셰빅목셜 포장은 구름갓치 둘넛ᄂᆞᆫ디 어젼을 바라보니 위의가 엄숙ᄒ다 양산일산 쳥홍 흑긔 긔번 보둑 봉미션과 룡긔 봉긔 호미창자 긔창 삼지창은 월도 힝오를 졍졔ᄒ고 시위 볼짝시면 병조판셔 번병이오 도총관 별운금 승사각신 느러셧다 금관조복 졔졔ᄒ고 셔디옥디 총총ᄒᆫ디 사모풍디 쌍학흉비 호슈림식 쳥쳘익에 착군복 픠동긔는 션젼관이 분명ᄒ다 션상에 훈련디장 즁앙에 금군별장 후상에 어영디장 총관사 별군직과 좌우포장 느러셧다 위닉금군 칠빅명 젼명사암 별감이며 무예츠지 통장이라 가젼가후 별디마병 좌우에 졔원사령 팔십명 라장이며 근장군사 디답ᄒ고 어젼회ᄌ 버려셧다 시위를 졍

〈47〉

졔 후에 사알이 고셩ᄒ야 시관 젼진 젼진, 시관이 고복ᄒ 후 디독관이 밧아들고 현졔판에 거러노니 글졔에 ᄒ엿스되, 일즁광월즁륜셩즁휘즁륜,이라 두렷이 결넛거늘 슈만 다사 션비들이 글졔가 넌츌져셔 명의를 미졍ᄒ야 희고믹믹ᄒ는고나 츠시에 리도령은 룡연에 먹을 갈아 호황모

무심필노 일필휘지ᄒᆞ니 문불가점이라 일텬에 션장ᄒᆞ니 상시관 이 글을 보고, 필법도 히경ᄒ고 문체도 로련ᄒ니 글ᄌᆞ마다 비점이오 구귀마다 관주로다, 졍슘하에 등을 믹여 휘장ᄒᆞ야 니쓰리니 장원급뎨ᄒᆞ엿고나 상전 탁봉ᄒ 연후에 봉니를 더독ᄒ니, 유학 신 리몽용 년 십칠 본 연안 거경, 부 통졍디부동부승지 찬관 수찬관 리쥰상 리몽룡 성명 슘ᄌ 적어 니여드리니 졍원ᄉ령 나온다 졍원ᄉ령이 나온다 쳥철익 압혜 치고 ᄌᆞ솃치 긴소민를 보기 좃케 활기치며 장원봉 연못가에 두럿이 나셔면셔 리쥰상 ᄌ계 리몽룡 리몽룡, 이슴호 부르ᄂᆞᆫ 소리 장즁이 뒤집히며 츈당디가 쩌ᄂᆞ간다 션풍도골 리몽용은 세수를 다시 ᄒ고 도포를 곳쳐 입고 션거름에 썩 나셔니 졍원ᄉ령 부익ᄒᆞ야 실니 진퇴ᄒ 연후에 신급제 리몽용은 특이사악ᄒᆞ시고 부수찬을 졔수ᄒᆞ시니 홍화문밧 나올적에 머리에 어사화 몸에 쳥슘이라 은픠쳥기 젼도ᄒ고 금의화동은 쌍쌍이 느러셔셔 옥겨를 희롱ᄒ고 가진 풍악 길넘불 여민락에 억기춤이 졀노 난다 수만명 션비들이 셔로 보기를 닷토와 업더지며 잡바지며 뉘 안이 츙찬ᄒᆞ며 뉘 안이 부러ᄒ리 장원 마음에는 한림디고 못지니고 졔슈옥당 셥셥ᄒᆞ나 텬은을 엇지ᄒ리 옥당에 번을 드러 소디를 치른 후에 직소에 안졋더니 하번 옥당 입시ᄒ라 ᄉ알이 젼명ᄒ니 리슈찬 밧비 거러 승명

〈48〉

입시 젼진ᄒ니 순순 ᄒᆞ교ᄒᆞ시기를, 궁궐이 깁고 깁허 ᄉ희가 막막ᄒ니 불상ᄒᆞᆯᄉ 빅셩이라 창셩의 질고ᄉ 일일 삷히려고 팔도어ᄉ 보니ᄂᆞᆫ디 량샤 문신 같이 ᄂ니 너의 싱긴 모양 보고 너의 지은 글을 보니 ᄉ즉에 다 힝이오 빅셩의 복이로다 나히는 비록 졀멋ᄉᆞ나 동후쳑을 담임 식혀 호남어ᄉ 특차ᄒ니 빅셩을 ᄉ랑ᄒ고 슈령목빅 치불치와 효자졀부 누구누구 유루업시 장게ᄒ 후 조심ᄒᆞ여 단여오라, 마펴 유쳑 ᄒᆞᄉ커늘 한림이 황공ᄒᆞ야 고두ᄉ은 엿ᄌᆞ오디, 나어리고 지조업시 범방에 남비증쳥 셜령 못

ᄒᆞ와도 왕쥰의 츙심을 본밧고져 ᄒᆞ옵ᄂᆞ니 쳑벌장부ᄒᆞ옵기를 탄셩도보ᄒᆞ 오리다, 하직 슉비 물너나와 군명을 봉승ᄒᆞ야 급급히 쩌놀 젹에 남디문 밧 썩 니다라 쳥푀역마 잡어타고 칠푀 팔푀 비다리 지ᄂᆞ 아이고기 넘엇 고나 동작강 얼풋 근너 남티령을 넘어 과쳔 드러 즁화ᄒᆞ고 밧막역 굴아 타고 닝쳔고개 인덕원 굴이슐막 군포닉ᄉ 근니 지지디 넘어 미륵당이 괴 구정 지니여 영화역마 굴아타고 수원북문 드리다라 남문밧게 슉소ᄒᆞ고 상하류변 시슐막과 디힝교 빗켜 놋코 쩍젼거리 지니 진개울 즁미 넘어 오뮈진을 지니여 진위 드러 즁화ᄒᆞ고 회게원 넘어 칠원 지나 가양역마 가라타고 소시슐막 슉소ᄒᆞ고 평원광야 너른 뜰를 순식간에 얼는 지니 셩 환역마 가라타고 텬안 드러 즁화ᄒᆞ고 슴거리를 지니여 굴모롱 다다라 디 평을 지니여 핑나무정에 즁화ᄒᆞ고 인지원 잠간 넘어 광정역마 가라타고 노셩읍니 얼풋 지ᄂᆞ 평창역마 가라타고 은진읍을 지니여 황학졍 슉소ᄒᆞ 고 잇흔놀 평명후에 타신 역마 계폐ᄒᆞ고 슴비도 변복ᄒᆞ고 역리역졸 모다 불너 은밀리 단속ᄒᆞ야 각기 분발ᄒᆞ시는디, 말

〈49〉

는 예셔 니다라셔 려산 익산 금구 티인 졍읍 고부 흥덕 고창 무장 장셩 광주 남평 룽쥬 화슌 동복 창평 옥과로 도라 금월 십오일 오시 남원 광활 누로 디령ᄒᆞ라ー, 예ー의, 나는 예셔 전주 임실 무주 룡담 금산 진안 쟝슈 순챵 담양 들너 운봉 단여 남원 사십팔면 소소히 염탐ᄒᆞ고 부즁안에 머 물 것이니 너의들이 급급히 단여오디 십문이 불여일견이라 남에 말을 밋 지 말고 탐관학민 불법지사와 불츙불효ᄒᆞ는 놈 남을 음희ᄒᆞ는 놈 슐먹고 우악ᄒᆞ야 로인존장 모르는 놈 살인ᄒᆞ고 음치혼 놈 국곡투식ᄒᆞ는 놈 유부 녀 강간혼 놈 남에 분묘 스굴혼 놈 어진 안희 무함ᄒᆞ고 가장 두고 셔방ᄒᆞ 고 졔것 두고 빌어먹고 주식잡기로 판난 놈 남의 집 츙화혼 놈 낫낫치 적어쥐고 금월 십오일 오시에 광한루로 일일이 등디ᄒᆞ라ー 예ー의, 이럿

틋 분부ᄒ야 각쳐로 보닌 후 려산읍 당도ᄒ야 가가호호 면면촌촌 동리마
다 렴탐홀졔 렬읍 각관 슈령들이 어ᄉ 낫단 말을 듯고 환상에 일이 날가
셰미에 츅이 놀ᄉ가 공사에 실슈를 홀가 션치ᄒ기 힘을 쓴다 이ᄶᅢ에 어
ᄉ쏘는 역마 역졸 셔리 즁방 각쳐로 다보닉고 독힝으로 닉려갈계 건너
빗탈 좁은 길노 아히 ᄒ나 올ᄂ온다 초록다님 감기발 류승마포 윈골견디
허리 둘너 잘끈 미고 ᄒ발 넘은 육노리치 량ᄭᅳᆺ 잘ᄂ 쑥쑥 집고 셜넝셜넝
올ᄂ오며 계 셔른 신셰자탄 노리를 ᄒ다, 어이 가리너- 어이 가리너- 한
양쳔리 어이 가랴 도로는 멀고 먼디 한양이 어디메냐, 엇던 사름 팔자조
하 일디영화 부귀ᄒ고 이놈 팔자 어이ᄒ야 이디지도 곤궁ᄒ야 길품 팔녀
나셧ᄂ냐 니 신셰는 팔즈이나 츈향신셰 가이업다 모지도다 모지도다 독
ᄒ도다 신관ᄉ쏘가 모지도다 렬녀 츈향 몰나보고 위력

〈50〉

겁탈ᄒ려 ᄒ들 숑쥭갓치 구든 졀ᄒᆼ 게 뉘라셔 굽히리오 어이 가리너- 어
이 가리너- 어사쏘 송ᄒ에 쉬며 그 아히 노리를 드르니 눈이 아득ᄒ고
가삼 답답 간쟝이 스러지는 듯 졍신이 업시 안졋다가 그 아히가 당도커
늘, 아나 이익야 불으니 이놈이 시골놈이라 장이 ᄲᅯᄲᅯᆺᄒ겟다 (아) 아 웨
불으오 보아ᄒ니 새파란 졀문 양반이 나만흔 총각어른을 보고 아나 이익
(어) 이익 니가 잠간 실슈ᄒ엿다 노ᄒ지 마라 그러나 너 엇의 사ᄂ냐
(아) 엇의 살아 우리 시골 살지 (어) 안이 이익 니가 실슈ᄒ엿다 ᄒ면
고만이지 왜 네가 쏘나냐 엇의 살어 (아) 남원읍에 사오 (어) 엇의 가ᄂ
냐 (아) 서울 구관딕 편지 가지고 가오 (어) 이익 그 편지 좀 보자 (아)
여보 남의 규즁편지 사연이 엇지된 쥴 알고 임의로 보잔 말이오 (어) 네
말이 올타마는 무식ᄒ 말이로다 녯글에 일넛스되 힝인림발우기봉이라
ᄒ엿스니 ᄶᅥ여보면 관게 잇나냐, 그놈이 허허웃고, 차소위 베주머니의
숑드럿다더니 쏠불견이로고 그리ᄒ오, 편지를 닉여쥬니, 어사쏘 편지를

밧아 피봉을 쎄고 보니 츈향 글시 분명ᄒ고나 편지 사연 ᄒ엿스되, 별후
광음이 우금 삼지에 쳑셔가 단절ᄒ야 약슈슴쳔리에 쳥조가 끈어지고 북
히 만리에 홍안이 업스매 북텬을 바라보매 망안이 욕텬이오 운산이 원격
ᄒ니 심쟝이 구열이라 리화에 두견 울고 오동에 밤비 올졔 젹막히 홀노
안져 샹사일염 디황텬로라도 츠한은 난졀이라 무심호 호접몽은 쳔리에
오락가락 졍불지억이오 비불즈승이라 오읍쟝탄으로 화조월셕을 보니더
니 신관사쏘 도임 후에 슈쳥 들나ᄒ옵기에 져사모피ᄒ옵다가 참혹호 악
형을 당ᄒ야 모진목

<h3 style="text-align:center">〈51〉</h3>

슴이 끈치든 안이ᄒ엿스나 장하지혼이 미구에 될 터이오니 바라건디 셔
방님은 기리 만죵녹을 누리시다 쳔추만세 후 후싱에ᄂ 다시 맛ᄂ 리별업
시 살아지이다, 평사에 락안쳐럼 피흔젹이 쑥쑥 찍헛거늘 어ᄉ쏘 편지
들고 싸에 업더지며, 어이 어이, ᄒ니 아해놈 긔가 막혀 (아) 여보 이 량
반 눈물에 편지 졋소 츈향 편지 보고 삼디샹 지닐 찌는 만일 츈향 부고
보앗더면 머리 풀겟소 구려ᄂ 여보 츈향이와 엇지 되오 (어) 이이 엇지
되여 그리홈이 안이라 편지보니 사연도 불상ᄒ고 혈셔를 ᄒ엿스니 목셕
인들 보겟ᄂ냐, 이쩌 그 아히 쏠쏙쇠는 남원 칙방 방즈로 츈향의 쳥조되
야 오리 거힝ᄒ얏스니 십년이 되엿기로 사쏘를 몰나볼 니가 잇겟ᄂ냐 이
것은 다 광디에 롱담이든 것이엿다 방즈 어ᄉ쏘를 노상에 뵈옵고 문안ᄒ
고 견디에 셔간 너여 올닌 후에 츈향 전후사정 낫낫치 고ᄒ거늘 어사쏘
이를 갈며 말슴을 방즈 듯ᄂ디 싱각지 안이ᄒ고 함부루 ᄒ셧것다, 이놈
을 단박에 슴문출도ᄒ야 봉고를 ᄒ깆다, 방즈놈이 슈십년 관물을 먹어
눈치가 비상호 놈인디 이 말슴을 드러노으니 마음이 조흔 김에 져도 흠
부로 말을 헌다 (방) 소인 사쏘 보호 역졸이되오면 남원 출도시에 방망
이로 대가리를 찌트리지오 (어) 이놈아 니가 어사만 ᄒ얏스면 그리 홀

터인대 그리 홀 슈가 잇느냐, 방즈가 빙끗 웃고, 이런대도 아옵고 져런
대도 아옵니다 소인을 속이지 마옵소셔, 어사쏘 그놈의게 속들니는 말
슴ᄒᆞ엿스니 홀슈업셔 쏼쏙쇠를 다리고, 만복사를 드러가니 젼자에 츈향
모가 즈식을 보랴ᄒᆞ고 두로두로 공드릴 제 논셤직이를 사셔 그 졀에 시
쥬ᄒᆞ고 지극히 졍셩드리 즈연 씨가 맛노라고 츈향

<h3 style="text-align:center">〈52〉</h3>

을 나앗는대 츈향이 즁쟝맛고 거의 죽게 되엿다고 로소졔승들이 법당을
소쇄ᄒᆞ고 불공츅원을 ᄒᆞ겟다, 엇던 즁은 편발을 쓰고 쏘 엇던 즁은 락관
을 쓰고 엇던 즁은 가사를 메고 쏘 엇던 즁은 발아 들고 엇던한 즁은 광
쇠 들고 엇던 즁은 죽비 들고 엇던 즁은 목탁 들고 쏘 엇던 즁은 증쇠
들고 조고마한 샹좌즁은 상모단 북치를 량손에 갈나쥐고 법고는 두리둥
둥, 광쇠는, 쌩쌩, 목탁은, 쏘도락, 죽비는, 찰찰, 증쇠는, 쌩쌩, 발아는,
쳐르르, 남무아미타불 남무 셔방졍토 극락세계 이십륙만억 구쳔구빅 동
명동호 대자대비 남무아미타불, 셕가여리 미륵불 관세음보살 지쟝보살
오빅라한 팔부신쟝 지셩발원 희동 조션 젼라좌도 남원부 봉죽면 강션동
거 임자싱 셩츈향은 신힉이 불길ᄒᆞ야 옥즁에 갓치여 모진 형벌에 잔명이
죽게 되오니 경셩 삼쳥동 거 리몽룡으로 젼라감사ᄂᆞ 암힝어사 졈지ᄒᆞ여
주시기를 소원셩취, 츅원ᄒᆞ며 발아는, 쳐르르, 광쇠는, 쌩쌩, 법고는, 두
리둥둥, 목탁은 쏘도락, 팔폭 쟝삼 너른 소민 쟝단 맛쳐 너울너울 법고
치는 뎌 상좌는 광풍에 나뷔쳐럼 이리로 뒤젹 져리로 뒤젹뒤젹 흔을거려
북을 치니 샹계일시 분명ᄒᆞ다 어사쏘 그 구경을 ᄒᆞ시고, 니가 우리 션영
덕으로 알앗드니 부쳐님의 덕이로구나, 잇흔날 즁을 불너 돈 쳔량 시주
ᄒᆞ고 셔간 호쟝 얼는 써셔 쏼쏙쇠를 주시며 왈, 니 예셔 머물 것이니 이
셔간을 운봉 관가에 드리면 주시ᄂᆞ 게 잇슬 터이니 가지고 명일 오젼으
로 대령ᄒᆞ여라, 예-의, 쏼쏙쇠 셔간을 가지고 운봉을 급히 가 관가에 셔

간 올니니 운봉이 셔간 보고 라졸을 불너 이놈 갓다 옥에 단단이 가두고
먹이기는 잘먹이고 다

〈53〉

시 령을 기다려라, 예-의, ᄒ드니 뽈쪽쇠를 옥에 가두는고나, 어사쏘 뽈
쪽쇠를 운봉으로 보낸 후에 즉시 쩌나 니려갈제 이쩌에 츈향이 ᄒᆫ 쑴을
어덧스되 옥창 젼힝 도화 어즈러히 쩌러지고 단장ᄒ든 큰 거울이 한복판
이 씨여지고 문 우에 허수아비 달녀보이고 옥담에 가마귀 안져 까욱까욱
울어보이니 흉몽인지 길몽인지 마음이 살란ᄒ야 슯히 안져 싱각터니 셔
문밧 허봉사 셩즁의 독경왓다가는 문수를 외오니 츈향이 반겨 듯고 사졍
이를 불너 봉사를 쳥ᄒ니, 봉사 드러와 안즈며, 진시 못와본 일 대단이
미안ᄒ니 기간 장쳐와 고싱이 엇더ᄒᆫ가, 엇의 장쳐를 좀 만져보세 니가
보든 못ᄒ야도 니 손이 약손이라 니 손으로 만지면 장쳐가 쳔병만마 진
풀이듯 활젹 풀니여 업셔지지 어듸 응, 츈향이가 미마진 다리를 니여맛
기니 봉사가 더듬더듬 만져 츠츠 속깁히 드러가는고ᄂ 츈향이 손을 짝
잡고십흐ᄂ 졈칠 일을 싱각ᄒ야 쐬로써 ᄒ는 말이, 쟝님 드르오 어머님
말슴키를 셔문밧 허봉사는 눈은 안폐ᄒ얏스나 근본이 량반이오 힝실이
뎡디ᄒ야 사롬마다 칭찬이오 네가 치 어렷슬쩌 미양 보면 덤셕 안고 한
업시 사랑ᄒ야 니쌀이야 니쌀이야 입맛추며 등치더라 ᄒ시더니 졔가 츠
츠 쟝셩ᄒ야 즈조 뵙지 못ᄒ여도 어젠 듯 ᄒᄂ이다, 봉사 듯고 손을 얼
는 쎄며 (봉) 그는 참 그러ᄒ나 이 미질을 어는 놈이 ᄒ엿나 (츈) 왕방
을쇠가 ᄒ엿소 (봉) 그놈이 독ᄒ고 모진 놈이엿다 이놈 졍초에 독경날을
밧으라 오면 화해일 밧아쥬어 부른 비가 툭 터지게 ᄒ겟다 쑴은 엇지 쑤
엇셔, 츈향 쑴말을 다 이르니 봉ᄉ 졈을 치ᄂ대 은마구리 디모통 눈우에
놉히 들고 츅사를 이르ᄂ듸, 텬하언재시며

〈54〉

지ᄒ언재시리오마는 고지즉응ᄒ나니 감히 슈통ᄒ소서 부대 인ᄌᄂ 여턴지합기덕ᄒ며 여일월합기명ᄒ며 여사시합기셔ᄒ며 여귀신합기길흉ᄒ나니 태셰을축 오월갑ᄌ삭 이십일 갑인 오시 해동 조션 전라좌도 남원부 봉죽면 강션동 거 임ᄌ싱 셩츈향 옥즁에 갓치여 수얼신고ᄒ오니 언의날 노이며 경셩 리몽룡을 언의날 맛ᄂ며 사싱길흉이 엇더ᄒ올는지 복걸 졔 션싱은 물비소시, 졈괘 샹쥰ᄒ드니 봉사- 디소ᄒ며 어허 뎜괘 잘낫다 관귀가공을 마져스니 관귀공망은 송사졍이라 금명 량일간 노일 것이오 경셩 리셔방으로 ᄒ여도 쳥룡관귀역마의 졍록을 씌엿스니 허허 디단 무셔운 벼슬이로구 호출인왕산ᄒ야 야도한강수를 건너스니 니려오논 거동이로구나 니 뎜은 신뎜이라 헛도이 알지말고 고름 밋고 니기ᄒ셰 (춘) 말ᄉ만 드러도 반가오니 희몽이나 ᄒ여쥬시오 (봉) 화락ᄒ니 룽셩실이오 경파ᄒ니 긔문셩가 문상에 현우인ᄒ니 인인기앙시라 옥담에 가마귀 안져 까욱까욱 울엇스니 가ᄌᄂ 아름다울 가ᄌ 옥ᄌᄂ 집 옥ᄌ라 어허 경사나네 명일밤 오경에 귀훈 사롬 맛나면 조흔 일이 무수ᄒ고 오늘 일진이 갑인이라 병진일 유시에ᄂ 가마 탈 일이 잇ᄂᄃ 가마를 못타면 집둥우리를 타도 탈 터이니 걱뎡말쇼 걱뎡말아 (춘) 정영이 그럴진더 슈고를 갑소리다 (봉) 여보소 근리 명식업ᄂ 감투 만으니 나를 감투나 훈기 씨여쥬쇼 조금도 염여말고 슈일만 기디리쇼, 작별ᄒ고 도라가니라 이쩌에 어스ᄊᄂ 춘향 싱각 가슴 답답 지체업시 니려올졔 그째는 어는 쩌냐 ᄉ오월 리종시라 억조창싱 만민들이 모조리 갈삭갓 도롱이 엽헤 씨고 널은 들 리종할졔 리앙셩 랑ᄌᄒ고나, 두

〈55〉

리둥둥 쨩쨩 두리둥둥 쨩쨩 얼널널 샹사뒤 어-여-어루 샹사뒤요 샹셔 학

교 벼 푸루고 성훈을 비호기는 도덕군즈 홀 일이라, 어-여여-루 샹사뒤오, 주문도리 놉흔 집에 부귀를 누리기는 경더부가 홀일이라, 어-여-여루 샹사뒤오, 화간빅샹 느진 봄에 쥬마투계 논일기는 호협소년 홀일이라, 어-여-여루 샹사뒤오, 장부 세상에 나 스업 만컨만 우리 롱부들은 일만 ᄒ고 슐만 먹고 잠만 즈나냐, 어-여-여루 상스뒤오 혼 농부 썩 나셔며 즈진농가를 먹이는디 장부사업가로 압소리 쥬것다, 어-여루 샹스뒤오 니장부 세상에 나 쥬식에 루를 벗고 고상혼 쯧을 가져 디인졉물ᄒ올 젹에 일호스곡 업씀으로 평싱에 소위스를 남을 디히 다 말홈이 대장부의 일이로다, 얼널널 샹사뒤, 텬리쥰총 치를 쳐셔 텬하명승 구경ᄒ고 흉희가 훨신 널녀 만고문장된 이후에 도처마다 웅스건필 경동일세ᄒ는 것도 대장부의 일이로다, 얼널널 샹사뒤, 사회에 령슈되야 법률범위 위월말고 일동일졍 지피지기 인긔셰이 도지ᄒ야 긔량풍속ᄒ는 것도 대장부의 일이로다, 얼널널 샹스뒤, 국니 쳥년 모라다가 교육계에 집어너코 각종 학문 교슈ᄒ야 인지양셩혼 연후에 학계쥬인 되는 것도 대장부의 일이로다, 얼널널 샹사뒤, 불셕텬금 연죠ᄒ야 각스회를 유지ᄒ고 현부호성 쯧을 밧아 궁부잔민 광제 후에 쟈젼활불 되는 것도 대장부의 일이로다, 얼널널 샹사뒤, 경국졔민 연구ᄒ야 텬ᄒ리익 어더다가 금고에 만젹ᄒ고 샹업져앙 임의더로 경계대가 되는 것도 대장부의 일이로다, 얼널널 상사뒤, 텬하스를 경영홀졔 지진두가 될지라도 퇴보 말고 젼진ᄒ면 스필경 셩홀 터이니 림

〈56〉

난인니 ᄒ는 것도 대장부의 일이로다, 얼널널 샹사뒤, 장부가로 노리ᄒ니 쯧이 깁고 익가 타셔 가슴 답답 목마르다, 얼널널 샹사뒤, 빙혈닝턴 기러다가 시원ᄒ게 마신 후에 텬하대본 힘을 쓰즈, 얼널널 샹사뒤, 모를 한참 심으고셔 밧게 나와 슐먹을졔 한편을 바라보니 엇더혼 농부 홈

의 메고 삿갓 쓰고 도롱이 엽헤 끼고 질화로 겻불 피여 압헤 놋코 가죽쌈
지 가루담비 툭툭 터러 왼손바닥 움켜쥐고 가리침 비터 엄지손가락 힘을
올녀 부비젹부비젹ᄒ야 샹투에 질은 곱둘대를 쎄어니여 가루담비 담뿍
담아 겻불을 뒤지어 담비대을 꽉 쳐박고 풀무담비로 쑥쑥 싸니 어스쏘
겻히 보고, 어- 그 농부 입심 조코, 농부 치여다보며, 어사 낫다 ᄒ면 져
런 것들 보기실트라, 어스 쏘 짐짓, 즈네 이 고을 원님 공사가 엇더ᄒ가,
농부 허허웃고, 졔가 어사인 듯이 공사 뭇고 공사 엇지ᄒ야 밥잘먹고 슐
잘먹고 홈의질ᄒ고 갈키질ᄒ고 심지어 소시랑질ᄭ지 잘ᄒ니 그 우에 명
관업고 널녀춘향을 명일 잔치후 싸려죽인다던가 이년셕 춘향을 죽이기
만 ᄒ여라 집둥우리 ᄒ아면 호강을 ᄒ리라 이 사룸 명삼이 (어-) 즈네
사발통문 보앗나 (보앗네) 사십팔년 머슴만 ᄒ야도 여러 쳔명일네 쉬 막
셜ᄒ쇼, 어스쏘 그 말은 모르는 쳬ᄒ고, 여보 춘향이가 다른 셔방ᄒ노라
고 본관 말을 안이듯는다지, 져 농부 긔급ᄒ며 두눈을 부릅쓰고 두주먹
을 불끈 쥐고 밍호갓치 달녀들어 스쏘 싸귀를 ᄒ번 짝, 이 환양 쌍간나
이싴씨 뎡렬 춘향이의게 싱무함 잡아니여 불측ᄒ 욕을 ᄒ니 보앗스면 눈
을 쎄고 드럿스면 귀를 찟즈 바른디로 말ᄒ여라, 쏘 ᄒ 쌈을 후닥닥, 총
각디방 게 잇느냐 가릐 이리 가져오느라 여기 파고 이

〈57〉

놈 뭇자, 멱살을 엇지 되게 쥐엿든지 어스쏘 위급ᄒ야, 여보 살녀주오
한번 실슈는 병가상사라고 모르고 죽을 말을 좀 ᄒ얏스니 살녀주오 늙은
농부 나오며, 여보쇼 고만두쇼 어린 사룸이 쳘모르고 한 말이니 니 쳥으
로 고만 보니쇼, 좌우농부 디쇼ᄒ며, 그런 말 쏘 ᄒ다는 목숨살기 어려
우니 다시는 그리 말고 어셔 가쇼, 어스쏘 엇지 혼이 낫든지 예- 농부 여
러분 안령이 게시오, 작별ᄒ고 도라오며 봉변ᄒ얏스되 이러케 자미잇고
이러케 조흘손가 오수녁에 숙소ᄒ고 박셕틔를 넘어오다 크나큰 반송ᄒ

에 노곤을 못익이여 암상에 비겻더니 비몽사몽간 엇더혼 미인 혼아 불속에 몸이 싸저 일신에 불덩겨 둥글둥글 둥글면셔 (져기 안진 리샹공은 나를 어셔 살녀주오) 어사쏘 급혼 마음 불속에 쮜여드러 미인을 품에 안고 불밧게 니다라셔 깜짝 놀나 씨다르니 남가일몽이라 마음이 번로ᄒ야 거름을 자조 거러 남원읍을 드러오며, 옥에 갓친 츈향이가 살앗나냐 죽엇느냐 날 싱각나 탄식ᄒᄂ고 나 오난쥴 알량이면 춤으로 영졉ᄒ고 우슴으로 인사ᄒ야 알뜰스랑 ᄒ련마는 져 모르니 허스로다, 예 보든디 다시 보니, 산도 예 보든 산이요 물도 예 보든 물이로다 록슈진경 너른 들은 단이든 길이오 조룡산성 다시 보자 션은스야 무스ᄒ냐 광한루 잘잇더야 오작교 반가워라, 광한루 올나셔셔 츈향의 집 망견ᄒ니 힝랑은 찌그러지고 몸치는 기우러져 보잘 것 업다, 니가 남원 쩌는지 불과 삼년이 못되거든 져 지경이 웬일이야, 찬찬이 이리져리 두루두루 완보ᄒ야 츈향의 집 당도ᄒ니 예 보든 벽오동은 슈림속에 홀노 셧고 면회혼 뒤담은 간간이 문어지고 황게에 것친 풀은 스룹 자최 회

〈58〉

미ᄒ다 시비 압 졸든 기는 구면목을 몰나보고 컹컹짓고 니닷는디 챵외에 넷 졀기는 록쥭챵숑뿐이로다 이이오 일모ᄒ니 동산에 달쩌오고 심회는 쳡쳡혼데 져 시소리 슬푸도다 은은혼 우름소리 쳐량이 들니거눌 울음좃차 차져가셔 들쥭동빅 얼크러진 그시에 은신ᄒ고 살펴보니 이쩌에 츈향모가 후원에 칠성단을 모고 등불 발키고셔 시 동의 시 소반에 졍화슈를 밧쳐놋코 분향지비 비는 말이, 텬디지신 일월셩신 관음졔불 오빅라한 스희룡왕 팔부신쟝 셩주조왕젼 비나이다 한양 거 리몽룡을 졀나감스나 암힝어스를 졈지ᄒ야 주옵시면 옥즁에 죽는 ᄌ식 살녀닐가 발아오니 텬디신명은 감동ᄒ야 살녀지이다, 빌다가 기졀ᄒ야, 익고 니쏠 츈향아 금지옥엽 니ᄌ식을 아비업시 길너 이 지경 웬일이냐 뉘게 가 못턴나셔 츠

셩에 죄만은 년 니게 와 틱느셔 어미죄로 너 죽느냐 니즈식아 니즈
식아 이고이고 셜니 우니 어스쏘 긔가 막혀 한심쉬고 이러셔셔 즈최업시
가만가만 문젼에 이르러셔 기침을 크게 ㅎ고, 이리오나라 이리오나라,
이슴차 부르니 츈향모 울음을 진정ㅎ고, 향단아 문젼에 누가 찻느 나가
보아라, 향단이 느온다 향단이 느온다 아쟝아쟝 느오며 초마즈락으로 눈
물을 씻고 (향) 게 누구요 (어) 닉일다 (향) 닉라니 뉘심닛가 (어) 나를
모르겟느냐, 향단이가 즈셔히 보더니 (향) 이고 이게 누구심니가, 어스
쏘를 부여안고 아이아이 통곡ㅎ니 츈향모 쌈싹 놀나 우루루 느오면셔
(모) 엇던 놈이 남에 즈식을 싸리는냐 (향) 이고 마임 셔울 셔방임이 오
셧나이다, 츈향모가 물에 쌔진놈 고흠지르듯, 어허어허, ㅎ더니 우루루
달든러 어스쏘 목을 안

〈59〉

고 이고 이게 누군가 아이아이 이스람아 이스람아 ㅎ느님이 감동ㅎ가 부
쳐님의 도슐인가 하늘에셔 써러졋느 싸에셔 소셧느 광풍에 날녀온가 녯
얼골 녯 모양이 그져 잇느 엇의 보셰 어셔오소 드러가셰 드러가셰, 드러
가셰 어스쏘 손을 쓰러 방안에 안친 후 문밧게 급히 나와 향단아 건너방
에 졈화 좀 ㅎ고 뒤슴어미 불너다 진지 지라 ㅎ고 고두쇠 불너 관쳥에
가 고기스오라 ㅎ고 너는 닥잡아 찬슈ㅎ여라, 분별을 얼는 ㅎ고 방으로
드러와 어스쏘 손을 잡고 정신업시 보는디 다 늙어 눈어둡고 등잔불 침
침ㅎ야 즈셰 뵈지 안이ㅎ니 츈향모 이러느 벽장문 열쩌리고 촉궤를 내려
놋코 상방쵸 너덧병을 내여 흐것에 불켜노니 방안이 찌여지는 듯ㅎ게 밝
겟다 어스쏘와 마조 안져 물그럼이 바라보니 얼골은 옥이로디 의착이 람
루ㅎ고 궁샹이 지르르 흘너 코만 훌젹훌젹ㅎ니 츈향모 간담이 셔늘ㅎ고
두눈이 캄캄ㅎ며 무엇이 가슴에 콱 밋치며 이고 흔마디를 ㅎ드니 (모)
여보 리셔방 엇지 이 모양이며 웨 져리 되엿소 (어) 쟝모 내말 드러보소

독셔쳔권무셩가ᄒ니 과거도 못ᄒ고 좌디쳥운미유긔ᄒ니 벼살길이 쓴어
지고 인싱귀쳔내수ᄒ오 이럿틋 쳔케 되고 동셔기걸촌견폐ᄒ니 문젼마다
개짓키고 환난필스친쳑구ᄒ니 장모 싱각이 오작ᄒᆯ가 신셰 이리 되니 붓
그럼은 멀니 가고 고졍을 싱각ᄒ니 시시마다 보고십흐ᄂ 의복업고 힝ᄌ
업셔 몃해 몃달 벼르다가 스랑마다 과긱질노 보고자 내려오니 셜상에 가
샹으로 츈향좃차 죽게 되니 내 신셰가 웨 이런지 목이 메여 말못ᄒ고 붓
그러워 홀일업네 츈향모 그말 듯다 공즁에 써러지며, 죽엇고나 죽엇고나
모녀 다 죽엇네 이고 하나님 이더지도

<h2 style="text-align:center">〈60〉</h2>

야속ᄒ오 하ᄂ님도 무심ᄒ고 일월셩신 졔불미륵 오빅라한 쓸더업다 향
단아 (향) 예- (모) 후원에 드러가 단헐고 다 치워라 영험업ᄂ 단을 모
고 손발 달케 비럿구나 불샹ᄒ다 내 ᄌ식아 앗가워라 내 ᄌ식이 이팔시
졀 조흔 쩨에 만죵록을 못누리고 어미를 잘못 맛ᄂ 원통이도 죽겟구나
너 죽는 것 엇지보랴 내가 먼져 죽으리라 목졉이질 졀컥졀컥 가슴 쾅쾅
두다리며 디굴디굴 둥굴면셔 죽기로 단졍ᄒ니 어사쏘 민망ᄒ야 츈향모
허리 안ㅅ고 (어) 여보 장모 나를 보아 진졍ᄒ소 (모) 예라 노아라 보기
실타 이 도젹놈 썩 가거라 뎌 조격을 차리고셔 내 집에 웨 왓ᄂ냐 이 셔
울 싹졍아 싱긴 톄격 보니 포교 눈에 쓰이면은 령락업시 치이겟다 (어)
여보 장모 그말 마소 힝식이 초초ᄒ야 녯 풍치 업슬망졍 엇지될 줄 장모
아나 하날이 문어져도 소스날 궁기 잇고 상젼이 벽해 되여도 빗켜셜 길
잇ᄂ니 울지말고 진뎡ᄒ소 (모) 졔라 별슈잇는 쥴노 어스 될가 감스 될
가 싱긴 꼴이 긔스ᄒ겟다 (어) 무슨 스가 되든지 스만 되면 안이 조흔가
시장ᄒ니 밥이나 ᄒ술 주오 (모) 밥업다, 향단이 울며 엿자오디, 마님
마옵소셔 옥즁 아씨 들으시고 보면 자쳐를 ᄒ실 터이니 혼탄ᄒ면 무엇ᄒ
며 이통ᄒᆫ들 쓸더잇소 귀체보즁ᄒ옵시고 밤이 아즉 깁지 안으니 조금 안

져 계시다가 아가씨젼 가사이다, 향단이 총총 나가 진지를 얼는 지여 어
사쏘께 올니고 샹머리에 꾸러안져셔 슐 혼잔 권홀 후에 (향) 셔방님 진
지 만이 잡슈시오 (어) 오냐 다 먹겟다, 어사쏘 츈향모끠 몃 번 욕도 보
고 시쟝도 흐신 중에 밉게만 보이랴고 밥상을 두 다리 스이예다 꼭 끼고
반찬 혼아 남기지 안코 훅닥흐드니 다 먹으며 (어) 향

〈61〉

단아 (향) 예- (어) 누른밥 잇거든 가져오너라, 츈향모 긔가 막혀, 잡것
이 흐아도 될 것은 업고 밥만 잔득 먹어 식츙이가 되엿고나 만히 비러먹
겟다, 즉시 샹을 물여니고 담비 흔디 먹을 젹에 파루는 쎙쎙 치는디 향
단이 이러느셔 등롱에 불을 키며, 파루를 쳣스오니 아가씨젼 가옵시다,
향단이 등롱 들고 츈향모는 압흘 셔고 어사쏘 뒤를 짜라 옥으로 니려갈
졔 츠야 풍우 산란흐야 바람은 우루루루 지동치듯 불고 구진 비는 흔날
이고 텬둥은 우루루 우루루 번기불 번뜻번뜻 옥즁 귀곡셩은 두런두런 형
장 마져 죽은 귀신 곤쟝 마져 죽은 귀신 주뢰 틀여 죽은 귀신 티쟝 마져
죽은 귀신 들쏀에 목을 미고 디룽디룽 죽은 귀신 둘식 셋식 희희호호 아
이아이, 번개는 번쩍 텬동은 우루루 달고비는 주룩주룩 바람은 씨려부러
문풍지 드르르르 밤시는 붓붓 낫시는 비비 옥문은 덜컥 락슈는 쑥쑥 원
촌에 계명셩 은은히 들니는디 츈향은 홀노 누어 랑군 싱각 우는 말이,
야속흔 우리님은 흔번 리별 도라간 후 너 싱각을 이젓는가 몽즁에도 안
이 온다 잠아 오너라 꿈아 올여무나 꿈속에느 맛느보자 이팔시졀 졀문
몸이 너가 무슴 죄가 만어 옥즁고혼이 된단 말가 나 죽기는 셜지 안으나
빅발모친 뉘 밧들며 우리 랑군 언졔 보리, 목침통곡 셜이 운다 비몽사몽
간에 리도령 겻헤 와서 은은히 안졋는디 자셰 슒혀보니, 두상에 금관이
오 요간에 픠월이라 션관의 거동이오 풍호의 위엄이라 츈향마음 산란흐
야 리도령 손을 잡고 소소로쳐 잠을 끼니 도령님은 간디업고 비인 칼머

리만 잡앗구나 원통타 유정랑군 꿈가운디 잠간 맛나 만단정회 못훈 일이 절통호야 셜니 울졔 이쎡 츈향모 옥문젼 당도호야, 아가

〈62〉

츈향아 츈향아, 츈향이 쌈싹 놀나, 게 뉘라 날찻나 원통코 셜운 원졍 옥황님이 알으시고 구호려고 날 찻느, 긔산영슉별건곤 소부허유 눌 칫느 상산사호 네 로인 바둑두자 눌 찻느, 수양산 빅이슉졔 취미호자 눌 찻느, 부츈산 엄자릉 간의디부 마다호고 칠리동강일사풍 함게 가즈 눌 찻느, 셜중긔려 밍호연이 방미츠로 눌 찻느, 진디풍류 자랑코져 죽임칠현 날 찻느, 셔역원스박망후 견우직녀 차지랴고 한포로 지니면셔 홈쎄 가자 날 찻느, 심양츄야 빅락텬이 비파듯즈 눌 찻나, 풍풍우우 이 텬디에 눌 차즈리 업건마는 게 뉘라셔 눌 찻나 (모) 아가 츈향아 (어) 이 스롬 조금 크게 부르게 (모) 요란이굴지마소 만일 본관이 알면 네가 그 솜시에 고도리쎼가 쑥 싸지고 촉디쎼가 부러질느, 어스쏘 소리를 크게 질너, 츈향아, 호니 츈향이 쌈싹 놀나 (츈) 게 누요 (모) 니다 (츈) 이고 어머니오 어머니 엇지 오셧소 (모) 왓다 (츈) 무엇이 왓소 셔울셔 편지왓소 나다리러 스롬왓소 오다니 누가 왓소 (모) 잘되고 귀히 되고 고만 되고 가이 업시 되고 흥너게 되고 불상이 되고 드럽게 되고 죠흔 거지 되여왓다 (츈) 누가 그리 되여왓소 (모) 너 평싱 상사호는 리셔방인지 셕희셔방인지 왓다, 츈향이 그말 듯고, 꿈에 잠간 본 님 싱시에도 보겟고나, 흑운 갓치 훗튼 머리 목에 휘휘 둘너미고 길넘은 젼목칼을 드르르 드르르 쓰을면셔 이고 허리야 이고 허리야, 칼머리 돌여 져만콤 놋코 두 손으로 싸을 집고 웅그젹이여 오며, 셔방님 엇디 왓소 셔방님 오셧거든 말쇼리 드러보셰, 츈향모 혀를 차며, 져 잘된 것 보고 단박 밋치는고나, 츈향이 하는 말이 못되야도 니 랑군 잘

〈63〉

되야도 너 랑군 고관디작 너 다 실코 만종록도 내 다 실코 어머니가 정훈
비필 조코 글코 웬말이오 나를 차저오신 랑군 엇지 그리 괄시ㅎ오, 춘향
모 어이업셔 말못ㅎ고 셔셔 볼졔 어스쏘 드러셔며 (어) 춘향아 고싱이
엇더ㅎ냐 네 죄가 안이라 만스가 모다 너 불찰이다 (춘) 셔방님 문틈으
로 손을 니여 나를 좀 일이키오, 어스쏘 급호 마음 옥문으로 손을 너어
춘향손을 잡으랴 ㅎ니 셔로 손이 멀엇스니 잡을 슈 잇느냐 (어) 장모 여
기 업듸소 (모) 잡것이다 나를 웨 업듸라 ㅎ느냐 (어) 자네 밟고 올나셔
셔 춘향손 잡을느네 (모) 속담에 미운 것이 웃줄거리며 쏭산다드니 그말
이 쏙 올코나 애 넘어 쓰지말고 진솔노 잇거라, 춘향이 운신ㅎ야 간신이
손을 잡고 발발 썰고 이러나며 두눈에 눈물이 밋거니 듯거니 엇의 갓다
인제 온가 동유위슈 말근 물 여상보러 가셧든가 영슈에 귀를 씻고 소부
보러 가셧든가 원앙슈침호접몽 시 스랑에 잠겻든가 무졍ㅎ고 무졍홈도
야속ㅎ네, 어스쏘 손을 잡고 우셔보고 울어보며 (춘) 하나님이 감동ㅎ야
안죽고 살앗다가 다시 볼줄 어이 알니 셔방님 쟝가 드럿쇼 (어) 장가가
다 무엇이냐 의거리가도 못드럿다 나도 너 리별ㅎ고 셔울 올나가 네 싱
각ㅎ노라고 글공부도 안이ㅎ고 아바지 쫏차니스 친구 스랑으로 도라단
이며 밥슐이느 엇어먹다가 소식도 알슈업고 네 싱각 간졀ㅎ야 불원쳔리
나려오니 너는 나보다 더 참혹ㅎ게 되엿스니 텬디가 아득ㅎ고 가슴 답답
나죽겟다, 춘향이 그말 듯고, 어머니 듯조시오 놀이 밝거든 우리 둘이
인연밋든 부용당에 점화ㅎ고 두리 덥든 검침 펴고 스쳐를 명ㅎ시고 건넌
방 슘층쟝에 필육 멋필 골느니여 셔방님 상하의

〈64〉

복 여러벌을 마르시고 갓망건 곱게 ㅎ되 머리에 맞게 잘맛추고 단님부시

쌈지엽랑 주기홈에 드럿스니 철을 맛쳐 니여노코 옥식 밧탕 주쥬코태 수
혜 한켤에 맛추시고 향교말 성좌슈의게 돈이 쳔량 맛겻스니 그돈 즉시
차져다가 집안에 가용ᄒ고 간일고음 양집 니여 시쟝치 안케 권ᄒ시며 어
머니도 잡슈시고 니가 업다 ᄒ고 어머니가 화를 내여 불평ᄒ게 ᄒ옵시면
쳔리에 오신 랑군 그 마음은 편ᄒ릿가 셩품을 알거니와 만일 괄시ᄒ시면
불효녀식 말이오나 주결ᄒ야 죽을테니 쳐분ᄒ야 ᄒ옵소셔, 츈향모 그 말
듯고 춘향 듯지 안케 김안이 욕ᄒ겟다 녀런 비러도 못먹을 년 질알혼다
(츈) 향단이 게 잇느냐 (향) 예- (츈) 셔방님 침슈범졀 안영ᄒ시고 불평
ᄒ신 것은 젼혀 너ᄒ기에 잇스니 밤참 죠반 젼후스를 지셩으로 공궤ᄒ고
동문밧 리쥬부끠 화졔 니여 약지어다 하로 두첩식 네 다 알지 당부 안이
혼들 네 마음도 나와 갓치 네 마음 니가 알고 니 마음 네가 아니 별말이
웨 잇스랴, 셔방님 (어) 웨야 (츈) 드르니 명일 본관 싱신잔치라 잔치
긋헤 나를 올녀 죽인다 스졍의게 분부ᄒ야 형장 만이 싹가올니라 ᄒ엿스
니 아모디도 가지말고 옥문 밧게느 슘문 밧게느 직혀 셧다 츈향 올니라
령이 니리거든 칼머리느 드러주고 나를 죽여 닛치거든 다른 스롬 손길
디지 말고 셔방님이 달녀들어 나의 시체 두리쳐 업고 니 집에 도라와 시
쟝 밧쳐 뉘인 후에 나의 초혼 불너쥬되 옥즁에셔 셔방님 그려 간쟝 썩은
역류슈 쌈니 무든 속적슴 벗겨니여 허공즁텬 둥둥 니두르며 희동 죠션국
젼라좌도 남원읍 강션리 임주싱 셩츈향 복복 셰번만 외치고 집웅 우에
츳드리고 슈의도 ᄒ지말고 나 입으랴고 지은 의복

〈65〉

갓쵸갓쵸 다 잇스니 마음디로 골느입펴 염포 입관ᄒ지 말고 셔방님 나를
안고 쳥결혼 곳 굴여츠져 깁히 파고 뭇으실디 셔방님 속적슴 니여 니 가
슴 덥허주고 묘젼에 표셕 셰고 표셕에 글을 쓰되 슈졀원스 츈향지묘라
디주로 크게 쎠셔 묘압혜 셰워주면 쳡에 죽은 혼이라도 아모 한이 업겟

ᄂ이다 불상ᄒ신 우리 모친 니몸 일신 죽어지면 뉘게 가 의지ᄒ며 빅골 음토 뉘라 ᄒ리 슯흐다 우리 모친 나를 일코 이통타가 슬워도 죽을테요 굴머도 죽을테니 의지업시 도라가면 오연에 밥이 된들 뉘라 휘여 눌녀주리 아이아이 셜이 우니 구슬갓흔 두 눈물이 옥면에 니가 되야 입은 옷을 다졋신다 (츈) 셔방님 (어) 왜야 (츈) 도리는 안이오나 긴이 한 말 부탁ᄒ 일 잇ᄂ이다 (어) 무슨 말이냐 (츈) 셔방님 모시옵고 히로빅년 지니오던 무슴 체면 츠즈릿가 랑군을 못셤기고 불상이 죽는 년이 무슴 부탁ᄒ오릿가 가련ᄒ 어미신셰 니몸 ᄒ아 죽어지면 뎡쳐업시 불상ᄒ니 하히갓흔 처분으로 로모를 밧들러서 츈향갓치 싱각ᄒ면 죽어 황텬에 도라가셔 결초보은ᄒ오리다 츠셩에 미진 한을 후셩에ᄂ 다시 맛나 리별업시 ᄉ올는지 ᄒ말이 무궁쳡쳡ᄒᄂ 눌이 밝아 히가 쓰니 디강 부탁ᄒ옵니다 오작 곤하시릿가 어셔 나가 주무시오 (어) 오냐 근심 넘오 말고 오눌니만 기디리면 싱ᄉ간에 알터이니 별마음 먹지말고 다시 보기 싱각ᄒ라 춘향을 작별ᄒ고 옥문 밧게 나오는디 (모) ᄌ네 엇의로 갈ᄂ나 (어) 엇의가 ᄌ네집으로 가지 (모) 니집보다 크고 조흔 집으로 가쇼 (어) 엇의 (모) 긱ᄉ동 디쳥에 가 좌긔ᄒ소 (어) ᄌ네말이 거짓말은 안일셰 ᄌ네 엇지 ᄌ셰 아ᄂ 아모 골을 가도 긱ᄉ동 디쳥이 니 쳐

〈66〉

소니 어셔 가소 나는 긱ᄉ로 가네, 향단이 달녀들어 어ᄉ쏘를 후여잡고 (향) 마님 말슴 탄치 말고 딕으로 가옵시다 (어) 오- 볼일이 급ᄒ니 니밥이ᄂ ᄒ여두어라. 춘향모 향단이는 집으로 건너가고 어ᄉ쏘 광한루을 올ᄂ가 이리져리 건일며 거ᄉ홀 일 싱각ᄒ니 셔리 즁방 역졸들이 ᄉ시젼 등디ᄒ야 츠례로 문안커늘 (어) 오늘 본관 잔치시에 여츠여츠ᄒ테니 은근히 등디ᄒ고 눈치보아 거힝ᄒ라 (셔리등) 예-의, 셔리 즁방 령을 듯고 각쳐로 헤지고 어ᄉ쏘 슘문간 당도ᄒ니 각읍슈령 모혀들졔 당상당하 쳡

만호가 츠레로 드러오는디, 쉬- 임실이오, 곡셩이오, 어허- 권마셩에 담
양부스 드러오고 슌창 군슈 옥과 구례 연슉ᄒ야 드러올졔 라팔소리 따따
예이찌름 예이찌름, 운봉영장 드러온다 본관 주인으로 각소임을 단슉홀
졔 육직이 불너 큰소 잡히고 관쳥식 불너 차담을 신칙 슈로를 불너 진지
를 차리고 각 육방 두목은 진찬을 드려 각죵 봉물 느려셧다 집스를 불너
공인을 디령 슈로를 불너 기싱을 지휘홀졔 각읍 슈령이 츠레로 좌졍ᄒ고
일등명기들이 좌우로 느러셔셔 옥슈라슴을 툭툭 더지며, 쩡퉁나지나, 풍
악소리 요지션악 완연ᄒ다 연연ᄒ 큰북소리 츈회가 들네는 듯 둘이 부는
피리소리 봉황이 논이는 듯 소상편죽 졋디소리 나의 셔름 즈아니고 곡곡
셩진희금셩은 년풍을 즈랑ᄒ다 오현금 검은고는 남훈젼 노리ᄒ고 이십
오현 비파셩은 안승쳥원 슯흘시고 남창은 유아ᄒ고 녀창은 쳥묘ᄒ다 고
죠를 슈즈이ᄂ 금인이 다불탄은 빅아의 일거후셰 무지음즈를 엇지 몰을
소냐 어스쏘 흥을 니여 우줄우줄 드러가며, 알외여라 스령아 엿주어라
통인아 먼디 잇

〈67〉

는 걸어지가 디연 맛ᄂ 안쥬 훈졈 슐 한잔 엇어먹고 가즈이다, 소리를
벌억 지르니 본관이 화를 니여, 네 져 밋친놈 멀니 좃츠니라, 어사쏘 상
기동을 훔쳐 잡고, 나 좃츠니라 ᄒ는 놈은 니 아돌이오 나가는 놈은 인
사불셩이라, ᄒ며 사령을 호령ᄒ니 운봉 살펴본즉 폐포파립 중에 인물이
비범ᄒ거늘 운봉이 통인 불너 (운) 여보아라 뎌 량반이 량반이 분명ᄒ니
말셕에 안치고 음식이나 잘 디졉ᄒ라 (통) 예-이, 통인이 츙츙 나가
(통) 쉬- 사령 (사령) 예-의 (통) 그 량반 이리 올ᄂ오시리라, 어스쏘
우스시며 안다 안다 운봉이 안다 운봉이 과만이 되엿는디 가슴년을 식여
보즈, 션 듯 올ᄂ가 운봉 엽헤 안지며 장읍불빈ᄒ고 좌중에 못본 인스츠
레로 훈 연후에 운봉이 ᄒ는 말이 (운) 좌중에 통홀 말 잇소 (좌중) 무

슨 말이오 (운) 말셕에 안진 량반이 과긱이로디 동시 량반인 듯 ㅎ오니
디우홈이 엇더시오, 본관이 얼골을 찡그리며 (본) 그런 것들 갓가히ㅎ면
담비디ᄂ 부치나 도적ㅎ여 가지 무엇을 디우ㅎ셔요, 언필에 츠담샹이 드
러오는디, 각각 상을 밧아스되 어ᄉ쏘는 과ᄌ 한졉시를 안쥬니 운봉이
민망ㅎ야 (운) 이리오너라 (통) 예-의 (운) 네 이량반 상츠려 드려라
(통) 예-의, 어ᄉ쏘 상을 츠려오는디 모쩌러진 기다리소반에 글거먹든
갈비ᄶ 콩나물디강이 한졉시 멸으치쏘리 한졉시 모쥬 한사발 노아쥬니
어ᄉ쏘 상을 보고 부치쪽지를 격구로 쥐고 운봉 갈비를 쑥 찌르며, 여보
운봉, 운봉이 쌈짝 놀ᄂ (운) 이고 웨 그리오 (어) 져 갈비 ᄒ디 쥬오
(운) 갈비를 달ᄂ면 그져 달ᄂ지 사롬의 싱갈비를 먹으려ᄒ단 말이오,
운봉이

⟨68⟩

통인 불너 (운) 이 갈비 니려다 뎌 량반 드려라 (어) 아니오 어더먹는
사롬이 남의 슈고홀 것 잇소 니손으로 갓다먹지 이리져리 단이며 진미만
니려 기다리소반에 갓다놋코 죠코 죠코 흐흐 진합태산이라더니 흐흐 부
치로 쏘 운봉을 쑥 찌르니 (운) 이 량반 참 밋쳣소 (어) 니가 밋친게 안
이라 기싱보니 슐을 그디로 먹을슈 잇소 져 기싱으로 ㅎ야금 슐한잔 짜
르고 권쥬가 ᄒ아 ㅎ라시오 (운) 여보아라 네 이 량반끠 권쥬가 ᄒ여라
넷놀이ᄂ 지금이ᄂ 달을 리가 잇ᄂ냐 되지 못ᄒ 것 ᄒ라도 죠만 쎄면
기싱인 줄노 이고 기싱노릇 ᄒ랴닛가 우슨 것을 다 보겟고 이 량반 웨
불넛소, 운봉이 호령ᄒ야, 이년 괴약ᄒ지고 엇더ᄒ신 량반이든지 니가
불너 식이거든 운봉으로 잡아다가 이년 학치를 부지르리라, 운봉이 싹
으르니 기싱이 한풀이 꺽겻구나 (어) 이익 니 무릅 우에 올나안져라
(기) 여보 슬소 (운) ᄒ라는 디로 ᄒ지, ᄒ니 기싱이 무릅 우에 올ᄂ안
지니 어사쏘가 갈비를 뜻든 안이ㅎ고 입으로 침만 담뽁 뭇쳐 갈비에 침

이 쑥쑥 흐르는디 (어) 이익 이것 먹어라 (기) 실소 드럽소 (어) 이익
나는 네가 기성이라 이러케 죠흔디 너는 나를 안이 조하ᄒᆞᄂ냐 (기) 익
고 이게 웬일이야 망측도 하여라 (어) 이년 망측이라니 (운) 물ᄂ면 물
것이지 정 귀치안코나, 그계야 기성이 갈비를 무니 (어) 녜라 고만 니
려안져 슐한잔 부어 권주가 ᄒᆞ여라 (기) 나는 권주가는 못ᄒᆞ오 (어) 기
성이 권주가를 못홀 리가 잇ᄂ ᄒᆞ여라, 기성이 권주가를 ᄒᆞ는디, 잡지그
려 잡지그리 이 슐한산 쳐삽으련 젼년 만년이ᄂ 이 모양 사오리라 (어)
네 권주가를 드르니 시로 난 권주가

<h3 style="text-align:center">〈69〉</h3>

로구ᄂ 명기로다, 슐을 먹지 안이ᄒᆞ고 자리에 부으며, 어불사 조흔 즈리
를 바리겟고나, 도포소민로 슐뭇쳐 좌우로 뿌리니 좌즁이 발동ᄒᆞ야, 운
봉은 우슌 것을 쳥ᄒᆞ야 좌셕이 요란ᄒᆞ오, 본관이 싱각ᄒᆞ되, 져놈이 량반
의 자식은 분명훈디 졀문 아히가 져리 버릇이 업슬진디 제 집안 란봉이
오 필경 무식홀 터이니 운즈를 니여 쏘츠리라, ᄒᆞ고 본관이 ᄒᆞᄂ 말이,
여보 우리 좌뎡ᄒᆞ야 글 한귀 짓ᄉ이다 만일 글을 못짓는 즈ᄂ 큰 벌을
쓸 터이니 그리 알으시오, 본관이 운즈를 니엿스되 놉흘 고 기름 고 두
즈를 부르거늘 어ᄉ쏘 나안지며, 나도 부모덕으로 글즈ᄂ 읽엇스니 글
한귀 지으면 엇더홀는지요, 운봉이 반겨 듯고 필연을 니여주니 어ᄉ쏘
필연을 밧아 얼는 지여 즈리밋헤 넛코 본관을 작별ᄒᆞ고 일어스니 본관이
시원ᄒᆞ야 (본) 이 양반 평안이 가시오 언졔 쏘 만나볼는지 (어) 조금
잇스면 쏘 보지오, 어ᄉ쏘 가신 후에 운봉이 즈리밋헤 글을 니 닑는디,
금쥰미주는 쳔인혈이오 옥반가효는 만셩고라 촉루락시에 민루락이오 가
셩고쳐에 원셩고라, 운봉이 벌벌 썰며, 본관은 잘노르시오 나는 유고ᄒᆞ
야 먼져 가오, 임실이 갓치 썰며 이러나가니 (본관) 임실 웨 이러ᄂ오
(임) 나도 큰일낫소 (본) 웨 그리오 (임) 디부인이 락팃를 ᄒᆞ엿다고 곳

긔별이 왓소 (본) 로형 디부인이 츈츄가 얼마신디 락티를 ᄒ셔오, (임)
금녁에 여든아홉이오 (본) 여든아홉에 아기를 비여 락티ᄒ단 말이오
(임) 안이오 락태가 아니라 락성을 ᄒ엿다는 것을 겁결에 잘못ᄒ 말이
오, 이ᄯᅢ 좌

〈70〉

슈와 칙방이 운봉 글읍는 것을 병풍 넘어로 보다가 즉시 드러와 분별을
하는대 삼공형 불너라 삼힝슈 부르고 도셔원 불너라 졀례를 올니며 창빗
불너 류곡이 올흐냐 공방을 불너 표젼을 단속 슈형리 불너 옥내를 단속
집ᄉ를 볼너 라졸긔 치춰 타고 공인을 단속하고 사령이 불너 형구을 단
속 류고자 불너 등롱을 단속 도사령 부르고 도군로 불너라 형쟝지른 왕
방울쇠로 세우고 곤쟝노ᄌ는 허쳔쇠로 뎡하고 리방 호방을 불너 관로기
생 통인사령을 등대하라, 이리 가도 슈군슈군 져리 가도 수군수군 이놈
들아 뎡신찰여라 몃놈이 죽을 줄 모리리라, 이ᄯᅢ 어스도 오시를 기대리
고 삼문밧 썩 ᄂ셔니 셔리가 번 듯 눈 한번 끔젹 력졸이 얼는 손 한번
ᄉ젹 셔리 역졸 눈치 치우고 력소로 내다르며, 력쟝이 사도분부 급급하
다 쳥상젹 입고 홍견대 씌여라 사마치 들고 좌견을 달아라 사도 타실 대
마르 드려라 안장 지여라 비쌔를 졸으고 덧굴네 씨우고 후거리 대려라
평량이 엇찟늬 방망이 들어라, 사ᄌ갓튼 마두력졸 류모방치 놉히 들고
우루루 달녀들어 삼문을 쌍쌍 치며, 암힝어사 츌도야, 두세버 고함쇼래
부즁이 쓰르르 비호갓치 눌닌 역졸 예가 번ᄯᅳᆺ 제가 번ᄯᅳᆺ 삼공형 삼공형,
예-, 후닥딱 후닥닥 어스ᄯᅩ 분부ᄒ되, 남원골 류방하인 대감끠 거힝하던
하인이니 아예 상치 말고 슈령들만 넉을 쎄라, 력졸이 쳥령ᄒ고 수령 모
힌 잔치 좌셕 몽치로 바소는대, 금병 슈병 산슈병과 슈십좌 교ᄌ상과 놋
디야 토긔쟁반 접시 대합 술병 후닥 직ᄯᅥᆫ 윙그렁 뎅그렁 ᄭᅢ여지고 검은
고 가야금 생황 단소 북 쟝고 해금 젓대 산산이 부러질째 각읍 슈령 도망

한다 운봉영쟝 인뒹이 일코 슈박 들고 도망ᄒ고 담양부사

〈71〉

갓을 일코 방셕 쓰고 달아나고 슌창군슈 창의 일코 몽도리입고 달아나고
임실원임 탕건 일코 화관쓰고 다라늘제 본관은 겁을 니여 안악으로 드러
가며 어 무섭다 어ᄉ 보아라 문 드러온다 바람 다더라 요강 마렵다 오즘
드려라, 운봉영쟝 말을 걱구로 타고, 압다 이익 말 보아라 압흐로는 안
이가고 뒤로 어ᄉ쏘 게신디로만 가는구나 어ᄉ쏘가 축지법도 ᄒ는고나,
말을 걱구로 타 게시니 바로 타옵소셔, 언졔 돌녀 타고 잇겟ᄂ냐 말 모
가지를 이리 갓다 박어라, 셔리 공방 넉을 일코 관쳥식은 통곡혼다 눈치
잇고 날닌 통인 샹디에 쮜여올ᄂ (통) 집ᄉ- (집) 예-의 (통) 좌우헌화
금ᄒ랍신다 (집) 예-의 슌령슈 (슌) 예-의 (집) 좌우현화 금지ᄒ랍신다
(슌) 예-의 집 뎐비 드리라 (슌) 예-의, 전비 드리라고 명금 이하 디취
타 풍악 부즁이 뒤놀 젹에 짓든 기도 목이 쉬고 나는 시도 안이 놀며 산
쳔초목이 스스로 덜덜 쓰니 무섭고 두렵도다, 어ᄉ쏘 동헌에 좌뎡ᄒ시고
차담샹 올녀 잡순 후에 옥즁 갓친 죄인 여러 빅명 원굴터니 일시에 불너
들여 순순이 이르시고 빅방으로 노으시니 수빅명 옥슈들이 춤을 츄며 송
덕혼다 어ᄉ도 슈형리를 불너 츈향 뎐후ᄉ를 무르시니 슈형리 져져이 고
ᄒ거늘 ᄉ쏘 분부ᄒ되, 츈향을 칼벗겨 잡아드리라, 감옥형리 분부듯고
옥사뎡을 압셰우고 옥으로 니려갈졔 룩방관속 모혀 셔셔 셔로 보고 ᄒ는
말이, 명철ᄒ신 수의사쏘 렬녀츈향 방송ᄒ면 텬츄류명ᄒ시련만 쳐분을
알수잇ᄂ, 옥문젼 당도ᄒ야 쟝셩갓치 잠긴 문을 와당퉁탕 덜컥 열고 톱
을 들고 그러가셔 코칵코칵, 칼을 벗겨 옥담에 걸쳐 셰고, 여보소 셔울
딕 졍신을 수습

〈72〉

ᄒ오 수의사쏘 분부늬에 셔울딕 올니라니 쳐분을 모르오나 필경 방송홀 뜻ᄒ니 졍신을 일치 말고 말슴을 잘 알외오 송쥭갓치 굿든 졀힝 하ᄂ님도 아시거든 셜마 엇더ᄒ오릿가 츈향이 졍신 아득 (츈) 향단아 (향) 예 ― (츈) 옥문 밧게 누가 잇ᄂ 보아라 (향) 아모도 업셔요 (츈) 쏘 보아라 (향) 아모도 업셔요 (츈) 텬지간 모진 량반 오셧슬졔 신신당부ᄒ엿건만 오일이 넘엇스되 오시지 안이ᄒ고 소식도 돈졀ᄒ니 나쥭은 것 안보랴고 엇의 잇고 안이오ᄂ 밤에 잠을 못즈계셔 잠을 깁히 들으셧ᄂ 무졍ᄒ고 야속ᄒ 님 쥭기 젼에 안와보고 엇지ᄒ야 안이오나 소소로쳐 솟는 눈물 피가 되여 흘너니려 옷깃에 사모친다 츈향모 발구르며 가슴 쌍쌍, 엇지 홀고 엇지홀가, 향단이도 통곡ᄒ니 감옥형리 옥사졍이 눈물을 흘니며 셔로 울지말쇼 울지말쇼 쳔병만마 검극즁에 살아놀 틈이 잇고 하놀이 문어져도 소사놀 궁기 생기ᄂ니, 지촉사령들이 어셔, 오ᄂ냐 오ᄂ냐 ᄒ는 소리 텬디가 뒤놉는듯 츈향이 홀일업셔 관가로 드러간다 향단이는 업고 츈향모 뒤를 짜라 울고 울며 드러갈졔 이쩍 남원읍 로소과부 쎄를 지여 모혀드러 츈향을 살니랴고 어스쏘꾀 등쟝을 드럿는디 인물도 어엽부고 씨 씃ᄒ게 늙은 부인 소복을 졍이 ᄒ고 수틴 씌인 졀믄 과부 긔부가 풍부ᄒ고 쟝옷 쓴 져 부인 얼골도 동탁ᄒ고 키ᄉ골도 쟝디ᄒ고 말잘ᄒᄂ 부인이며 쳥상과부 팔즈되여 궁틴로 생긴 부인 빅량젼 밧미다가 호미들고 오는 부인 작반등산 쏭짜다가 모양업시 오는 부인 수빅명 쎼과부 동헌쓸에 가득차니 어사쏘 분부ᄒ되, 엇더ᄒ 부인들이 이다지 만히 왓노 무슴 연고를 알외라 그 즁에 부인 ᄒᄋᆡ 츌반

〈73〉

ᄒ야 왈 외는디, 과부동발원홈은 지원ᄒ 일이 잇습기로 명찰ᄒ 사쏘젼에

등장츠로 왓나이다, 어사쏘 분부ᄒ되, 무슴 소회 잇는디로 져져히 알외
여라, 과부 등이 엿오디 렬녀불경이부는 텬디간 웃듬인디 봉명ᄒ신 방빅
슈령 렬녀를 모르릿가 월미쏠 춘향이는 어미는 기싱이ᄂ 아비는 지샹이
라 구관ᄌ데 리도령과 빅년비필 미진 후에 호ᄉ다마 되여 도령님을 리별
ᄒ고 슈졀ᄒ고 잇든 츈향 본관셩쥬 도임 후에 츈향을 잡아다가 기안에
착명ᄒ고 슈청들ᄂ 달니여도 종시 훼졀 안이ᄒ니 츈향을 잡아니여 쟝하
에 모진 형벌 거의 쥭게 되엿슨즉 하ᄂ님이 니신 렬녀 미친다고 변ᄒ릿
가 실갓치 남은 목슘 명지경각 쥭겟스니 명치ᄒ신 사쏘 쳐분 렬녀 츈향
을 특히 방송ᄒ옵심을 하늘갓치 바라오니 어진 사쏘 쳐분이오, 어사쏘
분부ᄒ되, 츈향은 챵녀로셔 관쳥발악ᄒ얏스니 용더치 못ᄒ리라, 그즁에
늙은 과부 좌우를 헷치며 썩 ᄂ셔는디 나은 일빅일곱살이오 피부가 윤틱
ᄒ고 이목이 명요ᄒ고 긔운이 뎡뎡ᄒ니 심슐 만코 욕잘ᄒ고 꼿꼿ᄒ고 쎄
숀 잇는 모질고 독ᄒ 부인 테머리 흔들흔들 눈셥이 꼿꼿 셔셔 량미간을
찡그리고 니를 으드득 굴며 여보 어ᄉ쏘 이 쳐분이 웬말이오 졔 셔방 슈
졀ᄒ다고 잡아다가 슈졀 말고 나와 살ᄌ 훼졀을 안이ᄒ고 졔 말 듯지 안
는다고 잡아니려 형벌ᄒ는 사롬은 죄가 업고 슈졀 츈향 관뎡발악 디단
큰 죄인가 어허 공사도 우습고 어사쏘는 봉명사신이시니 이곳에 안지시
고 력졸 보니여 셔울놈은 못잡아오시오 리몽룡인가 어린 아희도 격녀셕
부텀 잡아다가 룽쟝주리를 틀어주시오, 력졸이 썩 ᄂ셔며 (력) 쉬- (늙
은) 쉬라니 엇의 비암이 지ᄂ가

〈74〉

나냐 쉬가 도모지 무엇이냐 네가 력졸이냐 력졸 보니 쟝히 무셥다 죄업
고 늙은 나를 어사쏘면 엇지ᄒ고, 어사쏘 속으로 은근이 조화셔 궁둥이
를 들셕들셕 더소ᄒ시고 분부ᄒ시되, 사필귀졍홀 터이니 부인들은 념녀
말고 다 각기 도라가라, 부인들 물너놀제 늙은 부인 쏘 알왼다 여보 사

쏘 아쏘ㅅ치 공사 말으시고 렬녀 츈향 노으시오 춤 큰 봉변ᄒ오리다, 슘
문 밧게 물너나와 츈향 노이기를 기디릴제 (어) 츈향 잡아드리라 (ᄉ령)
예 츈향 잡아드렷소, 츈향이 죽은 듯시 업뎃스니 그 참혹ᄒ 형상은 목불
인견이로디 한번 호령을 ᄒ시것다 (어) 분부 드러라 너는 하향지쳔 창기
로셔 불송관령ᄒ고 발악관청을 능작례ㅅᄒ니 죄당만ᄉ라 본관 슈쳥을
낫다 ᄒ다니 어ᄉ 슈쳥이 엇더ᄒ고 알외라 호령소리 산쳔이 쪄나간다 츈
향이 알외는디, 초록은 동싁이오 가지도 게편이라 량반님네 일반이오 창
녀의 졀ᄒ이라니 츈향은 창녀 ᄌ식이오ᄂ 창녀도 아니온즁 창녀 졀ᄒ 렬
녀 잇는쥴 어ᄉ쏘 엇지 모로시오 녯젹에 의창이는 티학ᄉ를 셤겨 잇고
유명ᄒ 홍불기는 리뎡 짜라 갓스오니 창녀 졀ᄒ 업슬릿가 룡쳔검 드는
칼노 츈향목을 덩그렁 베여 구곡쳥계 깁흔 물에 풍덩실 던지거ᄂ 홍로에
모진 불에 살ᄂ셔 주옵든지 쳐분디로 ᄒ려니와 훼졀 아니ᄒ는 뜻을 봉명
어ᄉ 모르릿가 죽이시면 죽ᄉ옵고 살이시면 살 터이니 좌우간 ᄒ옵소셔,
어ᄉ쏘 다시 뭇기를 맛치시고 리별시 밧은 옥지환을 녀여 ᄒ슈기셩을 쥬
며, 이것 갓다 츈향 쥬라, ᄒ슈기셩이 지환을 가지고 니려와 츈향압헤
갓다노으니 츈향이 졍신업시 지환인 쥴은 알앗스나 랑군의게 표준 지환
인 쥴은 몰낫겟다 어ᄉ쏘가

〈75〉

얼골 드러 디샹을 보라, 이슴ᄎ 분부ᄒ니 츈향이 얼골 드러 디샹을 살펴
보니 엇져녁 옥문 밧게 왓든 낭군이 분명ᄒ고나 츈향이가 디샹에 쮜여올
ᄂ 어ᄉ쏘를 안고 울며 츔츄고 논다 ᄒ되 츈향이가 무슴 그럴 리가 잇ᄂ
냐 사롬이 긔막힐 일을 당ᄒ면 마음이 스사로 약ᄒ야지고 조코 반가운
일이 잇스면 ᄌ연 셜음이 나것다 디샹을 물그럼이 슯혀보며 구슬갓흔 눈
물이 두 눈으로 쑥쑥 흘너 옷깃을 적시며 울음이 쇼스나는디 이 우름은
오쟝륙부에 나는 울음도 안이오 륙쳔마듸 쎄속에서 나는 우름도 안이오

쏙 쓸기에셔 나오는 우름이라, 아이아이아이으으, 우름울며, 모지도다 모지도다 셔울량반 모지도다 엇져녁 옥에 오셔 내 형상 보셧스니 나다려만 말숨ᄒ고 마음 노코 잇스라면 지난밤 그 간장을 안록이고 안심희슬걸 져년 엇지 안이 죽나 죽는 꼴 보랴는걸 어리셕은 츈향이는 이를 갈고 아니 죽고 항여느 살아느셔 랑군을 다시 맛느 지낸 고싱 다 바리고 빅년종사ᄒ오리다 단단밍셔 지낸 년 불상이는 아니 알고 죽이기로 드신 마음 니몰낫지 니몰낫셔 그 마음 알앗드면 니가 발셔 죽엇슬걸 이고이고, 우니 어스쏘 즉시 사인교를 드려 츈향을 틔와 졔 집으로 보니니라 이쩌 츈향모는 혼금이 엄슉하니 드러오도 못ᄒ고 문 밧게셔 혼즈 동동거리며 방정을 썰다가 그 쏠이 느오니 조코 질거워 밋치는디 쌀을 압헤 니보니고 츈향모와 여러 부인들이 한번 놀고 느가것다, 얼시고느 지화즈 아 엇져녁에는 걸인사위 어스란 말 웬말이냐 꿈이드냐 싱시드냐 꿈이거든 찌지 말고 싱시거든 미양 잇즈 지화즈아 지화즈, 이놈 도스령아 슘문 잡아라 어스장모 드러가신다 드러가신다 장비야 니 비 닷칠나

〈76〉

이 궁둥이 두엇다가 논을 살가 밧을 살가 이런 쩌나 흔들어라 지화즈아 지화자, 여보 남녀로소 부인네들 아들 낫키 원을 말고 쏠만 만히 나으시되 ᄒ 태쥴에 네닷셧식 쑥쑥 니드리소 이고 니가 밋친 년이지 엇져녁에 우리 사위를 욕도 만히 ᄒ고 구박도 만이 ᄒ엿드니 이 빌어먹을 년이 그 무슴 밋친 짓이냐 이년 쥬둥이를 칼노 찌질 슈박게 업네 여보소 옷고름에 찬 칼 좀 주소 이년의 입을 벌일느네 버히면 아마 압흘걸 압흘 터이니 못베이겟네 아장아장 드러가며, 션풍도골 져 모양이 엇져녁에는 걸인되야 나 속이기가 웬일이오 오날 아춤 진시말에 발감기 발밉시에 패량이를 졔쳐쓰고 니집 문젼 찌웃찌웃 나를 보고 도라가며 손짜락질 ᄒ든 것이 이졔 싱각 럭졸일세, 아장아장 드러가며, 스쏘 부디 로혀마오 스쏘 암만

노혀신들 장모 나를 엇졀테오 스쏘 셔울 가신 후에 늙은 마누라가 후원
에 단을 모고 북두칠즈 야반에 등불을 밝히고셔 우리 사위 귀히 됨을 밤
낫 축원ᄒ엿드니 하ᄂ님이 감동ᄒ샤 어스쏘가 되엿셰라 지화즈아 지화
즈, 그러나 사쏘 젼에 엇줄 말이 잇습니다 부듸 내 쳥 드르소셔 달은 말
슴 안이오라 우리 골 본관스쏘 부듸 괄시 마옵소셔 춘추는 만으시나 마
음이 호협ᄒ야 호쥬탐화ᄒ시기는 두목지의 짝이시라 츈향 일식 말을 듯
고 불너보니 만고일식 욕심이 잔득 ᄂ셔 달녀여도 안이듯고 을너보듸 듯
지 안으니 쳔가지로 유인ᄒ고 만가지로 달니다가 죵시 듯지 안이ᄒ니 위
협ᄒ면 될 줄 알고 잡아니여 호령ᄒ니 미몰흔 츈향이가 죵다리시 가락씨
ᄭᆞᆺ듯 죵죵 안져 치밧치니 하인소시 란당ᄒ야 형틀 드려 올녀미되 죠금도
두려안코 관쳥발악ᄒ든 말을 엇지 다 엿줄잇가 본관스쏘 나

〈77〉

갓트면 단박 찌려죽엿슬 걸 본관스쏘 어진 쳐분 지금것 살녓스니 그 은
혜 장ᄒ오며 본관스쏘 안이시면 츈향 슈졀 어셔 날이 지화즈 지화즈 엇
쑥엇쑥 궁둥이춤이 졀노 ᄂ니 장관이오 엇져녁 걸인 스위 어스되니 장관
이오 함앗트면 죽을 츈향 살아ᄂ니 장관이오 남원읍 월미씨가 어스 스위
장관이오 남원부즁 과슈부인 등장홈도 장관이오 남녀노쇼 츔을 츄니 만
고업는 쟝관이오 젼쟝관 후쟝관이 춤 쟝관일다 지화즈아 지화즈, 이ᄯᅵ
츈향모와 부인들이 손목을 잡고 츈향집으로 가 큰 소 잡아 업지르고 상
하 남녀 노쇼 업시 ᄎ례로 디졉홀졔 이ᄯᅵ 운봉읍에 가둔 방즈놈이 어스
쏘 남원 츌도ᄒ야 운봉영쟝이 보션발노 도망ᄒ야 왓단 말을 듯고 간다
온다 말도 업시 도쥬ᄒ야 와셔 스쏘끠 문안ᄒ니 어스쏘 운스시며, 이놈
운봉에 가둔 놈이 니 령업시 왓단 말이냐 이놈이 어스쏘끠 드리더ᄂ디
쇼인을 무슴 죄로 가두엇소 마마님 셔간에 쇼인 가두라는 부탁이 잇셔
가두셧쇼 슈년 모시고 거힝ᄒ든 놈을 그러케 무시ᄒ시오, 어스쏘 우스스

며, 네가 죄가 잇서 가둔게 아니라 네가 방정마진 놈이 되야 루셜이 될 터이기로 잠시 너를 가두엇다. 즉시 방즈로 남원 관로쳥 일과 소임을 식히시고 십년 한졍ᄒ야 완문ᄭᆞ지 ᄒ야 쥬시니라 차시에 본관이 무식ᄒ야 인병부 쓸너 어ᄉᆞ쏘ᄭᅴ 밧치니 어ᄉᆞ쏘 본관을 쳥ᄒ야 죠흔 말노 슈작ᄒ되, 일셩즁 동거ᄒ야 놉흔 셩화는 만이 듯고 맛ᄂᆞ기는 쳐음이오나 나를 뉘인 줄 아시닛가 본관 몸을 굽혀, 모를 리가 잇소릿가, 어ᄉᆞ쏘 우스시며, 남아의 남화홈은 영웅렬ᄉ 일반이라 그러나 거현쳔릉 아니ᄒ면 현릉을 뉘 알며 본관이 아니면 츈향 졀힝 엇지 아올잇가

〈78〉

본관의 슈고홈이 얼마ᄶᅳᆷ 감ᄉᄒ오, 본관이 슈참ᄒ야 유유부답 안졋스니 (어) 연이나 남원이 더읍이라 겸셰민졍 오오ᄒ야 만민도탄 되엿스니 아모죠록 션치ᄒ와 만인산을 밧으시고 환향상봉ᄒ옵시다 인즉 작별ᄒ시니 본관이 지비ᄒ시고 관곡흔 쳐분을 못늬 스례ᄒ더라, 이ᄶᅢ에 어ᄉᆞ쏘는 반야습경 퇴령 후에 인셩이 요젹흔디 녁졸에게 등들니고 츈향집 나가실졔 슈영은 참치ᄒ고 월식은 영롱흔디 욕향쳥산문두견 즈죠 운다 뎌 시소리 늬 듯던 불여귀요 알연쟝명 뎌 두루미 구졍을 짐작ᄒ는지 두 나릭 쩍 펼치고 징금징금 ᄭᅮ벅ᄭᅮ벅 나를 보고 반기는 듯 련당에 금부어는 달을 좃ᄎ 쮜여놀고 화간에 잠든 거우 스룸ᄌᆞ취 놀나 긴다 녁졸이 드러서, 쉬―, 츈향모 ᄶᅡᆷ작 놀나, 이고 ᄉᆞ쏘 나오시네 ᄯᅳᆯ에 나려 영졉ᄒ야 츈향방 드러가니 이ᄶᅢ에 츈향이는 누엇다 겨오 일어 어ᄉᆞ쏘 손을 잡고 셔름이 사못 쳐셔 늑기여 셜이 우니 어ᄉᆞ쏘 수건으로 눈물을 씨쳐쥬며, 울지마라 울지마라 즈고로 영웅미인 고셩업는 뉘 잇ᄂᆞ냐 네가 우연이 나를 맛나 나 위ᄒ야 고생홈도 젼혀 모다 늬 죄로다 울지마라, 만단으로 위로ᄒ며 미음도 권ᄒ시고 약도 ᄶᅡ 권ᄒ시며 이졔는 우리 둘이 희로빅연 유ᄌ싱녀, 평싱을 즐길 테니 속속히 쇼복ᄒ야 가산을 방매ᄒ고 너는 먼져 올나가셔

나 오기를 기디려라 봉명사신 몸이 되야 지쳬홀 슈 바이 업셔 나는 명일 가거니와 간곳마다 통신ᄒ야 쇼식 자조 알 터이며 부리든 이방에게 치힝 절츠 다 일으고 본딕 셔간ᄒ엿스니 하인 슈히 올 터이니 소복이 되ᄂᆫ디로 신속히 올나가라 모녀에게 당부ᄒ고 작별ᄒ며 이러셔니 쏘 리별이 되ᄂᆫ고나 붉기 젼 드러와셔 힝장을 지

〈79〉

촉하야 젼라도 오십숨관 힝운갓치 단이시며 져져이 슌찰하야 문부를 닥근 후에 셔울노 올나오사 동부승지 당상ᄒ야 디사셩을 지니시고 츠츠 내직으로 도도와셔 보국까지 하셧것다 츈향의 장한 졀힝 자상으로 통촉하사 츙렬부인 봉하시니 츙렬부인 영귀함이 일셰에 진동하더라

언문츈향젼 죵

세창서관본 활자본 〈도상 옥중화〉

〈도상 옥중화〉는 1932년 세창서관에서 처음으로 발행된 것인데, 여기서는 1952년에 발행된 이본을 대상으로 전산 입력했다. 표지에는 '圖像獄中花 도싱 옥중화'로 적혀 있고, 1면에는 '萬古烈女 圖像獄中花'로 되어 있다. 각 면의 상단에 제목이 적혀있는데, 처음에는 '도상 옥중화'로 되어 있으나, 5면부터는 '女中花'로 되어 있다. 이몽룡과 방자가 광한루에서 술을 마시는 장면 등 주요 장면의 그림이 삽입되어 있고, 그림 옆에는 어떠한 장면인지에 대한 사설이 간략히 적혀 있다. 한문에 국문이 병기된 형태로 활자화되어 있는데, 여기서는 국문을 괄호안에 넣었다. 또 문장의 마침표로 '。'를 사용하고 있는데, 여기서는 그것을 '.'로 바꾸었다. 이 〈도상 옥중화〉는 〈옥중화〉 계통의 이본이지만, 〈옥중화〉 계통본에는 드러나지 않는 독자적인 사설도 많이 수용하고 있는 이본으로 알려져 있다.(최혜진, 「도상 옥중화의 사설 특성과 판소리적 위상」, 『판소리의 전승과 연행자』, 역락, 2003 참조) 여기서는 인천대 민족문화연구소편, 『구활자본 고소설전집』 30권(은하출판사, 1983)에 영인된 자료를 이용했다.

세창서관본 활자본 〈도상 옥중화〉

〈1〉

萬古烈女 圖像獄中花

李國唱 唱本

無然居士 校錄

第一章(제일장)

　殘紅(잔홍)이 萬點(만점)이요 楊柳(양류)가 千絲(천사)로다. 소슬히 부는 바람 花風(화풍)이 완연코나. 蛟龍山(교룡산) 넘는 狂風(광풍) 赤城江(적성강)에 불어 잇고 烏鵲橋(오작교) 瀛洲閣(영주각)엔 범나뷔 춤을 춘다.

　全羅左道(전라좌도) 南原府(남원부)는 湖南(호남)의 勝地(승지)라 東(동)으로 智理山(지리산) 北(북)으로 蛟龍山(교룡산) 소사잇고 南門(남문) 밧게 廣寒樓(광한루)와 그 압헤 烏鵲橋(오작교) 瀛洲閣(영주각)은 三南(삼남) 第一勝地(제일승지)로 自古(자고)로 이름 놉다. 江山精氣(강산정기)가 어리여서 絶代佳人(절대가인)이 생겻스니 萬古烈女(만고렬녀) 成春香(성춘향)이라.

　春香(춘향)은 南原(남원) 退妓(퇴기) 月梅(월매)의 외쌀이라 月梅(월매) 三十(삼십)이 넘은 후에 成府使(성부사) 等內(등내) 째에 守廳(수청) 들어 春香(춘향)을 처음 밸 째 夢中(몽중)에 웬 한 仙女(선녀) 李花

(리화) 桃花(도화) 두 가지를 兩(량) 손에 갈라쥐고 桃花(도화) 하나 나려주며

〈2〉

「이 곳을 고히 갓궈 李花接(리화접)을 붓첫스면 將次(장차) 榮華(영화) 누리리라. 李花(리화)를 傳(전)할 곳이 時刻(시각)이 急(급)함으로 忽忽(총총)히 써나노라」
하고는 꿈샌 그 달부터 胎氣(태긔)가 잇서 열 달만에 딸 하나를 나핫스니 桃花(도화)는 봄 香氣(향긔)라 일홈을 春香(춘향)이라 하엿는데 資質(자질)이 영리하야 幼詩(유시)부터 글을 읽어 詩書翰墨(시서한묵)에 無不能通(무불능통)이오 針線女工(침선녀공)이며 風流(풍류)속까지 재조칙량 할 길이 업시 숙달하얏스나 根本(근본)이 兩班(양반)의 子息(자식)이라 外人相通(외인상통) 안 식히고 金玉(금옥)갓치 길넛더라.
時節(시절)은 春三月(춘삼월)이라 江南(강남)갓든 제비는 녯집 차자 도라오고 綠水靑靑錦江邊(녹수청청금강변)엔 花雪(화설)

〈3〉

이 쑤려질쎄 南原府(남원부) 下(하) 降仙洞(강선동)엔 한 雙(쌍) 꼿이 써나온다. 저 春香(춘향)이 擧動(거동) 보아라 삼싼 갓튼 머리에는 궁초 당기 느리우고 외씨 갓튼 그 발에는 草綠(초록) 唐鞋(당혜) 살싹 신고 삼분삼분 나오는 양 花容月態(화용월태)가 분명하다.
(춘) 야 상단아
(상) 예.
(춘) 날도 조코 꼿도 조코 바람도 조흔데 우리 건네나 한번 쮜여보자.
▲太平乾坤(태평건곤)엔 風光(풍광)이 느젓는데 長長綵繩(장장채승)

건넷줄엔 바람업는 洛花(낙화)로다.

　이째에 南原府使(남원부사)로 게신 이는 서울 三淸洞(삼청동) 李翰林(리한림)이니 본시 名門巨族(명문거족)이요 代代(대대) 忠孝大家(충효대가)로서 南原府使(남원부사)로 到任(도임)한 뒤에 百姓(백성)에게 善治(선치)하여 거리마다 善政碑(선정비)더라.

　李使道(리사도)에게는 夢龍(몽룡)이라는 今年(금년) 十六歲(세)의 道令(도령)이 잇스니 文章(문장)은 李太伯(리태백)이요 風采(풍채)는 杜牧之(두목지)요 翫月觀花(완월관화)를 조와하는 豪俠男兒(호협남아)라. 春風(춘풍)에 나는 落花(낙화) 冊房(책방) 안에 드러트니 千里他鄕(천리타향)에 春興(춘흥)을 不勝(불승)이라. 읽든 冊(책) 접어 치우고

〈4〉

(道) 이애 방자야.

(房) 예-이

(道) 너의 南原邑(남원읍)에도 勝地(승지가)가 잇느냐

(房) 小人(소인)의 고을인들 勝地(승지)가 업소리까. 人物(인물)은 江山(강산)의 滓(재)라 小人(소인) 갓튼 美丈夫(미장부)가 誕生(탄생)한 곳에 엇지 勝地(승지)가 업소리까마는 工夫(공부)하시는 道令(도령)님이 勝地(승지)는 웨 차지심니까.

(道) 그것은 네 모르는 소리로다. 조흔 경치를 對(대)하야만 조흔 글이 생겨나는 법이니 내 말을 들어 보아라.

　△천하에 名勝地(명승지) 간 곳마다 글이로다. 箕山潁水別乾坤(기산영수별건곤)에 巢父(소부) 許由(허유) 놀아 잇고, 赤壁江(적벽강) 秋夜月(추야월)에 蘇子瞻(소자첨)이 놀아 잇고 黃鶴樓(황학누) 鳳凰臺(봉황대)에 文章(문장) 名筆(명필) 자최로다. 내 또한 豪男兒(호남아)라 東園桃李片時春(동원도리편시춘)을 虛送(허송)키 어렵고나. 잔말 말고 잇

는 대로 아뢰여라

(房) 큰일 날 말슴 마시요. 使道(사도) 귀에 들어가시면 小人(소인)의 정갱이는 열 개라도 當(당)치 못하겟스니 小人(소인)은 아뢰지 못하겟소

⟨5⟩

(道) 使道(사도) 眼目(안목)은 내가 싸줄 것이고 술갑시나 톡톡이 줄 테니 어서 아뢰여라.

　房子(방자)놈 술소리에 귀가 번쩍 씌엇것다.

(房) 小人(소인)의 고을이 간 곳마다 瑤池錦峯(요지금봉)이옵지만 그 가온데도 △北門(북문) 밧 나가서는 蛟龍山城(교룡산성) 좃사옵고 西門(서문) 박 나서면은 關王廟(관왕묘) 좃사오나 南門(남문) 밧게 廣寒樓(광한루)와 그 압페 烏鵲橋(오작교) 瀛洲閣(영주각)이 三南(삼남) 第一勝地(제일승지)올시다.

(道) 廣寒樓(광한루)라. 玉京(옥경) 廣寒樓(광한루)는 월중항아 노는 곳이엇만. 이름이 조흐니 廣寒樓(광한루)로 가자. 나귀 안장 지어라.

(房) 예-이

△靑紅絲(청홍사) 굴네 씨고 玉鞍粧(옥안장) 곱게 언저 珊瑚(산호) 채찍 휘두르며 臺石(대돌) 아레 等待(등대)하니 道令(도령)님 擧動(거동) 보소 生明紬(생명주) 겹바지에 唐(당)뵈중 밧처입고 玉色亢羅(옥색항나) 겹저고리 옷고름에 藥囊(약낭) 차고 람甲紗(갑사) 수향배자 玉(옥)단추 달아입고 唐(당)모시 중추막에 生綃(생초) 긴 옷 밧처 입고 송금단 허리씩에 毛本緞(모본단) 두리 낭자 朱黃唐絲(주황당사) 씐 다라차고 넓찍한 紫甲紗(자갑사) 씩 느른이 매인 뒤에 나귀 등에 놉히 올나 거드러거려 나갈 쩍에 奇峯(기봉) 下(하)에 나

〈6〉

는 씌슬 狂風(광풍) 좃차 펄럭인다. 桃花(도화) 點點(점점) 붉은 꼿 步步香風(보보향풍) 써러저서 자최마다 香氣(향기)로다.

　廣寒樓(광한루)에 當到(당도)하여 나귀를 버리고 登樓(등루)하여 압뒤를 바라보니 南(남)쪽을 바라보면 △안개에 씌인 朝光(조광) 赤城江上(적성강상) 빗겨 잇고 綠水(녹수)에 지는 봄은 花流屏風(화류병풍) 들럿는데 廣寒樓(광한루)도 조커니와 烏鵲橋(오작교)가 더욱 조타. 無心(무심)한 범나뷔는 쌍쌍히 날아들고 꾀꼬리 곤소리로 가는 봄 우짓는데

(道) 이애 房子(방자)야

(房) 예-이

(道) △烏鵲橋(오작교)는 잇거니와 牽牛織女何處在(견우직녀하처재)요 牽牛星(견우성)을 내라 하면 織女星(직녀성)은 뉘라 될고 花灼灼蝶雙雙(화작작접쌍쌍)이요 柳靑靑鶯鳴鳴(류청청앵명명)에 牽牛(견우)는 잇건마는 織女(직녀)는 간 곳 업다. 오늘이 花林中(화림중)에 三生緣分(삼생연분) 못 만날까.

　房子(방자)야 酒案(주안)이나 올녀라.

(房) 等待(등대)하엿습니다

〈7〉

(道) 자. 오늘은 擺脫(파탈)하고 놀자. 이런 노리에 上下(상하)을 차리면 쌕쌕해서 못쓰는 法(법)이니라. 담배도 맘대로 먹거니와 鄕黨(향당)은 莫如齒(막여치)라 年齒(년치) 차례로 술을 먹자. 이 座中(좌중)에 누가 第一(제일) 나히 만흐냐.

(房) 아마 이 後陪使令(후배사령) 놈이 第一(제일) 年長(년장)일 쯧하오. 키는 째알만 하나 四十年(사십년)은 묵엇나 보오.

(道) 그럼 尊丈(존장)벌이로구나 後陪使令(후배사령) 上座(상좌)로 안고 다들 年齒(년치) 차례로 안자라. 내가 年少者(년소자)니 末席(말석)에 안지마.

(房) 황송하오이다.

  안주상을 드려노코 파탈하고 먹더라.

〈8〉

도령님이 醉興(취흥)을 못이겨 이러나서 두루두루 거닐며 求景(구경)하니

△南方(남방)을 바라보니 珠簾翠閣(주렴취각)은 碧空(벽공)에 어리엇고 繡戶紋窓(수호문창) 덩실 소사 압흐로는 瀛洲(영주)요 뒤로는 武陵桃源(무능도원) 흰 白字(백자) 붉을 紅字(홍자) 송이송이 꼿치 피고 붉을 丹(단) 풀를 靑(청) 고물고물 丹靑(단청)이라. 버들 틈의 꾀꼴소리 醉興(취흥)을 도두는 듯 꼿가지에 노는 나뷔 香氣(향기) 찻는 擧動(거동)이라. 白白紅紅爛熳中(백백홍홍난만중)에 人蝶(인접) 하나 노는구나.
△長長綵繩(장장채승) 건넷줄을 두 손에 갈라쥐고 선뜻 올나 발 굴너서 한번 굴너 뒤가 솟고 두번 굴너 압히 놉하 鳶飛戾天(연비려천) 솔개 쓰듯 爛熳桃花(난만도화) 놉흔 가지 소사 올라 툭툭 차니, 송이 송이 매친 꼿이 분분히 써러지니 바람 업는 落花(낙화)로다. 건네 우에 美色(미색), 나뷔드냐 仙女(선녀)드냐.

  四圍景致(사위경치) 求景(구경)하다가 春香(춘향)에 鞦韆(추천)하는 擧動(거동)을 본 李道令(리도령)은 그만 입이 짝 벌러지고 정신 혼란하여젓다.

(道) 房子(방자)야. 房子(방자)야.

(令) 道令(도령)님 食滯(식체)하섯수. 웨 갑작이 顔色(안색)이 松花色(송화색)이 되엿소.

〈9〉

(道) 저게 뭐냐

房子(방자)놈은 벌서 아라차렷다마는 시치미를 딱 뗀다.

(房) 저게 솔갠가 보오. 봄날은 솔개가 만히 날아다니는 法(법)이요.

(道) 아니 이놈아 내 부채 바로 보아라

(房) 예-이. 그건 아마 牧童(목동)이 소타고 가는 건가 보오.

(道) 그 牧童(목동)의 외인便(편)으로 보이는 것 말이다.

(房) 예이. 그것은 牧童(목동)이 엽헤 낀 채찍인가 보오. 소가 잘 안갈 때는 소 엉뎅이를 채찍으로 때리는 法(법)이요.

〈10〉

(道) 이놈아 눈에도 兩班(양반)의 눈이 다르고 常漢(상한)의 눈이 다른가 보구나. △저기 저 건네 우에 솔개인 듯 나뷔인 듯 한번 쓰면 仙女(선녀) 갓고 두번 쓰면 奇雲(기운) 갓다. 金(금)이드냐 玉(옥)이드냐 쏫이드냐 나뷔드냐. 눈 똑바로 쓰고 보아라.

(房) 건네 쒸는 것 말슴이요. 나는 또 무엇이라구. 그건 게집애요

(道) 게집앤 줄 나도 안다. 대체 누구냐.

(房) 本邑(본읍) 退妓(퇴기) 月梅(월매)의 쌀 春香(춘향)이오이다.

(道) 春香(춘향)이라. 일홈도 조커니와 姿態(자태)가 기막힌다. 얼는 가서 불러오너라.

(房)△어림업는 말슴이오. 春香(춘향)의 花容月態(화용월태), 湖南(호남)에 으뜸으로 監司(감사) 兵使(병사) 牧使(목사) 府使(부사) 郡守(군수) 縣監(현감) 儒士(유사) 武夫(무부), 官屬(관속) 乾達(건달) 누구누구 모두 다 보랴 하되 根本(근본)이 兩班(양반)이요 妓案(기안)에 着名(착명) 안코 文章道德(문장도덕) 專修(전수)하야 才(재)와 色(색)이 兼

備(겸비)하온 萬古女中君子(만고녀중군자)오니 任意呼來(임의호래) 못하리다. 道令(도령)님이 부르시기는 커녕 春香(춘향)이가 도령님을 부르리다.

(道) 누가 부르던간에 만나기만 하면 一般(일반)이니 그럼 가서 春香(춘향)이 더러 李道令(리도령)을 부르래라.

〈11〉

房子(방자) 어이업서 뒤통수만 치니 李道令(리도령)의 마음은 더욱 燥急(조급)하여지것다.

(道) 야. 荊山白玉(형산백옥)과 麗水黃金(려수황금)도 物各有主(물각유주)라 좌우간 가서 불러만 보아라.

房子(방자) 마지못해 춘향 부르러 나려간다. 껑충껑충 뛰여가서 心術(심술)굿게 별안간.

(房) 이애 春香(춘향)아

고함지르니 春香(춘향)이 깜짝 놀나 건네에 나리면서

(春) 아이고 이 녀석아. 깜짝이야. 하마트면 落傷(낙상)할 쩐 햇구나.

(房) 열대여섯살 먹은 게집애가 엇저면 所聞(소문) 업시 서방을 햇느냐

(春) 예이 망할 녀석 누가 서방을 한단 말이냐.

(房) 네 말이 落胎(낙태)할 쩐 햇노라고 안그랫느냐. 서방 안코도 애 배드냐.

(春) 미친 녀석 갓트니. 落傷(낙상)할 쩐 햇노랫지 언제 落胎(낙태)라드냐. 보기 실타 가거라

(房) 그건 다 우슴에 말이로되 내가 할 말이 잇다.

(春) 무슨 말이냐.

(房) 다른 말이 아니라 冊房(책방) 道令(도령)님이 踏靑(답청)을 나왓다가 너를 보고 그만 일魂(혼)이 다

〈12〉

빠저서 急急(급급)히 부르라니 二三次(차) 엿주어 보앗지만 在下者
(재하자)가 못못내 거역할 수가 잇겟느냐. 그래서 왓스니 갓치 가자.

(春) 못 가겟다.

(房) 엇지하야 못 가겟느냐. 兩班(양반)이 부르시는데 天然(천연)히 못
가겟대

(春) 이 녀석 道令(도령)님만 兩班(양반)이고 나는 兩班(양반) 아니드냐.

(房) 너도 兩班(양반)이지만 절반 兩班(양반)이니 할 수 업다. 어서 잔
말 말고 가기나 하자.

(春) 그래도 못 가겟다.

(房) 웨 못 가겟느냐.

(春) △못 갈 來歷(내력)을 들어봐라. 못 갈 來歷(내력)을 네 들어봐라.
兩班宅(양반댁) 道令(도령)님이 글工夫(공부)는 아니하고 遊山(유산)
이 웬일이며 遊山(유산)은 할지라도 남의 집 娥女(아녀) 보고 傳喝(전
갈)키 當(당)치 안코 傳喝(전갈)은 할지라도 女子(녀자)의 行實(행실)
로서 싸라가기 괴이하다.

(房) 네가 行實(행실) 行實(행실)하니 네 行實(행실)이 얼마나 고흔 줄
아느냐.

(春) 이 녀석. 무엇이 어쩌구 어째. 그래 내 行實(행실) 어듸가 그르단
말이냐.

〈13〉

(房) △네 行實(행실) 들어봐라. 修身(수신)하는 게집애가 行實(행실)
이 올흐라면 單獨(단독) 後園(후원) 翫月(완월) 째도 남의 눈에 씌일싸
라 燥心(조심) 注意(주의)할 게어늘 三南(삼남) 第一(제일) 大路邊(대

로변)에 鞦韆(추천)이 웬 일이며 오는 사람 가는 사람 너를 보고 精神(정신) 일어 발 멈추고 서서 보니 네 行實(행실) 올탄 말이냐 使道(사도) 子弟(자제) 道令(도령)님은 얼굴이 冠玉(관옥)이요 風采(풍채)는 杜牧之(두목지)요 文章(문장)은 李太伯(리태백)에 筆法(필법)은 王羲之(왕히지)라 世代(세대) 忠孝大家(충효대가)로서 家勢(가세)는 長安甲富(장안갑부) 地閥(지벌)은 延安(연안)이요 外家(외가)는 淸風(청풍)이라 男便(남편)을 어들량이면 이런 男便(남편) 버리고서 시골쯰기 악갑구나.

(春) 이 녀석아. 男便(남편)도 시골 男便(남편) 서울 男便(남편)이 다르단 말이냐.

(房) 그러쿠 말구. 山勢(산세)를 두고 이를진대 서울 山勢(산세) 다르고 시골 山勢(산세) 다르니 내 일을께 들어봐라. 慶尙道(경상도)는 山(산)이 峻(준)함매 사람이 나면 쑥하고 全羅道(전나도)는 산이 順(순)함매 사람이 나면 奸(간)하고 忠淸道(충청도)는 山(산)이 矗(촉)하매 사람이 나면 才操(재조) 잇고 △京畿(경기) 山水(산수)를 보자면 水落山(수락산) 쩌러저서 道峯(도봉)이 생겨 잇고 道峯(도봉)이 쩌러저서 終南山(종남산)이 생겨잇고 往十里(왕십리) 靑龍(청룡)이요 萬里峴(만리현) 白虎(백호)로다. 漢江(한강)이 湖水(호수)가 되고 銅雀(동작)이 水口(수구) 막어

<h2 style="text-align:center">〈14〉</h2>

天府金湯(천부금탕) 되얏스니 萬戶長安(만호장안)이 아니냐.

사람이 나면 善(선)한 者(자)는 至善(지선)이요 惡(악)한 者(자)는 極惡(극악)이라.

府院君(부원군)이 外三寸(외삼촌)이요 吏曹判書(리조판서) 同姓祖父(동성조부)요 南原府使(남원부사) 당신 어른이니 만일 가지 안헛다는

來日(내일) 아침 朝仕後(조사후)에 너의 母親(모친) 잡아다가 冊房(책방) 短墻(단장) 안에 마주거리하게 되면 너인들 마음이 조며 나인들 조흐랴. 이만치 말해 두니 가고 시프면 가고 실흐면 그만 두어라. 나는 간다.

   房子(방자) 휙 도라서 가랴하니 春香(춘향)이 房子(방자)를 부른다.
(春) 그래 이 녀석아

〈15〉

(房) 밤낮 이 녀석 저 녀석 서방을 삼을 여석하니 인전 듯기 실타. 나는 간다.
(春) 이애 房子(방자)야. △노여워 말고 내 말을 들어라. 꼿을 찻는 나뷔들을 꼿이 어이 싸라가리. 尊貴(존귀)하신 道令(도령)님이 이 몸을 부르시니 뜻은 惶恐(황공) 感謝(감사)하나 女子(녀자) 道理(도리)로서 廉恥(렴치) 싸라 못 가겟다. 道令(도령)님 前(전) 올니는 말슴 네가 代身(대신) 아뢰라고 鴈隨海(안수해)에 蝶隨花(접수화)요 蟹隨穴(해수혈)이 세 마듸 부대 부대 傳(전)해다고.
   春香(춘향)은 上丹(상단)을 다리고 제 집으로 도라가고 房子(방자)는 할일업시 道令(도령)님 前(전)으로 건너간다.
   道令(도령)님은 혼자서 뒷짐을 지고 건닐며 春香(춘향) 오기만 苦待(고대)하는데 春香(춘향)은 오지 안코 房子(방자) 혼자서 오는지라 벌썩 성을 낸다.
(道) 이놈아 春香(춘향)을 불러오랫지 春香(춘향) 쏫고 오라드냐.
(房) 小人(소인)은 쓸데업는 심부름을 갓다가 辱(욕)만 잔득 어더먹고 왓슴니다.
(道) 辱(욕)은 무엇이라드냐.
(房) 안수해 접수화 해수혈이라 하오니 이런 辱(욕)이 어듸 잇갯슴니까.

이건 小人(소인) 보

〈16〉

다도 道令(도령)님을 辱(욕)한 것이외다. 道令(도령)님이 이 말 듯고 한 참 생각하드니

(道) △올타 올타 네 몰랏다. 안수해라 하는 것은 기럭 鴈字(안자) 짤를 隨字(수자) 바다 海字(해자) 분명하고 접수화라 하는 것은 나뷔 蝶字(접자) 짤를 隨字(수자) 꼿 花字(화자) 분명하고 해수혈이라는 것은 게 蟹字(해자) 짤를 隨字(수자) 구녕 穴字(혈자) 분명하니 오늘 夜半(야반) 三更時(삼경시)에 제 집으로 오라 하니 許諾(허락)이 분명하다. 걱정이 무엇이랴.

깃분 回報(회보)를 듯고 道令(도령)님은 冊房(책방)으로 도라왓더라.

上房(상방)에 使道(사도)를 뵈려 갓스나 아버지도 눈에 잘 보이지 아니하고 內衙(내아)에 어머니를 뵈려 나갓스나 어머님도 春香(춘향)으로만 보여 안절부절 안젓다 이러섯다. 미친 사람갓치 헤매며 어서 파루 되기만 기다린다. 너머 春香(춘향)이 보고 십허서 혼자서 외마대 고함을 지르는데

「보고지고 보고지고 가고지고 가고지고 춘향 얼골 보고지고 보고지고 춘향집을 가고지고」 이야 房子(방자)야 東軒(동헌)에 아직 退燈(퇴등) 안햇느냐

이날짜라 使道(사도)는 낭청을 데리고 이야기로 밤을 보내고 잇다가 道令(도령)님의 고함

〈17〉

소리에 깜짝 놀나

(使) 이리 오너라.

　通引(통인)이 待令(대령)한다.

(通) 예-이

(使) 冊房(책방)에서 무슨 괴이한 소리가 난다.

　查實(사실)해서 올려라.

(通) 예-이

　通引(통인)이 急(급)히 冊房(책방)으로 나와서

(通) 쉬- 道令(도령)님은 무슨 소리를 그러케 지르서서 使道(사도)께서 査實(사실)하여 올리라오

(道) 늙은이는 잠이나 자지 잠도 안 자고 귀는 웬 귀가 그러케 밝담 道令(도령)님 冊(책) 읽는 소리라고 엿주어라.

<h2 style="text-align:center">〈18〉</h2>

　通引(통인)이 道令(도령)님 말슴대로 使道(사도)께 엿주니 使道(사도) 조화라고

　「용이 용을 나코 봉이 봉을 낫는 法(법)이야. 이 上房蠟(상방초) 두 가락 내다가 道令(도령)님께 드리고 이 초가 다 달토록 讀書(독서)를 하되 讀書聲(독서성)이 東軒(동헌)에까지 들리게 읽으란다고 해라」

　通引(통인)이 令(령)을 듯고 冊房(책방)에 나와

(通) 使道(사도) 분부에 이 초가 달토록 讀書聲(독서성)이 東軒(동헌)에까지 들이도록 읽으시라오

　道令(도령)님이 초는 바닷지만 마음은 잔득 부르럿다.

(道) 이놈. 누가 널더러 이것 가지고 오라드냐.

(通) 使道(사도) 분부를 어쩌케 함니까.

(道) 어서 가서 上房(상방)에 退燈(퇴등) 안햇나 봐라

(通) 초저녁에 退燈(퇴등)이 무슨 退燈(퇴등)이요

(道) 어쩌케 退燈(퇴등)케 할 妙理(묘리)는 업느냐.

(通) 파루치기 전에는 退燈(퇴등)치 안흠니다.

(道) 파루 치는 놈을 술잔이나 멕여서 지금 곳 치게 할 수 업느냐

〈19〉

(通) 發覺(발각)되는 날에는 道令(도령)님이 小人(소인)의 代身(방자) 정갱이가 부러지갯습니까.

(道) 늙으면 잠이나 자지 여바라 房子(방자)야. 冊(책) 가저오너라.

　房子(방자) 쒸여와서

(房) 무슨 冊(책)을 가지오리까.

(道) 온갖 冊(책) 다 가저오너라

　房子(방자)가 한아름 가저온 冊(책)을 되는 대로 쎄여서 큰소리로 읽는다.

(道) 孟子(맹자) 듸려라. 孟子見成春香(맹자견성춘향)하신대 春香李道令(춘향리도령)께 엿쑤어 曰(왈) 叟不遠十里而來(쉬불원십리이래) 하시니

　아니로다. 詩傳(시전) 듸려라. 關關雎鳩(관관저구)는 在河之洲(재하지주)로다. 降仙洞(강선동) 成春香(성춘향)은 李夢龍(리몽룡) 好逑(호구)로다.

　大學(대학) 듸려라. 使道之道(사도지도)는 在早寢(재조침)하며 在不聽(재불청)하며 在使其子夜出(재사긔자야출)이니라.

　史略(사략) 듸려라. 太古(태고)라 成氏(성씨) 春香(춘향)은

　周易(주역) 듸려라. 乾(건)은 元(원)코 亨(형)코 利(리)코 貞(정)코 春香(춘향) 코 내 코 한데 대고 이러고 저러고 하

〈20〉

면 새 코 나고 엇불사 새 코가 들어왓군

房子(방자)놈 겻헤서 듯다가

(房) 道令(도령)님. 仁心(인심) 쓰시는 터에 小人(소인) 코도 한목 봅시다.

(道) 네 코는 상놈에 코라 參席(참석) 못한다.

上房(상방)에 退燈(퇴등) 안햇느냐

(房) 아직 멀엇소

(道) 그럼 千字(천자) 되려라.

(房) 道令(도령)님도 세 살 잡순 어린애가치 千字(천자)를 읽으실 테요.

(道) 이놈 네가 千字(천자) 속을 알겟느냐. 뜻을 삿삿치 새겨 읽으면 똥을 곳 싸리라.

(房) 千字(천자)푸리 말이요

(道) 千字(천자)푸리를 네가 엇지 아느냐

(房) 小人(소인)이 그걸 몰라요. 小人(소인)이 할께 들어봅쇼. 반짝 반짝 별 달렷다 玉皇(옥황)님 게신 하눌 천. 밀보리 잘 자란다 논밧 붓튼 따 地(지) 春香(춘향) 쮜든 건네줄로 휘휘 친친 감을 玄(현)

〈21〉

어멈아 불 멈춰라 밥 누를라 누르 黃(황) 섬거적도 만들고 색기 꼬는 집 宇(우)

(道) 에라 치워라. 그러케 해서는 無識(무식)해서 못쓰는 法(법)이라. 내 읽을게 들어봐라

△놉기도 놉흘시고 넓기도 넓을시고 大丈夫(대장부) 氣槪(기개)갓치 浩浩蕩蕩(호호탕탕) 하늘 天(천)

高山深海(고산심해) 품에 안고 萬物(만물)을 生育(생육)하니 이 아니
慈悲(자비)하냐. 養生萬物(양생만물) 싸 地(지)

三月(삼월)이라 삼진날 春風細雨好時節(춘풍세우호시절)에 江南(강
남) 갓든 옛 제비가 닛지 안코 차자오니 감을 감을 감을 玄(현)

金風(금풍)에 익은 穀食(곡식) 一望無際(일망무제) 바다로다. 時節
(시절) 만나 익은 이삭 누릇 누릇 누루 黃(황)

天地四方(천지사방) 몃 萬里(만리)냐 高大廣室(고대광실) 넓은 곳에
살님차릴 집 宇(우)

年代國朝(년대국조) 興亡盛衰(흥망성쇠) 往古今來(왕고금내) 집 宙(주)

九年之水(구년지수) 어이하리 夏禹天地(하우천지) 넓을 洪(홍)

濟濟羣生壽域中(제제군생수역중)에 化及八荒(화급팔황) 거츨 荒(황)

歲月(세월)이 如流水(여류수)라 二八靑春(이팔청춘) 속절업다. 秦始
皇(진시황)의 古事(고사) 본떠 붓둘고저 날 日(일)

億兆蒼生(억조창생) 擊壤歌(격양가) 康衢烟月(강구연월) 달 月(월)

〈22〉

五車詩書百家語(오차시서백가어) 積案盈床(적안영상) 찰 盈(영)

아해야 술 부어라 해 넘는다 기울 昃(책)

二十八宿(이심팔숙) 河圖洛書(하도락서) 衆星拱之(중성공지) 별 辰(진)

鬪鷄少年(투계소년) 아해들아 娼家衾枕(창가금침) 잘 宿(숙)

絶代佳人(절대가인) 조흔 風流(풍류) 滿盤珍羞(만반진수) 벌 列(렬)

夜半三更(야반삼경) 深窓裏(심창리)에 가진 情談(정담) 베플 張(장)

十五夜(십오독) 달 밝은데 獨守空房(독수공방) 찰 寒(한)

靑春(청춘) 한번 지나가면 白髮雪髥(백발설염) 올 來(래)

南方千里(남방천리) 不毛之地(불모지지) 春去夏來(춘거하래) 더울
暑(서)

聖賢(성현)의 놉흔 敎訓(교훈) 千萬年(천만년)도 갈 往(왕)
金風(금풍)이 蕭瑟(소슬)한데 落葉(낙엽)지는 가을 秋(추)
자네가 지은 農事(농사) 내 손으로 거들 收(수)
綠蔭(녹음)이 언제런가 덧업구나 겨우 冬(동)

〈23〉

그날 본 임에 面影(면영) 가슴 깁히 감출 藏(장)
芙蓉芍藥細雨中(부용작약세우중) 虛庭石氣(허정석기) 부를 潤(윤)
임가신 데 어듸메냐 千萬里(천만리)도 남을 餘(여)
人生(인생) 한번 먹은 마음 期於(기어)코 이를 成(성)
빠르기도 빠르구나 如矢歲月(여시세월) 햇 歲(세)
안해 薄待(박대) 못하나니 大典通編(대전통편) 법죽 律(률)
春香(춘향) 입 내 입 한테 대니 영낙 업는 법죽 呂字(려자)로구나
자 엇더냐 이러케 하는 것이다.
(房) 거기 小人(소인)의 입싸지 끼면 품수 品字(품자)가 안됩니까
(道) 東軒(동헌)에 退燈(퇴등) 안햇나 가보아라
(房) 아직 머럿소.
(道) 또 가보아라.
(房) 아직 멀엇소.

〈24〉

(道) 使道(사도)께 燒酒(소주) 한 동이 갓다 듸려라
  이윽고 △退燈(퇴등) 소리 길게 나니 道令(도령)님 조하라고
(道) △房子(방자)야 불 밝혀라 靑紗(청사)초롱 불 밝혀라 春香(춘향)
집에 어서 가자.

△초롱에 불 밝혀서 房子(방자) 들려 압세우고 春香(춘향)집 차자간다.

第二章(제이장)

△半空(반공)에 걸린 月色(월색) 夜半(야반)이 완연하고 松林(송림)에 부는 바람 소리도 隱隱(은은)한대 南原邑下(남원읍하) 降仙洞(강선동)은 밤 자최 고요하다.

　春香母(춘향모)는 案席(안석)에 의지하고 잠깐 잠이 들엇다가 소스러처 깨며 입맛을 쩍 쩍 다

〈25〉

신다.

「꿈도 異常(이상)도 하다. 이애 上丹(상단)아 아가씨 주무시드냐」

(上) 아직 글읽고 게십듸다.

(母) 어늬 좀 건너가 볼까.

△春香母(춘향모) 擧動(거동) 보아라 釜山長竹(부산장죽) 왼 손에 들고 三登草(삼등초) 담으면서 紗窓(사창)을 드륵 열고 마루에 썩 나서니 天下(천하)는 고요한데 月色(월색)만 명랑하다. 아장아장 뜰에 나려 後園(후원) 草堂(초당)을 돌아가니 이째에 春香(춘향)이는 一心不亂讀書(일심불란독서)로다. 문을 열고 들어서며

(母) 밤도 이미 깁헛는데 아직도 안 자느냐

(春) 어머님 어쩌케 건너 오세요

(母) 꿈도 어이 異常(이상)해서 그런다

(春) 무슨 꿈입니까

(母) △촛불이 밝고 밝어 明朗(명랑)키 낫갓기로 案席(안석)에 의지하여 西廂記(서상긔) 耽讀(탐독)터니 홀연히 잠이 드니 非夢似夢間(비몽사몽간)에 너 자는 枕上(침상) 우에 彩雲(채운)이 이러나며 靑龍(청룡)

이 너

〈26〉

를 믈고 하늘노 오르기로 龍(룡)허리를 힘썻 안고 이리 궁글 저리 궁글 궁글 궁글 궁글다가 소스라처 잠을 깨니 全身(전신)에 盜汗(도한)이요 가슴이 아직 서늘코나. 夢事(몽사)가 이게 무슨 꿈이갯느냐.

(春) 글세오이다.

(母) 네가 만약 男兒(남아)면 必然(필연) 大科(대과)할 吉夢(길몽)이로 다.

△이째에 李道令(리도령)은 拱宿門(공숙문) 얼는 나서 鍾路(종노) 거리 지나서서 南門(남문) 밧 썩 나서니 月色(월색)은 明朗(명낭)한데 뉘 부 는 笛(저) 소린가 笛(저) 소리 淸雅(청아)하다. 挾路塵間(협노진간) 가 는 구름 雲間月色(운간월색) 戲弄(희롱)하고 花間(화간)에 푸른 버들 멧번이나 썩것스며 大道上(대도상) 발자취는 멧번이나 浸淹(침음)하냐 鬪鷄少年(투게소년) 아해들은 夜入靑樓(야입청누) 하얏스니 지체를 어 이하랴

　발이 짱에 닷는 둥 마는 둥 春香(춘향)집 當到(당도)하니

△月色(월색)은 方濃(방농)하고 松林(송림)은 은은한대 翠屛(취병)튼 欄干下(난간하)에 白(백)두루미 唐(당)거위요 明鏡(명경) 가튼 蓮(련) 꼿 속에 손벽 가튼 金鮒魚(금부어)와 들죽 側柏(측백) 잣나무요 葡萄 (포도) 다래 어름 덩쿨 휘휘

〈27〉

칭칭 얼키어서 淸風(청풍)이 불 째마다 건들건들 춤을 춘다. 花階上(화 게상) 올나보니 冬柏(동백) 春栢(춘백) 暎山紅(영산홍) 牧丹(목단) 芍

藥(작약) 月桂花(월게화) 蘭草(난초) 芝草(지초) 芭蕉(파초) 梔子(치자) 冬梅(동매) 紅菊(홍국) 白菊(백국) 柚子(유자) 柑子(감자) 능금 복사 사과 黃實(황실) 靑實(청실) 櫻桃(앵도) 온갓 花草(화초)가 가진 果木(과목) 層層(층층)이 실엇는대 石榻(석탑) 아래 자든 개는 인기척에 놀라 깨여 컹컹 짓고 내닷는다.

　道令(도령)님 예까지는 왓지만 未(미)장가에 少年(소년)이라 무에라고 차저야 할지 눈치가 안 난다.

(道) 이애 房子(방자)야

(房) 예-이

(道) 깜짝이야 좀 작은 목소리로 대답하려무나

〈28〉

(房) 버릇이 그러하와요.

(道) 한데 大門(대문)이 걸렷구나.

(房) 밤중에 걸지 안코 열어 두리까.

(道) 어더케 들어가자느냐

(房) 大門(대문)을 박차시구려

(道) 洞內(동내) 요란케 그야 엇지 그러겟느냐

(房) 그럼 越牆(월장)을 하시지요

(道) 夜盜(야도)가 아니구야 越牆(월장)이야 엇더케 하느냐. 너 좀 불러주려므나.

　房子(방자)놈 心術(심술)이 나서 왼 洞內(동내)가 쩌나가라하고 목에 핏댓줄을 세워가지고

(房) 야 春香(춘향)아 문(門) 열어라 春香(춘향)아 와직근 탕탕

　道令(도령)님 민망하야

(道) 이놈아 좀 나즉히 불너보려므나

(房) 나직이 부르면 잠을 갠답듸짜

〈29〉

△이때 春香母(춘향모)는 청삽사리 짖는 통에 紗窓(사창) 열고 내다보니 사람은 뵈지 안코 月色(월색)만 滿天下(만천하)라.
(母) △개야 개야 청삽살아 짖지 말라 너 왜 짓냐. 空山(공산)에 잠긴 달을 잘못 보고 짓느냐야 절구 찧는 玉(옥)톳기를 소란타고 짓느냐야 俗談(속담)에 이르기를 望月吠犬(망월폐견)이라더니 너를 두고 한 말이다.
  벼란간 房子(방자)의 호통에 春香母(춘향모) 깜짝 놀라
(母) 이게 무슨 소리냐 대문 부서질라. 아닌 밤중에 남의 집 大門(대문)을 박차는 兒孩(아해) △仙童(선동)이냐 人童(인동)이냐 蓬萊天台茱藥童(봉내천대채약동)가 그도 아니면 必是(필시) 盜賊(도적)놈이로구나
  房子(방자) 大門(대문) 박게서
  「쉬-」
(母) 쉬라니 게 누구냐.
(房) 쉬- 使道(사도) 道令(도령) 行次(향차)요
(母) 이 자식 너 용쇠로구나. 그러면 진작 말을 해야지. 애고 罪悚(죄송)스러워 이를 엇

〈30〉

저나 上丹(상단)아 얼넌 나가서 大門(대문) 열어라.
  아니 大門(대문) 열기 전에 내 치마 가저오너라. 애고 이를 엇저나 春香(춘향)아 네 치마라도 좀 다고. 버선발로 쀠여나와서 道令(도령)님을 맛는다.
(母) 道令(도령)님 이 늙은 것이 얼혼이 나가서 입을 함부로 놀닌 것을

탓하지 마십시요.

(道) 마음에 안 두니 염녀 마소.

(母) 道令(도령)님 내 집에 오시기 千萬意外(천만의외)오이다. 내 방이 더러옵지만 잠싼 드러오시옵소서.

(道) 글세 젊은 主人(주인)이나 잇스면 들어갈까 우리 家門(가문) 來歷(내력)이 늙은이는 실혀하는대

　春香母(춘향모)도 눈치 채고

〈31〉

(母) 春香房(춘향방)도 실혀요

(道) 허허 그 말 듯잔 말일세.

(△) 春香母(춘향모)는 압흘 서고 李道令(리도령)은 뒤를 싸라 後園(후원) 草堂(초당) 돌아가서 春香母(춘향모) 손을 들어 紗窓(사창)을 半開(반개)하고

(母) △아가 春香(춘향)아 使道(사도) 子弟(자제) 道令(도령)님이 너의 文章(문장) 소문 듯고 너 보시랴 오섯스니 어서 나와 인사해라.

△春香(춘향)이는 읽든 冊(책) 비켜노코 晝間事(주간사)를 생각할 제 불그림자 窓(창)에 씌고 달빗 아렌 꼿그림자 七絃琴(칠현금) 비켜 안고 靈山會像(령산회상) 한 曲調(곡조)를 시름업시 자아내니 北海(북해) 老龍(노룡) 哭聲(곡성)인 듯 秋天孤雁呼配聲(추천고안호배성)가 曲調(곡조)는 淸雅(청아)한데 밤은 이미 三更(삼경)이라 晝間(주간) 約束(약속) 안 니즈면 道令(도령)님이 오실 째라.

　正(정)히 기다리고 잇섯더라 母親(모친)의 부르는 소래에 △門(문)박게 썩 나서니 粹然(수연)한 고흔 態度(태도) 含露(함노)의 海棠花(해당화)요 受陽(수양)한 芙蓉(부용)이라 道令(도령)님을 引導(인도)하야 제 방에 座定(좌정)한 후

(春) 道令(도령)님 누추한 집을 차자 주시니 慌恐無至(황공무지)하오이다.

〈32〉

(道) 千萬(천만)에 말슴이오

△春香母(춘향모) 담배 붓처 道令(도령)님께 올리니 道令(도령)님 바다 물고 넌즛이 건너본다. 春香(춘향)의 姿態(자태) 보아라. 花容(화용)에 月色(월색)이요 含嬌含態半含羞(함교함태반함수)는 西王母(서왕모) 瑤池宴(요지연)에 周穆王(주목왕)께 뵈옵는 듯 楊貴妃(양귀비) 長生殿(장생전)에 唐明皇(당명황)께 뵈옵는 듯 七絃琴(칠현금) 비켜노코 端雅(단아)히 안진 態度(태도) 湖南一色(호남일색) 분명하다.

(道) 내 姓名(성명)은 李夢龍(리몽룡)일세. 主人(주인)은 누구라고

(春) 成春香(성춘향)이올시다.

△秋波(추파) 상끗 흘려 쓰고 붉은 입살 벌여진다.

(道) △春香(춘향)이라 일홈 조타. 봄 春字(춘자)로 보자며는 龍顔一解四海春(용안일해사해춘)은 東王正月立春(동왕정월입춘)이요 酒肆逃名三十春(주사도명삼십춘)은 李靑蓮(리청련)의 豪興(호흥)이요 漁舟逐水愛山春(어주축수애산춘)은 桃源行(도원행)에 幽興(유흥)이요 楊子江頭楊柳春(양자강두양류춘)은 汝陽歸客(문양귀객) 슬여하고 東園桃李片時春(동원도리편시춘)은 娼家女婦(창가녀부) 다 늙엇고 流水無情草自春(류수무정초자춘)은 金谷吟(금곡음)의 嘆息(탄식)이라 途中(도중)에 屬暮春(속모춘)은 馬上客(마상객)이 슬허하고 落日(낙일)에 萬家春(만가춘)은 暗暗沈沈無景(암암침침무경)하고 送君(송군)에 兼送春(겸송춘)은 夜(야)

〈33〉

酌(작)이 벗이 업고 春來不似春(춘내불사춘)은 王昭君(왕소군)이 늣겻스니 그 春字(춘자) 다 버리고 天下太平春(천하태평춘)이란 春字(춘자)럿다.

香氣(향기) 香字(향자) 더욱 조타. 香字(향자)로 보자며는 玉碗盛來琥珀光(옥완성내호박광)은 蘭陵美酒鬱金香(난능미주울금향) 龍舞神宮宴十洲(용무신궁연십주)하니 芙蓉別殿滿焚香(부용별전만분향) 雷聲忽送千峯雨(뇌성홀송천봉우)하니 和氣渾如百花香(화기훈여백화향) 姑蘇台上宴吳王(고소대상연오왕)에 風動荷花水殿香(풍동하화수전향) 江陵親友入衡陽(강능친우입형양)하니 醉別江樓樽酒香(취별강누준주향) 芙蓉不及美人粧(부용불급미인장)에 水殿風來朱翠香(수전풍내주취향) 龍歸曉洞雲猶濕(용귀효동운유습)이요 麝過春山草日香(사과춘산초일향) 昨夜承恩宿未央(작야승은숙미앙)에 羅衣猶帶御爐香(나의유대어로향) 芙蓉帳下雲屛暗(부용장하운병암)에 楊柳風多水殿香(양류풍다수전향) 柳色(류색)은 黃金嫩(황금눈)이요 梨花(리화)는 白雪香(백운향)이라 그 香字(향자) 다 버리고 月中丹桂香(월중단계향)이란 그 香字(향자)로구나.

△李道令(리도령) 눈을 들어 방안을 살펴보니 別(별)로 사치 업슬망정 名畵(명화) 몃 장 붓헛는대

△西壁(서벽)을 바라보니 湯(탕)임군 犧牲(희생)되야 剪爪斷髮身嬰白(전조단발신영백) 第六事(제륙사)로 비를 빌어 大雨方注數千里(대우방주수천리)에 袞龍袍(곤용포)를 적셔 입고 讌宮(연궁)으로 가는 景(경)을 歷歷(역역)히 그려 잇고

△南壁(남벽)을 살펴보니 商山四皓(상산사호) 네 老人(노인)이 바둑판을 압헤 노코 一点(일점) 二点(이점) 바둑 둘 제

〈34〉

엇던 老人(노인) 鶴氅衣(학창의)에 綸巾(윤건) 쓰고 白碁(백기) 쥐고
호련이 안저 잇고 마즌 편에 다른 老人(노인) 葛巾道服(갈건도복) 썰처
입고 黑棋(흑기)를 손에 쥐고 점잔히 안저 잇고 쏘 다른 老人(노인)은
靑藜杖(청녀장) 半(반)만 집고 바둑 훈수 하노라고 엇개 넘겨보며 이만
하고 안진 景(경)을 歷歷(력력)히 그려 잇고.
△北壁(북벽)을 바라보니 六觀大師(륙관대사) 性眞(성진)이가 봄바람
石橋上(석교상)에 八仙女(팔선녀) 만나보고 잡엇든 六環杖(륙환장)을
白雲間(백운간)에 홋터 집고 合掌(합장)하여 비는 형상 歷歷(력력)히
그려 잇고
△東壁(동벽)을 살펴보니 三國風塵(삼국풍진) 擾亂(요란)할 때 漢宗室
(한종실) 劉皇叔(류황숙)이 臥龍先生(와룡선생) 차지려고 거름 조흔 的
廬馬(적토마)를 채를 처서 빨리 몰아 南陽 隆中(남양늉중)

〈35〉

風雪中(풍설중)에 至誠(지성)으로 가는 양이 歷歷(력력)히 그려 잇다.
△附壁書(부벽서)로 볼작시면 王子安(왕자안)의 등王閣序(왕각서) 陶
淵明(도연명)의 歸去來辭(귀거래사) 李太白(리태백)의 竹枝詞(죽지사)
蘇東坡(소동파)의 赤壁賦(적벽부) 여기저기 붓허잇고
△그림 아레 안진 春香(춘향) 달인 듯 名花(명화)인 듯 越西施(월서시)
의 態度(태도) 갓고 淑娘子(숙낭자)의 體格(체격)이라
△방안치레 둘러보니 자개 박은 冊床(책상) 우엔 가지 詩書(시서) 싸혀
잇고 紋彩(문채) 조흔 玳瑁面鏡(태모명경) 얼른 번적 花柳體鏡(화류체
경) 檀木文匣(단목문답) 翡翠硯床(비취연상) 珊瑚筆筒(산호필통) 滿瑚
硯滴(만호연적) 龍池硯(용지연) 鳳凰筆(봉황필) 가초 잇고 샛별 가튼

雙尿江(쌍요강) 타구 재판 노여 잇고 人物繡屏(인물수병) 金字屏風(금자병풍) 구석에 세여두고 거믄고 가야금 양금이며 쌍六(륙) 骨牌(골패) 바둑 장기 無所不備(무소불비) 갓초엿다.

　李道令(리도령)이 제 아모리 豪俠奇男兒(호협기남아)라 하지만 이런 境遇(경우)는 첨 當(당)하는 일이라 어색하게 안자 잇는데 능구렁이 春香母(춘향모)가 말을 부친다

(母) 무슨 風(풍)에 道令(도령)님이 이런 누추한 집에를 行次(행차)하섯습니까.

(道) 아니 자네 쌀 春香(춘향)의 所聞(소문)이 너머 놉길내 한번 보자고 온 길인데 내 所請(소청) 하나 들어 줄 수 잇겟는지

〈36〉

(母) 무슨 所請(소청)임니까.

(道) 다른 게 아니라 자네 쌀을 나를 주게.

　春香母(춘향모) 썰썰 우스며

(母) 에그 道令(도령)임도. 여기 잇는 春香(춘향)이를 달나시면 주머니에 너코 가실 所見(소견)이세요.

(道) 아니 그런 것이 아니라 날과 百年期約(백년기약)을 함이 어쩐가 하는 말일세

　春香母(춘향모) 그 말 듯고 正色(정색)해 하는 말이

(母) 이애 春香(춘향)이는 어미는 비록 妓生(기생)이나 根本(근본)이 兩班(양반)으로 會洞(회동) 成參判(성참판) 令監(영감)께서 補外(보외)로 南原(남원)에 坐定(좌정)하섯슬 적에 △一色名妓(일색명기) 다 실타고 늙은 나를 守廳(수청)케 해 뫼신지 數朔(수삭)만에 吏曹參判(리조참판) 陞次(승차)하야 內職(내직)으로 드러갈 제 나도 가자 하옵시나 老父(노부)가 게신 故(고)로 싸라가지 못하옵고 離別(리별)하온 그 날

부터 胎氣(태긔)가 잇삽기로 그 연유로 告目(고목)하니 젓줄만 쩨게 되면 데려간다 하시더니 그 宅(댁) 運數(운수)가 不吉(불길)하야 令監(영감)이 別世(별세)하니 春香(춘향)을 못 보내고 저만치 길러낼 제 七歲(칠세)에 小學(소학) 읽혀 修身齊

〈37〉

家(수신제가) 和順心(화순심)을 낫낫치 가르키니 根本(근본)이 잇는 故(고)로 敎一(교일)이면 知十(지십)이라 三綱行實(삼강행실) 仁義禮智(인의례지) 萬事(만사)에 通達(통달)하나 내 地閥(지벌) 不足(부족)하야 宰相(재상) 사위 못 바라고 常賤輩(상천배)는 맘이 업서 上未達(상미달) 下未洽(하미흡)으로 婚姻(혼인)이 自然(자연) 느저 晝夜(주야)로 걱정이나 道令(도령)님은 兩班(양반)으로 봄철 나뷔 꼿 본 듯이 아즉 사랑 주거니와 乃終(내종)에 버리시면 獨宿空房(독숙공방) 少年寡婦(소년과부) 속절업시 늙는 꼿을 저인들 견듸오며 나인들 보오리까 前后事(전후사)를 생각하면 마는 편이 좃사오니 그런 말슴 말으시고 맘껏 놀다 가옵소서

(道) 여보게 내 말 듯게 내가 兩班(양반)집 子孫(자손)으로 여북하면 夜半(야반)에 자네 집까지 왓겟스며 이런 말을 쩌내겟나. 나도 未(미)장가 前(전)이요 春香(춘향)이도 未婚(미혼)이라. 그럼 여기서 맹세를 하세 六禮(륙례)는 못 이루나 兩班(양반)집 子孫(자손)으로 一口二言(일구이언)이야 설마 하리 내가 將次(장차) 春香(춘향)을 버리면 쇠아들이 될 테니 이 盟誓(맹서)를 밋고 장황히 嘲弄(조롱) 말고 許諾(허락)해 주소. 許諾(허락)이지 안으면 進退維谷(진퇴유곡)이라 男兒(남아) 가슴에 매친 마음 무슨 일을 저질을지 알 수 업네.

이 말 듯고 春香母(춘향모) 생각하니 아까 春夢(춘몽)에 靑龍(청룡)이 나렷는데 道令(도령)님의 이름이 꿈

〈38〉

夢字(몽자) 머리 龍字(룡자)라 마음이 풀어저서 喜色(희색)을 띄고
(母) 兩班(양반)의 體面(체면)에 그러틋 말슴하니 황송하오이다. 그러
나 婚書禮狀(혼서례장) 四柱單子(사주단자) 겸하야 証書(증서)나 한 장
써 주시요.
(道) 그건 그럼세.
△硯床(연상)을 당겨다가 滿瑚硯滴(만호연적) 물을 싸라 首陽梅月(수양
매월) 진케 갈아 青黃毛(청황모) 無心筆(무심필)을 흠쑥이 찍어내여 白
陵雲花簡紙(백능운화간지) 두어 줄 記錄(기록)하여 春香母(춘향모) 내
여주니 그 글에 하얏스되
　「天長地久(천장지구)에 海姑石爛(해고석난)이라. 天地神明(천지신명)
이 公証此盟(공증차맹)이라」
　春香母(춘향모) 証書(증서) 바다 고히 접어 간수하고
(母) 이애 上丹(상단)아 깁쁜 날이다. 案酒床(안주상) 차려오너라. 잇는
것은 업지만 정성을 다해 차려오너라.
　道令(도령)님 변변치 안흔 子息(자식)이오나 기리 기리 보아 주옵소서.
　羅州盤(나주반)에 깨끗한 안주 멋가지 노아서 上丹(상단)이 酒案床
(주안상)을 차려온다.

〈39〉

(母) 道令(도령)님. 벼란간에 일이라 아못 것도 업사오니 過(과)히 허물
치 마시고 술이나 만히 잡수시오. 春香(춘향)이 너도 붓그러워 하지 말
고 道令(도령)님께 술 부어 듸려라.
△간단한 잔채나마 一盃一盃復一盃(일배일배부일배)로 醉興(취흥)이
가득 돌앗구나 술床(상) 물려 房子(방자) 주니 房子(방자)도 잔쓱 먹고

(房) 道令(도령)임 大事(대사)나 平安(평안)히 지나시오

(道) 오냐 너는 眼目(안목)이나 단단히 살피여라

△房子(방자)도 간 연후에 밤은 이미 깁헛스나 사위 마즌 春香母(춘향모)는 집븜에 못 니기여 건너갈 줄 모르누나.

　이윽고 春香母(춘향모)도 눈치 채고 衾枕(금침) 나려 싸라주고

「밤이 깁헛스니 일즉이 주므시오」

　下直(하직)하고 건너갓다 春香母(춘향모)가 건너간 뒤에 道令(도령)님 씌 쓰르니 春香(춘향)이 바다서 衣藏(의장)에 개켜 너코 부쯔런 드시 돌아안는다.

(道) 인전 너도 옷 버서라

(春) 道令(도령)임 먼저 버스시오

(道) 네가 먼저 버서라

(春) 道令(도령)임 먼저 버스시오

(道) 每事(매사)는 看主人(간주인)이라니 主人(주인)이 먼저 버서라

(春) 每事(매사)는 看主人(간주인)이라니 主人(주인) 시키는 대로 하시오

△다투다 못하여 道令(도령)임 달려들어 春香(춘향)의 가는 허리 후리처 잘끈 안고 차근차근 고히 벗겨 衾枕(금침) 속에 집어너고 道令(도령)임도 활활 벗고 花月三更(화월삼경) 깁흔 밤에 雲霧夢(운무몽)을 쑤엇더라

△道令(도령)임도 첫情(정)이요 春香(춘향)이도 첫精(정)이라 軟骨(연골)에 맷친 사랑 물불을 모를네라. 하로 지나 잇틀 지나고 잇틀 지나 사흘 되니 愛情(애정)도 더하지만 붓그럼도 적어지니 사랑 더욱 깁허간다 冊房(책방) 道令(도령) 李夢龍(리몽룡)은 東軒(동헌)에 코 끗 뵈고 內衙(내아)에 옷깃 뵈고 그날 春香(춘향) 집에 하로 終日(종일) 뭇쳣구나

　一日(일일)은 月色(월색)이 은은하고 金風(금풍)이 蕭瑟(소슬)한대 李道令(리도령)과 春香(춘향)이 사랑가를 주고 밧것다

〈41〉〈40〉이 없네요?(박이정)

(道) 노자 노자 寧戚(녕척)은 소를 타고 孟浩然(맹호연)은 나귀 타고 李太白(리태백)은 고래 타고 赤松子(적송자)는 鶴(학)을 타고 一帶長江(일대장강) 저 漁夫(어부) 一葉片舟(일엽편주) 올라타고 찌걱찌걱 저어 갈 제 李道令(리도령)은 탈 것 업서 春香(춘향) 네나 타고 놀가 둥둥 내 사랑 어허 둥둥 내 사랑 너 죽어도 나 못살고 나 죽어도 너 못 사너니라.

　어허 둥둥 내 사랑아 우리 둘이 사랑타가 한번 앗차 죽게 되면 後生期約(후생기약) 미리 하자 너는 죽어 무엇 되며 나는 죽어 무엇 되리

　너는 죽어 물이 되되 天上(천상)에 銀河水(은하수) 地上(지상)에 長江大海(장강대해) 다 버리고 七年大旱(칠년대한) 마르잔는 陰陽水(음양수)란 물이 되고 나는 죽어 새가 되되 靑鳥(청조) 黃鳥(황조) 鸚鵡(앵무) 孔雀(공작) 다 바리고 鴛鴦(원앙)이라는 새가 되여 烟波綠水間(연파녹수간)에 白露橫江格(백노횡강격)으로 晝夜(주야) 사랑 놀게 되면 나인 줄 네가 알아라 둥둥 내 사랑이야 너는 죽어 꼿이 되여 漁舟逐水愛山春(어주축수애산춘) 兩岸桃花(양안도화) 복송아 渭城朝雨浥輕塵(위성조우읍경진) 客舍靑靑(객사청청) 버들꼿 蓮花(련화) 芍藥(작약) 暎山紅(영산홍) 黃菊(황국) 白菊(백국) 다 바리고 牧丹花(모란화)가 되고 나는 죽어 나뷔 되여 二三月(이삼월) 春風時(춘풍시)에 네 꼿 우에 내가 놀게 되면 나인 줄 알려므나 어허 둥둥 내 사랑아 둥둥 내사랑 이리 보아도

〈42〉

내 사랑 저리 보아도 내사랑 將來(장내) 夫人(부인)을 對(대)한 듯 貞節夫人(정절부인)을 對(대)한 듯 淑節夫人(숙절부인)을 對(대)한 듯 越西施(월서시)를 對(대)한 듯 楊太眞(양태진)을 對(대)한 듯 淑娘子(숙낭자)를 對(대)한 듯

둥둥 내사랑 어허 둥둥 내 사랑이야 네 무엇을 먹을라느냐 네 무엇을
쓰고 시프냐 쓰기 조흔 常平通寶(상평통보) 네가 듬썩 쓰라느냐.
(春) 아니 그것 다 실소.
(道)△그러면 네 무엇을 먹을라느냐 둥실둥실 수박통 웃쏙지 쩨버리고
江陵(강능) 白淸(백청) 주루루 부어 銀(은)사시로 쑥 찍어 씰낭은 내버
리고 붉은 점만 먹으랴느냐
(春) 아니 그것도 실소.

<h2 style="text-align:center">〈43〉</h2>

(道)△그러면 네 무엇을 먹을라느냐. 시금털털 개살구 애기 서는 데 먹
으랴느냐. 銀(은)을 주랴 金(금)을 주랴 둥둥 내 사랑 어허 둥둥 내사랑
이야.
　자 인전 너 한마듸 해라.
　春香(춘향)이 마지 못하는 듯이 사랑歌(가) 한 마듸 하는데
　△둥둥 내사랑 이리 보아도 내 사랑 저리 보아도 내사랑 將來(장내)
進士(진사)를 모신 듯 將來(장내) 及第(급제)를 모신 듯 校理(교리) 修
撰(수찬)을 모신 듯 叅議(참의) 叅判(참판)을 모신 듯 六曹判書(육조판
서)를 모신 듯 三政丞(삼정승)을 모신 듯 耆社堂上(기사당상)을 모신
듯 둥둥 내 사랑 洞庭秋月(동정추월) 달 밝은데 巫山(무산)갓치 놉흔 사
랑 木落無邊水如天(목락무변수여천)에 滄海(창해)갓치 깁흔 사랑 三五
新正(삼오신정) 밝은 밤에 霧山千峯翫月(무산천봉완월) 사랑 曾經學舞
(증경학무) 하을 적에 借問吹簫(차문취소) 하든 사랑 珠樓落日捲簾間
(주루낙일권렴간)에 桃李花開(도리화개) 웃든 사랑 둥둥 내 사랑이지
어허 둥둥 내 사랑
(道) 조치 조와 한데 이해 春香(춘향)아.
(春) 웨 그러세요.

(道) 내 몃칠 前(전)부터 보니 저 웃간 모통이에 웬 놈이 보작이를 쓰고 웃둑 서 잇스

〈44〉

니 저 놈이 大抵(대저) 웬 놈이냐.
(春) 애고 쌈싹이야 그것이 거문고지 무엇이야요
(道) 거문고라 姓(성)은 巨(거)가요 일홈은 文古(문고)냐 官屬(관속)이냐 乾達(건달)이냐 그 놈 잡아내다가 보작이 벗겨 노코 손톱으로 좀 쥐집어라.
道令(도령)임 분부대로 春香(춘향)이 거문고 비켜 안고
(春) 어허 둥둥 내 사랑아 萬疊靑山(만첩청산) 늙은 범이 살진 암캐를 물어다 노코 이는 빠저 먹지 못하고 으르렁거리며 놀리는 듯 北海黑龍(북해흑룡)이 如意珠(여의주)를 물고 彩雲間(채운간)에 노는 듯 丹上鳳凰(단상봉황)이 竹實(죽실)을 물고 梧桐(오동) 우에 넘노는 듯 春風黃鶯(춘풍황앵)이 벗을 물고 細柳中(세류중)에 넘노는 듯 둥둥 내사랑.
(道) 에라 너만 할 作定(작정)이냐 이번은 내 한 마듸 할테니 들어봐라 英雄豪傑(영웅호걸) 忠臣絶色(충신절색)을 모도 함께 묵는 것이엇다.
△荒城虛照碧山月(황성허조벽산월)이요 古木盡入蒼梧雲(고목진입창오운)이라든 李太白(리태백)으로 한 짝 치고 三年笛裡閑山月(삼년적리한산월)이요 萬國兵前草木風(만국병전초목풍)이라는 杜子美(두자미)로 한짝 치고 落霞與孤鴈齊飛(낙하여고안제비)요 秋

〈45〉

水(추수)는 共長天一色(공장천일색)이라든 王子安(왕자안)으로 웃짐 치고 白露(백노)는 橫江(횡강)하고 水江(수강)은 接天(첩천)이라든 蘇

東坡(소동파)로 말 몰려라.

坐茂樹而終日(좌무수이종일)하고 濯淸川而自潔(탁청천이자결)이라든 韓退之(한퇴지)로 한짝 치고 三入岳陽人不識(삼입악양인불식)하니 朗吟飛過洞庭湖(낭음비과동정호)라든 呂東賓(려동빈)으로 한짝 치고 流觴曲水(류상곡수)에 惠風和暢(혜풍화창)이라든 王羲之(왕희지)로 웃짐 치고 浮光(부광)은 躍金(약금)이오 靜影(정영)은 沈壁(침벽)이라든 范仲淹(빔중음)으로 말 몰려라 漁陽悲鼓動地來(어양비고동지내)하니 驚波霓裳羽衣曲(경파예상우의곡)이라 하든 白樂天(백락젼)으로 한짝 치고 分手脫相贈(분수탈상증)하니 平生一片心(평생일편심)이라든 孟浩然(맹호연)으로 한짝 치고 靑山數疊(청산수첩)에 碧溪一曲(벽게일곡)이라든 陶淵明(도연명)으로 웃짐 치고 通萬古之英雄(통만고지영웅)하고 鑑帝王之興亡(감제왕지흥망)이라든 司馬遷(사마천)으로 말 몰려라 渭川(위천)의 漁夫(어부)로서 八百年(팔백년) 큰 基業(기업)을 創開(창개)하든 姜太公(강태공)으로 한짝 치고 大夢(대몽)을 誰先覺(수선각)고 平生(평생)을 我自知(아자지)라 하든 諸葛孔明(제갈공명)으로 한짝 치고 運籌帷幄之中(운주유악지중)하야 決勝千里(결승천리)하든 張子房(장자방)으로 웃짐 치고 耒陽一朝(뇌일양조) 百日公事(백일공사) 連環了計(련환료게) 赤避取功(적피취공)하든 龐士元(방사원)으로 말 몰려라. 領百萬之師(영백만지사)하여 戰必勝功必取(전필승공필취)하든 韓信(한신)으로 한짝 치고 頭髮(두발)이 上指(상지)하고 目雌盡(목자진)

〈46〉

裂(열)하든 번쾌로 한짝 치고 南宮雲臺功臣中(남궁운대공신중) 二十八將爲首(이십팔장위수)하든 鄧禹(등우)로 웃짐 치고 忠義赤誠(충의적성)으로 再造唐家(재조당가)하든 郭子儀(곽자의)로 말 몰려라 力拔山氣蓋世(력발산기개세)는 楚覇王(초패왕)의 버금이오 秋霜節烈日忠(추상

절렬일충)은 伍子胥(오자서)의 우히로다 封金掛印(봉금괘인)하고 獨行千里(독행천리)하든 關雲長(관운장)으로 한짝 치고 長坂坡救兒斗(장판파구아두)에 一身(일신)이 都是膽(도시담)인 趙子龍(조자룡)으로 한짝 치고 身死守節(신사수절)하여 忠貫白日(충관백일)하든 許遠(허원)으로 웃짐 치고 西涼名將(서량명장)으로 步戰六將(보전륙장)하든 馬孟起(마맹기)로 말 몰려라

五湖片舟(오호편주)를 저어 范小白(범소백) 싸라가든 西施(서시)로 한짝 치고 回頭一笑百媚生(회두일소백미생)에 六宮粉黛無顔色(륙궁분대무안색)하든 楊玉眞(양옥진)으로 한짝 치고 垓下營玉

〈47〉

帳下(해하영옥장하)에 秋波(추파)에 눈물지든 虞美人(우미인)으로 웃짐 치고 英雄(영웅)의 千斤志(천근지)를 一朝(일조)에 離間(리간)하든 貂蟬(초선)으로 말 몰려라

司馬相如(사마상여) 鳳凰曲(봉황곡)에 깨다라 드러가든 鄭瓊貝(정경패)로 한짝 치고 春深宮掖百花繁(춘심궁액백화번)한데 燕雀飛來報喜言(연작비래보희언)하든 李蕭和(이소화)로 한짝 치고 安巢不待南飛去(안소부대남비거)하니 三五星稀正在東(삼오성히정재동)이라든 陳彩鳳(진채봉)으로 웃짐 치고 爲主忠心(위주충심)은 步步相隨不暫離(보보상수불잠리) 爲仙爲鬼(위선위귀)하든 賈春雲(가춘운)으로 말 몰려라.

碧潭(벽담)에 秋月(추월) 갓고 綠波(녹파)에 芙蓉(부용) 갓튼 成春香(성춘향)으로 한짝 치고 洛陽過客(낙양과객) 風流豪士(풍류호사) 李道令(리도령)으로 한짝 치고 鍾期(종기)를 旣遇(기우)하니 奏流水而何慚(주류수이하참)이든 거문고로 웃짐 치고 花爛春城(화란춘성) 萬和方暢(만화방창)한데 月姥繩(월노승)되든 房子(방자)로 말 몰려라.

나날이 깁허가는 愛情(애정)은 쓰칠 바를 모르겟더라.

(春) 道令(도령)님

(道) 웨야-

(春) 未不有初(미불유초)나 鮮克有終(선극유종)이라 우리 둘의 百年佳約(백년가약) 途中變更(도중변갱) 마옵소서

〈48〉

(道) 兩班(양반)의 한 마듸는 金石(금석)보다 더 구더라 天地(천지)가 뒤집힌덜 變更(변갱)할 理(리) 잇겟느냐 아모 염려 말어라.

李道令(리도령)과 春香(춘향)은 이러케 如醉如夢(여취여몽)으로 날을 보내더라.

第三章

人生事(인생사)는 不可測(불가측)이라 離別(리별) 말자 盟誓(맹서)터니 造物主(조물주)의 시기런가 造化翁(조화옹)의 惡戲(악희)런가 하로는 南原(남원) 褒題(포제)가 왓는데 李使道(리사도)의 善政(선정)이 上等(상등)을 마자 陞次(승차)가 되야 同副承旨(동부승지) 堂上(당상)으로 內職(내직)으로 드러가게 되얏다. 李使徒(리사도) 客舍(객사)에 賀禮(하례)하고 올라가실 治行(치행)을 하는대 馬頭兵房(마두사령) 불러 말 團束(단속)하고 工庫子(공고자) 불러 双(쌍)가마 꾸미고 都使令(도사령) 불러 長(장)을 定(정)하고 六房頭目(륙방두목) 불러 公由(공유)를 定(정)하고 吏房(리방) 불러 文書下記(문서하기) 닥근 뒤에 通引(통인) 불러

(使) 道令(도령)님 엿주어라.

(通) 예-이

冊房(책방)에 얼넌 다녀와서

〈49〉

(通) 道令(도령)님 册房(책방)에 안 게시오이다

(使) 어듸 갓느냐. 어서 엿주어 오너라.

　이윽고 李道令(리도령) 드러오니

(使) 어듸 갓드냐

(道) 廣寒樓(광한루) 좃타기로 갓다 왓서요

(使) 내 드르니 밧게 怪異(괴이)한 所聞(소문)이 잇스니 兩班(량반)집 子息(자식)이 그것도 當(당)찬커니와 집안에 慶事(경사)가 잇는데 그도 모르고 어듸를 다닌단 말이냐.

(道) 慶事(경사)는 무슨 慶事(경사)오니까.

(使) 오 나는 同副承旨(동부승지)로 陞次(승차)하야 內職(내직)으로 드러가게가 되엿다. 나는 重記(중기) 닥고 천천히 올라갈테니 너는 母親(모친) 陪行(배행)해서 明日(명일) 일

〈50〉

　직이 써나게 次備(차비)해라

△도령임 이 말을 들으니 精神(정신)이 앗득하고 눈압히 캄캄하다. 家門(가문)에 榮光(영광)이요 집안에는 慶事(경사)이나 情(정)든 님 여기 두고 꼼짝 업시 離別(리별)일다. 그냥 두고 가자하니 든 情(정)을 못 근캣고 데리고 가자 하니 事情(사정)이 事情(사정)이라 흐르는 바 눈물이요 지우는 바 한숨이라.

(道) 아버님 먼저 行次(행차)하시면 小子(소자)가 重記(중기) 닥고 가오리다

(使) 무엇이 엇더코 엇재. 썩 나가서 次備(차비)나 해라.

△道令(도령)임 폴이 죽어 나오는 길로 쏘 다시 春香(춘향)집으로 向

(향)하는데 日月(일월)은 明朗(명랑)하나 眼前(안전)은 闇闇(암암)하고 天地(천지)는 廣濶(광활)하나 맘 둘 곳 바이 업다. 생각하고 생각하나 조흔 謀策(모책) 안 생기고 나오느니 嘆息(탄식)이오 別(별)수 업는 離別(리별)이라.

(道) △두고 갈가 데려갈가 데려가도 못할테요 두고 가도 못할테니 가슴 답답 애가 타서 울어 보나 우서 보나 데려를 가자 하니 父命(부명)이 至嚴(지엄)하어 이도 쏘한 可望(가망) 업고 두고를 가자 하니 그 마음 그 行實(행실)에 應當(응당) 自決(자결)할 터이니 이 事情(사정)을 엇

<h3 style="text-align:center">〈51〉</h3>

지하나 기막히고 싹하구나
△천천히 緩步(완보)하야 春香(춘향)집 當到(당도)하니 이 째에 春香(춘향)이는
(春) △待人難(대인난) 待人難(대인난)은 難事中(난사중)에 最難事(최난사)라 出門而望見(출문이망견)이면 靑山(청산)만 萬重(만중)이요 綠水(녹수)만 千廻(천회)로다. 바람은 오건마는 님은 어이 안 오는가.
　한창 기다릴 쎄 李道令(리도령)이 드러선다. 春香(춘향) 반겨 마즈니
(春) △외 오늘은 느즈섯소. 오늘이 며칠인가. 하로 보름 아니온대 道令(도령) 父親(부친) 使道(사도)께서 客舍(객사) 행차 왜 하섯소. 보니 道令(도령)님 滿面愁心(만면수심)이라.

<h3 style="text-align:center">〈52〉</h3>

(春) 道令(도령)님 웬일이오. 眉間(미간)에 愁色(수색)이오 面上(면상)에 淚痕(누흔)이라. 몸이 아파 그러시오 쑤중을 드르섯소. 내 집에 다니는 일 使道(사도) 귀에 들어가서 惹端(야단)을 만나섯소

(道) 惹端(야단) 아니야 棍杖(곤장)을 마젓기로 이다지 서러우랴.
(春) △그러면 원일이오 서울 使令(사령) 보이드니 本宅(본택)에서 書簡(서간) 와서 一家(일가) 訃告(부고) 通知(통지) 왓소
(道) 그짜짓 一家(일가)짜위 萬名(만명) 죽어도 눈이나 깜짝하랴
(春) △그러면 웬일이오. 몸이 아파 그러서요
(道) 내가 어린애라고 몸 아파 울겟느냐
(春) 아이고 沓沓(답답)하오 어서 말슴하여 주오
(道) 使道(사도)가 쩌러젓다.

  春香(춘향) 깜짝 놀라
(春) 애고 이를 엇저나. 어듸서 쩌러지섯소. 어듸 단단히 傷(상)하신 곳이나 업스서요
(道) 너는 남의 속을 그다지도 모르느냐. 使道(사도) 落傷(락상) 쫌 햇다고 내가 이럴 줄 아느

<h3 align="center">〈53〉</h3>

냐. 落傷(낙상) 햇스면 藥(약) 쓰면 그만이오 팔 부러젓스면 書士(서사) 두면 그만이지 걱정이 무슨 걱정이랴. 다름 아니라 使道(사도) 善政(선정) 德(덕)에 同副承旨(동부승지) 堂上(당상)하야 內職(내직)으로 들어 가신단다. 出發期日(출판기일)이 明日(명일)이로구나.
  春香(춘향)이 이 말 듯고 깃버라고 올라쮜며
(春) △春香(춘향)의 平生所願(평생소원) 漢陽求景(한양구경) 願(원)일너니 인재 우리 郎君(낭군) 德(덕)에 漢陽(한양) 가게 되엿구나. 참말이오 眞情(진정)이오 설마 詐言(사언) 아니겟지.
  李道令(리도령) 氣(긔)가 막혀
(道) 듯기 실타. 칵 죽고 십다.
(春) 웨 그러오 웨 울어요. 우는 까닭 모르겟네. 使道(사도)께서 陞次

(승차)하니 다시 업는 큰 慶事(경사)라 너머 조화 우나이까 道令(도령)님 올라가면 나 안 갈까 근심하여 離別(리별) 서러 우나아니까. 女必從夫(여필종부) 聖訓(성훈)이니 道令(도령)님 가신다면 내 왜 아니 가리 千里(천리)라도 萬里(만리)라도 멀다 안코 가오리니 우름을 멈추고 깃븐 낫 하사이다

(道) 春香(춘향)아 들어보아라. 내가 너를 데려 가기만 하면 나도 조코 너도 조코 다 조

〈54〉

흐련만 使道(사도) 분부에 兩班(양반)의 子息(자식)이 편발로서 外方(외방)에 賤妾(천첩)하엿단 말이 나면 族譜(족보)에 쩨고 祠堂祭(사당제) 叅豫(참예)를 못한다니 이 아니 難處(난처)하냐.

　春香(춘향)이 이 말 듯고 顔色(안색)이 변하며 이러서드니 방치를 들고 집안 家具(가구)를 모도 부신다. 와직근 탕탕 부시면서

「서방 업는 春香(춘향)이가 세간은 무엇하며 뉘 보라고 丹粧(단장)하랴」

(春) 여보 道令(도령)님. 무엇이 엇저고 엇재요. 말 좀 해 봅시다. 賤妾(천첩)이란 어듸서 나오는 말이오. △賤妾(천첩) 賤妾(천첩) 賤待(천대)하니 往事(왕사)를 니즈섯소 道令(도령)님은 여기 안꼬 春香(춘향)은 저기 안자 날다려 하신 말슴 무엇이라 햇나이까 하늘이 문허지고 桑田(상전) 변해 碧海(벽해) 돼도 마음을낭 變(변)치 말자 離別(리별)을낭 하지 말자 兩班(양반)의 한 번 盟誓(맹서) 金石(금석) 갓다 하신 말슴 눈에 암암 귀에 쟁쟁 그대로 남앗거늘 外方賤妾(외방천첩) 웬말이며 道令(도령)님은 올라가면 貴(귀)한 집 子孫(자손)으로 名門(명문)에 장가 드러 貴妃(귀비) 가튼 안해 맛고 金童玉女(금동옥녀) 만히 나코 草堂(초당)에 工夫(공부)하야 大小科(대소과) 하신 후에 名妓(명기) 名唱(명창) 風流(풍류) 속에 晝夜浪遊(주야낭류) 하실 적에 나 갓흔 사람이

야 쑴에나 生覺(생각)하리. 망(亡)친 身勢(신세) 펴주거나 갓치

〈55〉

서울 가시거나 兩端中(양단중)에 決定(결정)하오. 죽어도 갓치 죽고 살
아도 갓치 살리. 이내 몸 버려두고 道令(도령)임만 가실진대 오늘밤 五
更時(오경시)를 살아 잇지 아늘테니 죽일 테면 죽여주고 살릴 테면 살려
주오.

　道令(도령)님 민망하고 싹하여.

(道) 春香(춘향)아. 너를 두고 가는 내 마음인덜 못할소냐. 울지 마라
울지 마라. 내가 가면 아조 가고 아조 간들 이즐소냐. 丈夫(장부)의 구
든 마음 紅爐(홍로)인들 녹일소냐. 天長地久(천장지구) 海姑石爛(해고
석난) 桑田(상전) 변해 碧海(벽해) 돼도 男兒(남아)의 한번 盟誓(맹서)
굽힐 길 바이 업다. 마음만 不變(불변)이면 期約(기약)이 업슬소냐. 오
늘 비록 離別(리별)하나 相

〈56〉

逢(상봉)할 날 잇슬 테니 마음을 굿게 먹고 그 날을 기다려라.

(春) △못 가리다 못 가리다. 나 두고는 못 가리다. 다려가오 다려가오
漢陽(한양) 千里(천리) 데려가오. 못 다려가겟거든 죽이고 올라가오. 도
령님께 바친 이 몸 마음대로 죽이시오. 살려두곤 못 가리다. 죽이고나
올라가오.

　春香(춘향)은 道令(도령)임 겨드랑이에 머리를 문질느며 惹端(야단)
하는데 道令(도령)님은 悲感(비감)한 中(중)에도 겨드랑이가 간지려워
서 못 견딀 地境(지경)이더라.

　이 째 春香母(춘향모) 月梅(월매)는 큰 방에서 古譚冊(고담책)을 읽

다가 春香(춘향) 방에 例事(례사)롭지 못한 소리에 깜짝 놀라서 귀를 기우리니 우름소리가 分明(분명)하다. 「저것들이 벌서 사랑 싸홈이로구나」 하고 발소리 안 나게 草堂(초당)까지 가서 엿드르니 仔細(자세)히는 안 들리나 離別(리별)이 분명(分明)하다.

「이게 웬일이냐」

깜짝 놀라 기침 한번 크게 하고 門(문) 열고 썩 들어서며

(母) 이게 웬 우름이냐. 집안이 요란하니 洞里(동리) 사람의 귀엔들 안 들리겟느냐. 창

〈57〉

피스럽다. 우름 쯔처라. △지금 時俗(시속) 게집애들 열대여섯 먹으며는 書房(서방)인지 南房(남방)인지 애고지고 사랑 싸홈 눈이 시어 못 보겟다. 父母(부모)의 侍下(시하)면은 燥心(조심)도 하여야지 애고지고 妖妄(요망)하게 哭聲(곡성)이 振動(진동)하니 이게 무슨 방정이냐. 四五歲(사오세) 쩍 배운 것이 四書三經(사서삼경) 聖敎(성교)어늘 이게 못슬 行實(행실)이며 우는 일이 웬일이냐 갑갑하다 말하여라.

春香(춘향)은 말 못하고 눈물만 죽죽 흘리고 잇다.

(母) 어서 말을 해 보아라.

(春) 어머님 道令(도령)님이 가신다오

(母) 가시기는 어듸로 가시느냐

(春) 使道(사도)께서 同副承旨(동부승지) 堂上(당상)하사 內職(내직)으로 드신다오

(母) 허허 이애 이게 慶事(경사)로구나. △使道宅(사도댁) 慶事(경사)시면 道令(도령)께도 慶事(경사)시며 道令(도령)님께 慶事(경사)시면 내 집 榮華(영화) 안되느냐. 道令(도령)님 올라가면 늙은 나는 못갈망정 너는 갓치 治行(치행)하여 道令(도령)님과 갓치 가되 남의 耳目(이목)

잇스니짜 行次(행차) 압헤 가지 말고

〈58〉

五七里(오칠리)를 뒤에 가고 밤이 되면 만낫다가 나지 되면 쩌러지고 쩌러젓다 다시 만나 이리 하면 될 테어늘 慾心(욕심) 만흔 盜賊(도적)년이 나제 못 봐 애가 타서 洞內(동내) 창피 모르고서 목을 노하 痛哭(통곡)하니 道令(도령)님을 쏙쏙 꽁처 옷고름에 채와주랴 주머미에 너허주랴. 네 어미 少年時(소년시)에 하룻밤에 書房(서방) 離別(리별). 쉰도 하고 百(백)도 하되 能幹能手(능간능수) 다 부리여 箇箇(개개)마다 다 밋처서 돈을 준다 田畓(전답) 준다 그러다가 乾達(건달) 되면 神主(신주)까지 갓다주니 各(각) 집 神主(신주) 모아둔 게 아마 열 섬 넘으리라. 네 어미 그러컨만 너는 어이 못생겨서 첫 離別(리별)에 이 꼴이니 둘잿 離別(리별) 어쩌하랴. 나는 세간 放賣(방매)하고 천천히 갈 터이니 너는 갓치 治行(치행)하야 道令(도령)님을 짜라가라.

  이 말을 들으니 春香(춘향)은 더욱 눈물만 난다.
(春) 어머니 道令(도령)임은 나를 못 다려간다오
(母) 웨 못 다려가. 그게 무슨 말이냐. 道令(도령)님 分明(분명)히 그럿소
(道) 그러타네.
(母) 웨 못 다려가. 못 다려갈 來歷(내력)을 어듸 말하소

〈59〉

(道) 여보 丈母(장모) 내 말 듯소. 兩班(양반)집 자식으로 編髮(편발)한 少年(소년)으로 外房作妾(외방작첩)하엿다면 듯기도 怪惡(괴악)하고 祠堂叅禮(사당참례) 못한다니 이 아니 짝한 일가. 至今(지금)은 섭섭하나 이대로 쩌낫다가 後期(후기)나 約束(약속)하세

　　春香母(춘향모) 이 말을 듯고 성이 발끈 나서 道令(도령)임의 멱살을
쥐어 잡고 發惡(발악)을 한다.
(母) 이 자식. 무엇이 어쩌고 엇재? 말 좀 해 보자. 네게 입이 하나이 달
럿스면 내게도 하나 달렷다. 그래 엇재서 내 쌀 春香(춘향)이를 못 데려
가겟단 말이냐. 내 쌀 春香(춘향)이가 △行實(행실)이 그르드냐, 인물이
못낫드냐. 가만히 잇는 애를 늙은 말 콩 달라듯 조르고 쏘 졸라서 誓約
文(서약문) 써노쿄서 甘言利說(삼언리설) 쇠어내여 진탕치듯 놀아나고
이제 와서 갈 쌔에는 쑥 쩨여 버리려니 言語(언어)가 不順(불순)트냐 品
行(품행)이 不正(부정)트냐 行動(행동)이 雜(잡)되드냐 四肢(사지)가
不具(불구)트냐 人生(인생)의 고흔 花容(화용) 一生不得長春(일생부득
장춘)이라 靑春身勢(청춘신세) 망처 주고 너 혼자 가랴 하니 兩班(양반)
行勢(행세) 이러하며 誓約文(서약문) 그냥 잇고 盟言(맹언) 귀에 남앗
스니 一口二言(일구이언)하는 놈은- 이놈 네가 不漢黨(불한당) 놈이로
구나.
　　함부로 물어쯧고　쥐여박는데 道令(도령)임 너머도 憫惘(민망)하여

〈60〉

(道) 여보 丈母(장모) 노염 멈추고 잠깐 내 말 듯소 수가 잇소. 내 데려
감세. 아까 말은 春香(춘향)의 心事(심사) 쩌보랴는 弄談客說(농담객
설)일세. 올라가는 內行(내행) 압헤 神主輿(신주여)가 잇는데 神主(신
주)는 모서내서 내 소맷 속에 너코 春香(춘향)이를 그 輿(여) 속에 안처
가면 남보기에야 멍정한 神主輿(신주여)지 그 속에 春香(춘향) 든 줄 알
겟나. 그러케 하세. 明日(명일) 일즉이 쩌나니 그리 알아 두게.
　　春香(춘향)이 그 말 들으니 가슴 욱여내는 듯하다.
(春) 어머니 건너가오. 萬事(만사)는 다 내게 알아 할 터이니 아모 염녀
말고 건너가오. 兩班(양반)의 體面(체면)으로 오즉 답답하고 憫惘(민

망)하면 저러케까지 말슴하시겟소. 건너나 가오

〈61〉

母親(모친)을 보낸 뒤에

「道令(도령)임. 어머님 망녕을 노여 마오」

(道) 노여는 게 무어냐. 내가 부끄럽다. 偕老百年(해로백년) 구든 맹서 잇지는 안헛건만 事情(사정)이 若此(약차)하야 두고 가려 하얏더니 그게 모두 誤計(오게)로다. 廢嫡(폐적)을 當(당)하며는 너와 나와 손목 잡고 農事(농사)인들 못 지으랴. 門前乞食亦不辭(문전걸식역불사)라 염녀 말고 갓치 가자

(春) △아니외다 아니외다. 道令(도령)임 아니외다. 혼자 먼저 가옵소서. 道令(도령)임이 不順父命(불순부명) 廢嗣(폐사)가 되게 되면 人子(인자)의 道理(도리)로서 不孝(불효)도 至極(지극)이라 道令(도령)임 不孝(불효)오면 春香(춘향)인들 烈女(열녀)리까. 幼時(유시)부터 배혼 聖訓(성훈) 順父母(순부모)와 從夫(종부)이라 春香(춘향) 생각 아예 말고 부대 安寧(안녕) 가옵소서. 千里遠程(천리원정) 머나먼 길 春香(춘향) 두고 가시는 몸 임의 肝腸(간장) 어쩌하리. 細雨紛紛花落時(세우분분화락시)에 馬上(마상)에 疲困(피곤)하야 病(병)이 날까 염녀오니 몸 조심 하시옵고 올라가신 後(후)에라도 工夫(공부)하는 餘暇(여가) 내여 杏花春風風流樂(향화춘풍풍류악)에 豪氣(호기)를 하옵시고 大科及第(대과급제) 榮達(영달)하면 그 째는 잇지 말고 可憐(가련) 春香(춘향) 부르소서 道令(도령)님 立身揚名(립신양명) 神明(신명)께 축수하며 고히 기다리오리다. 염려 말고 가옵소서.

〈62〉

春香(춘향)아 우지 마라. 네 마음 네가 알고 내 마음 네가 아니 길게 할 말 업다마는 옛일로 보자며는 夫戌蕭關妾在吳(부술소관첩재오)라 蕭關(소관)의 戌客(술객)들과 吳(오)나라 情女(정녀)들도 各分東西(각분동서) 임 그리어 閨中深處(규중심처) 늙어 잇고 征客關山路幾重(정객관산노기중)에 關山征客(관산정객) 멀리 두고 綠水芙蓉採蓮女(녹수부용채련녀)는 秋月江山(추월강산) 寂寞(적막)한데 蓮(련)을 캐며 相思(상사)하니 나 올라간 後(후)에라도 碧紗窓外(벽사창외) 달 밝을 째 千里相思(천리상사) 부대 마라 他鄕千里(타향천리) 먼먼길에 너를 두고 내가 간 後(후) 百萬長安(백만장안) 너른 곳에 美女佳人(미녀가인) 만켓지만 너 하나를 잇지 못해 하로가 열 두時(시)에 낸들 엇지 便(편)할소냐. 우지 마라 우지 마라. 차마 서로 놋치 못하고 마조 안젓는대

△含淚眼看含淚眼(함누안간함누안)이오 斷腸人送斷腸人(단장인송단장인)을 無情川上千絲柳(무정천상천사류) 도도 未繫郎君七尺身(미계낭군칠척신)을 三月正當三十日(삼월정당삼십일)하니 光風(광풍)이 나를 離別(리별)트니 任(임)도 나를 離別(리별)하네 離別(리별)이야 離別(리별)이야 餞送春(잔송춘)에 洛花離別(낙화리별) 江樹遠含情(강수원함정)하니 萬里(만리)에 嗟君離別(차군리별) 烟花三月下楊州(연화삼월하양주)하니 黃鶴樓上(황학누상) 故人離別(고인리별) 楚歌四面滿營月(초가사면만영월)에 楚覇王(초패왕)의 美人離別(미인리별) 雨雨風風馬嵬驛(우우풍풍마외역)에 唐明皇(당명황)의 貴妃離別(귀비리별) 掩淚辭丹鳳(음누사단봉)하니 王昭君(왕소군)의 漢宮離別(한궁리별) 漢使斷腸對

〈63〉

歸客(한사단장대귀객)하니 蔡文姬(채문희)의 故國離別(고국리별) 一場

風雲(일장풍운) 흐터지니 南北(남북)에 君臣離別(군신리별) 三春(삼춘)에 鴈北來(안북내)하니 驛路(역노)에 兄弟離別(형제리별) 모도 다 설다 하되 任離別(임리별)이 더욱 설다. 죽자 하니 靑春(청춘)이요 살자 하니 任(임) 생각에 이내 身勢(신세) 엇지하나 죽도 사도 못하겟네.
(道) 우지 마라 우지 마라. 내가 지금 올라가면 金榜(금방)에 及第(급제)하고 너를 데려 갈 터이니 서러말고 기다려라.
첫情(정)에 첫離別(리별)이라 우지 말나고 얼리는 道令(도령)님부터가 눈물이 비오듯 하니 春香(춘향)이 엇지 아니 울소냐. 道令任(도령임) 手巾(수건)을 내여 春香(춘향)의 눈물을 씨서 주며
　「우지 마라. 오늘 離別(리별)한다 하여도 다음 期約(기약)이 업는 바아이니 우지 말고 마음 하나만 變(변)치 말고 서로 기다리자. 治行督促(치행독촉) 急(급)하니 나는 드러가거니와 明日(명일) 써나기 前(전)에 다시 들리마. 네 마음도 아프겟지만 丈母(장모) 마음인들 오즉하랴. 우름을 끈치고 건너가서 어머님도 慰勞(위로)하여 드려라
道令(도령)님은 春香(춘향)을 作別(작별)하고 官家(관가)로 드러갓더라

第四章

〈64〉

△밝기 前(전) 治行(치행) 차려 서울로 올라갈 제 使道(사도)께 下直(하직)하고 內衙(내아)에 얼핏 다녀 冊房(책방)으로 나와서 房子(방자) 시겨 나귀 내여 鞍粧(안장) 곱게 지어 타고 五柳亭(오류정)까지 다다라서 六房下人(육방하인) 下直(하직)하는대
(下) 漢陽千里(한양천리) 먼먼길을 燥心(조심)히 가시옵고 將次(장차) 全羅監使(전라감사)를 拜受(배수)하시기를 바라나이다
(道) 오냐 感謝(감사)하다. 오래동안 페도 씨첫거니와 新官使道(신관사

도) 오시더라도 더욱 燥心(조심)히 시종 들어라

　얼핏 얼핏 作別(작별)하고

「이야 房子(방자)야 나귀 돌려라 春香(춘향)집 잠깐 들럿다 가자」

△이째에 春香(춘향)이는 天地(천지)가 아득하야 정신업시 누엇더니 열두 해 鷄鳴聲(게명성)에 날도 벌서 밝앗더라. 하기 실흔 離別(리별)이요 보내기 실흔 道令(도령)이나 避(피)할 길 바이 업다. 쩌나시는 道令(도령)님을 전송이나 하려고서 어머님 모시고서 上丹(상단)에게 술床(상) 들려 五柳亭下(오류정하) 기다리더니.

<h3 align="center">〈65〉</h3>

(春) △道令(도령)님 道令(도령)님. 가시는 任(님) 보내고저 春香(춘향) 여기 기다리오. 밧븐 길을 잠시 쉬여 作別(작별)이나 하사이다.

(道) 오 春香(춘향)이 게 잇드냐 丈母(장모)도 나왓나 上丹(상단)이도 나왓느냐.

△五柳亭(오류정) 細柳下(세류하)에 忽然(홀연)한 泣烟聲(읍인성)에 赤城江(적성강) 金鮒魚(금부어)는 깜짝 놀라 올라쒸고 수풀의 귀쑤라미 노래 소래 감초인다.

(春) 오냐 春香(춘향)아 生者必滅(생자필멸)이오 會者必離(회자필리)라 한째 離別(리별) 서럽지만 將來(장래)를 생각하야 서로 保重(보중) 힘써 하자

　錦囊(금낭)을 뒤적여서 明鏡(명경) 내여 春香(춘향) 주며

(道) △大丈夫(대장부) 맑은 마음 明鏡(명경)과 갓흘진대 千

<h3 align="center">〈66〉</h3>

萬年(천만년) 지나간들 變(변)할 줄 잇슬소냐. 貴物(귀물)은 못되지만

丈夫(장부) 마음 비췬 바니 고히 간수하여 두고 날 보듯 반기여라

春香(춘향)이 거울 밧고 제 손에 낀 指環(지환)을 버서 주며 하는 말이

(春) 바치는 이 玉環(옥환)은 幼時(유시)의 所弄(소롱)이라 女子(녀자)의 구든 節介(절개) 玉(옥)이라도 부실지며 千萬年(천만년) 埋土中(매토중)에 變(변)함 업는 玉指環(옥지환)을 郎君(낭군)에 드리오니 郎君(낭군)께 비는 말슴 玉(옥)과 갓치 不變(불변)하고 環(환)과 갓치 不解(불해)하소서

春香母(춘향모) 뒤에 안자서 차마 소리도 못 내고 혼자서 훌쩍훌쩍 울다가 아모리 해도 할 수 업서 道令(도령)임 前(전) 나와서 조흔 말로 하는 말이

(母) 道令(도령)임 내 말 듯소. 내 나히 五十(오십)이라 늙을막에 저것을 나아 金玉(금옥)갓치 길러낼 째 하나님께 축수하고 七星任(칠성님)께 祈禱(기도)하고 羅漢佛供(라한불공) 三神佛供(삼신불공) 龍王祭(룡왕제) 山神祭(산신제)를 오늘까지 誠心(성심)함은 人物(인물)도 不足(부족) 업고 地閥(지벌)도 不足(부족) 업는 鳳凰(봉황)의 짝을 어더 琴瑟(금슬) 조케 노는 양을 내 눈압헤 보갓더니 꿈 밧게 道令(도령)임이 내 집에 차자와서 西廂佳約(서상가약) 懇請(간청)하니 마음이 幻腸(환장)되고 兩(양)눈이 뒤집혀서 선선히 許諾(허락)하야 金

〈67〉

玉(금옥) 갓흔 내 子息(자식)을 이런 꼴을 當(당)케 하니 모다 나의 不察(불찰)이라 天下(천하) 雜(잡)년 地下(지하) 雜(잡)년 드럼게 늙은 雜(잡)년 눈쌀 뽑아 개를 주고 서를 쓴허 돼지 줄 년 生離別(생리별) 몃 千番(천번)에 딸년까지 離別(리별)케 하니 더런 년의 八字(팔자)로다. 覆水(복수)는 不復盤(불부반)이나 大河長江(대하장강) 흐르는 물 뉘라서 막아내며 牛山(우산)에 지는 해를 뉘라서 붓들손가. 지난 일은 無可

奈何(무가내하) 말한들 무엇하리 漢陽千里(한양천리) 먼먼길에 病(병)이 날가 염녀오니 우리 母女(모녀) 生覺(생각) 말고 安寧(안녕)히 올라가오. 그 外(외)에 當付(당부) 말슴 다른 것이 아니오라 내 나히 半百(반백)이라 오늘이나 내일이나 生死(생사)를 未測(미측)이니 나는 비록 죽더라도 내 쌀 春香(춘향) 잇지 말고 百年期約(백년긔약) 生覺(생각)하면 죽어 魂(혼)이 黃泉(황천)서도 結草報恩(결초보은)하오리라.

(道) 丈母(장모) 너머 서러말소. 興盡(흥진)하면 悲來(비래)하고 苦盡(고진)하면 甘來(감래)라네. 오늘날 슬픈 離別(리별) 將次(장차) 喜遇(희우) 뉘 알손가. 몸 부대 조심하여 고히 고히 지나가면 明春(명춘) 다시 나려와서 자네 母女(모녀) 다려감세 자네 肝腸(간장) 녹을테나 내 肝腸(간장)은 여북하리

(春) 道令(도령)임 한번 더 뵈온다고 시원할 것 업건마는 더러운 情(정) 그러찬어 먼 발로나 보이랴고 나 왓든 길이온대 오래 지체 마시옵고 총총히 가옵소서.

〈68〉

한창 이리 서로 붓들고 離別(리별)을 앗길 적에 房子(방자) 숨이 헐덕거리며 달려온다.

(房) 道令(도령)임 道令(도령)임 무슨 離別(리별)이 이리 오래오. 잘 가거라 잘 잇거라 付之一笑(부지일소) 할 일이지 五腸六腑(오장육부) 다 녹아나게 이게 무슨 離別(리별)이오. 大夫人(대부인) 行次(행차) 벌서 鰲水驛(오수역) 지나섯소.

道令(도령)임 쌈짝 놀라서

(道) 오냐. 그럼 丈母(장모) 잘 잇소. 春香(춘향) 너도 잘 잇거라 上丹(상단)이도 시종 잘 들고 平安(평안)히 잇거라. 올라가면 卽時(즉시)로 이 房子便(방자편)에 寄別(기별)하마

할일업시 나귀에 오르는대 春香(춘향)이는 精神(정신)□□□□고 이러나서 道令(도령)임 馬前(마전)에 가서

〈69〉

(春) 道令(도령)님 거츤 길에 疲困(피곤)한 몸 일즉이 쉬이시고 不便(불편)하신 시골집에 느즉이 쌔이소서.

(道) 오냐. 너도 몸조심해서 將來(장내)를 기다려라.

△나귀에 채질하며 나는 듯 다라나니 飛虎(비호)가치 가는 나귀 靑山(청산)도 얼핏 얼핏 綠水(녹수)도 얼는 얼는 한 모통이 두 모통이 넘고 돌고 건너서서 아득히 머러지니 淸江(청강)에 노든 鴛鴦(원앙) 짝을 일은 擧動(거동)이오 雨後淸江(우후청강) 저 白鷗(백구) 烟波外(연파외)에 쩌나간 듯 山(산) 아래 빗긴 길에 활개 한번 툭 치는데 南原邑(남원읍) 가뭇가뭇 등 뒤로 멀어지고 漢陽路(한양로) 漸近(점근)이라. 新情(신정)이 未洽(미흡)한데 玉人(옥인)을 作別(작별)하니 眼前(안전)에 春香(춘향)이요 눈 감아도 春香(춘향)이라 그린 듯 고흔 맵시 눈 압헤 闇闇(암암)하고 金盤(금반)에 轉玉(전옥)이냐 낭낭한 春香(춘향) 音聲(음성) 귀싸에 쟁쟁하다. 李道令(리도령) 어린 마음 金石(금석)이 아니어든 가슴 엇지 便安(편안)하리 欲忘(욕망)이 難忘(난망)이요 不思(불사)이 自思(자사)이라

李道令(리도령) 눈에서 비오듯 쩌러지는 눈물이 나귀 등에 나려서 나귀는 눈물에 싸젓든 것 갓다.

〈70〉

(道) 이애 房子(방자)야

(房) 예이.

(道) 비가 오는구나

(房) 淸天白日(청천백일)에 비는 무슨 비가 와요.

(道) 이게 무슨 물이냐

(房) 예. 그건 道令(도령)님 눈에서 비가 옵니다.

△淹淚辭南原(엄루사남원)하고 含愁向京路(함수향경로)라.

　이째에 春香(춘향)이는 楊柳(양류)에 의지하고 道令(도령)님 가시는 뒤난 바라보고 잇다가 보니 忽然(홀연)히 사람은 업서지고 山色(산색)만 푸르럿다.

(春) 上丹(상단)아.

(上) 예-

(春) 내 눈 좀 닥가다고

(上) 웨요.

〈71〉

(春) 道令任(도령님)이 忽然(홀연)히 안 보이는구나. 너 좀 잘 보아라.

　上丹(상단)이 바라보고

(上) 一鞭殘照裡(일편잔조리)요 四圍山色中(사위산색중)이로소이다.

(春) 좀 잘 보아라

(上) 잘 보아도 안 보이오

(春) 좀 더 잘 보아라.

(上) 아모리 잘 보아도 山疊疊(산첩첩) 塵重重(진중중)쑨이로소이다.

(春) 눈 좀 닥고 보아라.

(上) 그리도 안 보이오

(春) 무엇으로 닥갓느냐

(上) 手巾(수건)으로 닥갓나이다

(春) 土粉(토분) 가루로 닥가라

△인제는 할일업다. 속절업는 離別(리별)이라 이 압헤서 울든 任(임)이 어듸 가고 안 보이나

〈72〉

나귀 몰든 채찍소리 아직 귀에 남앗는대 任(님)은 벌서 가단 말가. 엇지 살까 엇지 살까 任(님) 보고 십허 엇지 살까. 楚覇王(초패왕)의 玉帳悲歌(옥장비가) 唐明皇(당명황)의 萬里幸蜀(만리향촉) 옛글로만 역엿드니 내게 와서 當(당)하느냐. 二八靑春(이팔청춘) 젊은 년이 任(님) 그려서 엇지 사나.

(上) 아씨. 鎭定(진정)하서요. 아씨께서 이러케 우시면 어머님 마음이 엇저리까. 宅(댁)으로 돌아가십시다.

△집으로 돌아와서도 想思心(상사심) 成病(성병)하야 長歎息短旰聲(장탄식단우성)에 杜門而不出(두문이불출)하고 任(님) 그리어 울고 잇다

△玉(옥) 갓흔 님의 얼굴 달 갓흔 님의 態度(태도) 千里想思(천리상사) 보고지고. 東風(동풍)이 溫和(온화)하니 任(님)의 懷抱(회포) 불어온 듯 반가울사 春風(춘풍)이여 春風(춘풍)에 피는 꼿은 웃는 듯 반기는 듯 저 꼿갓치 보고지고 憂愁(우수)를 誰與訴(수여소)랴 相思(상사)를 知者知(지자지)라 蒼天不管人憔悴(창천불관인초최)하니 淚添九曲黃河溢(루첨구곡황하일)이오 恨壓三峯華岳低(한압삼봉화악적)라 父母(부모)갓치 重(중)한 몸이 天地間(천지간)에 업건마는 이내 마음 不孝(불효)하야 郎君(낭군) 차마 못 닛겟네. 寤寐中(오매중)에 두 눈물이 끈침업시 흐르는데 一寸肝腸(일촌간장) 좁은 곳에 萬斛愁(만곡수)를 담가 두고 우리 任(임)을 다시 보면 이 서름이 개련마는 어

〈73〉

느 째나 다시 만나 萬端情話(만단정화) 해볼까나. 보랴야 안 뵈는 任
(님), 업서 無妨(무방)하겟건만 더런 情(정)이 病(병)이 되야 타지느니
肝腸(간장)이라

　이러케 春香(춘향)이 혼자서 自嘆(자탄)하고 잇슬제 하로는 春香母
(춘향모)가 건너와서 담배대를 툭툭 털며

「이애 서울서 편지 왓다」

　春香(춘향)이 반겨하고 얼넌 바다 쓰더보니 편지에 하얏스되

「千里相距(천리상거)에　晝夜想思(주야상사)로다.　老親侍下(노친시
하)에 잘 잇느냐. 이 몸은 無事得達(무사득달)하야 堂上問安(당상문안)
安寧(안녕)하옵시니 下情(하정)에 깁부도다. 兩人(양인) 百年言約(백년
언약) 내 마음 네가 알고 네 마음은 내가 아니 별 말이 잇스랴만 날개가
업섯스니 날아가지 못하겟고 一刻(일각)이 난감하니 사세를 어이하랴.
네 마음 가진 것은 貞女(정녀)의 매울 烈字(렬자) 우리들의 깁흔 誓約
(서약) 직힐 守字(수자)뿐이로다. 將次(장차) 만날 날이 잇슬 듯하니 安
心(안심)하고 기다려라. 萬端說話(만단설화)를 어이 이 짧은 書中(서
중)에 다 쓰랴. 대강 적노라.

年(년) 月(월) 日(일) 三淸洞(삼청동)

〈74〉

　상단이도 잘 잇느냐. 청삽살이도 잘 크며 花塏(화게)도 무성하냐.
△片紙(편지)는 오건마는 任(임)은 어이 못 오는가. 서울도 쌍이련만 나
는 어이 못가는가.

(母) 이애 春香(춘향)아. 어듸로 오는 於音(어음)이냐

(春) 於音(어음)은 못슨 於音(어음)이야요

(母) 그럼 무엇이냐 편지만이냐

(春) 그러문요

(母) 解衣債(해의채)도 안 보냇느냐. 그러기에 내 처음부터 싹정이로 보 앗다. 그래 兩班(양반)의 子息(자식)이라 長安甲富(장안갑부)라 써버리 고 진탕 치듯 놀고 남의 쌀만 바려노코 돈 한 푼 필육 한 자 이러탄 말 업시 싹 잘라 먹는단 말이냐. 그놈의 색기 그새 멕이고 待接(대접)하고 하노라고 一百(일백) 스물 석양 너 돈이나 썻다. 요놈의 색기 천살을 칵 마자라

(春) 어머니 어머니 그게 무슨 말슴이오. 侍下(시하)에 달린 道令(도령) 돈인들 잇사오며 돈 잇서 주신단들 염치 그것 바드리까. 兩人(양인)의 天生緣分(천생연분) 서로 合宮(합궁)된 것이지 春(춘)

⟨75⟩

香(향)이가 쌀이오면 道令(도령)님은 사위오며 사위는 半子息(반자식) 이라 그런 말슴 아예 마오 그런 말슴 하시면은 不孝(불효)의 말슴이나 이 자리 이 粧刀(장도)로 이 목 씬허 自決(자결)하야 어머님 前(전) 죽 으리다

春香(춘향)이 舊官使道(구관사도) 子弟(자제)께 貞節(정절)지킨다는 所聞(소문)이 南原(남원) 바닥에 터지자 어중이 더중이가 모도 모여든 다. 官屬(관속) 乾達(건달) 無論(무론)이오 장사아치 工人(공인)바치 선비며 활량이며 늙은 여석 젊은 놈 차돌가치 멕근한 놈 멍석갓튼 얼그 망태 배꼽 아레 무엇 하나 찬 놈들은 모도 모여 들어서 春香(춘향)집 大 門(대문)싼을 기웃거리것다.

△地閥(지벌)로 부르는 놈 財物(재물)로 달래는 놈 文章(문장)으로 후 리는 놈 詩句(시구) 써서 보내는 놈 거문고 가야금 短簫(단소) 피리 노 래로 후리는 놈 面狀(면상)에 慢心(만심) 품고 秋波(추파)를 보내는 놈

媒婆(매파)를 내세워서 속여서 달내는 놈 담 밧게 거닐으며 발도듬해 보는 놈 別(별)에 別(별)놈 만컨마는 道令(도령) 생각 一片丹心(일편단심) 春香(춘향) 마음 썩길소냐.

春香母(춘향모) 物慾(물욕)에 貪(탐)이 나서 간간히 春香(춘향)을 달래보기도 하지만 春香(춘향)은 눈도 깜짝 안 한다

<h2 style="text-align:center">〈76〉</h2>

△歲月(세월)은 如流(여류)하야 舊官使徒(구관사도) 陞差(승차)하고 新官(신관)이 到任(도임)하니 名官(명관)은 못 되오나 貪官(탐관)은 아니로서 이러구러 一年(일년) 지나 羅州牧師(라주목사) 移拜(이배)하고 다시 新官(신관) 생겨나니 서울이라 南山洞(남산골) 卞學徒(변학도)란 兩班(양반)이라 卞學徒(변학도) 사람됨이 人物(인물) 風采(풍채) 一等(일등)이오 豪傑(호걸)로 생겻는데 多幸(다행)히 太平聖代(태평성대) 兩班(양반)의 몸이 되야 男女(남녀) 唱牛(창우) 鷄鳴(게명)을 것침업시 잘 부르고 風流(풍류)속에 達通(달통)하야 돈 잘 쓰고 술 잘 먹고 酒色(주색)에만 눈을 쓰고 藥房(약방)이며 尙衣院(상의원)의 아래우대 기생들을 닷는 대로 外入(오입)하고 그래도 不足(부족)하야 處女(처녀) 寡婦(과부) 남의 게집 집어 세기 一手(일수)로서 이 兩班(양반)의 허물이란 固執(고집)세고 미련하고 조흔 말을 글히 알고 그른 말을 올케 알고 酒色(주색)이라 두 글字(자)엔 火藥(화약)을 질머지고 燥心(조심)을 아니하니 可謂(가위) 一代愚傑(일대우걸)이러라.

이 兩班(양반)이 시골 守領(수령)을 가는데 楊洲牧師(양주목사) 廣州府尹(광주부윤) 다 실타고 하고 돈 써가며 南原府使(남원부사)를 별넛스니 南原(남원)이 自古(자고)로 色鄕(색향)이라는 所聞(소문)이 놉기 때문이더라.

卞學徒(변학도) 南原府使(남원부사)를 拜受(배수)하니 南原(남원)

新延(신연)이 올라와서 各其(각긔) 現身(현신)을 하는데
　新延(신연) 吏房(리방) 現身(현신) 아뢰오.

〈77〉

　新延(신연) 通引(통인) 아뢰오.
　首陪(수배) 級唱(급창) 都使令(도사령) 都軍奴(도군로) 都房子(도방자) 차례로 現身(현신) 밧고
(使) 오- 平安(평안)히들 왓느냐. 너의 고을에 別故(별고) 업느냐
(吏) 예-이
(使) 옛날에 事各有理(사각유리)요 話各有處(화각유처)라하니 公事(공사)는 到任(도임) 後(후)에 東軒(동헌)에서 듯기로 하고 客談(객담)이나 하여 보자. 너의 고을에 色(색)이 조타지.
　吏房(리방) 눈치 업서 말뜻 잘못 알고
(吏) 예이. 廣寒樓(광한루)의 蒼然古色(창연고색) 五柳亭(오류정)의 靑靑柳色(청청류색) 赤城江(적성강)의 洋洋水色(양양수색) 蛟龍山(교룡산)의 幽邃山色(유수산색) 모도 다 좃사오이다
(使) 아니 女色(녀색)말이로다. 너이 고을이 色鄕(색향)이라니 참말이냐.
(吏) 그러하오이다.
(使) 내 들으니 무슨 양인가 향인가 하는 一色妓生(일색긔생)이 잇다지
(吏) 예이. 양이라는 妓生(긔생)은 모르오나 香(향)이라는 妓生(긔생)은 몃명 잇삽내다.

〈78〉

(使) 어듸 次例(차례)로 불러 보아라
(吏) 桂香(게향)이 月香(월향)이 花香(화향)이 玉香(옥향)이 丹香(단

향)이

(使) 다 아니로다. 더 불러라

(吏) 淑香(숙향)이 菊香(죡향)이 梅香(매향)이 蘭香(란향)이 淡香(담향)이

(使) 다 아니로다. 더 불너 보아라

(吏) 香字(향자)는 더 업소이다

(使) 더 잇너니라. 가만 잇거라. 春香(춘향)이 말이다. 春香(춘향)이가 一色(일색)이냐

(吏) 果是(과시) 萬古一色(만고일색)이오이다.

(使) 그러면 엇지하여 앗가 안 불럿든고

(吏) 春香(춘향)은 妓生(긔생)이 아니오라 本邑(본읍) 退妓(퇴기) 月梅(월매)의 짤이온대 妓案(긔안)에 着名(착명)안코 閭閻生長(여염생장)하옵다가 前前等內(전전등내) 舊官使道(구관사도) 道

〈79〉

令任(도령님)이 머리를 언첫사오이다

(使) 그 春香(춘향)이 安寧(안녕)하시냐

(吏) 安寧(안녕)하시나이다

(使) 南原(남원)이 예셔 몃 里(리)냐

(吏) 六百十里(륙백십리)로소이다

(使) 조흔 말 타면 아츰에 쩌나면 저녁에 갈까?

(吏) 아츰에 쩌나시면 中火(중화)하고 夜宿(야숙)하고 雨天(우천)에는 쉬옵시고 沿路(연로) 守領(수령) 宴會(연회)하고 名勝地(명승지) 暫休(잠휴)하고 천천히 가시오면 한 보름쯤 걸리리다.

(使) 에익 고약놈. 行次(행차) 밧비 차려라

△밝는 날 平明(평명) 후(後)에 新官使道(신관사도) 發行(발행)할새 謝

恩肅拜(사은숙배) 얼는 하고 長安叙經(장안사경) 잠깐 들고 告祠堂(고
사당) 參拜(참배)하고 南原(남원)으로 나려간다. 구름 갓흔 雙轎(쌍교)
別輩(별배) 牧丹(모란) 새긴 완자窓(창) 네 활개 싹 버리고 一等馬夫
(일등마부) 有囊達馬(유랑달마) 덩덩그레 실어노코 키 큰 使令(사령)
靑(청)창옷 뒤채잡아 힘을 쓰며 別輩(별배) 뒤짜르는데 南大門(남대문)
박 썩 내다라 花爛春城(화란춘성) 萬花芳暢(만화방창) 버들닙

〈80〉

도 푸릇푸릇 白沙(백사) 銅雀(동작) 얼는 건너 南太嶺(남태령)을 넘엇
구나 首陪(수배) 한 쌍 通引(통인) 한 雙(쌍) 吏房(리방) 刑吏(형리) 工
房(공방)이며 支掌色(지장색) 吹鼓手(취고수) 巡令手(순령수) 都房子
(도방자) 級唱(급창)이 左右(좌우)로 擁護(옹호)하야 勸馬聲(권마성)
이 振動(진동)한다「馬夫(마부)야 네 말 조타 말고 一時(일시) 마음 노
치 말고 두 팔에 힘을 올녀 兩(양)엽 기울잔케 馬上(마상) 우러러 고로
저어라」「굵은 돌이냐」「지방이냐 이 발 보아라」
△新延(신연) 吏房(리방) 치레 보아라 高陽(고양) 나이 저고리 바지 班
紬(반주) 동옷 毛施直嶺(모시직령) 조츨하게 잘 차리고 가진 負擔(부
담) 을나안자 別輦(별련) 뒤짜라 잇고 新延(신연) 通引(통인) 치레 보
아라 南方壽紬(남방수주) 뉘비 바지 三八(삼팔) 동옷 甲紗(갑사) 쾌자
拔香漢沖(발향한충) 학슬 眼鏡(안경) 알뜻 모를뜻 넌즛 차고 가진 負擔
(부담) 着氈笠(착전립) 馬上態(마상태) 맵시난다 新延(신연) 級唱(급
창) 치레 보아라 키 크고 길 잘 것고 어엿부고 말 잘하고 伶俐(영리)한
저 級唱(급창)이 외올 網巾(망건) 玳帽貫子(태모관자) 眞絲(진사) 당줄
달아 쓰고 偃月(은월) 상투 珊瑚(산호) 동곳 琥珀(호박) 風簪(풍잠) 光
彩(광채)난다 二百(이백)줄 平布笠(평포립)을 한 일자(一字)로 반뜻 쓰
고 白壽紬(백수주) 뉘비바지 韓山(한산) 苧方(저방) 牌綴翼(패철익) 자

락을 각기 접어 黑苧紗(흑저사) 手巾(수건)으로 뒤로 제처 잡아매고 熟
繡半背(숙수반배) 古緞背子(고단배자) 銀粧刀(은장도)를 비슷 차고 靑
天毛綃(청천모초) 허리띄를 左牽(좌견)가치 넓게 접어 무릅 아래 느리
우고 桃榴佛手(도류불수) 錦囊(금낭)에 大邱八絲(대구팔사) 쮜여 차고
俠囊(협낭) 쌈지 줄 香(향)

〈81〉

끈 五色(오색)으로 얼는얼는 네날 집신 엽총 짜서 落考紙(낙고지)로 들
메 신고 潔白(결백)한 壯油紙(장유지)로 草綠(초록) 대님 잡아매고 靑
帳(청장)줄 검처 잡고 활개를 훨훨 치며 「大馬驅從(대마구종)아 너 갈
데 보지 말고 말 갈 데만 보아라 주먹 갓튼 내민 솔이 서슬이 퍼럿쿠나
에-숨은 돌이야 내민 돌이야」
△新延(신연) 軍奴(군노) 치레 보아라 山獸(산수)털 벙거지에 藍日光緞
(남일광단) 안을 밧처 날낼 勇字(용자) 싹 부치고 宮綃(궁초) 軍服(군
복) 紅廣帶(홍광대) 背子(배자) 吐手(토수) 銀粧刀(은장도) 五色(오색)
手巾(수건) 藍肩帶(남견대) 錦囊(금낭)을 여럿 다라 뒤로 숙여 둘러매
고 곱지 못한 눈방울을 이리저리 궁굴니며 「에라 이놈들 나지 마라」
△新延(신연) 使令(사령) 치레 보아라 統營(통영) 갓 큰 깃 꼿고 佩纓汗衫
(패영한삼) 달앗는데 紅綴翼(홍철익) 길게 입고 柳木棍杖(류목곤장) 방울
달아 日傘(인산) 압헤 갈라서서 「에라 이놈들 꿈쩍 마라 드러서거라」
△全州(전주) 府中(부중)에 드리다라 巡相(순상)께 延命(연명)하고 老
姑(노구)바위 任實(임실) 지나 鰲水驛(오수역) 宿所(숙소)하고 礴石(박
석)고개 넘어드니 六房(육방) 羅卒(나졸)이 다 나왓다 人物差知(인물차
지) 戶房(호방)이며 物品差知(물품차지) 工房(공방)이며 座首(좌수) 別
監(별감) 通引(통인)들이 기러기 雙雙(쌍쌍)으로 좌우로 느러섯다 行首
(행수) 執事(집사) 치레 보아라 統營(통영) 絲笠(사립) 錦貝(금패) 갓

쓴 보기 조흔 靑綴翼(청철익) 馬上(마상)에 올나 안자 등채를 어슥 집

〈82〉

고 雙雙(쌍쌍)히 展陪(전배)하고 中軍(중군) 千總(천총) 把總(파총) 軍官(군관) 純錦(순금) 갑옷 千理馬(천리마)에 쑤려시 안즌 모양 鎭三國之猛將(진삼국지맹장)인 듯 指揮(지휘) 團練(단련) 敎鍊官(교련관)에 戰笠(전립) 쓰고 金鞍駿馬(금안준마) 宣傳官(선전관)의 態度(태도)로다 旗牌官(기패관)이 呼令(호령)하야 淸道(청도) 導路(도로) 드러갈새 二十八門(이십팔문) 各色旗幟(각색기치) 行伍(행오) 차자 버려세고 虎尾(호미) 金鼓(금고) 한 雙(쌍) 胡統(호통) 한 雙(쌍) 笛(저) 한 雙(쌍) 囉叭(나발) 한 雙(쌍) 鉢羅(바라) 한 雙(쌍) 細樂(셔악) 두 雙(쌍) 鼓(고) 두 雙(쌍) 巡視(순시) 한 雙(쌍) 令旗(령기) 두 雙(쌍) 仙女(선녀) 가튼 고흔 妓生(기생)들은 着氈笠(착전립) 鞍粧馬(안장마)로 左右(좌우)에 갈라서서 勸馬聲(권마성) 振動中(진동중)에 風樂聲(풍악성) 요란하다 沿邊(연변)의 男女老少(남녀노소) 上下人民(상하인민) 무론하고 左右(좌우)서 求景(구경)할 제 그 物色(물색) 그 威嚴(위엄)이 一邑(일읍)에 가득하다
△이윽고 到任(도임)하야 客舍(객사)에 賀禮(하례)하고 東軒(동헌)에 坐定(좌정)하야 차담床(상) 잡수시고 第三日(제삼일) 당도(當到)하야 點考(점고)를 行(행)하는데 下人點考(하인점고) 暫間(잠간) 밧고 戶房(호방)을 재족하야 妓生點考(기생점고) 독촉(督促)한다 戶房(호방)이 令(령)을 듯고 妓生案冊(기생안책) 내여 노코 次例(차례)로 부르는데
△南浦月(남포월) 깁흔 밤에 돗대 치는 저 사공아 뭇노라 너 탄 배 桂掉錦帆蘭舟(게도금범난주) 나오
△行首妓生(행수기생)이 드러온다 蘭舟(난주)가 드러온다 羅裳(나상)을 거듬거듬 요만하고 안는 姿態(자태) 秋天明月(추천명월)이 分明(분

명)하다.

〈83〉

△一代文章(일대문장) 蘇東坡(소동파) 赤壁江(적벽강)에 배를 씌고 擧
酒屬客(거주속객) 하올적에 小焉東山月出(소언동산월출)이
　에-等待(등대) 히얏소
△紅裳(홍상)을 거더안고 含嬌含態(함교함태)하는 月出(월출) 千般(천
반)이나 搦挪(요나)하고 萬般(만반)이나 猗狔(기니)하야 似垂柳在晚風
前(사수류재만풍전)이라
(使) 이애 點考(점고)를 그러케 느리게 하다가는 明年(명년) 이맘 째까
지 가도 다 못하겟구나 折半式(절반식) 쑥 썩서 해라.
(戶) 예-이
　臥龍潭(와룡담) 맑은 물아 淸淸(청청)할손 淡仙(담선)이
　예-等待(등대) 하얏소
　芙蓉堂(부용당) 雲霧中(운무중)에 蓮枝(련지) 캐든 彩蓮(채련)이
　예-나오-
　渭城朝雨浥輕塵(위성조우읍경진)에 客舍靑靑(객사청청) 柳色(류색)이
　예-나오

〈84〉

　錦繡峯(금수봉) 소삿는데 點點彩色(점점채색) 雲香(운향)이
(使) 이애 무슨 香(향)이라
(戶) 雲香(운향)이로소이다
(使) 나는 또 春香(춘향)이라고
　香字(향자)가 나올 째마다 使徒(사도) 올라쮜시는데 不幸(불행)히 褓

褥(보료) 아레 송곳 하나 잇서서 使徒(사도) 엉덩이는 말이 아니다
△月明林下美人來(월명림하미인래)라 은근할손 梅仙(매선)이
　예-나오-
　三山十州(삼산십주) 도라드니 유명(有名)할손 明珠(명주)
　예-나오
　千里江陵(천리강능) 느저간다 朝辭白帝(조사백제) 彩雲(채운)이
　예-나오

〈85〉

　武陵(무능)에 봄이 오니 點點紅紅(점점홍홍) 紅桃(홍도)
　예-等待(등대) 하얏소
　朱紅唐絲(주홍당사) 벌매듭 차고 나니 錦娘(금낭)이
　예-나오-
　丹城梧桐(단성오동) 그늘 속에 雙去飛來(쌍거비래) 飛鳳(비봉)이
　예-等待(등대) 하얏소
　喃喃枝上(남남지상) 봄바람에 頡之頏之(길지항지) 飛燕(비연)이
　예-等待(등대) 하얏소
　太華峯頭玉精蓮(태화봉두옥정련) 花中君子(화중군자) 玉蓮(옥련)이
　예-等待(등대) 하얏소
　玉露金風滿山紅(옥노금풍만산홍) 一葉春光(일엽춘광) 玉葉(옥엽)이
　예-等待(등대) 하얏소
　吳綾蜀帛(오능촉백) 골라내니 갈피갈피 錦香(금향)이

〈86〉

(使) 이애 아이코 엉덩이야 무슨 香(향)이라

(戶) 錦香(금향)이오

(使) 아니로다 그냥 點考(점고)해라

△寒梅(한매)가 滿發(만발) 嚴冬雪寒(엄동설한) 丹梅(단매)

　예-나오-

　仙人十五愛吹笙(선인십오애취성)에 學得崑丘(학득곤구) 彩鳳(채봉)이

　예-나오-

　人閑桂花(인한게화) 셔러진데 夜靜春山(야정춘산) 月色(월색)이

　李花桃花(리화도화) 滿發(만개)한데 時節(시절) 조타 香春(향춘)

(使) 무어라 애구 엉덩이야 구둘장 좀 나추어라 지금 그년 무어라

(戶) 香春(향춘)이오

(使) 응 아니로군 어듸 그년 썩구로 세워 봐라 더럽다 그년 바지에 웬
째가 그리 만흐냐 내여 쏘차라

〈87〉

　쏘 點考(점고)해라

南山(남산)에 靑靑松竹(청청송죽) 節介(절개) 굿다 竹心(죽심)이

　예-나오-

　靑波萬里(청파만리) 一孤(일고)에 흐르나니 舟碧(주벽)

　예-나오-

　波庭(파정)에 前半開(전반개)한 곳 素淡(소담)할손 淡花(담화)

　예-나오-

　三月東風(삼월동풍) 爛漫(난만)한대 滿江雨後(만강우후) 錦浪(금낭)이

　예-나오

　花香月色(화향월색) 조흘시고 泛泛綠水(변변녹수) 蓮葉(련엽)이

　예-나오-

　靈山會像(령산회상) 긴 장단에 춤 잘추는 陵仙(능선)이

예-나오-

<88>

翡翠眞珠(비취진주) 자랑마라 天下寶貝(천하보배) 珊瑚珠(산호주)
예-나오-
울 안에 丹楓(단풍) 붉고 天下落葉(천하낙엽) 秋香(추향)이
(使) 애코 엉덩이야 무엇이라
(戶) 秋香(추향)이요
(使) 次次(차차) 멀어 가는구나 봄 안 오고 가을이냐 좀 잡아 당겨라
△당겼다가 노흐니 흔들린다 妖桃(요도)
예-나오
(使) 이애 이 고을 妓生(기생) 모도 멧 마리나 되느냐
(戶) 모도 合(합)하오면 六七十首(륙칠십수) 되오리다
(使) 그걸 언재 다 点考(점고)하느냐 香字(향자) 달린 년만 골라서 불러라
(戶) 예-이 級唱(급창)아 使道(사도) 분부 香字(향자) 달린 妓生(기생)
만 点考(점고)하랍신다
예-이

<89>

△此花開盡更無花(차화개진갱무화)라 凌霜敎寒(능상교한) 菊香(국향)이
예-나오-
明沙十里(명사십리) 海棠花(해당화) 냄새 조타 花香(화향)이
예-나오-
東坡學士(동파학사) 김흔 사랑 錢塘名妓(전당명기) 桂香(계향)이
예-나오-

白岳山(백악산) 幽岩下(유암하)에 一輪明花(일륜명화) 蘭香(난향)이
예-나오-
武陵仙源(무릉산원) 차자가니 萬点春色(만점춘색) 桃香(도향)이
예-나오-
月中(월중)에 丹桂子(단게자) 草家三間(초가삼간) 桂香(게향)이
예-나오-
翠香(취향)이 琴香(금향)이 笑香(소향)이 仙香(선향)이

〈90〉

(使) 더 点考(점고)해라
(戶) 인전 香字(향자) 달린 년은 업소이다
(使) 내 일직이 들으니 너의 고을에 春香(춘향)이라고 잇다드니 點考時(점고시)에 업스니 웬일이냐
(戶) 春香(춘향)은 退妓(퇴기) 月梅(월매)의 딸이오나 妓案(기안)에 着名(착명)치 안코 閭閻生長(여염생장)을 하다가 舊官(구관) 冊房(책방) 道令任(도령임)이 머리를 언첫나이다.
(使) 春香(춘향)이를 썩썩 妓案(기안)에 着名(착명)하고 見身(견신)을 시켜라
△戶長(호장) 聽令(청령)은 하엿스나 事勢(사세)가 兩難(량난)이라 使道令(사도령)은 至嚴(지엄)하나 春香(춘향)의 구든 節介(절개) 짐작이 잇는 고로
(戶) 春香(춘향)은 妓生(기생)이 아닐 쑨外(외)라 듯자오니 舊官(구관) 冊房(책방) 道令(도령)임을 離別(리별)하온 後(후) 울화가 成病(성병)하야 寢席(침석)에 누엇다 하오니 使道(사도) 分付(분부)가 엇더하실넌지요
(使) 病(병)이 들엇스면 죽엇느냐.

(戶) 이 째에 吏房(리방)은 春香(춘향)에게 마음 두고 한두 번 달래 보다가 亡身(망신)한 일이 잇는 爲人(위인)이

〈91〉

라 그 분푸리를 할 째라고

(吏) 吏房(리방) 아뢰오 春香(춘향)이 稱病(칭병)은 하오나 官屬(관속) 乾達(건달)이 後門出入(후문출입)이 連絡不絶(연락부절)하는 것을 보오면 모든 거짓말인 모양이오

(使) 밧비 春香(춘향) 妓案(기안)에 着名(착명)하고 見身(현신)케 해라

　방울이 덜넝 使令(사령) 예-이-

　春香(춘향) 밧비 待令(대령)해라

　예-이-

△軍奴使令(군노사령)이 나간다 軍奴使令(군노사령)이 나간다

　金番首(김번수)야

　웨야

　朴番首(박번수)야

　웨 그러느냐.

△걸리엇다 걸리어 거 누구가 걸럿누 春香(춘향)이가 걸럿다 올타 그 잘 되엿다 亂杖(난장)

〈92〉

　맛고 潭陽(담양) 갈 년 兩班(양반) 書房(서방) 햇노라고 驕慢(교만) 이 너머 만코 태가락이 만트니라 그물코 三千(삼천)이면 걸릴 날이 잇느니라

　春香(춘향)에게 私情(사정) 두엇다는 너도 개아들이요 나도 개아들이

라 속 시원히 잘 걸렷다

△山獸(산수)털 벙거지에 藍日光緞(남일광단) 안을 밧처 날낼 勇字(용자) 짝 붓치고 宮綃軍服(궁초군복) 紅廣帶(홍광대) 거름조차 펄넝펄넝 狂風(광풍)에 나뷔 날듯 樹林間(수림간)의 猛虎(맹호)처럼 충충거리며 나간다 春香(춘향)집 다다라서

(軍) 春香(춘향)아— 이년 春香(춘향)아 이년 서울 宅(댁)아 이년 兩班(양반) 夫人(부인)아 門(문) 열어라 春香(춘향)아

　잇는 호긔 다 쎱는다

第五章

△이쌔에 春香(춘향)이는 任生覺(임생각) 간절하야 紗窓(사창)을 半開(반개)하고 寞寞(막막)히 안젓스니 心中(심중)에 품은 眞情(진정) 畓畓(답답)키 限(한)이 업다 蒼空(창공)엔 밝은 구름 前后左右(전후좌우) 내닷는데 우리 任(임) 게신 곳은 저 구름 아레언만 무슨 弱水(약수) 막혓관대 消息(소식)조차 큰탄 말가 白馬(백마)에 金鞍(금안)

〈93〉

으로 한번 갈려 가신 뒤에 瀟相夜雨(소상야우) 고요한데 任(임)소식 막연하다 食不甘味(식불감미) 寢不安席(침불안석) 답답한 이내 事情(사정) 任(임)은 어이 모르는가 烏鵲橋(오작교)는 잇건마는 牽牛星(견우성)은 웨 못오나 往事(왕사)는 春夢(춘몽)이라 닛자 하니 가슴 畓畓(답답) 생각하면 울화로다 肝腸(간장)은 불로 됏나 웨 이다지 타오르며 眼睛(안청)은 물로 됏나 웬 물 이리 흐르는고 눈에서 흐르는 물 肝腸(간장) 불을 웨 못 쓰며 肝腸(간장)에 타는 불낄 눈물을 웨 못 말리나

　한창 이리 눈물 흘릴 제 軍奴使令(군노사령)이 들어섯다

(軍) 春香(춘향)아— 이년 春香(춘향)아.

△軍奴(군노)가 웬일인가 軍奴(군노) 올 일 萬無(만무)할세 오기는 온다 해도 呼令(호령)할 일 萬無(만무)할세. 눈치 빠른 春香(춘향)이는 벌서 짐작하엿것다 눈물을 얼넌 닥고 門(문) 열고 쮜여나가 반기는 체 손을 잡고

「金番首(김번수) 오섯나 朴番首(박번수) 오섯나 내 집 차자 오기 쑴밧길세 자 어서 들어오소. 新延(신연)길 路毒(노독)이나 안 낫소 어린 足下(족하)들도 다 잘 잇소 한번 가 뵙자면서도 無事奔走(무사분주)로 못 갓구만

〈94〉

纖纖玉手(섬섬옥수)로 부여잡고 쯔을어 드릴 적에 香(향)내가 물컥 몸이 찌르럭 使令(사령)놈들 春香(춘향)에게 이런 待接(대접) 밧기는 쑴 밧기라 너머 慌恐(황공)하여 四肢(사지)가 우들우들 쩔린다
(金) 이 子息(자식) 너 쩔기는 웨 쩌니
(朴) 나는 靑(청)삽살이를 보면 저절로 쩔리더라만 너는 웨 쩌니
(金) 나는 쩌는 게 아니라 위엄 쓴다
방으로 들어와서 비단 褓褥(보료) 우에 안치우고 上丹(상단)에게 눈찟하니 눈치 빠른 上丹(상단)이 마님께 事情(사정) 엿주고 酒案床(주안상)을 차린다.
使令(사령)놈들 平生(평생)에 비단 보료에 안저 본 일이 업는지라 가슴이 悚(송)구해서 사시나

〈95〉

무갓치 쩔고 잇다.
(春) 한 대 옵바 벼란간 어쩌케 오섯수

(使) 추추추추춘향아 다다다다다른 일이 아니라 마마마마말이야 바로 하지.

　△新官使道(신관사도)　聽令(청령)하여　자네를　守廳(수청)　擧行(거행) 官令(관령)이 至嚴(지엄)하기 오기는 온 바이지만 우리 둘이 잇는 터에 설마 모면 안될 것가 염녀 말고 마음 노케 金番首(김번수) 朴番首(박번수)—ㄹ세

(春) 石中佳玉(석중가옥)이오 鐵中鋼鐵(철중강철)이라고 옵바 두 분만 밋소

(使) 암 우리가 누군가.

　春香母(춘향모)도 건너오셔

(母) 야 이 子息(자식)들 이 화냥 개자식들 무얼 하려 왓느냐 썩썩 가거라 그새 年餘(년여)를 이 늙은 어미를 한 번도 와 보지도 안코 괘씸한 子息(자식)들 갓흐니 너이 두 녀석을 오래간만에 보니 다 얼굴이 조홧구나 그러케 얼씬을 안한단 말이냐 이애 上丹(상단)이 무얼 하느냐 酒按床(주안상) 얼는 차려 오려무나 이 子息(자식)들 너이 오늘 내 집에서 잔쓱 먹여서 배통이 터지기 前(전)에는 못가리라

<h3 style="text-align:center">〈96〉</h3>

△酒按(주안)을 버려노코 春香(춘향) 손소 술을 싸라 軍奴使令(군노사령) 먹이누나

이놈들 여기서 진탕치듯 먹고 잇는 판에 使道(사도) 갑갑症(증)이 나서 연해 催促使令(재촉사령)을 보내는대 催促使令(재촉사령)이

　오느냐—

　가만 잇거라

　오느냐—

　가만 잇거라.

오느냐-

벌서 가섯다고 엿주어라

그 對答(대답)하는 놈은 누구냐

使令(사령)님 꼭지만 남아 게시다 이놈 너도 솔개 본 암탉갓치 소리만 쌕쌕 지르지 말고 이리 드러오너라 여기 술 잇다

催促使令(재촉사령)까지 드러왓다 세 놈이 드러안자서 술을 얼마나 먹엇던지 하늘이 샛

〈97〉

노라케 보이게 되엿구나 春香(춘향)이가 돈 석냥을 내노흐며

「이것이 暑少(략소)하나 들어가다가 藥酒(약주)나 사 잡숫고 가오」

(使) 주는 것 안 바드면 자네 無顏(무안)하갯지.

쩔럭 쩔럭 헤여서 난호아 차고 春香(춘향)집 나왓더라 나오기는 나왓지만 使道(사도) 嚴命(엄령) 어기엿스니 事勢(사세)가 짝하다

(朴) 金番首(김번수) 엇저자느냐.

(金) 글세 수가 생각 안 나누나.

(朴) 이애 수가 잇다 너도 官命(관명) 어기고 나도 官命(관명) 어겻스니 彼此(피차) 罪人(죄인) 아니냐.

너는 나를 잡고 나는 너를 잡고 서로 잡아 가지고 들어가잣구나

(金) 그것 썩 有利(유리)한 말이다

軍奴使令(군노사령)놈들 서로 상투를 잡고 어슬넝 어슬넝 드러가며

(金) 朴番首(박번수) 놈이 官命(관명) 拒逆(거역)하얏기 잡아 待令(대령)하얏소

(朴) 金番首(김번수) 놈도 官令(관령) 拒逆(거역)하얏기 잡아 待令(대령)하얏소

〈98〉

　使道(사도) 기막히고 어이업서
(使) 이놈 잡아오라는 春香(춘향)은 어찌하고 春香(춘향) 使令(사령)
잡아 드럿다니 저런 고이한 놈들 잇나
(金 朴) 예-이 고이한 놈이길래 잡아 待令(대령)하얏소
(使) 엑기 미친놈들 너 이놈들 春香(춘향)이한테 술 어더먹엇구나
(金 朴) 술뿐아니라 손목도 잡아보앗소.
(使) 저 놈들을 下獄(하옥)하고 다른 使令(사령) 急(급)히 가서 春香
(춘향) 불러오되 萬一(만일) 더듸 擧行(거행)하다는 物故(물고)를 내일
테니 그런 줄 알아라
　李番首(리번수) 崔番首(최번수) 두 놈이 春香(춘향) 부르려 다시 나
간다 春香(춘향)집 다다라서
　야 春香(춘향)아 春香(춘향)아
△두 番(번)째 나온 使令(사령) 이번은 못 免(면)할 줄 모로는 바 아니
지만 그래도 幸(행)혀 하고
「애구 오라버니 엇더케 오시오 들어가십시다」
　春香母(춘향모)도 내다르며

〈99〉

「이 子息(자식)들 오느냐 어서 들어오너라」
(李) 崔番首(최번수)야 드러오라는데 드러가자꾸나
　按酒床(안주상) 차려다가 「안주는 업지만 藥酒(약주)나 잡수서요」
(李) 崔番首(최번수)야 먹으라니 먹잣구나.
　돈 넉兩(량)을 꺼내여서 두 兩式(량식) 갈라주며
「들어가시는 길에 藥酒(약주)나 사 잡수서요」

(李) 崔番首(최번수)야 주는 것이니 밧자쑤나

　먹을 것 먹고 바들 것 다 밧고

(李) 여보게 서울宅(댁) 인전 더 줄 것 업나

(春) 무엇이요

(李) 더 줄 것 업스면 인전 우리 要件(요건) 말함세 다른 것이 아니라 使道(사도) 命令(명령) 至嚴(지엄)해서 行首(행수) 執事(집사) 嚴棍(엄곤)하고 都使令(도사령)과 都軍奴(도군노)는 結縛(결박)하야 다랏스니 자네 事情(사정) 보다가는 杖下之魂(장하지혼) 될 터이라 事勢(사세)가 이러하니 할 수 업네 드러가세.

〈100〉

　春香母(춘향모) 발발씬을 내며

「이 子息(자식)들 그럼 돈 넉 兩(량) 도로 내라 술 도로 배아터라 按酒(안주)도 도로 게워라」

(李 崔) 주엇든 것 달라는 년 개쌀이오 바닷든 것 내놋는 놈도 개아들이라 어서 드러가기나 하자」

△春香(춘향)이 생각하니 事勢(사세) 無可奈何(무가내하)로다 避(피)할 바이 업서 官家(관가)로 들어갈 제 헛트러진 머리털은 귀밋헤 느러지고 쓸리는 치마폭을 거듬거듬 감싸안고 비마즌 제비처럼 아장아장 것는 態度(태도) 王昭君(왕소군)의 맵시로다 官家(관가)에 들어가서 四季花草(사계화초) 놉흔 담안 楊柳靑靑(양류청청) 그늘 아래 端雅(단아)히 안잣스니 聽令(청령) 級唱(급창) 썩 나서며

(級) 春香(춘향) 見身(현신)이요-

　使道(사도) 나려보고 춤이 지르르 흐르는데 압자락은 왼통 저젓더라

(使) 어-果是(과시) 萬古一色(만고일색)이로군 이리로 오르래라 春香(춘향)이 사양타 못하야 上房(상방)에 오르니 使道(사도) 침 좀 더 흘리며

(使) △沈魚落鴈(침어낙악)이란 말은 虛言(허언)인가 하얏드니 閉月羞
花(폐월수화)하는 態度(태도) 보든 中(중) 웃듬

〈101〉

이요 듯든 中(중) 第一(제일)이라 짝이 업는 一色(일색)일다 薛濤文君
(설도문군) 보라 하고 益州刺史(익주자사) 自願(자원)하야 三刀夢(산도
몽)을 쑨다드니 네 所聞(소문) 너머 놉하 京鄕(경향)에 有名(유명)키로
密陽(밀양) 瑞興(서흥) 마다하고 艱辛(간신)히 서둘러서 南原府使(남원
부사) 하얏더니 果是(과시) 虛聞(허문) 아니로다 不幸(불행)히 늣게 되
서 先着鞭(선착편)은 되얏스나 綠葉成蔭子滿枝(녹엽성음자만지)가 아
직 아니 되얏스니 不幸中(불행중) 多幸(다행)일다 舊官(구관) 冊房(책
방) 道令(도령)님이 네 머리를 언첫다니 道令任(도령임) 上京(상경) 後
(후)에 孀恨(상한) 얼마나 괴로우냐 舊情(구정)은 一掃(일소)하고 新情
(신정)이나 매저 보자.
(春) △어미는 娼女(창녀)오나 妓案(기안)에 着名(착명) 안코 閭閻生長
(여염생장)하옵다가 舊官(구관) 冊房(책방) 道令任(도령임)이 年

〈102〉

少(연소)한 風情(풍정)으로 小女(소녀) 집을 차저와서 西廂佳約(서상가
약) 懇請(간청)하니 老母(노모)가 許諾(허락)하고 李氏宅(리씨댁)에 許
身(허신)하야 百年期約(백년기약) 밧들기로 단단 盟誓(맹서)하얏스니
好事(호사)에 多魔(다마)하야 道令任(도령임)을 離別(리별)하고 獨宿
空房(독숙공방) 晝夜想思(주야상사) 肝腸(간장)은 불타온 덜 新情(신
정)은 願(원)치 안소
使道(사도) 春香(춘향)의 音聲(음성)까지 들으니 慾心(욕심) 더욱 動

(동)한다.

(使) △얼골 보고 말 들으니 안팟그로 一色(일색)일다 玉顔從古多身累(옥안종고다신누)가 歐陽公(구양공)의 글짝이라 人物(인물) 고운 女人(녀인)들이 節行(절행)이 쉽잔컷만 얼굴이 저와 갓고 마음 쏘한 玉(옥)갓트니 어엽부고 아름답다 네 마음 그러하나 李道令(리도령) 어린 兒孩(아해) 장가들고 及第(급제)하면 千里他鄕(천리타향) 一時作亂(일시작난) 너를 그냥 生覺(생각)하랴 可憐(가련)한 네 身勢(신세)는 花上(화상)에 凉霜(냉상)이요 弱(약)한 풀에 씌끌이라 黃昏約(황혼약) 간데 업고 白頭恨(백두한)을 읊게 되면 그 아니 불상하냐 네가 古文(고문) 안다 하니 史記(사긔)로 이르리라 옛날의 豫讓(예양)이는 再醮婦(재초부)의 守節(수절)이라 네가 萬一(만일) 舊情(구정) 닛고 나 爲(위)해서 守節(수절)하면 豫讓(예양)과 一般(일반)이니 그 아니 壯(장)할소냐 衣服丹粧(의복단장) 곱게 하고 오늘부터 守廳(수청)하라

(春) △小女(소녀)의 먹은 마음 使道任(사도임)과 다르외다 올라가신 道令任(도령임)이 無信(무신)하야 變(변)

〈103〉

하오면 班婕妤(반첩여)의 本(본)을 바다 玉牕螢影(옥창형영) 직히다가 이 몸이 죽사오면 黃陵廟(황능묘) 차자가서 二妃(이비) 魂靈(혼령) 모시옵고 班竹枝(반죽지) 점은 배에 놀아 볼가 하옵는데 再醮(재초) 守節(수절)하란 말슴 小女(소녀)에게 當(당)치 안소 春香(춘향)이 악을 부리면 쏭곳한 얼굴 맵시 더욱 奇妙(기묘)하여 使道(사도)의 肝腸(간장)을 녹이는데 아모리 하여도 春香(춘향)이 말을 듯지 안흐니 마지막에는 威脅(위협)을 하여 보려고 붓채로 冊床(책상)을 딱 치며

(使) 이런 해괴한 일 보겟나 妓生(기생)의 守節(수절)이란 듯든 바 처음일세 그런 소리 內衙(내아)에 들어갓다가는 大夫人(대부인)이 딱 氣絶

(긔절)을 하겟다 이년 春香(춘향)아 듯거라 아짜 吏房(리방)의 말을 들으니 네가 表面(표면)으로는 守節(수절)한다 하고 후문(後門)으로는 官屬(관속) 乾達(건달)이 無常出入(무상출입)한다 하여- 지금 分付(분부) 拒逆(거역)하는 것은 必是(필시) 姦夫事情(간부사정)이 懇切(간절)해서 그리는 것이냐. 姦夫事情(간부사정)으로 不順官命(불순관명)하면 刑(형)틀에 달릴 줄 몰으느냐.

春香(춘향)은 自己(자기)의 守節(수절)이 姦婦事情(간부사정)이라는데 결이 발끈 나서 生死(생사)를 不分(불분)케 되엿다

(春) 使道(사도)는 兩班(양반)이라 禮節(례절) 아시려든 守節(수절)하는 民間婦(민간부)를 稱姦夫(칭간부)가 웬일이며 閭閻(여염)집 兒女子(아녀자)를 强制抑奪(강제억탈) 웬일이요 爲民父母(위민부모) 道理節次(도리절차) 可謂切當(가위절당)하오니짜

<h2>〈104〉</h2>

毁節(훼절)하는 不正男女(부정남녀) 切齒腐心(절치부심)하나이다
△使道(사도) 그 말 들으니 두 눈이 아득하고 목이 칵 쉬며 網巾(망건) 片子(편자)가 툭 끈허지고 상투 웃코가 말끈 넘고 턱이 덜덜 썰린다 春香(춘향) 行實(행실) 모르고서 輕輕(경경)히 불럿다가 事勢(사세)가 若此(약차)하면 한번 허허 快(쾌)히 웃고 奇特(기특)하고 壯(장)하도다 稱讚(칭찬)하여 보냇스면 官村無事(관촌무사) 조흘 것을 생긴 것이 하妙(묘)하고 姿態(자태) 너머 얌전한데 慾心(욕심)이 過(과)히 나서 지나처 건들이다가 兩班(양반)의 體面(체면)으로 下鄕(하향)의 賤婦(천부)에게 辱(욕)짜지 먹고 보니 이제야 엇지하리

使道(사도) 怒(노)염이 상투 끗짜지 올나서
(使) 이리 오너라
(通) 예-이

(使) 이 년 잡아내려라
(通) 예-이- 級唱(급창)
(級) 예-이-

〈105〉

(通) 春香(춘향) 잡아 내려라
(級) 예-이- 使令(사령)
(使令) 예-이-
(級) 春香(춘향) 잡아 내려라
(使令) 예-이
△ 使令(사령)이 달려들어 春香(춘향)의 머리채를 휘휘친친 감아쥐고
동댕이처 잡아내여 크나큰 刑(형)틀에다 덩그러케 올려 매고
(使) 刑吏(형리)
(刑) 예-이 刑吏(형리) 待令(대령)하얏소
(使) 저 년을 째려 죽일 터인데 다짐 바다라
(刑) 예-이
△刑吏(형리) 다짐 써 가지고서 春香(춘향)에게 나려가서 다짐을 두라
하니 다짐狀(장)에 하엿스

〈106〉

되「汝身娼家賤女(여신창가천녀)로서 不從官長嚴令(불종관장엄령)하고
發惡而拒逆(발악이거역)하니 身爲下鄕賤妓(신위하향천기)로서 稱貞節
罪當萬死(칭정절죄당만사)라 猛杖下(맹장하)에 打殺(타살)하야 後人懲
戒(후인증계)할 터이니 一死(일사)를 勿怨(물원)하라」春香(춘향)이 다
짐하되 屈(굴)하는 氣色(긔색) 업고 無心筆(무심필) 먹을 찍어 一字(일

자) 한자 그은 後(후)에 마음 心字(심자) 아래 쓰고 붓대를 내던지고 요
만하고 안젓고나

△執杖使令(집장사령)이 나온다 執杖使令(집장사령)이 나온다 九尺長
身(구척장신) 키 큰 使令(사령) 箭筒(전통)갓튼 큰 팔 쌔여 억개에 들너
메고 刑杖(형장) 듬뻑 안아다가 春香(춘향) 압헤 덜컥 노니 鐵石肝腸
(철석간장) 다 써러진다 刑杖(형장) 다발 좌르르 펴고 이놈 골나 능청능
청 저놈 잡아 능청능청 그 中(중)에 좀 먹고 등심 업는 놈 골나쥐고 이만
치 비켜서니 使道(사도) 分付(분부)하되

(使) 그년 첫매에 두 다리가 부러지게 치되 萬一(만일) 歇杖(헐장)하면
執杖使令(집장사령) 놈부터 物故(물고)를 내라

(執) 그런 년을 一毫私情(일호사정) 두오리까

△발 갓추와 물러섯다 달려들며 한 대를 짝 부치니 부러진 刑杖(형장)가
지 空中(공중)에 푸루루 □나가고 五六月(오류월) 急(급)한 비에 벼락
치는 소리로다 苦草(고초)가치 毒(독)한 春香(춘향) 四肢體六(사지륙체)

<h2 style="text-align:center">〈107〉</h2>

바르르 떨며 憤(분)한 생각 惡(악)을 써서 節節(절절)히 아뢰는데
△첫 대 막고 아뢰는 말 一字(일자)로 아뢰리다 一鞭西去(일편서거) 우
리 朗君(낭군) 一刻三秋(일각삼추) 보고지고 一夫從事(일부종사) 구든
마음 一時刑厄(일시형액) 可笑(가소)롭다 一萬番(일만번) 죽사온들 一
毫變更(일호변갱) 하오리까
△둘재 낫을 짝 부치니 二字(이자)로 아뢰리다 二君不事(이군불사) 忠
臣(충신)이오 二夫不更(이부불경) 烈女(렬녀)로다. 二月天桃(이월요
도) 매진 佳約(가약) 二姓之合(이성지합) 분명하니 二千里(이천리)를
流竄(류찬)한들 二心(이심)을 두오리까 二八靑春(이팔청춘) 春香(춘
향) 情景(정경) 二天(이천)은 살피소서

△셋재 낫을 딱 부치니 三字(삼자)로 아뢰리다 三生九死(삼생구사)하더
라도 三綱(삼강)을 이즈리까 三光(삼광)갓치 빗나는 맘 三從之義(삼종
지의) 품엇스니 三生佳約(삼생가약) 重(중)한 몸을 三月花柳(삼월화류)
알지 마소

△넷재 낫을 딱 부치니 四字(사자)로 아뢰리다 四五歲(사오세)쩍 배혼
것이 四書三經(사서삼경) 聖訓(성훈)이라 四維四端(사유사단) 어진 政
事(정사) 四境安堵(사경안도) 바랏더니 四時長春(사시장춘) 고든 節行
(절행) 四凶治罪(사흉치죄) 웬일이오

△다섯재를 딱 부치니 五字(오자)로 아뢰리다 五馬(오마)로 오신 使道
(사도) 五倫(오륜)을 웨 모르오 五品不順(오품불순)하는 官長(관장) 五
刑(오형) 엇지 모르리까 五十三州(오십삼주) 우리 道內(도내) 五敎不行
(오교불행) 뉘 탓이오

(使) 이년 네 大典通編(대전통편)을 모르는구나

<h2 style="text-align:center">〈108〉</h2>

春香(춘향)이 눈 들어 使道(사도)를 처다보며

(春) 大典通編(대전통편)에 무에라고 햇소

(使) 오 大典通編(대전통편)에 하얏스되 △謀叛大逆(모반대역)하는 罪
(죄)는 凌遲處斬(능지처참)하라 하고 拒逆官長(거역관장)하는 罪(죄)
는 嚴治定配(엄치정배) 宜當(의당)이니 모도 네게 該當(해당)하다

(春) △國法(국법)이 그럴진대 有夫女(유부녀) 强奸(강간)하고 良民打
殺(양민타살)하는 罪(죄)는 엇지하라 햇나이까

使道(사도) 펄펄 쒸며

(使) 저저저저저런 년 어서 째려 죽여라

△여섯재낫 딱 부치니 六字(륙자)로 아뢰리다 六國遊說(륙국유설) 蘇秦
(소진)이는 六王(륙왕)을 달랫건만 六月飛霜(유월비상) 春香冤情(춘향

원정) 六腑五腸(륙부오장) 다 녹는데 六房官屬(륙방관속) 보는 압헤 六身(륙신)을 찌저주오

△일곱재낫 딱 부치니 七字(칠자)로 아뢰리다 七月銀河(칠월은하) 牽牛織女(견우직녀) 七夕相逢(칠석상봉) 잇건만은 七百里(칠백리) 가신 郎君(낭군) 어이 올 줄 몰으는고 七尺刀斧(칠척도부) 慟(겁) 안나오 七寶紅裳(칠보홍상) 속절업셔 七分鬼(칠분귀)가 되겟고나

△여듧잿낫 딱 부치니 八字(팔자)로 아뢰리다 八十西來(팔십서래) 太公(태공) 만나 八百諸侯(팔백제후) 歸順(귀순)한들

〈109〉

八字双眉(팔자쌍미) 春香情曲(춘향정곡) 八分(팔분)인들 굽히리까 八不出(팔불출) 政體中(정체중)에 使道政體(사도정체) 最惡(최악)이라

△아홉잿낫 딱 부치니 九字(구자)로 아뢰리다 九皐(구고)에 學(학)이 되여 九萬里(구만리) 長空(장공) 놉히 날아 九曲肝腸(구곡간장) 매진 恨(한)을 九重深處(구중심처) 사뢰고저 九月霜風(구월상풍) 搖落(요락)한들 九月菊花(구월국화) 시들리까

△열잿낫을 딱 부치니 十字(십자)로 아뢰리다 十二時(십이시)로 恨心(한심)인데 十個(십개) 친다 毁節(훼절)하니 十七歲(십칠세) 春香情緒(춘향정서) 十五夜(십오야) 밝은 달이 구름 속에 드럿도다

△열 다섯 넘어서서 스무개를 딱 부치니 二十(이십)으로 아뢰리다 二十六章(이십륙장) 子長(자장)갓치 道令任(도령임)도 南遊(남유)하야 二十五絃(이십오현) 皇英古調(황영고조) 春香(춘향) 怨恨(원한) 풀어주오

△三十度(삼십도) 猛杖(맹장)하니 白雪(백설) 갓흔 두 다리에 살點(점)이 업서지고 부스러진 쎠쑨인데 毒(독)할손 春香(춘향)이는 아직도 죽지 안코 눈 흘겨 처다본다 使道(사도) 굽어보고 全身(전신)에 冷汗(냉한) 돌고 肝膽(간담)이 서늘하여

(使) 어- 참 至毒(지독)한 년이로군 그년 큰칼 씨워 項鎖(항쇄) 足鎖(족쇄)하여 下獄(하옥)해라
(使令) 예-이-
　春香(춘향)을 끌러서 刑(형)틀 아래 노흐니 물에 빠진 생쥐 모양으로 눈만 말똥하고 呼

〈110〉

吸(호흡)도 겨우 通(통)한다 使令(사령)도 官令(관령)이 至嚴(지엄)하야 싸리기는 하엿지만 이 情景(정경)을 보니 罪悚(죄송)키 짝이 업다 春香(춘향) 귀에 입 갓가히 갓다대고
(使) 이애 春香(춘향)아 精神(정신) 차려라 外傷(외상)은 不輕(불경)이나 內傷(내상)은 업스니 精神(정신) 가다듬어라 너의 집에 寄別(긔별)해서 藥(약) 지어 드리마
△큰칼을 씨우고 칼머리 印封(인봉)하고 살짝 안아 고히 들고 三門(삼문) 박 내여치니 이때에 春香母(춘향모)는 春香(춘향)을 보내고서 마음 自然(자연) 散亂(산란)하야 三門(삼문) 밧게 受聞(수문)타가 意外(의외)에 이 光景(광경)에 春香(춘향)을 훔처 안고
(母) 애고 내 딸 죽엇구나 이게 웬일이냐 하느님 이게 웬일이요 하느님도 야속하오 彌勒任(미륵임)도 靈驗(령험) 업네
△공중거리 넘쒸기 별별 지랄 다하는데
　이 所聞(소문)은 삽시간에 南原府中(남원부중)에 쪽 퍼저서 男女老少(남녀노소) 모도 모혀들어 使道(사도) 욕 春香(춘향) 칭찬이 저즈러진다.

〈111〉

△上丹(상단)이는 春香(춘향) 업고 春香母(춘향모)는 칼 밧들고 獄(옥)

으로 나려갈 쩨 獄司丁(옥사정)이 압흘 서고 獄刑吏(옥형리) 뒤짜르고
그 뒤로는 男女老少(남녀노소) 장쑨 가치 짜라가서 獄門前(옥문전) 當
到(당도)하여 단단히 잠긴 門(문)을 와당퉁탕 덜컥 열고 春香(춘향)을
집어너코 門(문) 잠가 버리누나 春香母(춘향모) 氣絶(기절)하고 上丹
(상단)은 쌍을 치며 애고 아씨 웬일이요 애고 아씨 웬일이요 뒤짜르든
男女老少(남녀노소) 獄司丁(옥사정)이 獄刑吏(옥형리)도 발구르며 돌
아서서 아까워라 불상해라 저만치 傷(샹)한 몸이 차듸찬 저 獄中(옥중)
에 목숨이 保全(보전)될가 嘆息(탄식)하며 도라간다
春香(춘향)이 獄中(옥중)에서 겨우 情神(정신)을 수습하고 보니

〈112〉

獄(옥) 박게는 어머니와 上丹(상단)이가 잇는 모양이다.
(春) 어머님
(母) 애고 너 아직 안 죽엇드냐
(春) 어머니 서러마오 걱정 너무 甚(심)히 마오 氣體安保(기체안보) 하
옵시고 安心歸宅(안심귀택) 하옵시고 罪(죄)업는 春香(춘향) 몸이 설마
獄死(옥사)하오리까 水火劍槍中(수화검창중)이라도 無罪(무죄) 春香
(춘향) 쩌젓하니 걱정을 말으시고 집으로 가옵소서 萬一(만일) 歸宅(귀
택) 안하시고 저러틋 울으시면 不孝(불효)한 말슴이나 내 손 自決(자결)
할 터오니 그러케 알으소서 어머님 울음소리 少女(소녀) 肝臟(간장) 더
욱 녹여 頃刻(경각)에 죽겟구료
△春香母(춘향모) 할일업서 獄中(옥중)에 짤 두고 天地(천지)가 아득하
고 눈압히 昏微(혼미)하야 업더지며 잡바지며 집으로 도라갈새
(母) 春香(춘향)아 나는 할일업시 가거니와 上丹(상단)이 박게 잇스니
시킬 일이 잇스면 시켜라.
△어머니 돌아간 뒤에 春香(춘향)이 몸을 일어 아픈 다리 쓸으면서 곰곰

히 생각하니 불

〈113〉

상하신 우리 母親(모친) 아비 업는 나를 길러 金(금)야 玉(옥)야 사랑하
고 공드리고 힘드려서 이만치나 길러내여 조흔 일은 못 보시고 눈 압헤
當(당)하는 일 氣(기)막힌 일뿐이오니 不孝莫大(불효막대) 이 한 몸이
무엇으로 報恩(보은)하리 나 죽으면 더 큰 근심 살아도 그냥 근심 죽도
사도 못할 八字(팔자) 더런 년의 身勢(신세)로다.
(春) 上丹(상단)아
(上) 예-
(春) 너도 가거라
(上) 아씨
(春) 아니 너도 가거라 내 걱정은 아예 말고 집으로 돌아가서 이웃집 婦
人(부인)네게 신신히 懇請(간청)하여 어머니 우시거든 慰勞(위로)하야
달라 하고 米飮(미음) 쑤어 권케 하고 翡翠冊床(비취책상) 文匣(문갑)
안에 人蔘(인삼) 열 斤(근) 들엇스니 朝夕(조석)으로 진케 대려 어머님
쩨 드리고서 나 업다고 서러말고 어머님만 잘 지나면 以後(이후) 出獄
(출옥)하는 날에 그 신세를 갑흐리라 네 마음 내가 아니 別般(별반) 當
付(당부) 잇겟느냐 泣咽聲(읍인성) 듯기 실타 울지 말고 돌아가라

〈114〉

(上) 그럼 아씨 저녁에 藥(약) 지어가지고 다시 오리다 몸 保重(보중)하
옵소서
△上丹(상단)이도 돌려보내니 獄中心懷(옥중심회) 더욱 쓸쓸하다 이게
내가 무슨 罪(죄)냐 國穀偸食(국곡투식) 하엿는가 殺人犯罪(살인범죄)

하엿는가 嚴刑重治(엄형중치) 項鎖足鎖(항쇄족쇄) 獄中罪囚(옥중죄수)
웬일이냐 欲死欲殺(욕사욕살) 분한 마음 이로 形言(형언)할 수 업다 獄
(옥) 안을 둘러보니 압門(문)엔 살이 업고 뒷壁(벽)엔 외만 남어 冬至
(동지) 섯달 찬바람은 살 쏘듯 드리불고 헌자리에 흙먼지는 발잔등이 감
초인다 時節(시절)은 臘月(납월)이라 드리치는 찬바람에 뼈마듸 저려오
고 살點(점)이 싹 붓는다
△그 거울 지니가고 새 봄이 當到(당도)하니 나 살든 옛집에는 庭花(정
화)가 灼灼(작작)하고 岸柳(안류)가 依依(의의)하고 花香(화향)은 襲衣
(습의)하고 春色(춘색)은 滿庭(만정)하리 봄 싸는 少年(소년)들은 如狂
(여광)가 如醉(여취)인가 淸歌數曲(청가수곡)으로 春興(춘흥)을 겨워
할 데 紗窓(사창) 代身(대신) 獄窓(옥창)이요 笙琴(성금) 대신(代身)
칼집이니 可憐(가련)할손 이 신세를 어느 누게 呼訴(호소)하리 暗天(암
천)에 나는 구름 놉기도 노플시고 樹梢(수초)에 부는 바람 싸르기도 싸
를시고 이내 몸 구름 되면 임게신 곳 影子(영자) 씔까 이내 몸 바람 되면
任(임)의 窓前(창전) 불어볼까 구름도 될 수 업고 바람도 될 수 업시 가
련타 獄中囚人(옥중수인) 박갓 消息(소석) 료연코나 박갓 소식 료연하
니 千里相隔(천리상격) 漢陽任(한양임)께 이내 消息(소식)

<h3 style="text-align:center">〈115〉</h3>

못 傳(전)하고 任(임)의 消息(소식) 못 듯노나 獄中長夜(옥중장야) 긴
긴밤에 獨倚西窓(독의서창) 비켜안자 눈감으면 任(임)의 生覺(생각) 눈
을 쓰면 눈물이라 봄 지나고 여름 가면 기력이 길게 우는 天高馬肥(천고
마비) 秋節(추절)이라 一片西傾月(일편서경월)에 數行南飛鴈(수행남비
안)은 옹옹한 긴 소리로 짝을 차자 울며 가니 여바라 저 기력아 蘇中郞
(소중낭) 北海上(북해상)에 便紙(편지) 傳(전)튼 기력이냐 水碧砂明兩
岸苔(수벽사명량안태)에 淸怨(청원)을 못 이기어 울고 가든 기력이냐

내 한 말을 들어다가 우리 任(임)께 傳(전)해 주렴 無人聲月黃昏(무인성월황혼)에 혼자 녹는 이 肝臟(간장)은 肝臟(간장) 물이 江(강) 된다면 大海(대해) 바다 되엿겟다.

우르러보면 蒼茫(창망)한 구름 속에 별과 달이 밝아 잇는대 獄中(옥중) 春香(춘향)은 시름업시 歲月(세월)을 보내고 잇더라.

第六章

하로는 春香(춘향)이 亦是(역시) 시름업시 獄窓(옥창)으로 내다보이는 蒼天(창천)을 바라보고 自嘆(자한)하고 잇노라는대 門間使令(문간사령)이 충충 나와 獄司丁(옥사정)에게

(使) 司丁(사정)이

(司) 웨야

〈116〉

(使) 日間(일간) 使道(사도) 生辰(생신)인데 生辰宴(생신연) 뒤에 아마 春香(춘향)을 올려 죽이려는 모양이다

(司) 엇지해서

(使) 오늘 刑杖(형장) 만히 싹가 올리라는 命(명)이옵신데 지금 다른 罪人(죄인) 업스니 春香(춘향)이 아니냐 아깝고 불상하지만 아마 避(피)치 못할 듯하니 春香(춘향) 보고 서울 便紙(편지)나 한 장 하라 하소

使令(사령)은 들어가고 司丁(사정)은 春香(춘향)에게

(司) 여보 서울댁 아마 들엇겟지만 事情(사정)이 그러니 서울 便紙(편지)나 한 장 해보소 兩班(량반)임네의 일이라 무슨 수가 생길지 알겟소

(春) 그럼 사람 하나 어더 주소

△司丁(사정)이 주는 紙筆(지필) 충충히 손에 잡고 눈물로 옷 적시며 任(임)께 편지 쓰는데 눈물에 종희 저저 글자가 水墨(수묵)진다 便紙(편

지)에 하얏스되

「別後光陰(별후광음)이 于今三載(우금삼재)에 尺書(척서)가 斷絶(단절)하아 弱水三千里(약수삼천리)에 靑鳥(청조)가 끈허지고 北海萬里(북해만리)에 鴻鴈(홍안)이 업사오매 北天(북천)을 바라보니 望眼(망안)이 欲穿(욕찬)이오 雲山(운산)이 遠隔(원격)하니 心腸(심장)

〈117〉

이 具裂(구렬)이라 梨花(리화)에 杜鵑(두견) 울고 梧桐(오동)에 夜雨(야우) 올 제 寂寞(정막)히 홀로 안저 想思一念(상사일념)이 地荒天老(지황천노)라도 此限(차한)은 難節(난절)이라 無心(무심)한 蝴蝶夢(호접몽)은 千里(천리)에 오락가락 情不知仰(정불지억)이요 悲不自省(비불자성)이라 嗚泣長嘆(오음장탄)으로 花朝月夕(화조월석) 보내더니 新官使道(신관사도) 到任(도임) 後(후)에 守廳(수청)들라 하옵기에 抵死謀避(저사모피) 하옵다가 慘酷(참혹)한 刑(형) 當(당)하오니 모진 목숨 끈치 안헛스나 不日(불일) 杖下之魂(장하지혼) 未免(미면)이라 이 몸이 죽사온들 不更二夫(불경이부) 구든 마음 毁節(훼절)을 免(면)하오니 餘恨(여한)은 업사오나 此生巾櫛(차생건즐) 못 바치고 寃鬼(원귀)됨이 可歎(가탄)이라 바라건대 書房任(서방임)은 萬鍾祿(만종녹)을 누리시다 千秋萬歲後後生(천추만세후후생)에 地下(지하)로 오시오면 此生(사생)에 未洽情懷(미흡정회) 그 時(시)에나 푸사이다.

△쓰기를 다하고 無名指(무명지) 입헤 너허 짝 하니 깨물어서 쑤루룩 쑥쑥 흐르는 鮮血(선혈) 쑥 찍어 封(봉)하고서 서울 步行(보행) 차마 보니 반가울사 서연할사 道令任(도령임) 게실 쩍에 陪從(배종)하든 房子(방자)로다.

(春) 애고 이게 누군가

(房) 이게 웬일인가.

〈118〉

눈물이 새암솟덧 편지를 내여주며

「急(급)하고 急(급)한 便紙(편지)니 얼넌 다녀와 주게 이 몸이 죽지만 안흐면 그 謝禮(사례) 넉넉히 하마 나 죽기 前(전)에 돌아오면 道令任(도령임) 面影(면영)이나 仔細(자서)히 보앗다가 들려주게.

(房) 便紙(편지)나 어서 주게 不眠不休(불면불휴) 晝夜倍道(주야배도) 단숨에 달려가면 千里馬(천리마)가 當(당)할것가 漢陽路(한양노) 六百十里(륙백십리) 이틀이면 올라가고 나흘이면 回報(회보)함세 長安名門(장안명문) 李承旨宅(리승지댁) 설마 자네 못 救(구)하리 그 째는 막걸니나 한 동이 사 주게 그려

△便紙(편지)를 채 가지고 漢陽路(한양노) 다라간다 便紙(편지)는 가건마는 이몸 엇재 못 가는가 서울이

〈119〉

얼마 멀어 山(산)은 몃재 넘어가며 물은 몃개 건느는고 날개 달린 기럭 되여 蒼窓(창공) 훨훨 날아가서 任(임)의 窓前(창전) 업듸려서 細細願情(세세원정) 하여 볼가 그리도 못할진대 이 몸이 죽어나서 空山(공산)에 杜鵑(두견) 되여 李花月白(리화월백) 寂寞(적막)한데 歸戚鳥(귀척조) 슬피 울어 님의 귀에 들려줄짜

△이째에 道令(도령)님은 父親(부친) 陪行(배행) 上京(상경)하야 春香(춘향) 生覺(생각) 難忘(난망)이나 春香(춘향) 어서 만나자면 立身揚名(립신양명) 捷路(첩노)이라 雜念(잡념)을 다 바리고 一心(일심)으로 工夫(공부)하야 三年工夫(삼년공부) 壯(장)하고나 온갖 學問(학문) 無不能通(무불능통) 李太白(리태백)은 무엇이냐 韓退之(한퇴지)로 可笑(가소)롭다 黃山曲(황산곡) 白樂天(백낙천)은 엇더한 乳臭兒(유취아)며 杜

子美(두자미) 陶淵明(도연명)은 어느 곳 蒙儒(몽유)드냐 科擧(과거)에 及第(급제)하며 出世報國(출세보국) 하량으로 苦待(고대)하고 苦待(고대)터니 謁聖科令(알성과령) 나붓거늘 李道令(리도령) 조화라고 準備差備(준비차비) 대충 하고 場中(장중)으로 드러간다 東人私草(동인사초) 綱目玉篇(강목옥편) 帳幕舖帳(장막포장) 燈臺雨傘(등대우산) 舖氈抹杖(포전말장) 가좌 묵거 驅從(구종)지위 압세우고 場中(장중)에 들어가서 懸題板下(현제판하) 燈台(등대) 꼿고 帳前(장면)을 바라보니 白雪(백설) 가튼 白木遮日(백목차일) 寶階(보개) 우에 노피 치고 細白木設(세백목설) 舖帳(포장)은 구름갓치 둘럿는데 御前(어전)을 바라보니 威儀(위의)가 嚴肅(엄숙)하다 陽傘(양산) 日傘(일산) 靑紅黑盖(청홍흑개) 旗旛舖纛

〈120〉

鳳尾扇(기번포독봉미선)과 龍旗(용기) 鳳旗(봉기) 虎尾槍(호미창) 紫介槍(자개창) 三枝槍(삼지창) 偃月刀(연월도) 行伍(행오)를 整制(정제)하고 侍衛(시위)를 볼작시면 兵曹判書(병조판서) 本兵(본병)이오 都總管(도총관) 別雲劒(별운검) 承司閣臣(승사각신) 느러섯다 金冠朝服(금관조복) 齊齊(제제)하고 屛帶玉帶(서대옥대) 총총한데 紗帽品帶(사모품대) 双鶴胸背(쌍학흉배) 虎鬚笠飾(호수립식) 靑綴翼(청철익)에 着軍服(착군복) 佩筒盖(패통개)는 宣傳官(선전관)의 맵시로다 先廂(선상)에 訓練大將(훈련대장) 中央(중앙)에 禁軍別將(금군별장) 後廂(후상)에 御營大將(어영대장) 總管使(총관사) 別軍職(별군직)과 左右捕將(좌우포장) 느러섯다 衛內禁軍(위내금군) 七百名(칠백명) 傳令司謁(전령사알) 別監(별감)이며 武藝差知(무예차지) 統長(통장)이라. 駕前駕後(가전가후) 別隊馬兵(별대마병) 左右政院(좌우정원) 使令(사령) 八十名(팔십명) 羅將(나장)이며 近將軍士(근장군사) 對立(대립)하고 御前

牢子(어전뇌자) 버러섯다 侍衛(시위)를 整制(정제)한 後(후) 司謁(사알)이 高

〈121〉

聲(고성)하야 「試官(시관)은 前進前進(전진전진)」 試官(시관)이 叩伏(고복)한 後(후) 代讀官(대독관)이 바다들고 懸題板科(현제판과)에 걸어 노니 科題(과제)에 하얏스되
「春塘春色古今同(춘당춘색고금동)」
△두려시 걸럿거늘 多士(다사) 齊齊(제제) 文客(문객)들은 글題(제)가 까다라와 名義(명의)를 未定(미정)하야 相顧冥冥(상고막막) 안젓구나 이째에 李夢龍(리몽룡)은 龍硯(용연)에 먹을 갈아 胡黃毛(호황모) 無心筆(무심필)로 一筆而揮之(일필이휘지)하니 文不加點(문불가점) 書不可畵(서불가획) 太白義之(태백의지) 顔色(안색) 업다 一天(일천)에 先張(선장)하니 上試官(상시관) 바다보매 筆法(필법)도 楷正(해정)한데 文體(문체)도 老鍊(노련)하다 글字(자)마다 飛點(비점)이오 句句(구구)마다 貫珠(관주)로다 正上上(정상상)의 等(등)을 매저 麾壯(휘장)하야 내쓰리니 壯元及第(장원급제) 하엿고나 上前圻封(상전학봉)한 연후에 封內(봉내)를 代讀(대독)하니
幼學(유학) 臣(신) 李夢龍(리몽룡) 年(년) 十九(십구) 本(본) 延安(연안) 居京(거경)
父(부) 通政大夫(통정대부) 承政院(승정원) 同副承旨(동부승지) 參贊官(참찬관) 守撰官(수찬관) 李俊相(리준상)
이라 하얏더라.
△政院使令(정원사령)이 나온다 政院使令(정원사령)이 나온다 靑綴翼(청철익) 압헤 치고 一尺三寸(일척삼촌) 긴 소매를

〈122〉

豪氣(호기)잇게 활개치며 壯元峰(장원봉) 蓮(련)못 가네 보기 조케 나서면서

(使) 李俊相(리준상) 子弟(자제) 李夢龍(리몽룡) 李俊相(리준상) 子弟(자제) 李夢龍(리몽룡)

△場中(장중)이 뒤집힐 듯 春塘台(춘당대)가 쩌나갈 듯 냅다 쏨아 부르는데 李道令(리도령) 擧動(거동) 보아라 仙風道骨(선풍도골) 李夢龍(리몽룡)은 洗手(세수) 얼넌 다시 하고 道袍(도포)를 곳처 입고 선거름 썩 나서니 政院使令(정원사령) 扶腋(부액)하야 新來(신래) 進退(진퇴)한 연후에 御前(어전)에 俯伏(부복)하니 特(특)히 賜酒(사주)하옵시고 副修撰(부수찬)을 除授한다 新及第(신급제) 退場(퇴장)하야 弘化門(홍화문) 박 나올 적에 머리에는 御賜花(어사화)요 몸에는 靑衫(청삼)이라 銀牌靑蓋(은패청개) 前道(전도)하고 錦衣花童(금의화동)들은 双双(쌍쌍)히 느러서서 玉笛(옥저)를 戲弄(희롱)하고 가진 風樂(풍악) 길念佛(염불) 억개춤이 절로 난다 數萬名(수만명) 선비들이 서로 보기 다토아서 잡바지며 업허지며 稱讚聲(칭찬성) 羨望聲(선망성)에 天地(천지)가 振動(진동)한다 李壯元(리장원) 마음에는 翰林待敎(한림대교) 못 지내고 除授玉堂(제수옥당) 섭섭하나 天恩(천은)이 이러하니 拒逆(거역)을 엇지하랴 玉堂(옥당)에 番(번)을 들어 召對(소대)를 치른 뒤에 直所(직소)에 안잣더니 司謁(사알)이 傳令(전령)키를

「下番(하번) 玉堂(옥당) 入侍(입시)하랍시오」

△李修撰(리수찬) 밧비 거러 引見肅拜(인견숙배) 드리옵고 階下(게하)에 伏地(복지)하니 聖敎(성교) 가라사대

〈123〉

「네 學問(학문) 高尚(고상)하고 네 才操(재조) 非凡(비범)하야 國家 重用(국가중용)할 터이니 內職(내직)이나 外職(외직)이나 벼살 所願(소원) 말하여라」

李修撰(리수찬) 下敎(하교) 듯고 叩頭謝恩(고두사은) 하온 後(후)에 「小臣(소신)이 年弱才微(연약재미) 天恩(천은)이 罔極(망극)하와 少年及第(소년급제) 하얏스나 감당 못할 놉흔 벼슬 엇지 써 바라리까 九重宮闕(구중궁궐) 雲深(운심)하고 四海八方(사해팔방) 寞寞(막막)하와 王化不及(왕화불급) 百姓疾苦(백성질고) 貪官汚吏(탐관오리) 잇사오면 聖代(성대)의 수치옵고 受財曲法(수재곡법) 憑公營私(빙공영사) 鰥寡孤獨(환과고독) 冤獄恨囚(원옥한수) 一一(일일)히 査實(사실)하와 굽은 者(자)는 고치옵고 억울한 者(자) 펴주오면 聖上(성상)의 德化(덕화)오며 民間利生(민간리생) 無極(무극)이라 御史(어사) 除授(제수)하옵시면 一一(일일)히 査實(사실)하와 榻下伏奏(탑하복주)하오리다. 聖上(성상) 들으시고

△奇特(기득)하고 壯(장)하도다 놉흔 벼슬 다 바리고 暗行御史(암행어사) 求(구)하는 뜻 輔國赤忠(보국적충) 이 아니냐 네 생긴 모양 보고 네 지은 글을 보니 社稷(사직)에 多幸(다행)이오 百姓(백성)의 福(복)이로다 九重(구중)이 깁고 깁허 蒼生消息(창생소식) 漠然(막연)하니 네 所願(소원) 네 請(청)대로 暗行御使(암행어사) 特差(특차)한다. 네 見識(견식) 네 博學(박학)에 所望地(소망지)가 잇스리니 湖南(호남)이냐 西北(서북)이냐 마음대로 아뢰여라

〈124〉

(夢) △小臣(소신) 듯자오니 貪官汚吏(탐관오리) 受財曲法(수재곡법)

湖南(호남)이 甚(심)타오니 湖南御使(호남어사) 주옵시면 聖恩報答(성은보답)하오리다.

　△壯(장)하도다 네 말이여 湖南御史(호남어사) 特差(특차)하니 百姓安苦(백성안고) 잘 살피고 受領牧伯(수령목백) 治不治(치불치)와 孝子烈女(효자열녀) 누구누구 遺漏(유루)업시 狀答(장답)한 後(후) 操心(조심)히 다녀오라

△馬牌鍮尺(마패유척) 卜賜(하사)커늘 翰林(한림)이 惶恐(황공)하야 叩頭謝恩(고두사은) 하온 後(후)에 下直肅拜(하직숙배) 退闕(퇴궐)하야 君命奉承(군명봉승) 써날 적에 繡衣鍮天(수의유천) 三馬牌(삼마패)를 고두리쎠에 단단히 차고 軍官牌將(군관비장) 書吏伴當(서리반당) 그럴듯이 擇出(택출)하야 變服(변복) 식혀 先送(선송)하고 三房下人(삼방하인) 귓속하야 남모르게 장을 두고

<h3 style="text-align:center">〈125〉</h3>

御使道(어사도) 破笠廢袍(파립폐의) 되는 대로 걸쳐 입고 七分(칠푼)짜리 목통대에 변죽 업는 부채 들고 暗行御史至密職(암행어사지밀직)은 兩親下直(양친하직) 못 드리고 말 못하는 祠堂(사당)께만 얼넌 下直(하직) 하신 後(후)에 南大門(남대문) 박 썩 내다라 靑坡驛馬(청파역마) 잡아타고 七牌八牌(칠패팔패) 배다리 지나 애고개 넘엇고나. 銅雀江(동작강) 얼핏 건너 南太嶺(남태령) 넘어서서 果川(과천) 들너 中火(중화)하고 밧막 驛馬(역마) 갈아타고 冷泉(냉천) 고개 仁德院(인덕원) 갈미 술막 軍浦(군포)내 肆覲(사근)내 遲遲台(지지대) 넘어 彌勒堂(미륵당) 槐邱亭(괴구정) 지내 迎華驛馬(영화역마) 가라타고 水原(수원) 北門(북문) 드리다라 南門(남문) 밧게 宿所(숙소)하고 上下柳川(상하류천) 새 술막과 大幸橋(대행교) 비켜 노코 쎡전거리 지내여서 진개울 넘어 오뫼津(진) 지나 振威(진위) 들너 中火(중화)하고 히외院(원) 넘어 漆谷(칠

원) 지나 可養驛馬(가양역마) 갈아타고 素砂酒幕(소사주막) 宿所(숙소)
하고 平原曠野(평원광야) 얼는 지나 成歡驛馬(성환역마) 갈아타고 天安
(천안) 들어 中火(중화)하고 三巨里(삼거리)를 지나 서서 굴모롱 다다
라 太平(태평)을 지내여 팽나무亭(정)에 中火(중화)하고 仁智院(인지
원) 잠싼 넘어 廣政驛馬(광정역마) 갈아타고 魯城邑內(노성읍내) 얼핏
지나 平昌驛馬(평창역마) 가라타고 恩津邑(은진읍) 지내여서 黃鶴亭(황
학정) 宿所(숙소)하고 잇튼날 平明(평명) 後(후)에 타신 驛馬(역마) 除
幣(제폐)하고 三陪道(삼배도) 變服(변복)하고 驛吏(역리) 驛卒(역졸)
몰래 불러 隱密(은밀)히 團束(단속)하야 各其(각기) 分發(분발)시키는데

〈126〉

(御) 너는 예서 내다라서 礪山(려산) 益山(익산) 金溝(금구) 泰仁(태
인) 井邑(정읍) 古阜(고부) 興德(흥덕) 高敞(고창) 茂長(무장) 長城(장
성) 光州(광주) 南平(남평) 綾州(능주) 和順(화순) 同福(동복) 昌平(창
평) 玉果(옥과)로 돌아 今月(금월) 十五日(십오일) 子時(자시)에 南原
(남원) 廣寒樓(광한루)로 待令(대령)하라
(驛) 예-이
(御) 쏘는 예서 내다라 臨陂(림파) 沃溝(옥구) 金堤(금제) 萬頃(만경)
咸悅(함열) 扶安(부안) 靈光(령광) 咸平(함평) 務安(무안) 羅州(나주)
靈岩(령암) 海南(해남) 長興(장흥) 寶城(보성) 興陽(흥양) 樂安(낙안)
順天(순천) 光陽(광양) 左水營(좌수영) 求禮(구례) 들러 谷城(곡성) 다
녀 今月(금월) 十五日(십오일) 子時(자시)에 廣寒樓(광한루)로 待令(대
령)하라
(驛) 예-이
(御) 나는 예서 全州(전주) 任實(임실) 茂州(무주) 龍潭(룡담) 錦山(금
산) 鎭安(진안) 長水(장수) 淳昌(순창) 潭陽(담양) 雲峰(운봉)을 돌아

서 南原(남원) 四十八面(사십팔면) 昭昭(소소)히 廉探(염탐)하고 府中
(부중)에 留(류)할 것이니 너이들은 急急(급급)히 다녀오되 百聞(백문)
이 不如一見(불어일견)이라 남의 風聞(풍문) 밋지 말고 貪官虐民(탐관
학민) 不法之事(불법치사)와 不忠不孝(불충불효)하는 놈 남을 陰害(음
해)하는 놈 술먹고 愚惡(우악)하야 老人尊長(노인존장) 모르는 놈 殺人
(살인)하고 掩置(음치)한 놈 國穀偸食(국곡투식)하는 놈 有夫女(유부
녀) 通奸(간통)하는 놈 남의 墳墓(분묘) 私堀(사굴)한 놈

<h3 style="text-align:center">〈127〉</h3>

　어진 안해 謀陷(모함)하고 家長(가장) 두고 서방 하고 제것 두고 비러
먹고 酒色雜技(주객잡기) 판난 놈 남의 집에 衝火(충화)한 놈 낫낫치 査
實(사실)하여 今月(금월) 十五日(십오일) 子時(자시)에 廣寒樓(광한
루)로 ――(일일)히 等待(등대)하라
(驛) 예-이
△이러케 分付(분부)하야 各處(각처)로 보낸 後(후)에 御使道(어사도)
內心(내심)에는 南原(남원)길이 急急(급급)하고 春香(춘향) 생각 切切
(절절)하나 奉命使臣(봉명사신) 몸이 되야 私事先行(사사선행) 할수업
서 全州(전주) 任實(임실) 茂朱(무주) 龍潭(룡담) 차례로 査察(사찰)할
새 家家戶戶(가가호호) 面面村村(면면촌촌) 洞里(동리)마다 廉探(렴
탐)하고 南原路(남원노)로 들어섯다. 예 보든 南原(남원)에 感懷(감회)
더욱 깁헛는데 路邊(노변)에 시내이요 시냇가에 怪石(괴석)일다 有溪無
石溪還俗(유게무석게환속)이요 有石無溪石不奇(유석무게석불긔)라 此
地有溪兼有石(차지유게겸유석)하니 天地造化無常奇(천지조화무상긔)라
시내 짜라 내려가니 어듸선가 나는 소래 古刹梵鍾聲(고찰범종성)이로다
날은 이미 夕陽(석양)이니 一夜奇宿(일야긔숙) 안조흐랴 御使道(어사
도) 路邊風景(노변풍경)을 翫賞(완상)하며 梵鐘(범종)소리를 짜라서 차

저가니 이 절은 萬福寺(만복사)라 前者(전자) 春香母(춘향모)가 子息
(자식)을 보랴고 두루두루 功(공) 드릴 제 논섬직이를 사서 그 절에 施
主(시주)히고 至誠(지성)을 들이자 春香(춘향)을 나핫는데 春香(춘향)
이 重杖(중장) 맛고 거이거이 죽게

〈128〉

되엿다고 老少諸僧(노소제승)이 法堂(법당)을 掃灑(소쇄)하고 佛供祝
願(불공축원)을 하것다.
△엇던 중은 編髮(편발) 쓰고 엇던 중은 絡冠(낙관) 쓰고 엇던 중은 袈
裟(가사) 메고 엇던 중은 바랑 들고 엇던 중은 죽비 들고 엇던 중은 木鐸
(목탁) 들고 엇던 중은 鉦釗(증쇠) 들고 조고마한 上座(상좌) 중놈 象毛
(상모) 다른 북채를 兩(량) 손에 갈라쥐고 法鼓(법고) 두리둥둥 廣釗
(광쇠)는 쌍쌍 木鐸(목탁)은 쏘드락 쏘드락 죽비는 차르르르 증쇠는 쌍
쌍쌍 바라는 치르릉
「南無阿彌陀佛(남무아미타불) 南無西方淨土極樂世界(남무서방쟁토극
낙세게) 二十六萬億(이십륙만억) 九千九百(구천구백) 同名同號(동명동
호) 大慈大悲(대자대비) 南無阿彌陀佛(남무아미타불) 釋迦如來彌勒佛
(석가여래미륵불) 觀世音菩薩(관세음보살) 地藏菩薩(지장보살) 五百羅
漢(오백나한) 八府神將(팔부신장) 至誠發願(지성발원) 海東朝鮮(해동
조선) 全羅左道(전라좌도) 南原府(남원부) 鳳竹面(봉죽면) 降仙洞居
(강선동거) 壬子生(임자생) 成春香(성춘향)은 身厄(신액)이 不吉(불
길)하야 獄中(옥중)에 갓치여 모진 刑罰(형벌)에 殘命(잔명)이 죽게 되
엿사오니 京城(경성) 三淸洞居(삼천동거) 李夢龍(리몽룡)으로 全羅監
使(전라감사)나 暗行御史(암행어사) 點指(점지)하야 주시기를 所願成
就(소원성취)」
△八幅長衫(팔폭장삼) 너른 소매 長短(장단) 마처 너울너울 法鼓(법고)

치는 소래 上座(상좌)는 狂風(광풍)에 나뷔처럼 이리로 뒤적 져리로 뒤
적 흐늘거려 북치데 御使道(어사도) 이 祝願(축원)을 들으니 情神(정
신)이 앗득 눈압히 캄캄 나의 사랑 春香(춘향) 身上(신상) 厄禍(액화)
씐 것 分明(분명)하다 老少僧(노소승)의 祝願(축원)대로 이

〈129〉

내 몸 繡衣使道(수의사도) 湖南路(호남노) 나리것만 寤寐不忘(오매불
망) 春香(춘향)이가 獄囚(옥수)가 웬말이며 刑罰(형벌)이 웬말이냐 祝
願(축원) 지금 하는 것은 죽잔은 것 分明(분명)하나 大厄(대액)이 나렷
구나.

　御使道(어사도) 情神(정신)을 수습하고 老僧(노승)을 불너서 물어보
니 事緣(사연) 짐작하겟더라 이 놈을 담박에 三門出道(삼문출도)하야
封庫(봉고)를 하리라 마음 잔득 벼르고서 萬福寺(만복사) 一泊(일박)하
야 平明(평명)에 다시 써나더라.
△大路(대로)에 썩 나서니 가슴만 답답하야 遲滯(지체)업시 나려올 쎄
이째는 어느 째냐 四五月(사오월) 移種時(이종시)라 늙은 農夫(농부)
젊은 農夫(농부) 移種(이종)에 奔走(분주)할새 農夫歌(농부가)가 나오
누나.
　△四海蒼生(사해창생) 農夫(농부)들아 一生辛苦(일생신고) 원망마라
士農工商(사롱공상) 생긴 뒤 貴重(귀중)할손 農事(농사)로다 얼널널 상
사듸여
萬民之(만민지)행색이요 天下之大本(천하지대본)이라 教民火食(교민화
식)하온 후에 農事(농사)밧게 쏘 잇는가 얼널러 상사듸야
神農氏(신농씨) 갈은 밧헤 后稷(후직)이 뿌린 種子(종자) 歷山(력산)에
갈은 밧은 舜(순)임군의 遺風(유풍) 얼널널 상사듸여

⟨130⟩

敎民八條(교민팔조) 펴실 적에 井田之法(정전지법) 지엇스니
繼延傳播數千年(게연전파수천년)에 林林葱葱(림림총총) 조흘시구
얼널널 상사듸여
綠陽芳草(녹양방초) 저믄 날에 夕陽薰風(석양훈풍) 건들 불 째 호미 메
고 入江口(입강구)는 이 쏘한 樂(낙)이로다
얼널널 상사듸여
日落西山(일낙서산) 黃昏時(황혼시)에 달을 씌고 것는 거름 洞口(동구)
로 도라오니 柴門(시문)에 개 짓는다.
얼널널널 상사듸여
늙은 農夫(농부) 하나이 썩 나서며
(農) 이애 우리 時俗事(시속사)로 노래를 부르자
(衆) 조흔 말이요
  △우리 고을 卞府使(변부사) 人物(인물)도 잘 나시고 마음도 조으시
다 어리석은 成春香(성춘향)이 府使(부사) 守廳(수청) 웨 안드나
얼널널 상사듸여

⟨131⟩

맘도 곱고 人物(인물) 고은 우리 고을 卞使道(변사도) 慾心術愚(욕심심
술) 凶惡心(우악심) 不足(부족) 업는 人物(인물)일세
얼널널 상사듸여
守節(수절)하는 春香(춘향) 잡아 얼려보고 嚴杖(엄장)하고 着枷下獄(착
가하옥) 하엿지만 春香一心(춘향일심) 變(변)할소냐
얼널널 상사듸어
서울 자식 싹정이 舊官道令(구관도령) 李夢龍(리몽룡)이 天(천)살 地

(지)살 다 마즐 놈 마른 벼락 卽死(즉사)할 놈
얼널널 상사듸어
그놈 간 지 于今(우금) 三載(삼재) 一字(일자) 消息(소식) 업다하니 兩
班(양반) 색기 쇠쏘치라 兩班(양반) 게집 어덧스리
얼널널 상사듸어
그놈 바래 守節(수절)하는 春香(춘향) 事情(사정) 가엽서라 來日(내일)
모레 使道(사도) 生辰(생신) 잔체 뒤에 죽인다지
얼널널 상사듸어
春香(춘향) 아차 죽는 날엔 四十八面(사십팔면) 農夫(농부) 머슴 千名
이냐 萬名(천명)이냐 견데나지 못하리라
얼널널 상사듸어
△모를 한참 심으고서 박게 나와 술먹을 제 어쩌한 農夫(농부)는 호미
메고 삿갓 쓰고 도

<h2 style="text-align:center">〈132〉</h2>

롱이 엽헤 씨고 질火爐(화로) 겟불 피어 개가죽 쌈지 가로담배 툭툭 털
어 왼 손바닥에 움켜 쥐고 가래춤 탁탁 배터 가루담배 담쑥 담어 겟불
속에 푹 쏘자서 풀무가치 쌕쌕 쌔니
御使道(어사도) 총총한이 나 農夫(농부)들이 春香(춘향)이를 두고 노래
하는 것을 보고 한마듸 부치어 볼 作定(작정)으로
(御) 여보소 農夫(농부)네야 검은 소로 밧흘 가니 컴컴하지 안흐오
  젊은 農夫(농부) 하나이 나스며
「그러기에 밝으라고 볏 달앗지」
(御)「볏 달앗스면 더우려니」
「덥기에 성애장 부첫지」
(御)「성애장 부첫스니 응당 차리」

「차기에 쇠게 양지머리가 잇지」

이러케 수작할 째 늙은 農夫(농부) 하나이 썩 나서며

〈133〉

「別(별) 슨거운 子息(자식) 다 보겟네 이야 너도 저런 놈과 結連(결련) 마라 오늘밤 잘 데가 업는 쏠일다 저런 놈 묵엇다는 호미 하나라도 일너니라」

(御) 여보소 늙은이 여기도 南原(남원) 쌍이지

(老) 그래 南原(남원) 쌍이면 엇더탄 말인가

(御) 南原(남원)이 本是(본시) 쌍이 조치 못하야 변변한 人物(인물)이 못 나너니

(老) 무엇이 변변치 안탄 말이야

(御) 사람이 나면 모든 痴人(치인)만 나나니 行人(행인) 붓들고 嘲弄(조롱)하는 農軍(농군)놈

(老) 쏘

(御) 農事(농사) 안 짓고 낫잠 자는 놈

(老) 쏘

(御) 젊은 書房(서방) 두고 官命拒逆(관명거역)하는 년

(老) 이놈의 간내색기 무엇이라

와닥닥 달려들더니 御使道(어사도)의 쌤을 한 대 싹

〈134〉

(老) 이애들아 거기 구녕 하나 파라 이짜윗 색기는 쌍에 무더 버리자 내 辱(욕)은 어쑬치 안치만 貞烈(정렬)한 春香(춘향)에게 生誣陷(생모함)하는 이런 자식은 업시해 버려야느니

御使道(어사도) 눈알이 쏘다진 듯 콧자루가 날아간 듯 정신이 앗득하지만 內心(내심)은 깃브다

(御) 여보 살려주오 철업는 少年(소년)이 모르고 그런 말을 햇스니 한번만 容(용)서하여 주오

△百拜謝罪(백배사죄)하고 그 자리 避(피)해 나와 다시 길을 再促(재촉)할 제 저 건너 빗탈길로 總角(총각) 하나이 올라온다 草綠(초록) 대님 발 감개 六升麻布(륙승미포) 윈골 肩帒(견대) 허리에 질큰 매고 설넝설넝 올라오며 身勢自歎(신세자탄) 노래한다.

(兒) 어이 가리 어이 가리 漢陽千里(한양천리) 어이 가리 갈 길은 멀고 먼데 漢陽城(한양성) 어듸메냐 엇던 사람 八字(팔자) 조화 一代榮華(일대영화) 富貴(부귀)하고 이놈 八字(팔자) 어이하야 이다지도 困窮(곤궁)하야 길품 팔려 나섯느냐 내 身勢(신세)는 八字(팔자)이나 春香(춘향) 신세 가엽서라 毒(독)하도다 新官使道(신관사도) 모지도다 南原府使(남원부사) 烈女春香(열녀춘향) 몰라보고 威力(위력)겁탈하려 한들 松竹(송죽) 가튼 구든 節行(절개) 一毫(일호)인들 굽힐건가

〈135〉

御使道(어사도) 그 소리를 드르니 두 눈이 아득하고 肝腸(간장)이 녹아오는데 次次(차차) 각가히 온 것을 보니 以前(이전) 房子(방자) 용쇠일시 分明(분명)하다

(御) 아나 이애

御使道(어사도)는 房子(방자)를 알아보앗스나 一過三載(일과삼재)에 少年成人(소년성인)한 御使道(어사도)를 房子(방자)는 몰라보앗다 破衣廢笠(파의폐립)에 기름 째가 흐르는 年少行客(소년행객)이 부르니 이 房子(방자) 뱃장이 쎗쎗한 놈이라.

(房) 아니 이애라니 보아하니 아직 샛파란 젊은 兩班(양반)이 나 만흔

總角(총각) 으런에게 아나 이애
(御) 내가 失手(실수)했다 너 어듸 가느냐

〈136〉

(房) 서울 가오
(御) 서울은 뉘 집에 가니
(房) 舊官使道宅(구관사도댁)에 가오
(御) 무슨 일로 가니
(房) 그 兩班(양반) 몹시 캐잔다 道令任(도령임)께 便紙(편지) 가지고
가오
△내개 편지 分明(분명)하니 春香(춘향) 事情(사정)일 것일다 獄中(옥
중) 春香(춘향) 手簡(수간)이니 重件(중건)일시 分明(분명)하다
(御) 이애 그 편지 나 좀 보자.
(房) 미친 兩班(양반)이로군 남의 閨中便紙(규중편지) 事緣(사연)이 엇
던 것인 줄 알고 任意(임의)로 보잔 말이오
(御) 네 말도 그럴 듯 하다마는 無識(무식)한 말이로다 옛글에 일럿스되
行人臨發又開封(행인림발우개봉)이라 하얏스니 보면 關係(관게) 잇느
냐 쏘한 舊官使道(구관사도) 道令(도령) 李夢龍(리몽룡)은 나와 莫逆之
間(막연지관)이라 親舊(친구)의 急(급)한 便紙(편지) 내 마음도 不便
(불편)코나 그러지 말고 좀 보자.
(房) 참말이요

〈137〉

(御) 웨 거짓말을 하겟느냐
(房) 허허 속는 줄 알고 보오

△편지를 주니 御使道(어사도) 편지 皮封(피봉) 얼는 쩨고 보니 春香(춘향) 글시 분명코나 便紙(편지)도 便紙(편지)려나 紙面(지면)에 淚痕(누흔)이요 平沙(평사)에 落鴈(낙안)처럼 피痕跡(흔적) 쑥쑥쑥쑥 여기저기 직혀 잇다. 御使道(어사도) 便紙(편지) 보고 짱에 업더 痛哭(통곡)한다

아이도 春香(춘향)아 얼마나 아프냐 今明間(금명간) 조흔 消息(소식) 잇스리니 한두 밤만 참어라.

이째에 房子(방자) 놈은 便紙(편지)를 드리고 御使道(어사도)가 너머도 悲痛(비통)하여 하는 것을 보고

<h3 style="text-align:center">〈138〉</h3>

異常(이상)이 생각하고 仔細(자서)히 보니
△破衣(파의)는 입엇스나 廢笠(폐립)은 쓰섯스나 仙風(선풍)에 道骨(도골)이오 人間(인간)의 鳳龍(봉룡)이라 道令(도령)님이 분명하다 와락 달려들어
(房) 道令任(도령임)이 아니오니까
(御) 오 房子(방자)드냐 그間(간) 無故(무고)하냐
(房) 道令(도령)님 이 일을 어찌하리까.

御使道(어사도) 너머도 분하여 前後事(전후사)를 잇고 이를 갈며 無心(무심)히
(御) 이놈을 單番(단번)에 三門出道(삼문출도)를 해서 封庫(봉고)를 하리라
△눈치쌔른 房子(방자)놈 數十年(수십년) 官(관)물 먹고 잔쎠가 굵어진 놈 눈치 벌서 채엇겟다
(房) 어화 조흘시고 옛날의 道令任(도령임)이 御使(어사) 될 줄 웬일이냐 御使(어사)가 될지라도 湖南御使(호남어사) 원일이냐 湖南(호남)에

올지라도 春香(춘향)이 困厄時(곤액시)에 홀연 御使(어사) 원일이냐 小人(소인)쩨 命(명)하시면 保護驛卒(보호역졸) 되엿다가 南原三門(남원삼문) 出道時(출도시)에 木槌(목추) 하나 엽헤 썻다 卞使道(변사도) 대갱이를 두 조각에 부시리

〈139〉

(御) 이놈아 누가 御使(어사)가 되엿단 말이냐 되면은 그리하겟단 말이다.
(房) 허허 이런대도 아옵고 저런대도 아옵니다 小人(소인)을 속이지 마옵소서 長安甲富(장안갑부) 使道(사도)쩨서 御使奉命(어사봉명) 아니고야 廢笠破衣(폐립파의) 왼일이니까 兩班(양반)집 道令(도령)으로 獨行(독행)이 웬일임니까 이지음 邑內(읍내)에 페랑이 쓴 낫선 놈들 기웃기웃하더니 使道(사도) 驛卒(역졸) 분명코나 春香(춘향)인 살아낫다 春香(춘향)이 살아낫서
　조화라고 춤을 추는데 使道(사도) 생각하니 속절업는 發覺(발각)이라 할일업시 一計(일게)를 내여 書簡(서간) 한 장을 써서 房子(방자)에게 주시며
(御) 이 書簡(서간)을 雲峯官家(운봉관가)에 드리면 주시는 것이 잇슬테니 잘 가지고 明日(명일) 午時(오시)에 이곳으로 待令(대령)하라 나는 여기서 기라리리라
(房) 예-이
△房子(방자) 書簡(서간) 밧고 雲峯(운봉) 急行(급행)하여 官家(관가)에 올리니 雲峯(운봉)이 書簡(서간) 밧고 羅卒(라졸)을 불러드려
(雲) 이놈을 다시 令(령)이 잇기까지 獄(옥)에 잘 가두되 먹이기는 잘 먹이고 獄中(중중)에

〈140〉

서는 마음대로 하라 하여라

(羅) 예-이-

　房子(방자)는 영문도 모르고 獄(옥)에 덜컥 가치엇다

△御使道(어사도)는 房子(방자)를 보내시고 急(급)한 마음 惱煩(번뢰)하야 기름을 쌜리 히야 南原邑下(남원읍하) 堂到(당도)하니 여기저기 웃줄웃줄 장쪽갓치 서잇는 것 舊官使道(구관사도) 善政碑(선정비)라 心懷(심회) 더욱 悲感(비감)하며 邑(읍)에를 들어가니 靑山(청산)도 예 보든 山(산) 綠水(녹수)도 예 보든 물 靑樹秦京(청수진경) 너른 들이 예 다니든 길들이요 蛟龍山城(교룡산성) 처다보니 仙隱寺(선은사)도 無事(무사)하고 廣寒樓(광한루) 烏鵲橋(오작교)도 예 보든 態度(태도)로다 山水(산수)는 如前(여전)하나 人事(인사)는 無常(무상)이라 獄中(옥중)의 春香(춘향)이는 살앗느냐 죽엇느냐 나 오는 줄 알량이면 춤으로 迎接(영접)하고 우슴으로 人事(인사)하야 반겨서 마즈련만 獄中(옥중)에 囚人(수인)되야 얼마나 고달프랴 廣寒樓(광한루) 올나서서 春香(춘향)집 멀리 보니 行廊(행낭)은 쓰러지고 몸채는 기우러서 主人(주인) 업는 廢屋(폐옥)일다 나 쩌난지 不過(불과) 三年(삼년) 이러틋 變(변)햇느냐.

　御使道(어사도) 천천히 緩步(왕보)하야 春香(춘향)집으로 가는데 이째 獄中(옥중)의 春香(춘향)이는 困(곤)한 몸 잠싼

〈141〉

　잠들엇다가 한 奇異(기이)한 꿈을 어덧스니

△獄窓前(옥창전) 櫻桃花(앵도화)는 어즈러히 쩌러지고 丹粧(단장)하든 큰 거울이 한복판 째여지고 門(문) 우에 허수아비 넌즛이 달려 뵈고

獄(옥)담 우에 가마귀 짜욱짜욱 울어뵈니 凶夢(흉몽)인지 吉夢(길몽)인지 마음이 散亂(산란)하여 슬피 안자 생각터니 西門(서문) 밧 許(허)봉사가 城中(성중)에 讀經(독경) 왓다

「문수여-」

외는 소리 春香(춘향)이 생각하니 夢事(몽사)가 奇異(기이)하야 예사 꿈이 아닐러라 獄司丁(옥사정)에 事情(사정)하야 許(허)봉사를 청해 들여 解夢(해몽)을 간청하니 許(허)봉사 夢事(몽사) 듯고 눈 한참 섬벅이다가 銀(은)마구리 玳瑁筭筩(대모산통) 눈 우에 놉히 들고 祝辭(축사)를 이르는데

「天何言哉(천하언재)시며 地何言哉(지하언재)시리오마는 告之則應(고지즉응)하나니 感而順通(감이순통)하소서 夫大人者(부대인자)는 與天地合其德(여천지합긔덕)하며 與日月合其明(여일월합기명)하며 與四時合其序(여사시합기서)하며 與鬼神合其徵(여귀신합기징)하나니 太歲乙丑(태세을축) 五月(오월) 甲子朔(갑자삭) 二十日(이십일) 甲寅(갑인) 午時(오시) 海東朝鮮(해동조선) 全羅左道(전라좌도) 南原府(남원부) 鳳竹面(봉죽면) 降仙洞居(강선동거) 壬子生(임자생) 成春香(성춘향) 獄中(옥중)에 갓치여 數月(수월) 辛苦(신고)하오니 어느날 노히며 京城(경성) 三淸洞(삼청동) 李夢龍(리몽룡)을 어느날 만나며 死生吉凶(사생길흉)이 엇더하올넌지 伏乞(복걸) 諸先生(제선생)은 勿

〈142〉

祕昭示(물비소시)

占卦詳準(점괘상준)하더니 許(허)봉사 빙긋이 우스며

(許) 이애 한턱 해야겟다 이 占卦(점괘) 어듸 잇나 官鬼(관귀)가 空(공)을 마젓스니 官鬼空亡(관귀공망)은 訟事停(송사정)이라 今明日間(금명일간)으로 白放(백방)될 것이오 京城(경성) 李書房(리서방)은 靑龍官鬼

驛馬(청룡관귀역마)에 正祿(정녹)을 씌엇스니 大端(대단)히 무서운 벼
실이로군 虎出仁旺山(호출인왕산)하야 夜渡漢江水(야도한강수)니 지금
나려오는 擧動(거동)이로구나 三刑殺(삼형살)이 씌엇스니 列邑守令(렬
읍수령) 官屬(관속)들을 刑推罷職(형추파직) - 예쿠 暗行繡衣(암행수
의) 分明(분명)코나 쏘 夢事(몽사)로 보자면은 花落(낙화)하니 能成實
(능성실)이오 鏡破(경파)하니 豈無聲(긔무성)가 問上(문상)에 懸偶人
(현우인)하니 萬人(만인)이 皆仰

〈143〉

視(개앙시)라 獄(옥)담에 가마귀 가옥가옥하니 가옥 佳屋(가옥)이라 이
런 慶事(경사) 어듸잇나 明日(명일)밤 五更時(오경시)에 貴人(귀인)을
만날테고 貴人(귀인)을 만나며는 깃븐 일 無數(무수)하고 오늘 日辰(일
진)이 甲寅(갑인)이라 丙辰日(병진일) 酉時(유시)에는 가마 탈 일 생기
겟네 내 平生(평생) 六十年(륙십년)에 이런 吉占(길점) 처음 봣네 이애
春香(춘향)아 내 占(점)은 神占(신점)이라 아예 헛되히 알지 말고 一兩
日(일량일)만 더 기다려라
(春) 쑴갓흔 말슴이오다마는 丁寧(정녕)히 그럴진대 수고를 갑소리다
(許) 여보소 近來(근래) 名色(명색) 업는 감투 만흐니 占卦(점괘)가 맛
거든 나를 감투 하나 사주소
△作別(작별)하고 돌아가니 거짓일까 정말일까 밋자하니 못 밋겟고 안
밋자니 怪異(괴이)하다 혼자 自嘆(자탄)하는 말이
(春) 道令任(도령임) 道令任(도령임) 御使(어사) 監使(감사) 못 되나마
죽기 전에 다시 한번 이몸 뵙시이다.
△구슬픈 春香(춘향) 소리 鬼神(귀신)인들 아니 울며 樹木(수목)인들
아니 울리

第七章

△御使道(어사도) 緩步(완보)하야 春香(춘향)집 當到(당도)하니 예 보든 碧梧桐(벽오동)은 樹林(수림) 속에 홀로 섯고 灰(회)

〈144〉

바른 압뒷 담은 여기저기 문허지고 荒垈(황게)에 거친 풀은 사람 자최 희미하다 柴扉(시비) 압헤 자든 개는 옛 사람 몰나보고 컹컹 짓고 내닷는데 窓外(창외)에 옛 節介(절개)는 綠竹靑松(녹죽청송) 뿐이로다 이윽고 날 저므니 東園(동원)에 달 써오고 心懷(심회)는 疊疊(첩첩)한데 笛(저)소리 슬프도다 後園(후원)에 花垈中(화게중)에 은은한 泣咽聲(음인성)이 凄然(처연)히 들리거늘 그 소리 향도 삼아 뒤뜰로 도라가서 들쭉 冬栢(동백) 얼크러진 그새에 隱身(은신)하고 가만히 엿들으니 이째에 春香母(춘향모)가 後園(후원)에 七星壇(칠성단)을 그러히 모아노코 燈(등)불을 밝히고서 새 동이 새 素盤(소반)에 井華水(정화수) 바처노코 焚香再拜(분향재배) 비는 말이

△天地之神(천지지신) 日月星辰(일월성신) 觀音諸佛(관음제불) 五百羅漢(오백나한) 四海龍王(사해룡왕) 八府神將(팔부신장) 城王竈王前(성왕조왕전) 비나이다 漢陽居(한양거) 李夢龍(리몽룡)을 全羅監使(전라감사)나 暗行御使(암행어사)를 点指(점지)하야 주옵시면 우리 짤 春香(춘향)이가 獄中鬼(옥중귀)를 免(연)하겟사오니 天地神明(천지신명)은 感動(감동)하시와 살려지이다 △애고 내 짤 春香(춘향)아 金枝玉葉(금지옥엽) 내 子息(자식)아 내가 너를 길러낼 제 아비도 업는 것을 金(금)야 玉(옥)야 길럿드니 이 地境(지경) 웬일이냐 뉘게 가 못 태워서 世上(세상)에 罪(죄) 만흔 년 내게 와 태여나서 너 죽고 나 죽느냐 애고 내 子息(자식)아 애고 내 짤아

〈145〉

△御使道(어사도) 悲感(비감)하야 내가 奉命御使(봉명어사) 된 것 내 德(덕) 아니고서 春香母(춘향모) 德(덕)이고나 한숨 쉬고 돌아서서 가만가만 大門(대문) 나와 기침 한번 크게 하고

(御) 이리 오너라.

春香母(준향모)가 듯고

(母) 이애 上丹(상단)아 門前(문전)에 누가 왓나 보다 동마을 李(리)풍헌이 왓스면 獄(옥)에 가고 업다고 그래라 七年前(칠년전)에 돈 두 兩(량) 쑤어쓴 것 바드려 왓나 보다 西(서)녁째 崔書房(최서방)이거든 年前(년전)에 白米一斗(백미일두) 쑤어간 것 이 지음 옹색하니 달란다고 그래라

上丹(상단)이 大門(대문)까지 나와서

〈146〉

(上) 누구서요

(御) 내로다

(上) 내가 누구서요

(御) 청삽사리도 몰라보드니 너도 몰라 본단 말이냐.

上丹(상단)이가 音聲(음성)이 낫익어서 大門(대문) 방싯 열고 내다보니 衣服(의복)은 남누할망정 書房任(서방임)일씨 분명하다.

(上) 애고 이게 누구십니까

와락 달려들어 痛哭(통곡)을 하니 春香母(춘향모) 안에서 듯고 正寧(정녕)코 李(리)풍헌이 돈 채근 온 것으로 알엇다 부짓갱이를 들고 뛰어나오며

(母) 이 녀석 돈이면 돈이지 남의 子息(자식)을 짜리기는 웨 짜리느냐
使道(사도)한테는 꼼짝 못햇지만 네놈한테야 왜 마즈리
　부징갱이를 막 휘두르면서 뛰여나오는데
　上丹(상단)이 春香母(춘향모)를 붓들고

〈147〉

(上) 마님 아니오이다 서울 서방님이 오섯습니다.
(母) 서울 書房任(사방임)이란 李書房(리서방) 말인가.
　우루루 달려들어 御使(어사) 목을 쓸어안고 함부로 할쏘 물어쓰드며
(母) 애고 이게 누군가 이 녀석아 웨 인제야 왓느냐 자네 기다리기에 눈
어둡고 換腸(완장) 됏네 하늘이 感動(감동)햇나 부체님이 도음인가 하
늘에서 쩌러젓나 짱에서 소사낫나 使令(사령) 보내 豫通(예통)하지 늙
은 나를 놀래려고 벼란간에 오단 말가 驅從(구종)은 어듸 잇나 어듸서
下轎(하교)햇나 올치 올치 내 몰랏다 客舍(객사)에 座定(좌정)하고 여
기 오기 쑥스러워 黃昏(황혼)에 獨行(독행)인가 어서 어서 들어가세 요
년 上丹(상단)이 무얼하느냐 건넌 房(방)에 点火(점화)하고 어멈 불러
진지 짓고 아범 불너 官(관)에 보내 軟肉(연육) 얼넌사오래고 너는 어서
들어가서 살진 암닭 잡으려마
△얼싸 안고 들어와서 御使道(어사도) 손을 잡고 情神(정신)업시 덮뷔
는데 다 늙어 눈 어둡고 燈盞(등잔)불 침침하야 仔細(자세)히 보이니 春
香母(춘향모) 이러나서 벽장 門(문) 열트리고 燭(초)궤를 나리워서 上
房燭(상방초) 너덧 자루 輝煌(휘황)히 불 켜노니 白晝(백주)나 一般(일
반)이라 燈下(등하)에 마조 안자

〈148〉

물끄럼히 바라보니 얼골은 冠玉(관옥)이나 째국이 한겹 씨고 衣服(의복)이 남누하야 乞人(걸인)의 行色(행색)이요 궁상이 지르르 흘러 콧물만 드려 쌔니 마조 보든 春香母(춘향모) 肝膽(간담)이 서늘하고 두 눈이 캄캄하야

(母) 여보소 李書房(리서방) 자네 卽今(즉금) 무얼 히나

(御) 무얼 하긴 자네와 마조 안저 잇지 안흔가

(母) 아니 벼살이 무엇인가 말일세

(御) 여보소 말 마오 △여보 丈母(장모) 내 말 듯소 讀書千卷無聲價(독서천권무성가)라 科擧(과거)도 落第(낙재)하고 坐待靑雲未到期(좌대청운미도긔)하니 벼실길 끈허지고 人生貴賤奈數何(인생귀천내수하)오 上京以後(상경이후) 春香(춘향) 생각 눈에 절절 귀에 쟁쟁 無爲虛送歲月(무위허송세월)타가 家産(가산)조차 蕩盡(탕진)하여 이러틋 賤(천)히 되고 東西丐乞村犬吠(동서개걸촌견폐)하니 門前(문전)마다 개가 짓고 患難必思親戚救(환난필사친척구)하니 丈母(장모) 생각 오즉하리 身勢(신세)가 이리 되니 부끄럼은 뒤가 되고 故情(고정)이 압헤 서서 만날 생각 懇切(간절)하나 옷도 업고 路資(노자) 업서 三年歲月(삼면세월) 벼르다가 舍廊(사랑)마다 過客(과객)질로 이번 여기 오게 된건 情懷(정회) 至極(지극)함이로세 雪上(설상)에 加霜(가상)으로 春香身上(춘향신상) 有厄(유액)하니 내

〈149〉

신세가 웨 이다지 기박하고 싹하리오 목이 메여 말 못하고 붓그러워 볼 수 업네

　春香母(춘향모) 그 말 듯고 얼굴 샛감아케 죽드니

(母) 이애 上丹(상단)아 後園(후원)에 돌아가서 壇(단) 헐고 木偶(목우)들 모도 다 뒷간에 갓다 너허라 애고 인전 죽엇구나 별수업시 죽엇구나 우리 母女(모녀) 죽엇구나 하느님도 야속하고 부체님도 無情(무정)하다 불상하다 내 子息(자식) 萬鍾祿(만종녹)은 못 누린덜 臥席終身亦(와석종신역) 못하고 獄中(옥중) 冤鬼(원귀) 八字(팔자)드냐 이짜위 개색기를 애고 대들엇다가는 나므렴 쓰겟네 이짜위 돼지 `색길- 이짜위 쥐색기를 이짜위 벌레 샛길 大旱七年(대한칠년) 비 바라듯 七年(칠년) 治水(수지) 해 바라듯 기다리고 기다렷나.

　御使道(어사도) 민망하야 丈母(장모) 손을 붓잡고
(御) 여보 丈母(장모) 진정하소 하늘이 感動(감동)하면 죽은 者(자)도 살리려든 아직도 죽지 안은 春香(춘향) 설마 일 생기리 내 行色(행색) 초라하여 옛 風彩(풍채) 업슬망정 엇지 될 줄 丈母(장모) 아오 하늘이 문허저도 소사날 궁기 잇고 桑田(상전)이 碧海(벽해) 되도 비켜설 길 잇스니 우지 말고 鎭定(진정)하여 神佛前(신불전)에 祝願(축원)해서 救(구)해 낼 길 圖謀(도모)하세

〈150〉

(母) 보기 실타 이 盜賊(도적)놈의 색기야 丈母(장모) 소리 듯기 실타 神佛(신불)이 靈(령)하며는 御使(어사) 監使(감사) 됏슬게다 꼬락사니 자세 보니 客死(객사)나 할 身需(신수)다
(御) 무슨 사가 되든지간에 사만 되면 조치 안흔가 그적게 먹고는 아직 뱃속에 쌀이 못 드러가 보앗스니 밥이나 좀 주소
(母) 업다
　上丹(상단)이 겻헤 잇다 울면서 엿자오대
(上) 마님 鎭定(진정)하십소서 獄中(옥중) 아씨 알으시면 畢竟(필경) 自決(자결)하실터니 마님 그리 마옵소서 書房任(서방임) 탓 마시고 貴

體寶重(귀체보중)하옵시고 좀 잇다 罷漏後(파루후)에 아씨 前(전) 가사
이다.
　進旨床(진지상)을 들여다가 御使道(어사도)께 올리니 御使道(어사
도) 시장도 하신 中(중)에 더욱 밉게 보이랴고 밥상을 兩(양) 다리로 씨
고 훌훌 다 먹어버리고
(御) 여보 丈母(장모) 밥 좀 더 주소
(母) 업다

〈151〉

(御) 동냥 주는 심 치고 좀 더 주소 舊情(구정)이 잇스니
(母) 정말 업다
　上丹(상단)이 얼런 나가 누른 밥까지 다 드려왓다 御使道(어사도) 쏘
다 먹고
(御) 丈母(장모) 좀 더 주소
(母) 인전 정말 업다
(御) 人情(인정)이 그러치 안흔 法(법)이 좀 더 주소
(母) 개 먹다 남긴 것밧게 업다
(御) 그게라도 주소
△進旨床(진지상)을 물리고 담배 한 대 퍼 물 頃(경)에 罷漏(파루) 소리
들려오니 上丹(상단)이 이러나서 燈籠(등롱)에 불을 켜며 아가씨前(전)
가사이다 압서서 引導(인도)하니 春香母(춘향모) 압흘 서고 御使道(어
사도) 쥐를 싸라 獄(옥)으로 나려갈 때 이밤 風雨散飛(풍우산란)하야
바람은 우루루 地動(지동)치듯 불고 구진비는 헛날리고 天動(천동)은
우루루 우루루 번갯불 쩐쩍쩐쩍 獄中(옥중) 鬼哭聲(귀곡성)은 두룽두룽
刑杖(형장) 마자 죽은 鬼神(귀신) 棍杖(곤장) 마자 죽은 鬼神(귀신) 周
牢(주로) 틀려 죽은 鬼神(귀신) 笞杖(태장) 마자 죽은

〈152〉

鬼神(귀신) 들보에 목을 매여 대롱대롱 죽은 鬼神(귀신) 둘씩 셋씩 짝을 지어 히히호호 아이아이 번개는 번쩍 天動(천동)은 우루루 비는 주룩주룩 바람은 휙휙 門風紙(문풍지) 드르르르 밤새는 붓붓 낫새는 비비 獄門(옥문)을 덜컥 落水(낙수)는 쑥쑥 遠村(원촌)의 鷄鳴聲(계명성)은 은은히 들리는데 春香(춘향)은 홀로 누어 任(임)생각 痛哭(통곡)한다 伏枕痛哭(복침통곡) 울 동안에 잠깐 잠이 들엇더니 非夢似夢間(비몽사몽간)에 道令任(도령임)이 겻헤 와서 隱然(은연)히 안젓는데 仔細(자세)히 살펴보니 頭上(두상)에 金冠(김관)이오 腰間(요간)에 佩鉞(패월)이라 仙官(선관)의 擧動(거동)이오 風虎(풍호)의 威嚴(위엄)이라 마음이 散亂(산란)하야 道令任(도령임) 손을 잡고 소스라처 잠을 깨니 道(도)

〈153〉

令任(령임) 간 데 업고 칼머리만 잡엇고나 가만히 生覺(생각)하면 使道(사도) 生辰(생신) 明日(명일)이라 生辰宴(생신연) 잔채 뒤에 나를 올려 죽인다니 오늘 하로 목숨이라 꿈에도 안 뵈든 任(임) 暫間(잠간) 對面(대면)하온 것은 永訣人事(영결인사) 함이런가

　절통하야 서러울 제 春香母(춘향모) 獄門前(옥문전)에 當到(당도)하야 나즉이 부른다

(母) 아가 春香(춘향)아 자느냐 春香(춘향)아

▲거 누구라 날 찻나 거 누구라 날 차자 商山四皓(상산사호) 옛 老人(노인)이 바둑 두자 날 찻나 箕山潁水別乾坤(기산영수별건곤) 巢父許由(소부허유) 날 찻나 首陽山(수양산) 伯夷叔齊(백이숙제) 採微(채미)하자 날 찻나 富春山(부춘산) 嚴子陵(엄자능) 諫議大夫(간의대부) 마다하고 七里桐江一絲風(칠성동강일사풍) 함께 가자 날 찻나 雪中騎驢(설중긔

로) 孟浩然(맹호연) 訪梅次(방매차)로 날 찻나 晉代風流(진대풍류) 자랑코저 竹林七賢(죽림칠현) 날 찻나 西域遠使(서역원사) 博望候(박망후) 牽牛織女(견우직녀) 차즈랴고 漢浦(한포)로 지나면서 함께 가자 날 찻나 瀋陽秋天(심양추천) 白樂天(백락천) 琵琶(피파) 듯자 날 찻나 風風雨雨(풍풍우우) 이 天地(천지)에 날 차즈리 업건마는 거 누구가 날 찻나
(春) 애고 어머니서요
(母) 오- 나로다

<h2 style="text-align:center">〈154〉</h2>

(春) 어머니 아직 서울서 寄別(기별) 업서요
(母) 조년은 每日(매일) 첫人事(인사)가 저것이냐 그래 왓다
(春) 왓서요? 사람이 왓소 便紙(편지)가 왓소 房子(방자)가 벌서 왓소
(母) 거지 한 머리 왓다
(春) 京乞(경걸)이 왓소 거지라도 서울 소식 알 李書房任(리서방임)댁 소식 물어 보섯소
(母) 듯기 실타 너이 李書房(리서방)인가 서캐 서방인가 한 여석이 잘되고 貴(귀)히 되고 고만 치고 가엽시 되고 불상이 되고 더럽게 되고 御使(어사) 監使(감사) 다 실타고 客死(객사)하러 여기 왓다.
(春) 애고 그것 참말이요 나 속이는 거짓말은 아니겟지 夢中(몽중)에 잠싼 본 任(임) 生時(생시)에 오섯구나 어듸 오섯소 집에 게시오 여기 오섯소 애고 허리야 애고 다리야
△쌍 집고 일어나며 窓(창) 갓가히 기어온다.
(母) 지랄할 년 저 잘된 것 보고 단박 미치네.

〈155〉

(春) 잘 되여도 내 郎君(낭군) 못 되여도 내 郎君(낭군) 高官大爵(고관대작) 내 다 실고 萬鍾綠(만종녹)도 다 실소 어머니가 定(정)한 配匹(배필) 조코 글코 웬말이요 나 차자서 오신 郎君(낭군) 괄시를 하지 마오 書房任(서방임) 어듸 게서요.

(御) 여기 잇다 獄中(옥중) 苦生(고생) 엇더하냐.

(春) 任(임)의 音聲(음성) 分明(분명)코나 三年前(삼년전) 들은 音聲(음성) 獄中(옥중)에서 쏘 듯노나 書房(서방)님

(御) 웨야

(春) 문틈으로 손 좀 너허 나를 이르켜 주오

御使道(어사도) 손을 너허 春香(춘향)을 이르키니 얼굴은 지척이나 창살이 相隔(상격)이라

(春) 書房(서방)님 그새 장가 드섯소

(御) 장가가 다 무어이냐 李哥(리가) 金哥(김가) 崔哥(최가)도 못 드럿다 너 離別(리별)코 올라가서 네 생각 하노라고 工夫(공부)도 아니되고 家門(가문)에 쫏겨 나서 大家舍廊(대가사랑) 乞客(걸객)타가 네 생각 간절하야 不遠千里(불원천리) 나려오니 나보다 네 身勢(신세)가 더욱 慘酷(참혹)한 양이라 天地(천지)가 아득하고 가슴 답답 나 죽겟다.

〈156〉

(春) 애고 書房任(서방임) 小女(소녀) 생각은 마옵소서 들으니 明日(명일)에는 使道(사도) 生辰(생진) 잔채 꼿헤 나 올려 죽인다니 오늘까지 生命(생명)이라. 하로 生命(생명) 가엽지만 한탄한들 무엇하리 前程遼遼九萬里(전정료료구만리) 郎君(낭군)이나 保重(보중)하야 장차 立身揚名(립신양명)하야 萬鍾祿(만종녹)을 누리소서

△이애 春香(춘향)아 깃버하라 이 몸은 壯元及第(장원급제) 繡衣使道
(수의사도) 몸이로다 한 마듸 알리워서 安心(안심)을 시켜주면 마음 平
安(평안)하리마는 奉命(봉명)의 貴(귀)한 職分(직분) 엇지 漏說(누설)
할가 보냐 함구하신 使道(사도) 마음 春香(춘향)보다 더 아프다.
(御) 春香(춘향)아 걱정 마라 하눌이 문허지고 桑田(상전) 변해 碧海
(벽해) 돼도 避(피)해 날 길 잇스

〈157〉

리니 安心(안심)하고 기다려라 上丹(상단)아 불 좀 갓가히 가저오너라.
△燈下(등하)에 비친 春香(춘향) 皮骨(피골)이 相接(상접)하고 머리털
흐터저서 사람인 듯 鬼神(귀신)인 듯 옛날에 곱든 姿態(자태) 차자 볼
수 바이 업다 御使道(어사도) 落漏(낙누)하며 그래도 使道(사도) 맘엔
밋는 곳이 잇는 터라 넌즛이 慰勞(위로)하나 春香(춘향)이 엇지 알리.
(春) 上丹(상단)아 書房任(서방임) 寢需凡節(침수범절) 安寧(안녕) 不
便(불편)하신 것은 全(전)혀 네게 달녓스니 早飯(조반) 點心(점심) 저
녁 밤참 至誠(지성)으로 供饋(공궤)하고 東門(동문) 밧 李主簿(리주부)
께 화재 내여 藥(약) 지어다 정성껏 드리어라 네 마음 내가 아니 당부를
아니한들 염녀가 잇스랴만 내 마음 그러찬어 네게 부탁하는 배다 어머님
도 들으시오
(母) 웨야
(春) 우리 둘이 因緣(인연) 맺든 芙蓉堂(부용당)에 點火(점화)하고 둘
이 덥든 衾枕(금침) 펴고 私處(사처)를 定(정)하시고 건넌房(방) 三層
(삼층)장에 필육 멋 필 골라내여 書房任(서방임) 上下衣服(상하의복)
고이 고이 마르시고 갓網巾(망건) 새로 맞겨 書房任(서방임)께 드리시
고 대님 허리끠 부시쌈 염낭 자개함에 들엇스니 節期(절긔) 맞처 내여노
코 玉色(옥색) 바탕 자주코 太史鞋(태사혜)를 마치시고 鄕校(향교)

〈158〉

째 成座首(성좌수)께 돈 몃 百兩(백량) 맛겻스니 그 돈 卽時(즉시) 차자다가 書房(서방)님 用(용)돈 쓰고 간일 膏飮(고음) 양집 내여 시장찬케 勸(권)하시고 내가 집에 업다하여 소홀히 마옵소서

春香母(춘향모) 속으로 조년은 어미는 모르고 書房(서방)만 안단 말인가 그래도 獄中(옥중) 心事(심사) 생각하야 말로는 조케

(母) 걱정마라 거지배에 갑작이 膏糧眞味(고량진미)가 들어가면 泄瀉(설사)가 나는 法(법)이니 내 보아 하마

(春) 어머님 그것이 무슨 말슴이오 어머님이 그러시면 不孝(불효)한 말슴이나 혀를 쓴코 죽소이다.

(母) 알앗다 하여도 그런다.

(春) 書房任(서방임)

(御) 웨야

(春) 來日(내일) 生辰(생신) 잔채 뒤에 나를 올려 죽인다니 書房任(서방임)께 당부 말슴 아모데도 가지 말고 獄門(옥문)이나 三門(삼문) 박게 직히고 게시다가 春香(춘향) 杖殺(장살) 슈(령) 나리면 칼머리나

〈159〉

들어주고 나를 죽여 내치거든 다른 사람 손 못대게 書房任(서방임)이 달려와서 내 尸體(시체)를 둘러 업고 집으로 들아가서 尸床(시상) 밧처 누인 後(후)에 招魂(초혼)을 하여주되 님 그려서 썩은 肝腸(간장) 흘러나는 逆流(역류)가 와 쌈내 무든 속적삼 실타 말고 벗기여서 虛空中天(허공중천) 내두르며 海東朝鮮(해동조선) 全羅左道(전라좌도) 南原邑下(남원읍하) 降仙洞(강선동) 任子生(임자생)에 成春香(성춘향) 復復復(복복복) 세번만 소리 놉혀 웨치시고 지붕 우에 홋트리고 수의도 하지

말고 라 입으랴 지엇든 옷 갓초갓초 잇스니 마음대로 골라 입혀 斂布入棺(염포입관) 하지 말고 書房任(서방임)이 나를 안고 淸潔(정결)한 곳 두루 차자 기피 파고 무드실 째 서방님 째가 무든 속赤衫(적삼) 버스서 서 내 가슴 더퍼주고 墓前標石(묘전표석) 세고 守節冤死春香墓妾(수절원사춘향모)라 書房(서방)님 손소 써서 墓前(묘전)에 세워주면 妾(첩)의 죽은 혼이라도 餘恨(여한)이 업겟나이다.

(御) 네 말이 그러하니 銘心(명심)하여 들어 두기는 하리다만은 蒼天(창천)이 소사잇고 律法(률법)이 펴 잇거든 罪(죄)업는 네 목숨이 刑杖下(형장하)의 孤魂(고혼)되랴 아모 念慮(염려) 말어라 本官(본관) 生辰(생신) 明日(명일)이니 明夕(명석)까지 기다리면 生死間(생사간)에 알 터이라 三年間(삼년간) 녹인 肝膓(간장) 하룻밤만 더 녹여라

〈160〉

(春) 書房任(서방임)

(御) 웨야

(春) 또 한 가지 付託(부탁)이 잇사오이다.

(御) 말하여라

(春) △불쌍하신 우리 母親(모친) 내 한몸 죽어지면 뉘게 가 依支(의지)하며 白骨掩土(백골엄토) 뉘가 하리 슬프다 우리 母親(모친) 나 일코 哀痛(애통)타가 서러도 죽을 테요 굶어도 죽을 테니 依支(의지) 업시 도라가면 烏鵲(오작)의 밥이 된들 뉘라서 날려 주리 書房任(서방임)도 모시옵고 偕老百年(해로백년) 구든 맹서 家妻(가처)의 몸이오니 무슨 體面(체면) 차즈리까 可憐(가련)한 어미 身勢(신세) 내몸 하나 죽어지면 定處(정처)업시 불상하니 河海(하해)갓흔 處分(처분)으로 老母(노모)를 밧드러서 春香(춘향) 대신 奉養(봉양)하면 죽어 黃泉(황천) 도라가서 結草報恩(결초보은) 하오리다 此生(차생)에 未盡恨(미진한)을 後生(후

생)에나 다시 만나 **離別**(리별) 업시 사올넌지 할 말이 무궁 첩첩 샘솟듯 소사나나 날 거이 밝앗스니 대강 부탁하나이다 **遠路**(원로)에 오신 **郎君**(낭군) 오즉 몸이 **困**(곤)하리까 돌아가서 주므시오

<h3 align="center">〈161〉</h3>

(御) **屢次**(루차)하는 말이거니와 마음 단단히 먹고 하로만 기다려라 나는 간다 밝는 날 다시 만나리라
△**作別**(작별)하고 돌아서서 **數步**(수보)를 옴겻스나 **春香**(춘향) **事情**(사정) 생각하니 **自決**(자결)할지 의심이라 **御使道**(어사도) 발 돌려서 **獄前**(옥전)에 다시 와서
(御) **春香**(춘향)아
(春) **書房任**(서방임) 엇더케 다시 오섯서요.
(春) 네가 아까 내게 **付託**(부탁)을 여러가지 하엿거니와 나도 쏘한 너에게 **付託**(부탁)이 있다.
(御) 죽은 **春香**(춘향)에게 **付託**(부탁)이 무엇이오니까.
(春) 다른 것이 아니라 네가 **杖下**(장하)에 죽을지라도 꼭 내 얼골 한번 더 보고 죽어야지 나를 다시 보기 **前**(전)에 죽으면 안된다 내 **付託**(부탁) 어기엿다가는 네 **付託**(부탁)도 안 듯는다
(春) 그러하리다.
　御使道(어사도) **春香**(춘향)의 말을 듯고야 **安心**(안심)하고 나오니 **春香母**(춘향모)가 기다리다가
(母) 자네 어듸로 가겟나

<h3 align="center">〈162〉</h3>

(御) **春香**(춘향) 말대로 **妻家**(처가)집에 가지 어듸로 가

(母) 여보게 내 眞情(진정) 말함세 내가 그새 옹색해서 집을 팔아서 오
늘이 移舍(이사)할 期日(기일)이로세
(母) 그럼 자네 가는데 짜라가세
(母) 이 후렛 간내샛기 가튼니 너가튼 거지 달고 갓다가 나까지 쫏겨나
란 말이냐
(御) 그러니 이 밤에 어듸로 가라나
(母) 客死(객사)나 해라 死相(사상)이 뵌다
(母) 올흐이 客死(객사)라 하니 全羅道(전라도) 五十三官(오십삼관) 客
舍(객사)가 내 宿所(숙소)요 死相(사상)이 보인다.
  무슨 사든 間(간)에 使相(사상)이 보일 것일세 내일 다시 보세
△作別(작별)하고 돌아서니 上丹(상단)이 달려들어 울면서 부여잡고
(上) 마나님 마십시오 獄中(옥중) 아씨 생각해서라도 마나님 마십시오
書房任(서방임)은 마나님 탓하지 마옵시고 宅(댁)으로 가옵시다.
(御) 내 볼일이 잇스니 돌아서 가리라 朝飯(조반)이나 지어 두어라.

<h3 style="text-align:center">〈163〉</h3>

△御使(어사) 그 길로 廣寒樓(광한루)에 오르니 시원한 다락 우엔 거지
쎄가 우글우글 가로 눕고 세로 눕고 덧두기고 엇두기여 쌈내가 코를 쏘
고 잠고대 요란하다 이 날은 五月(오월) 보름 十五夜(십오야) 밝은 달은
半空(반공)에 소삿는대 御使道(어사도) 登樓(등루)하여 擧事(거사) 생
각하노라고 이리저리 거닐 적에 늙은 거지 잠 깨여서
(乞) 이놈 잠이나 자지 웨 왓다갓다 남까지 못 자개 구느냐 보아하니 젊
은 놈 벌어 못먹고 빌어 먹는담
△중얼중얼 辱(욕)하는데 겻헤 자던 젊은 거지 그 소리에 놀라 깨여 눈
쓰고 처다보니 月光下(월광하)의 少年(소년) 선비 使道(사도)임 分明
(분명)하다 벌쩍 이러나서

「小人(조인) 아뢰오」

　人事(인사)드리다가 情神(정신) 펄쩍 차리고 어- 꿈도 이상은 하다 내가 吏房(리방) 使令(사령) 구실해 보앗군 하면서 이러나서 乞人(걸인) 차림 驛卒(역졸)들을 골라내여 잠 깨와서 으슥한 叢林中(총림중)에 御使道前(어사도전) 待令(대령)한다 書吏(서리) 中房(중방) 驛卒(역졸)들의 問安(문안) 차례 바드신 후 御使道(어사도) 音聲(음성) 나자 (御) 오늘 本官(본관) 生辰宴後(생신연후) 如此如此(여차여차) 할 터이니 慇懃(은근)히 等待(등대)했다 눈치 보아 擧行(거행)

〈164〉

　하라
△前後事(전후사) 이르시고 春香(춘향)집 當到(당도)하여 困(곤)하신 몸 쉬시더라

第八章(데팔장)

△한소리 鷄鳴聲(계명성)에 밤 가고 해가 쓰니 本官(본관)의 生辰(생신)이라 怪異(괴이)타 이날 日勢(일세) 난데업는 網巾(망건) 장사 낫서른 草笠(초립) 장사 본 적 업는 거지쩨들 쑤역쑤역 모여들어 邑內(읍내)에 가득 찬 三門(삼문) 박게 기웃기웃 獄門(옥문) 박게 수근수근
△이쌔에 本官(본관) 잔채 白雪(백설) 가튼 구름 遮日(차일) 덩그러케 놉히 치고 繡屛風(수병풍)에 金屛風(금병풍) 各色屛風(각색병풍) 둘러 치고 花紋地衣紅登梅(화문지의홍등매) 萬

〈165〉

花房席(만화방석) 虎紋氈褥(호문전요) 요강타구 와룡촛대 여기저기 버

려노코 손 오기를 기다릴 제 各邑(각읍) 守令(수령)이 모여든다 堂上堂下(당상당하) 僉萬戶(첨만호)가 차례로 드러오는데 任實(임실)이오 谷城(곡성)이오 勸馬聲(권마성) 요란하고 潭陽府使(담양부사) 淳昌郡守(순창군수) 求禮縣監(구례현감) 雲峰營將(운봉영장) 연속하야 드러올 제 나발은 짜짜 벽제소리 요란하게 에이씨놈 에이씨놈 夏天(하천)에 集雲(집운)인가 淸密(청밀)에 개암인가 四方(사방)으로 모여든다 本官(본관)은 主人(주인)으로 各所任(각소임) 團束(단속)할 제 肉直(육직) 불러 소 잡히고 官廳色(관청색) 차담 申飾(신식) 儒母(수모)는 進旨(진지) 맛고 六房頭目(육방두목) 進饌(진찬)드려 各種(각종) 封物(봉물) 드러섯다 執事(집사) 불러 工人(공인) 待令(대령) 首奴(수노) 불러 妓生(기생) 指揮(지휘) 各邑(각읍) 守令(수령) 座定(좌정)하고 一等(일등) 名妓(명기) 느러서서 玉手羅衫(옥수라삼) 휘두르며 쎙그렁 쎙그렁 風樂(풍풍)소리 瑤池仙樂(요지선악)이 아니냐 연연한 큰 북소리 春雷(춘뇌)가 들리는 듯 双双(쌍쌍)이 피리소리 鳳凰(봉황)이 노니는 듯 瀟湘班竹(소상반죽) 笛(저)소래는 뇨뇨히 울어나고 曲曲聲振奚琴聲(곡곡성진게금성)은 年豊(년풍)을 자랑한다 五絃琴(오현금) 거믄고며 二十五絃(이십오현) 琵琶聲(비파성)은 不勝淸怨(불승청원) 슬프고나 男女唱(남녀창)의 노래소리 완연한 極樂(극락)이라

　이째에 御使道(어사도)는 廢衣破笠(페의파립)으로 三門(삼문) 압헤 비슬비슬 돌다가

　「여보아라 使令(사령)들아 먼댓 乞客(걸객)이 조흔 잔채 만나서 술 한잔 고기 한 點(점) 어더 먹

〈166〉

자 들어온다고 上座(상좌)에 엿주어라」

　소리를 버럭 지르니 本官(본관)이 火(화)를 내여

(本) 밧비 몰아내라

呼令(호령)이 나릴 째에 御使道(어사도) 地上(지상)에 펄석 쥐저 안 즈며

「나 내쪼치라는 놈은 내 아들이요 들어내는 놈은 개아들이라」

△쩨거리를 쓰니 그 째에 雲峰營將(운봉영장) 麻衣上書(마의상서) 暗讀(암독)하고 觀相個(관상개)나 하는 터라 堂下(당하)를 나려보니 廢袍(페포)에 破笠(파립)이나 面方顏濶(면방안활) 眉長目秀(미장목수) 耳廓(이곽)이 敦厚(돈후)하고 準頭(준두)가 隆起(륭긔)하고 聲音(성음)이 淸壯(청장)한데 鳶肩(연견)에 色火(화색)이니 三十政丞(삼십정승)이요 明珠出海(명주출해)니 八十太師(팔십태사)로다 더욱이 數三日前(수삼일전) 繡衣御使(수의어사) 名目(명목)으로 房子(방자) 용쇠 下獄(하옥)하란 書簡(서간) 바든 일 잇스니 가슴이 송구하고 五腸(오장)이 저리여서

(雲) 座中(장중)에 할말 잇소 보아하니 저 兩班(양반)이 衣服(의복)은 남누하나 常人(상인)이 아닌 듯 시프니 末席(말석)에 올리고 飯食(음식)이나 厚(후)히 待接(대접)합시다

다른 守令(수령)들은 雲峯(운봉)을 속으로 나므럿스나

〈167〉

體面上(체면상) 썩지 못하여 내버려두니 御使道(어사도) 선듯 올라 雲峯(운봉) 엽헤 펄적 주저안즈며 長揖不拜(장읍불배)하고 人事(인사) 되는 대로 한 뒤에

「上座(상좌)에 말슴 라가오 退客(퇴객)이 空腹(공복)이 자심하니 한 床(상) 차려주시면 如何(여하)오」

이윽고 御使前(어사전)에 床(상) 하나이 들어오는데 바다노코 살펴보니 쓰더먹든 갈비 한 대 大棗(대초) 세알 밤 두알 소금 한줌 苦草(고초)

약간 이째진 사발에는 탁주 한 사발 노헛스니 괄시가 자심하다.
御使(어사) 失手(실수)하는 체하고 짐짓 床(상)을 둘러 업흐니 비단 보료에 쫙 헛트러진다.
(御) 어허 이것 失手(실수)햇군
　御使道(어사도) 道袍(도포) 소매로 업질러진 것을 흠처서 場內(장내)에 확 뿌리니 本官(본관)이 火(화)를 벌썩 내며 「이것 미친 客(객)이로군 衣服(의복)에 쮜지 안는가」
(御) 왼통으로 뭇친 내 옷도 잇스니 멋방울 씀이야 도로혀 紋(문)의라오 乞客(걸객)이 失手(실수)하야 床(상)을 둘러 업헛스니 쏘 한상 주오
　雲峯(운봉)이 憫網(민망)하야 自己(자기) 床(상)을 밀어 노흐며

<h3 align="center">〈168〉</h3>

「이것 바드시오」
(御) 上座(상좌)에 말슴 올라가오 乞客(걸객)이 이런 째나 妓生(기생)을 보지 언제 볼 째가 잇겟소 妓生(기생) 한 머리 보내서 勸酒歌(권주가)나 식혀 주오 勸酒歌(권주가) 업시는 술이 안 드러가오
　本官(본관)은 貫子(관자)노리가 불씬불씬하며 말도 못하고 잇는데 雲峰(운봉)이 妓生(기생)에게 눈짓을 하니 妓生(기생)도 아니쏘와
(妓) 기생 노릇하랴니 別(별) 꼴을 다 보겟네.
　종알종알하는 것을 雲峰(운봉)이 火(화)를 내며
(雲) 이년이 무엇이 엇지고 엇지해 明日(명일) 當場(당장)에 雲峰(운봉)으로 잡아다가 정갱이를 분지를라
△妓生(기생)이 할일업서 御使道(어사도) 겻헤 가서 外面(외면)하고 술 부으니 御使道(어사도) 조화라고
(御) 勸酒歌(권주가) 할 줄 모르면 妓生(기생)이 아니라지
　妓生(기생)이 마지못해서 勸酒歌(권주가)를 하것다

먹지 그려 먹지 그려 이 술 한 盞(잔) 드리키면 千萬年(천만년)이나
이 꼴로 살 것일세」

〈169〉

(御) 허허 그것 勸酒歌(권주가) 妙(묘)하다 시골 妓生(기생)이라 말버
릇을 아직 못 배왓구나 本官使道(본관사도)도 시굴 胎生(태생)인지 妓
生(기생) 말버릇도 못 배와 준담
　本官(본관)은 성이 상투 끗까지 올랏지만 오늘은 主人(주인)의 體面
(체면)으로 성도 낼 수 업고 쓱 들이안즈며 任實(임실)에게 짠 말을 쯔
내것다
(本) 여보 任實(임실) 그래 任實(임실) 온 지가 三年(삼년)에 百(백)이
나 장만하셧소
(任) 볏百(백)은 커녕 小用(소용)도 不足(부족)하오
(本) 그럴 것이요 妙理(묘리)를 모르며 되지 안는 法(법)이오 나도 첨에
는 그렁저렁 지낫더니 外邦(외방)사리 멷해에 至今(지금)은 이력이 나
서 吏房(리방)놈과 짜고 묵은 隱結(은결) 들처내여 난화 먹고 座首(좌
수) 風憲(풍헌) 牒紙(첩지) 한 장에 설흔 냥식 바다 나 스무 兩(량) 吏
房(리방) 열 兩(환) 난화먹고 還子要利(환자요리)도 괜치안코」
　雲鳳(운봉)이 듯다가 민망하야
(雲) 거 무슨 客談(객담)들 하오 이 조흔 잔채에서 할 말이 업서서 그런
말슴들을 하오 우리 모도 점잔흔 處地(처지)에 조흔 座席(좌석)에서 글
이나 한 귀式(씩) 지어보면 엇더하오.

〈170〉

　本官(본관) 생각하니 末席(말석)의 乞客(걸객)이 兩班(양반)집 子息

(자식)은 分明(분명)하나 저리 버릇 업는 것을 보니 필경 無識(무식)할 것이라 雲峰(운봉) 말에 贊同(찬동)하여

(本) 그것 조흔 말이오 그러나 거저 짓는 것만도 無味(무미)하니 萬一(만일) 글을 못 짓는 者(자)는 罰(벌)을 쓰기로 합시다 韻字(운자)는 놉흘 高字(고자) 기름 膏字(고자)」

△座中(좌중)이 合議(합의)되니 엇던 守令(수령) 눈을 감고 글귀를 생각하고 엇던 守令(수령) 흔들흔들 몸 저으며 생하고 엇던 守令(수령) 수염 쓰며 안 나는 글 생각할제 御使道(어사도) 나안지며

(御) 正初(정초)에 鳶(연)을 나가듯 上座(상좌)에 말슴하나 가오 나도 父母任(부모임) 德(덕)으로 글字(자)나 읽

<h3 style="text-align:center">〈171〉</h3>

엇스니 한목 씹시다

(本) 글을 못지면 이 座席(좌석)에서 몰아내렷다

(御) 내가 잘 지으면 本官(석본)을 몰아낼까

△筆硯(현필)을 쓸어당겨 御使道(어사도) 얼넌 지어 자리 아레 감초고서 座中(좌숭) 向(향)해 하는 말이

「먼댓 乞客(걸객)이 酒肉(주육)을 飽食(포식)하니 恩惠難忘(은혜난망)이라 興趣(흥취)잇게 노르시오 乞客(걸객)은 먼저 가오

△作別(작별)하고 이러서니 本官(본관) 생각키를 저놈 必是(필시) 글 못지어 逃亡(도망)을 하나부다 시언히 생각하야

(本) 平安(평안)히 가오

御使道(어사도) 가신 후에 雲峰(운봉)이 자리 밋헤 글을 쩌내 보니 그 글에 하얏스되

金樽美酒千人血(금준미주천인혈)

玉盤佳肴萬人膏(옥반가효만인고)

燭淚落時民淚落(촉누락시민누락)

〈173〉

   歌聲高處怨聲高(가성고처원성고)
△글 句(구)도 글 句(구)인데 筆跡(필적)조차 완연코나 繡衣使道(수의
사도) 分明(분명)하다 읽기를 맛치고서 가슴 서늘 눈 컴컴 雲峰(운봉)
이 벌벌 썰며
(雲) 나는 百姓(백성)의 還子(환자) 約束(약속)이 잇스니 먼저 가오
△겻헤 잇던 全州判官(전주판관) 雲峰(운봉)의 모양 수상하야 글을 바
다 읽어보고
(全) 나는 未盡(미진)한 公事(공사)가 잇서서 먼저 가오
   古阜(고부) 縣監(현감) 뒤를 짜라
(古) 나는 宗祖父(종조부) 訃告(부고)가 와서 먼저 가오
(本) 訃告(부고)는 언제 왓소
(古) 어젓게 大喪(대상)이니 三年前(삼년전)인가 보오
   本官(본관)이 火(화)를 벌썩 내며
「가는 이는 가거니와 破興客(파흥객) 다 보내고 洗盞更酌(세잔갱작)
하옵시다」
   이째에 座首(좌수)와 冊房(책방)이 雲峰(운봉) 글 보는 것을 屛風(병
풍) 너머로 보다가 卽時(즉시) 쮜여나가

〈173〉

分別(분별)하는데 이리 가도 수근수근 저리 가도 수근수근 이놈들아 멋
놈 죽을지 모르리라
△이째에 御使道(어사도)는 午時(오시)를 기다러서 三門(삼문) 밧 썩

나서니 書吏(서리)가 번뜻 눈 한番(번) 끔쩍 驛卒(역졸)이 얼는 손 한번 슷덕 書吏(서리) 驛卒(역졸) 눈치 채고 驛所(역소)로 내다르며

「역장아 使道(사도) 分付(분부) 急急(급급)하다 靑上積(청상적) 입고 紅肩帶(홍견대) 씌어라 四(사)마치들도 左肩(좌견) 달아라 使道(사도) 타실 大馬(대마) 드려라 안장 지어라 뱃대를 조르고 덧끌네 씨우고 후거리 내려라 페량이 엇잿느냐 방맹이 들어라

〈174〉

△御使道(어사도) 金冠(금관)으로 馬上(마상)에 놉히 안고 獅子(사자) 갓흔 馬頭驛卒(마두역졸) 六(륙)모방치 놉히 들어 우루루 달녀들며 三門(삼문)을 쌍쌍 치며

「暗行御使(암행어사) 出道(출도)야 本府(본부) 아전 어듸 갓니 큰 문 열어라 暗行御使(암행어사) 出道(출도)로다」

△山川(산천)이 振動(진동)하고 天地(천지)가 뒤집힐 듯 하눌에 나는 새도 툭툭 써러지고 구녕을 기든 쥐도 그 자리에 쓰러진다 御使道(어사도) 分付(분부)하되

(御) 이 고을 六房下人(륙방하인)은 大監(대감)께 擧行(거행)튼 下人(하인)들이니 아예 손대지 말고 守令(수령)들만 모도 넉슬 쏩아라

(驛) 예-이-

△진탕치든 宴樂席(연락석)은 戰場(전장)이 되엿고나 錦屛(금병) 繡屛(수병) 山水屛(산수병) 數十坐(수십좌) 交子床(교자상) 양치 대야 토긔 쟁반 접시 대합 술병들 후닥직근 왕그렁 쌩그렁 깨여지고 거문고 伽倻琴(가야금) 笙簧(생황) 洋琴(양금) 短簫(단소) 북 長鼓(장고) 奚琴(게금) 젓대 산산히 부서질 째 마른 벼락 마즌 守令(수령) 도망을 하노라고 任實縣監(임실현감) 쒸노라고 갓모자들 뒤켜 쓰고

(任) 여보아라 어느 놈이 이 갓구녕을 막앗고나

〈175〉

「갓을 뒤켜 쓰셧소」
(任) 앗다 언제 바로 쓰겟느냐 쑥 눌러다고
△求禮縣監(구례현감) 황급하야 말을 타니 썩구로라
(求) 이게 웬일이냐 이 말이 대강이가 업구나
「말을 썩구로 타셧소」
(求) 어느 겨를에 바로 타랴 네 대강이라도 쏩아서 말 밋구녕에 달아라
△이 째에 本官使道(본관사도) 바지에 쏭을 싸고 內衙(내아)로 달녀갈
제 內衙(내아) 侍婢(시비) 마조 나와
(婢) 使道(사도) 마님 큰일낫소
(本) 쏘 무슨 큰일인고
(婢) 大夫人(대부인) 질겁하야 바지에 뒤 보시고 室內夫人(실내부인)
쏭 누시고 書房任(서방임) 씨 싸시고 道令任(도령임) 밋 싸시고 쉰네도
한목 씨워 內衙(내아)는 쏭天地(천지)니 이 일을 엇지리까
(本) 나도 조금 누엇너니 여바라 使令(사령) 불러 발잰 놈 품싹 주어 往
十里(왕십리) 급히 가서 쏭장사 거름장사 잇는 대로 다 불러오너라

〈176〉

△여기는 哭聲(곡성)이오 저기는 아우聲(성)에 눈치 잇고 날랜 通引(통
인) 臺上(대상)에 쮜여올라
(通) 執事(집사)-
(執) 예-이-
(通) 左右喧嘩(좌우헌화) 禁(금)하랍신다
(執) 예-이- 巡令守(순령수)-
(巡) 예-이-

(執) 左右喧嘩(좌우헌화) 禁(금)하랍신다

(巡) 예-이-

△南原府(남원부) 六房官屬(륙방관속) 前陪(전배)를 드리고 鳴金以下
大吹打(명금이하대취타) 가진 風樂(풍악)이 뒤놀 적에 짓던 개도 목이
쉬고 나는 새도 써러지며 山川草木(산천초목) 소스러처 써니 늠늠한 그
위풍은 무섭고 두럽더라. 金冠(금관)에 繡衣使道(수의사도) 東軒(동헌)
에 座定(좌정)하고 차담床(상) 잡순 후에 獄中(옥중)에 가친 寃囚(원수)
모도 다 불러내여 白放(백방)으로 노흐시니 數百名(수백명) 獄囚(옥수)
들이 춤을 추며 頌德(송덕)한다 本官(본관)이 無色(무색)하야 印兵符
(인병부) 쓸러 쥐고 御使前(어사전) 부복하야 處分(처분)을 기다린다.

<h3 style="text-align:center">〈177〉</h3>

(本) 罪當萬死(죄당만사)오니 御使道(어사도) 處分(처분)만 기다리오

(御) 一城中(일성중) 同居(동거)하야 놉흔 聲華(성화)는 만히 들엇지만
만나기는 처음이오 年弱(년약)한 나를 모르리다마는 나는 李夢龍(리몽
룡)이오

　御使道(어사도) 姓名(성명)을 들으니 더욱 無色(무색)할 쑨이다

(御) 國恩(국은)이 망극하여 國祿之臣(국녹지신) 되엿거든 聖旨(성지)
를 밧자와서 治民善政(치민선정) 留意(류의)하야 萬人傘(만인산) 바드
시고 上褒還鄕(상보환향) 當然(당연)커늘 曲法(곡법)에 虐民(학민)하
고 峻民(준민)에 膏血(고혈)하야 歎歲民情(런세민정) 嗷嗷(오오)하고
萬民塗炭(만민도탄) 되엿스니 於心(어심)에 若何(약하)하오 南原(남
원)은 大邑(대읍)이라 아모조록 善治(선치)하여 巨里巨里(거리거리) 善
政碑(선정비)에 萬人傘(만인산) 밧사이다.

(本) 황송하오이다.

(御) 前事(전사)는 前事(전사)이라 夢龍(몽룡)이 本官(본관)께 致賀(치

하)하는 일이 잇소

致賀(치하)라는 말에 府使(부사) 귀가 번쩍 씌엇것다

(本) 무엇이오니까

御使道(어사도) 우스시며

〈178〉

「다름이 아니라 △男兒(남아)의 貪色(탐색)함은 英雄烈士(영웅렬사)
一般(일반)이라 擧賢薦能(거현천능) 아니하면 賢能(현능)을 뉘 알리오
本官(본관)이 아니드면 春香(춘향)의 구든 節行(절행) 엇지써 들어나리
本官(본관)의 擧賢薦能(거현천능) 致賀(치하)하고 感謝(감사)하오」

本官(본관)이 얼마나 無顏(무안)하엿든지 그냥 逃亡(도망)해 나왓다

(本) 여보아라 어듸 쥐구녕 잇느냐 쥐구녕 좀 이리 가저다 待令(대령)
하렷다

御使道(어사도) 首刑吏(수형리) 불너 春香(춘향) 前後事(전후사)를
낫낫치 무르시니 首刑吏(수형리) 這這(저저)히 告(고)하거늘 使道(사
도) 首刑吏(수형리)에게 春香(춘향)을 칼 벗겨 잡아 드리라 하시니 刑
吏(형리) 분부 듯고 獄司丁(옥사정) 압세우고 獄(옥)으로 나려갓다 그
러나 이 刑吏(형리) 御使道(어사도)가 누구신지 모르는 모양이엇다 春
香(춘향)을 칼 벗겨 내세우고

(刑) 여보소 서울댁 情神(정신)을 收拾(수습)하오 繡衣使道(수의사도)
出道(출도)하야 本官(본관)은 罷職(파직)이요 寃囚(원수) 모도 白放(백
방)이라 繡衣使道(수의사도) 分付(분부)로서 서울댁 올리라니 處分(처
부) 짐작은 못하지만 畢竟(필경) 放送(방송) 될 듯하니 情神(정신)을
일치 말고 낫낫치 잘 아뢰오 奉命(봉명)하신 使道(사도)여늘 설마 節行
(절행) 몰라보리

〈179〉

△이 말을 듯고 나니 情神(정신)이 아득하고 天地(천지)가 캄캄하다 春香(춘향)이 痛哭(통곡)하되
(春) 애고 나는 죽엇고나 本官使道(본관사도) 누구오며 繡衣使道(수의사도) 누구리오 兩班(양반)님네 一般(일반)이라 다른 罪囚(죄수) 白放(백방)하고 나 짜로히 부르난 것 守廳令(수청령)이 분명하다 本官(본관) 守廳(수청) 마댓더니 御使(어사) 守廳(수청) 왼일이냐 上丹(상단)아 게 잇느냐
(上) 아씨 부르섯서요
(春) 書房任(서방임) 안 보이느냐
(上) 안 보여요
(春) 좀 잘 보아라
(上) 아모 데도 안 보여요
(春) 天地間(천지간) 모진 양반 엇저녁 오섯슬 째 신신當付(당부)하엿드니 午時(오시)가 넘엇스되 오시지 아니하고 消息(소식)도 頓絶(돈절)하니 나 죽는 것 안 보랴고 어듸로 避(피)하섯나 밤잠을 못 자서서 깁흔 잠 들으섯나 無情(무정)하고 야속한 任(님) 그리 굿게 約束(약속)하고 엇지 하여 아니 오나.

〈180〉

　春香母(춘향모) 겻헤 섯다 넌즛이 하는 말이
(母) 아가 春香(춘향)아 繡衣使道(수의사도) 너 보시고 守廳(수청)을 들라시면 두말 말고 드르려무나
(春) 어머님도 그게 무슨 말슴이오
(母) 요년아 내 肝腸(간장) 그만큼 태왓스면 孝道(효도) 좀 해봐라 書房

任(서방임) 書房任(서방임) 하지만 그놈의 색기는 벌서 潭陽(담양)은
갓스리라 무슨 面目(면목)에 잇스랴 朝飯(조반) 먹고 슬몃이 나가서 업
서젓다 그 색기 간 다음에 보니 돈 석냥 업서지고 내 釜山竹(부산죽) 업
서젓더라
(春) 어머니 드신 것은 무슨 대오니까
(母) 애고 이를 엇저나 담뱃대를 일흔 것이 아니라 부시 쌈지 말이로다
(春) 어머니 허리춤에 그것은 무엇이요
(母) 애고 이년 情神(정신) 봐라 靑銅火爐(청동화로) 말이다
(春) 上丹(상단)아 書房任(서방임) 아직 안 보이느냐
(上) 아직 안보여요
△再促使令(재촉사령) 뒤를 까라 오느냐 오느냐 소리 天地(천지)를 뒤
집는듯 재촉이 자심하니 지

〈181〉

체 할 길 바이 업다 幸(행)혀 任(임)이 안오시나 도라보며 도라보며 司
丁(사정) 짜라 들어갈 쎄 上丹(상단)이는 春香(춘향) 업고 春香母(춘향
모) 뒤를 짜라 二步前進(이보전진) 一步後退(일보후퇴) 可憐(가련)한
情景(정경)이라 이쌔에 南原(남원) 邑內(읍내) 늙은 寡婦(과부) 젊은
寡婦(과부) 御使(어사) 낫단 所聞(소문) 듯고 春香(춘향) 白放(백방)
등장하러 三門(삼문) 外(외)에 모엿다가 春香(춘향)의 쏠을 보고 모도
들 落漏(낙누)한다
(使) 春香(춘향) 잡아드럿소
△使令(사령)이 春香(춘향)을 쓸 압헤 나려노니 春香(춘향)은 죽은 드
시 그 아레 업뒷는데 御使道(어사도) 굽어보매 慘酷(참혹)한 그 形狀
(형상)은 目不忍見(목불인견)이로구나
(御) 이애 春香(춘향)아 分付(분부) 들어라 너는 下鄕之賤娼女(하향지

천창녀)로 不從官令(불종관령)하고 發惡官庭(발악관정)을 能作例事(능
작례사)라 罪當萬事(죄당만사)하되 네 人物(인물) 악가와서 다시 시험
해 보거니와 本官(본관) 守廳(수청)은 不足(부족)타 햇스니 御使(어사)
守廳(수청)은 엇더하냐

　春香(춘향)이 기가 막혀 쌍을 치며 하는 말이
(春) 本邦國祿(본방국녹) 使臣(사도)들은 모도다 이러한가 奉命御使(봉
명어사) 職分(직분)으로 守節(수절)타가 罪(죄)를 입은 冤恨(원한)은
못 펴주고 守廳(수청)이 왼말이오 娼女節行(창녀절행) 云云(운운)하니
녯날의 義昌(의창)이

<h3 align="center">〈182〉</h3>

는 太學士(태학사)를 섬겨 잇고 有名(유명)한 紅拂妓(홍불기)는 李靖
(리정)을 짜랏스니 娼女節行(창여절행) 이 아닐까 御使(어사)도 兩班
(양반)임네 兩班(양반)임네 一般(일반)이나 無識(무식)까지 하단 말요
더런 입을 썩 다치고 杖殺(장살)이나 어서 하오

　막 發惡(발악)을 하는구나
△御使道(어사도) 들으시니 가상키 짝이 업다 離別時(리별시)에 바든
指環(지환) 行首妓生(행수기생) 내여주어
(御) 이것 가저다가 春香(춘향) 주어라

　行首妓生(행수기생)이 指環(지환)을 가지고 나려와서 春香(춘향) 압
헤 갓다 노흐나 春香(춘향)은 알아보지 못하고 그냥 痛哭(통곡)만 한다
　御使道(어사도) 다시

<h3 align="center">〈183〉</h3>

「그 指環(지환)은 보아라 생각날 일이 잇스리라」

△分付(분부)하시니 春香(춘향)이 눈물 씻고 指環(지환)을 仔細(자세) 보니 낫닉은 指環(지환)이라 얼골 들어 臺上(대상) 보니 高座(고좌)의 繡衣使道(수의사도) 엇저녁 獄(옥)에 왓든 郎君(낭군)이 분명하다.

「애고 書房任(서방님)」

△五腸六腑(오장륙부) 다 터지어 大聲(대성)으로 痛哭(통곡)하면 臺上(대상)에 쮜여올라 御使道(어사도) 부여잡고 억하고 반가워서 그만 氣絶(기절)하얏구나 御使道(어사도) 行首妓(행수기) 불러 藥(약) 지으라 命(명)하시고 春香(춘향) 등을 두다리며

「春香(춘향)아 苦生(고생)을 맛보고야 참 樂(낙)을 아는 게고 아픈 일 격거나야 조흔 일을 아는 게라 天長地久(천장지구) 海枯石爛(해고석란) 三年前(삼년전) 그 盟誓(맹서)가 오늘 成就(성취) 되엿고나」

이째에 春香母(춘향모)는 三門(삼문) 박게서 너머도 궁금하야 발도듬하고 넘겨다 보다가 春香(춘향)이가 御使道(어사도)께 올라가서 마조 잡고 우는 것을 보고

「御使(어사) 守廳(수청) 드는구나 애고 내 딸 春香(춘향)이야 李夢龍(리몽룡)이 싹정이놈 생각도 하지 말고 御使(어사) 守廳(수청) 잘 되엿다 늙은막에 御使丈母(어사장모) 딸 두엇든 德(덕)이로구나」

〈184〉

△春香母(춘향모) 擧動(거동)보소 엉덩이로 엉덩춤 억개로는 억개춤 들석들석 흔들흔들 三門(삼문)으로 드러서며

「이놈 使令(사령)아 三門(삼문) 잡아라 戶房(호방) 吏房(리방) 비켜서라 이 어린이 누구냐면 御使丈母(어사장모) 月梅(월매)씨다 御使(어사) 李書房(리서방) 놈 괄시해 쏫찻더니 月梅(월매)씨 先見之明(선견지명) 오늘은 御使丈母(어사장모) 李書房(리서방) 놈 두엇드면 내 딸 하나 죽어나고 나만 거지될 번햇네 여보소 늙고 젊은 寡婦(과부) 處女(처

녀) 夫人(부인)네들 아들 나키 願(원)치 말고 딸만 만히 나흐시되 한 胎
(태)줄에 네다섯씩 쑥쑥쪽쪽 뽑아내여 사위를 고르시되 夢龍(몽룡) 가
튼 거지 샛기 갓가이도 하지 말고 御使丈母(어사장모) 턱턱 되오」
　아전이 듯다 못하야
「쉬-」
(母) 쉬라니 요놈의 샛기 누가 누구인줄 알고 그러니 御使丈母(어사장
모) 月梅(월매)씨로다
「쉬- 繡衣御使(수의어사)께서 前官使道(전관사도) 道令(도령)님 李
夢龍(리몽룡) 그 어른이오」
(母) 허허 이사람아 우순 소리 작작하게 거기 속을 내 아닐세 夢龍(몽
룡)이 그 샛기는

〈185〉

　엇저녁 配送(배송)해서 지금쯤은 뉘집 문싼 밥 한술 달랄 걸세
「쉬-」
△그러다 처다보니 臺上(대상)의 仙風道骨(선풍도골) 金冠(금관)의 繡
衣使道(수의사도) 夢龍(몽룡)이가 分明(분명)하다
(母) 애고 이를 붓그러서 엇저나 하기는 그런 것이 아니라 내 엇저녁에
벌서 알엇지 △알기는 알엇스나 남의 耳目(이목) 꺼리어서 남 보는 데
辱(욕)을 하고 혼자서 門(문) 걸고서 御使道(사어도) 드리랴고 紅緞(홍
단) 세 필 靑緞(청단) 네필 쓰내여 두엇다오 上丹(상단)아
(上) 예
(母) 너도 그것 보앗지

〈186〉

(上) 小女(소녀)는 못보앗서요

(母) 요년 좀 맛조아 주려므나 △使道(사도) 부대 노여 마소 아모리 怒(노)여신들 丈母(장모) 나를 엇절테요 使道(사도) 서울 가신 後(후)에 이 늙은 마누라가 後園(후원)에 壇(단)을 뭇고 北斗七星子夜半(북두칠성자야반)에 등불을 밝히고서 우리 사위 귀히 되라 밤낫 祝願(축원)하엿더니 하느님 感動(감동)하사 御使道(어사도)가 되섯구나 엇저녁의 거지 사위 御使(어사)가 웬일이냐 꿈이드냐 生時(생시)드냐 꿈이드면 째지 말고 生時(생시)드면 그냥 잇지

　여보소 使道(사도)

(御) 丈母(장모) 그런데 移舍(이사)햇나

(母) 애고 그런 말씀 다시 마오 내 한마듸 엿줄 말이 잇소

(御) 무슨 말인가

(母) 本官使道(본관사도) 豪俠(호협)하야 春香一色(춘향일색) 소문 듯고 불러보고 慾心(욕심) 나서 달내도 아니 듯고 을러도 안 들으니 한두 대 싸린 것이 조년의 정갱이가 類(류)달리 軟弱(연약)하야 그 꼴이 되엿지만 너머 괄시 마옵소서 丈母(장모) 懇請(간청) 이것시오

〈187〉

　御使道(어사도) 行首妓生(행수기생)에게 分付(분부)하여 春香(춘향)을 藥(약) 다려 먹이게 한 後(후) 四人轎(사인교)를 태와서 집으로 돌리여 보내시고 本府(본부) 未決公事(미결공사)를 낫낫치 치르시고 內外庫(내외고)의 貪臟(탐장)을 모도 處理(처리)하실 째 雲峯邑(운봉읍)에 가 두엇든 房子(방자)놈이 「御使(어사) 南原出道(남원출도)하야 雲峯營長(운봉영장)이 버선발로 逃亡(도망)하야왓다」는 말을 듯고 간다 온다 말

업시 出獄逃走(출옥도주)하여 御使(어사)께 問安(문안)한다 御使(어
사) 우스시며

「이놈 破獄逃走(파옥도주)햇구나」
(房) 그래 小人(소인)께 무슨 罪(죄)가 잇길내 가두엇소 數年(수년) 모
시고 擧行(거행)한 죄(罪)와 편지 가지고 서울 가든 罪(죄) 밧게는 아모
죄도 업소

〈188〉

(御) 네가 輕(경)하여서 漏說(누설)될까 두러워서 가두엇다 卽時(즉시)
房子(방자)로 南原(남원) 官奴(관노) 一課(일과) 所任(소임)을 시키시
고 十年限定(십년한정)하야 完文(완문)까지 주시니라
△이윽고 夜半三更退令時(야반삼경퇴령시)에 人聲(인성)이 寥寂(조적)
한데 公事(공사)를 맛내시고 春香(춘향)집 나가실새 樹影(수영)은 참차
하고 月色(월색) 영농한데 欲向靑山問杜鵑(욕향청산문두견) 자조 운다
저 새소리 예 듯든 不如歸(불여귀)요 戞然長鳴(알연장명) 저 두루미 나
를 보고 반기는 듯 蓮堂(련당)에 金鮒魚(금부어)는 달을 좃차 쮜오르고
花間(화간)에 잠든 거우 사람 자최 놀라 쌘다 驛卒(역졸)이 드러서며
「쉬-」
「使道(사도) 나오시네」
△春香(춘향)은 누엇다가 몸을 겨우 이르켜서 使道(사도)를 迎接(영접)
한다 반가움 넘치어서 눈물이 쏘다지니 御使道(어사도) 手巾(수건)으로
눈물을 씨서주며
(御) 나는 奉命使臣(봉명사신)의 몸으로 遲滯(지체)할 수 업시 明日(명
일) 써나거니와 간 곳마다 消息(소식)을 전할 터이고 本宅(본댁)에도
奇別(기별)하엿스니 下人(하인)이 數日內(수일내)로 올 터이다 너는 소
복이 되는 대로 家産(가산)을 放賣(방매)하고 어머니 모시고 上京(상

경)해서 나를 기다리라

〈189〉

△당부를 구지하고 平明(평명)에 發程(발정)하야 全羅道(전라도) 五十三官(오십삼관) 這這(저저)히 巡察(순찰)하고 乘日上來(승일상래) 입경하여 榻前(탑전)에 復命(복명)하니 聖上(성상)이 반기시어 손을 잡고 위로하며 民情下聞(민정하문) 하옵신다 御使道(어사도) 품속에서 經歷文書(경력문서) 行中日記(행중일기) 낫낫치 바치오니 龍顔(용안)에 大悅(대열)하샤 칭찬을 하시옵고 東壁應敎(동벽응교) 除授(제수)하고 春香(춘향) 貞節(정절) 들으시고 吏曹(리조)에 下敎(하교)하사 貞烈夫人(정렬부인) 封(봉)하시니 無上(무상)의 榮光(영광)일세

△謝恩肅拜(사은숙배) 退朝(퇴조)하야 北堂(북당)에 見謁(현알)하고 祠堂(사당)에 虛拜(허배)한 후 父母前(부모전) 面覲(면근)하야 春香(춘향) 일 엿자와니 □□(대연)□□

〈190〉

고 遠宗近親(원종근친) 모도 몹고 夫人(부인)으로 陞座(승좌)하야 百年偕老(백년해로) 有子生女(유자생녀) 벼살은 六卿三公(륙경삼공) 耆社(기사)까지 되섯것다 春香(춘향)의 놉흔 節行(절행) 朝野(조야)에 자자하니 이 아니 榮華(영화)롭고 이 아니 壯(장)할소냐 (끗)

편저자 소개

◇ 김진영(金鎭英)
서울대학교 국어교육과, 동대학원 국어국문학과 졸업. 문학박사.
판소리학회 회장 역임. 현재 경희대학교 국어국문학과 교수.
〈주요저서〉이규보문학연구(집문당, 1984)
　　　　　춘향가 · 홍보전 · 심청전 · 토끼전 · 화용도(공역주; 박이정, 1996-1999)
　　　　　춘향전 · 심청전 · 토끼전 · 홍부전 · 적벽가 · 숙향선 전집(공편; 바이정, 1997-2001)
　　　　　최치원 · 이규보 · 이인로 · 임춘 · 홍간 · 이덕무 · 유정 · 일선 · 휴정 · 초의　한시집(공역주;
　　　　　민속원, 1997-2004)
　　　　　바리공주 · 당금애기 · 서사무가 심청 전집(공편; 1997-2001)
　　　　　숙향전(공역주; 민속원, 2001)
　　　　　하서 김인후 시어 색인(공편; 이회문화사, 2002)
　　　　　단가집성(공역주; 월인, 2002)
　　　　　고전작가의 풍모와 문학(경희대 출판국, 2004)

◇ 김현주(金賢柱)
서강대학교 대학원 국어국문학과 졸업. 문학박사.
경희대학교 국어국문학과 교수 역임. 현재 서강대학교 국어국문학과 교수.
〈주요저서〉춘향가 · 홍보전 · 심청전 · 토끼전 · 화용도(공역주; 박이정, 1996-1999)
　　　　　춘향전 · 심청전 · 토끼전 · 홍부전 · 적벽가 전집(공편; 박이정, 1997-2001)
　　　　　판소리 담화 분석(좋은날, 1998)
　　　　　판소리와 풍속화 그 닮은 예술세계(효형출판, 2000)
　　　　　구술성과 한국서사전통(월인, 2003)

◇ 차충환(車充煥)
경희대학교 국어국문학과, 동대학원 졸업. 문학박사.
현재 경희대학교 인문학연구원 학술연구교수.
〈주요저서〉이규보 · 이인로 한시집(공역주; 민속원, 1997-1998)
　　　　　숙향전 연구(월인, 1999)
　　　　　숙향전 · 춘향전 · 홍부전 · 적벽가 · 토끼전 전집(공편; 박이정, 1999-2003)
　　　　　숙향전(공역주; 민속원, 2001)

◇ 김동건(金東建)
경희대학교 국어국문학과, 동대학원 졸업. 문학박사.
현재 경희대학교 교양학부 교수.
〈주요저서〉토끼전 · 홍부전 · 적벽가 전집(공편; 박이정, 1997-2003)
　　　　　하서 김인후 시어 색인(공편; 이회문화사, 2002)
　　　　　토끼전 연구(민속원, 2003)

◇ 김지영
현재 서강대 대학원 박사과정
〈주요논문〉 조선후기 전의 논평 양식 연구(2000)
           신소설을 둘러싼 담론적 논쟁들(2003)

◇ 김희찬
경희대 대학원 국어국문학과 석사과정 수료
〈주요논저〉 조선초기 관각문학 성립의 한 양상(1995)
           춘향전 전집(공편;박이정, 1996-2001)

경희대 인문학연구원
고전명작 이본총서

춘향전전집 17

2004년 7월 25일 인쇄
2004년 7월 30일 발행

지은이 : 김진영/김현주/차충환/김동건/김지영/김희찬
펴낸이 : 박찬익

펴낸곳 : 도서출판 **박이정** (www.pjbook.com)
130-070 서울시 동대문구 용두동 129-162
전 화 : 922-1192~3, FAX : 928-4683
온라인 : 국민576037-01-001536 우체국010447-02-011581
등 록 : 1991년 3월 12일 제1-1182호

ISBN 89-7878-743-6 93810   정가 20,000원